Le temps d'un été

DÉJÀ PARUS DU MÊME AUTEUR

DANS LA SÉRIE HAPPINESS KEY

La saison des fleurs sauvages
La maison des secrets
Le parfum du thé glacé

DANS LA SÉRIE DE LA VALLÉE DE LA SHENANDOAH

Le temps d'un été
L'écho du passé
La vallée des secrets
Le chemin de l'espoir
Le temps des promesses

DANS LA SÉRIE IRLANDAISE

Le refuge irlandais
Promesse d'Irlande

DANS LA SÉRIE LOUISIANE

Secrets de Louisiane
Retour à Grand-Isle

Autres publications

L'héritage des Robeson
Du côté de Georgetown
L'écho de la rivière

EMILIE RICHARDS

Le temps d'un été

BestSellers

Collection : BEST-SELLERS

Titre original : WEDDING RING

Traduction française de FLORENCE GODEBSKA

HARLEQUIN®
est une marque déposée par le Groupe Harlequin

BEST-SELLERS®
est une marque déposée par Harlequin S.A.

Ce roman a déjà été publié en septembre 2005 et en mai 2009

Photo de couverture
Femme & paysage : © DEIAN PATIC/GETTY IMAGES

83/85, boulevard Vincent-Auriol, 75646 PARIS CEDEX 13.
Service Lectrices — Tél. : 01 45 82 47 47
www.harlequin.fr
ISBN 978-2-2802-4867-9 — ISSN 1248-511X

1

Puisque sa grand-mère était barricadée chez elle et refusait d'ouvrir, Tessa MacRae se résigna à passer le reste de cette matinée étouffante sous le semblant d'ombre que dispensait le porche de la maison. Installée dans une antique balancelle grinçante, elle disposait d'un poste d'observation privilégié.

Bien qu'il fût renommé pour le charme de son paysage, ce petit coin de la vallée de la Shenandoah n'était guère à la hauteur de sa réputation…

Tessa en était là de ses réflexions lorsqu'elle fut distraite par le bruit d'une fenêtre qui s'ouvrait au-dessus de sa tête.

— Encore là, jeune fille ? Pas moi qui t'ai demandé de venir, en tout cas. J'me fiche de ces trucs-là !

A trente-sept ans, Tessa, professeur d'anglais au lycée, ne s'était plus entendu appeler « jeune fille » depuis bien longtemps, mais ce n'était pas le moment de soulever une objection.

Un remue-ménage suivit les paroles d'Helen Henry et, soudain, une quantité de boules de papier se mirent à tomber, rebondissant sur le toit en tôle et voltigeant jusqu'au sol. Tessa tenta de les compter : une bonne douzaine, apparemment. D'autres suivirent après une courte pause.

Pour finir, la fenêtre fut fermée brutalement.

Tessa attendit. Mais l'averse était terminée.

Elle quitta la balancelle, alla récupérer sur les marches une boulette et la déplia. Deux femmes et un homme, affichant de larges sourires et de lumineux cheveux argentés, posaient sur la pelouse d'un parcours de golf.

« Maison de retraite de Green Springs », lut-elle tout haut. « Aujourd'hui est le premier jour de votre seconde vie. »

Tout en froissant la feuille dans sa main, Tessa se demanda combien de brochures de cet acabit sa mère, Nancy Whitlock, avait bien pu envoyer à Helen au cours des dernières semaines.

Comme aucun projectile n'arrivait plus, elle retourna dans la balancelle, ramena ses genoux sous son menton, et reprit le cours de ses pensées.

En roulant vers la petite bourgade de Toms Brook, elle était retombée sous le charme de ces magnifiques montagnes baignées d'une brume bleutée, de ces champs de carottes sauvages et de chicorée qui bordaient la route, de ces troupeaux de vaches somnolant sous la chaleur et de ces superbes chevaux broutant les prairies à flanc de collines. Ça, c'était le paysage de carte postale, l'idéal de la vie rurale. Malheureusement, la ferme de sa grand-mère était loin de ressembler aux images stéréotypées de ce riant calendrier des postes.

La sécheresse qui affectait toute la région avait pris des proportions inquiétantes dans cette partie de la vallée. Les plants de maïs n'atteindraient même pas les cinquante centimètres pour les festivités du 4 Juillet. Dans les champs, de l'autre côté de la route, les malheureuses plantes ressemblaient à des bonsaïs mal soignés, tant elles étaient ratatinées et flétries sur leur terre craquelée. Seuls les pissenlits semblaient à leur aise et proliféraient allègrement. S'il ne pleuvait pas abondamment d'ici peu, le maïs ne serait pas prêt pour le premier lundi de septembre, le jour de la fête du Travail…

Et puis il y avait cette chaleur accablante. Certes, durant l'été, la Virginie ne passait pas pour une oasis de fraîcheur, mais Tessa — pourtant originaire du pays — n'avait pas le souvenir d'un mois de juillet aussi étouffant. Rien qu'en attendant le bon vouloir de sa grand-mère, elle avait dû perdre en transpirant au moins vingt-cinq centilitres d'eau.

Pas un souffle d'air. Pas un bourdonnement d'abeille. Après avoir construit leur château d'argile sous l'avant-toit, les guêpes maçonnes avaient remonté le pont-levis et s'étaient définitivement réfugiées dans leur donjon garde-manger, où elles emprisonnaient leurs proies, paralysées mais vivantes. Brrr ! Mêmes les rolliers avaient cessé de jaser. Ils avaient dû piquer un roupillon, aux côtés de leurs ennemis les corbeaux, à l'ombre des frondaisons généreuses des érables jumeaux d'Helen. La trêve du feu, probablement.

Mais, apparemment, cette trêve ne s'étendait pas à toute la création car il y eut un nouveau grincement de fenêtre, et une voix tout aussi grinçante tomba du ciel.

— Et reprends tout ça, pendant que tu y es ! Qu'est-ce que tu veux que je fiche de ces trucs-là ?

La chemise de nuit et le peignoir que Tessa avait offerts à sa grand-mère pour son anniversaire flottèrent jusqu'au rosier sarmenteux qui courait follement le long du treillage et de la rambarde de la véranda. Ils y restèrent accrochés, comme de gigantesques fleurs épanouies dont les nuances violines rappelaient très exactement les roses qui, jadis, fleurissaient à profusion.

— Et ça aussi ! ajouta Helen en joignant à son envoi un vaporeux cardigan grenat qui se posa en douceur sur le houx, près du rosier grimpant.

Nouveau claquement de fenêtre.

Tessa, en nage mais stoïque, posa son regard au loin, sur les sommets brumeux des montagnes. Ni les Massanutten ni les Alleghenies, qui flanquent la partie supérieure de la Shenandoah — la légende raconte que la vallée porte le nom d'une Indienne, fille des étoiles —, n'étaient de simples chromos. On pouvait les toucher, on pouvait les habiter, et elles s'étaient peuplées, siècle après siècle, de robustes colons qui s'étaient établis sur leurs pentes par défi, considérant comme une récompense la paisible et fertile vallée qui s'étendait à leurs pieds. Rien ne semblait devoir en troubler la sérénité. La vallée tout entière était un hymne à la vie rurale, un témoignage qu'elle existait toujours, grâce aux millions de gens qui la chérissaient et, parfois même, l'idéalisaient.

Aujourd'hui, pourtant, la vie semblait s'être mystérieusement évaporée de Fitch Crossing Road. Depuis qu'elle était assise là, attendant que sa grand-mère veuille bien baisser les bras et l'inviter à entrer, Tessa n'avait pas vu passer la moindre voiture. Dès qu'elle avait quitté la nationale 11, elle s'était retrouvée seule sur la route, au volant de sa petite Toyota verte. Ni tracteur ni charrette de foin, pas même un cavalier jouissant de cette paresseuse journée d'été.

En réalité, Helen semblait disposer de Fitch Crossing pour elle seule. Si elle venait à mourir dans cette maison — comme elle en avait sérieusement l'intention —, le temps que l'on s'aperçoive de sa disparition, il ne resterait d'elle qu'une momie desséchée.

Sur ce, la fenêtre se rouvrit dans un crissement sinistre. Tessa eut la vision de soldats moyenâgeux balançant de la poix bouillante sur leurs assaillants par-dessus les créneaux. Les pieds bien à plat et les mains sur les genoux, elle décrivit des cercles appliqués avec sa tête, dans l'espoir de soulager un peu la raideur de sa nuque.

— Et n'oublie pas ceci ! cria Helen.

A la grêle de papier succéda une chute de neige multicolore. L'un des flocons vint se poser sur le sol de la véranda. Tessa reconnut un petit morceau de chèque. Un chèque sans doute envoyé par sa mère, et qu'Helen Henry n'avait pas touché…

Elle attendit que la fenêtre claque. Ce qui ne tarda pas.

Tout en faisant rouler sa tête d'avant en arrière, puis d'un côté et de l'autre, Tessa fit le point sur la situation.

Helen ne s'occupait plus de la propriété. La Vieille Ferme Stoneburner — comme on l'appelait — n'était pas un lieu de villégiature. On y avait toujours trimé dur. Les premiers immigrés allemands avaient abattu les arbres à la hache pour construire leurs cabanes en rondins et gagner des terres cultivables sur la forêt. Ils avaient frissonné et claqué des dents par les nuits glaciales dans les montagnes, et ils avaient sué sang et eau sous les cieux chauffés à blanc des étés torrides.

Helen, une Stoneburner de naissance, avait pris soin de la ferme, avec très peu d'aide, durant une soixantaine d'années. Elle s'était toujours débrouillée pour en tirer une maigre subsistance, et s'était cramponnée à la terre, en dépit des taxes foncières de plus en plus exorbitantes.

Ça n'était plus le cas, apparemment.

La cour de la ferme était à l'abandon. Pour s'approcher des bâtiments, Tessa avait dû se frayer un passage au milieu d'ornières aussi profondes que les fossés d'évacuation des eaux qui bordaient la route. Les lis et les pivoines qui s'étaient multipliés sur leurs berges pendant des dizaines d'années avaient été étouffés par les mauvaises herbes et les taillis naissants ; la clôture du potager, clairsemée, penchait dangereusement.

La maison elle-même faisait piètre figure. Elle était bâtie sur le modèle des fermes traditionnelles de la Virginie profonde, et il en existait des milliers d'exemplaires semblables. Un porche tout en longueur, qui faisait office de vestibule en plein air, un toit en tôle, des murs couverts de bardeaux blancs qui avaient toujours besoin d'un coup de peinture…

Ce que Tessa avait sous les yeux, c'était la caricature d'une ferme sur le déclin. A l'extérieur, les problèmes étaient trop nombreux pour en dresser la liste. Et à l'intérieur ? Mystère ! Tout ce que Tessa en savait reposait sur les confidences qu'un voisin avait faites à sa mère.

Nancy Henry Whitlock avait raconté l'histoire à toute allure, comme si elle avait craint de ne pas arriver au bout.

— J'ignore comment Ron Claiborne a eu mon numéro de téléphone, mais il s'est débrouillé d'une manière ou d'une autre. Enfin, peu importe. Il m'a dit purement et simplement : « Ma'am, désolé de vous le dire, mais votre maman file un mauvais coton. Elle ne sort plus de chez elle, et elle ne laisse plus entrer personne. Mais ce que j'ai vu à travers la porte grillagée… Bon sang, j'en ai eu le cœur serré. Ça m'a fait un sacré choc. Cette vieille dame, si soignée, si propre sur elle, si prude… Vous voyez ce que je veux dire ? »

Nancy avait alors marqué une pause avant d'ajouter d'une voix incrédule :

— Je n'ose pas imaginer ce à quoi il faisait allusion.

Tessa se demandait encore ce qui avait le plus interloqué sa mère : le message en lui-même ou le fait qu'il lui eût été délivré par cet alcoolique de Claiborne. Comment osait-il s'adonner à de tels commérages sur un membre de la famille Henry ?

Tessa, il fallait s'y attendre, avait été la première personne que Nancy avait appelée. Le jour où sa mère tenterait de résoudre un problème elle-même n'était sans doute pas près d'arriver ! Nancy avait tout un rituel, dans ces cas-là. D'abord, des levers de bras au ciel, suivis d'éloquentes torsions de mains, puis de douloureux grincements de dents avec litanies lancées à la cantonade, du style : « Je vous l'avais bien dit qu'il y avait un problème ! » et « Si seulement quelqu'un daignait m'écouter, de temps en temps… »

Quant au problème lui-même, ni Nancy ni Tessa n'en appréhendaient clairement l'étendue puisque personne n'avait pu entrer chez Helen, pas même Billy, le père de Tessa. Helen avait juste consenti à les rencontrer en terrain neutre — au débit de limonade de la pharmacie

Walton et Smoot —, après qu'on l'eut menacée d'alerter les services de santé ou le shérif.

D'après Nancy, elle avait l'air débraillé, lors de ce fameux rendez-vous. Mais Tessa ne se fiait pas totalement à l'opinion de sa mère qui passait plus d'une heure, tous les matins, à se pomponner devant son miroir et qui fréquentait de façon compulsive salons de coiffure et instituts de beauté.

Helen s'était montrée particulièrement grincheuse, avait ajouté Nancy. Rien de nouveau sous le soleil ! Dans les bons jours, on disait d'Helen qu'elle était une forte femme, courageuse et combative, qu'elle avait du cran et ne perdait pas de temps à tourner autour du pot. Mais les bons jours étaient rares. La plupart du temps, les gens la trouvaient mesquine, hargneuse, difficile à vivre : une méchante fée carabosse…

En tout cas, ce jour-là, Helen avait fini par admettre qu'elle tournait un peu au ralenti. Lorsque Billy, avec une patience d'ange, l'avait poussée dans ses retranchements, elle avait reconnu qu'elle ne s'en sortait pas aussi bien qu'avant, qu'en effet la maison n'était pas tenue comme elle aurait dû l'être, et qu'elle ne voyait plus très bien comment faire face.

Helen Stoneburner Henry, une superwoman catégorie senior, avait avoué du bout des lèvres qu'elle aurait peut-être, *éventuellement*, besoin d'un tout petit coup de main.

Bien qu'elle n'eût pas assisté à l'entretien, Tessa imaginait sans peine la suite. Tandis que Billy amenait peu à peu Helen à se confesser, Nancy avait dû la menacer d'une mise sous tutelle. Et, cerise sur le gâteau, elle avait sûrement chanté les louanges de toutes les maisons de retraite des environs de Richmond.

D'après Billy, la conversation avait pris fin sur une furieuse diatribe d'Helen.

« Tu ne me feras pas entrer de force dans l'un de ces mouroirs à des centaines de miles d'ici ! Tant qu'il me restera un souffle de vie, je me battrai, tu m'entends ? Et ne remets jamais les pieds chez moi, à moins d'être accompagnée de ta fille. Elle, au moins, elle a un peu de jugeote ! »

C'est ainsi que Tessa se retrouvait là, attendant que le spectacle commence. Sauf que le programme n'avait rien de réjouissant. Coincée entre sa mère et sa grand-mère, elle allait passer ses vacances à assister, impuissante, à un pugilat en règle entre deux boxeurs sur un ring. Et puis, si l'intérieur de la maison était à l'exemple de l'extérieur — ce qui était fort à craindre —, elle allait devoir consacrer son mois de juillet *et* son mois d'août à nettoyer, peindre et bricoler.

Quelle importance, au fond ? Qu'est-ce qui l'attendait chez elle, à Fairfax ?

Qui l'attendait ?

Un nuage de poussière, au loin, annonça l'arrivée de Nancy. Tessa suivit du regard la superbe Mercedes de sa mère, à présent recouverte d'une épaisse poudre grise — tout le charme des petites routes campagnardes. La voiture ralentit, mais elle allait quand même trop vite lorsque Nancy prit le virage pour emprunter la piste de la ferme. Elle évita de justesse le fossé nord, braqua à fond et redressa juste à temps avant de piquer du nez dans le fossé sud.

Tessa ne fit pas un geste.

Elle eut l'angoissante impression que l'été se refermait sur elle. Que *la vie* se refermait sur elle. Etait-elle de taille à affronter ce qui allait suivre ?

Non. Et sans doute ne le serait-elle jamais, pensa-t-elle amèrement.

Pourtant, elle était là, fidèle au poste, en fille obéissante, en petite-fille pleine de sollicitude, prête à jouer son rôle d'arbitre et de conciliatrice. Tessa MacRae, professeur d'anglais dans le secondaire, épouse d'un brillant avocat.

Survivante.

Elle avait déjà connu le pire, et elle voulut se persuader que rien de ce qui pourrait survenir ne rivaliserait jamais avec l'horreur passée.

Vaine tentative. Elle n'en tira aucun réconfort. Elle attendit que sa mère eût claqué la portière et parcouru la moitié du chemin envahi par les herbes folles avant de se lever.

Nancy Whitlock sentait toujours son cœur battre plus vite lorsqu'elle voyait sa fille.

Le phénomène avait commencé à la maternité de l'hôpital, au moment de la naissance de Tessa. Après un interminable et pénible accouchement, Nancy avait reçu de telles doses de médicaments que son cœur aurait pu s'arrêter définitivement. Mais un seul regard au minuscule bébé lisse et luisant qu'elle venait de mettre au monde avait suffi à faire repartir la machine et, tandis que le sang battait à ses oreilles, elle avait su que tout, absolument tout ce qu'elle avait vécu et souffert jusque-là était justifié par cet instant.

Au fil des années, elle s'était attendue à ce que le miracle de la maternité perde un peu de son éclat et se dilue dans le train-train quotidien. Comme chez ses amies qui s'étaient rapidement remises à parler d'autre chose, à sortir le soir et à jouer au golf. Mais ces plaisirs-là n'avaient jamais réussi à captiver Nancy, tout entière plongée dans sa dévotion extatique.

Alors qu'elle remontait le sentier à la rencontre de Tessa, elle fut frappée par sa pâleur, sa maigreur, et la tension douloureuse de son dos parfaitement droit. Tessa se tenait dans une immobilité totale, comme si elle avait réussi à brider tous ses instincts. Elle avait une parfaite maîtrise d'elle-même. Jamais elle ne se serait grattée en public, par exemple. Elle était une madone de marbre, d'une beauté un peu terrifiante dans son calme olympien.

Mais, depuis quelque temps, c'était une beauté fatiguée, égarée, qui paraissait plus que ses trente-sept ans.

Pour l'heure, elle offrait le spectacle de la résignation.

— J'aurais voulu arriver plus tôt, dit Nancy avant même d'atteindre le porche. Mais la circulation à Richmond était terrifiante. Et puis, il a fallu que je m'arrête pour prendre de l'essence. A ce moment-là, je me suis aperçue que je mourais de faim. Je t'aurais volontiers acheté un sandwich, mais je n'étais pas sûre que tu le mangerais. Tu ne te nourris pas suffisamment. Ça se voit… Comment se fait-il que tu sois encore sous le porche ? Tu viens d'arriver, toi aussi ?

— Non. Je suis là depuis une heure… Grannie ne répond pas.

Ce n'était pas dit sur le ton du reproche. Il s'agissait d'une simple constatation.

Tessa était arrivée à l'heure, évidemment ! Quelle question ! Nancy, elle, avait toujours l'impression de se noyer dans un verre d'eau. Malgré tous ses efforts, elle était en retard partout. Et elle avait conscience de décevoir ceux qu'elle aimait.

Elle choisit de ne réagir qu'à la seconde phrase.

— Comment ça, elle ne répond pas ? Et pourquoi ses vêtements sont-ils dehors ? Et ces papiers, qu'est-ce que c'est ?

— Sans doute sa façon de communiquer. Ecoute, maman, je ne comprends pas ce qui se passe, moi non plus. En tout cas, Grannie est là : je l'ai entendue, à la fenêtre de la chambre.

Nancy s'arrêta au pied du perron, mit sa main en visière et braqua son regard sur ladite fenêtre.

— Tu l'as entendue ? Mais la fenêtre est fermée et les rideaux tirés !

— Ils le sont, *maintenant.*

— Elle a fermé la fenêtre et les rideaux, sachant que

tu étais là ? Dans cette fournaise ? Elle t'a laissée mijoter à petit feu sous ce porche ?

— Il fait probablement moins chaud ici qu'à l'intérieur.

— Elle a peut-être eu un malaise.

Nancy se précipita sur la porte et se mit à frapper à coups redoublés.

— Maman ! Maman !

— Laisse tomber : ça ne sert à rien.

Nancy s'arrêta net.

— Tu as une meilleure idée, Tessa ? A part rester assise sans rien faire ? Elle est peut-être morte. Qu'est-ce que tu en sais ?

— Elle était vivante quand je suis arrivée, et aussi lorsqu'elle a balancé ses affaires, de là-haut.

— Tu crois qu'elle le fait exprès ?

— A ton avis ?

Nancy recula d'un pas et contempla la porte d'un air sombre. Comme tout le reste, cette porte aurait eu besoin de plusieurs couches de peinture. Elle avait survécu à des générations de Stoneburner, et ça se voyait. Des années auparavant, Nancy en avait passé le seuil avec l'intention de ne jamais revenir.

Elle frappa une dernière fois, histoire de montrer qu'elle ne se laissait pas dicter sa conduite.

— Elle finira par descendre, dit Tessa. Quand elle estimera nous avoir suffisamment punies.

— Nous punir ? Mais pourquoi ?

— Pour avoir voulu diriger sa vie à notre convenance.

— Tu penses sans doute que je n'en ai pas le droit ?

Nancy sentit ses épaules s'affaisser. Elle avait soixante ans, mais elle paraissait beaucoup plus jeune, surtout lorsqu'elle était en forme et de bonne humeur. Ce qui n'était pas le cas présentement. La sueur ruisselait en abondance entre ses deux seins comprimés dans un soutien-gorge qui avait tout d'un instrument de torture. Quant à son collant de contention, elle mourait d'envie de l'arracher.

Depuis une semaine, elle passait des nuits blanches à l'idée de l'épreuve qui l'attendait.

Tessa, elle, affichait un calme olympien.

— Maintenant que nous sommes ici, dit-elle, il faut agir. Je me suis libérée pour les deux mois à venir. Toi aussi, je pense. Il ne nous reste plus qu'à aller de l'avant.

— Ah oui, et comment ? Elle s'est enfermée à double tour !

— J'imagine que tu n'as pas la clé ?

Nancy jeta un coup d'œil à sa fille et surprit une ébauche de sourire sur ses lèvres.

Elles étaient le jour et la nuit, toutes les deux.

Tessa était grande, avec des hanches étroites, des petits seins, des yeux verts en amande et des cheveux raides d'un beau châtain profond, qu'elle portait tirés en arrière, comme une danseuse. De fait, elle avait pratiqué la danse avec passion, avant que d'autres plaisirs ne l'entraînent ailleurs, vers une existence plus… *terre à terre* ? En tout cas, elle avait gardé la posture des danseuses, leur grâce et leur simplicité. Elle portait un short blanc qui mettait en valeur ses longues jambes bronzées, et un chemisier sans manches en soie sauvage avec un col mao.

Dans sa robe de couturier rose layette, Nancy avait vaguement conscience de ressembler à une majorette qui aurait largement passé l'âge d'encourager les supporters de son équipe sportive. Blonde, bien en chair, aussi vive et enjouée que peut l'être une femme souffrant d'arthrite et d'hypertension, elle mettait un point d'honneur à pratiquer un entraînement sportif de gladiateur et à traquer les kilos superflus. Grâce aux doigts de fée du meilleur coiffeur de Richmond, elle gardait la haute main sur ses boucles rebelles, et utilisait ce qui se faisait de mieux en matière de produits de beauté afin d'adoucir son visage aux angles fortement marqués.

— Elle veut clairement indiquer qui commande, fit remarquer Tessa. Quand elle estimera que le message est passé, elle nous laissera entrer. En attendant, installons-nous le plus confortablement possible.

La réponse de Nancy fusa immédiatement :

— Pas question !

— Non ?

— As-tu essayé la porte de derrière ?

— Elle est sûrement fermée.

— Donc, tu n'as pas essayé.

— Je ne pense pas que ce soit une bonne idée. Je veux dire : sur le plan stratégique.

— Alors là, ce n'est pas mon problème ! J'ai fait une longue route pour venir jusqu'ici : pas question que je passe la nuit sous ce porche. Les moustiques nous dévoreront !

— L'heure des moustiques est encore loin, dit Tessa. Tu ne veux pas patienter un petit moment ? Elle va peut-être changer d'avis, maintenant qu'on est là toutes les deux.

Nancy sentait monter sa mauvaise humeur. Elle avait bouleversé tout son programme, allant jusqu'à renoncer à présider un lunch au garden club, la semaine suivante. C'était un honneur qu'elle avait longtemps convoité, et une opportunité qui ne se représenterait peut-être jamais… En plus, elle avait laissé son mari à Richmond, et elle craignait que, loin d'elle, il ne se mette à réfléchir d'un peu trop près à l'imperfection de leur union.

— Et tout ça pour quoi ? s'écria-t-elle à haute voix, comme si Tessa avait pu suivre les méandres de sa pensée. Pour me retrouver ici à supplier ma mère de nous laisser pénétrer dans le saint des saints !

Elle tourna les talons et descendit les marches. Tessa la suivit sans enthousiasme.

— Nous allons trouver un moyen, déclara Nancy. Il y a une porte qui communique entre le cellier et le sous-sol.

Tessa ne fit aucun commentaire.

La porte de derrière était close. Celle du cellier aussi. Toutes les fenêtres du rez-de-chaussée étaient également fermées et probablement verrouillées de l'intérieur.

Toutes, sauf une. Nancy se tint sous la fenêtre qui donnait dans la pièce que sa mère appelait *le salon*. Le terrain étant en pente, le rez-de-chaussée se trouvait plus haut à cet endroit, et la fenêtre intéressante était hors de portée. Mais elle était ouverte. Suffisamment ouverte pour que Nancy pût s'y glisser.

— Est-ce que tu faisais le mur par là, quand tu étais enfant ? lui demanda Tessa.

— Pour aller où ? Jette un coup d'œil aux alentours. C'est le désert de Gobi !

— Et tes amis ? Aucun d'eux n'avait une voiture ?

— Je n'avais pas le temps de me faire des amis. Quand je m'étais acquittée de toutes les corvées que ta grand-mère me donnait, il ne me restait pas une minute pour s'amuser.

— O.K. Oublie ce que je viens de dire. De toute façon, la fenêtre est bien trop haute.

Nancy fut frappée par le ton raisonnable de Tessa. On aurait dit une mère de famille s'efforçant de raisonner un bambin récalcitrant, ou un diplomate demandant à des nations belligérantes de faire des concessions. Combiné à la chaleur, cela produisait un mélange détonant, songea Nancy en toisant sa fille du haut de son mètre soixante-trois.

— Autrefois, il y avait une échelle dans le garage.

Tessa posa la main sur le bras de sa mère.

— Attendons un peu.

Nancy se dégagea.

— Ecoute, autant établir les règles du jeu tout de suite. Il n'est pas question que ta grand-mère fasse la loi tout l'été. Si elle nous met des bâtons dans les roues dès que nous entreprenons quelque chose, on ne s'en sortira pas.

D'un pas alerte, elle se dirigea vers le garage.

— Tu comptes lui montrer qui est le patron ?

— Ce n'est pas le terme que j'emploierais.

— Peu importent les mots.

Nancy s'arrêta à mi-chemin et se retourna.

— J'ai vécu avec elle vingt-deux ans. Alors si tu crois la connaître mieux que moi, tu te trompes.

Tessa était très calme, mais son expression laissait clairement deviner ses sentiments. Elle désapprouvait. Nancy avait beau redoubler d'efforts pour obtenir son soutien, elle la considérait comme quantité négligeable. Comme une petite femme sans envergure, un fardeau joliment emballé.

— L'été va être long et torride. Et il paraîtra encore plus pénible si tu passes ton temps à me juger, Tessa.

Sans attendre la réaction de sa fille, elle reprit le chemin du garage. Ce ne fut qu'en entendant un *vlan* tonitruant qu'elle s'immobilisa et lança un coup d'œil en arrière. Tessa haussa les épaules, recula d'un pas et leva les yeux sur la façade. La fenêtre venait d'être refermée avec fracas et, derrière la vitre, Nancy aperçut une silhouette qui tirait les rideaux. Apparemment, sa mère avait décidé de s'isoler définitivement du monde extérieur.

La terreur était une vieille ennemie qu'Helen Henry arrivait généralement à maîtriser, tout comme elle était venue à bout de la plupart de ses ennemis, en quatre-vingt-deux ans d'existence.

Mais, à présent, la vieille garce lui serrait la gorge à l'étouffer. Tout juste si elle parvenait encore à respirer.

Certes, la chaleur devait y être pour quelque chose. Depuis que la fenêtre était fermée, la température avait grimpé en flèche.

Elle s'adossa contre l'étroite partie du mur qui jouxtait la croisée, et tenta de respirer calmement. Tant que le battant avait été ouvert, elle s'était tenue là, écoutant les membres de sa famille débattre de l'opportunité qu'il y avait à pénétrer de force dans la forteresse.

C'est alors qu'elle avait succombé à la panique. Une panique qu'elle tenait à bout de bras depuis une semaine.

Elles étaient là. Tôt ou tard, elles allaient trouver le moyen d'entrer. Et alors, elles *verraient*.

De désespoir, sa tête s'affaissa, et elle remarqua qu'il manquait deux boutons à sa robe bleue qui bâillait sur ses seins tombants. Des boutons, elle en avait des centaines. C'était l'énergie qui lui manquait pour les recoudre. Bien consciente d'avoir un corps en forme de poire, elle portait ce genre de robe sac afin de dissimuler ses larges hanches. « Des hanches faites pour porter des enfants », lui avait dit sa mère. Elle ne s'était pas trompée… malheureusement !

— Mère !

Le ton de Nancy la fit tressaillir.

Elle allait devoir prendre une décision, et cette seule idée la terrorisait. Elle n'était pas lâche, pourtant. Sa vie n'avait certainement pas été facile, mais elle l'avait affrontée au pas de charge. D'une main, elle avait tenu la crainte à distance, tandis que, de l'autre, elle se frayait un passage à travers sa jungle personnelle. Cette poigne qui avait manié le coupe-coupe était la seule qu'elle consentît encore à montrer, depuis le décès de son mari. Et voilà qu'elle aussi lui faisait défaut, à présent.

Or, si elle laissait sa fille et sa petite-fille entrapercevoir sa faiblesse, elles fondraient comme des prédateurs sur leur proie. Elle eut la vision de loups avec des têtes de Nancy et de Tessa, et n'en éprouva aucune honte.

— Mère !

Il lui sembla entendre Tessa qui essayait de faire taire Nancy. Elle aurait pu dire à sa petite-fille de ne pas gâcher inutilement sa salive. Mais sans doute Tessa le savait-elle, sans pouvoir faire autrement. Aux yeux des gens, Nancy passait peut-être pour une femme superficielle, parfois un peu fofolle, mais Helen savait bien que, sous cette apparence, se cachait un bloc de granit. Oui, Nancy arrivait toujours à ses fins. Sa vie privilégiée, réglée comme du papier à musique, n'en était-elle pas la preuve ?

Helen souleva un coin du rideau et coula un regard

dehors. Les deux femmes étaient toujours là, sous le soleil de plomb. Nancy se fanait à vue d'œil, comme un œillet exposé à la chaleur. Helen en fut sincèrement navrée.

Dire que c'était elle qui leur infligeait ce calvaire à toutes les deux !

Elle laissa retomber le rideau et se redressa. Le moment était venu. Si elle tardait encore, elle ne trouverait plus la force. La seule chose à faire était d'agir comme si elle dirigeait encore les opérations, même si c'était loin d'être vrai.

Elle se fraya un chemin vers l'entrée, essayant de ne pas s'attarder sur le spectacle qui l'entourait. Le verrou grinça affreusement lorsqu'elle le tira…

L'air qui s'engouffra à l'intérieur était brûlant, mais c'était de l'air. Elle inspira à pleins poumons, puis gagna la balustrade de la véranda à pas prudents.

Le peignoir et la chemise de nuit qu'elle avait balancés par la fenêtre gisaient à l'endroit où ils étaient tombés. Elle se sentit légèrement honteuse. Elle ne les avait pas encore portés : elle avait tant de vieilleries à user… De temps en temps, elle les sortait de leur emballage pour les regarder et en caresser la soie du bout de ses doigts calleux.

Elle les décrocha et les mit sur son bras, puis, en voulant récupérer le gilet que sa fille lui avait offert pour Noël, elle se piqua sur une feuille de houx.

Nancy et Tessa n'avaient pas encore regagné le devant de la maison, mais elles ne tarderaient pas. Car il aurait fallu qu'elles fussent bêtasses pour rester un instant de plus sous la fournaise, alors que rien ne les y obligeait.

Helen se demanda comment elle allait les accueillir.

Elle n'eut guère le temps de réfléchir.

Tessa apparut la première. Pas étonnant : Nancy devait traîner derrière, pestant et conspirant.

Tessa marqua un arrêt en apercevant sa grand-mère sous le porche, mais elle ne dit rien. Un bon point pour elle, songea Helen. On pouvait compter sur cette petite pour garder son sang-froid dans les situations de crise. Cette fille était de la trempe d'une Jackie Kennedy.

— Eh bien, monte ! lui lança Helen en s'éloignant de la rambarde. Puisque tu ne sembles pas vouloir décamper.

— J'ai eu peur que tu jettes tous les meubles par cette fenêtre, dit Tessa en grimpant les marches.

Puis elle s'arrêta sur la plus haute.

— Comment vas-tu, Gran ?

— Aussi bien que la dernière fois que tu me l'as demandé. Alors, maintenant, tu peux rentrer chez toi.

Nancy tourna le coin de la maison et fusilla sa mère du regard.

— Tu trouves ça malin, mère ? Tu penses que c'est une manière d'accueillir sa famille ?

— Quelle famille ! Parlons-en ! Une bande de rats, oui !

Nancy fondit sur elle.

— C'est comme ça qu'une chrétienne parle des gens qui l'aiment et qui désirent l'aider ?

Helen ne se laissa pas démonter.

— Personne ne t'a invitée à venir ici.

Nancy allait rétorquer, mais Tessa lui barra le chemin et se tint entre elle et sa grand-mère.

— Ecoutez, vous deux, si on commence comme ça, l'été va être impossible. Gran, j'aurais préféré que tu me laisses entrer quand je suis arrivée, mais c'est ton droit de me faire poireauter. C'est *ta maison*, après tout.

— Bien parlé !

— Et, toi, m'man, tu as le droit de te faire du souci pour Gran.

— Oh ! Tessa, cesse de jouer les médiateurs ! Evidemment que je me fais du souci ! Il n'y a rien de plus normal.

Tessa recula pour les avoir toutes les deux dans son champ de vision.

— On pourrait peut-être oublier tout ça et entrer, maintenant, non ?

C'était le moment du baroud d'honneur, songea Helen.

— Je ne veux pas de vous. Je me débrouille très bien toute seule. Et depuis des années et des années, je vous signale !

Nancy s'apprêtait à énumérer tous les signes montrant qu'Helen n'était plus en état de s'occuper de qui que ce fût, mais Tessa l'arrêta d'un geste.

— Laisse-nous t'aider, dit-elle à sa grand-mère.

Helen poussa un long soupir et s'abîma dans ses réflexions. Se faire *aider* était pour elle une notion vague et saugrenue. Si elle comprenait, très vaguement, ce que cela pouvait signifier pour les autres, elle ne se sentait absolument pas concernée… Elle remarqua l'expression de sa petite-fille. Tessa lui ressemblait : elle montrait rarement ce qu'elle pensait. Pourtant, à cet instant, on pouvait lire l'inquiétude dans son regard. L'inquiétude d'un être humain pour un autre être humain, et non pas la tendre sollicitude d'un proche envers quelqu'un de sa famille, quelqu'un avec qui l'on aurait en commun de doux et chaleureux souvenirs. Helen s'y accrocha, malgré tout. Elle n'avait pas d'autre issue.

— Je ne veux pas entendre un mot sur l'état de la maison, déclara-t-elle. Pas un mot !

Tessa ne répondit pas.

Nancy poussa un soupir et proposa :

— Si on entrait, maintenant ?

— Je me fiche de ce que vous allez penser, dit Helen. Car je ne quitterai pas cette maison avant que le Seigneur ne me rappelle à Lui. Vu ?

Sans attendre de réponse, elle tourna les talons et se dirigea vers l'entrée avec raideur.

Dans son dos, elle entendit Tessa murmurer à sa mère :

— Tu as entendu ce qu'elle a dit, hein ?

— Mais oui, j'ai entendu !

Helen s'abstint de leur faire remarquer qu'elle aussi entendait parfaitement. D'un geste brusque, elle ouvrit la porte, puis, une fois entrée, elle s'effaça tout en scrutant l'expression des deux femmes.

Parvenue sur le seuil, Tessa laissa sa mère passer devant. Nancy plissa les yeux, tandis que son regard s'habituait à la pénombre. Tessa, qui la suivait de près, laissa échapper un sifflement. Et, malgré sa mise en garde, ce fut elle qui parla la première.

— Mon Dieu ! dit-elle doucement.

Sans avoir à tourner la tête, Helen savait exactement ce que découvraient sa fille et sa petite-fille.

Des piles et des piles, et encore des piles dressées le long des murs, ne laissant que d'étroits corridors au milieu des pièces. Des empilements formidables, comme les murailles d'une forteresse, qui atteignaient presque le plafond.

Des emballages de céréales, aplatis comme des gaufrettes, des bocaux vides, étincelant devant une fenêtre, des magazines et de vieux livres dont les citoyens peu scrupuleux de Toms Brook, de Mauertown et de Woodstock s'étaient débarrassés à pleines poubelles ; des couvertures et des serviettes de toilette, elles aussi en tas, soigneusement triées. Des ustensiles ménagers qu'elle réparerait un jour lorsqu'elle aurait déniché les pièces manquantes, des sacs en plastique remplis d'autres sacs en plastique. Des catalogues d'horticulture pleins de photos ravissantes qu'il aurait été dommage de jeter, et des bataillons de pots de fleurs en attente de nouvelles plantes.

Et bien d'autres choses encore.

— Eh bien, ne faites pas cette tête ! Il s'agit de mes affaires, déclara Helen. Et j'en aurai l'utilité, ça, je vous le certifie. Il y a des gens qui ne savent pas comment joindre les deux bouts, économiser, faire durer leurs affaires, utiliser leurs vieux trucs au lieu de les jeter et d'en acheter d'autres à la place. Moi, je suis fière de ne pas faire comme eux. Tout ce dont j'ai besoin, je l'ai ici, sous la main. Tout. Combien de personnes peuvent en dire autant, je vous le demande ?

Puis, parce qu'elle ne pouvait supporter la surprise peinée et la pitié qu'elle lisait sur les visages des deux seules personnes au monde qui l'aimaient un tout petit peu, Helen se détourna, monta l'escalier aussi encombré que le reste, emprunta les méandres du couloir, et s'enferma dans sa chambre.

2

Tessa comprit que Nancy avait besoin de s'asseoir pour se remettre du choc. Bien entendu, il n'y avait pas un siège de libre. Sur toutes les chaises s'amoncelaient des piles d'objets : des trucs-qui-pourraient-encore-servir, selon l'expression d'Helen. Elle aida sa mère à débarrasser un fauteuil chargé d'échantillons de papiers peints et de tissus. Plusieurs aller-retour furent nécessaires entre le fauteuil et le porche car il n'y avait aucun endroit où poser tout ça, à moins de condamner définitivement l'accès de la maison.

Lorsqu'elle revint de son dernier trajet, Tessa trouva sa mère assise, la tête dans les mains.

— D'accord, dit-elle. C'est pire que ce qu'on imaginait.

— Je m'attends à voir un rat débouler d'une minute à l'autre.

Pour une fois, Nancy n'exagérait pas.

— A ton avis, que comptait-elle faire avec ces échantillons de papiers et de tissus ? demanda Nancy.

— Ils proviennent de la boutique d'un décorateur connu de Strasburg. J'ai reconnu la marque. J'imagine qu'elle les a trouvés dans une décharge et qu'elle n'a pas pu s'empêcher de les récupérer.

Nancy poussa un gémissement.

— Tu avais raison, reprit Tessa qui, pourtant, n'était guère encline à reconnaître le mérite d'autrui. Je pensais que…

Elle ne savait comment formuler sa pensée.

— Tu pensais que, par désœuvrement, j'avais inventé le problème de toutes pièces ? lança Nancy en relevant la tête.

— Ce n'est pas le moment idéal pour reprendre nos vieilles querelles. Je voulais simplement te dire que j'étais désolée : j'aurais dû te faire davantage confiance.

Nancy balaya la pièce d'un geste de la main.

— Oui, tu vois, c'est du sérieux. Une simple étincelle, il n'en faudrait pas davantage.

— Si tu veux, je l'attirerai dehors pendant que tu commettras ton forfait. Ça nous fera gagner du temps.

Nancy sourit, et Tessa en éprouva un réel plaisir. Sa mère souriait souvent, et de façon appuyée, comme en quête de reconnaissance et de l'approbation de son entourage. Mais là, pour une fois, c'était un sourire spontané qui ne dura que le temps d'un éclair.

— Crois-tu qu'on puisse dormir ici, ce soir, sans risquer nos vies ?

— A condition qu'il y ait de la place dans les lits ! répondit Tessa.

— Dire que je l'ai suppliée pendant des années de me laisser lui installer l'air conditionné ! J'ai réussi à faire venir un entrepreneur pour refaire toute l'électricité, mais ça s'est arrêté là. Elle était furieuse. Et pourtant, cette chaleur lui fatigue le cœur. Je n'arrive pas à la comprendre. J'ai de l'argent : ce n'est vraiment pas un problème pour moi.

— Pour elle, si.

— Bon, pendant qu'elle est là-haut, il faut décider de ce que nous allons faire. Tant que c'est encore possible.

— Oui. Avant qu'elle ne se lance dans une nouvelle collection, dit sombrement Tessa en effleurant un vieux vase en plastique poussiéreux. Depuis combien de temps n'étais-tu pas venue dans cette maison ?

— Trop longtemps, c'est évident. Un an ? Non, davantage. En fait, j'ai vu maman, mais en dehors d'ici. On se rencontrait à l'église ou au drugstore, et puis, ensuite, elle me disait : « Ne te donne pas la peine de me raccompagner, j'ai des choses à faire en ville » ou bien : « Je suis tout à fait capable de me débrouiller seule. » Je me souviens que nous sommes revenues après la mort de Kayley. Je…

Nancy s'interrompit brusquement.

Tessa garda le silence.

Après la mort de Kayley. Trois ans auparavant. Ils devaient tous faire référence à cette date pour se repérer dans le temps, songea-t-elle. Avant Kayley, après Kayley.

Du temps où j'étais heureuse. Avant la grande désespérance…

Le jour de la mort de Kayley était devenu un sinistre point de repère dans leur calendrier… Le jour où sa petite fille de cinq ans s'était fait écraser par un chauffard ivre.

— C'est la dernière fois que je suis entrée ici, reprit Nancy en parlant très vite pour masquer sa gêne. Excuse-moi, ça m'a échappé…

— Kayley est morte. Nous ne pouvons pas prétendre le contraire.

Tessa posa les mains au creux de ses reins, étira son dos et fit quelques mouvements d'avant en arrière.

— Moi aussi, je suis venue, après l'enterrement. La maison avait un aspect normal, n'est-ce pas ?

La Shenandoah aurait bien pu l'inonder, ce jour-là : elle ne se serait pas aperçue qu'elle pataugeait dans l'eau.

— En tout cas, elle n'avait pas cette allure, répondit Nancy. Tessa, comment ai-je pu laisser la situation se dégrader à ce point ? Je fais une piètre fille !

Tessa plissa le front.

— Simplement une fille qu'elle n'invite jamais chez elle. Elle ne voulait pas que tu saches. Et, si tu n'avais pas forcé sa porte, personne n'aurait rien su.

— Mais qu'est-ce qu'on va faire ? s'écria Nancy, au bord des larmes.

Tessa se posait la même question. Les choses les plus simples paraissaient titanesques. Etait-ce prudent de dormir là, cette nuit ? Y avait-il un *endroit* où dormir, où manger ? L'unique salle de bains était-elle en état de marche ? Si elles ouvraient toutes les fenêtres, y aurait-il assez d'air pour les empêcher d'étouffer ?

Comment Helen avait-elle pu tomber si bas ?

— Nous ne pouvons pas mettre le feu, dit Tessa. Helen serait capable de se jeter dans le brasier juste pour nous contrarier. Et si nous passons la nuit ailleurs, il n'est pas dit qu'elle nous laisse entrer demain matin.

— Tu as raison. Je n'en reviens déjà pas qu'elle nous ait ouvert, aujourd'hui.

— Elle sait qu'elle a besoin d'aide, m'man. Si elle a mis autant de temps à l'admettre, c'est parce qu'elle avait peur.

— Elle n'a jamais eu peur de quoi que ce soit. Tu aurais dû la voir quand je n'étais encore qu'une petite fille : elle était capable de…

Tessa ne prêta qu'une oreille distraite au récit des exploits de sa grand-mère affrontant des *copperheads* venimeux de trois pieds de long, des serpents à sonnette et même, une fois, un énorme ours noir qui tentait de piller le poulailler. Personne ne contestait le courage d'Helen, c'était une affaire entendue.

Elle jeta un coup d'œil à son élégante montre-bracelet en or où de petites pierres précieuses indiquaient les heures — un cadeau de Mack, son mari, pour son dernier anniversaire. Elle avait trouvé son choix étrange. N'avait-il pas senti à quel point elle se fichait du temps qui passait, depuis que Kayley n'était plus là ? Une preuve de plus, s'il en fallait, qu'ils avaient perdu le contact.

Elle leva les yeux sur Nancy.

— Il nous reste à peu près sept heures avant le coucher du soleil, dit-elle. Dans l'intervalle, on peut faire un sérieux tri.

Nancy eut l'air accablé.

— Tu parles sérieusement ?

— On pourrait commencer par les papiers et en sortir un maximum avant la nuit.

— Mais où veux-tu mettre tout ça ?

— Dans un premier temps, dans la cour. On n'aura qu'à dissimuler le tas sous une bâche, en attendant de s'en débarrasser. On doit pouvoir en trouver une ici, non ?

— Elle en possède probablement des dizaines, de tailles et de couleurs différentes, soigneusement pliées et entassées dans la cabine de douche ou le poêle à bois.

— Demain, on essaiera de trouver quelqu'un pour les porter à la décharge.

— Elle ne laissera personne entrer ici !

Tessa en avait bien peur. Tout individu étranger à la famille serait impitoyablement refoulé. Il aurait pourtant été facile d'engager une équipe efficace pour nettoyer la maison, mais si c'était au prix de crises d'hystérie, le jeu n'en valait pas la chandelle.

— Tu vas lui annoncer que nous comptons faire un grand ménage, ou tu m'en laisses le soin ?

— Je veux bien le faire, dit Nancy sans enthousiasme.

— Non. Laisse-moi m'en charger. Je ne suis que sa petite-fille : l'affrontement sera moins violent.

— Elle risque tout de même de piquer une crise.

Tessa se posait sérieusement la question. Consciemment ou non, Helen savait que ces monstrueux tas devaient disparaître. Peut-être même qu'elle le souhaitait, afin de pouvoir de nouveau circuler librement dans sa maison. Cependant, Tessa n'arrivait pas à comprendre ce qui était à l'œuvre d'un point de vue psychologique. Comment une personne pouvait-elle entasser des tonnes d'objets inutiles au point de ne plus pouvoir vivre d'une façon normale ? Elle avait entendu parler de collectionneurs invétérés, mais, dans ce cas précis, il s'agissait d'une forme particulièrement aiguë du syndrome.

— Je ferais mieux de me libérer de cette corvée tout de suite, déclara-t-elle.

— O.K. Pendant ce temps-là, je m'occupe des vieux journaux.

— Ménage quand même ton dos ! Une petite pile à la fois, pas plus. D'accord ?

Nancy toucha le bras de sa fille.

— Montre-toi ferme, Tessa. On ne peut pas faire de sentiment dans cette histoire. Soit on débarrasse, soit c'est *elle* qui devra débarrasser le plancher. C'est aussi simple que ça.

— Elle est parfaitement au courant. Tu as déjà menacé de lui envoyer les services sanitaires.

— J'aurais fait appel à eux depuis des mois si j'avais mesuré l'étendue des dégâts.

Faire intervenir les services sociaux aurait sans doute été un choix judicieux, mais comment aurait réagi Helen ? La ferme était toute sa vie. En l'envoyant dans une maison de retraite, même luxueuse, on ne ferait que hâter sa mort. C'est ce que pensait Tessa, contrairement à sa mère.

Abandonnant Nancy à ses récriminations, elle se dirigea vers l'escalier. Helen avait laissé juste assez d'espace pour poser un pied sur chaque marche. Un faux pas, et ce serait une avalanche qui dégringolerait jusqu'en bas. Tessa décida qu'elle s'attaquerait à l'escalier dès que les vieux papiers seraient passés à la poubelle. Pas question qu'Helen se casse le col du fémur !

Elle n'arrivait pas à se rappeler quand elle était montée à l'étage pour la dernière fois. La maison avait bénéficié d'agrandissements, au fil des années, pour héberger des flopées d'enfants ou des proches âgés, revenus au bercail pour s'y faire dorloter.

Tessa fit une pause sur le palier, et chercha des yeux la chambre de sa grand-mère.

En haut, c'était plutôt le rayon prêt à porter : salopettes, jeans et bleus de travail, pliés avec soin, formaient une pile rectiligne. Plus loin, les chemises s'entassaient d'un côté, les robes de l'autre. Des monceaux de chaussettes roulées en boule côtoyaient des murailles de boîtes à chaussures qui, bien entendu, ne contenaient pas des chaussures mais des sous-vêtements usagés. Si les piles étaient moins hautes que celles du rez-de-chaussée, elles étaient plus nombreuses.

Tessa se fraya un chemin dans le labyrinthe, remarquant au passage des cimetières de torchons et de draps, tout juste bons pour des déguisements d'Halloween. Venait ensuite une tour précaire de serviettes de toilette élimées qui menaça de choir lorsqu'elle l'effleura en passant.

— Gran ?

Pas de réponse, évidemment. Ç'eût été trop facile.

Tessa pensa à un voyage qu'elle avait effectué avec Mack et Kayley, à Londres, quatre ans auparavant. Mack s'y était rendu pour une conférence, et Tessa et Kayley l'avaient rejoint pour visiter la ville. Elles avaient pris le bateau-mouche qui descendait la Tamise jusqu'à Hampton Court, et Kayley avait été fascinée par le labyrinthe. Elle l'avait parcouru en riant, jouant à s'y perdre et à s'y cacher, comme, probablement, tous les petits visiteurs depuis le XVIIIe siècle.

Tous leurs amis leur avaient dit que leur fille était trop jeune pour apprécier un si long voyage, et qu'elle ne se souviendrait même pas de ces vacances lorsqu'elle serait plus âgée. Tessa avait des milliers de regrets concernant la trop courte vie de leur enfant. Les livres qu'elle ne lui avait pas lus, les promenades qu'elles n'avaient pas faites, les jeux auxquels elles n'avaient pas joué. Mais il lui restait le bonheur d'avoir cédé à son élan en emmenant Kayley à Londres, cet été-là.

Elle s'approcha de la porte la plus proche, frappa, et tourna la poignée. Il faisait sombre dans la pièce ; les rideaux étaient tirés. Elle alluma et vit qu'Helen n'était pas là. Rien d'étonnant à cela : il n'y avait pas assez d'espace pour se retourner. Un sentier étroit menait à la fenêtre. Le reste de la pièce était encombré de sacs en plastique noir sur une hauteur d'un mètre cinquante.

— Génial !

Elle renifla, et fut soulagée : aucune odeur de pourriture.

Autre pièce : la bibliothèque. L'atmosphère confinée sentait le cuir moisi et la poussière des vieilles librairies. Tessa doutait, cependant, que les rayonnages abritent des livres rares ou précieux.

Le plancher n'était qu'à moitié encombré : toute une partie avait été déblayée pour permettre d'accéder à un divan. C'était une éventuelle possibilité de couchage pour cette nuit…

Tessa découvrit sa grand-mère dans la pièce suivante. Elle était assise près de la fenêtre, le regard perdu vers l'étang.

Autrefois, Helen était une femme solide, avec des hanches larges et une poitrine imposante. Aujourd'hui, en dépit de sa taille au-dessus de la moyenne, elle avait l'air fragile, comme rétrécie. On aurait dit qu'une force invisible lui avait dérobé sa vitalité, la sève qui l'avait maintenue active et confiante, tout au long de son existence.

Ses cheveux clairsemés avaient blanchi. Tessa se rappela qu'elle les portait courts, coupés au bol. Mais là, visiblement, elle avait renoncé à les entretenir.

Tessa avait vu des photographies de sa grand-mère, jeune fille. Oh ! il y en avait très peu ! Ce genre de vanité n'était guère apprécié dans sa famille strictement luthérienne. Ensuite, la grande dépression avait achevé de balayer tout ce qui n'était pas absolument nécessaire. Il n'empêche que, à une époque, Helen était passée pour un « beau brin de femme », une femme qui faisait tourner les têtes lorsqu'elle entrait dans une pièce.

A présent, son visage reflétait la dureté de l'existence qu'elle avait menée. Les années y avaient creusé de profonds sillons, comme pour enterrer définitivement toute manifestation intempestive d'émotion. Elle plissait perpétuellement les yeux car elle refusait de changer de lunettes.

— Gran ?

Pas un battement de paupières. Pas un son.

— Il faut que je te parle, dit Tessa en franchissant le seuil.

La chambre était étonnamment spacieuse, avec une rangée de fenêtres au fond, là où se tenait sa grand-mère. Le plancher était *raisonnablement* encombré, d'après la norme en cours dans la maison. Des vêtements, méticuleusement empilés, s'alignaient le long d'étagères faites de planches posées sur des parpaings. Ici aussi, on trouvait des masses d'affaires, mais, au moins, on pouvait circuler au cœur de la pièce.

— Je ne veux pas parler, déclara Helen. Les mots sont inutiles.

— Dans ce cas, il va falloir que tu m'écoutes.

Tessa gagna la fenêtre et se tint debout près du fauteuil de sa grand-mère.

L'étang, comme toute la campagne alentour, souffrait de la sécheresse. Depuis l'époque où l'eau venait lécher les racines des saules pleureurs plantés sur ses berges, il avait au moins réduit d'un tiers, estima Tessa en contemplant les flaques boueuses qui trouaient la terre craquelée des bords. Elle imagina les poissons prisonniers, tournant dans un espace de plus en plus restreint.

— C'est un été particulièrement sec, dit-elle d'un ton neutre.

Puis elle se demanda si cet été n'était pas à l'image de l'existence de sa grand-mère.

Avait-elle commencé ses collections par désœuvrement ? Ces monceaux d'objets avaient-ils pour fonction de remplir un vide douloureux, né de la solitude et de la vieillesse ?

— Nous devons débarrasser tout ce fatras, dit Tessa doucement. Tu le sais, n'est-ce pas ? Il menace ta sécurité. Tu as besoin d'espace pour vivre et te déplacer librement, sans risquer de tomber. Imagine un peu que tu trébuches et que tu te casses un bras ou une jambe !

Silence.

— Ce serait plus facile si tu nous laissais engager quelqu'un pour embarquer tout ça. Ça nous ferait gagner beaucoup de temps.

La proposition eut pour effet de déclencher la réaction attendue.

— Aucun étranger ne mettra les pieds ici ! Et je n'ai pas besoin de toi non plus !

Tessa posa la main sur l'épaule de sa grand-mère.

— C'est ce que j'ai cru comprendre. Je m'apprêtais même à camper sur ta véranda.

Helen eut un petit grognement incrédule.

— Toi ? La ville t'a trop ramollie. Tu serais incapable de vivre à la dure.

— Je m'y prépare plus ou moins.

— Tu as l'intention de rester ?

— Qu'est-ce que tu t'imagines ? Qu'on va te laisser te débrouiller seule, après avoir vu ce qui se passait ici ?

— Je n'ai pas besoin de votre charité.

Tessa choisit ses mots avec soin.

— Certes. Mais que dirais-tu d'un peu de compagnie ? Sans compter qu'il y a de l'ouvrage, Gran. Des bras supplémentaires seront les bienvenus, non ?

Helen se renferma dans le silence. Tessa avait perdu l'espoir d'obtenir une réponse lorsque la vieille dame poussa un soupir déchirant.

— Je ne comprends pas comment c'est arrivé, murmura-t-elle d'une voix d'enfant perdu.

Tessa, qui s'était blindée depuis son arrivée, fut envahie par un sentiment d'empathie qui la submergea. Elle ne saisissait que trop bien ce que voulait dire sa grand-mère. Elle avait vu sa propre existence lui échapper et, tout comme Helen, elle se sentait complètement impuissante devant le désastre.

*
* *

Le temps de vider le rez-de-chaussée de ses vieux journaux et de ses cartons, le soleil avait amorcé sa descente derrière l'horizon. Il était déjà un peu plus facile de circuler et, avec toutes les fenêtres grandes ouvertes et des ventilateurs dans les pièces un peu dégagées, la température était devenue supportable.

Nancy s'étira, les bras levés au-dessus de la tête.

— J'ai besoin d'une douche, en priorité. Avant même de songer à un verre ou à dîner. Quoique j'aie déjà une petite faim.

Tessa rêvait d'une douche, elle aussi, mais elle avait des doutes quant aux réserves d'eau. Si l'étang s'asséchait lentement mais sûrement, qu'en était-il du puits ?

Et comment trois femmes allaient-elles faire face à un mois d'été, voire deux, sans air conditionné ni eau courante en quantité suffisante ? Trois femmes qui n'avaient en commun que leur ADN. Des vacances de rêve, non ?

— Vas-y ! Pendant ce temps-là, je vais voir si je peux bricoler quelque chose pour le dîner, dit Tessa. Je crois que la gazinière est accessible. Et, avec un peu de chance, j'arriverai à ouvrir l'un des placards.

Nancy fit craquer ses articulations.

— J'ai apporté des provisions : elles sont sur la table. Rien de périssable : des conserves, des denrées de première nécessité, quelques fruits, aussi, et une boule de pain. Je ne savais pas trop ce que nous trouverions en arrivant.

Aux yeux de Tessa, Nancy constituait un curieux mélange de sergent instructeur et d'oiseau des îles.

Dans sa sphère d'intervention, circonscrite, somme toute, à un univers assez étroit, Nancy menait son monde tambour battant. Personne n'organisait un thé ou un banquet comme elle. Personne ne savait caresser l'élite de Richmond dans le sens du poil avec autant de finesse. Elle était à tu et à toi avec les membres du corps législatif, connaissait nombre de détails précis sur le patrimoine des confédérés, l'état des fortunes et les liens politiques des familles les plus en vue. En revanche, le sens pratique lui faisait complètement défaut : elle était incapable de soigner un genou écorché, de changer un fusible ou de convertir des onces en livres.

Tessa croyait se souvenir que Nancy ne faisait pas la cuisine. Sarah, leur gouvernante, avait toujours préparé les repas. Tout juste si sa mère leur avait, de temps en temps, servi un bol de céréales ou confectionné un sandwich. Il était donc extrêmement surprenant qu'elle eût pensé à apporter des vivres.

— Il y a du beurre de cacahuètes ?

— C'est Sarah qui a préparé le sac, mais je pense que oui. J'ai aussi demandé du thon et un pot de mayonnaise.

— Parfait. Dans ce cas, je vais préparer des sandwichs.

— Non, non ! Va plutôt prendre ta douche : je suis encore capable de tenir debout. Enfin, il me semble.

— Moi aussi, ça va. Tu peux y aller. Et, pendant que tu y seras, choisis-toi une chambre. Tu trouveras des draps dans le couloir. Ce n'est pas ce qui manque !

— Ça fait drôlement longtemps que je n'ai pas passé la nuit ici, dit Nancy.

— Où était ta chambre ?

— C'était celle qui donne sur la forêt.

La pièce aux livres.

— Gran a eu la prévenance de garnir les rayonnages avec de nouveaux ouvrages, dit Tessa en essayant de garder son sérieux.

Nancy battit des paupières, comme si elle avait une vision de ce qui l'attendait.

— Je vais chercher ma trousse de toilette, dit-elle en se dirigeant vers l'entrée. Au fait, il y a aussi une bouteille de vin : je viens de me le rappeler.

Helen avait une attitude plutôt réservée concernant l'alcool. Tessa pensait qu'elle ne protesterait pas, peut-être même accepterait-elle de boire un verre en leur compagnie, si jamais elles arrivaient à la faire descendre de son donjon.

— Tessa, je…

Nancy s'arrêta, cherchant ses mots.

— Tu préférerais peut-être que nous nous abstenions ? Ça m'a échappé, et je ne voudrais pas te pousser. Je sais ce que tu ressens, et…

— Pas de problème.

Nancy s'abstint d'épiloguer, ce qui prouvait bien l'importance du sujet. Elle se glissa dehors sans demander son reste.

Un passage moins encombré menait, désormais, vers la cuisine. Tessa avait divisé la tâche en deux catégories plus ou moins équivalentes. Dans la première : tout ce qui devait être jeté. Dans la seconde, et c'était plus délicat, il allait falloir trier. On y trouvait des piles de vieux courrier, des liasses de factures, dont on ignorait si elles avaient été réglées ou non, des boîtes en carton remplies de photos, des objets qui pourraient encore servir, sinon à Helen, du moins à d'autres. Au début, Tessa s'était dit qu'il s'agissait surtout de se débarrasser d'un maximum de choses, une tâche relativement simple, sauf pour les muscles du dos, bien sûr. Au bout de quelques heures passées à traîner des sacs dehors, elle avait déchanté.

La cuisine, par exemple, fournissait un bon exemple de la seconde catégorie. Comme c'était à prévoir, Helen avait constitué des réserves. Des masses de réserves. En cas de désastre national, Fitch Crossing Road et la ville de Toms Brook ne risquaient pas de mourir de faim.

Tessa comprenait, à présent, l'utilité des centaines de pots de verre. Helen les utilisait pour tout : plantes séchées, graines, pâtes, céréales. Elle y mettait aussi ses confitures maison. Pour ses conserves, elle utilisait un modèle de bocal standard à grosse rondelle de caoutchouc rose. Comme Tessa n'était pas encore tombée sur la grosse partie du stock, elle se demandait avec inquiétude où se trouvaient les pyramides de bocaux. Mieux valait éviter le cellier pour l'instant, songea-t-elle en poussant un gros soupir.

Nancy avait posé les sacs de provisions sur la seule surface disponible : le petit guéridon près de la fenêtre où était disposé le set de table solitaire d'Helen. Tessa commença par libérer l'un des comptoirs afin de pouvoir préparer à dîner. Elle y trouva une bibliothèque encyclopédique de recettes de cuisine. Lorsqu'elle eut posé les ouvrages sur le sol, contre la porte de derrière, il restait à peine un passage libre en cas d'urgence.

Elle nettoya la table improvisée avec une éponge relativement neuve, trouvée parmi des dizaines d'autres, puis y disposa le pain, le thon et la mayonnaise. Dans le haut d'un placard, elle tomba sur un large choix de bols dépareillés, soigneusement empilés par tailles.

Ils lui rappelèrent les *matriochkas* de son enfance. Elle possédait toute une série de poupées gigognes de bois coloré et de chats qui s'emboîtaient les uns dans les autres. Son père les lui avait rapportés d'un voyage d'affaires en Russie. Plus tard, dès que Kayley avait été capable de les manipuler, Tessa les lui avait donnés. La petite fille avait baptisé chaque figurine, et elle jouait avec elles pendant des heures.

Tessa était à la fenêtre, le regard perdu au loin, lorsqu'un bruit la fit se retourner. Il s'était passé un moment depuis qu'elle avait sorti la boîte de thon, et elle ne l'avait pas encore ouverte.

— Tu prépares à dîner ?

Tessa fut surprise de découvrir Helen sur le pas de la porte.

— Du thon, ça te dit ?

— J'ai des provisions. Tu crois que je ne mange rien ?

— Gran, nous ne savions pas ce que tu avais, et m'man a apporté quelques trucs, à tout hasard. Il y a même une bouteille de vin. Tu veux que je t'en serve un verre ?

Helen s'approcha du comptoir en traînant les pieds.

— Ça fait des années que je n'en ai pas bu.

— Dois-je en conclure que tu préfères t'abstenir ?

— Un verre ne me fera pas de mal, j'imagine.

— Et où sont-ils, les verres ?

Helen pouffa.

— Oh ! à peu près partout !

Ce rire proche de la dérision ne fut pas sans étonner Tessa. Elle y vit un paradoxe des plus troublants.

Sortant un verre de l'égouttoir, elle constata qu'il était fendu. Demain, pendant qu'Helen aurait le dos tourné, elle le jetterait. Le second était intact, bien qu'une sorte de décalcomanie achevât de s'écailler sur le pourtour : un membre de la famille Pierrafeu, ce dessin animé célèbre des années… 65 ?

— Qui t'a donné la permission de jeter tous mes journaux ? lança Helen.

— Qu'est-ce qu'ils fichaient là, d'abord ?

Sortant la bouteille du sac, Tessa fut reconnaissante à Nancy d'avoir pensé au tire-bouchon. Elle n'aurait pas eu le courage de fouiller tous les tiroirs.

— Je ne les avais pas lus.

— Et le risque d'incendie, Gran ? Soyons clairs : si tu ne les lis pas le jour où ils paraissent, tu ne les liras jamais. Et, même si tu t'y mettais ce soir, tu n'en aurais parcouru qu'une infime partie d'ici à Noël.

— Toujours ça de pris !

La voix de Nancy s'éleva depuis le seuil de la cuisine.

— Maman, d'après ces journaux, les tours du World Trade Center sont toujours debout, le président Clinton se défend comme un beau diable d'avoir eu des relations sexuelles hors mariage, et…

— Les gens jettent tout. Quel gâchis ! Et qu'avez-vous fait de mes magazines ?

En attendant que sa mère jette un peu plus d'huile sur ce feu-là, Tessa déboucha la bouteille. Elle servit Helen, et se mit en quête d'un autre verre.

— Il y avait des numéros vraiment intéressants dans le tas, admit Nancy. Je comprends que ce soit dur pour toi de t'en séparer.

— Je n'en ai même pas regardé la moitié.

— Dis-moi ceux qui t'intéressent le plus, et je te les mettrai de côté, proposa Tessa dans la foulée, avant que sa mère n'émît un avis contradictoire. Tu as des abonnements ?

— Pour quoi faire ? Les cabinets médicaux les jettent quand ils sont trop vieux.

Helen les récupérait alors à la décharge publique. Le thème du déchet revenait comme un leitmotiv dans la Vieille Ferme Stoneburner. Ce qui était désuet, dépassé, mis au rebut devait être pris en considération et protégé. C'était la mission d'Helen, puisque personne d'autre ne s'en préoccupait.

— M'man, tu veux un verre de vin ? proposa Tessa.

— Demain, je rapporterai toutes ces affaires dans la maison, déclara Helen. Vous verrez, j'en suis parfaitement capable. Vous n'avez aucun droit de me faire ça !

Elle prit son verre, passa devant sa fille, et disparut derrière le fatras qui obstruait le couloir. Les deux femmes écoutèrent son pas décroître et se perdre dans l'escalier.

— Je lui monterai un sandwich dans un petit moment, dit Tessa.

— Ça va être la croix et la bannière, dit Nancy sombrement. J'ai pris une douche de deux minutes avant que l'eau se réduise à un misérable filet rougeâtre, puis je me suis séchée avec une serviette datant d'Eisenhower. Maman ne mange pas. Je ne suis même pas certaine qu'elle se lave. Elle va tout le temps nous mettre des bâtons dans les roues, récupérer les ordures à mesure que nous les jetons. Et puis, il fait au moins trente degrés dans cette fichue bicoque ! Les moustiquaires sont pleines de trous et les bestioles n'attendent que le moment du festin.

Elle se donna une claque sur l'avant-bras pour souligner tragiquement la situation.

— Elle est complètement maboule, et plus nous la raisonnerons, plus elle s'entêtera, conclut-elle avec une rage à peine contenue.

Tessa tendit le verre de vin à sa mère.

— Et qu'est-ce que tu suggères ?

Elles se regardèrent. Nancy porta un toast silencieux. Tessa fit de même.

Elles vidèrent leur verre sans un mot, chassant machinalement les moustiques qui rôdaient, tout en écoutant les grillons qui s'en donnaient à cœur joie, dehors.

3

Le mercredi matin, Tessa se réveilla aux premiers rayons du soleil. La veille, elle avait enlevé les vieux rideaux raides de poussière et la plupart des cartons qui encombraient sa chambre. Avec Nancy, elles avaient décidé que le mieux était encore de rendre leurs chambres habitables puisqu'elles allaient devoir y rester quelque temps.

— Quand j'ai fini par aller me coucher, j'ai rêvé que je marchais dans des rues inconnues et que j'étais bombardée par des projectiles venus du ciel, avait raconté Nancy, lors du petit déjeuner. Je me suis réveillée en sursaut, et j'ai vu ces piles de livres tout autour de mon lit. Je suis restée allongée, les yeux grands ouverts, en attendant qu'eux aussi me tombent dessus.

Les rêves de Tessa n'avaient pas été plus réjouissants. Mais ça ne la changeait guère. Elle faisait toutes les nuits le même cauchemar, où qu'elle dormît.

Les deux femmes avaient donc consacré la majeure partie du mardi à faire place nette dans leur chambre.

Helen s'était terrée dans la sienne, refusant d'apparaître aux repas.

D'un côté, son absence avait été un soulagement. Au moins, pendant qu'elle boudait au premier étage, elle ne mettait pas ses menaces à exécution. Lorsque Tessa lui apportait à boire ou à manger, elle ne prononçait pas un mot : elle continuait à coudre, imperturbable, dans son fauteuil près de la fenêtre.

Ce matin-là, Tessa entendait sa grand-mère s'agiter, de l'autre côté de la cloison. La trêve, si tant est qu'on pût la nommer ainsi, ne durerait pas éternellement. La recluse finirait par quitter sa tanière et découvrirait tout ce qui avait été jeté.

A ce moment-là, on pourrait s'attendre à tout.

Tessa s'assit dans son lit et remonta les genoux sous son menton. La Vieille Ferme Stoneburner était, en quelque sorte, sa maison de famille, mais elle s'y sentait étrangère. Dans sa petite enfance, elle y avait très peu séjourné. Elle n'y avait accompagné ses parents que pour de brèves visites, et Helen lui avait toujours fait peur, avec sa voix de stentor et sa silhouette imposante. Si elle aimait les enfants, elle ne l'avait jamais montré. Il n'y avait pas de boîtes remplies de biscuits dans la maison d'Helen, pas de livres d'images à feuilleter ni d'animaux à caresser. On demandait invariablement à Tessa d'aller jouer dehors, mais les vastes espaces désolés déconcertaient la petite fille. Une fois adolescente, elle s'était inventé des excuses pour sécher les visites de politesse à la ferme.

A présent, elle ne se sentait aucun lien avec cette vieille bâtisse. Un jour, sans doute, elle en hériterait. Et elle la vendrait sans aucun état d'âme.

Helen marmonnait en tourniquant dans sa chambre. Tessa décida de se lever et enfila ses vêtements de la veille. Son choix était des plus restreints : dans un moment de distraction, elle avait oublié sa valise chez elle, et elle allait être obligée d'y faire un saut dans l'après-midi pour la récupérer. A moins qu'elle ne lave ses affaires chaque soir… Sa maison de Fairfax n'était qu'à une heure et demie de route, en admettant que ça roule bien, mais elle rechignait à effectuer le trajet. Nancy et elle avaient intérêt à en faire le plus possible avant qu'Helen ne changeât d'avis et ne les mît à la porte.

Elle descendit et retrouva sa mère dans la cuisine. Nancy était en train d'astiquer la robinetterie de l'évier, les yeux perdus dans le vague, et elle ne se retourna pas à l'arrivée de sa fille.

— Je me demande combien de vaisselles j'ai pu faire dans cet évier ! lança-t-elle.

— Et le même évier, je parie ?

— Oui, c'est sans doute le modèle d'origine. On le transportait en charrette dans ces campagnes reculées.

— Y a-t-il *quelque chose* qui t'ait plu quand tu vivais ici ?

Tessa se rendit compte que le manque de sommeil perçait dans sa voix. La nuit ne l'avait pas reposée, malgré le nettoyage par le vide qu'elle avait fait subir à sa chambre.

— Pour être honnête, non, répondit Nancy en se penchant pour rincer une tasse plus longtemps qu'il n'était nécessaire. Il y a du café, si tu veux. Il est encore chaud.

— Je vais en apporter une tasse à Gran. Elle est levée.

— A ta place, je m'abstiendrais. Nous ne sommes pas là pour la servir. Elle n'a qu'à descendre, si elle veut prendre son petit déjeuner.

— Ecoute, elle est âgée, elle n'a plus toute sa tête, et je…

— Ça n'ira pas mieux si tu la traites comme une chose hors d'usage.

Nancy fit face à sa fille en agitant les mains devant elle. Visiblement, elle avait déjà fait sa toilette : sa coiffure et son maquillage étaient impeccables. Tessa se demanda à quelle heure sa mère avait bien pu se lever.

— Ecoute, reprit Nancy, je la connais mieux que toi. Elle ne veut pas qu'on s'occupe d'elle. Tu comprends ?

— Alors, on fait comme si elle n'existait pas ?

— On aurait du mal ! Si on est ici, c'est bien à cause d'elle, n'est-ce pas ? On va passer tout notre été à essayer de lui rendre la vie meilleure.

— Ma vie est tout à fait satisfaisante ! lança Helen en pénétrant dans la cuisine.

Tessa ne l'avait même pas entendue descendre l'escalier.

— Et je ne t'ai pas demandé de m'aider, maugréa-t-elle.

— Il y a du café, annonça Nancy. Pour accompagner la dispute qui se profile à l'horizon.

— Ah ! les disputes, ça suffit ! intervint Tessa d'une voix cinglante qui la surprit elle-même. Ecoutez, vous deux, j'ignore pourquoi vous vous chamaillez comme ça, mais moi, je n'ai pas l'intention de tremper là-dedans. On a du boulot, ici : ça va nous prendre un mois, peut-être deux.

Helen ne put s'empêcher de mettre son grain de sel.

— Je n'ai jamais…

Tessa l'arrêta d'un geste.

— Désolée, mais on se fiche de savoir si tu nous as demandé de venir ou non, Gran. Nous sommes là, c'est ça la réalité. Et pour un moment. Quand nous repartirons, la maison n'aura plus la même allure. Maintenant, si vous devez vous bouffer le nez à longueur de journée, faites-le quand je ne suis pas là, d'accord ? Parce que moi, je *déteste* ça.

Sur ce, elle quitta la cuisine par la porte de derrière, fit le tour de la maison, puis se retrouva en train de courir, elle qui avait toujours détesté le jogging… Avant la mort de Kayley, c'était le yoga qui l'aidait à évacuer le stress. Après… elle avait perdu ses marques, et le yoga lui avait semblé totalement inutile. Comme tout le reste.

Elle était sur Fitch Crossing Road, grimpant et redescendant les côtes à toute allure, lorsqu'elle se demanda ce qu'elle était en train de faire. La réponse s'imposa. Courir était quelque chose qui faisait sens. Une métaphore des plus parlantes, en ce qui la concernait.

Bientôt, la chaleur et la fatigue se firent durement sentir. Elle ralentit l'allure et adopta une marche soutenue. Elle avait dépassé les limites de la propriété de sa grand-mère. Les champs qu'elle longeait, à présent, donnaient l'impression d'être mieux entretenus, comme s'ils avaient été labourés récemment, alors que les acres de maïs qui s'étendaient du bord de la route à la rivière ne seraient certainement pas sauvées.

Il devait s'agir des terres des Claiborne, se dit-elle, étonnée d'avoir parcouru une telle distance.

Au loin, sur sa droite, elle aperçut un ranch en brique devant lequel stationnait un grand nombre de véhicules. En retrait de la maison, il y avait un petit mobile home, puis des vergers.

Un homme, juché sur un tracteur, descendait la piste dans sa direction. Tessa lui adressa un bonjour de la main et s'arrêta pour échanger quelques mots avec lui. On n'était pas en ville, ici. Les voisins n'avaient pas pour habitude de s'ignorer, sauf s'ils préféraient qu'on leur fiche la paix, auquel cas ils ne pouvaient compter que sur eux-mêmes en cas de nécessité.

L'homme, qui devait être M. Claiborne, descendit de son engin pour venir lui parler.

— Oh ! vous n'étiez pas obligé de vous arrêter ! lui dit Tessa. J'avais juste l'intention de vous saluer.

La cinquantaine bien tassée, sec comme un coup de trique, il s'essuya la main sur son jean.

— Ron Claiborne.

— Tessa MacRae, répondit-elle en lui serrant la main. La petite-fille d'Helen.

— Comment va-t-elle ?

Tessa fit une petite grimace.

— Heureusement que vous nous avez prévenus, monsieur Claiborne : ça nous a permis de découvrir qu'elle nous cachait ses problèmes depuis longtemps.

Elle sentit qu'il attendait autre chose : une explication, peut-être, sur le fait qu'une famille pût abandonner l'un des siens dans une situation aussi désespérée. Mais elle ne sut quoi ajouter.

Ce fut lui qui la tira d'embarras.

— Helen n'est pas très causante, d'une façon générale. Je comprends que vous n'ayez pas été au courant.

— Grâce à vous, en tout cas, nous avons pris conscience

de l'étendue des dégâts. Nous allons débarrasser la maison, remettre de l'ordre. Et ensuite, nous prendrons une décision.

— Vous allez avoir besoin d'aide.

— Elle ne laissera personne pénétrer dans la maison.

— Ça ne m'étonne pas ! dit Ron en enlevant sa casquette — frappée du sigle d'une compagnie d'entrepôts — pour se gratter le crâne. Et qu'est-ce que vous comptez faire des affaires dont vous n'aurez pas l'utilité... si vous voyez ce que je veux dire ?

Un instant, Tessa se demanda si le stockage de marchandises était l'occupation favorite des gens de Fitch Crossing, puis elle se rendit compte qu'il lui proposait tout simplement de l'aider.

— Au point où nous en sommes, je ne sais pas trop. Pour l'instant, on entasse tout dehors, sous une bâche. Mais on va devoir louer les services de quelqu'un pour faire enlever le tas.

— Pas la peine d'engager un gars pour ça. Votre grand-mère est ma voisine depuis que je me suis installé ici, et je serai heureux de lui rendre service. Je dispose d'une remorque qui fera l'affaire. Je peux venir avec, si vous voulez. On la mettra dans la cour de devant et, chaque fois qu'elle sera pleine, vous me donnerez un coup de fil : j'irai vider tout ça à la décharge publique. Et si jamais vous aviez besoin de mon pick-up, vous n'auriez qu'à me le dire : je vous enverrai mon fils, Zeke. C'est le moins que nous puissions faire.

Il marqua une pause, l'air un peu gêné.

— Je m'en veux, vous savez, de ne pas vous avoir téléphoné plus tôt. Je suis passé la voir une ou deux fois, sous différents prétextes, et j'aurais pu vous prévenir qu'elle ne répondait pas. Mais voilà, je n'y ai pas pensé, sur le moment. C'est regrettable.

Tessa avait toujours entendu sa grand-mère affirmer que les Claiborne étaient une sale engeance, de la graine de voyous, des gars qui buvaient et provoquaient des bagarres. Bizarre… Cet homme paraissait absolument charmant.

Elle lui sourit, reconnaissante.

— Vous n'avez rien à vous reprocher. Et j'accepte votre aide avec gratitude.

Il acquiesça d'un signe de tête et renfonça sa casquette.

— Je passerai chez votre grand-mère dans un moment, avec la remorque.

Ils se séparèrent, et Tessa prit le chemin du retour. Elle était à mi-distance de la ferme lorsque son portable se mit à sonner. Elle l'avait glissé dans la poche de son short, avec l'intention de laisser un message à Mack pour le prévenir qu'elle passerait prendre sa valise chez eux. En l'appelant après le petit déjeuner, elle savait qu'il serait parti, ce qui la dispensait de lui parler.

En vérité, elle n'avait plus rien à lui dire.

Elle ouvrit l'appareil et vérifia l'identité de son correspondant. C'était lui. Elle hésita à répondre, puis, à la troisième sonnerie, elle se décida.

— Tessa ?

Elle s'éclaircit la gorge.

— Bonjour, Mack. En route pour le bureau ?

— Pas encore.

Silence. Elle se demanda s'il avait autant de mal qu'elle à trouver un ton approprié à leur relation.

Il évita les parlotes inutiles.

— Il y a une valise dans notre chambre, qui m'a l'air pleine. Je ne l'ai remarquée que ce matin : elle est de ton côté du lit.

— Oui, je sais. Je l'ai oubliée. Je devais être troublée par cette histoire avec Gran.

— Comment va-t-elle ?

— Je ne te dis pas l'état de la maison : un vrai désastre !

— Et elle accepte votre aide ?

Mack avait toujours eu un faible pour Helen Henry, alors qu'il ne montrait guère d'affection envers Nancy.

Son métier d'avocat l'avait entraîné à aller droit au cœur des situations, sans être dupe des apparences. Or, depuis toujours, il semblait voir chez Helen des qualités qui échappaient totalement aux autres. Il avait aimé venir à la ferme ; il en profitait pour familiariser Kayley avec les plantes et les animaux. Il était capable d'entretenir des conversations avec Helen sur les aléas de la météo ou le prix du bœuf sur pied, comme un péquenaud du coin discutant avec ses potes à la coopérative agricole.

Au ton de sa voix, Tessa devina qu'il se faisait *réellement* du souci, et elle se sentit un peu coupable de ne pas l'avoir appelé plus tôt pour lui donner des nouvelles.

— Elle n'est pas ravie, mais, jusqu'à maintenant, nous avons eu à peu près carte blanche pour vider les pièces. Tu n'imagines pas ce qu'elle a pu accumuler ! A ce stade, ça relève plutôt du psy que du plumeau et du chiffon à poussière !

— Alors, vous risquez d'être occupées pendant un moment.

Elle se demanda si ça le contrariait ou si, au contraire, il était soulagé.

— Je ne pense pas être de retour avant la dernière quinzaine d'août, juste à temps pour préparer la rentrée scolaire.

— Tu vas donc avoir besoin de cette valise.

Elle ne s'attendait pas à ce que son absence le chagrine, mais, curieusement, ce manque total de réaction lui fit mal.

— Je viendrai t'apporter cette valise ce soir, dit-il soudain, comme s'il devinait ses pensées. As-tu besoin d'autre chose ?

— Ne t'embête pas avec ça. J'avais l'intention de m'éclipser, cet après-midi, et de venir la chercher moi-même.

— Non, non, je vais passer. Ça ne me dérange pas.

— Ça fait une trotte jusqu'à Toms Brook, Mack.

— Je sécherai ma réunion, mais je risque de travailler tard. Je n'arriverai qu'en fin de soirée.

Sa réunion. Les Amis de la Compassion, le groupe d'entraide qui était devenu sa béquille, depuis la mort de leur fille. S'il était prêt à manquer l'une de ces réunions, c'est qu'il estimait que la situation en valait la peine.

Elle céda.

— Eh bien, je te remercie, c'est gentil de ta part. Et j'apprécie. Vraiment.

Ils retombèrent dans le silence.

Du haut de la côte, Tessa repéra la ferme de sa grand-mère.

— Ecoute, je suis presque arrivée à la maison. J'étais allée faire un peu de jogging, et je…

— Du jogging ? Par cette chaleur ?

— Je crois que je vais m'y mettre sérieusement. Ça me donnera du cœur à l'ouvrage. Et, crois-moi, je vais en avoir besoin pour survivre au milieu de leurs prises de bec incessantes.

Il eut un petit rire pas très convaincant.

— Prends soin de toi.

— Toi aussi. A ce soir.

Elle referma son portable et ralentit encore le pas. La perspective de cette journée ne l'enchantait guère. Et la soirée encore moins.

Mack éprouvait-il la même lassitude à l'idée de la voir ? se demanda-t-elle.

Si c'était le cas, ils avaient au moins une chose en commun.

4

L'église épiscopale où Les Amis de la Compassion tenaient leurs réunions était une oasis de fraîcheur. La salle qui accueillait le groupe de Mack était imprégnée de la même atmosphère, avec ses murs en brique et ses lambris de bois foncé. Les parois étaient ornées de sculptures en métal aux formes torturées, qui témoignaient des souffrances humaines. C'était un ami qui avait amené Mack à sa première réunion. Il ne serait jamais venu de lui-même, étant habitué à résoudre ses problèmes sans l'aide de personne. Il était celui qui avait toujours une solution dans sa manche, celui qui ne se laissait pas abattre, une sorte de Don Quichotte prêt à lutter contre tous les moulins à vent de ce bas monde pour faire triompher la justice et défendre la cause des opprimés.

C'était son métier, et il y réussissait parfaitement.

Lorsque son père s'était subitement effondré, foudroyé par une crise cardiaque entre le dix-septième et le dix-huitième trou sur le parcours de Pebble Beach, Mack avait pris le premier avion pour la Californie. Il s'était efforcé de consoler sa mère, puis s'était occupé de sa situation financière car il voulait qu'elle eût un avenir digne de ce nom.

Lorsque Kayley était morte, il avait sombré, oubliant les gestes les plus élémentaires du quotidien comme se raser ou se laver les dents.

Un ami, qui avait perdu son fils aîné, des années auparavant, dans un accident de parachutisme, était venu chez lui, trois semaines après les funérailles de Kayley. Il lui avait choisi des vêtements, l'avait poussé dans sa voiture et emmené à sa première réunion. A partir de ce jour-là, Mack n'en avait manqué aucune. Son ami ne venait plus qu'occasionnellement, mais lui, il semblait incapable de faire face sans l'aide du groupe.

Cédant à son insistance, Tessa avait accepté de l'accompagner, une fois. Une seule. Depuis, il avait perdu l'espoir de l'y entraîner de nouveau.

Quand il arriva, ce soir-là, la salle était vide. Il restait encore une heure avant la réunion. Il était passé déposer des brochures qu'il avait photocopiées à son bureau avant de prendre la route de Toms Brook, avec la valise. Erin Foster, un autre membre du groupe, l'avait prévenu qu'ils étaient à court de documentation, et il ne tenait pas à ce que des parents ou des familles en deuil fussent privés d'informations.

La pièce était déjà prête pour la réunion. Il déposa les formulaires sur la table près de la porte. Erin, qui arrivait généralement en avance afin de s'assurer que tout était en ordre, les verrait et se chargerait de leur distribution.

Mack se tint immobile un moment. Il n'était pas pressé de reprendre sa voiture. Le peu de paix qu'il avait ressenti, depuis le décès de sa fille, il l'avait trouvé là. Tessa considérait que son attachement au groupe était une forme de dépendance, mais, à ses yeux, c'était une planche de salut pour un homme sur le point de se noyer.

L'atmosphère de la pièce était paisible. Il y faisait agréablement frais. Mack se mit à penser à sa femme. Avant le drame, leur attitude, leurs valeurs, leurs rêves et leurs espérances étaient semblables. Ils étaient différents en tant qu'êtres humains, mais ils avaient le même regard sur le monde, et ils respiraient au même rythme.

Et puis, petit à petit, ils étaient devenus des étrangers.

— Mack ?

Levant la tête, il découvrit Erin dans l'encadrement de la porte. Elle était dans toute la beauté éclatante de ses vingt ans. Ancienne reine du Beurre du Minnesota — un titre très prisé —, elle était descendue dans le Sud à la fin de ses études et travaillait, à présent, pour le ministère de l'Agriculture. Son visage ouvert, son expression amicale, son teint que rien n'altérait sinon un semis de taches de rousseur du plus bel effet, tout en elle était charmant. Jusqu'à son abondante chevelure, une cascade ondulante de blondeur soyeuse, et son sourire resplendissant.

Mack lui avait accordé sa confiance, dès leur première rencontre. Ces jours-ci, cependant, c'était en lui qu'il n'avait plus confiance lorsque ses regards se posaient sur Miss Minnesota.

Elle s'avança d'un pas dansant, marque de son enthousiasme communicatif dans tout ce qu'elle entreprenait.

— Mack, comment se fait-il que vous soyez aussi en avance ?

— Je suis simplement venu déposer ceci, dit-il en désignant les brochures. Mais vous aussi, vous arrivez très tôt !

— Le conseil doit se réunir pour discuter, avant la réunion, et je voulais mettre le café en route. Voulez-vous m'aider à sortir le sucre et la crème ? demanda-t-elle avec un sourire radieux.

— Désolé, mais je ne peux pas rester.

— Vous ne participerez pas à la réunion ?

— J'ai peur que non. Ma femme est absente ; elle passe l'été dans le comté du Shenandoah, et je dois lui apporter une valise qu'elle a oubliée.

— Oh, dommage ! Vous allez nous manquer.

Elle semblait réellement triste. Mack était expert dans le décryptage des non-dits — un talent indispensable dans son métier. Et, soudain, il prit conscience du message qu'il venait de faire passer à Erin : il lui avait annoncé qu'il était célibataire pour les deux mois à venir, tout en négligeant de préciser que Tessa s'était absentée pour des raisons familiales. Il aurait tout aussi bien pu mentir en prétendant que sa femme et lui venaient d'entamer une procédure de divorce.

Un mensonge qui pourrait bien devenir une réalité.

— Vous semblez un peu… contrarié, lui dit Erin. Vous voulez en parler ?

Ce qui le contrariait surtout, c'était son désir de mettre Erin dans son lit. Il la désirait. Il avait besoin de sa chaleur, de sa compréhension et, plus que tout, de son appétit pour la vie.

Il était temps de décamper.

— Je vais bien, merci, dit-il en refermant sa sacoche. Je serai à la prochaine réunion. Mais, ce soir, je préfère ne pas faire attendre Tessa. Il est déjà tard pour prendre la route.

— Faites attention, Mack. Vous allez avoir beaucoup de temps pour ruminer, cet été. Prévoyez-vous des sorties agréables entre amis.

Son regard était la clarté même.

Elle avait perdu son jeune frère d'une leucémie, quatre ans auparavant, et elle en avait énormément souffert. Elle savait combien il était facile de sombrer dans le désespoir.

Il n'y avait rien de provocateur ni d'ambigu dans son attitude, et pourtant Mack eut la certitude qu'elle venait de lui faire une proposition.

— Merci.

Il se pencha pour l'embrasser sur la joue. Un geste qui n'avait rien de déplacé, lui non plus. Ils entretenaient des relations amicales depuis trois ans. Non, c'était l'émotion qu'il venait de ressentir qui était déplacée.

— Bonne réunion ! balbutia-t-il avant de filer, fuyant la tentation tout autant que la consolation.

*
**

Au milieu de l'après-midi, au pire moment de la fournaise, Tessa avait fait un saut à Woodstock et en avait rapporté un T-shirt bleu bon marché, des barrettes en plastique, une bombe d'insecticide et plusieurs packs d'eau minérale.

A la fin de la journée, après des heures de travail harassant, elle prit une douche rapide, attacha ses cheveux, enfila son T-shirt et s'installa confortablement sur la balancelle du porche, armée de sa bombe. Aussitôt, les moustiques se mirent à bourdonner autour d'elle, furieux de son manque de coopération.

La journée s'était plutôt bien passée, sans doute parce que les trois femmes s'étaient tenues à distance les unes des autres. Nancy avait passé d'interminables coups de fil sur son portable, sans doute pour démêler l'écheveau compliqué de sa vie mondaine. Elle s'était beaucoup démenée pour gravir les échelons de l'échelle sociale, et il était clair que rien ni personne ne devait interférer dans son irrésistible ascension.

Entre deux voyages à la décharge avec la remorque que Ron Claiborne avait mise à leur disposition, Tessa avait répondu à de nombreux coups de fil provenant de l'association Mères contre l'ivresse au volant.

Quant à Helen, elle avait préféré se calfeutrer au premier étage et poursuivre ses travaux d'aiguille : elle travaillait sur un quilt.

— Est-ce qu'il y a un peu de brise ?

Tessa ne tourna même pas la tête en entendant la voix de sa mère.

— Pas de quoi faire tourner une éolienne !

— Ça t'ennuie que je m'assoie à côté de toi ?

Tessa lui fit une place.

— Où est Gran ?

Nancy se laissa choir sur la balancelle qui émit un léger grincement de protestation. Tessa lui passa le spray antimoustiques, et elle s'en aspergea les bras.

— Elle est en train de faire la vaisselle.

De son voyage en ville, Tessa avait rapporté de la salade de poulet de chez Food Lion Deli et, dans un rare moment de grâce, les trois femmes étaient tombées d'accord sur le fait qu'il s'agissait d'un excellent choix.

— Elle est peut-être en train de devenir raisonnable.

— Ça n'est pas exactement mon impression. Son dernier message était, à peu de chose près : « Sors de ma cuisine, espèce de rat des villes : tu n'as rien à faire ici ! »

— Eh bien, au moins, elle s'exprime : c'est un progrès !

Nancy eut un petit rire.

— Tu n'as pas idée du nombre d'heures que j'ai passées sur cette balancelle, à attendre qu'il se passe quelque chose. Des centaines de soirées comme celle-ci assise, là, à ne rien faire.

En dépit de la léthargie provoquée par la chaleur, Tessa sentit sa curiosité s'éveiller.

— A t'entendre, ta vie était vraiment sinistre.

Contre toute attente, Nancy ne prit pas la balle au bond pour dérouler sa liste de doléances.

— Après tout, ce n'était peut-être pas aussi sinistre que dans mon souvenir. Les soirs d'été, des millions d'étoiles brillaient dans le ciel ; il y avait le parfum des roses sauvages et du chèvrefeuille… Parfois, ta grand-mère venait s'asseoir près de moi. Elle avait toujours un quilt en cours, et elle avait l'habitude de travailler tard.

Le chèvrefeuille, justement, embaumait l'air, et Tessa inspira profondément.

— Rien n'a changé de ce côté-là : elle est en train de travailler sur un quilt. Elle l'a fixé sur le métier, cet après-midi. Je lui ai apporté du thé glacé, vers 15 heures, et j'ai vu qu'elle avait du mal à tendre le tissu.

— A quoi est-ce qu'il ressemble ?

Tessa n'y avait pas tellement prêté attention. Les quilts d'Helen faisaient partie du paysage, ni plus ni moins. Mack et elle en possédaient quelques-uns qu'ils changeaient régulièrement de place, histoire de varier un peu le décor de leur appartement. Ce matin, elle avait pris conscience que les tas de tissus qui s'empilaient dans la chambre d'Helen n'étaient pas des chiffons mais des pièces qu'elle gardait pour de futurs projets et qu'elle avait soigneusement classées par catégories.

— Des terre de Sienne, des ocre, des bronze, dit-elle. Tout un tas de petits carrés.

— Elle veut sans doute réaliser le Voyage autour du monde. Ou la Chaîne irlandaise. Elle adore les modèles traditionnels.

Tessa n'en revenait pas que sa mère fût aussi bien informée. Elle allait exprimer son étonnement lorsqu'un mouvement sur la route attira son attention. Elle se pencha en avant, les yeux plissés pour tâcher de distinguer quelque chose dans le crépuscule.

— Qui est-ce ?

— Où ça ?

Tessa fit un signe du menton.

— Au bord du champ de maïs, de l'autre côté de la route.

Nancy haussa les épaules.

— Probablement quelqu'un qui fait une promenade nocturne.

— Non. On dirait que cette personne cherche quelque chose. Je vais voir.

— D'accord. Ne t'en fais pas pour moi : dans cent sept ans, je serai encore assise là, à attendre qu'il se passe quelque chose.

Tessa avait mal partout. Son jogging du matin et ses heures de manutention l'avaient lessivée. Elle s'avança lentement et, au moment où elle traversait, la jeune fille s'aperçut de sa présence et la salua en souriant un peu timidement :

— Bonsoir ! Il fait bon, hein ?

Elle devait avoir dix-sept ans tout au plus. Elle était d'une beauté éthérée, blonde comme les blés, avec de longs cheveux épars, des cils pâles et des yeux bleus. Sa peau était diaphane, ce qui faisait ressortir de façon saisissante sa multitude de taches de rousseur.

Mais le plus évident, c'est qu'elle était enceinte.

— Tessa MacRae, dit Tessa en lui tendant la main. Avez-vous perdu quelque chose ?

— Cissy Mowrey. J'habite la ferme Claiborne.

Dès qu'elle eut serré la main de Tessa, elle la lâcha pour se tenir le creux des reins.

— Non, m'dame, j'ai rien perdu. Je cueillais juste des fleurs.

En effet, Tessa repéra, aux pieds de la jeune femme, un gros bouquet de pissenlits. Ils étaient un peu montés en graine, et se refermaient déjà pour la nuit, mais il y en avait une belle quantité.

— Gran vous en sera reconnaissante, dit-elle. Plus vous en cueillerez, moins elle en aura l'année prochaine.

— Mme Henry est votre grand-mère ?

— Oui. Vous la connaissez ?

— Non m'dame, pas vraiment. Je la vois à l'église, une fois ou deux. Je veux dire, je l'ai vue.

En bon professeur d'anglais, Tessa apprécia la correction.

— Bien, dit-elle, je ne veux pas vous retenir.

Elle pressentait chez la jeune femme une soif de communiquer à laquelle elle n'avait ni le désir ni la possibilité de répondre. Cissy paraissait être au dernier trimestre de sa grossesse, et Tessa avait déjà remarqué qu'elle ne portait pas d'alliance.

Tessa comprenait les adolescents ; elle avait développé un sixième sens pour repérer ce qui clochait dans leur vie. Des années auparavant, elle s'était sentie assez forte pour s'impliquer, se pencher sur leur cas, leur offrir des conseils ou, tout au moins, une oreille attentive. Maintenant, plus personne ne venait consulter Mme MacRae, sauf pour des demandes de bourses ou d'allocations.

— Oh ! y'a pas de problème ! dit Cissy. Zeke est sorti avec ses copains, et y'a rien de sensass à la télé, ce soir.

— Zeke ?

Oui, Ron avait parlé de lui : il n'était autre que son fils, et c'était lui qui devait apporter le pick-up, en cas de besoin.

— Zeke est mon petit ami. On vit dans la caravane, derrière la maison.

Tessa avait remarqué la caravane, ce matin-là. Elle tenta d'imaginer Cissy et le fils Claiborne en train d'y élever un enfant. Cissy avait l'âge d'aller au lycée. Et Zeke, avait-il terminé ses études ? Bien malgré elle, Tessa éprouva une certaine commisération envers le futur bébé.

— Qu'est-ce que vous faites là ?

Tessa sursauta en reconnaissant la voix d'Helen, qu'elle n'avait pas entendue arriver.

Elle voulut se lancer dans les présentations.

— C'est Cissy…

Impossible de se souvenir du nom de famille.

— Mowrey, précisa la jeune fille. Cissy Mowrey. Vous êtes Mme Henry ? M. Claiborne m'a parlé de vous.

— Claiborne ? Ah !

Le regard d'Helen était tout sauf amical.

— Il vous a envoyée ici pour m'espionner ?

Cissy écarquilla les yeux.

— Non, ma'am, pas du tout.

Helen se tourna vers Tessa.

— C'est lui qui a appelé ta mère, n'est-ce pas ? Moi, je ne leur ai jamais donné de fil à retordre, à ces Claiborne ; j'ai toujours ignoré leurs manières barbares. C'était bien la peine !

Tessa eut un sursaut d'indignation.

— Gran, il a appelé maman parce que tu étais en danger. Et, en plus, Cissy n'a rien à voir là-dedans.

— Alors qu'est-ce que vous fichez là, si ce n'est pas pour me surveiller ?

— Je… j'ai vu ces fleurs, ce matin, en passant avec

Zeke, dans sa camionnette. Elles m'ont fait penser au quilt que vous aviez sorti sur le porche, la semaine dernière.

— Quel quilt ?

Tessa observait Cissy qui était en train de chercher une réponse appropriée. La jeune femme ne semblait pas manquer de bon sens : de toute évidence, elle voulait apaiser la situation.

— Ce quilt doré, vous savez, comme un tournesol géant, avec tous ses pétales jaunes… Comme ces fleurs.

— Et en quel honneur vous surveillez mon porche ?

— Gran ! s'exclama Tessa, exaspérée. Bon sang ! Si tu suspends un édredon sur ta rambarde, n'importe qui peut le voir en passant !

— Je ne mets pas mes quilts dehors pour les montrer, mais pour les faire sécher. Ça ne regarde personne.

Avant que Tessa ne reprenne vertement sa grand-mère, Cissy s'immisça dans la conversation.

— C'est vrai, ça ne me regarde pas, mais je n'ai pas pu m'empêcher de l'admirer, vous comprenez ? Il était si éclatant et, comment dire, si gai que ça m'a rendue toute joyeuse. Et puis, j'ai vu ces fleurs. Elles n'ont plus très belle allure, maintenant, mais elles m'ont fait penser à ce beau quilt et… moi aussi, j'ai eu envie de mettre un peu de cette couleur chez moi.

Helen continua à lancer des regards noirs à la jeune femme, mais, par bonheur, elle s'abstint de tout commentaire.

— Vous savez, ma grand-mère faisait des quilts, elle aussi, reprit Cissy. J'ai vécu chez elle jusqu'à ce qu'elle meure. Elle avait promis de m'apprendre, mais… eh bien, elle n'a pas eu le temps. Oh ! ses quilts n'étaient pas aussi beaux que les vôtres, mais elle aimait ça, vous comprenez ?

— Votre grand-mère, elle était de par ici ? demanda Helen avec réticence.

— Du comté d'Augusta.

— Alors je ne risque pas de la connaître.

— Non, ma'am.

— Vous avez gardé ses quilts ?

— Ils ont été vendus. Après sa mort, toutes ses affaires sont parties aux enchères. J'ai juste hérité de quelques morceaux dont personne ne voulait.

Tessa commençait à se sentir concernée par le récit de la jeune femme et, comme c'était la dernière chose qu'elle souhaitait, elle décida de mettre fin à la conversation.

— Voulez-vous que je vous raccompagne, Cissy ?

— Oh non ! Le médecin m'a conseillé de marcher tous les jours. Je vais prendre mon temps.

— Bon retour, alors.

Tessa prit sa grand-mère par le bras, et l'entraîna fermement vers la maison. Helen marmonna un vague au revoir, et elles remontèrent l'allée en silence.

— Quelle idée de mettre un enfant au monde quand on est soi-même un bébé ! fit remarquer Helen. Quel genre de mère sera-t-elle ?

Tessa ne voulait surtout pas y penser.

5

Une fois rentrée, Helen voulut se remettre à sa couture. Mais elle n'y arriva pas. Elle avait l'habitude de travailler sur plusieurs projets à la fois. Ainsi, lorsqu'elle en avait assez d'un modèle, elle passait à un autre. C'était une sorte de luxe qu'elle s'accordait. D'ailleurs, le quilt devait être la seule activité à laquelle elle s'adonnait par pur plaisir… Ce fameux plaisir qui demeurait à ses yeux dangereusement proche du péché.

Ce soir-là, passer du « piéçage » à l'« appliqué » ne l'avait pas aidée. Ses yeux étaient fatigués, et les roses de Noël qu'elle cousait une par une, à petits points, commençaient à se brouiller. La douleur dans sa main droite était devenue si intense qu'elle ne pouvait plus l'ignorer. Décidément, elle était trop vieille pour passer autant de temps sur son ouvrage.

Comme elle remettait dans sa corbeille à couture le « bloc » — les carrés de différents tissus qui dessinaient le motif de base du quilt en cours —, elle entendit sa fille et sa petite-fille rentrer dans la maison. Nancy monta directement, mais Tessa resta en bas et se mit à traficoter le châssis de la moustiquaire.

Maintenant, Helen n'avait qu'une envie : disparaître dans sa chambre. Sauf que cette pièce ressemblait davantage à une tombe qu'à un refuge. Les moustiquaires des fenêtres avaient sérieusement besoin de réparations. Elle avait bien pensé à s'en occuper, mais pas moyen de trouver le temps… ni l'énergie. Et la liste de ces vœux pieux avait tendance à sérieusement s'allonger, ces derniers mois.

Le salon était devenu accueillant, mais elle ne l'aurait reconnu pour rien au monde. Elle n'allait pas laisser Nancy et Tessa entasser toutes ses affaires dans cette maudite remorque. Elle avait le projet d'aller inspecter elle-même la benne à ordures pour y faire *son* tri avant que le tracteur ne vienne l'enlever. *Elles* allaient voir de quel bois elle se chauffait ! Dès qu'elle se sentirait un peu mieux…

Ce manque d'entrain devait être un effet de la chaleur. Inutile d'aller chercher plus loin. Cet été était le pire qu'elle eût jamais connu, lui semblait-il. Encore une conséquence du réchauffement de la planète et de l'effet de serre ! Si les gens se montraient un peu moins avides, on n'en serait pas là !

Ça faisait un bail qu'elle ne s'était pas assise sur son sofa. Certes, il était vieux, mais toujours confortable, pour peu qu'on évitât l'endroit où les ressorts crevaient le tissu. Ça aussi, elle pourrait y remédier, si seulement la température voulait bien redescendre à un niveau acceptable.

— Je suis capable de réparer n'importe quoi. Vous allez voir ça !

— Excuse-moi, Gran. Qu'est-ce que tu dis ?

Helen se trouva prise de court. Qu'avait-elle dit exactement ? Et qu'est-ce qui lui avait pris de penser tout haut ? Cette manie… Quand avait-elle commencé, au juste ?

Tessa la rejoignit, et cacha sa surprise à la vue de sa grand-mère assise sur le sofa.

— Qu'est-ce que tu veux réparer exactement ?

— Je vais monter, répondit Helen en esquissant un mouvement pour se lever.

Elle voulait paraître ferme, mais sa voix trahissait sa fatigue.

— Ne bouge pas ! La chaleur est encore infernale, là-haut, dit Tessa en posant la main sur le bras de sa grand-mère. Reste ici pendant que je vais te chercher un verre de limonade.

— Où est passée ta mère ?

— Elle doit être en train de se changer.

— Oh ! une poussière sur son chemisier ?

Tessa éclata de rire. A l'oreille d'Helen, c'était un son agréable, et si rare ! Depuis la mort de Kayley, Tessa avait perdu son sens de l'humour ainsi que bon nombre de kilos. Elle n'était plus que l'ombre d'elle-même, physiquement et moralement.

Rien d'étonnant à cela, bien sûr. Helen ne la comprenait que trop bien, quoique, dans son cas, le poids eût fait un retour en force, une fois passé le choc provoqué par le décès de Fate, son mari. Mais, bien sûr, c'était encore plus terrible de perdre un enfant.

Si sa génération avait eu elle aussi son lot de petites tombes, Helen avait eu le plus grand mal à croire que son arrière-petite-fille, si vive, si rieuse, eût pu disparaître aussi brutalement. Rayée du monde des vivants, en une seconde.

— D'accord pour la limonade ?

— Si tu veux, répondit Helen. Après ça, je monterai me coucher.

— Je te comprends. Les journées commencent tôt dans cette maison.

Helen se réinstalla donc sur le sofa. Son regard s'attarda sur les tableaux de guingois, qui dataient du temps de sa mère, puis sur la cheminée qui ne tirait plus depuis une bonne dizaine d'années et dont la suie noircissait les briques réfractaires. Sur le manteau s'alignait une collection assez hétéroclite de vieilles horloges. La première s'était arrêtée un beau jour, et Helen l'avait remplacée par une autre, puis encore une autre, oubliant de se débarrasser des modèles hors d'usage.

Elle devait admettre que la pièce avait meilleure allure, depuis qu'elle était dégagée. Même si Nancy et Tessa étaient inexcusables de la martyriser ainsi.

Nancy descendit l'escalier d'un air affairé, tout en lissant sur ses hanches une jupe verte impeccablement repassée. Arrivée en bas des marches, elle s'immobilisa en découvrant sa mère installée sur le sofa. Helen attendit sa réaction, sur ses gardes. Un seul mot désagréable de sa part, et elle viderait les lieux.

— Tessa avait parlé de limonade, il me semble ! dit Nancy. Tu veux que j'aille voir si elle ne t'a pas oubliée ?

— Elle sait où me trouver.

Nancy hocha vigoureusement la tête, faisant tressauter ses boucles de haut en bas. Helen se rappela soudain la jeune Nancy et ses invraisemblables coiffures. Et que je te donne mille coups de brosse, et que je te passe le fer à friser, et que je te fais des accroche-cœurs et que je te plaque des guiches sur les tempes ! Le nombre d'heures que cette fille avait pu passer à essayer de se transformer en quelqu'un d'autre, c'était à peine croyable. D'une certaine manière, elle avait réussi sa métamorphose. En surface, du moins.

— Tessa m'a dit que vous aviez eu une discussion sympathique avec la fille qui habite la ferme voisine.

Nancy, qui cherchait un siège, arrêta son regard sur le sofa. Elle risqua un ou deux pas indécis en direction de sa mère.

— Pas la peine de faire tant de manières : viens donc t'asseoir ici ! lui commanda Helen. Est-ce que je t'ai jamais mordue, dans ton enfance ?

— Non, mais ce n'est pas faute d'avoir essayé ! répliqua Nancy en s'installant. Aïe ! C'est le bouquet ! Il y a un ressort qui en veut à mon postérieur !

— Ça te tiendra éveillée ! fit la vieille dame d'un air imperturbable.

Nancy se tortilla, trouva une position plus confortable, et poussa un soupir de soulagement.

— Il paraît qu'elle s'appelle Cissy ?

— C'est ce qu'elle prétend. Pleine comme une jument de mars. Et pas la moindre alliance en vue.

— Mère, j'espère que tu ne le lui as pas fait remarquer !

— Qu'est-ce que tu crois ? Que je suis incapable de tenir ma langue quand il le faut ?

Nancy haussa les sourcils.

— Oui, c'est exactement ce que je pense.

Helen ne put s'empêcher de rire.

— Eh bien, pour une fois, j'ai su le faire.

— Tu sais quelque chose sur elle ? Comment a-t-elle atterri ici ?

— Je n'échange pas de ragots avec mes voisins. Je ne l'ai jamais fait, et je ne suis pas près de m'y mettre.

— D'accord, mais, autrefois, tu les voyais au moins de temps à autre. Tu sortais.

Helen poussa un soupir. Elle savait qu'il ne s'agissait pas d'une critique, aussi s'abstint-elle de contredire sa fille.

— Oui, c'est vrai : il fut un temps où je sortais volontiers. Mais je n'en ai plus envie, maintenant.

— Je te comprends un peu. Tu sais, il y a des jours où je dois vraiment me pousser aux fesses pour quitter la maison.

— Toi ? Tu voudrais me faire croire ça ?

Tessa entra dans le salon, avec dans les mains un plateau chargé de trois grands verres embués dans lesquels tintaient des glaçons.

— Que s'agit-il de croire ou de ne pas croire ?

— Tout simplement que je préférerais rester tranquillement à la maison, au lieu de courir les raouts.

— Qu'est-ce que tu racontes, maman ? lança Tessa d'un ton ironique.

Nancy fit la grimace.

— Vous êtes persuadées de me connaître, toutes les deux, mais vous vous trompez.

— Qui te connaîtrait mieux que nous ? demanda Helen.

— Gran, quel était cet ouvrage dont parlait Cissy et qui lui a fait une si forte impression ?

— Oh ! ne fais pas celle qui s'intéresse ! Tu n'as jamais manifesté la moindre curiosité pour mes patchworks.

Tessa se laissa tomber dans un fauteuil.

— Tu sais, je n'en ai pas vu beaucoup. Mais je me suis toujours demandé ce que tu faisais de tous les quilts que tu fabriquais.

— J'en mets certains de côté. D'autres partent à droite et à gauche.

Nancy posa son verre et s'empara d'un magazine avec lequel elle s'éventa.

— Ta grand-mère fabriquait des quilts pour tous les nouveaux bébés de la paroisse, dit-elle, même si la famille venait à peine de s'installer en ville. Si quelqu'un perdait sa maison dans un incendie ou une inondation, elle arrivait aussitôt avec ses quilts.

— Gran, tu ne voudrais pas nous montrer celui dont parlait Cissy ?

— Pour que vous le flanquiez au rebut avec le reste de mes affaires ?

— Maman ! s'écria Nancy. Ça ne risque pas d'arriver, et tu le sais parfaitement.

Helen ne s'était pas entendu appeler « maman » depuis bien des années, et elle se rendit compte avec étonnement à quel point cela lui avait manqué. A l'adolescence, Nancy s'était mise à utiliser le terme « mère », avec un formalisme affecté, sans que personne sache vraiment pourquoi.

Nancy s'extirpa du sofa.

— Dis-moi où il est, je vais aller le chercher !

— A condition que tu me promettes de ne rien toucher d'autre dans ma chambre.

— C'est promis. Croix de bois, croix de fer, si je mens je vais en enfer ! D'accord ?

— Dans le coffre, au pied de mon lit. Celui qui est sur le dessus.

Helen sirota sa limonade en attendant que Nancy réapparaisse, les bras chargés de plusieurs modèles.

— J'en ai pris quelques-uns pour les montrer à Tessa.

Il faisait, décidément, trop chaud pour se mettre en colère. Helen se contenta de quelques grognements pour montrer son mécontentement.

— D'abord, celui-ci.

Nancy déploya le Lys de Caroline-du-Nord, la dernière création d'Helen. Si le cornouiller était la fleur-emblème officielle de la Caroline-du-Nord, sa fleur-symbole était le lis sauvage qui fleurissait tout l'été, de la Virginie à la Floride. Le patchwork, composé de plusieurs blocs représentant cette fleur, était donc un thème courant, et Helen en avait probablement déjà créé une demi-douzaine, au fil des années, la plupart du temps dans les couleurs traditionnelles : trois pétales rouges, feuilles vertes et fond blanc. Cette fois-ci, cédant à son inspiration, elle avait choisi des tons plus audacieux pour les lis : des roses indiens, des lilas, des violines, des fauves, le tout sur un fond noir.

— Ouah ! s'exclama Tessa. C'est somptueux.

Helen suivit du regard sa petite-fille qui s'était levée pour admirer de plus près son travail.

— Maman, mais quand as-tu commencé à utiliser des couleurs pareilles ? demanda Nancy.

— Quand j'en ai eu assez de faire toujours la même chose.

— C'est vraiment magnifique. Tout à fait spectaculaire.

— Et ces points sont plus petits que de minuscules graines de fleurs, fit remarquer Tessa. Comment fais-tu pour obtenir un tel résultat ?

— Du travail. Beaucoup de travail.

— Aide-moi à tenir celui-là, dit Nancy à sa fille.

Elle déplia le second quilt. C'était un *Log Cabin*, ainsi baptisé parce que le motif de base — le bloc — évoque la façon dont sont disposés les rondins d'une cabane de trappeur. Helen l'avait appelé la Cabane de rondins aux étoiles. Elle avait « piécé » les étoiles en bleu, blanc et rouge, puis avait « appliqué » aux quatre coins de la large bordure bleu marine des aigles américains qui prenaient un relief surprenant, grâce à une épaisseur supplémentaire de tissu. Pour le matelassage proprement dit, elle avait piqué à petits points des galaxies d'étoiles.

— Quand l'as-tu réalisé ? demanda Nancy. Après le 11 Septembre ?

— Ça m'a occupée, répondit Helen laconiquement.

Elle ne précisa pas qu'elle avait fait une étoile pour chacune des personnes disparues dans l'attentat contre le Pentagone, à Washington. Cela avait été pour elle une manière de dire adieu à ceux qui étaient morts dans son Etat. Elle savait mieux que personne quel calvaire vivent les familles brutalement endeuillées.

— C'est beau, dit Tessa d'une voix un peu enrouée. C'est… émouvant.

— Oh ! pas la peine d'en faire tout un plat ! répliqua Helen. Je n'avais que ça à faire pendant que les informations passaient en boucle à la télévision.

Elle remarqua que sa fille et sa petite-fille échangeaient des regards.

— Bon, allez, au dernier, maintenant, que je puisse aller me coucher ! lança-t-elle d'un ton rogue, afin de masquer son embarras.

Les deux femmes déplièrent le dernier modèle.

— Incroyable ! s'écria Nancy. Tu as vu ça ?

Tessa émit un long sifflement.

— Il me faudrait des lunettes de soleil.

Le quilt était… éblouissant, en effet. Helen ne savait pas ce qu'il lui avait pris. Elle avait dessiné une fleur unique avec une multitude de pétales en vagues folles, qui occupait pratiquement toute la surface. Elle avait assemblé les pièces l'hiver précédent, au cœur des jours les plus sombres, au moment où le soleil lui manquait cruellement. Elle avait dû utiliser tous les échantillons de jaune, d'orange et de doré qu'elle possédait. Le résultat était assez… flashant.

— J'adore celui-ci, déclara Nancy. Comment ne pas l'aimer ? C'est un gigantesque sourire. Il réchaufferait un Esquimau dans son igloo.

— Je ne connais pas un seul Esquimau, dommage ! lança Helen d'un ton ironique.

Nancy serra la courtepointe contre elle.

— J'avais un dessus-de-lit qui ressemblait à celui-ci, dans mon enfance, n'est-ce pas ? Quel est le nom du motif, déjà ?

— Le Dahlia géant.

— Le mien était rose. Tu te rappelles, maman ?

Helen fut surprise que Nancy s'en souvienne encore.

— Tu étais bien petite, pourtant. Tu l'as usé jusqu'à la corde avant tes dix ans.

— Je ne voulais pas m'en séparer, même s'il était déchiré.

— Un jour, je l'ai lavé, et il ne m'est resté qu'une loque entre les mains.

— Un triste jour, confirma Nancy. J'ai pleuré comme une Madeleine.

— Oh oui ! On n'avait pas entendu une petite fille pleurer comme ça dans les cinq comtés à la ronde !

Nancy serra le quilt plus fort.

— Je comprends que Cissy l'ait remarqué, dit Tessa. Gran, tu es une véritable artiste. J'ai rarement vu quelqu'un utiliser la couleur avec autant de bonheur.

— Ce qui est génial, ajouta Nancy, c'est qu'on puisse s'envelopper dans cette œuvre d'art.

— Moi aussi, j'avais un couvre-lit que j'adorais ! s'exclama Tessa. Et, c'était *toi*, m'man, qui l'avais fait. Tu t'en souviens ? Qu'est-ce qu'il est devenu ?

— Ta mère ? Elle n'a jamais cousu un quilt de sa vie ! affirma Helen.

— Oh que si ! dit Nancy en pliant le Dahlia géant à regret et en le posant sur les autres. Tessa, j'ai rêvé ou tu as rapporté de la tarte aux myrtilles de l'épicerie ?

— Oui, c'est exact. Quelqu'un en veut ?

Nancy ayant fait signe que oui, Tessa se tourna vers sa grand-mère.

— Gran ?

— Je veux en savoir plus sur ce quilt que ta mère prétend avoir fait.

— Hé ! défense de raconter cette histoire pendant que j'ai le dos tourné ! Compris ?

Helen entendit sa petite-fille s'agiter dans l'antique cuisine qui avait subi, elle aussi, un nettoyage radical, même s'il restait des cartons à trier.

Tessa revint avec le gâteau. Helen se servit une part en ronchonnant. Ça l'agaçait, cette fausse réunion de famille. Comme si elles formaient une famille ! A part le sang, elles n'avaient rien en commun, toutes les trois. Décidément, cette situation commençait à la mettre très mal à l'aise.

Nancy mordit dans sa tarte avant de parler.

— Elle est bonne, mais rien à voir avec celle que fait ta grand-mère, dit-elle à Tessa. Si le temps se rafraîchit un peu, elle pourra peut-être nous en préparer une.

— Je ne fais plus la cuisine, affirma vivement Helen. A quoi bon ? Ici, tout le monde se fiche que je cuisine ou pas.

— Tu es la pire tête de mule de la vallée ! s'écria Nancy en tempérant sa remarque d'un sourire indulgent.

— Si tu arrives à me convaincre que tu as jamais fabriqué un quilt, je veux bien préparer une tarte, déclara Helen en se carrant contre les coussins.

— En vérité, j'en ai confectionné une moitié. Est-ce que ça compte ?

— Une moitié ? répéta Tessa d'un air surpris. Mais non, il était complet, je m'en souviens.

— Tessa parle des Anneaux de mariage, précisa Nancy à sa mère. Tu avais assemblé des blocs, tu te souviens ?

Et, après mon mariage, tu m'as emmenée au grenier où tu gardais un grand choix de patchworks que tu n'avais pas encore matelassés. Tu m'as dit d'en choisir un et d'en faire une couverture piquée pour la chambre que j'occuperais avec mon mari. Tu m'as même fourni le tissu uni, déjà découpé et cousu pour la doublure.

Helen était contrariée que l'histoire eût refait surface.

— Bon, eh bien, je ferai une demi-tarte puisque tu n'as réalisé qu'un demi-quilt.

— Les Anneaux de mariage, reprit Tessa en regardant sa mère. Oui, tu m'avais dit que le motif donnait son nom au quilt. Il avait fallu des dizaines de tissus différents…

— Des centaines, l'interrompit Helen. Provenant de la récupération de sacs alimentaires, la plupart du temps. Comprends-tu ce que cela veut dire ?

Tessa secoua la tête.

— Quand j'étais petite fille, on vendait le grain pour les poulets, la farine, et bien d'autres denrées dans des sacs de toile. Et les commerçants avaient compris qu'ils avaient intérêt à faire un effort sur les emballages, car les femmes s'en servaient pour créer des vêtements, des couvertures, des tissus d'ameublement. Car, à cette époque, il arrivait très peu de tissu d'Angleterre. Ainsi, ce fameux modèle dont nous parlons a été fabriqué avec tous ces petits bouts de tissus sauvés par des générations de femmes.

— Et je n'en ai fait que la moitié, dit Nancy.

— Il manque surtout la moitié de cette histoire, fit remarquer Tessa. M'man, tu ne couds pas. Je ne me rappelle pas que tu m'aies jamais confectionné un seul vêtement, dans mon enfance.

— Encore une qualité qui me manque, n'est-ce pas ?

Tessa fit une grimace.

— Ne monte pas sur tes grands chevaux, c'était juste une remarque en passant. Je me demande juste ce qui t'a pris de te lancer dans une telle entreprise.

Nancy ne répondit pas.

Helen posa son assiette. Elle avait englouti sa part comme un enfant abandonné et affamé.

— Je vais te dire pourquoi. Elle habitait dans la famille de ton père, à Richmond, où elle ne connaissait personne. Et elle devenait folle, à force de tourner en rond sans rien avoir à faire. De ce côté-là, elle me ressemble plus qu'elle ne le croit. Aussi, quand elle est revenue me voir avec ton père, je lui ai suggéré de choisir un patchwork et de s'occuper les mains, au lieu de se morfondre et de broyer du noir.

— Ce n'est pas exactement comme ça que tu m'as présenté les choses, déclara Nancy.

Elle posa son assiette, elle aussi, bien qu'elle n'eût fait que grignoter — elle se montrait très stricte sur les calories.

— Tu m'as dit : « Je te donne un quilt à terminer, ce qui est probablement ridicule puisque tu ne sais rien faire de tes dix doigts. »

— Tu as voulu relever le défi ? demanda Tessa.

— J'imagine, oui.

Le regard de Nancy se perdit dans le vague, comme si elle voyait resurgir de lointaines images.

— C'était un peu tard pour un quilt nuptial, reprit-elle. Ton père et moi, nous étions déjà mariés depuis des mois quand j'ai choisi cet assemblage pour le dessus. Je ne possédais pas de métier pour le matelassage, mais ta grand-mère m'a donné un grand tambour à quilter.

— Je dormais dessous quand j'étais petite : j'adorais ça, dit Tessa d'un air rêveur. Et alors, que lui est-il arrivé ? Est-ce qu'il s'est délité avec l'usure et le lavage, comme ton Dalhia ?

— Non, non ! Cette mauvaise expérience m'avait servi de leçon, et je le lavais toujours avec le plus grand soin. Mais quand il a commencé à s'user, je l'ai rapporté ici.

Nancy leva sur sa mère un regard interrogateur.

— Il doit être dans un coin du grenier, dit Helen.

Elle savait exactement où le quilt se trouvait. Elle l'avait rangé elle-même, à l'écart, pour le dérober à la curiosité d'autrui. Elle ne l'avait jamais vraiment oublié, mais, au fil des ans, son souvenir s'était estompé.

Cela dit, elle préférait mentir : c'était plus facile que de leur révéler la vérité.

— J'avais l'intention de le raccommoder, et puis ça m'est sorti de la tête.

— Je n'en ai jamais fait d'autre, dit Nancy. Il faut dire que j'étais très occupée.

— Tu étais surtout devenue trop importante, lâcha Helen en se levant.

— Oh ! c'est injuste ! s'écria Nancy. La vérité, c'est que j'ai tout de suite compris que je n'étais pas douée. J'aime les quilts ; j'aime les regarder, les toucher, admirer le travail et la patience dont ils témoignent. Mais je préfère laisser ça à des artistes comme toi.

Pour une fois, Helen ne sut que répondre.

6

Helen monta se coucher, tandis que Nancy se retirait dans sa chambre pour passer une foule de coups de téléphone.

Tessa sentait la fatigue, et sa nuque lui faisait mal : un problème devenu chronique, ces dernières années. Si Mack n'avait pas annoncé sa visite, elle serait volontiers allée se coucher. Faisant contre mauvaise fortune bon cœur, elle retourna sous le porche, éteignit la lumière et s'installa dans la balancelle afin d'observer la valse des lucioles en attendant son mari.

Elle s'assit les pieds bien à plat, les mains posées sur les genoux, et entama une série de longues inspirations abdominales, dans l'espoir de se relaxer. Elle fit rouler sa tête très doucement, d'avant en arrière, puis sur les côtés, comme son kinésithérapeute le lui avait montré. Au bout de quelques minutes, la douleur se fit moins lancinante.

Malgré l'heure tardive, elle savait que Mack finirait par arriver. Il n'était pas du genre à changer d'avis. Même si, au fil du temps, ils étaient presque devenus des étrangers, elle pouvait compter sur lui : il tenait toujours ses promesses.

Depuis la mort de Kayley, Mack redoublait même d'efforts pour ne jamais laisser tomber les gens. Ses clients, notamment. Il travaillait des heures et des heures sur leurs dossiers, recherchant le plus petit vice de forme qui jouerait en leur faveur.

Bien sûr, Tessa comprenait pourquoi il s'investissait ainsi. Son comportement était typique de la seconde phase du travail de deuil, où l'on est censé « courir plus vite que la lame de fond de la souffrance ».

La mort de leur fille les avait tellement affectés qu'ils avaient perdu la faculté de communiquer l'un avec l'autre. Mack portait sa culpabilité comme une croix, et elle ne savait comment l'aider à s'en libérer.

Et pourtant, leur relation avait été magnifique, avant cela.

Le coup de foudre est une expression trop galvaudée pour décrire ce qui s'était passé entre eux, au premier regard : cette fusion instantanée des âmes, des cœurs et des corps. La rencontre de Tessa Whitlock et d'Andrew MacRae avait fait des étincelles, puis la chaleur de leur amour les avait illuminés et accompagnés, telle une flamme olympique, tout au long de leur parcours, tandis qu'ils cherchaient leurs marques dans la très conservatrice Richmond…

Ce soir-là, tout en l'attendant, Tessa revécut leur histoire.

Après avoir enseigné l'anglais cinq longues années dans un lycée du quartier défavorisé du centre de Richmond, Tessa se sentait vidée de toute son énergie.

Le processus avait démarré le jour de sa première rentrée des classes. Les élèves l'avaient jaugée d'un regard, reconnaissant immédiatement en elle la néophyte de Windsor Farms, le quartier le plus huppé de Richmond. Ils avaient tout de suite compris qu'elle n'aurait rien à leur apprendre, en dépit de ses cours soigneusement préparés.

Mais Tessa s'était obstinée ; elle avait cherché conseil auprès des rares collègues qui voulaient bien lui adresser la parole et, petit à petit, elle avait repris le contrôle de sa classe, tout en acquérant une réputation de prof juste et impartiale.

A la fin de cette première année, elle avait pu s'enorgueillir d'un certain succès. Mais l'effort qu'elle avait dû fournir l'avait vidée d'une partie de son énergie.

A présent, elle entamait sa sixième année au lycée, et ses batteries étaient de nouveau à plat.

— Sois réaliste, Tessa. Tu sais que tu ne peux pas sauver tous tes élèves.

Tessa s'était assise sur le coin du bureau, tandis que Samantha Johnson essayait de lui faire entendre raison.

— Oui, mais James a de telles facilités ! C'est un gosse en or, et il ne mérite pas ça.

— Oh que si ! Sous prétexte qu'il dit poliment « S'il vous plaît », ou « Merci, mademoiselle Whitlock », tu estimes qu'il a le droit d'apporter une arme à l'école ? S'il te descend, ou s'il descend l'un de ses copains, ses bonnes manières ne changeront rien au problème.

Elle n'avait pas tort. Rien d'étonnant à cela : elle enseignait depuis une douzaine d'années, un record dans ce genre d'établissement. Elle avait pris Tessa sous son aile, après une courte période d'observation, car elle s'était d'abord demandé si la petite oie blanche n'allait pas s'envoler vers des enclos plus tranquilles. Une école privée, par exemple… Sam abordait la quarantaine, et ni son âge ni ses rondeurs ne lui posaient problème. Elle menait ses classes tambour battant, et s'efforçait de faire comprendre à ses élèves qu'ils n'avaient aucun intérêt à se complaire dans leurs mauvaises habitudes…

— Mais ce n'était pas l'arme de James, Samantha ! A mon avis, il a accepté de porter le sac à dos de Malik sans savoir qu'il contenait un pistolet.

— Et tu y crois, à ce bobard ?

— Je suis une incorrigible optimiste.

— Rassure-toi : ici, ça te passera !

Sam avait alors décollé du bureau son formidable postérieur.

— Moi aussi, je suis désolée de ce qui arrive, mais ne monte pas au créneau sur cette affaire-là, Tessa. Laisse tomber. Non seulement tu ne peux rien faire, mais tu risques de perdre ton boulot. Et il y a trop de gosses qui ont besoin de toi, ici, pour que tu t'arrêtes sur *un cas*.

Après le départ de son amie, Tessa avait commencé à ranger la salle afin que le concierge puisse faire le ménage, dans l'après-midi.

Laisser tomber ? Ça, c'était quelque chose qu'elle n'était pas prête à faire. Elle ne l'envisageait même pas.

Au début de la semaine, un élève du nom de Malik Green avait apporté au lycée un pistolet chargé. Tessa n'avait été qu'à moitié surprise par cette nouvelle provocation. Ce qui l'étonnait, en réalité, c'est que Malik n'eût pas encore été renvoyé de l'établissement. C'était un délinquant notoire, et on ne comptait plus ses absences. Malheureusement, il était très populaire. Il avait de l'allure, l'esprit vif, et il ne se promenait jamais sans une liasse de dollars en poche, agrafée par une pince à billets chromée, ironiquement ornée du sceau en or de la DEA (*Drug Enforcement Agency*), l'agence américaine de lutte contre la drogue.

Il était toujours entouré d'une cour de garçons et de filles : de pâles imitateurs, des rivaux qui faisaient monter les enchères de la délinquance, ou des gamins en mal de reconnaissance, qui cherchaient juste à bénéficier de son aura sulfureuse.

James Bates faisait partie de ce dernier groupe. C'était un garçon peu bavard qui écoutait toujours attentivement, en cours. Ses exposés étaient prometteurs et, plusieurs fois, Tessa lui avait demandé de rester après la classe afin de le sonder un peu sur ses projets. A ses yeux, il méritait très certainement d'entrer à l'université, et elle voulait s'assurer qu'il pourrait payer son inscription, d'ici à deux ans.

Malheureusement, le jour où Malik avait débarqué avec un Glock 9 mm dans son sac à dos, James attendait un camarade devant la porte. En constatant que deux professeurs surveillaient l'entrée du lycée, Malik avait craint d'être fouillé. Alors, il avait passé son sac à James en lui demandant de le porter dans sa classe pendant qu'il faisait un détour par le bureau du doyen. James, flatté d'être traité par Malik comme un véritable ami, avait accepté sans hésiter.

Les deux garçons ignoraient que cette semaine-là, justement, le principal avait institué des fouilles de sacs. James avait fait partie des élèves pris au hasard et, quand le pistolet avait été découvert, il avait déclaré que le sac appartenait à Malik. C'était facile à prouver, mais il n'était pas arrivé à expliquer pourquoi ce sac se trouvait en sa possession. Si bien qu'il avait été renvoyé jusqu'à la rentrée suivante, ce qui lui faisait perdre une année scolaire.

Bien entendu, personne ne se souciait de son cas. Sauf Tessa qui se désolait à l'idée qu'il ne puisse pas terminer ses études, qu'il passe ses journées à traîner dans les rues, sans rien à faire sinon explorer le versant le plus sombre de leur charmante cité…

— Tessa Whitlock ?

Un homme se tenait sur le seuil de la salle d'attente, et elle fut incapable de lui répondre, sur le moment. Mais elle sourit. Sans doute était-ce son premier vrai sourire de la journée.

— Vous *êtes* Andrew MacRae ?

— Appelez-moi Mack, dit-il en venant vers elle, la main tendue. Je m'attendais à découvrir quelqu'un de plus âgé.

— Moi aussi.

Ils échangèrent une franche et chaleureuse poignée de main.

Des boucles brunes, un corps athlétique et bronzé à souhait, des yeux myosotis tirant sur le gris argenté, un teint hâlé…

Andrew MacRae possédait absolument tout ce qu'elle appréciait chez un homme.

Elle inclina la tête. Lorsqu'elle avait téléphoné au cabinet d'avocats, elle s'imaginait rencontrer un collaborateur d'âge mûr et très « comme il faut ».

— Vous ne ressemblez pas à l'image qu'on se fait habituellement d'un avocat, vous savez ? dit-elle en le regardant longuement.

— Et vous, répliqua-t-il d'un air amusé, vous n'avez pas l'air assez costaud pour plaquer un adolescent au sol, en cas de nécessité.

Elle remarqua les petites rides qui étoilaient ses tempes lorsqu'il riait.

— Et je ne peux pas croire que vous envisagiez sereinement de perdre votre travail, ajouta-t-il d'un ton plus grave.

Elle libéra sa main lorsqu'elle s'aperçut qu'il la tenait toujours dans la sienne.

— Je sais que nous allons perdre. Nous *aurons* beau examiner toutes les possibilités légales, James sera renvoyé du lycée jusqu'à l'automne prochain. Vous, vous allez subir un échec professionnel, et votre compagnie vous en voudra d'avoir accepté de plaider ce dossier. Quant à moi, je n'aurai plus qu'à chercher un nouveau job.

Il ne répondit pas tout de suite. Il cherchait son regard, mais sans contester son discours.

Enfin, il prit la parole.

— Mais voici ce que nous aurons gagné : James découvrira que quelqu'un l'aime assez pour prendre sa défense. On me saura gré de m'être battu pour une cause juste, et vous…

— Et moi ?

Il avait une voix rauque et profonde qui dissimulait à peine son rire.

— Vous, Tessa Whitlock, vous aurez ma considération éternelle.

Elle éclata d'un rire franc.

A cet instant, et tout au long des années qui allaient

suivre, elle devait apprendre que la considération d'un homme tel qu'Andrew MacRae n'avait pas de prix.

Les souvenirs de Tessa furent interrompus par d'affreux cris provenant de l'arrière de la maison. Des années auparavant, sa grand-mère avait construit un ingénieux poulailler monté sur roues : chaque fois que les poules avaient picoré une portion de prairie derrière la maison, il était déplacé vers un nouvel endroit.

Kayley avait été fascinée par les poules d'Helen. Il y avait de quoi : la basse-cour était haute en couleur. Douée d'un sens pratique frisant l'obsession dans bien des domaines, Helen s'était laissée aller à la plus grande fantaisie dans ce domaine.

Elle n'avait, pourtant, aucune affection particulière pour les animaux dc compagnie. Dans sa grange vivaient des familles de chats qui se risquaient parfois jusqu'au porche de devant pour une petite sieste au soleil, mais ils n'entraient jamais dans la maison. Ils étaient nourris et, en échange, ils exterminaient les souris et les serpents. C'était « donnant, donnant ».

Pour Helen, curieusement, les poules se rapprochaient davantage de l'animal familier. Elle en possédait toute une flopée : différentes variétés, plus rares les unes que les autres, qu'elle se procurait auprès de fermiers locaux. Tessa se rappelait les noms de certaines parce qu'Helen les avait appris à Kayley qui les récitait ensuite comme des comptines. Il y avait les araucanas au plumage luisant, qui pondaient des œufs vert et bleu — les préférées de Kayley. Les magnifiques brahmas, dignes et majestueuses, avec leurs culottes bouffantes et leurs collerettes blanches et noires, les impressionnantes minorcas aux grandes crêtes rouges et aux caroncules charnues. Les pâquerettes des marais, les boutons-d'or siciliens, et les wyandottes blanches qui avaient l'air de grosses paresseuses.

Kayley n'en avait jamais eu peur, même lorsqu'elles s'étaient attaquées à ses pieds, lors d'une mémorable expédition au poulailler. Couettes blondes au vent, elle les avait dispersées avec l'autorité d'un vétéran… de quatre ans. Helen, qui était, pourtant, avare de compliments, avait marmonné qu'il se trouvait enfin quelqu'un dans cette misérable famille ayant l'étoffe d'une future fermière.

Tessa tendit l'oreille. Le calme était revenu. L'alerte était retombée aussi vite qu'elle avait commencé. Sans doute était-ce un renard qui avait effrayé les poulettes… Elle alla s'accouder à la balustrade pour contempler la nuit. L'air était encore vibrant des bourdonnements et des stridulations des insectes ; des vaches meuglaient, au loin, dans les champs.

La première fois qu'ils avaient campé, Mack avait encouragé Kayley à écouter les bruits de la nature, le soir. La fillette avait alors réclamé des explications : D'où venaient tous ces bruits ? Et quel animal poussait ces étranges cris ? Elle s'était toujours montrée plus curieuse que peureuse. C'était une enfant qui s'adaptait facilement et qui aimait à parler de tout et de rien.

Fitch Crossing s'éclaira imperceptiblement, tandis qu'une voiture approchait. Bientôt, Tessa distingua le pinceau des phares, puis elle vit le véhicule ralentir avant de prendre son virage et de s'engager sur l'embranchement menant à la ferme. Elle entendit quelques bouffées de musique, de la country, lui sembla-t-il, avant que la Toyota bleue de Mack — sœur jumelle de la sienne — ne s'arrêtât non loin du porche.

Mack coupa le contact. Le silence retomba.

Elle ne descendit pas les marches à sa rencontre, se contentant de rester tranquillement debout, les bras ballants.

Il apparut bientôt, traînant la valise à roulettes derrière lui. Elle attendit qu'il fût tout près pour lui parler sans avoir à élever la voix.

— Mack, je suis là.

Il monta les marches, et posa la valise devant la balustrade.

— Que fais-tu dans le noir ?

— La lanterne du porche attirerait tous les papillons de nuit du Shenandoah. Et maman et Gran sont déjà au lit.

— Ah, on se couche avec les poules ?

— Il n'y a pas grand-chose à faire, ici, le soir. Gran refuse d'installer une antenne parabolique, alors la réception des chaînes dépend du vent et de la bonne volonté des dieux. En revanche, elle a une bibliothèque extrêmement fournie. Mais il faut apprécier les manuels du primaire.

— Des bouquins de classe ?

— Je crois qu'elle désapprouve les directives ministérielles concernant la modernisation des écoles de campagne. Elle refuse le passage au XXIe siècle. Du coup, elle a fait leurs poubelles pour récupérer le matériel.

Malgré la faible lueur de la lune, Tessa remarqua l'air fatigué de Mack. Il était aussi séduisant qu'au tout premier jour de leur rencontre. Ses cheveux ne s'étaient pas clairsemés, et ses nouvelles rides ajoutaient un charme et une maturité à son visage. Le plus souvent, il portait des lunettes, un modèle ultraléger en titane, aux verres finement cerclés, qui lui donnait un petit air savant.

— Et elle a visité combien de bennes à ordures ? demanda-t-il en désignant la remorque garée dans la cour, comme s'il en avait deviné l'usage.

— Je pense qu'elle connaît toutes les décharges publiques prometteuses dans un rayon de vingt-cinq miles à la ronde.

— Ça me paraît mauvais signe, Tessa.

Elle résista à l'envie de croiser les bras.

— Elle réagit mieux que je ne l'aurais cru. Jusqu'à maintenant, elle n'a pas protesté. Elle ne l'avouera pour rien au monde, mais je crois qu'elle est soulagée que nous soyons venues.

— Et ta mère ?

Elle haussa imperceptiblement les épaules.

— Elle mène sa vie mondaine par téléphone. Mais

je dois reconnaître que, en dehors des coups de fil à Richmond, elle ne renâcle pas à la tâche.

Mack, lui, croisa les bras et s'adossa au poteau.

— Et toi ?

— Fatiguée. Je souffre de la chaleur et je ne suis pas trop dans mon assiette. Mais ça me fait plaisir de voir que nous avançons.

Elle se demanda s'il allait repartir après ce bref échange de nouvelles, mais il ne fit pas mine de bouger.

— Le soleil s'est couché avant que j'aborde la plus jolie partie du trajet. Comment ça se présente, ici, en bas de la vallée ?

Bien qu'ils fussent dans le tiers supérieur de la vallée de la Shenandoah, ils étaient « en bas », parce que la rivière coulait vers le nord. La géographie et l'histoire de la région avaient toujours passionné Mack.

— La sécheresse a fait des ravages, dit Tessa. Le niveau de la rivière est au plus bas. On ne la voit pratiquement plus, du haut de la colline. L'étang a réduit de moitié. Et s'il ne pleut pas bientôt, je crains qu'il ne s'assèche complètement.

Mack siffla doucement.

— Je ne l'ai jamais vu dans cet état.

Après un instant d'hésitation, il se risqua.

— Tu veux m'accompagner jusque-là ?

— Maintenant ?

— Pourquoi pas ? Ça me fera du bien de me dégourdir les jambes avant de reprendre le volant.

— Tu peux dormir ici et repartir demain matin, si tu veux.

— Non, je suis débordé, et j'ai un petit déjeuner de travail.

Tessa se rendit compte qu'elle ne lui avait même pas demandé de ses nouvelles.

— Comment ça se passe au bureau ? Tu as un gros procès en vue, non ?

— Ce n'est pas pour tout de suite. Mais James a passé son baptême du feu, cette semaine.

James Bates, le garçon qui avait présidé à leur rencontre, travaillait depuis un an avec Mack, dans son cabinet d'avocats de Washington. Lorsque Mack avait perdu son procès contre l'administration, le père de Tessa avait trouvé pour le garçon une place dans un établissement privé. Les bonnes notes de James lui avaient valu ensuite une bourse pour l'Université de la Communauté de Virginie, à Richmond même. Puis son diplôme avec mention lui avait permis d'obtenir les crédits pour suivre son droit à UVA, l'Université de Virginie.

Depuis, James faisait ses preuves dans le modeste cabinet de Mack.

— Je pensais justement à lui, tout à l'heure, dit Tessa. Il se débrouille bien ?

— Il n'est pas parvenu à obtenir un non-lieu en faveur de son client, mais il a eu le dessus sur plusieurs points litigieux. Il s'en est bien sorti.

— Ça ne m'étonne pas de lui.

Mack se redressa.

— Alors, cette promenade ?

Tessa se rappela leur dernière balade à l'étang, et elle allait refuser sa proposition lorsqu'il ajouta :

— Je voudrais te parler de quelque chose, Tessa, et je préfère le faire ailleurs qu'ici.

Difficile de lui dire non. Aussi, lorsqu'il descendit les marches, elle le suivit.

En quittant l'abri du porche, elle découvrit le pâle croissant d'une lune sur le déclin dans un ciel dégagé. Sans nuages pour les obscurcir et sans la concurrence des lumières de la ville, les étoiles étaient d'une éblouissante clarté.

Mack l'attendit avant d'emprunter le sentier familier. Une faible brise s'était levée, et le parfum des fleurs embaumait. Il ne lui prit pas le bras, mais il se tint près d'elle, comme s'il craignait qu'elle ne trébuche dans l'obscurité.

— Moi aussi, je me souviens de notre dernière promenade à l'étang, dit-il, exprimant tout haut ce qu'elle pensait tout bas. Kayley est partout, ici. La colline où elle faisait voler son cerf-volant, l'été précédant sa mort, la grange où elle avait découvert la chatte et sa portée de chatons, la prairie où Biscuit avait surpris cette compagnie de perdrix.

— C'étaient des grouses.

Biscuit, leur chien de berger écossais, avait été la première étonnée lorsque la famille de grouses avait brusquement pris son envol. Son exploit accompli, Biscuit était retombée sur son arrière-train et s'était grattée derrière l'oreille pour célébrer sa victoire. Mack avait fait remarquer que sa pose lui évoquait un tireur soufflant la fumée de son six-coups après un duel.

— Comment supportes-tu ? demanda-t-il d'un ton léger, alors qu'ils savaient l'un et l'autre que la question n'avait rien d'anodin.

— A la maison aussi, je la vois partout. Tout le temps.

— Mais tu y es plus habituée. Et, chez nous, tu as enlevé la plupart des souvenirs.

Il lui sembla percevoir une critique, mais elle n'aurait pu en jurer. Ils s'étaient souvent querellés sur la manière dont elle avait systématiquement effacé la présence de Kayley. Dans la maison qu'ils occupaient depuis six ans, la décoration était réduite à sa plus simple expression, et l'on y trouvait peu de traces de leur unique enfant.

Même Biscuit, qui avait grandi en même temps que Kayley, était partie vivre ailleurs.

— Je suis trop occupée pour me morfondre, prétendit Tessa. Maman se mord la langue pour éviter d'évoquer la mort de Kayley. Et Gran n'en parle jamais.

— Mais elles y pensent toutes les deux.

— C'est ça dont tu voulais me parler ? Comment mettre le sujet sur le tapis pour nous payer une bonne crise de larmes collective ?

Prenant conscience de son ton tranchant et de ses paroles blessantes, elle poussa un long soupir.

— Désolée.

— Tu n'en as pas l'air.

— Si. Tu ne mérites pas ça.

— Le sujet te met mal à l'aise.

— Pas toi ?

— J'ai davantage l'habitude d'en parler.

Elle savait exactement à quoi il faisait référence. *Il* bénéficiait du soutien d'un groupe qu'*elle* avait rejeté.

— Le fait de parler d'elle ne l'a pas ramenée, n'est-ce pas ? dit-elle avec une pointe d'agressivité.

— Ce n'est pas le but.

— Merci, mais je préfère m'investir et donner de mon temps pour que ce genre de tragédie ne gâche plus la vie d'autres parents.

— Ça ne l'a pas ramenée non plus.

— Peut-être, mais, au moins, je sais que quelques adolescents de plus auront la possibilité de passer leur bac, de disputer leur premier match de base-ball ou de chanter en solo dans leur chorale paroissiale parce que l'association dans laquelle je milite aura débarrassé les rues d'un certain nombre d'automobilistes alcooliques et inconscients.

— MCIV est une excellente association, Tessa. Tu sais bien que je suis entièrement d'accord avec tout ce que vous faites.

— Je ne sais pas pourquoi nous nous disputons encore, dit-elle.

En réalité, elle en connaissait parfaitement la raison.

Ni l'un ni l'autre ne s'étaient encore libérés de la culpabilité et du chagrin. Mack se tuait au travail pour se montrer à la hauteur de tous ses engagements. Et elle ? Oh ! elle s'efforçait de mettre un pas devant l'autre, en espérant qu'un jour elle accéderait à un semblant de paix.

— Tu te rappelles le jour où tu m'as annoncé que tu étais enceinte ? Nous marchions sur ce même chemin.

Exactement le genre de souvenirs qu'elle s'efforçait d'éviter.

Cette promenade, ils l'avaient faite au moment de Noël, un an environ après leur mariage, lors d'une visite à Toms Brook en compagnie de ses parents. Après le rituel échange de cadeaux, elle et Mack avaient faussé compagnie à la famille, sous prétexte d'aller voir l'étang gelé. C'était à ce moment qu'elle lui avait annoncé que leur premier enfant naîtrait l'été suivant.

L'un et l'autre avaient bien accueilli la nouvelle. Depuis l'instant où ils avaient envisagé le mariage, Tessa et Mack étaient tombés d'accord pour avoir des enfants. Et, au bout d'un an de bonheur conjugal, la décision de faire un bébé avait été facile à prendre. Ils étaient heureux, en bonne santé, et jouissaient d'une situation stable. Aucune raison, donc, d'attendre plus longtemps, et Mack avait été fou de bonheur d'apprendre qu'il allait être papa.

— Ce moment-là a sans doute été le plus beau de ma vie, dit-il. En dehors du jour de notre mariage.

Aurait-il été aussi heureux s'il avait su comment l'histoire allait se terminer ? Tessa s'était souvent posé cette question, mais elle n'aborderait jamais le sujet avec lui, parce que sa propre réponse n'était pas claire. La courte existence de Kayley avait-elle *valu* — le mot était affreux, mais elle n'en voyait pas d'autre — la tragédie de sa mort ?

Franchement, elle n'en savait rien.

— J'ai adoré les neuf mois qui ont suivi, reprit-il, voyant qu'elle ne disait rien.

— Parce que ça n'était pas toi qui étais enceinte ! répliqua-t-elle.

En réalité, sa grossesse avait été facile. Ils avaient réduit leur vie sociale à sa plus simple expression pour se pelotonner l'un contre l'autre dans la douce intimité de leur foyer. Ils avaient établi une longue liste de prénoms, discuté du futur partage des tâches, entrepris de folles dépenses pour meubler la chambre d'enfant.

Il rit doucement, comme s'il prenait plaisir à cette conversation, comme s'ils étaient un couple normal évoquant des souvenirs chaleureux, et non pas des gens détruits, totalement anéantis.

— J'ai surtout apprécié de ne pas être celui qui accouchait.

— Du début à la fin, tu ne m'as pas lâché la main. J'ai dû t'enfoncer mes ongles dans la paume.

— Quel adorable bébé ! dit-il. Elle était tellement intéressée par le monde qu'elle dormait à peine. Tu te souviens ? Et nous, on s'en fichait parce qu'on adorait la voir éveillée et la garder avec nous.

Tessa sentit son cœur se briser. Pourquoi lui infligeait-il ça ?

— Mack…

— Les bons souvenirs ne s'effacent jamais, Tessa. Personne ne peut nous les prendre… Je te vois encore en train de la nourrir. J'allais la chercher dans son berceau ; tu nous attendais, assise dans le lit, contre les oreillers, tes cheveux dénoués sur tes épaules. Je ne veux pas oublier ces images de toi, et ce que je ressentais alors.

Ils avaient été tellement séduits qu'ils s'étaient immédiatement promis d'avoir un autre enfant. Mais, avant, ils voulaient profiter pleinement de leur petite fille.

Tessa se demandait, maintenant, si cela avait été une erreur. Auraient-ils été plus forts face au drame s'ils avaient eu un autre enfant ? Auraient-ils été moins déchirés ? Auraient-ils pu partager leur peine, au lieu de s'éloigner l'un de l'autre, de se fuir comme ils le faisaient ?

Mais comment soutenir le regard d'un autre enfant, un petit frère ou une petite sœur de Kayley, sans être crucifié et revivre, jour après jour, la même douleur ? Comment envisager l'éventualité d'une autre perte ? Comment y aurait-elle survécu ?

— Je revis sans cesse le temps que nous avons passé avec elle, reprit Mack. Les décisions que nous avons prises. Est-ce que tu le fais aussi ?

— Non. J'évite.

— J'étais si heureux que tu aies pris cette année sabbatique pour te consacrer à elle. Et, quand tu es retournée travailler et que Letty est venue prendre la relève, Kayley n'a même pas pleuré. Elle s'est tout de suite habituée. Elle avait un caractère si ouvert, si joyeux.

Toutes les décisions qu'ils prenaient ensemble étaient mûrement réfléchies : les congés scolaires, les vacances d'été, les voyages, les cadeaux de Noël et d'anniversaire. Tout cela avait fait partie de la joie d'être parents.

Et puis, Kayley avait eu cinq ans, et leur monde s'était écroulé…

Tandis qu'ils cheminaient en silence vers l'étang, les images remontaient, et Tessa les laissa se dérouler, malgré elle.

Kayley, après ses deux années de jardin d'enfants, trépignait d'enthousiasme à l'idée d'entrer en maternelle, moyenne section. Vive, intelligente, elle s'exprimait facilement et se faisait vite des amis. Elle lisait déjà seule la plupart de ses livres de contes. Elle était douée d'une mémoire remarquable, et apprenait avec bonheur. La maternelle, dans une « vraie » école, était un rêve qui se réalisait pour la petite fille.

Lorsque l'aube de ce grand jour arriva, Kayley enfila sans aide les vêtements qu'elle avait longuement choisis, la veille, avec sa mère. Comme c'était aussi la rentrée des classes pour Tessa, il avait été prévu que Mack accompagnerait sa fille à l'école primaire, située non loin de leur domicile. Ils avaient aimablement refusé la proposition d'une voisine qui avait offert de passer prendre Kayley et de l'y conduire avec sa propre fille. Mack tenait à vivre ce moment privilégié.

Les choses commencèrent à se gâter dès l'instant où

ils descendirent prendre leur petit déjeuner. Tessa déchira la poche de sa jupe en accrochant la poignée du placard. Elle courut se changer au premier étage. Lorsqu'elle revint dans la cuisine, Mack était en train de plier bagages.

Un imprévu l'obligeait à filer au palais de justice où l'attendait l'un de ses clients en difficulté. Tessa pouvait-elle accompagner Kayley à sa place ?

C'était ennuyeux, car elle allait arriver en retard au lycée. Mais avait-elle le choix ? L'absence de Mack coûterait à son client bien davantage que les quelques minutes de réunion qu'elle manquerait avec les autres professeurs. Elle accepta donc, à contrecœur. Après avoir serré sa fille dans ses bras en lui murmurant d'ultimes recommandations, après l'avoir embrassée, Mack quitta la maison tout en s'excusant.

Kayley, impatiente de vivre le plus beau jour de sa vie, voulait partir dans la seconde, mais Tessa n'était pas prête. Elle devait encore rassembler livres et cahiers, et donner un coup de fil de confirmation à la baby-sitter pour l'après-midi.

Lorsque Kayley, tout excitée, demanda à partir seule, Tessa lui opposa un *non* ferme, mais la petite enjôleuse plaida sa cause avec brio : elle voulait juste marcher jusqu'au coin de la rue et, là, elle attendrait sa mère.

Tessa savait qu'il y aurait un agent pour faire traverser les enfants, et qu'il surveillerait la fillette. Kayley était obéissante. Cette petite concession et cette reconnaissance de sa nouvelle maturité devaient compter énormément pour elle.

Ainsi Tessa avait-elle accepté de faire une entorse à la règle et, pendant qu'elle tournait et virait dans la cuisine, achevant de se préparer pour partir travailler, Kayley, ivre d'enthousiasme, cheveux blonds au vent, s'était précipitée dehors.

Tessa l'avait suivie, moins de quatre minutes plus tard.

Quatre minutes qui avaient changé leurs vies à jamais.

Quatre minutes, le temps qu'il avait fallu à l'ange noir du destin pour juger, sans doute, que leur bonheur insolent avait assez duré.

Quatre petites minutes…

— Je ne me doutais pas que la sécheresse était aussi sévère, dit Mack.

Ils s'étaient arrêtés au début du vieil appontement en planches qui s'avançait dans l'étang. Les pilotis s'enfonçaient, dorénavant, dans la boue, et se terminaient bien avant d'atteindre la flaque d'eau.

C'était l'endroit où Kayley aimait s'installer pour pêcher.

— Tu crois qu'il y a encore des poissons vivants ? demanda Mack.

— Aucune idée.

— Tu te souviens du premier poisson que Kayley a pris, ici ?

— Pourquoi fais-tu ça ?

Elle lui fit face, sans pouvoir distinguer ses traits à la lueur des étoiles.

— Je me souviens de tout, reprit-elle avec amertume. C'est bien ça, le problème. Je me rappelle l'avoir laissée partir seule. Je me rappelle le hurlement des freins, alors que je me dépêchais de la rejoindre. Je me rappelle que quelqu'un a crié. Et, quand je suis arrivée, quand je suis *enfin* arrivée, j'ai vu cette ordure de Robert Owens sortir de sa voiture en titubant et regarder le corps sans vie de notre fille. Il lui reprochait de s'être trouvée là, sur le trottoir, alors qu'il rentrait chez lui, tellement ivre qu'il n'y voyait pas à cinquante centimètres !

Mack resta silencieux, sachant qu'elle détesterait qu'il la touche ou qu'il la prenne dans ses bras pour la consoler.

— Tu t'en veux toujours, n'est-ce pas ? murmura-t-il.

Elle prit le temps d'inspirer profondément avant de répondre :

— J'ai une longue liste de gens à qui j'en veux. Et je suis dessus, oui.

— J'y figure aussi, ajouta-t-il sur le ton de l'évidence. J'aurais dû être avec elle. Tout se serait déroulé différemment. Quand Owens a fait son embardée, nous n'aurions pas été sur ce trottoir. Ou, si nous nous étions quand même trouvés là, j'aurais pu pousser Kayley hors de sa trajectoire.

— Non.

Elle détourna son regard vers les eaux basses de l'étang qui scintillaient faiblement dans l'obscurité.

— Je ne te reproche rien, Mack. Plus maintenant. Je l'ai assez fait. Tu n'as pas tué Kayley. Tu avais toutes les raisons de croire qu'elle *était* en sécurité avec moi. Tu n'aurais jamais manqué à ta promesse de l'accompagner à l'école si tu avais pu faire autrement.

— Elle était en sécurité avec toi. Moi aussi, je l'aurais laissée s'aventurer seule jusqu'au coin de la rue. Elle l'avait déjà fait. On pouvait avoir confiance en elle. Pour moi, tu n'es pas responsable, même si j'ai pu le penser, au début, lorsque je cherchais désespérément quelqu'un sur qui rejeter cette responsabilité. Mais nous ne sommes responsables ni l'un ni l'autre. Tu n'as rien à te reprocher. C'est Robert Owens qui a tué notre fille. Lui et ceux qui l'ont laissée prendre le volant dans cet état.

Elle aurait aimé se sentir apaisée par son absolution. Mais il n'en était rien. Pas plus que le reste, le pardon de son mari ne faisait revivre Kayley.

Cette fois, il tendit la main vers sa nuque douloureuse, et y exerça une douce pression. Sa main était grande et chaude, et il semblait savoir exactement ce qui lui faisait du bien.

Comme lorsqu'ils faisaient l'amour. Dès le début, l'accord avait été parfait entre eux, au point que les mots étaient rarement nécessaires pour guider l'autre.

Son geste lui rappela ce temps béni… et si lointain.

— Tu n'as jamais vraiment compris pourquoi je

m'acharnais à faire payer des types comme Owens pour ce qu'ils font, dit-elle.

— Bien sûr que si !

— Nous avions ça en commun, n'est-ce pas, quand nous nous sommes rencontrés : ce désir d'un monde plus juste.

— Il ne m'a pas quitté. Tu connais les cas dont je m'occupe.

Effectivement. Elle les connaissait. Mack œuvrait pour la justice autant qu'il le pouvait. Et, même si ses revenus s'en ressentaient, elle l'avait toujours encouragé. L'argent n'était pas le problème.

— Si tu comprends, dit-elle, pourquoi me reproches-tu le temps que je passe à MCIV ?

Il laissa retomber son bras. Elle se rendit compte que c'était elle qui l'y avait obligé en s'écartant de lui, sans faire attention. Mais elle ne savait même pas si elle le regrettait ou non.

— A force de t'occuper des malheurs du monde, tu oublies que tu mérites une vie digne de ce nom. Une vie heureuse. Et moi aussi, par la même occasion !

Elle se tourna vers lui, et céda à la tentation de croiser les bras devant elle, décourageant ainsi toute tentative de rapprochement.

— J'ai une vie digne de ce nom. Je me bats afin que ce monde soit plus sûr pour les enfants.

— Avant, les enfants étaient *tout* pour toi. A présent, même tes élèves, tu les tiens à distance.

Elle entendit la suite comme s'il l'avait exprimée tout haut.

Moi aussi, tu me tiens à distance.

— Je fais ce qu'il faut pour survivre, dit-elle.

Il hocha la tête : elle ne faisait que confirmer ce qu'il savait déjà.

— Tu ne vois pas d'autre solution ?

— Quel genre de solution ?

— Nous n'arrivons même plus à soutenir une conversation, toi et moi. Mais ce n'est pas à cause de la mort de Kayley. A force de vivre séparément, nous n'avons plus rien à nous dire, voilà tout.

Il lui tendit les mains, mais elle ne les prit pas.

— Pourquoi tenais-tu à faire cette promenade avec moi ? Tu voulais me parler de quelque chose, il me semble.

— J'ai commencé à en parler.

— Tu as une longue route à faire pour rentrer.

Il garda le silence un moment, puis poussa un soupir, et se lança.

— D'accord. Si tu veux le fond de ma pensée, je ne crois pas que nous puissions continuer comme ça.

Les mots résonnèrent entre eux, longuement.

Tessa avait beau s'y attendre, elle accusa le choc.

— Je ne demande pas le divorce, précisa-t-il. Je ne souhaite pas divorcer. Je voudrais juste… Si on faisait une thérapie ?

— Je t'ai déjà dit que…

Il l'arrêta d'un geste.

— Je sais. Tu penses que tu n'as pas besoin d'aide psychologique. Mais soyons clairs, Tessa : si notre mariage ne vaut pas cet effort, à mon avis, c'est la fin.

— C'est *ta* solution ou rien ?

— Non. Nous avons fait à ton idée pendant trois ans, et ça n'a rien donné. Nous sommes au bord de la séparation. Cet été est déjà un galop d'essai.

Elle prit le temps de réfléchir avant de lui poser *la* question.

— Il y a quelqu'un d'autre, Mack ? Ou tu veux seulement être libre de chercher ?

Il ne répondit pas directement.

— Je voudrais un *vrai* mariage. Et si ça n'est pas possible avec toi, alors, oui, je chercherai quelqu'un d'autre. J'ai besoin d'un foyer, d'une épouse et d'une famille. Je les avais. Et je ne peux pas oublier le bonheur que ça représentait. Je n'ai pas l'âge d'enterrer tout cela à jamais. Et toi non plus, conclut-il.

— Un vrai mariage ? Pff ! Dis plutôt que tu veux une épouse qui t'obéisse au doigt et à l'œil. Une épouse que tu pourrais façonner à ta guise !

Il secoua la tête, l'air peiné.

— Non, Tessa. Je voudrais une compagne qui accepte d'être une vraie femme.

7

Nancy s'empara du séchoir à cheveux. L'air brûlant qui lui souffla au visage n'était guère différent de celui qui entrait, le soir, par sa fenêtre. D'ailleurs, depuis maintenant deux semaines qu'elle vivait dans la maison de son enfance, Nancy ne s'était toujours pas habituée à la chaleur. Mais elle se consolait en se disant qu'elle et Tessa n'avaient pas entièrement perdu leur temps, car leur entreprise de nettoyage avait bien avancé.

— M'man, je suis rentrée ! Mais prends ton temps : je ne suis pas pressée.

C'était la voix de Tessa. Elle l'entendit ensuite s'éloigner, sans doute en direction de la cuisine.

Elle reporta son attention sur le séchoir, mais il était difficile d'arriver à quelque chose dans ce minuscule cabinet de toilette. C'était déjà le problème lorsqu'elle était jeune fille. Sans compter l'obstacle majeur : Helen en train de tambouriner à la porte et de vouer aux gémonies son inqualifiable coquetterie.

A présent, le problème, c'était surtout le manque d'eau. Sans parler de la fatigue qui lui coupait les bras. Le simple fait de tenir la brosse en hauteur était pénible, et le résultat s'en ressentait : sa coiffure était loin d'être impeccable.

Ce matin, toutefois, le rituel prenait toute son importance et requérait des efforts particuliers, puisqu'elle se préparait pour l'arrivée de Billy, ce qui, entre parenthèses, la rendait incroyablement nerveuse. Elle n'avait pas revu son mari depuis son arrivée à la ferme. La première semaine, il était à Atlanta pour une conférence. Et ensuite, il avait simplement été… occupé. Enfin, c'est ce qu'il avait dit. Mais elle ne pouvait s'empêcher de se poser des questions et de se faire du souci.

Quand elle jugea que ses cheveux étaient secs, elle brancha le fer à friser. En attendant qu'il chauffe, elle se pencha vers le miroir, et ne fut guère enchantée par le spectacle.

Elle avait l'air fatigué. Rien d'étonnant à cela : elle n'avait pas fait autant d'efforts physiques depuis son adolescence. En plus, ses ongles étaient cassés, son nez pelait, ses mains étaient craquelées et ses genoux écorchés.

Bref, elle avait pris dix ans. A cette idée, elle se sentit prise de panique. Elle croyait dur comme fer que Billy était resté avec elle pour trois raisons. Primo, leur entente sexuelle hors du commun. Secundo, Tessa, qu'il adorait. Et tertio, l'attention que Nancy avait toujours porté à son apparence. Elle pouvait se vanter de n'avoir jamais fait honte à son mari, durant leurs nombreuses années de mariage. Elle savait s'habiller et s'exprimer en société : toujours le mot juste, exactement au bon moment et à la bonne personne.

Seigneur ! Qu'allait penser Billy en découvrant l'état dans lequel elle se trouvait ? Pendant toutes ces années difficiles, au cours desquelles elle avait sans cesse été sur le fil du rasoir, jamais elle n'avait oublié que, derrière le modèle d'élégance et de sophistication qu'elle affichait, se cachait une petite campagnarde aux pieds nus, avec des mains calleuses et de la terre sous les ongles.

— M'man ?

De nouveau, la voix de Tessa, juste derrière la porte. Nancy enroula la pointe de ses cheveux autour du fer et s'y accrocha obstinément.

— Quoi ? lança-t-elle avec une pointe de contrariété.

— Papa est arrivé.

Mon Dieu, Billy était en avance ! Lui manquait-elle à ce point ?

— J'arrive ! lança-t-elle.

— Je vais lui servir un café, en t'attendant.

Nancy débrancha le fer et le posa sur le siège des toilettes pour qu'il refroidisse. Elle aurait voulu parfaire son mascara, mais il n'était plus temps. Elle fit bouffer sa coiffure devant le miroir, fourra les pans de son chemisier blanc à peine repassé dans son pantalon de lin, et s'en fut à la rencontre de son époux.

Billy, assis en face de Tessa à la table de la cuisine, soufflait sur un mug de café fumant. Tessa, en short de course noir et débardeur, portait sur l'épaule une serviette avec laquelle elle s'épongeait le front de temps à autre.

Billy sourit à sa femme et se leva pour venir à sa rencontre.

— Tu es toute pimpante, lui dit-il. Tu sembles prête à attaquer la journée.

— Oh ! j'essaye de porter des tenues confortables.

Elle essayait surtout de se faire passer pour une vacancière qui aurait fréquenté un luxueux club de loisirs.

— Tu vas bien ? demanda-t-il.

Elle était secrètement déçue qu'il ne l'eût pas embrassée.

— Je souffre de la chaleur, répondit-elle. Je regrette que ma mère soit farouchement opposée à l'air conditionné.

Nancy examina son époux à la dérobée. Elle espérait presque le trouver vieilli, mais il n'en était rien, Billy était le même que d'habitude : grand, les épaules larges, le dos droit, avec une taille à peine épaissie par l'âge. Sa chevelure, jadis brune, était maintenant d'un gris acier. Ses yeux, aux iris marron foncé, étrangement pailletés d'argent, brillaient toujours d'une lueur chaude.

Billy prenait soin de sa personne, sans en être obsédé, comme beaucoup d'hommes de leur country club. La plupart de ses loisirs, il les consacrait au canoë-kayak sur la James River ou à l'observation des oiseaux des champs et des marais, dont il tenait une liste à jour.

Billy était un homme profondément bon, toujours aussi beau, et Nancy l'aimait sans réserve.

— Une autre tasse de café, maman ?

Nancy sursauta, se rendant compte qu'elle n'avait pas cessé de dévisager son mari.

— Merci, mais j'en ai bu suffisamment. Est-ce que tu as fait du café frais pour ton père ?

Sans laisser le temps à Tessa de répondre, elle se tourna vers lui.

— Si j'avais su que tu viendrais si tôt, j'aurais préparé des muffins.

— Ne t'inquiète pas, dit Billy. C'est parfait comme ça.

Tessa quitta la cuisine pour aller se changer. Nancy y fit à peine attention.

— Je sais que tu aimes ton café plus serré, c'est pour ça.

— Ça va très bien, je t'assure, affirma-t-il en posant sa tasse. Dis-moi, la maison n'a pas si mauvaise allure.

Nancy devait admettre que l'asile de fous qu'elles avaient trouvé à leur arrivée avait pris des allures de bric-à-brac sympathique. Trois bennes à ordures, remplies à ras bord, avaient déjà rejoint la décharge publique.

— C'est vrai, il y a du mieux, reconnut-elle. Si tu avais vu l'état des lieux quand nous sommes arrivées ! C'était à peine croyable.

— Cette maison a abrité tant d'existences.

Elle se dit que c'était le genre de réponse toute faite qu'il avait dû apprendre au berceau, dès qu'il avait été capable de prononcer ses premiers mots.

Des réponses aussi polies que vides de sens.

Elle fut stupéfiée par son propre jugement, arbitraire et déloyal, et s'empressa de le chasser.

— On pourrait dire la même chose de notre demeure de Richmond, dit-elle.

— Intéressante, tiens, cette comparaison.

Il n'avait pas souri, mais il aurait pu, se dit-elle en détectant un soupçon d'humour derrière ses mots anodins. Visiblement, dans l'esprit de Billy, les deux maisons n'avaient rien en commun.

Peut-être était-elle épuisée par ces travaux dont elle n'avait pas l'habitude. Peut-être avait-elle maintenu le séchoir quelques secondes de trop contre sa tempe, tout à l'heure, dans sa salle de bains. Peut-être était-elle encore frustrée qu'il ne l'eût pas embrassée après quinze jours de séparation... Toujours est-il qu'elle fut la première surprise de s'entendre lancer d'un ton revendicateur :

— Il y a vraiment une énorme ressemblance entre les deux, affirma-t-elle. Ceux qui ont construit ces deux maisons étaient nos ancêtres. Les tiens et les miens. Et, franchement, cette ferme me plaît de plus en plus, parce qu'elle est sans prétention.

Il eut l'air vaguement intéressé.

— Alors que notre maison est prétentieuse, c'est ce que tu veux dire ?

Billy et Nancy vivaient dans une demeure de style géorgien, construite dans les années 20, grâce à l'extravagante fortune des grands-parents de Billy.

— Comment la qualifierais-tu ?

— Une demeure de prestige ?

— Côté architecture, rien à redire. C'est de la belle ouvrage. Mais le style ! Le manoir était déjà ostentatoire lorsqu'ils l'ont bâti, alors maintenant, c'est un monstre.

— Tu ne t'en es jamais plainte.

C'était vrai. Nancy se demanda, une fois de plus, ce qui lui avait pris. La maison Whitlock était un *must*, une halte incontournable figurant en bonne place dans le programme de visite du quartier historique de Windsor Farms.

Vivre dans une telle demeure était un conte de fées.

Alors qu'*ici*, ç'avait été un cauchemar.

Elle prit une profonde inspiration.

— Excuse-moi. Je suis impardonnable de critiquer la maison qui abrite ta famille depuis trois générations.

— Tu as toujours semblé heureuse d'y vivre.

Semblé, oui... Mais heureuse, l'avait-elle été ? Drôle de question ! Et pourquoi avait-elle attendu aussi longtemps pour se la poser ? Etait-elle, finalement, aussi superficielle qu'elle le paraissait ?

— Bien sûr, j'y ai été heureuse, affirma-t-elle tout en se demandant si c'était toujours le cas. Simplement, le fait de revenir vivre ici réveille de vieux souvenirs.

Il se leva pour aller porter sa tasse dans l'évier.

— Tu es *toujours* en train de demander l'indulgence du jury, pour toi et pour ta famille. Jamais je ne t'ai entendue dire un mot gentil sur cet endroit. Et je suis surpris que tu le défendes, aujourd'hui.

— Billy, mais de quoi parles-tu ?

Il la regarda comme s'il allait répondre, puis se ravisa.

— Je ne suis pas en train de demander pardon, et je ne défends rien ni personne en particulier, dit-elle, comme il demeurait silencieux. Je compare simplement les milieux dont nous venons, toi et moi.

— Tu veux dire que nous n'aurions jamais dû nous rencontrer, c'est ça ?

Elle était stupéfaite. La peur qui l'avait assaillie plus tôt menaçait de l'envahir entièrement. Son retour à la ferme familiale avait mis cruellement en évidence l'énorme fossé qui existait entre eux.

N'était-ce pas absurde ? Toutes ces années pendant lesquelles elle s'était efforcée de le mériter ne comptaient-elles pas ? Pas plus que l'amour et l'attention qu'elle leur avait toujours prodigués, à lui à leur fille ?

— Je parlais de maisons, précisa-t-elle. Et toi, on dirait que tu étends le sujet à notre vie tout entière.

— Oublions cela, dit-il en guise de conclusion. Je suis fatigué : j'ai dû me lever aux aurores pour faire ce long trajet.

— Tu n'avais pas besoin de venir si tôt. Je ne t'attendais pas…

— Je voulais passer un peu de temps dans les collines avec Tessa, avant qu'il fasse trop chaud.

Ainsi, c'était leur fille qu'il était venu voir. Pas elle.

Et, à présent, il était pressé de mettre un terme à une pénible conversation qui risquait de tourner plus mal encore.

Les apparences passaient en premier, selon le code de Billy. Un code qu'elle-même avait adopté, autrefois, avec un réel enthousiasme.

Elle ne devait pas pleurer devant Billy. Elle ne voulait pas qu'il vît combien elle était vulnérable et… godiche.

— Eh bien, file ! dit-elle en se détournant. Les oiseaux n'attendent pas.

— Je te verrai à mon retour.

Avant de passer le seuil, il posa une main sur son épaule.

— On pourrait peut-être déjeuner ensemble ? proposa-t-il.

Elle eut l'impression d'être un vieux chien qui rentre bredouille d'une longue journée de chasse. Il y aurait peut-être un os de consolation au chenil, mais plus jamais de sortie dans les bois.

Elle se mettait rarement en colère contre son mari, mais là… elle dut faire un gros effort pour ne pas craquer.

— Je serai sans doute occupée, à l'heure du déjeuner, dit-elle péniblement, en reprenant sa respiration par deux fois. J'ai promis à ma mère que j'irais déposer ses vieux magazines dans une maison de retraite à Strasburg et, maintenant, ils m'attendent. Mais c'était gentil de me le proposer.

Puis elle quitta la cuisine, juste devant lui, et monta dans sa chambre pour pleurer toutes les larmes de son corps.

L'après-midi, le ciel s'était assombri et la température avait baissé, comme s'il allait pleuvoir. Tessa ressentait une saine fatigue après leur virée dans les collines avec son père. Ils avaient repéré une sittelle torchepot à poitrine blanche et un grimpereau brun, une race assez rare. En revanche, le pouillot à tête grise que Billy avait remarqué l'année précédente, sur la première ligne de crête, ne s'était pas montré. Il avait sans doute émigré vers un climat plus humide.

Tessa portait encore des couches lorsque Billy avait commencé à l'emmener dans ses excursions. Au début, il la portait sur son dos, puis, dès qu'elle avait su marcher, elle avait suivi avec sa propre musette et sa paire de jumelles miniatures. Comme Billy, elle inscrivait les noms des oiseaux qu'elle observait sur une liste, moins longue et moins détaillée, certes, que celle de son père.

La liste de Billy était si conséquente qu'il entrerait bientôt dans le club très fermé des six cents. Alors que Tessa se contentait de regarder les oiseaux, partout où elle se trouvait, Billy, lui, rêvait d'un voyage dans une région isolée de l'Amazonie, avec carnets de croquis, crayons, jumelles hyperpuissantes, et pas grand-chose d'autre. Bien sûr, ce n'était pas *du tout* la conception des vacances idéales, selon Nancy.

Il repartit pour Richmond sans même dire au revoir à son épouse. En milieu d'après-midi, Nancy débarqua, les bras chargés de nouveaux rideaux qu'elle avait achetés en ville.

En les voyant, Helen fit une grimace de désapprobation.

— Les anciens étaient encore très bien ! lança-t-elle.

En début de semaine, les loques poussiéreuses et mitées qui faisaient office de rideaux dans le salon avaient rejoint la benne à ordures.

— Je vais m'attaquer aux murs, pendant que j'y suis, confia Nancy à Tessa.

Elle la chassa de la pièce en lui disant que, si elle ne participait pas au grand chambardement, Helen ne pourrait s'en prendre qu'à une seule personne.

Profitant de la température moins accablante, Tessa

décida de faire une visite au grenier. Il s'agissait de trouver de la place pour entreposer les affaires qu'elles ne pourraient vraiment pas jeter sans risquer qu'Helen s'immolât sur le tas d'ordures.

Par chance, le grenier était vaste et bien ventilé. Haut de plafond, avec des fenêtres en vis-à-vis autorisant les courants d'air, il possédait aussi un ventilateur en état de marche. Mais, en y pénétrant, Tessa fut accueillie par l'habituel spectacle du désastre auquel sa mère et elle avaient été confrontées depuis leur arrivée.

Par endroits, l'entassement des cartons atteignait les combles en pente. Elle se demanda ce qu'ils pouvaient bien contenir. Elle fit un bref inventaire, afin de déterminer si une quelconque logique présidait au chaos apparent. Un examen plus approfondi lui révéla que, effectivement, il existait un semblant d'ordre, comme aux étages inférieurs. Les papiers étaient d'un côté, les porcelaines ébréchées de l'autre, et des échantillons de tissus aux coloris vifs occupaient un immense carton poussé contre le mur du fond. Tessa se pencha sur son contenu et s'empara du premier morceau de tissu : un imprimé représentant des fraises stylisées dans les tons rose vif et rouges. Elle l'emporta près de la fenêtre pour l'examiner à la lumière du jour.

« Des sacs de graines. »

Elle sourit, ravie d'avoir identifié sa trouvaille. Sa grand-mère — ou une autre femme du temps jadis — avait patiemment décousu le sac pour en faire un rectangle. Tessa remarqua les trous le long des anciennes coutures. Puis le tissu avait été lavé, repassé et plié en vue d'une autre utilisation.

Impulsivement, Tessa serra le carré de cotonnade contre elle. C'était le premier objet qui suscitait en elle une émotion, depuis deux semaines. Elle admira le soin avec lequel l'humble sac avait été traité, l'enthousiasme qui avait guidé sa transformation. Elle imagina la couturière choisissant, à l'épicerie, ce sac de farine ou de grain pour les poules en fonction de son motif et de ses couleurs vives. Elle avait dû prévoir de l'utiliser pour habiller sa famille ou recouvrir un lit. Ces femmes démunies se débrouillaient pour faire face au quotidien, et se souciaient, en même temps, de créer des œuvres d'art.

Tessa replia soigneusement le morceau de tissu, puis le remit à sa place, et poussa le carton vers l'escalier, avec l'intention de trier les étoffes avec Helen, un peu plus tard. Certains, parmi les morceaux de tissu, avaient déjà été coupés en bandes et en carrés. Elle se demanda si sa grand-mère se rappellerait où avaient échoué les morceaux.

Ce carton lui rappela son projet de retrouver le quilt des Anneaux de mariage dont avait parlé sa grand-mère, et qu'elle-même avait tant aimé, petite fille. Elle parcourut la pièce du regard, se demandant où chercher en premier.

Elle décida de consacrer une demi-heure à sa recherche, puis d'abandonner le grenier pour un endroit plus frais.

Cernées par les murailles de cartons, il y avait trois antiques malles, du genre de celles que l'on trouve aux Puces et que l'on transforme en tables basses. Tessa se fraya un chemin parmi les tortueux empilements de cartons. La première malle contenait des papiers scolaires. Celle du dessus concernait sa mère.

Tessa sourit en découvrant un exposé d'une écriture appliquée sur Jonas Salk et le vaccin antipolio. Elle lut quelques phrases, et fut aussitôt impressionnée par le talent littéraire d'une jeune Nancy de onze ans. Un peu plus tard, elle prendrait le temps d'examiner le contenu de la malle en détail.

Le second coffre contenait des vêtements d'homme. Tessa comprit à qui ils avaient appartenu en lisant une lettre de condoléances, placée sur le dessus. Elle émanait de l'U.S. Navy, et signalait le décès de Fayette Henry. Du plat de la main, elle lissa le bonnet de matelot sudiste posé près de la lettre officielle. Pendant toutes ces années, sa grand-mère avait conservé les effets de son mari. Elle avait passé bien peu de temps avec lui, mais le chagrin ne s'était jamais totalement apaisé.

Malgré la moiteur, Tessa frissonna. Rabattant le couvercle, elle passa rapidement à la dernière malle. Elle semblait remplie de coupures de journaux jaunies. En y regardant de plus près, elle vit qu'il s'agissait de patrons pour réaliser des quilts. On y expliquait comment découper les formes géométriques de base des blocs, on y détaillait des motifs de matelassage, et des instructions extrêmement précises guidaient les premiers pas des débutantes et encourageaient les plus chevronnées à innover. Certains modèles avaient été collés sur des feuilles de carton souple. En les retournant, Tessa s'aperçut qu'il s'agissait d'anciens paquets de céréales. Des All-Bran, reconnut-elle, bien qu'une partie des lettres fût devenue illisible.

Elle feuilleta les pages soigneusement découpées dans les journaux de l'époque et pieusement conservées, s'amusant des dames en robe-tablier, coiffées à la Jeanne d'Arc, qui vantaient les mérites de certains motifs traditionnels aux noms savoureux : l'Empreinte de l'ours, Lever de soleil derrière les montagnes, les Vagues de l'océan, le Pas de l'ivrogne, l'Eventail de grand-mère, les Fenêtres du grenier, l'Echelle de Jacob, le Amish, le Navajo…

Tessa huma le parfum de ses ancêtres pionniers, et comprit pourquoi les femmes avaient jalousement gardé ces témoignages de leur savoir-faire, à une époque où le superflu venait rarement égayer la dure existence à la ferme.

Une seconde couche apparut sous les papiers, celle-là constituée de boîtes à cigares remplies de vieilles bobines de fil et de boutons découpés sur des vêtements, à en juger par les lambeaux de tissu qui y étaient encore attachés. Sous les boîtes, Tessa trouva un assortiment de blocs dépareillés : des matériaux qu'Helen avait dû mettre de côté pour des projets qui ne s'étaient pas concrétisés, mais qu'elle n'avait pas eu à cœur de jeter. Si certains avaient été écartés à juste titre, d'autres attiraient l'œil, et Tessa tria les motifs les plus réussis pour les montrer à Helen et écouter ses commentaires.

Ensuite venaient trois quilts inachevés, composés avec de très nombreuses chutes de tissus différents, selon la technique du *scrap quilt*, un art d'accommoder les restes.

Tout au fond de la malle, plié et emmailloté dans un drap blanc, gisait le mythique quilt des Anneaux de mariage.

Le cœur battant, Tessa le sortit lentement de son écrin. Elle était étonnée d'avoir découvert aussi vite la cachette d'Helen.

C'était bien le couvre-lit dont elle se souvenait. Elle l'aurait reconnu entre mille.

Le passé semblait encore imprégné dans les fibres du tissu. Des souvenirs d'enfance lui revinrent à la mémoire. Des journées passées au lit, pelotonnée sous la couette, lorsqu'une angine l'empêchait d'aller à l'école. Des séances de lecture que lui faisait son père : elle, assise sur ses genoux, tandis que le quilt les enveloppait tous les deux.

Elle aurait tant aimé que Kayley fût près d'elle, à cet instant, pour voir ce quilt dont elle ne lui avait jamais parlé, pour entendre de sa bouche les récits de sa propre enfance liés à ce vieux dessus-de-lit.

Tessa posa la joue contre l'étoffe qui se désagrégeait, et laissa couler ses larmes, comme elle l'avait fait, bien souvent, dans ce lointain passé.

Helen commençait à apprécier que l'on s'occupât d'elle. Pour rien au monde elle ne l'aurait avoué à sa fille ou à sa petite-fille, mais elle attendait, désormais, l'heure des repas avec impatience. Nancy était loin d'être un cordon-bleu, mais elle était capable de confectionner une délicieuse salade : un mélange fantaisiste avec des ingrédients surprenants, comme des cœurs d'artichauts marinés à l'italienne, de minuscules épis de maïs, pas plus gros que l'index d'un bébé, des avocats, des germes de soja.

Il existait donc des gens qui consacraient du temps à ce genre de plantations ? Et, plus incroyable encore, des consommateurs pour avaler ces pousses avant qu'elles n'aient produit leurs graines ? Décidément, tout s'en allait à vau-l'eau.

Ce soir, cependant, pour faire exception à la règle, Helen les avait chassées de sa cuisine, car elle avait l'intention de préparer un *vrai* repas. Du jambon de pays braisé, avec des patates douces, cuites au four et glacées au sirop : une recette que lui avait enseignée sa mère, en des temps d'opulence. Elle avait aussi prévu des petits pois frais à l'étouffée et, pour couronner le tout, sa fameuse tourte aux myrtilles. Ce qui méritait un coup de chapeau car il n'était pas facile de se repérer dans la cuisine depuis le rangement qui avait été effectué. Dès que Nancy et Tessa auraient quitté la maison, elle remettrait les ustensiles à leur place : elle rétablirait *son* ordre…

Quand les filles vinrent s'installer à table, elle était fatiguée, certes, mais assez contente de ses prouesses. D'accord, elle avait pris de l'âge, mais elle était encore capable de préparer un dîner digne de ce nom.

Elle s'attendait à un sermon sur le cholestérol et le danger des matières grasses, mais les deux femmes contemplaient les plats avec des sourires ravis.

— J'ai une faim de loup, annonça Tessa. Et ça me paraît succulent, Gran.

— Parfois, la nuit, je me réveille en rêvant à ce genre de nourriture, avoua Nancy.

— Alors, ne vous avisez pas de chipoter sous prétexte de ne pas grossir ! lança Helen. Il ne manquerait plus que ça !

— Aucun risque, dit Nancy. Quelques kilos de plus, la belle affaire ! D'abord, qui s'en apercevrait ? Personne !

Helen pensa qu'il y avait du non-dit dans l'air. Mais ça n'était pas son rôle de pousser à la confidence. Elle n'avait jamais été douée pour poser des questions personnelles.

Après tout, chacun était libre de conduire son existence comme il l'entendait.

— Gran, assieds-toi, je vais aller chercher le thé, proposa Tessa.

Curieusement, Helen ne protesta pas.

— Le pichet est dans le réfrigérateur, dit-elle. Tu ne peux pas le rater : il n'y a pratiquement rien d'autre là-dedans. Ta mère cherche à m'affamer.

— Tout juste, rétorqua Nancy. C'est, d'ailleurs, dans ce but que je suis venue, cet été : j'ai l'intention de te faire mourir de faim pour m'emparer de la ferme et la reconvertir en élevage intensif d'autruches et de lamas.

— Hé ! n'oublie pas la roquette ! intervint Tessa en posant le pichet de thé glacé sur l'un des rares espaces libres de la table en chêne. Et toutes les variétés de mescluns. Et puis des serres avec des herbes médicinales chinoises, ça fera fureur.

Helen s'aperçut qu'elle souriait. Et le pire, c'est que les autres l'avaient remarqué. Elle les vit échanger des petits signes de tête entendus.

— Est-ce que l'une d'entre vous a fait quelque chose d'utile, aujourd'hui ? demanda Helen. En dehors de l'observation d'oiseaux et de la pendaison de rideaux, précisa-t-elle en levant les yeux au ciel.

Puis elle se mit à passer les plats et les saladiers.

— Tu les aimes, ces rideaux ? lui demanda Nancy en prenant la balle au bond.

Elle se servit de patates douces caramélisées et parsemées de noix de pécan.

Helen fit la moue.

— Je n'ai même pas regardé. Les anciens étaient très bien.

— Même la poussière ne suffisait plus à les faire tenir, répondit Nancy sans se vexer. Ceux-ci laissent passer la lumière. Tu les apprécieras, tu verras.

— Ce que je n'apprécie pas du tout, c'est que tu ne m'aies même pas demandé mon avis pour la peinture.

— Tiens, je croyais que tu n'avais pas regardé ! répliqua Nancy en faisant circuler le pain de maïs. Et je ne t'ai rien demandé parce que tu aurais choisi du blanc. Or, ce ton pêche met la pièce en valeur. Une femme capable de créer un quilt Dahlia aussi fabuleux mérite de la couleur sur ses murs.

Tessa, toujours prête à calmer le jeu, s'empressa de changer de sujet.

— J'ai passé un moment au grenier, cet après-midi.

Helen, qui s'était fait battre sur le terrain peinture-et-rideaux, fut ravie de cette nouvelle échappatoire.

— Eh bien, pour le coup, ça n'était guère raisonnable. Il devait faire une chaleur d'enfer sous les toits, non ?

— C'était supportable, à petite dose. Et j'ai trouvé des choses intéressantes.

— Si tu me l'avais dit, je t'aurais expliqué où je garde mes vieux trucs.

Helen, qui beurrait généreusement sa tartine de pain de maïs, écarta d'une tape la main de Nancy qui prétendait la priver du beurrier.

— Je suis tombée sur un carton de sacs de grain et de farine, expliqua Tessa. Je ne suis pas peu fière de les avoir reconnus. D'ailleurs, si tu es d'accord, j'aimerais bien qu'on les regarde ensemble, un de ces jours, et que tu me dises à quoi ils te font penser.

Helen exprima un vif étonnement.

— Des sacs de toile ? Au grenier ?

— Un plein carton. Ils ont été décousus, lavés, repassés et pliés.

— Ça doit venir d'une dame que je connaissais, jadis : elle allait jusqu'à récupérer les cordons de fermeture de ces emballages pour en faire des napperons au crochet. Point par point, elle défaisait les ourlets et roulait le fil en pelote. Les temps étaient si durs.

— Oui, j'imagine.

— J'avais oublié qu'ils se trouvaient là, murmura Helen. Mais n'allez pas vous fourrer dans le crâne que ma mémoire est défaillante, ajouta-t-elle avec un regard méfiant. Ce n'est absolument pas le cas.

— Oh ! je te crois ! affirma Nancy. Tu te souviens de toutes les bêtises que j'ai pu faire, étant enfant.

— Et aussi plus tard, précisa Helen.

Tessa fit rouler des petits pois dans son assiette et passa le saladier à la ronde, bien que plus personne n'eût l'intention de se resservir.

— J'ai aussi retrouvé les Anneaux de mariage. Pas d'entrée de jeu, mais presque.

Helen en fut ébranlée. Elle n'avait pas exactement dissimulé le quilt. Après tout, elle était seule à vivre dans cette maison. Et comment se cacher quelque chose à soi-même ? D'une certaine manière, cependant, elle l'avait enfoui. Au fond d'une malle, mais surtout au fond de sa mémoire, en espérant qu'il ne referait pas surface de sitôt.

Et voici que Tessa venait de remettre la main dessus.

— Dans quel état est-il ? demanda Nancy. Est-ce qu'il a fini par perdre tout son matelassage ?

— Je ne l'ai pas inspecté en détail. J'ai pensé qu'on pourrait le faire ensemble, après le dîner.

Nancy et Tessa continuèrent à bavarder, tandis qu'Helen demeurait silencieuse et concentrée sur ses propres pensées. Comme elle avait terminé avant les autres, elle alla chercher la tourte, et la posa sur la table avec un demi-litre de glace à la vanille. Personne ne songea à protester.

L'ambiance était conviviale. Helen dut reconnaître qu'il n'était pas si désagréable, finalement, de partager un repas avec sa fille et sa petite-fille. C'était un plaisir de voir à quel point sa cuisine était appréciée. Et une joie d'avoir quelqu'un à qui parler — même si elle n'était pas une bavarde impénitente comme certaines.

— Si nous examinions ce fameux quilt ? proposa Tessa. Je ferai la vaisselle plus tard.

Elle se leva, s'étira. Helen admira au passage sa souplesse et sa minceur. Si seulement le masque crispé de sa petite-fille pouvait céder la place à une expression un peu plus en harmonie avec son énergie vitale et sa force intérieure ! songea-t-elle.

Elles allèrent s'installer au salon, puisque la salle de séjour empestait la peinture et que les meubles étaient recouverts de bâches. Posséder un salon semblait bien présomptueux pour de pauvres fermiers. Delilah, la mère d'Helen, en était consciente. C'est pourquoi, de son vivant, elle l'avait transformé en atelier : un grand métier à quilter occupait pratiquement tout l'espace, laissant à peine la place à une ribambelle de chaises disposées tout autour. Sous le règne de Delilah, un *quilting bee*, littéralement une ruche de quilteuses, composé d'amies et de voisines, s'y réunissait tous les mercredis matin. On les appelait « Les Abeilles industrieuses de Fitch Crossing ».

— C'est une pièce où l'on se sent particulièrement bien, fit remarquer Tessa. C'était mon endroit préféré quand j'étais petite. Je me pelotonnais dans un fauteuil et je lisais pendant des heures.

Helen alluma des lampes qui dataient de l'époque de sa mère. Delilah avait toujours tenu à ce que leur atelier fût bien éclairé, « Parce qu'à force, disait-elle, l'ouvrage, ça vous abîme la vue. »

— Jamais vu un enfant qui dévorait autant de livres que toi ! Pas comme ta petite Kayley, qui n'aimait que courir et jouer. Elle apportait toujours une balle ou un cerf-volant quand elle venait ici.

Il y eut un silence.

C'était toujours ainsi lorsque quelqu'un prononçait le nom de Kayley. Puis Nancy prit la parole.

— Tessa aussi aurait été un garçon manqué si je l'avais

laissée faire, mais je tenais à ce qu'elle devienne une demoiselle comme il faut.

Helen secoua la tête.

— De mon temps, personne n'avait le loisir de réfléchir à des trucs pareils. On avait tous les mains occupées, à longueur de journée, et pas parce qu'on jouait à la balle, je peux te le dire.

— Tu ne t'amusais donc jamais ? demanda Tessa.

— Oh, mais si, on s'amusait !

Helen s'entendit rire, et elle en fut la première surprise.

— Moi, je ne les ai jamais trouvées drôles, ces corvées, déclara Nancy.

Helen était désolée d'entendre ça parce que, pour elle, ç'avait été différent.

— Qu'est-ce qu'on a pu rire ! Vous n'imaginez pas. Il n'est pas interdit de travailler dur et de se divertir en même temps.

Elle casa son imposant postérieur dans un fauteuil et s'y installa confortablement. Nancy prit place sur la causeuse un peu mitée où sa fille aimait lire, jadis. Tessa, elle, s'absenta un moment, et revint avec un ballot enveloppé d'un drap blanc.

— J'ai préféré l'apporter dans le drap qui le protégeait, dit-elle.

Elle posa le paquet sur une table d'angle, et ouvrit le drap.

Les mouvements de Tessa étaient toujours fluides, remarqua Helen qui la suivait du regard. Cette aisance et cette grâce lui venaient sans doute de son père. Parce que, côté Stoneburner, les femmes n'avaient pas eu le temps de développer ces qualités, alors que la mère et la grand-mère de Billy avaient eu d'innombrables occasions de s'entraîner en dansant le quadrille dans des bals de débutantes de la haute société.

Tessa défit le drap et le lissa sur le dessus de la table, puis elle déplia le quilt, avec des gestes précis, doux et tendres.

— J'ai eu l'impression de retrouver un vieil ami que je croyais perdu à jamais, dit-elle en effaçant un dernier pli. Que de souvenirs !

Helen aurait eu son mot à dire sur le sujet, mais elle préféra ne pas bouger. Nancy se leva pour aller examiner la pièce de collection.

— Certes, je n'ai pas tes doigts de fée, maman, mais je trouve le résultat plutôt satisfaisant.

— Il y a tant de couleurs et de motifs différents, dit Tessa en caressant d'une main légère le dessus de l'ouvrage. Malheureusement, il est vraiment en mauvais état. Pire que dans mon souvenir.

Enfin, Helen s'approcha à son tour de la table, et se pencha sur l'ouvrage.

Deux mètres sur deux mètres trente, la mesure qu'elle avait choisie, sans trop savoir pourquoi, sinon qu'elle devait répondre à une taille à peu près standard. Tout ce qu'elle voulait, à l'époque, c'était terminer l'assemblage du patchwork avant le jour de son mariage. Pour d'obscures raisons, cette idée la hantait.

— De fait, c'est un double Anneaux de mariage, beaucoup plus élaboré que le simple. J'ai commencé à assembler les premiers morceaux de tissu alors que je n'étais qu'une petite fille. Maman pensait que ce serait un bon apprentissage, parce que ce modèle requiert une patience particulière et beaucoup de précision, à cause des coutures concentriques.

— Et, finalement, ç'a été une bonne leçon ? demanda Nancy.

— J'en ai l'impression.

Les Anneaux de mariage étaient un exemple typique du *scrap quilt*, fait à partir d'une multitude de chutes. Seuls les coins, à l'intersection des ronds, la bordure et l'envers étaient fabriqués dans le même tissu.

Un tissu bleu qui avait signifié tant de choses dans sa vie de jeune femme.

— Il est déchiré là, et là… dit Tessa en survolant les endroits endommagés, sans plus oser y poser la main, de peur d'aggraver les dégâts. On dirait que certains tissus sont en train de se désagréger.

— Oui, il est en piteux état, répondit Helen d'une voix dure. Et quand je vois la manière dont vous traitez les objets qui ont perdu un peu de leur lustre ou de leur éclat originel, ta mère et toi, je suis étonnée que vous n'ayez pas balancé cette vieille loque dans la benne à ordures.

— Quand je te l'ai rapporté, maman, ça n'était pas pour le jeter mais pour que tu le répares. Je pensais que tu l'avais fait. Et puis, comme je n'en ai plus entendu parler, j'ai fini par l'oublier.

— Il s'agit d'un trésor de famille, renchérit Tessa. Pas d'un tas de vieux journaux.

Helen enrageait de les voir se mêler de tout, et elle n'était pas près de céder du terrain.

— Ce serait bien trop long de le remettre en état. Et d'abord, je ne saurais même pas comment m'y prendre. J'assemble des dessus, je matelasse. Parfois, il m'est arrivé de changer une doublure ou de remettre de la ouatine quand il en manquait. Mes talents s'arrêtent là.

— On pourrait le « désosser » et le remonter entièrement, suggéra Nancy.

— Ce serait stupide. Autant en fabriquer un nouveau.

Tessa souleva un coin du quilt avec un infini respect. Malgré elle, Helen en fut touchée. Jusque-là, elle ne s'était pas rendu compte à quel point sa petite-fille était attachée à ce genre de souvenirs.

— Il y a tant d'imprimés différents, dit Tessa. D'où proviennent-ils ?

— Cette couverture, c'est une sorte de bible de famille, tu sais ? J'y ai travaillé des années, par périodes plus ou moins longues. Comme je te l'ai déjà dit, j'ai souvent récupéré la toile des sacs de grain, et puis des lambeaux de vieilles robes : les miennes, celles de la famille ou des amies. Ce sont sans doute ces parties qui ont le plus souffert. J'en ai échangé certains : un imprimé que je possédais en double contre un autre qui allait apporter un nouveau dessin, une nouvelle couleur. Je souhaitais qu'il n'y ait pas deux morceaux semblables, c'est pourquoi ça m'a pris aussi longtemps. A cette époque, et dans la région, nous étions tous trop pauvres pour aller acheter un joli tissu dans un magasin.

— J'aimerais bien que tu nous racontes l'histoire de ce quilt, et dans quel état d'esprit tu l'as créé, dit Tessa. Je voudrais aussi que tu nous parles de ta vie, Gran.

— Pourquoi ? lança Helen en fronçant les sourcils. Qu'est-ce que ça peut te faire ? C'est tellement vieux, tout ça ! Que veux-tu que je te raconte ? Que ce morceau-là a été coupé dans le tablier préféré de ma mère ? dit-elle en pointant son index. Ou que celui-ci vient de la robe de mariée de ma grand-mère ? Quel intérêt ? Tu ne les connais pas. Tu ne les connaîtras jamais.

Tessa eut l'intelligence de ne pas la prendre de front.

— On ne peut pas regarder la télévision parce que, la plupart du temps, on n'y voit que de la neige. Il est encore tôt pour aller se coucher, et j'en ai un peu assez de lire…

Helen se demandait ce qu'elle aurait pu raconter à sa parvenue de fille ou à son inconsolable petite-fille, éternellement en deuil. Elle n'était qu'une vieille femme, à des années-lumière de leur univers. Cependant, la manière désinvolte avec laquelle Tessa lui avait demandé *une histoire*, en quelque sorte, avait touché une corde sensible chez Helen.

Elle ne se sentait pas le courage de lui opposer un non définitif.

— D'accord, je veux bien te raconter deux ou trois choses. A condition que tu nous déniches un peu de ce vin que nous avons bu, l'autre soir. Il me rappelle celui que fabriquait papa, au printemps, sauf qu'il le sucrait tant que nos dents criaient grâce.

Tessa s'étira, fit quelques mouvements d'assouplissement pour son dos, et dit à sa grand-mère :

— Installe-toi confortablement. Je reviens tout de suite.

Puis elle quitta la pièce.

— Qu'est-ce que tu fiches encore ici ? demanda soudain Helen à sa fille, en constatant qu'elle était toujours dans son fauteuil. Combien de fois ai-je essayé de te parler de tes grands-parents et de tes ancêtres, quand tu vivais ici ? Ça ne t'intéressait pas, à l'époque. Je ne vois pas pourquoi ça t'intéresserait aujourd'hui !

Nancy se pencha vers elle.

— Tu n'es qu'une vieille entêtée irascible, tu le sais, n'est-ce pas ? Toute ma vie, tu m'as poursuivie de tes reproches. Or, je n'ai jamais prétendu que l'histoire de ma propre famille ne m'intéressait pas. Ce que je ne supportais pas, c'était que l'on me serine toute la sainte journée que je ne leur arriverais jamais à la cheville.

Helen la regarda avec stupéfaction.

— Jamais dit un truc pareil ! C'est toi qui l'as inventé.

— Je ne trouvais jamais grâce à tes yeux, maman.

— Tu parles ! C'est plutôt moi qui n'étais pas assez bonne pour toi.

Nancy s'appuya contre le dossier de la causeuse, et croisa les bras.

— A toi de voir si tu as envie ou non de partager tes souvenirs. Mais, si tu décides que oui, souviens-toi que je fais aussi partie de cette famille. Et qu'il n'est pas question que je batte en retraite.

Helen sursauta. Il n'était plus temps pour elle de cultiver les malentendus. Elle avait frôlé la frontière de si près qu'il lui fallait prendre des décisions rapides et s'y tenir. C'était l'unique moyen dont elle disposât pour ne pas sombrer dans des abîmes de misère et de désespoir.

— Je ne me souviens pas de m'être comportée de cette façon avec toi, déclara-t-elle. Mais, si c'est le cas, dis-moi où et quand, et je te présenterai mes excuses.

Nancy ne répondit pas. Ce qui était loin d'être dans ses habitudes, et c'est à ce détail qu'Helen mesura l'importance de la situation. Elle tenta de trouver les mots qui rendraient compte de son trouble intérieur. Aucun ne lui vint à l'esprit.

— Ça me fait plaisir que tu restes pour écouter, dit-elle finalement, en faisant un gigantesque effort sur elle-même.

Son visage ne reflétait sans doute pas sa prétendue satisfaction. Mais l'essentiel, c'était d'avoir franchi un petit pas dans la bonne direction.

Les bras toujours croisés, Nancy hocha lentement la tête.

8

1932

Helen savait qu'il valait mieux ne pas contrarier sa mère. Elle la suivit, cependant, portée par un secret espoir. Delilah Stoneburner galopait plus vite que le meilleur chien courant de Cuddy, son mari, et rien ne la faisait plus enrager que d'avoir à ralentir le pas.

A l'instar des autres femmes vivant le long de Fitch, Delilah avait vu sa charge de travail s'alourdir au fil des ans, ce qui motivait sa hâte permanente pour faire face à tout. Depuis que Cuddy travaillait comme manutentionnaire à la coopérative agricole, à charger et décharger des sacs de grain, elle assumait ses tâches en plus des siennes. Les deux frères d'Helen, Tom et Obediah — que tout le monde appelait Obed —, abattaient aussi de l'ouvrage, tout comme la petite Helen, âgée de douze ans. Mais ils avaient beau se démener, au bout du compte, il manquait toujours du temps pour venir à bout des innombrables travaux.

Tout en sachant que sa mère n'apprécierait pas d'être interrompue, Helen continua à la suivre au pas de course jusqu'à l'enclos des poules.

— Les deux là-bas, dans le coin, indiqua Delilah en désignant deux innocentes, occupées à picorer dans la partie la plus reculée du poulailler.

Tom, qui, à quatorze ans, était presque aussi grand que

son père, faillit protester, mais ne pipa mot. Il n'appréciait guère de leur tordre le cou, comme Delilah le lui avait montré, mais c'était son job. Et puis il se consola en pensant aux poulets qui apparaîtraient sur la table du dîner : un événement rarissime par les temps qui couraient.

Helen préféra ne pas regarder. C'était elle qui nourrissait les poules quotidiennement, et, bien que cela pût paraître un peu bébête, elle leur avait secrètement donné des noms. Et elle avait le funeste pressentiment que Lilas et Jonquille allaient finir en fricassée, avec des pommes de terre en sauce, le soir même.

— Maman !

Helen détourna les yeux pour ne pas voir son frère qui cherchait à acculer ses deux malheureuses amies dans un coin de la basse-cour.

— Maman, je voudrais quilter avec les autres. Je n'ai pas envie de surveiller les enfants. Et je suis capable de piquer aussi vite et droit que…

— Tu es encore là, toi ?

Delilah toisa sa fille de la tête aux pieds en fronçant les sourcils, comme si la petite Helen tout entière, de la racine de ses cheveux de jais à la pointe de ses orteils, avait représenté un spectacle terriblement déplaisant.

— Toujours à discutailler !

— Maman, je ne demanderai rien d'autre. J'aiderai pour le dîner quand l'atelier sera terminé, et je ferai toute la vaisselle. Je mettrai le bébé de tante Sarah dans son berceau et je veillerai sur les enfants toute la nuit, si tu veux. Mais, maman…

Delilah ralentit imperceptiblement.

— Tu continues à me répondre insolemment ? Et à jouer les martyres avec tes grands yeux tristes ?

Helen se tut.

La voix de Delilah s'adoucit.

— Lenny, je te l'ai déjà dit. Il faut surveiller les enfants. Bientôt, l'une des autres filles sera assez grande pour le faire. Mais, pour l'instant, c'est toi qui en es responsable. Tu comprends ?

Helen comprenait.

— Un petit moment ? Un tout petit moment ?

Delilah se laissa attendrir.

— Bon, peut-être. Maintenant, file ! Il y a de l'ouvrage à faire avant que les autres n'arrivent.

Ignorant délibérément les piaillements d'effroi qui venaient de l'enclos, une Helen revigorée descendit en sautillant le chemin de l'étang, et souleva le loquet du coffre de bois que son père avait installé sur la berge. Elle en sortit des poignées de maïs qu'elle éparpilla pour les canards et les oies. Perchée sur le bord, elle inspecta les environs, à la recherche des canetons sortis de l'œuf, cette semaine-là. Elle n'en vit pas trace, soit que la nichée eût été la proie d'un prédateur, soit qu'elle se cachât dans les roseaux qui bordaient l'étang. Elle préférait, de loin, la seconde conclusion.

L'heure se passa à faire le ménage. Delilah tenait à ce que sa maison fût propre. Les tapis étaient battus, les parquets cirés, et deux fois par mois tous les meubles étaient passés à l'encaustique : un mélange à base de cire d'abeille et d'essence de térébenthine qu'elle fabriquait elle-même. Quant aux tables, elles brillaient comme des miroirs.

Depuis quelque temps, unique fille dans la maison, Helen assurait la majorité des travaux domestiques, tandis que Delilah remplaçait son mari à la ferme. Cuddy rentrait à la nuit et repartait avant l'aube, mais personne ne s'en plaignait. Il y avait enfin un peu d'argent pour acheter les denrées qu'ils ne fournissaient pas eux-mêmes, comme le café, le sel et le sucre.

Helen vida les seaux hygiéniques, une corvée qu'elle détestait entre toutes et qu'elle essayait toujours d'éviter. Puis, après s'être lavé les mains à la pompe de la cour, elle revint dans la maison pour passer le plumeau sur toutes les surfaces visibles. Ensuite, il y aurait les lits à faire, la vaisselle à laver… la liste était sans fin.

A l'heure où les voisines, ainsi que les dames Stoneburner et Lichliter étaient censées arriver — leurs demeures n'étant guère éloignées, elles venaient à pied ou empruntaient une charrette pour faire un bout de chemin —, la maison était suffisamment en ordre pour ne pas encourir les foudres de Delilah. Helen alla même jusqu'à penser que sa mère était satisfaite, car elle ne trouva rien à redire. Un événement !

Ce jour-là, c'était un *quilting bee* un peu particulier qui allait se réunir à l'ouvroir. Les participantes avaient été invitées à coudre chacune son bloc et à y broder son nom. Les blocs seraient ensuite assemblés pour faire un *Album Quilt*, un couvre-lit unique qui serait offert en cadeau-souvenir à l'instituteur sur le point de déménager. Helen était désolée de le voir partir. Il lui prêtait des livres de sa bibliothèque personnelle, et il lui avait toujours donné des éclaircissements sur les leçons qu'elle ne comprenait pas, sans lui faire sentir pour autant qu'elle était bête.

Tante Mavis s'était chargée de la récupération des différents éléments, et en avait commencé le piéçage qui constituerait le patchwork, la partie supérieure. Ce jour-là, tout le monde étant réuni, l'équipe des volontaires pouvait espérer passer au matelassage. Delilah procéderait ensuite aux finitions et apporterait le cadeau, joliment empaqueté, juste à temps pour la fête du dernier jour de l'école.

Tante Mavis arriva la première, l'ouvrage en cours soigneusement roulé sous son bras. Elle était la plus jeune sœur de Delilah, et la tante préférée d'Helen car elle aussi savait, pour l'avoir vécu, que le sort de petite dernière de la famille n'était pas toujours enviable.

Elle gratifia Helen d'une tape affectueuse sur l'épaule, comme elle le faisait toujours. Puis, avec un clin d'œil complice, elle lui tendit une pochette fermée par un cordon.

— Tiens, c'est pour toi, Lenny, dit-elle en prenant le

balai des mains de la petite afin qu'elle pût ouvrir son paquet.

— Qu'est-ce que c'est ?

L'excitation rendait ses doigts gourds et l'empêchait de dénouer la ficelle assez vite.

— Tu vas voir, dit Mavis. Les autres sont là ?

— Non, pas encore. Je ne sais pas qui vient exactement, mais on t'a gardé une chambre. Et il y a du poulet pour le dîner.

— Raison de plus pour rester.

Les trois autres sœurs de Delilah habitaient plus près de Front Royal que de Toms Brook, ainsi, lorsqu'elles venaient, elles restaient toujours pour la nuit. De même qu'une partie de la famille de Cuddy, qui vivait de l'autre côté de Woodstock. Ce soir, la maison serait pleine à craquer parce que la plupart des femmes, même celles qui, comme Mavis, étaient voisines, dormiraient sur place après avoir passé une partie de la nuit à travailler.

Helen arriva enfin à défaire le nœud. Et la pochette s'ouvrit sur une collection de bouts de tissus aux couleurs de l'arc-en-ciel.

— Tatie Mavis ! Tout ça… pour moi ? s'écria-t-elle en fouillant dans le pochon avec enthousiasme.

— Je les ai récupérés ici et là, pour ton futur quilt de mariage. Sur des vêtements usagés de mes voisines ou d'anciens rideaux. Tiens, celui-ci vient de l'une de mes vieilles robes : elle avait été tellement reprisée qu'elle a fini par craquer. Et attends, il y a un petit morceau de la robe que ta grand-mère portait, le jour de son mariage.

Mavis sortit du tas un carré de cotonnade imprimé de minuscules roses fanées.

— C'est celui-ci. Je sais que tu aimerais avoir de jolies choses, et je n'ai que ces restes à te donner.

— Mais ils sont très beaux. Et je vais pouvoir faire de nouveaux blocs, dit Helen en refermant le pochon. Je suis si contente ! Merci.

Mavis dégagea les cheveux qui retombaient sur le visage carré de sa nièce.

— Tu penseras à moi chaque fois que tu le verras. Comme ça, tu ne m'oublieras pas, dit-elle avec un sourire dans la voix.

Elle caressa la joue d'Helen, puis alla rejoindre les nouvelles arrivantes.

Le printemps était en avance, cette année-là. Vers 10 heures, toutefois, le soleil s'étant caché derrière de gros nuages, certaines femmes regrettèrent de ne pas s'être couvertes plus chaudement pour le trajet. Helen était à l'entrée, et prenait les châles et les chapeaux. Les mères lui confiaient leurs enfants en bas âge. Bientôt, Helen en eut un sur chaque hanche. Chacune des femmes lui tendait au passage un petit paquet, identique à celui qu'avait apporté Mavis.

— Pour te remercier de t'occuper des enfants, aujourd'hui, expliqua l'une des voisines. Ta maman m'a dit que ça te ferait plaisir.

Helen était aux anges. Surtout parce que sa mère avait pensé à elle. Les récompenses, si rares chez les Stoneburner, étaient particulièrement appréciées.

Ces jolies surprises lui mirent du baume au cœur, et elle reprit courage en pensant à la longue journée qu'elle allait devoir passer à pouponner, alors qu'elle ne rêvait que de filer dans sa chambre et d'étaler tous ses trésors sur son lit.

Elle ne rechignait jamais devant le labeur, mais le fait de s'occuper des enfants lui apparaissait comme une corvée. Ses cousines plus âgées ne tarissaient pas sur leurs ambitieux projets de mères de famille. Helen, elle, songeait à avoir un enfant ou deux, histoire de satisfaire son mari, mais pas davantage. Elle se chargerait des travaux des champs, habituellement réservés aux hommes, ou bien elle coudrait sur la vieille machine à pédale de sa mère. Et ce qui l'enchantait plus que tout, c'était l'idée de se retrouver assise devant le grand métier à quilter et de pousser l'aiguille, comme Delilah le lui avait enseigné.

D'autres enfants étaient arrivés : certains couraient, d'autres marchaient à peine ou portaient encore des langes. Elle accueillit ses cousines, puis encore des voisines, et la femme du pasteur qui avait amené un petit garçon particulièrement odieux qu'Helen allait devoir surveiller de près. Elle lui donna, pour sa peine, un coupon découpé dans un sac de farine tout neuf, orné de jolies maisonnettes bleues. Deux autres filles, un peu plus âgées, vinrent se joindre au groupe, mais il n'était guère passionnant de parler avec elles. A huit et neuf ans, elles ne savaient rien de l'existence, songeait Helen, du haut de ses douze ans.

Les dames burent du café que Delilah avait grillé et moulu, et firent un sort aux trois mokas fourrés qu'elle avait préparés, très tôt le matin. On distribua aux enfants du pain, du jambon et du lait frais. Ensuite, Helen emmena tout son petit monde dehors. Elle confia les bambins à la surveillance des deux aînées et, un bébé sur chaque hanche, elle entraîna ceux qui étaient en âge de marcher dans une promenade vers le ruisseau, un affluent de la Shenandoah, qui alimentait l'étang.

Lorsqu'elle revint avec toute sa marmaille, les dames étaient installées autour du métier à quilter. En les regardant, Helen avait des fourmis dans les doigts, tant elle aurait voulu avoir sa place parmi elles. Mais elle savait que ça n'était pas le bon moment pour réclamer. Avec l'aide des filles, elle réussit à distraire les petits pendant encore une heure. Puis les bébés se mirent à pleurer. Helen les apporta à leur mère pour qu'ils soient nourris, puis elle les coucha dans la chambre du devant afin de pouvoir les entendre s'ils pleuraient.

Elle sentait le poids de la fatigue, et rêvait du petit salon d'où s'échappaient des rires et des récits qui avaient l'air irrésistibles. Elle allait tout manquer.

— J'ai une idée, déclara-t-elle à sa petite troupe.

En dehors des nourrissons qui dormaient comme des bienheureux, il y avait quatre petits dont il fallait s'occuper. Après les avoir dûment chapitrés, Helen les emmena au petit salon.

— Ils voudraient jouer aux marmottes sous la couette, annonça-t-elle.

Delilah la toisa d'un regard soupçonneux.

— Des marmottes ?

— Oui, ils feront semblant d'être dans leur nid douillet et d'hiberner, expliqua vivement Helen. Ce ne sera pas bruyant.

Elle était certaine qu'ils se tiendraient tranquilles parce qu'ils avaient l'air épuisé, eux aussi. Et puis, les mères n'étant pas loin, ils pourraient somnoler en toute confiance.

— Tu vas avec eux là-dessous ? demanda Delilah. Ou tu nous les confies ?

— Je vais leur tenir compagnie, répondit-elle, la mine innocente. Je veillerai à ce qu'ils n'abîment rien.

— Tu peux toujours essayer ! lança Delilah avec un certain scepticisme.

Helen exultait. Certes, ce jeu n'était pas aussi génial que le fait de participer à l'ouvrage, l'aiguille à la main, mais elle pourrait au moins écouter ce qui se disait de passionnant.

Elle aida les petits à se faufiler entre les chaises sous le grand métier, et les installa sur de vieux couvre-lits qui ne craignaient rien, avec des pommes séchées et des noix de pécan récoltées l'automne précédent.

Au début, leurs bavardages couvrirent les voix des adultes, mais, bientôt, comme elle l'avait escompté, repus et somnolents, ils se pelotonnèrent les uns contre les autres et s'endormirent. Seul l'infernal rejeton du pasteur continua à s'agiter et à se tortiller en ronchonnant. Puis il finit, lui aussi, par se calmer.

Helen se mit en chien de fusil près des enfants assoupis,

et tendit l'oreille aux propos qui s'échangeaient au-dessus de sa tente improvisée.

Une femme s'exclama soudain :

— Becky, sais-tu que Mavis n'a jamais entendu ton histoire sur le petit gars qui voulait feinter le service religieux du dimanche ?

Helen, qui ne la connaissait pas non plus, croisa les doigts dans l'espoir que Becky, une vieille voisine demeurant à un mile de là, se montrât coopérative.

— Tu ne sécheras plus jamais l'office, une fois que tu l'auras entendue ! lança Becky.

— Moi non plus, je ne la connais pas !

Là, c'était la voix de Lenore Lichliter, l'une des cousines d'Helen.

— Eh bien, je vais vous la raconter, dit Becky, parce qu'un jour vous pourriez vous trouver dans la même situation.

L'un des enfants se retourna et donna un coup de pied malencontreux à son voisin. Helen retint sa respiration. Tout rentra dans l'ordre : aucun gamin ne se réveilla.

Helen poussa un ouf de soulagement, tandis que Becky commençait son récit.

— On raconte cette histoire dans le comté de Page où ma grand-mère s'était retirée pour ses derniers jours. On dit qu'elle est authentique, et je veux bien le croire.

— C'est vrai, elles ont souvent un fond de vérité, ces vieilles histoires, fit remarquer quelqu'un.

— Et comment ! Cette fois, il s'agit d'un jeune garçon qui se prénommait Herman. Personne n'a jamais révélé son nom de famille, et je n'ai pas cherché à le connaître. Vous comprendrez pourquoi. Donc, quand notre ami Herman se leva, un dimanche matin, il constata qu'il faisait particulièrement chaud. Il décida, par conséquent, d'aller se baigner plutôt que de s'enfermer à l'église.

— Je dois confesser que l'idée m'a effleurée plus

d'une fois, dit l'une des commères, déchaînant ainsi les rires des autres.

— Le jeune Herman connaissait une jolie mare, idéale pour une baignade, située sur la ferme du diacre. Astucieux de sa part, car il se doutait bien que le zélé serviteur de la paroisse serait à l'église. Il se rendit donc au bord du trou d'eau, et se déshabilla complètement. Il s'apprêtait à plonger lorsqu'un bruit étrange l'arrêta net.

Helen retenait son souffle, captivée par la scène qu'elle voyait se dérouler sous ses yeux.

— Quel genre de bruit ? demanda Mavis.

— Le genre de barouf que ni vous ni moi n'aimerions entendre. C'était le taureau du diacre, une bête féroce qui était habituellement tenue à distance dans un pré dûment clôturé. Quand le pauvre gars vit ce taureau furieux foncer droit sur lui, il eut une pétoche du diable, vous pouvez me croire.

— Non seulement il était vert de peur, mais nu comme un ver, le pauvre gars ! souligna Delilah.

Helen devina son sourire.

— Herman n'avait pas trop le temps de réfléchir. Il fit la seule chose sensée qui lui vint à l'esprit. Quand le taureau fut sur lui, prêt à le cueillir à la pointe de ses cornes, il fit un pas de côté, laissa passer le mastodonte et s'accrocha à sa queue pour éviter une nouvelle attaque. Alors, l'animal galopa et galopa, avec ce garçon tout nu cramponné à sa queue, tant et si bien qu'il se lassa et finit par s'arrêter pour souffler sous un arbre.

— Ça devait valoir le détour ! s'esclaffa l'une des femmes.

— Pour sûr ! renchérit Becky. Pendant que le taureau, pantelant, récupérait, Herman pensa que c'était le moment de saisir sa chance. Il décida de grimper dans l'arbre. D'abord une branche basse, puis une autre, et encore plus haut, jusqu'à ce qu'il soit certain de se trouver en sécurité.

— Et il ne l'était pas… en sécurité ? demanda Lenore.

— Que nenni ! Il y avait un nid de frelons dans cet arbre. Et ils décidèrent que toute cette chair fraîche impudemment exposée méritait quelques piques. Dix, vingt, cent dards acérés trouèrent la peau d'Herman.

Helen sursauta, compatissant au supplice du pauvre garçon.

— Herman, qui n'était pas la moitié d'un idiot, se dit qu'il fallait faire quelque chose. Et sans tarder. Il se balança au bout d'une branche, sauta, et atterrit sur le dos du taureau. L'animal, furieux, qui n'avait pas l'habitude d'être monté de la sorte, repartit dans un galop d'enfer, défonça la barrière dans son élan et, martelant le sol de ses sabots, fonça… vers l'église !

— Oh non ! pouffa Lenore. Et toujours tout nu !

— Herman était persuadé que sa dernière heure était arrivée. On l'aurait été à moins, n'est-ce pas ? Et ce taureau qui ruait et renâclait, et cherchait à le désarçonner, et notre Herman qui se cramponnait avec l'énergie du désespoir ! Et il était désolé, sacrément désolé, je peux vous le dire, car il fonçait droit vers cette église où il allait paraître devant son créateur, et devant tout le monde, nu comme à son premier jour. Nu comme un Adam devant Dieu le Père.

— Comme il a dû regretter d'avoir fait l'église buissonnière ! déclara Mavis. Sa mésaventure valait tous les sermons.

— Effectivement, convint Becky. Surtout que le prêche était terminé. Les paroissiens sortaient de l'église, et ils virent avec stupeur un taureau furieux courir sus à l'assemblée, avec un drôle de truc accroché à son dos. Les femmes se mirent à crier, les maris à jurer, alors que, pour certains, ils avaient encore un pied dans la maison du Seigneur.

Il y eut des clappements de langues réprobateurs.

— De son côté, le cornu avait avisé cette foule en émoi et décidé qu'il ferait mieux d'opérer un changement de direction avant de s'encastrer dans la vieille palissade qui entourait le bâtiment sacré entre tous. D'un tour de reins puissant, il opéra un virage en épingle à cheveux. Ce faisant, il éjecta Herman qui décolla comme un gros oiseau maladroit et alla s'écraser dans un buisson de lierre, juste derrière la chapelle villageoise. Le buisson était fourni : il amortit sa chute. Le garçon s'en sortit sans une égratignure.

— Ses fesses étaient peut-être intactes, mais sûrement pas sa fierté, fit remarquer Lenore d'un ton pénétré. Nu, devant tous ces gens !

— Croyez-vous que ce garçon ait manqué l'office un seul dimanche de sa vie, à la suite de ça ?

Helen, les yeux écarquillés, entendit une chaise crisser sur le plancher, puis elle vit le visage de sa mère apparaître sous la table.

— Qu'en penses-tu ? lui demanda Delilah.

Helen réfléchit, hésita. Cet Herman avait quand même accompli un sacré exploit, le genre d'aventure qu'on devait être fier de raconter à ses petits-enfants, plus tard. Et le fait qu'il se fût retrouvé nu devant tout le village ne faisait pas oublier son courage.

Même si le cœur d'Helen balançait, elle n'ignorait pas ce qu'elle *devait* répondre.

— A mon avis, il ne l'a plus jamais manqué, maman !

Delilah lui adressa un petit clin d'œil avant de disparaître.

9

Tessa emporta les Anneaux de mariage dans sa chambre, ce soir-là, et elle étendit le quilt sur la barre transversale, au pied du lit. Ce fut la première chose qu'elle vit, le lendemain matin.

Fait rarissime, elle n'avait pas fait de cauchemar. Elle ne s'était pas réveillée, la sueur aux tempes, avec dans les oreilles le terrifiant hurlement des freins, au milieu des cris des passants.

Elle ouvrit les yeux, et son regard se posa sur le quilt soigneusement plié en face d'elle, comme presque tous les matins, dans son enfance.

En tout cas, une décision s'imposait : elle ne laisserait pas l'ouvrage se désintégrer plus longtemps. Et ne le mettrait pas non plus au rebut.

La lumière s'était faite dans son esprit, la veille, lors du récit de sa grand-mère, lorsqu'elle avait parlé de sa propre mère et des femmes qui lui avaient donné ses premières étoffes. Ce témoignage avait radicalement changé son point de vue sur Helen Stoneburner, et lui avait rendu plus sensible encore la présence de ce vieux compagnon fatigué qui s'effilochait et perdait sa sève par les crevures du tissu.

Il y eut des coups discrets contre le battant, puis sa mère passa la tête dans l'embrasure de la porte.

— Tu es réveillée ?

Tessa s'assit et s'étira.

— Tu t'es levée tôt.

— Je n'ai guère fermé l'œil.

Nancy vint s'asseoir au bord du lit, comme c'était son habitude, jadis, lorsque Tessa était encore enfant. Le but de ces visites matinales était alors d'inculquer les bonnes manières à sa fille et de lui imposer un strict emploi du temps qui ne lui laisserait pas une minute de libre. C'était, du moins, l'impression qu'en gardait Tessa.

Mais ce matin, visiblement, Nancy semblait troublée. Comme c'était dimanche, Tessa lui demanda si elle comptait se rendre à l'office.

— Non, sauf si ta grand-mère insiste. Mais ça m'étonnerait : j'ai l'impression qu'elle n'y va plus beaucoup, ces derniers temps.

— Quel est le problème ? demanda Tessa.

Puis elle s'empara de sa pendulette de voyage et fit la grimace en voyant l'heure.

— Il est plus tard que je le croyais. Si je ne pars pas dans les cinq minutes, il fera trop chaud pour courir.

Nancy se leva aussitôt.

— Je ne veux pas te retarder.

Tessa l'attrapa par le bras, ne lui laissant pas le temps de s'esquiver.

— Ne pars pas ! dit-elle. Je suis simplement étonnée d'avoir dormi aussi longtemps.

Nancy se rassit sur le lit.

— Ça fait une heure que je suis debout.

— Mais pourquoi ?

Curieusement, Nancy n'en avait pas profité pour se faire une beauté. Elle s'était brossé les cheveux, plutôt à la va-vite, ce qui ne lui ressemblait guère, et elle était encore en peignoir, sans la moindre trace de maquillage. Tessa la voyait rarement ainsi, et elle fut surprise de lui trouver l'air aussi jeune.

Jeune et vulnérable.

— Je me fais du souci pour ta grand-mère.

— Ah bon ?

— Pas toi ?

Tessa eut l'impression de participer à un jeu télévisé. Elle n'était pas assez réveillée pour énumérer les innombrables espèces vivantes de la Grande Barrière d'Australie ou les gouverneurs du Rhode Island. Et il était nettement trop tôt pour explorer les profondeurs de la psyché maternelle.

— Tessa ?

Elle haussa les épaules.

— Je trouve qu'elle s'en sort parfaitement. Elle ne nous a pas flanquées dehors. Elle n'a récupéré qu'une ou deux choses dans la benne à ordures, sur les tombereaux dont nous avons pu nous débarrasser.

Elle chercha d'autres arguments, n'en trouva point et conclut par un autre haussement d'épaules.

— Mais, hier soir, Tessa, tout de même !

— C'était une soirée fabuleuse.

Elle prit son oreiller et le serra contre son ventre, tout en se penchant légèrement en avant.

— J'ai si longtemps rêvé de connaître des histoires de la famille ! Ça me frustrait d'en savoir si peu. Chaque fois que je posais des questions, on m'opposait une fin de non-recevoir. J'avais même oublié que Gran avait des frères.

— Ta grand-mère n'avait pas envie d'en parler.

— C'était surtout toi qui t'y opposais ! répliqua Tessa.

Nancy se redressa, le dos raide.

— Je ne savais pratiquement rien. Et puis, ne te plains pas : côté histoires, tu as été servie avec les ancêtres de ton père, non ?

— Tu veux que je te dise ? J'en ai un peu assez de leurs exploits pendant la guerre civile et de la mêêêrveilleuse vie qu'ils menaient sur leur plantation de tabac, au bord de la James River.

— Sans parler du couplet sur les *pauvres* esclaves qui ont traversé des moments dramatiques quand les *carpet-*

baggers les ont obligés à quitter la plantation, après la guerre de Sécession !

Nancy s'interrompit, puis reprit sur un ton moins véhément :

— Excuse-moi. Ta grand-mère Whitlock était une femme bonne. Enfin, *plus ou moins* bonne…

C'était la première fois que Tessa entendait l'ombre d'une critique envers sa grand-mère.

— On pourrait taxer de révisionnisme pur et dur la manière dont elle et certains autres ont interprété la réalité. Mais je n'en ai jamais cru un mot. En revanche, j'étais persuadée que tu adorais tout ce côté Margaret Mitchell.

— Tu ne me connais peut-être pas aussi bien que tu le crois.

Tessa sembla s'abîmer dans une intense réflexion.

— Eh bien, reprit Nancy, puisque tu sembles prête à tout entendre, laisse-moi te dire ce que je pense d'Helen. Elle est atteinte d'un dédoublement de la personnalité. Parler de son passé, se mettre à faire des gâteaux en notre honneur ? J'ai souvent entendu dire que certaines personnes s'adoucissaient… juste avant de mourir. Or, je ne suis pas prête à la voir partir. Tessa, j'ai l'impression que nous avons complètement fait l'impasse sur son état de santé. Ta grand-mère a peut-être laissé la ferme s'en aller à vau-l'eau et la maison tomber en ruine parce qu'elle est gravement malade. Et si, hier soir, elle s'est mise à évoquer son enfance, n'est-ce pas parce qu'elle sent venir la fin ?

Ce genre de pensées profondes, venant de sa mère, avait de quoi surprendre Tessa. Elle préféra revenir sur un terrain moins glissant.

— Tu tires des conclusions hâtives, dit-elle. Gran est peut-être tout simplement heureuse de nous avoir avec elle.

Nancy balaya son argument d'un geste.

— Elle, heureuse ? D'où tiens-tu ça ? Chaque fois qu'on lui rendait visite, elle nous renvoyait au bout d'une heure en déclarant qu'elle en avait marre de notre présence !

Tessa éclata de rire.

— Si on faisait des gaufres, ce matin ? Tu n'as pas jeté le gaufrier, j'espère ?

Nancy se leva et rajusta son peignoir.

— Tu ne prends jamais ce que je te dis au sérieux, n'est-ce pas ?

— Ecoute, je vais ouvrir l'œil. Mais, pour l'instant, elle mange autant que nous, elle dort bien, elle quilte contre vents et marées. Elle ne vivra pas éternellement, certes, mais, à mon avis, elle n'est pas près de nous fausser compagnie.

Rabattant le drap, elle balança ses jambes hors du lit.

— J'ai repéré un buisson de mûres, près du ruisseau, dit-elle. Je passerai par là, sur le chemin du retour, quand j'aurai terminé mon jogging. Miam ! Sur les gaufres, ce sera délicieux.

Nancy plissa les yeux, puis, soudain détendue, elle ajouta :

— Personne ne m'écoute jamais.

Tessa apprécia la légèreté de son ton et de son expression.

Helen surveillait sa fille qui était en train de se démener devant la cuisinière à gaz.

— Rien qu'à te regarder, je parierais que tu n'as pas fait de gaufres depuis ton adolescence !

— Perdu ! J'en ai fait, depuis.

— Ah oui, quand ça ?

Nancy déposa une demi-gaufre, trouée et roussie, sur une assiette, et réprima une grimace.

— Heu… Tessa devait avoir à peu près deux ans.

— Tu te rappelles quand je l'ai eu, ce gaufrier ?

Nancy nettoya les plaques métalliques, les huila pour les empêcher d'attacher, et remit l'appareil à chauffer sur la flamme.

— Ils n'avaient pas encore inventé le Téflon, en tout cas.

— Je l'ai gagné à la kermesse paroissiale. Tu avais huit ans.

Nancy s'appuya contre le comptoir et croisa les bras.

— Je voulais le cheval, et nous avons décroché le moule à gaufre. Je m'en souviens, maintenant !

— Le cheval n'était qu'une vieille carne qui ne valait pas tripette. Tandis que notre moule à gaufre a duré très longtemps. Tu étais si enthousiaste, ce soir-là, que j'avais dû te préparer des gaufres séance tenante.

— Et elles étaient délicieuses ! dit Nancy avec un large sourire. Rien à voir avec ces misérables choses racornies. Tu as, pourtant, essayé de m'apprendre à cuisiner. Je me souviens encore de nos leçons.

— Tes salades sont très réussies.

Le compliment surprit Nancy.

— Tessa va nous rapporter des mûres, en revenant de son jogging. Elle en a repéré près du ruisseau.

— Ah, je me demande si elle aussi découvrira ce que j'y ai vu un jour.

La porte battante s'ouvrit à ce moment précis, et Tessa entra dans la cuisine.

— Tenez, elles sont bien mûres. Mais j'ai l'impression qu'il y en a deux fois moins, cette année.

Elle déposa sur un coin de l'évier le sac en plastique qui contenait deux grosses poignées de baies.

— Pfff ! Il fait vraiment chaud, dehors.

— A force de transpirer sous ce soleil de plomb, il ne va plus rien rester de toi, fit remarquer Helen. Quant à la cueillette, elle est bien maigre, elle aussi. Quand je pense à certaines années où nous n'avions pas assez de seaux pour contenir notre récolte…

Nancy ouvrit le réfrigérateur et servit un grand verre de jus d'orange à sa fille.

— Tiens. Tu as le temps de te rafraîchir, si tu veux : les gaufres ne sont pas encore prêtes.

— D'accord. Je vais prendre une douche rapide.

Elle revint quelques minutes plus tard, fraîche et dispose, vêtue d'un chemisier propre. S'asseyant à côté d'Helen, elle sirota son jus de fruits.

Nancy déposa sur la table une passoire avec les mûres qu'elle avait passées sous l'eau et un plat contenant des gaufres à peu près présentables.

— Quand je suis chez moi, dit-elle, je prends un yaourt nature, une tranche de pain complet grillé, et je suis repue. Et ici, je suis obsédée par la nourriture. Si Tessa n'avait pas parlé de gaufres, ce matin, je l'aurais proposé moi-même.

— Nous dépensons beaucoup de calories. Tu vas voir, tu ne prendras pas un kilo, lui dit Tessa en se servant après sa grand-mère.

— Et le trou d'eau, de quoi a-t-il l'air ? demanda Helen en nappant ses gaufres de sirop d'érable et de mûres.

— Quel trou d'eau ?

— Celui qui est de l'autre côté du ruisseau. Kayley te l'a certainement montré, comme à moi. Elle l'avait trouvé avec Mack en se promenant.

— Ça ne me dit rien, dit Tessa.

Au moment où elle avait prononcé le nom de Kayley, Helen avait vu Tessa changer d'expression. Elle ne trouvait pas juste que le sujet fût toujours tabou. Ignorant délibérément le regard d'avertissement de Nancy, elle poursuivit :

— Je suis sûre qu'elle t'en a parlé. Seulement, tu as engrangé le souvenir quelque part au fond de ta mémoire.

— Ça se pourrait, dit Tessa en levant les yeux. Et où est-il exactement ? Peut-on vraiment y nager ?

Helen était contente de voir que sa petite-fille ne s'était pas immédiatement refermée, comme elle le faisait habituellement dès qu'on évoquait sa fille.

— C'est plutôt une mare à canards, tout juste bonne pour barboter. Sauf les années pluvieuses, où l'eau peut vous monter aux épaules. N'empêche qu'elle avait du succès auprès de la jeunesse qui vivait le long de Fitch

Road. C'était plus vite fait de venir là que de faire toute une trotte jusqu'à la rivière pour se rafraîchir.

— Et pourquoi ne nagiez-vous pas dans l'étang ?

— A cause des tortues happeuses qui adoraient s'enfouir dans les fonds vaseux ou se cacher dans les herbes aquatiques. Certaines étaient aussi grosses que des assiettes.

Tessa s'arrêta, la fourchette en l'air.

— Et… il y en a toujours ?

Helen eut une moue dubitative.

— Cette sécheresse les a peut-être fait déguerpir. Ce n'est pas moi qui m'en plaindrai : on pourrait bien avoir des canetons, à la place.

— Je l'avais presque oubliée, moi aussi, cette mare aux canards, dit Nancy. Tu m'y avais surprise, un jour, avec un garçon. Tu avais failli m'écorcher vive !

Helen se renfrogna.

— Tu ne m'avais pas dit où tu allais, et je m'étais fait un sang d'encre.

— M'man, est-ce que tu te baignais à poil ? demanda Tessa avec le sourire. C'est pour ça que Gran était furax ?

— Non, c'est parce que j'avais escamoté les corvées. Et ça, pour ta grand-mère, c'était pire que tout.

— Il n'y avait personne d'autre à la ronde pour s'en charger, de ces corvées, en dehors de moi, marmonna Helen avec une franchise désarmante. Et je ne savais plus où donner de la tête.

Nancy posa la main sur celle de sa mère.

— Je le sais bien, maman, et tu faisais de ton mieux.

Helen fut stupéfaite. Quand sa fille l'avait-elle touchée pour la dernière fois ? Elle, ou qui que ce fût d'autre, d'ailleurs ?

Pendant un moment, elle demeura muette.

— Oh, je suis déçue ! déclara Tessa. Je m'attendais à une histoire crapuleuse.

Helen chassa ses réflexions.

— Je peux t'en raconter une, d'histoire croustillante,

si tu veux. Elle est en relation avec les garçons et les baignades.

Elle vit sa fille et sa petite-fille échanger des regards entendus, comme si elles étaient surprises ou bien…

— Si vous n'avez pas envie de l'entendre, vous n'avez qu'à le dire !

Tessa se pencha vers elle.

— Au contraire, Gran. La seule chose, c'est que… jusqu'ici, tu parlais rarement du passé. Et ce changement inquiète maman.

Helen n'en crut pas ses oreilles.

— Il y a quelque chose qui m'échappe, là. Tu t'inquiètes parce que je *parle* ? N'est-ce pas plutôt quand on *s'arrête* de parler que ça devient inquiétant ?

Nancy jeta un regard noir à Tessa.

— Bravo pour la gaffe !

Tessa piqua du nez dans son assiette.

Helen tapota le bras de sa fille.

— Tu peux m'expliquer pourquoi tu te fais du souci, Nanny ?

— Es-tu… souffrante, maman ?

Helen ne voyait pas où elle voulait en venir.

— Ai-je l'air malade ?

— Je me demandais seulement si tu nous… cachais quelque chose.

Cette fois, Helen comprit ce dont il s'agissait.

— Tu te demandes si je ne suis pas mourante ?

— On peut le dire comme ça, oui.

Helen était stupéfaite qu'une simple petite histoire ait pu générer de telles craintes. Sa première réaction fut de tourner en ridicule les inquiétudes de sa fille, mais elle se ravisa.

— C'est que je n'ai jamais eu le loisir de raconter mes souvenirs, c'est tout.

— Alors, tu te sens bien ?

— Aussi bien que l'on peut se sentir à mon âge.

Rassure-toi, je n'ai pas consulté mon médecin récemment, et il ne m'a annoncé aucune mauvaise nouvelle.

— Tu en es certaine ?

Helen acquiesça vigoureusement.

— Pour ma part, j'aimerais bien l'entendre, cet épisode de ta jeunesse, intervint Tessa. Avant que la journée ne nous file entre les doigts.

— Je veux bien, si personne ne m'accuse de quelque autre méfait. D'accord ?

— Promis, déclara Tessa en lui passant le plat où restaient quelques gaufres. Tiens, prends des forces, Gran. Nous sommes tout ouïe.

Helen lui prit le plat des mains.

— Vous vous souvenez de ce récit édifiant, transmis de génération en génération ? Celui que j'ai entendu quand j'étais sous le métier à quilter ? Eh bien, il présente des points communs avec mon anecdote.

— Finalement, as-tu réussi à t'approcher de l'ouvrage, ce jour-là ? demanda Nancy. Tu ne nous l'as pas dit.

— A un moment, on m'a enfin permis de me joindre au cercle des dames. C'était à la fin de l'après-midi. Seulement, le lendemain, j'ai surpris ma mère en train de défaire tous les points que j'avais piqués. Pas assez droits à son goût, ou pas suffisamment petits. C'est la dernière fois, je peux vous l'assurer, que quelqu'un a décousu un seul point derrière moi.

Les Claiborne avaient fondé leur ferme pratiquement à la même époque que les Stoneburner. Au fil des années, les deux familles avaient sympathisé, et s'étaient entraidées, comme c'était la coutume dans la vallée. Ils avaient monté des granges ensemble, fabriqué leur confit de pommes aux épices dans le même chaudron, distillé leur eau-de-vie dans le même alambic, tué le cochon avec des voisins et, parfois même, fréquenté la même église.

Mais un jour, il s'était produit un incident regrettable. Après avoir vidé une demi-bouteille de whiskey, Sammy Claiborne avait tiré sur une chèvre appartenant à Cuddy Stoneburner, en croyant qu'il s'agissait d'une biche. Et il s'était contenté de vagues excuses, au lieu d'offrir une compensation digne de ce nom.

Cuddy n'était pas homme à se quereller facilement, mais, de ce jour, les Stoneburner évitèrent les Claiborne.

Tous, à l'exception d'Obed.

A quinze ans, Obed Stoneburner avait une tête de plus que son frère Tom, et il était nettement plus fort. Beau garçon, vif et intelligent, il faisait l'orgueil de ses parents, Delilah et Cuddy. De leur côté, ils faisaient attention à ne pas le privilégier par rapport à son cadet, plus réservé. Mais Obed avait compris qu'il était le préféré, et il en profitait sans vergogne.

Obed et Gus Claiborne, le fils de Sammy, étaient copains depuis leur petite enfance. Et la brouille de leurs parents ne les empêcha pas de continuer à se fréquenter, de chasser les écureuils ensemble et d'aller se balader dans la montagne. Gus était aussi grand que son ami Obed, et encore plus beau. Mais il n'était pas aussi doué à l'école ni aussi populaire auprès de la jeunesse de Fitch Crossing.

Il était connu pour être coléreux et un peu mesquin. Il n'hésitait pas à s'en prendre aux plus jeunes et à leur jouer de mauvais tours, jusqu'à ce que les malheureux crient grâce et l'évitent comme la peste. Même si Gus n'avait pas été pris sur le fait, personne n'ignorait qu'il était l'auteur de ces sinistres expositions de cadavres d'animaux, empalés sur les piquets de la clôture d'une veuve qui l'avait pincé en train de fumer et de jouer au poker dans sa grange.

Mais rien de tout cela n'affectait l'amitié des deux garçons. Gus était fil unique, et Obed représentait, pour lui, le frère idéal.

Jusqu'à l'arrivée de Fate Henry.

Lafayette Henry — ou Fate, comme tout le monde l'appelait, avait perdu ses parents alors qu'il était encore un tout petit enfant. Son oncle et sa tante, qui vivaient en Oklahoma — dans cette mince bande de terre coincée entre Texas et Arkansas, dans le tristement célèbre *Dust Bowl* —, s'étaient portés volontaires pour l'adopter. Mais lorsque leur minuscule ferme avait été emportée par les tourbillons de poussière qui avaient recouvert le pays et en avaient chassé les habitants, ils avaient envoyé Fate en Virginie, chez les Claiborne, tandis qu'eux émigraient vers la côte.

Comme la mère de Fate avait été la sœur de Samuel, les Claiborne n'avaient guère eu le choix, et ils avaient accepté d'achever l'éducation du jeune garçon. Ils l'avaient accueilli au mieux, avec leurs pauvres moyens. Gus, lui, s'était chargé de lui montrer qui faisait la loi.

Par un après-midi de juin particulièrement chaud, la jeune Helen, douze ans, était installée sous la véranda devant une montagne de haricots verts. Elle râlait ferme, accusant Delilah d'avoir planté suffisamment de ces damnées légumineuses pour nourrir toute la Virginie et gâcher sa belle jeunesse.

— Bientôt fini, Lenny ? demanda Delilah en grimpant les marches, une corbeille à linge pleine sur la hanche. Tiens, je vais en mettre quelques-uns au vinaigre, avant d'en faire cuire pour le dîner. On sera bien contents de trouver ces bocaux en février, hein ?

Helen se sentait bouffie de chaleur, et de fort mauvaise humeur. Les garçons, qui avaient terminé leurs travaux, s'étaient éclipsés. Elle ne savait où, mais elle aurait mille fois préféré être avec eux plutôt que périr d'ennui, toute seule, devant un tas de cosses qui ne diminuait pas.

— Pourquoi tu en fais pousser autant ? demanda-t-elle à sa mère d'un ton accusateur, en soulevant une poignée de haricots qu'elle laissa glisser ensuite entre ses doigts. Quand j'aurai terminé, ce sera tout juste l'heure de rentrer la vache et d'aller nourrir les poules.

— Oui, c'est une grosse journée.

— Sauf pour Obed et Tom.

— Les garçons étaient debout bien avant toi, et ils ont travaillé dur. Ils avaient envie de se détendre un peu. Je ne vois pas pourquoi j'aurais dit non.

Des raisons de dire non ? D'après Helen, ce n'était pas cela qui manquait. Bien entendu, elle savait que sa mère la dressait à devenir une bonne fermière, qui marcherait sur ses traces. Comme il incombait à Cuddy d'inculquer le métier à ses fils. Mais, la plupart du temps, Cuddy n'était pas là, et, en fin de journée, vaincue par la fatigue, Delilah avait tendance à démissionner.

— Finis les haricots. J'irai au pré chercher la vache, proposa Delilah. Comme ça, tu pourras aller faire un tour au ruisseau et barboter un peu. Tu rapporteras un seau de mûres : je ferai des tourtes, demain.

Helen se redressa brusquement.

— Bien vrai ?

— Han-han. Mais si tu lambines, tu n'auras plus le temps d'y aller. Adieu la baignade, et adieu la tarte aux mûres !

Helen ne se le fit pas dire deux fois. A 15 heures, elle voyait le bout du tunnel. A 15 h 30, elle achevait de transporter ses kilos de haricots dans la cuisine, où Delilah avait déjà sorti le vinaigre et le sucre pour ses pickles. Delilah chassa sa fille, tandis qu'elle ébouillantait ses bocaux avec l'eau de la bouilloire, toujours en train de chauffer sur un coin du fourneau à bois.

Helen se sentait comme un canari brusquement lâché en liberté. Elle se munit d'un seau, et se prépara à un agréable après-midi de cueillette. Elle cueillerait tout ce qui lui tomberait sous la main, sans oublier de goûter, bien sûr, histoire de voir si le travail en valait la peine.

Habituellement, elle marchait pieds nus, l'été, mais Delilah était stricte sur la question : les souliers étaient obligatoires pour s'approcher du ruisseau.

Les êtres humains n'étaient pas les seules créatures à apprécier la fraîcheur de l'herbe et de l'eau. Delilah avait repéré des *copperheads* venimeux et des serpents à sonnette sur la berge du ruisseau, et elle obligeait ses enfants à porter leurs chaussures, même si c'était celles de l'année précédente et qu'elles vous pinçaient douloureusement les orteils. Helen enfila donc son unique paire de galoches, poussant à fond pour y rentrer ses pieds, puis, clopin-clopant, elle s'en fut vers le ruisseau.

Le meilleur coin à mûres se situait au-dessus de la mare. A 16 heures, le soleil tapait toujours dur, et elle se félicita d'avoir pensé à prendre son vieux chapeau de paille. Machinalement, elle scruta les lieux, à la recherche de serpents. Comme elle n'en voyait pas, elle s'aventura vers le roncier. Les mûres n'attendaient qu'elle pour être cueillies, et son seau fut aux deux tiers rempli en un rien de temps. Elle décida alors de s'accorder une petite pause et de faire trempette. Elle souleva donc sa robe au-dessus de ses cuisses, et la coinça dans sa ceinture. Puis elle se débarrassa de ses galoches qu'elle posa sur un rocher.

L'eau n'était pas vraiment froide, mais c'était quand même agréable. La vase du fond du ruisseau tourbillonnait délicieusement entre ses orteils, tandis qu'elle remontait le courant.

L'été s'était montré clément : une sorte de consolation après la sécheresse de l'année précédente qui avait durement affecté les fermiers, même les plus prospères.

L'eau ne lui arrivait qu'aux genoux, mais Helen ne l'avait jamais vue aussi haute. De toute façon, elle savait nager. Elle ne redoutait donc pas de trébucher sur les cailloux et de piquer du nez sous l'eau. Au contraire, c'était un prétexte supplémentaire à de joyeux éclats de rire.

Elle avait espéré retrouver ses frères au trou d'eau,

mais aucun bruit ne venait de cette direction. Tout en fredonnant, elle progressa de rocher en rocher, sauta par-dessus un rondin qui lui barrait le passage. Elle allait revenir sur ses pas pour terminer sa cueillette de mûres lorsqu'elle entendit un drôle de bruit.

— Psst.

Helen s'arrêta, tendit l'oreille. De part et d'autre du ruisseau, les bois regorgeaient d'oiseaux bavards et de petites bestioles qui s'agitaient dans les fourrés. Mais ce bruit insistant, elle n'arrivait pas à l'identifier.

— Psst. Par ici…

Surprise, elle se tourna vers l'endroit d'où venait la voix.

— Il y a quelqu'un ?

— Ne regarde pas !

Voilà qui était un peu fort ! Refusant d'obtempérer, Helen inspecta les alentours d'un œil curieux.

— Qui est là ?

— Je t'ai dit de ne pas regarder !

Comme, de toute façon, il n'y avait rien à voir, elle baissa les yeux sur l'eau qui tourbillonnait autour de ses chevilles.

— Ecoute, il faut que tu m'aides.

Cette voix de jeune garçon, elle ne l'avait encore jamais entendue. Il avait un accent différent de celui des gens de la vallée. La façon dont il prononçait certaines voyelles était un peu déroutante.

— Il faut, il faut… rien du tout ! rétorqua-t-elle. Et d'abord, qui tu es ? Et pourquoi tu te caches ?

— J'suis obligé.

— Je vois pas pourquoi ! Sauf si t'as fait une bêtise et que tu veux pas qu'on te voie.

— J'ai rien fait. J'ai… j'ai seulement un problème. C'est tout.

Helen leva la tête et scruta les sous-bois environnants.

— Ne regarde pas !

— Dis-moi pourquoi !

Un long silence s'ensuivit. Elle se dit qu'il était parti, mais il finit par répondre :

— M'ont pris mes zabis.

Il avait parlé si bas qu'elle se demanda si elle avait bien entendu.

— Tes… vêtements ?

— Ben oui, je viens de t'le dire !

— Et qui ? Qui te les a pris ?

Le silence s'éternisa. Mais Helen, la meilleure de sa classe en calcul, avait déjà tiré la conclusion de ces différents éléments additionnés.

— Et toi, qui es-tu ?

— Fate. Le Destin !

Fate ? Un instant, elle crut qu'il blaguait, qu'il essayait de se faire passer pour une sorte de justicier de bande dessinée. Puis elle comprit ce dont il retournait.

— Ah, Fate ? Le garçon qui habite chez ces crétins d'imbéciles de Claiborne ? C'est ça ?

— Han-han.

Il semblait plutôt malheureux. Les « crétins d'imbéciles » devaient lui mener la vie dure.

— Alors, tu t'appelles Fate ?

Elle se demanda quel destin l'avait poussé ici, au bord du ruisseau.

— Alors, tu vas m'aider ou pas ?

Trouvant que la situation était, somme toute, très amusante, Helen décida d'en profiter un peu. Ce n'était pas tous les jours qu'il vous arrivait des histoires pareilles !

— D'abord, tu vas me raconter ce qui est arrivé, déclara-t-elle. En détail, hein ?

— M'ont dit de venir avec eux, pour me baigner.

— Qui ça ?

Elle se doutait de la réponse, mais elle préférait l'entendre de la bouche de son interlocuteur.

— Gus. C'est mon cousin. Et un garçon qui s'appelle Obed.

— Et Tom, il était là aussi ?

— Nan, personne de ce nom-là.

Helen songea que c'était probablement mieux ainsi. Il n'y aurait qu'un coupable, ce soir-là, à devoir implorer la clémence de leur père pour la bêtise qu'il avait faite. Surtout que Cuddy détestait ce genre de plaisanteries.

— Alors, ils t'ont amené ici. Et après ?

— M'ont dit qu'ils se baignaient toujours…

Il ne termina pas sa phrase.

Helen le fit à sa place. Il ne fallait pas être grand clerc pour deviner la suite.

— Ils t'ont dit qu'ils se baignaient tout nus, c'est ça ?

— Han-han.

— C'est pas vrai du tout. Un jour, ils se sont fait prendre *comme ça* par ma mère, et elle leur a passé un sacré savon. Elle rigole pas sur ce sujet parce que y'a des filles de Fitch qui fréquentent aussi la baignade.

— Comme toi, dit-il d'un ton piteux.

— Tu n'as pas vu de taureaux, par hasard ?

— Des taureaux ?

— Tu n'étais pas en train de te baigner au lieu de faire un truc que tu aurais dû : aller à l'office, par exemple, ou aider une pauvre veuve ?

— Non, mais de quoi tu parles ?

Visiblement, l'histoire ne serait pas aussi excitante que celle qu'avait racontée Becky, le jour du *quilting bee*. Néanmoins, c'était une aventure qui lui arrivait à elle, personnellement, et elle se sentait investie d'une mission : que Fate ne finisse pas tout nu devant la moitié du village.

— Tu sais ce qu'ils ont fait de tes vêtements ?

— Tu crois qu'ils me l'auraient dit ?

— Probable que non. Bon, il faut que je t'en trouve d'autres, mais ça va pas être facile. Si ma mère me pince, à tous les coups, elle voudra que je reste avec elle pour l'aider dans la cuisine.

— S'il te plaît, faut que tu trouves une solution !

Il semblait plus embêté qu'effrayé, pensa-t-elle. Et il ne gémissait pas. Ce qui était un bon point pour lui. Chez les Stoneburner, d'ailleurs, personne n'était autorisé à geindre ni à se plaindre — sauf, peut-être, dans les grandes occasions. Et Fate souhaitait simplement récupérer des vêtements pour ne pas se ridiculiser aux yeux de la population.

— Nous sommes lundi : c'est le jour où maman fait sa lessive…

Un plan commençait à se former dans l'esprit d'Helen. Elle avait vu sa mère avec la pile de linge sec plié dans sa corbeille. La routine était toujours la même. Quand le temps était beau, Delilah faisait sa lessive en fin de matinée. Dès que les robes et les chemises étaient sèches, elle les rentrait pour les repasser le soir, lorsque la température serait plus clémente. Mais les vêtements plus lourds, les salopettes ou les bleus de travail que Cuddy portait à la coopérative agricole, restaient sur le fil jusqu'à l'heure du dîner. Avec un peu de chance, ils seraient encore suspendus dehors…

— Je vais revenir, déclara-t-elle. Je ne te laisserai pas tomber comme ça, tu peux me croire.

— Merci, c'est vraiment gentil.

Ne voyant pas autre chose à dire, elle planta là son seau plein de mûres et retourna vers la maison, l'œil aux aguets. Elle prit garde de rester hors de vue de la grande baie de la cuisine, et fit des prières pour que Delilah, trop occupée par ses conserves de haricots, n'eût pas le temps de s'inquiéter pour elle.

Elle était pratiquement arrivée quand elle aperçut Obed et Gus. Allongés dans l'herbe, ils regardaient les nuages en riant. L'ennui, c'était qu'il ne restait plus un seul vêtement sur la corde à linge. Delilah était déjà passée et avait tout ramassé.

La moutarde lui monta au nez d'un seul coup.

Obed avait toujours été son héros, et la moindre miette

d'attention qu'il voulait bien lui accorder était pieusement engrangée. A cet instant, toutefois, elle le vit sous un jour différent. Personne n'ignorait que Gus était loin d'être un enfant de chœur. Et si son frère Obed allait marcher sur ses traces ? se demanda-t-elle, inquiète. Il était temps qu'Obed rabatte un peu de sa superbe.

Courageusement, elle s'avança vers eux. Ni l'un ni l'autre ne l'avaient vue arriver. Elle allait les interpeller pour leur déclarer ce qu'elle pensait de leur mauvais tour lorsqu'une meilleure idée lui vint à l'esprit.

Son nouveau plan paraissait si audacieux que, un instant, elle songea à y renoncer. Puis elle repensa au malheureux Fate, tout seul, caché derrière un arbre au bord du ruisseau. Le pauvre Fate, nu comme un ver !

— Obed ! s'écria-t-elle sur un ton dramatique. Obed, Gus, venez vite !

Ce fut tout juste si Obed leva les yeux vers elle.

— Qu'est-ce que tu nous chantes là, Lenny Lou ?

— Pourquoi est-ce que tu caquettes comme une crétine de poule naine ? ajouta Gus.

Elle resta de glace sous l'insulte.

— Obed, il y a un garçon au ruisseau, et il est, il s'est… — pause tragique, le poing sur le cœur — noyé ! Dans le trou d'eau. Je vais aller le dire à maman.

Les deux garçons se redressèrent comme un seul homme, et échangèrent un regard inquiet.

— Noyé ?

La voix habituellement grave d'Obed avait retrouvé les aigus d'avant la mue.

— Trépassé. Mortibus.

— C'est pas possible ! Il a dit qu'il savait nager.

— Oh, la ferme ! lui lança Gus.

Déjà, Obed s'était mis debout, et Gus se relevait à son tour.

— Et il n'a plus de vêtements, ajouta Helen, la voix chevrotante. A part une chaussette — nouvelle pause, l'œil embué. Qu'est-ce qu'on fait ? Il faut que j'aille le dire à maman.

— Non, non ! cria Obed en la retenant par le bras. Tu vas lui flanquer une frousse du tonnerre : on l'entendra au moins jusqu'à Winchester. Non, il vaut mieux que tu me le montres, et c'est moi qui lui parlerai, si je trouve que c'est nécessaire.

Helen se laissa tirer par le bras sans opposer de résistance.

Gus, qui marchait près de son copain, échangeait avec lui force messes basses. Mais Helen n'en avait cure. Jusque-là, son petit stratagème fonctionnait à merveille.

Ils rejoignirent le ruisseau et commencèrent à le remonter en direction de la piscine naturelle. De temps à autre, Helen reniflait et se tordait les mains d'un air pathétique. Du coin de l'œil, elle remarqua qu'Obed était blême. Quant à Gus, il n'affichait plus son habituel rictus méprisant ; la peur se lisait dans ses yeux.

Enfin, ils atteignirent l'endroit. L'eau y était trop boueuse pour laisser voir le fond. La bonne terre rouge de Virginie colorait et troublait tous les cours d'eau du pays.

— Où est-il ? demanda Obed d'une voix étranglée.

Helen se tordit de nouveau les mains. Elle était devenue experte à ce petit jeu.

— Il était juste là, dit-elle en indiquant d'un index tremblant une épave d'arbre qui émergeait de la surface. Accroché à cette vieille souche.

Elle savait que les garçons avaient l'habitude de plonger depuis ce tronc d'arbre, lorsque la profondeur du bassin le leur permettait.

Obed écarquillait les yeux.

— Tu es sûre, Lenny ? Tu crois qu'il était *vraiment* mort ?

Elle se remémora le cochon qu'ils avaient sacrifié à l'automne, et l'allure qu'il avait, après que son oncle lui eut envoyé une décharge de chevrotine en pleine tête. Et elle en fit une description saisissante.

— Ses yeux étaient grands ouverts et fixes, comme s'il

regardait quelque chose mais qu'il n'y avait rien à voir. Et il était raide comme un bout de bois…

Elle s'interrompit, comme si sa voix se brisait et qu'elle cherchât à retenir ses sanglots.

— Il est quelque part là-dessous, à tous les coups, dit Gus.

Obed était déjà en train de se déshabiller.

— Lenny, tu peux t'en aller, maintenant. Mais ne dis rien à maman. Je l'avertirai, moi, si on trouve quelque chose. D'accord ? Tu me le promets ?

— Je suis obligée de lui dire.

— Allez, s'il te plaît !

Sa salopette lui tombait à la taille, et son maillot de corps gisait déjà à ses pieds.

Helen hocha la tête.

Il eut un pâle sourire.

— Allez, file, maintenant !

Elle s'exécuta sans demander son reste.

Vingt mètres plus loin, elle s'arrêta et se dissimula dans un épais fourré, au pied d'un grand pacanier. Elle entendait encore la voix des garçons, sans distinguer leurs paroles.

Puis il y eut un double plouf.

— Hé !

Se retournant, elle découvrit, derrière un buisson nain, un drôle de garçon qui la regardait. Elle ne distinguait que son visage et ses épaules, mais cela suffit à la fasciner. A ses yeux de fillette de douze ans, Fate faisait figure d'apparition. Une auréole de boucles noires, un nez grec, des lèvres pleines. Elle en perdit l'usage de la parole.

— Qu'est-ce que tu fabriques ? lui demanda-t-il.

— Tu vas voir.

Helen revint en catimini sur ses pas. Obed et Gus, pris par leurs recherches, ne songèrent même pas à lever les yeux vers la berge. Profitant du moment où ils disparaissaient sous l'eau, elle s'empara de leurs habits et revint à toute allure vers l'endroit où se cachait Fate.

— Et voilà le travail ! déclara-t-elle en laissant tomber son fardeau devant le buisson. Choisis ce que tu préfères et envoie promener le reste loin d'ici. T'as quand même intérêt à te dépêcher avant qu'ils s'en aperçoivent.

Il regarda le tas de vêtements, puis tourna les yeux vers elle.

— A ton avis, comment est-ce qu'ils vont réagir quand ils découvriront que leurs frusques se sont envolées ?

Elle eut une moue désinvolte.

— Je ne compte pas rester jusque-là. Tout ce que je leur souhaite, c'est de finir dans la cour de l'église, nus comme des petits cochons, et devant tout le monde.

Fate haussa les sourcils d'un air interrogateur.

Elle lui sourit, puis, sans lui fournir davantage d'explications, elle attrapa son seau de mûres, ses galoches, et fonça vers la ferme.

10

Vêtue de son éternelle robe-tablier et de ses vieilles tennis, Helen se laissa tomber lourdement dans la balancelle qui gémit sous son poids. Elle s'empara d'un prospectus arrivé au courrier du matin, et s'en servit comme d'un éventail.

Tessa reconnaissait que sa grand-mère avait un don particulier pour le recyclage des déchets. C'était bien pour cette raison qu'elle et sa mère jetaient systématiquement toutes les brochures publicitaires au fond de la benne à ordures. Elles s'étaient aussi attaquées aux montagnes de courrier qui jaunissaient doucement mais sûrement sur le bureau d'Helen, ainsi que dans une demi-douzaine de corbeilles à linge, alignées le long du mur de la salle à manger. Jusque-là, elles n'y avaient rien trouvé qui valût la peine d'être conservé. A part pour un collectionneur de vieilles réclames. Et encore !

— La météo annonce de l'orage, déclara Tessa en tirant une chaise pour s'asseoir près de la balancelle.

Depuis le début de la semaine, elles avaient pris goût à ces pauses sous la véranda, tous les après-midi. Parfois, Nancy les rejoignait, mais, la plupart du temps, elle était trop occupée par ses incessants coups de téléphone mondains ou ses sauts jusqu'à Richmond.

Tessa voyait bien que leur petit rituel était devenu important pour sa grand-mère. Cette vieille dame, qui avait passé sa vie à repousser les autres, était en train de changer doucement de comportement.

— Il ne pleuvra jamais assez, décréta Helen d'un ton morose. Le maïs est déjà fichu. Même les arbres dépérissent. Tu vois ces érables ? Ils ont supporté trop d'années de sécheresse. Il va falloir les abattre un jour ou l'autre, si le climat ne s'améliore pas.

— Je ne peux pas imaginer la maison sans ces arbres.

— Oh ! ça ne te dérangera plus, une fois que je serai partie. Ta mère et toi, vous vous empresserez de vendre cette vieille baraque. Je ne me fais aucune illusion.

Tessa ne savait que répondre à cela. Elle n'était pas venue à Toms Brook pour forger de nouveaux liens avec son passé. Au contraire, si elle avait pu effacer l'ardoise, toute l'ardoise, une bonne fois pour toutes, elle l'eût volontiers fait. Mais, bizarrement, depuis qu'elle séjournait dans cette maison, elle avait développé, bien malgré elle, une sorte d'attachement pour l'histoire de sa famille. Les Whitlock ne l'avaient jamais vraiment passionnée. En revanche, les Stoneburner, qui, sans se plaindre et en dépit de leur misère et de leurs malheurs, s'étaient efforcés de tirer le meilleur parti de leur existence, l'attendrissaient. D'après les brefs récits d'Helen, il y avait eu de l'amour entre ces pauvres murs, de la dignité et de l'énergie.

— Promets-moi seulement de ne pas vendre le cimetière de famille, dit brusquement Helen.

Tessa se rappela que sa grand-mère avait insisté pour que Kayley fût enterrée sur la colline derrière la maison, avec les Stoneburner.

— Il y a de la place pour moi, là-haut, reprit Helen d'une voix altérée. Fate m'y attend. Je veux être enterrée près de lui.

Tessa regarda la vieille dame droit dans les yeux.

— Tu peux compter sur moi. Ta volonté sera respectée.

Helen hocha la tête, comme si elle était soulagée d'avoir conclu un pacte. Puis, laissant brusquement tomber le sujet, elle fixa un point, au loin.

— Qui ça peut bien être ?

Tessa suivit le regard de sa grand-mère. Un pick-up bleu s'était engagé sur leur chemin, cahotant sur les ornières et zigzaguant entre les nids-de-poule. Dans un nuage de poussière, il s'arrêta à vingt mètres de là.

Une jeune femme sortit du véhicule, et alla ouvrir le coffre.

— C'est Cissy, dit Tessa.

— Qui ça ?

— Cissy. Tu sais, elle habite la ferme Claiborne !

— L'est aussi ronde qu'une citrouille.

Effectivement, en deux semaines à peine, Cissy avait pris un tour de taille impressionnant.

— Rassure-toi, elle ne risque pas d'accoucher dans l'heure ! dit Tessa.

Puis elle se secoua et alla à la rencontre de la jeune femme. Cissy lui adressa un petit bonjour de loin, puis sortit du coffre quelque chose qui semblait lourd.

— Des pêches, dit-elle en montrant le panier. De la part de M. et Mme Claiborne.

— Qu'est-ce qu'elle dit ? demanda Helen.

— Apparemment, les Claiborne t'offrent des pêches.

Laissant Helen à ses grommellements, Tessa alla accueillir Cissy et lui prit le panier des mains.

— Vous ne devriez rien porter de lourd, vous le savez, n'est-ce pas ?

— Oh ! c'est pas si lourd que ça ! Le panier n'est pas rempli à ras bord, à cause de la sécheresse.

Elle sourit timidement, et Tessa fut frappée par son charme attendrissant. Elle flottait dans un vaste chemisier de grossesse et un short coupé dans un jean qui avait dû appartenir à un homme. En dehors de son air las et de sa fragilité, elle avait un teint exquis, et ses joues étaient aussi veloutées que les pêches qu'elle apportait.

— Comment supportez-vous cette chaleur ? lui demanda Tessa.

— Un peu difficilement, je l'avoue. Mais, bon, je prends mon temps pour faire ce que j'ai à faire.

Tessa baissa le nez sur le contenu du panier.

— Quel parfum ! C'est vraiment gentil de la part de M. et Mme Claiborne.

— C'est dur, cette année, dans les vergers. La récolte sera maigre. Et les fruits qui ont réussi à mûrir sont en train de se ratatiner. Heureusement, M. Claiborne prévoit une bonne pluie, et il s'y connaît.

— Pourvu qu'il dise vrai !

— Trop tard pour les pêchers, c'est sûr. Mais, au moins, les pommiers en profiteront.

Elles étaient arrivées devant le porche. Cissy s'effaça pour laisser Tessa passer la première, puis elle monta lentement les marches.

— Regarde, Gran, comme elles sont belles ! dit Tessa en posant le gros panier à l'ombre de la véranda.

Helen produisit quelques sons gutturaux qui pouvaient recouvrir une vaste gamme de sentiments.

— Ron Claiborne doit vouloir s'attirer mes bonnes grâces. Je suis persuadée qu'il a une idée derrière la tête.

Cissy ne s'offusqua pas de cette remarque désobligeante.

— Je ne sais pas, ma'am. Il m'a seulement dit : « Cissy, apporte donc ces pêches à Mme Henry. »

Tessa comprenait mieux l'aversion que sa grand-mère éprouvait pour les Claiborne, maintenant qu'elle lui avait fait le récit de sa première rencontre avec son futur mari.

— Gran, Ron Claiborne serait-il le fils de Gus, par hasard ? Est-ce pour cela que tu lui en veux ?

— Gus Claiborne n'a pas eu d'enfants. Il est parti pour la Californie, après la guerre, et il n'en est pas revenu. Bon débarras ! Non, Ron est le fils de son cousin, qui est venu s'installer à la ferme après la mort de Sammy.

— Alors, que reproches-tu au père de Ron Claiborne ?

Helen marmonna vaguement.

— Tu n'as donc aucune raison valable d'avoir une dent

contre lui ? reprit Tessa. Et, si je ne me trompe, maman et moi, nous sommes ses parentes éloignées, non ?

— Pas un de ces Claiborne ne s'est montré bon envers mon cher Fate, tu m'entends ?

— M. Claiborne les a cueillies lui-même, intervint Cissy. Il voulait vous choisir les meilleures, même s'il n'y en avait pas beaucoup. Je ne vois pas ce qu'il pourrait attendre en retour. Il possède tout ce dont il a besoin.

— Il a probablement des vues sur mes terres. Il doit se figurer que, s'il fait ami-ami avec Tessa, elle les lui cédera pour une bouchée de pain quand je ne serai plus de ce monde.

Cissy secoua la tête.

— Je ne voudrais pas me mêler de ce qui ne me regarde pas, madame Henry, mais je l'ai entendu dire à Zeke qu'il avait acheté trop de terres en crédit-bail, et qu'il n'avait pas les fonds suffisants pour planter ou les mettre en pâturage. Il a même dit qu'il devrait probablement se séparer de quelques arpents, un de ces jours, s'il voulait continuer à faire face. Il y a des tas de gens de la ville qui rêvent d'un terrain par ici pour se bâtir une maison de vacances.

— Eh bien, voilà une autre raison valable de ne pas aimer cet homme, déclara aussitôt Helen. Il va au-devant de sacrés ennuis, s'il essaye de vendre des terrains à bâtir à des requins de promoteurs. Personne n'a envie de voir ici des sénateurs se pavaner et jouer les gentlemen-farmers. Oh non, personne !

— Il dit la même chose que vous.

Tessa fit une tentative pour détourner la conversation des qualités et des défauts de Ron Claiborne.

— Tout le monde se fait battre à plate couture dans ce système économique. Ça ne nous empêchera pas d'apprécier ces beaux fruits. Merci, c'est vraiment gentil d'avoir pris la peine de nous les apporter, Cissy.

— Ça m'a fait plaisir. Je ne peux guère aller plus loin

avec cette vieille guimbarde. Elle se met à fumer au bout d'un mile ou deux.

Elle se tenait debout, les bras autour de son ventre proéminent, et Tessa se rendit compte qu'elle n'attendait qu'une invitation pour s'asseoir.

Helen la devança.

— Posez donc vos fesses sur un siège, ma fille. Tessa va nous faire du thé.

— Oh, merci !

Cissy balaya le porche du regard, cherchant sans doute à deviner quelle place était inoccupée. Elle arrêta son choix sur une antique chaise métallique mangée de rouille, pourvue d'un coussin passablement loqueteux, et s'y assit prudemment.

Tessa, qui avait compris que les désirs de sa grand-mère étaient des ordres, s'éclipsa en direction de la cuisine.

Lorsqu'elle revint avec le thé, Helen était en train de sermonner leur invitée.

— Il faut faire un gabarit et s'y tenir avec précision. Vous ne pouvez pas vous mettre à couper et à coudre n'importe comment.

Cissy n'avait pas l'air démontée par cette sortie.

— Je ne sais pas comment m'y prendre. Mais je me suis dit que si je ne commençais pas, je n'apprendrais jamais.

Tessa posa le plateau près de sa grand-mère, et vit aussitôt l'objet du litige. Sur les genoux de Cissy était étalé un carré de tissus. Enfin, un supposé carré, qui ressemblait plutôt à un rectangle inégal, composé de quatre morceaux grossiers de différents jaunes.

Helen s'en empara, le retourna et inspecta l'envers.

— Vous cousez à la main ?

— Je n'ai pas de machine. Celle de Mme Claiborne est fichue, sinon je l'aurais utilisée. « Elle est vieille comme mes robes, m'a-t-elle dit, pas la peine de la faire réparer. »

Cissy eut un fin sourire, et ajouta :

— Je crois plutôt qu'elle craint de la faire réparer

parce que, alors, elle serait obligée de s'en servir. Et elle déteste coudre.

— En revanche, elle est bonne cuisinière, reconnut Helen. Elle réussit la meilleure tourte de patate douce du comté, mais elle refuse de passer sa recette. Ce qui lui a valu quelques solides inimitiés.

— En tout cas, elle est très gentille avec moi. Jamais un mot plus haut que l'autre, même lorsque…

La phrase resta en suspens.

Le regard de Tessa croisa celui d'Helen. Elle lui adressa un léger signe de tête : elle ne voulait pas encourager la jeune femme à raconter sa vie. Elles en avaient assez sur les bras, pour le moment.

— Quoi qu'il en soit, fit remarquer Cissy en reprenant le cours de la conversation, j'utilise du fil ordinaire et une bonne vieille aiguille. Mais je vois bien que le résultat n'est pas terrible.

— Qu'est-ce que c'est ? demanda Tessa, tout en lui tendant un verre de thé glacé. Il est sucré, ça vous va ?

— Oh oui, merci beaucoup ! dit Cissy, posant le verre sur sa joue congestionnée. C'est une couverture de bébé. Enfin, je l'espère.

Tessa servit sa grand-mère et prit un verre pour elle.

— Les couleurs sont belles. Est-ce le couvre-lit Dahlia de Gran qui vous a inspirée ?

— Exactement.

Helen laissa retomber le patchwork sur les genoux de Cissy.

— Eh bien, vous avez encore beaucoup à apprendre !

— Je le sais. Je vais tout défaire et recommencer en faisant bien attention.

— Vous voulez un ou deux conseils ? proposa Helen.

L'expression de Cissy changea du tout au tout : on eût dit un brillant soleil perçant les nuages par temps gris.

— Vous auriez le temps ?

— Je ne donne pas de leçons. Je ne l'ai jamais fait, et ce n'est pas aujourd'hui que je vais commencer.

— Oui, ma'am. Je comprends. Mais vous pourriez peut-être m'indiquer ce que je dois faire ensuite ?

— D'abord, à votre place, je ne perdrais pas de temps à tout découdre. Je laisserais tomber ce premier essai. Vous avez trop tiré dessus : le tissu va s'effilocher.

Cissy accusa le coup. On la sentait déçue, mais elle hocha la tête.

— Vous avez du tissu de reste ?

— Oui. Zeke m'a dit d'acheter un métrage de tous ceux qui me plaisaient.

— Bien. Vous l'avez passé à l'eau ?

— Heu, non. J'ignorais…

— Bon, c'est ce que vous allez faire. Laver votre tissu et bien le sécher.

— Oh, je comprends : pour ne pas qu'il rétrécisse, ensuite, quand je nettoierai la couverture du bébé.

— Puis vous le repasserez soigneusement, et n'hésitez pas à mettre un peu d'amidon. Ensuite, vous me l'apporterez, et je vous montrerai comment on s'y prend pour couper net et sans bavure.

On aurait dit que Cissy venait de gagner une semaine de vacances à Tahiti.

— C'est vrai, je pourrai revenir vous voir ?

— Puisque je vous le propose !

Cissy se leva précipitamment, comme si elle ne voulait pas abuser de la gentillesse de son hôtesse.

— C'est tellement gentil ! Merci. Je vais faire exactement ce que vous m'avez dit.

Elle se retourna, et son regard tomba sur le livre posé près du fauteuil : *Tess d'Urberville*, le roman que Tessa voulait mettre au programme de sa classe de littérature anglaise, à la rentrée. Cela faisait un moment qu'elle n'avait pas travaillé ce texte avec des élèves, et elle relisait le roman avec l'idée de dresser une liste de thèmes qui serviraient à des débats. Elle aimait bien changer fréquemment d'auteurs : cela décourageait ses étudiants d'emprunter les cours de l'année précédente ou de recopier les exposés de condisciples de troisième ou de quatrième année. Elle avait suffisamment de souci à se faire avec l'Internet sans en rajouter.

— *Tess*, déchiffra Cissy à l'envers. Elle s'appelle comme vous… C'est une belle histoire ?

— Un classique, que j'enseigne à mes élèves, au lycée.

Cissy prit le livre et admira l'héroïne représentée sur la couverture.

— Elle est jolie, avec sa robe à l'ancienne.

— Le roman a été écrit au début du siècle dernier.

Cissy le tournait entre ses mains, comme si elle éprouvait de la peine à s'en dessaisir.

— La lecture, c'est ce qui me manque le plus, depuis que j'ai interrompu mes études. Vous savez, j'adorais lire. Seulement, en dehors de l'école, il y avait peu de livres autour de moi.

— Et la bibliothèque ? demanda machinalement Tessa.

— Je m'y suis inscrite quand je suis arrivée. Mais, comme je n'allais pas en ville assez souvent, je rendais les ouvrages en retard, et j'avais des amendes à payer. Et je ne voulais pas embêter M. et Mme Claiborne. Quant à Zeke, il est tellement fatigué, après sa journée de travail, que je préfère ne rien lui demander.

Elle eut un petit sourire qui semblait dire qu'elle faisait contre mauvaise fortune bon cœur.

— Remarquez, reprit-elle, la lecture, ce n'est pas ce qui manque, à la ferme, avec tous ces magazines agricoles ! Et puis, il y a aussi l'*Encyclopédie universelle*. J'ai lu tous les C, le mois dernier. J'ai appris que la Tchécoslovaquie n'existait plus et que le rideau de fer était tombé depuis un bon moment. Je crois que je ferais mieux de trouver des trucs moins vieux, sinon je vais complètement m'embrouiller.

C'était le discours le plus long que la jeune fille eût jamais tenu en sa présence, et Tessa en fut touchée. Si elle avait senti la moindre tentative de manipulation de la part de la jeune femme, elle se serait cabrée. Mais, après des années d'enseignement, elle était parfaitement capable de reconnaître des propos sincères.

— Je veux bien vous prêter ce livre, dit-elle du bout des lèvres, mais je vous préviens : il faut s'accrocher. Hardy n'est pas un auteur facile. Chaque fois que je le relis, j'y trouve de nouveaux sujets de réflexion.

— Alors, ça doit être franchement intéressant, dit Cissy en lui tendant le livre. Mais ne croyez pas que je veuille l'emporter chez moi. Je…

Tessa le lui rendit.

— Mais si, prenez-le. Et rapportez-le-moi quand vous l'aurez lu.

Elle était persuadée que Cissy, découragée par l'aridité du texte, lui rapporterait son *Tess d'Urberville* dans les plus brefs délais.

— C'est vraiment gentil, merci, dit la jeune femme en serrant le roman contre elle.

Les deux femmes la regardèrent descendre le perron, claquer le capot sur le moteur refroidi, et s'éloigner au volant de sa camionnette poussive et bringuebalante.

— Je n'approuve pas du tout la manière dont cette fille vit dans le péché avec le fils Claiborne, déclara Helen haut et fort, histoire de mettre les choses au clair. Mais je suis une bonne chrétienne, et je ne pouvais pas décemment laisser ce malheureux bébé sans couverture.

Tessa aurait volontiers souri, mais elle regrettait déjà d'avoir donné le livre à Cissy. Comme si elle avait besoin de se mettre sur le dos une adolescente si assoiffée d'amour et d'attention qu'elle avait aveuglément choisi, pour se faire adopter, une maison minée par les querelles et les conflits de générations !

*
* *

« Du poisson ? Dans une salade ? Des tomates, je veux bien, des concombres passent encore, mais du *poisson* ! » se disait Helen en contemplant le plat que Nancy avait préparé pour le dîner. En plus des morceaux de thon, il y avait des pommes de terre et de drôles d'olives noires très salées, qu'elle n'avait encore jamais goûtées.

Elle allait lâcher une réflexion lorsqu'elle surprit l'expression de sa fille. Nancy avait l'air préoccupé, ce qui ne lui ressemblait pas. Y avait-il un accroc quelque part dans le tissu lisse de son existence ?

— Et ça s'appelle comment, cette… préparation ?

— Une salade niçoise, répondit Nancy en faisant un effort visible pour mettre de côté ses pensées moroses.

— Jamais mangé de poisson dans une salade ! Mais peu importe : tout ça finit au même endroit, n'est-ce pas ?

— Ça a l'air délicieux, m'man ! déclara Tessa. J'aurais été incapable de manger quelque chose de chaud. Si l'orage n'éclate pas ce soir, je vais dormir dehors, toute nue.

— Tu serais dévorée par les bestioles, dit Helen en lui passant la corbeille de petits pains. Comme Gus et Obed, le jour où je leur ai pris leurs vêtements. Le temps qu'ils trouvent le courage de rentrer à la maison, ils étaient couverts de morsures : ça faisait peine à voir. Et c'était tout ce qui les couvrait, en dehors de quelques lianes dont ils s'étaient entortillés pour cacher leurs bijoux de famille.

Nancy éclata de rire.

— Quelle petite rosse !

— Et toi, donc, au même âge ! s'écria Tessa.

Elles mangèrent en silence pendant quelques instants.

Helen faillit se casser une dent sur un noyau d'olive — non, mais quelle drôle d'idée de ne pas les avoir dénoyautées ! Elle fut, néanmoins, surprise de trouver le mets à son goût. Même les petits pains étaient croustillants à souhait, alors qu'ils avaient été achetés surgelés : elle avait vu Nancy les passer au four.

— Alors, qu'avez-vous fait, aujourd'hui ? demanda-t-elle quand la salade l'eut suffisamment rassasiée pour lui permettre de faire un brin de conversation.

Elle surprit les regards qu'échangeaient sa fille et sa petite- fille. Evidemment, elles rechignaient à faire un rapport, de peur qu'elle ne pique une crise en découvrant ce qui était encore passé aux ordures.

— J'ai accroché les nouveaux rideaux dans le salon, dit Nancy.

Helen les avait vus, et elle en avait à peine cru ses yeux. Nancy avait même remis en circulation l'antique petit canapé où deux personnes peuvent s'asseoir pour causer, dos à dos.

— Et toi ? demanda-t-elle à Tessa.

— J'ai travaillé au grenier, ce matin, jusqu'à ce qu'il fasse trop chaud. Et ensuite j'ai fait un peu de paperasserie.

Helen suçota son noyau d'olive avant de le poser au coin de son assiette.

— Ah bon ? Quel genre ?

— Des petits trucs par-ci par-là.

Helen savait parfaitement que c'était un code pour dire : « J'ai jeté tout ce qui me paraissait sans intérêt. »

— La seule chose que je vous demande, c'est de ne pas approcher de mon bureau, dans la salle à manger, leur dit-elle. Que personne ne touche à quoi que ce soit, surtout !

Silence de mort.

Helen leva la tête. Une ride soucieuse lui barrait le front.

— Je ne plaisante pas, ajouta-t-elle avec vigueur. Il y a là des choses qui ne regardent que moi.

Tessa poussa un soupir et posa sa fourchette.

— Gran, j'ai fait du rangement, mais je te promets que je n'ai rien jeté en dehors de quelques vieilles pubs.

Malgré la chaleur, Helen sentit un frisson glacial la parcourir.

— De quoi parles-tu ?

— Oh ! tu sais, des réclames que tu as reçues, des coupons à renvoyer, expirés depuis des mois. Des offres publicitaires trop belles pour être honnêtes. Un ramassis de vieilleries, quoi.

Avant même qu'elle eût fini sa phrase, Helen s'était précipitée hors de la cuisine, aussi vite que le lui permettaient ses pauvres jambes.

Dans la salle à manger, où les repas n'avaient plus été servis depuis des dizaines d'années, le secrétaire dans lequel elle gardait tous ses papiers était plus vide que vide. Tessa avait dû profiter du moment où elle était montée coudre dans sa chambre, après la visite de Cissy, pour commettre son forfait.

— Gran ?

Helen claqua le tiroir du bas, qui était vide, lui aussi, et fit face à sa petite-fille.

— Qu'est-ce que tu en as fait ?

Tessa la dévisageait sans comprendre.

— Mais de quoi ?

Helen ne prit pas la peine de répondre. Elle la laissa en plan, et se dirigea vers la porte d'entrée. Elle savait ce que Tessa avait fait de son « ramassis de vieilleries » : balancé dans la benne à ordures, sans autre forme de procès. Tout ce qui lui restait à faire, à présent, c'était de le récupérer illico et de le mettre sous clé.

Tessa la rattrapa et la retint par le bras.

— Où est le problème ? Qu'est-ce que tu as perdu ?

Helen était trop troublée pour pouvoir parler. Elle se libéra d'une secousse et entreprit de descendre les marches du porche.

Elle était à mi-chemin, dans la cour de devant, lorsqu'elle s'aperçut que la remorque n'était plus à sa place.

— Où est la benne ? Qu'en avez-vous fait ?

— Zeke est passé la prendre. Il a dit qu'il irait la décharger et qu'il la ramènerait demain matin.

— Bon, alors on grimpe dans ta voiture et tu m'emmènes chez les Claiborne, vu ? Elle est peut-être encore chez lui.

Tessa restait parfaitement maîtresse d'elle-même. Seule une légère crispation de ses lèvres trahissait sa tension intérieure.

— Désolée, mais il est parti directement à la décharge. Il avait déjà un vieux congélateur en panne dans sa camionnette, et il voulait le jeter en même temps.

Helen avait du mal à en croire ses oreilles.

Déveine sur déveine !

— Très bien. On file à la décharge !

— Elle ferme à 16 heures.

Helen le savait pourtant, mais elle était trop bouleversée pour réfléchir.

Nancy vint les rejoindre à ce moment précis.

— Maman, reprends-toi. Dis-nous plutôt ce qui cloche.

— Mes cartes. Mes fichues cartes !

Tessa sembla encore plus perplexe.

— Je n'ai jeté aucune carte, Gran, je te le jure. Mais nous pouvons en acheter, si tu en as besoin. Je…

— Tais-toi !

Helen essayait de penser à toute allure. Que risquaient-elles en allant à la décharge en dehors des heures d'ouverture ?

— Quel que soit le problème, tu n'es pas seule pour le résoudre, dit calmement Nancy. Nous sommes là pour ça.

— Vous êtes ici pour flanquer la pagaille dans mes affaires, oui ! Vous croyez que c'est de cela dont j'ai besoin ? Tout ce que je possédais, pfuitt ! envolé.

— Nous ne faisons que déblayer le fouillis, Gran !

— Ce n'était pas du fouillis. Puisque je vous dis que c'étaient mes cartes !

— C'est quoi, au juste, cette histoire de cartes ? demanda Nancy en venant poser une main rassurante sur l'épaule de sa mère. On va arranger ça, ne t'inquiète pas.

— Et comment, vous allez m'arranger ça !

Il ne lui restait plus qu'une possibilité, et elle allait la saisir.

— Changez-vous et préparez-vous à creuser. Et je ne veux pas entendre rechigner dans les rangs, compris ?

— Plus personne n'enterre son argent, de nos jours, maman ! A quoi pensais-tu, franchement ?

Nancy donna un coup de talon sur la bêche, et la lame s'enfonça de quelques centimètres dans le sol desséché.

Helen creusait aussi. Tout comme Tessa.

— C'est mon argent, et je suis libre d'en faire ce que bon me semble, répliqua-t-elle, essoufflée, en poussant ferme sur sa bêche.

— Tu aurais mieux fait de le déposer à la banque. Il t'aurait rapporté. Billy se serait fait un plaisir de te conseiller des placements sûrs.

Nancy heurta une racine, et comprit que ça ne pouvait pas être le bon endroit. Elle cessa de creuser, et remit quelques pelletées de terre meuble dans le trou, qu'elle tassa ensuite, tant bien que mal.

— Tu crois que je ne suis pas au courant des risques ? Tu crois que je n'étais pas née quand le marché s'est effondré, que les banques ont fermé et que tant de gens dans ce pays ont perdu jusqu'à leur chemise ? Ma mère, le peu d'argent qu'elle retirait de la vente de son beurre et de ses œufs, jamais elle ne l'aurait mis ailleurs qu'en terre.

Nancy recommença à creuser un mètre plus loin.

— Mais toi, tu utilisais les services de la banque. Je me souviens que tu m'avais même aidée à ouvrir un compte d'épargne.

— L'époque s'y prêtait. Ce n'est plus le cas, aujourd'hui. Les temps ont changé, je le vois bien.

Nancy voyait surtout que sa mère n'était plus capable de vivre seule. Elle avait perdu tout bon sens, c'était net. Et, maintenant, elle avait aussi perdu ses économies.

Le crépuscule était tombé, et l'obscurité se faisait de plus en plus présente. Même la lune semblait avoir déserté le ciel pour une destination inconnue, et d'épais nuages dissimulaient les étoiles.

Helen avait insisté pour attendre la nuit avant de commencer les fouilles. Elle ne voulait surtout pas que quelqu'un les surprenne et découvre où l'argent était caché.

Un autre exemple de pensée irrationnelle.

— Tu as une idée de la somme que nous cherchons ? demanda Tessa.

— Une somme importante, Miss. Tu n'as pas besoin d'en savoir plus.

— Tu es certaine d'avoir caché de l'argent dans trois boîtes de conserve ? Ni plus ni moins ? demanda Nancy.

— Tu penses que j'ai oublié le compte exact ?

Nancy commençait à perdre patience.

— En vérité, oui. C'est ce que je pense. Tu ne sais plus où elles sont, tu es la première à le reconnaître. Et, au lieu de mettre ton plan en lieu sûr, non, il a fallu que tu le griffonnes au dos d'un prospectus d'une banque de dépôt et d'escompte promettant monts et merveilles à qui placerait ses fonds chez elle.

— Hé ! tu crois que je voulais faciliter les choses à un voleur éventuel ?

— Ce qui nous faciliterait surtout l'existence, intervint Tessa, ce serait que vous arrêtiez de vous disputer.

— Bien le moment de parler de facilité ! s'exclama Helen. C'est tout de même toi qui as jeté mes papiers personnels !

— Coupable, Votre Honneur ! J'ignorais que ma grand-mère dessinait des cartes au trésor sur des réclames vieilles de plus de quatre ans.

Tessa commençait, elle aussi, à perdre son sang-froid, songea Nancy. Elles avaient travaillé dur toute la journée, et au lieu de se coucher tôt comme elles le faisaient habituellement, elles se retrouvaient en train de manier la pioche comme des bagnards, par une nuit étouffante.

— Tu ne m'as rien demandé, fit Helen, butée.

— Gran, ce n'est pas le genre de question que poserait une personne sensée.

— Tu veux dire que je déraille, que je n'ai plus toute ma tête, c'est ça ?

Tessa s'arrêta et s'appuya sur le manche de sa bêche.

— En tout cas, *ça*, c'est absurde ! s'écria-t-elle en désignant leur champ de mines. Tu savais que nous étions en train de ranger et de nettoyer. Pourquoi n'as-tu rien dit avant ? Pourquoi n'as-tu pas mis tes précieuses cartes sous clé, dans ta chambre ?

— Je ne pouvais pas deviner que tu fouillerais dans mes papiers personnels !

— Quels papiers personnels ? Il s'agissait de vieilles pubs. P.U.B.S. !

Durant un long moment, on n'entendit plus que l'habituel concert nocturne des grillons et des grenouilles.

— Oh, ce n'est pas la peine de prendre des airs supérieurs ! déclara finalement Helen.

Nancy devina que sa mère était blessée, et elle sentit sa gorge se nouer. Elle aurait aimé dire quelque chose, mais elle n'y parvint pas.

— Excuse-moi, dit Tessa dans un soupir. C'est cette chaleur.

— Oui, cette fichue chaleur nous tape sur le système, reconnut Nancy.

— A vous entendre, on dirait que je l'ai fait exprès, dit Helen, d'un ton plus contrit que fâché.

Elle semblait fragile, soudain, et vulnérable.

— On le retrouvera, cet argent, déclara Tessa en se remettant à bêcher. On a tout l'été pour ça.

— Et à quoi ça m'avancera ? se récria Helen. Ce sera utilisé contre moi. Vous croyez que je suis dupe ? J'entends d'ici les avocats monter leur dossier. Je vois le juge opiner du bonnet, et les petits bonshommes en blouse blanche qui viendront me chercher pour me mettre la camisole.

Nancy ne put se retenir : elle éclata carrément de rire.

— Des petits bonshommes en blouse blanche ?

— Tu trouves ça drôle, Nancy ? Tu crois que ça me fait plaisir de savoir que tu veux me faire enfermer dans un endroit où je n'ai aucune envie d'aller ?

— Il n'y a aucun infirmier en blouse blanche à l'horizon, maman ! Et, bon sang, s'il y en avait, au moins ils nous aideraient à creuser. D'ailleurs, je me demande si on ne devrait pas appeler à la rescousse tous les volontaires. Extraterrestres y compris !

— Ne jure pas ainsi.

— Nom de Dieu de nom de Dieu !

Nouvel intermède de grenouilles et de grillons.

Puis il y eut une sorte de gargouillis. Il sortait du gosier d'Helen.

— Je t'interdis de blasphémer.

Le gargouillis s'intensifia.

— J'ai passé l'âge de me faire rincer la bouche au savon !

Helen, n'y tenant plus, éclata à son tour d'un rire énorme.

— Méfie-toi, ma fille ! Je suis toujours deux fois plus costaud que toi.

— Vous faites la paire, toutes les deux ! fit remarquer Tessa d'un ton où perçait l'amusement. Comment avez-vous fait pour vous supporter aussi longtemps sans devenir marteau ?

— Justement ! On n'a jamais pu se supporter. Comme toi et moi ! déclara Nancy. On n'aurait jamais dû se retrouver ensemble toutes les trois.

— Une erreur de calcul céleste ! lança Tessa en riant.

— Le bon Dieu ne fait pas d'erreurs, déclara Helen, mais, parfois, il crée des mélanges détonants pour voir un peu comment ça va tourner. Ça met du piment dans l'existence.

— Pour le piment, on a été servies ! dit Nancy.

Les cieux choisirent cet instant pour s'ouvrir.

Il n'y eut pas un éclair, pas un coup de tonnerre.

La féroce étuve de la nuit virginienne se transforma, sans crier gare, en cataractes qui s'abattirent sur terre avec l'intensité d'un fleuve se jetant à la mer.

— De la pluie ! s'écria Helen. Enfin de la pluie !

Nancy songea à sa coiffure définitivement fichue, à son chemisier de lin amidonné transformé en torchon à vaisselle. Elle eut aussi une pensée pour son pantalon en jersey de soie qui sortait de chez le teinturier et pour son mascara qui allait lui couler sur les joues.

Avant de réaliser ce qu'elle faisait, elle lâcha sa bêche et tendit les bras vers le ciel.

— Ouah ! Il pleut !

Puis, dans le même élan, elle prit la main de sa mère et esquissa quelques pas de danse.

— Lâche-moi ! cria Helen, sans pour autant chercher à se dégager.

— Tessa ? appela Nancy en lui tendant l'autre main. Viens danser avec nous.

Tessa, frappée de stupeur, les regardait toutes les deux.

— C'est un ordre ! ajouta Nancy d'un ton sans appel. Bouge tes fesses de là, et viens saluer la pluie avec ta mère et ta grand-mère !

Tessa traîna les pieds, comme si elle s'approchait de pensionnaires d'un asile de fous. Elle saisit, néanmoins, la main de Nancy.

— C'est toi qui as besoin de la camisole ! lança Helen à sa fille.

— Il pleut, il pleut bergère ! entonna Nancy à tue-tête, en les entraînant d'avant en arrière. Allez, mesdames ! On se remue ! Et un, et deux ! Pied droit devant ! Pied gauche à gauche. Pied droit derrière ! Pied gauche à gauche ! Et on recommence…

Se rappelant les cours d'aérobic qu'elle avait suivis pour

rester jeune et belle, elle les fit évoluer d'un pas latéral croisé du plus bel effet.

— M'man, ça va pas, la tête ! ronchonna Tessa, tout en s'appliquant à lever la jambe en rythme.

Helen essaya de lui échapper, mais Nancy ne s'en laissa pas conter.

— Allez, maman ! Tu *peux* le faire ! Depuis combien de temps tu n'as pas dansé, hein ?

— Pas tes oignons !

— Allez, fais-moi plaisir.

Helen grommela, mais elle se mit à bouger timidement, se déplaçant d'un pied sur l'autre, esquissant une sorte de léger dandinement, tout en râlant ferme.

La pluie redoubla.

Tessa les tira vers la droite, et elles se mirent à sautiller autour des trous qu'elles avaient inutilement creusés, dessinant des arabesques entre les arbres et les bêches jetées pêle-mêle.

Elles dansaient sur la terre où dormait le magot d'Helen, fruit de toute une vie d'épargne.

— La pluie ! cria Nancy, la tête levée vers le ciel. Merci, mon Dieu, pour la pluie !

— C'est bien la première fois que je t'entends louer le Créateur, dit Tessa.

Epuisées, elles finirent par s'arrêter. Tessa prit la main de sa grand-mère, et les trois femmes, ruisselantes, trempées jusqu'aux os, formèrent une ronde, tout en se regardant au travers des gouttes de pluie qui perlaient sur leurs cils.

Puis, une à une, elles se lâchèrent les mains, sans pour autant se séparer.

— Nous retrouverons le trésor, Gran, promit solennellement Tessa.

— Là où vous allez m'envoyer, ça ne me servira plus à rien.

Nancy fit alors quelque chose qu'elle n'avait sans doute

plus fait depuis sa lointaine enfance : elle prit sa mère dans ses bras et la serra fort. Très fort.

— Personne n'a l'intention de t'envoyer où que ce soit, murmura-t-elle à l'oreille d'Helen. Nous déciderons de tout *ensemble*, maman.

Helen fronça les sourcils, puis hocha la tête.

Et la pluie se chargea d'effacer les plis soucieux de son front.

Entourant les épaules de sa fille un bref instant, elle esquissa un semblant d'accolade.

11

Tessa n'aurait su dire exactement quand les choses avaient basculé, mais le fait est que sa vie affective tout entière tournait autour des Mères Contre l'Ivresse au Volant.

Au début, son travail de bénévole s'était résumé à faire la tournée des restaurants de son quartier. Elle avait convaincu bon nombre de commerçants d'offrir des boissons sans alcool à ceux qui s'engageaient à raccompagner les autres, après la soirée.

Mais il y avait des restaurants où elle n'était pas la bienvenue. On l'accusait de mener sa croisade avec trop d'insistance.

Ensuite, elle s'était formée pour devenir auditeur auprès des tribunaux et suivre les procès pour conduite en état d'ivresse. Elle établissait des comptes rendus d'audience qu'elle faisait remonter dans les antennes locale et nationale.

A présent, son nom était connu dans de nombreux palais de justice. Elle organisait des tables rondes et des débats publics, hantait les centres commerciaux pour distribuer des rubans rouges aux personnes qui s'engageaient à ne pas conduire après avoir bu, et sollicitait les dons afin de réunir des fonds pour MCIV.

Tous savaient que la contribution majeure de Tessa, c'était son dévouement indéfectible à la gestion de l'association. Elle était douée pour monter des dossiers, réclamer des aides et dénicher des sponsors. Les soins qu'elle avait, jadis, prodigués à sa famille et à ses élèves, elle les consacrait, désormais, à ses dossiers. Et elle s'était fait de nombreux amis.

— Tessa ! Tu avais prévenu que tu passerais cet après-midi ?

Sandy Stewart se leva pour donner une affectueuse accolade à Tessa.

C'était la première fois qu'elle revenait en ville et qu'elle remettait les pieds dans les bureaux de MCIV depuis qu'elle était à Toms Brook.

— Je n'avais pas l'intention de venir. Je ne savais même pas si je te trouverais ici, répondit Tessa en tapotant l'épaule de l'imposante et incontournable Sandy. Je devais passer à la banque, j'avais quelques courses à faire, et je me suis retrouvée dans le coin.

Elle se garda bien de révéler qu'elle venait de passer une heure dans une boutique de patchwork à consulter des livres et à se faire expliquer les petits et grands secrets de la restauration des quilts anciens. Si elle entrouvrait cette porte, Sandy s'y précipiterait tête baissée, et il lui faudrait raconter toute l'histoire des Anneaux de mariage.

— Tu peux rester jusqu'à l'heure de la fermeture ? lui demanda Sandy. On filera prendre un crème chez Starbucks.

— Je vais vider mon casier et voir s'il y a des urgences, répondit Tessa. Je reviens dans un instant.

— Tu vas y trouver un tas de papiers. Tu verras, la Fondation Sisk refuse notre demande de subvention, mais ils suggèrent que nous représentions le dossier le mois prochain, avec des modifications. Ils ont une autre commission.

Tessa était déçue. La subvention de Sisk aurait permis de former des professeurs du secondaire à de nouvelles tactiques pour décourager l'alcoolisme au volant. N'empêche, songea-t-elle, l'idée était bonne, et elle trouverait un autre moyen de la financer.

— Je vais étudier la question, promit-elle.

— Bon. Dis-moi quand tu seras prête, et je fermerai la boutique.

Le bureau était petit, et Sandy devait déplacer son mètre quatre-vingt-trois avec précaution si elle voulait éviter les dommages collatéraux. Heureusement, elles n'étaient que toutes les deux, en cette fin d'après-midi, dans l'espace réduit.

Tessa retira tout ce qui s'était accumulé dans son casier. La pile de courrier ne la surprit guère. Elle emporta les documents sur la table du fond, là où les volontaires s'installaient pour travailler. Elle essayait de ne pas se raconter d'histoires : elle savait que sa présence dans ce bureau était en grande partie un moyen de se rapprocher de Mack. Elle avait envie de le voir. Elle espérait le trouver chez eux et dîner avec lui avant de reprendre la route.

La plupart du temps, elle parvenait à le chasser de ses pensées. Il l'avait appelée une fois ou deux. Elle aussi, à l'occasion. Ils avaient abordé des sujets aussi anodins que le renouvellement de leur abonnement à *Newsweek* ou le choix de l'entreprise qui assurerait l'entretien de l'air conditionné. Il l'avait mise au courant des dernières frasques de sa mère, qui avait un nouveau petit ami, et elle lui avait fait le compte rendu de leur chasse au trésor : elles avaient trouvé une boîte ; il leur en restait deux à découvrir.

Elle se rappelait parfaitement qu'il lui avait parlé de divorce et, parfois, elle tentait d'imaginer la vie sans lui. Mais, la plupart du temps, elle demeurait dans une sorte d'attente passive.

Elle se demanda soudain si elle n'allait pas au-devant d'une déception, en cherchant à dîner avec Mack, ce soir.

Sur la pile de courrier, il y avait un Post-it avec la mention « important » soulignée trois fois.

*
* *

Mack se demanda pourquoi il avait choisi, pour dîner avec Erin, le Siam Palace, l'un des restaurants préférés de Tessa.

— Enchanté de vous revoir, monsieur Mack ! s'écria Frankie, le propriétaire, en l'accueillant d'un large sourire.

C'était un homme très séduisant, vêtu de manière un peu voyante : chemises à col ouvert dans les tons rubis et pantalons de soie noire. Son établissement était sans prétention ; le décor n'avait rien de spécialement attractif, mais la table était l'une des meilleures en Virginie du Nord. La clientèle du vendredi soir aurait pu, à elle seule, faire marcher l'entreprise.

— Moi aussi, dit Mack. Auriez-vous une table pour deux ?

— Mme Mack va vous rejoindre ?

Mack hésita un instant. Quelle idée calamiteuse, décidément, d'avoir choisi cet endroit !

— Non, c'est un dîner d'affaires.

Frankie le pilota vers une table près de la fenêtre. La vue était loin d'être romantique : un parking donnant sur une rue où la circulation était dense. Mais Mack approuva pour couper court à d'autres questions.

Il commanda du thé glacé et ces excellents *kanom jeeb* dont Tessa raffolait. A table, elle se comportait avec la grâce et le raffinement qui la caractérisaient habituellement : elle mangeait frugalement, attentive aux mets et à leur présentation. Les délicates bouchées à la vapeur, fourrées d'un mélange détonant, étaient ce qu'elle préférait.

Le thé avait été servi, les *kanom jeeb* étaient en route, et Erin n'était toujours pas là. S'était-elle perdue ? Au moment où il levait les yeux à la recherche d'un téléphone, il la vit apparaître sur le seuil, en jean moulant, débardeur bleu vif et chemisette blanche flottante.

Il se leva, un brin troublé, sans être surpris par ses pensées coquines. Il était privé de relations sexuelles depuis des semaines. D'ailleurs, ce n'était guère mieux avant le départ de sa femme. Tessa, jadis si sensuelle, n'avait plus connu d'orgasme depuis des mois. Elle se crispait dès qu'il la touchait, et leurs ébats lui coûtaient plutôt qu'ils ne la satisfaisaient.

Mack fit le tour de la table, et embrassa Erin sur la joue. Par-dessus son épaule, il surprit le regard de Frankie, et crut y discerner une certaine désapprobation.

— Désolée d'être aussi en retard, dit Erin en s'asseyant sur la chaise qu'il lui tenait. Il y avait un accident sur le périphérique : je suis restée coincée un long moment. Et impossible de vous joindre sur votre portable.

— Je l'ai oublié chez moi, ce matin. Mais je ne me suis pas inquiété : je savais que vous viendriez.

Erin, à l'instar de Tessa, était quelqu'un sur qui l'on pouvait compter.

Il s'aperçut que, en moins d'une minute, il l'avait déjà comparée deux fois à sa femme…

— Les deux véhicules étaient complètement démolis. J'ai aperçu un petit garçon et sa mère qui pleuraient près du car de police. J'espère qu'il n'y a pas eu de mort.

Mack se demanda si l'alcool faisait partie du tableau.

— A part ça, je meurs de faim, déclara Erin. Qu'est-ce qu'il y a de bon ?

— Tout est bon, ici. J'ai commandé une spécialité, en guise d'amuse-gueule. Tenez, servez-vous avant que ça ne refroidisse.

Elle consulta rapidement le menu, puis tourna les yeux vers Mack.

— Alors, comment ça va ?

— Comme quelqu'un qui travaille trop.

Ce n'était pas un vain mot. Il avait passé une partie de sa journée sur la route, entre Washington et Baltimore, afin de mettre la main sur trois témoins essentiels pour l'un de ses clients, à la veille de son procès. C'était le genre de démarche qu'il confiait, habituellement, à ses assistants. Mais, dans ce cas précis, il avait besoin de se faire sa propre opinion sur ces fameux témoins. L'environnement dans lequel ils évoluaient, la confiance qu'on pouvait ou non leur accorder. Le fait de ne pas avoir de téléphone portable avait rendu les choses encore plus difficiles.

— Vous avez l'air vanné, dit Erin en se penchant vers lui. Ça doit être dur sans votre femme à la maison.

— Pas si dur que cela. Quand elle est là, elle n'est pas vraiment là.

— Elle a traversé des moments si terribles.

Il lui sembla entendre bien d'autres choses derrière cette simple phrase.

Ce n'est peut-être pas le moment de tirer un trait.

Je préfère ne pas vous voir si vous pensez continuellement à Tessa.

Je peux attendre que vous soyez tout à fait prêt…

La dernière partie, il n'était pas sûr de l'interpréter correctement. Erin essayait-elle, au contraire, de lui dire qu'elle ne l'attendrait pas, et qu'il avait intérêt à faire les bons choix ?

— La mort d'un enfant est, sans aucun doute, la pire épreuve qu'un couple puisse traverser, dit la jeune femme d'une voix pleine de compassion.

— Dans notre cas, il se peut que cette épreuve soit fatale, dit Mack en pesant ses mots. Je le saurai avant la fin de l'été.

Erin aussi marchait sur des œufs, cela se sentait au ton de sa voix.

— Mack, il est facile, pour deux personnes qui communiquent aussi bien que nous depuis plusieurs années, de se tromper sur ce qu'elles éprouvent l'une envers l'autre.

Il leva les yeux sur elle, et comprit qu'elle lui tendait une perche. En clair, s'il le désirait, il était encore temps de prendre la poudre d'escampette.

— Et si nous jouions cartes sur table ?

Il attendit que Frankie ait pris leur commande avant de continuer.

— Essayez-vous de m'empêcher de faire une bêtise ? Ou cherchez-vous à me faire comprendre que rien n'est possible entre nous ?

— Ce n'est pas évident, balbutia-t-elle en rosissant.

— Prenez votre temps.

— J'essaye d'éviter de m'engager sentimentalement avec un membre du groupe, surtout s'il est marié. Cela fait du tort à notre association.

— Je comprends.

— Non, je ne crois pas. J'ai demandé à Candace Grant de me remplacer dans mon travail de bénévolat. C'est quelqu'un de bien, de sérieux et de chaleureux.

— Et d'insensible à mon charme.

Elle eut un petit sourire.

— J'espère bien.

— Je ne peux pas vous imposer cela, Erin. C'est moi qui vais partir.

Elle avança le bras et posa sa main sur la sienne.

— N'en faites rien.

— Je ne sais pas où nous allons. J'ignore encore si mon mariage tient toujours. Je ne peux vous faire aucune promesse.

— J'en suis consciente, et je ne vous encourage absolument pas à quitter votre femme. Mais, si jamais cela devait se produire, disons que je serai… dans les parages.

Il caressa doucement la main d'Erin, puis releva la tête. A cet instant, son regard croisa celui de Tessa : elle se trouvait à moins de deux mètres de lui, et l'observait.

Avant même qu'il ne l'enlève, sa main était devenue glacée. Il se leva et fit signe à Tessa.

Son expression était indéchiffrable, comme c'était si souvent le cas, depuis trois ans. Elle avait toujours été très réservée, mais, ces derniers temps, elle semblait hermétiquement fermée.

— Qu'est-ce que tu fais là ? demanda-t-il d'un ton qu'il aurait voulu désinvolte.

— J'allais te poser la même question, dit-elle d'un ton aimable mais qui en disait long.

— Tu ne m'avais pas dit que tu comptais venir en ville. Tout va bien à Toms Brook ?

— Oui, ça va. J'avais des courses à faire, et j'ai essayé de t'appeler plusieurs fois, aujourd'hui, mais ton téléphone n'était pas branché.

— Je l'ai oublié à la maison, ce matin.

Il repensa soudain à toutes les fois où Tessa avait dû le poursuivre jusqu'à sa voiture, avant qu'il parte au bureau, pour lui tendre un objet ou un autre, oublié dans sa légendaire distraction. Son attaché-case, son téléphone, son carnet de chèques, des livres qu'il devait rendre à la bibliothèque…

— Je sais, dit-elle. Je suis passée à la maison voir si je te trouvais, et il était sur ton bureau.

Mack se rappela soudain la présence d'Erin et, d'un air très gêné, il fit les présentations.

— Mack parle souvent de vous, dit Tessa, et de votre rôle au sein des Amis de la compassion. Il vous tient en haute estime — elle fit une pause marquée. En *très haute* estime.

Le ton restait poli, et ses paroles auraient pu passer pour amicales.

Mais Mack la connaissait trop bien pour s'y laisser prendre.

Et Erin était suffisamment fine pour saisir le sous-entendu.

De nouveau, elle piqua un fard.

— Tessa, viens t'asseoir, dit Mack.

Il esquissa un geste pour tirer une chaise, mais elle l'en dissuada.

— Merci, mais je ne fais que passer. J'ai commandé par téléphone, et Frankie m'attend au comptoir avec mon paquet.

— Ne sois pas bête. Où vas-tu manger ?

Un instant, il songea que Frankie devait se poser des questions.

— J'ai pris un petit en-cas à la maison. Ce que j'ai commandé, c'est pour le déjeuner de demain : je compte initier Gran à la cuisine thaïe.

Il était en train de se creuser les méninges pour trouver une réplique quand Tessa lui sauva la mise.

— Si ça ne t'ennuie pas, j'aimerais te parler une minute.

Puis, jetant un regard vers Erin, elle ajouta :

— Puis-je vous l'enlever, le temps d'aller jusqu'à ma voiture ? Ce ne sera pas long.

Si Erin avait pu disparaître six pieds sous terre, elle l'aurait fait.

— Je vous en prie. C'est moi qui vais m'en aller.

— Mais non, n'en faites rien ! Il va revenir tout de suite, et vous pourrez reprendre votre dîner et votre conversation.

Un petit hochement de tête en guise d'au revoir, et elle fila sans se retourner ni même vérifier que Mack la suivait.

— Ne partez pas, dit-il à Erin. Je vous en prie.

— Je vais demander au garçon de me préparer un repas à emporter, moi aussi, déclara-t-elle fermement.

Il n'avait pas le temps de chercher à la convaincre. Il rejoignit Tessa à la caisse. Elle était en train de régler sa note. Après avoir rangé sa monnaie et adressé un petit sourire de remerciement à Frankie, elle prit le gros sac à l'effigie du restaurant et se dirigea vers la porte.

Ils traversèrent le parking qui n'était pas encore éclairé. Tessa roulerait à la lumière du jour pendant une bonne heure, songea-t-il.

Arrivés devant la Toyota, il lui prit le sac des mains afin qu'elle pût sortir ses clés.

— Nous dînions ensemble pour discuter du pique-nique que l'association veut organiser à la fin de l'été. J'ai promis de m'occuper de certaines choses. Erin doit se charger du reste.

Tessa déposa le sac sur le siège de la voiture, puis s'adossa à la portière.

— Tu ne me dois aucune explication. Mais ce que je peux te dire, c'est que ça ne ressemblait absolument pas à une discussion sur « qui apporte la pastèque et qui les serviettes en papier ».

Il ne nia pas.

— Vous avez une liaison ? demanda-t-elle finalement.

— Non.

Il marqua une pause, puis, décidant de jouer la carte de l'honnêteté, il précisa :

— Pas pour le moment.

Elle garda un masque impénétrable.

— Alors, la conversation que j'ai interrompue, c'était ça ? Le pourquoi, le comment et surtout le *quand* ?

— Non.

— Elle est très jolie. Et jeune. Elle a perdu un enfant ?

— Un frère. Ils étaient très proches.

— Qu'est-ce qui te retient, exactement ?

La question faisait partie de celles qu'il se posait.

Jusqu'où un homme pouvait-il accepter d'être rejeté ? se demandait-il parfois.

Y avait-il une limite à la souffrance qu'on lui demandait d'assumer seul ? Comment reconnaître le point de non-retour au-delà duquel un couple était condamné ? A partir de quelle dose de désespoir un homme était-il autorisé à tromper sa femme ?

— Je t'aime, dit-il enfin. C'est ça qui m'arrête. En tout cas, je le crois. Mais peut-être que la femme que j'aime est seulement celle que tu étais jadis.

— Tu n'en es pas certain ?

— J'ai besoin d'amour, de chaleur, de tendresse. Ces bonheurs-là sont absents de ma vie, depuis que Kayley est partie. Et ils me manquent autant qu'elle me manque.

Il crut voir une lueur dans le regard de Tessa, comme s'il avait touché une corde sensible.

— Nous ne pouvons pas remonter le temps.

Elle regarda ailleurs, puis reporta les yeux vers lui, et ajouta :

— Tu le voudrais, mais c'est impossible.

— Alors construisons quelque chose de nouveau. Ne me ferme pas la porte. Ça fait trop longtemps, Tessa, que tu m'as chassé de ton esprit, et je ne supporte plus ce grand trou noir à l'intérieur de moi.

Il la vit secouer la tête, comme si elle venait de se souvenir de quelque chose d'important.

— Tu veux savoir pourquoi je te cherchais ?

— Oui.

— J'ai reçu un message, il y a deux jours, mais je ne l'ai découvert que tout à l'heure. De la part de l'avocat de Robert Owens. De son assistant, en fait.

Il s'y attendait si peu qu'il mît un instant à retrouver le fil.

— L'avocat de Robert Owens ? répéta-t-il.

— C'était un coup de fil de courtoisie. Apparemment, il a essayé de te joindre à ton bureau, mais Grace ne te l'a pas passé tout de suite. Son assistant t'a donc appelé à la maison, mais le répondeur n'était pas branché.

Il s'expliqua machinalement :

— J'en ai eu assez des démarcheurs de tout poil qui encombraient le répondeur lorsque je rentrais, le soir. Je me suis dit que ceux qui voulaient nous joindre savaient où nous trouver.

— C'est ce qu'il a fait. Connaissant mes activités à MCIV, il m'y a laissé un message.

— Et alors, qu'est-ce qu'il dit ?

— Robert Owens va être libéré la semaine prochaine.

L'émotion qu'elle n'avait pas montrée jusque-là éclatait, à présent. Ses yeux étincelaient, ses lèvres tremblaient.

— La semaine prochaine, répéta-t-elle d'une voix étranglée. Trois ans pour avoir assassiné notre fille. Trois ridicules petites années ! Tu te rends compte ?

Mack laissa échapper un soupir rageur.

Robert Owens avait été jugé pour homicide involontaire. Il était âgé de dix-neuf ans au moment de la mort de Kayley. Comme ce n'était pas la première fois qu'il était arrêté pour conduite en état d'ivresse, il risquait gros. Sa mère avait alors hypothéqué sa maison à Manassas, et engagé le meilleur avocat de la ville. Ce ténor du barreau avait tout misé sur l'angoisse existentielle de son jeune client et ses troubles du comportement. Le juge avait été touché, et la sentence avait surpris tout le monde.

Owens avait été envoyé à St. Bride, un établissement pénitentiaire de pointe pour jeunes délinquants, où il était censé suivre un programme de réhabilitation sur quatre ans au terme duquel, si sa conduite était jugée satisfaisante, il serait relâché pour une période de sursis avec mise à l'épreuve de dix-huit mois.

Les autorités avaient assuré à Mack et Tessa qu'Owens accomplirait la totalité de sa peine et que la réduction ne serait pas appliquée dans son cas. Au sortir de sa détention, il n'y aurait pas non plus de dérogation sur la mise à l'épreuve. Il était entendu que, à la première incartade, il serait renvoyé en prison.

— Son avocat a estimé que nous devions être mis au courant, dit Tessa. Ce salopard a pensé que nous aimerions sans doute nous préparer !

— Qu'est-ce qu'il a dit d'autre ?

— Que Robert était un détenu modèle, qu'il avait répondu à toutes les attentes, et même au-delà, qu'il avait demandé à être baptisé, qu'il était devenu le parrain de plusieurs garçons de son groupe d'Alcooliques anonymes. Bref, qu'il était repentant, stable, et qu'il méritait une meilleure existence.

— Je vais parler au juge Lutz.

Tessa avait soudain l'air très vulnérable, comme si elle n'était plus sûre de rien. Son masque d'indifférence était tombé.

— Mack, est-ce que… crois-tu pouvoir infléchir cette décision ?

Il ne le pouvait pas. Et il le savait. Ils étaient mis devant le fait accompli, mais il n'avait pas le courage de le dire à Tessa. Alors que c'était son seul espoir.

— Je peux essayer.

Il lui prit les mains. Elles étaient glacées, en dépit de la température estivale.

— J'essaierai. Mais je ne peux rien te promettre.

— Fais ce que tu peux. Dis-leur ce que cet ignoble salaud a fait de nos vies !

Ils se regardaient les yeux dans les yeux, plus proches l'un de l'autre qu'ils ne l'avaient été depuis des mois. Il sentait la manche de son chemisier lui effleurer le poignet, sa cuisse contre son genou, son haleine au creux de son cou.

Puis, brusquement, elle s'arracha de ses mains. Il recula. Elle monta en voiture et se glissa derrière le volant. Il la suivit des yeux tandis qu'elle s'éloignait.

En lui, la peine le disputait à la confusion.

La situation était déjà pénible, avant, mais ce nouveau coup était terrible.

Dire que juste avant d'apprendre qu'Owens allait être libéré, il avait eu le front d'admettre que, oui, il songeait à se lancer dans une liaison avec Erin !

A présent, il en venait à songer que Tessa ne pourrait s'en sortir que s'il disparaissait du tableau. Il faisait partie d'un bonheur passé, et elle avait sans doute besoin de rayer de son existence ce constant rappel de sa souffrance, tant qu'elle ne l'aurait pas dépassée elle-même.

Ironie du sort, leur martyre commun, sous les traits d'un assassin ivre, venait de ressortir de l'ombre pour mieux les hanter.

12

Le ciel s'était assombri, cependant qu'une lune pleine et somptueuse illuminait la vallée, comme si quelque main divine l'avait posée là pour éclairer le chemin de Tessa vers la maison de sa grand-mère.

Ce soir, il lui semblait que tout était signe dans l'univers, qu'elle n'était plus un minuscule grain de poussière perdu dans l'immensité, mais un point central autour duquel gravitaient des constellations.

Le jeune homme qui avait tué sa fille allait sortir de prison. Son mari envisageait de la tromper avec une jeune et jolie blonde. Et son propre cœur, tout brisé qu'il était, étouffait, pris dans un tel étau qu'elle ne l'entendait plus battre.

Elle n'était plus que l'ombre de la Tessa MacRae de jadis. Au point qu'elle se demandait parfois si elle était encore vivante. Mais elle devait l'être, vivante, puisqu'elle était encore capable d'éprouver de la haine envers Robert Owens.

La haine, la colère, voilà ce qui la hantait depuis la mort de Kayley. Or, curieusement, cela lui procurait une sorte de réconfort : n'était-ce pas la preuve qu'elle *sentait* encore quelque chose ?

Ce qui la réconforterait encore davantage, pensa-t-elle, ce serait de *faire* quelque chose. En tout cas, elle ne se résoudrait pas à cette libération anticipée sans se battre. Elle ne parviendrait peut-être pas à arrêter l'inévitable, mais, au moins, elle veillerait à ce que ce Robert Owens ne détruise aucune autre vie.

Après la mort de Kayley, elle s'était demandé pourquoi elle avait survécu. Pendant des mois, cette interrogation avait été au centre de ses préoccupations, puis elle s'était peu à peu apaisée, à mesure que le temps passait et qu'elle cessait de croire à l'existence d'un grand architecte qui aurait ordonné le monde.

Tandis qu'elle roulait sous la lune, il lui sembla qu'elle comprenait enfin pourquoi elle ne s'était pas trouvée au côté de sa fille au moment où la voiture d'Owens avait bondi sur le trottoir, pourquoi elle n'avait pas été tuée sur le coup, elle aussi.

Parce que sa mission sur terre était d'empêcher cet homme de tuer de nouveau.

Elle se retrouva devant la maison de sa grand-mère sans avoir le souvenir d'avoir tourné à l'embranchement de Fitch Crossing.

Elle devait mettre de l'ordre dans ses pensées qui bouillonnaient et menaçaient de la submerger. Elle se tint immobile, respira profondément, tenta de visualiser une mer calme, un miroir bleu et paisible. Impossible !

C'était la trogne avinée et convulsée de rage de Robert Owens qui surgissait devant elle. Un Robert Owens tellement ivre qu'il ne distinguait plus la rue du trottoir et qu'il ne se rendait même pas compte qu'il venait de tuer un enfant.

Les mains croisées sur le volant, elle éclata en sanglots avant même de comprendre ce qui lui arrivait. Les larmes étaient des intruses dont elle ne voulait pas, mais plus elle tentait de les refouler, plus elles jaillissaient, incontrôlables et violentes.

Elle mit un long moment avant de recouvrer son sang-froid, et bénit l'heure tardive qui lui éviterait de rencontrer les autres. Elle sécha ses joues, se moucha, s'empara du sac du Siam Palace et du paquet de la boutique de patchwork, puis sortit.

La lune vibrait dans un champ d'étoiles scintillantes ; une brise subtile faisait chanter le feuillage des érables jumeaux et se mélanger le parfum des roses sauvages à celui de la terre desséchée.

Elle se tint immobile et silencieuse, cherchant à s'imprégner de cette paix et de cette beauté, cherchant à éprouver autre chose que la peine et la fureur qui l'habitaient.

Mack avait peut-être raison, après tout. Pourquoi continuer à s'accrocher à un mariage qui avait déjà sombré ? Comment imposer à un autre être humain le calvaire qu'elle endurait, jour après jour ? Si elle éprouvait encore quelque sentiment pour lui, ne ferait-elle pas mieux de lui rendre sa liberté afin qu'il pût refaire sa vie, poursuivre son chemin avec Erin Foster, lui faire d'autres enfants, lui faire l'amour quand l'envie l'en prendrait — c'est-à-dire souvent, à n'en pas douter. Erin avait suffisamment de charme pour attirer Mack, et de jeunesse pour enfanter une demi-douzaine de bambins, s'ils le souhaitaient. Ainsi, ils en auraient plusieurs en réserve, au cas où l'un d'eux viendrait à mourir.

La mesquinerie de cette pensée l'horrifia. Mack avait essayé de partager le pire avec elle. Alors même qu'il était à deux doigts d'avoir une liaison, il espérait encore sauver leur mariage.

Et quel encouragement lui avait-elle donné ? Des séances de thérapie avec un conseiller conjugal ? La promesse d'une autre grossesse ? Un engagement moins accaparant à MCIV afin de se ménager du temps pour reconstruire leur relation ?

Elle ne pouvait rien promettre de tout cela. Pas maintenant. Peut-être même jamais…

Elle se glissa discrètement dans la maison. Helen laissait toujours la porte ouverte, malgré les admonestations de Nancy. Si on la laissait faire, Nancy installerait immédiatement un système de sécurité perfectionné, avec portes blindées, détecteurs de mouvements à infrarouge, sirènes d'alarme et lumières clignotantes. Mais Helen n'était pas près d'abandonner un monde où l'on ne fermait pas les portes, la nuit, où on laissait les clés de contact sur sa voiture et son sac à main sur le siège. Elle avait déclaré haut et fort que si on voulait l'obliger à se barricader dans sa propre maison, autant la mettre tout de suite dans son cercueil, morte ou vive.

Tessa referma derrière elle et entra dans le salon.

Helen était assise dans le noir.

Tessa sursauta en la voyant.

— Qu'est-ce que tu fais là ?

— Eh bien, j'habite ici, non ?

Helen alluma la lampe qui diffusait une chaude lumière dorée. Elle portait la vaporeuse chemise de nuit, avec déshabillé assorti, qui avait voltigé par la fenêtre, le jour de l'arrivée de Tessa.

— Pourquoi est-ce que tu te faufiles comme une voleuse ? J'ai failli avoir une attaque.

Tessa pensait plutôt qu'elle avait dû surprendre sa grand-mère dans son sommeil.

— Tu m'attendais ?

— En quel honneur ? Tu es adulte, non ? Libre d'entrer et de sortir à l'heure qu'il te plaît, sans être obligée de nous passer un coup de téléphone pour nous dire si tu vas bien.

Tessa se sentit honteuse. Elle ne s'était préoccupée que de ses problèmes : pas une minute elle n'avait pensé à sa mère et à sa grand-mère qui se faisaient du souci de ne pas la voir revenir. Le monde tournait peut-être autour d'elle, ce soir-là, mais Helen et Nancy n'en avaient pas été informées.

— Excuse-moi, dit-elle en posant ses paquets sur le sofa réparé et recouvert d'une nouvelle housse. L'idée de vous appeler ne m'a pas effleurée, je l'avoue. J'ai péché par omission.

— Ta mère a essayé de te joindre plusieurs fois, mais ton téléphone était coupé.

Effectivement, elle avait fermé son portable après sa conversation avec Mack, au Siam Palace.

— La prochaine fois, je tâcherai de faire attention, promit-elle. Mais il ne fallait pas m'attendre. Je suis une conductrice prudente.

— Nous savons, malheureusement, l'une et l'autre que la prudence ne nous empêche pas de mourir. N'est-ce pas ?

Tessa s'affala sur le sofa, près de ses emplettes.

— A mon avis, la mort n'est pas ce qui peut nous arriver de pire. Survivre me paraît plus difficile encore.

— Le plus dur n'est ni de mourir ni de survivre. Un jour, peut-être, je te dirai ce que c'est.

— Dis-le-moi maintenant.

— Tu n'es pas prête à l'entendre.

Il était surtout l'heure d'aller se coucher, mais l'idée de se retrouver enfermée dans sa petite chambre en compagnie de Robert Owens, de Mack et d'Erin Foster lui donnait la nausée.

— Je ne veux pas te retenir, Gran. Je suis désolée de t'avoir fait veiller si tard.

— J'ai veillé parce que je le voulais bien.

— Tu as vu quelque chose d'intéressant à la télévision ?

— La réponse est toujours non. Quand je pense que ta mère me serine à longueur de temps que je devrais mettre une soucoupe sur mon toit, pour que l'un de ces satellites qui encombrent le ciel m'inonde de ces émissions de télé, comme dans un roman de science-fiction !

— Et toi, bien sûr, tu refuses obstinément.

— Quand j'étais jeune fille, le soir, nous nous réunissions tous ensemble pour écouter le Grand Ole Opry sur WSM, depuis Nashville. Ça, c'était de la musique country ! De la vraie ! Les chanteurs s'accompagnaient uniquement au banjo, à la guitare ou au violon. Et pas avec tous ces tas d'instruments électrifiés, comme maintenant ! Maman nous faisait du pop-corn, les voisins venaient nous rejoindre. Ah, on savait s'amuser, à l'époque !

Tessa lui sourit, et fut surprise de constater qu'elle en était encore capable.

— Je ne suis pas une fan de télé, moi non plus. Je préfère la lecture.

— Et moi, je préfère quilter.

— Tiens, à propos, regarde ce que j'ai trouvé, aujourd'hui.

Elle ouvrit le sac et en tira un grand album à couverture glacée.

— Un manuel pour restaurer les quilts anciens. Et puis on m'a donné pas mal de bons conseils dans cette boutique, et j'ai acheté du matériel qui pourrait être utile. J'ai aussi rencontré une femme experte en la matière qui m'a proposé de lui apporter mon quilt à réparer. Elle me fera partager ses lumières.

— Tu comptes lui confier le travail ?

En fait, Tessa y avait pensé, puis l'idée de faire faire les réparations par quelqu'un d'autre ne lui avait pas tellement plu, à la réflexion. Helen avait piécé le patchwork initial. Nancy avait piqué le matelassage. Il semblait juste que, à son tour, elle participe à cette chaîne en redonnant vie à ce morceau de leur histoire.

— Non, je vais le faire moi-même — elle crut reconnaître une lueur d'approbation dans le regard d'Helen. Le premier stade, ce sera d'évaluer ce qui peut être conservé et ce qui est trop abîmé. D'après Marilyn — la spécialiste maison —, j'ai intérêt à me mettre en chasse pour trouver des tissus de remplacement qui correspondent.

— Du tissu neuf ?

— Uniquement si j'y suis obligée. Si je ne trouve pas d'anciens imprimés des années vingt ou trente, comme ceux que tu achetais, à l'époque. Et si les étoffes ont l'air trop neuves, il faudra que je les décolore.

— Si tu les passes à l'eau de Javel, tu vas les fragiliser. Et la prochaine génération devra recommencer les réparations.

Tessa se garda de lui faire remarquer qu'il n'y aurait pas de prochaine génération. Les derniers gènes des Stoneburner disparaîtraient avec elle.

— Marilyn m'a suggéré de mettre mes morceaux de tissu sur la fenêtre pendant une bonne semaine et de laisser le soleil faire le travail.

Helen plissa le front, songeuse.

— Elle a l'air de savoir de quoi elle parle.

Ce qui, dans sa bouche, équivalait à une totale approbation. Tessa était contente qu'elle s'intéresse au projet.

— Tu crois que je pourrai utiliser les morceaux de tissus que j'ai trouvés au grenier ?

— Pourquoi pas ? Tu sais, j'en ai des cartons et des cartons. Tu n'auras pas à chercher bien loin. Comme tu as dû le remarquer, je ne suis pas du genre à jeter !

— Ça, c'est certain ! rétorqua Tessa en souriant. Dis-moi, par hasard…

— Oui, quoi donc ?

— J'ai remarqué qu'il y avait sur ce quilt un tissu plus présent que les autres : celui d'un beau bleu doux, avec une trame écrue qui forme la bordure. On dirait un peu du chambray ou du denim, mais en plus fin. Le problème, c'est que les bords ont particulièrement souffert. Et Marilyn, à qui j'en parlais, m'a dit que ce serait la partie la plus difficile à remplacer, parce qu'il faudrait trouver un grand métrage de sergé assorti.

Après un silence, Helen soupira et dit :

— Il m'en reste, de ce tissu. Je n'en ai pas jeté un centimètre. Non, pas un. Et je ne l'ai jamais utilisé pour un autre patchwork. Il y en aura sûrement assez.

Comment sa grand-mère pouvait-elle se rappeler avec

une telle précision ce qu'elle avait fait de ses chutes de vieilles étoffes, près de soixante-dix ans plus tard ?

— Gran, tu ne gardes tout de même pas en mémoire la trace de tes vieux bouts de tissus ? C'est impossible !

— En tout cas, celui-là, je m'en souviens.

Elle quitta son fauteuil et lança à Tessa :

— Suis-moi, je vais te montrer.

— Où ça ?

— Au grenier.

— On risque de réveiller maman.

— A mon avis, elle ne dort pas.

Le moment n'était pas si mal choisi, après tout. A cette heure-ci, il ferait frais, au grenier, et puis un peu de distraction serait la bienvenue.

Au premier étage, elles rencontrèrent Nancy qui sortait de sa chambre.

— Il y a un défilé, et on ne m'a pas invitée, lança-t-elle d'un ton un peu pincé.

— Désolée, m'man, mais Gran voulait me montrer quelque chose, au grenier. C'est un peu long à raconter.

— Où étais-tu passée ?

— Tiens, tiens, nous voilà revenues aux années quatre-vingt, dans ma belle jeunesse !

— Je me suis inquiétée.

Tessa lui présenta les mêmes excuses qu'à sa grand-mère. Nancy sembla s'en contenter.

— Tu as vu Mack ? demanda-t-elle. Comment va-t-il ?

Tessa rumina toutes les réponses qu'elle ne ferait pas, et opta pour un discours passe-partout.

— Je l'ai vu quelques minutes. Il va bien. Un peu débordé.

— Qu'est-ce que vous avez l'intention de faire, là-haut, toutes les deux ? demanda Nancy à sa mère.

— Viens voir par toi-même. Ou plutôt, fais-nous un bon café, et rendez-vous dans la cuisine avec notre trouvaille.

Nancy plissa le nez, comme si elle pesait le pour et le contre.

— D'accord pour le café, dit-elle en se dirigeant vers le palier.

Helen alluma dans l'escalier et entama la montée vers le grenier. Les cartons peuplaient la pénombre comme des monstres. Le plancher craquait, et l'odeur de renfermé était encore pire quand on venait de l'extérieur.

— J'évite de mettre les pieds ici quand la nuit est tombée, marmonna Helen. Sauf si j'y suis vraiment obligée.

— Est-ce que tu y jouais, petite fille, les jours de pluie ?

— D'une façon générale, on ne jouait pas souvent, à la manière dont tu l'entends. Non, on transformait plutôt nos corvées en amusements.

Tessa, qui commençait à s'impatienter, essaya de presser le mouvement.

— Trouvons ce tissu et sortons d'ici.

— Il est là-bas, indiqua Helen en désignant une malle que Tessa avait déjà inspectée.

— Tu es sûre ? Il me semble que ce sont les affaires de ton mari.

— Il était aussi ton grand-père. On dirait que tu ne penses jamais à lui de cette façon.

Tessa en était navrée, mais c'était la réalité. Elle n'avait pas connu Fate Henry, et sa mère non plus. Quant à Helen, elle avait à peine eu le temps de faire sa connaissance…

— Tu as raison. Et c'est dommage, n'est-ce pas ? Dis-moi, comment se fait-il que tu gardes ton tissu là-dedans ?

— Je te le dirai quand on sera redescendues. Ta mère voudra peut-être entendre l'histoire.

Un mois plus tôt, Tessa aurait juré que non. Nancy avait passé son existence à élaguer au plus serré ses racines de petite campagnarde de la vallée de la Shenandoah. Mais voici que, sur le tard, elle se mettait à s'intéresser à ce père dont elle savait si peu de chose.

— Tu verras, il est tout au fond de la malle, dit Helen. Je te laisse faire.

Sous les couches de vêtements, Tessa trouva le tissu, soigneusement plié, avec d'autres chutes. A vue de nez, elle estima qu'il devait y en avoir un bon métrage.

Après avoir refermé l'antique malle, elle revint vers sa grand-mère.

— Tu avais raison. Depuis combien de temps se trouve-t-il ici ?

— Avant la naissance de ta mère.

Tessa aurait aimé lui poser une foule de questions. Elle avait besoin de se rappeler qu'elle n'était pas seule au monde, que d'autres personnes autour d'elle vivaient et souffraient.

Elle devait, cependant, refréner son impatience jusqu'à ce qu'elles fussent toutes les trois réunies autour d'un bon café.

Helen redescendit précautionneusement l'étroit escalier. Tessa, qui la suivait lentement, ne pouvait qu'approuver sa prudence.

Le temps qu'elles s'installent dans la cuisine, le café était en train de passer, et Nancy ouvrit une boîte de cookies qu'une visiteuse appartenant à la même paroisse qu'Helen avait apportée, ce matin-là.

— Ça me fait plaisir de savoir qu'il y a des gens qui pensent à toi, maman, dit-elle en posant les gâteaux sur la table.

— Si j'avais su qu'un jour je serais confinée ici et que des dames des bonnes œuvres m'apporteraient régulièrement des petits gâteaux et des pots de chrysanthèmes !

— Je ne sais pas ce qu'il en est des chrysanthèmes, mais les cookies ont l'air délicieux, dit Tessa en se servant. Pépites de chocolat, annonça-t-elle, la bouche pleine.

Elle se rappela, avec un serrement de cœur, que c'étaient les préférés de Kayley.

Nancy revint avec la cafetière et un demi-litre de

mélange de crème et de lait. Elle remplit les trois bols à ras bord.

— Je suis contente que vous soyez debout toutes les deux : je n'arrivais pas à dormir.

— Si tu comptes nous sortir ton couplet sur la canicule, pas la peine, maugréa Helen.

— Non, dit Nancy en s'asseyant, je ne la crains plus, maintenant que les moustiquaires sont réparées. Sans compter que, lorsque j'ai des bouffées de chaleur, je peux en rejeter la responsabilité sur la température plutôt que sur le retour d'âge.

Tessa regarda sa mère.

— Tu as des bouffées de chaleur ?

— Pourquoi ? Tu espérais un frère ou une sœur ?

Tessa faillit s'étrangler en avalant de travers.

— J'ai renoncé à cet espoir il y a une trentaine d'années. Mais, puisque nous en parlons, je me suis toujours demandé pourquoi tu n'avais pas eu d'autres enfants.

— J'avais toujours l'impression d'avoir du temps devant moi. Et puis, un jour, ça n'a plus été le cas.

L'explication était un peu courte, songea Tessa, mais elle ne voulait pas pousser Nancy dans ses retranchements. C'était déjà un début pour quelqu'un qui n'évoquait jamais ses affaires personnelles.

— J'ai toujours pensé que tu craignais que ton mariage ne tienne pas le coup, déclara Helen brutalement.

Nancy ferma les yeux un instant, puis secoua la tête.

— Dis donc, tu n'y vas pas par quatre chemins !

— Je n'ai plus le temps de tourner autour du pot. Ce que j'ai à dire, je le dis, tout simplement, sans prendre de gants.

Tessa, la conciliatrice, monta aussitôt au créneau.

— Si tu nous parlais un peu de toi, Gran ? Et de ce mystérieux tissu bleu.

Après avoir fait pour Nancy un rapide résumé de

l'épisode manquant, elle s'installa confortablement sur sa chaise.

— Vous êtes sûres de vouloir entendre cette histoire ? Ça risque de prendre un moment.

— Entre les cookies et le café, on a de quoi soutenir un siège, déclara Nancy.

— Depuis quand tu manges des sucreries, toi ?

— Je ne fume pas. Je bois à peine. Il me fallait bien un vice pour supporter un été avec toi, dit-elle en reprenant une poignée de biscuits.

Helen se cala contre son dossier. Tout à coup, elle avait l'air pressée de commencer.

— Vous avez sans doute deviné que cette étoffe bleue était liée à Fate, sinon pourquoi l'aurais-je rangée avec ses affaires ?

— Logique, admit Tessa.

— Ce que vous ne savez pas, c'est qu'il m'en a fait cadeau, lorsque j'approchais de mes vingt ans. En ce temps-là, vingt ans, ça ne paraissait pas aussi jeune qu'aujourd'hui. Je n'étais pas particulièrement jolie, mais il y avait tout de même quelques messieurs qui rôdaient dans les parages. Moi, il n'y avait qu'un homme qui m'intéressait, mais il ne possédait pas l'ombre d'un sou vaillant. Et il était persuadé de ne rien avoir à m'offrir.

Tessa observait attentivement sa grand-mère.

Une heure plus tôt, elle se demandait si elle aurait encore le courage de mettre un pied devant l'autre. Et voici qu'autour de cette table de cuisine qui fleurait bon le café, sa grand-mère d'un côté, sa mère de l'autre, le monde ne lui semblait plus si désespéré.

Etait-ce cela qui manquait si cruellement à Mack : ce sentiment de bienveillance que l'on éprouve pour autrui et que l'on reçoit des autres ? Ce sentiment d'appartenance à une même communauté humaine, simplement parce que l'on *est ensemble*, au même moment, dans le même lieu et que l'on a la joie de partager des confidences, des souvenirs enfouis, des récits de vie ?

Ce qu'il désirait, était-ce aussi simple que cela ?

Et, bien qu'elle s'en défendît comme un beau diable, n'avait-elle pas, elle aussi, ce même désir chevillé au cœur ?

13

1940

Les deux années qui venaient de passer avaient été cruelles pour Delilah. Au cours de l'hiver 1938, une épidémie de scarlatine avait fait des ravages dans la région. Deux enfants et un vieil homme habitant plus bas, près de la rivière, avaient été emportés par la maladie. Delilah était restée clouée au lit, brûlante de fièvre, pendant de longs jours. Une fois passée la phase aiguë, tout le monde pensait qu'elle allait se remettre rapidement.

Il n'en fut rien. Les malaises persistèrent. Et sa fatigue était si grande qu'elle avait un mal fou à se lever, le matin.

Décidée à s'en sortir, Delilah avait eu recours aux tisanes. Elle avait même fait venir une rebouteuse locale de Lower Fitch, qui avait pratiqué des incantations à la tête du lit et récité des versets de la Bible en imposant les mains sur la malade. Puis la vieille femme avait conseillé à Delilah de planter des massifs de cœurs-de-Marie devant sa cuisine. Mais les mystérieuses incantations et les passes magnétiques ne produisirent pas l'effet escompté, et les fleurs dépérirent parce que Delilah n'avait plus la force de s'en occuper.

En dernier recours, Cuddy emprunta de l'argent et emmena sa femme chez un médecin de la capitale fédérale. L'homme de l'art ne se montra guère encourageant. Il expliqua que Delilah souffrait du cœur : probablement une complication due à sa scarlatine. Cuddy s'entendit annoncer que seul un miracle pourrait, désormais, sauver son épouse.

Comme les mois de convalescence finissaient par se muer en années, Helen et ses frères avaient, par la force des choses, remplacé Delilah dans la plupart de ses activités. Malgré sa faiblesse et sa pâleur effrayante, elle continuait à s'occuper des repas, et faisait même un peu de ménage. Il revenait à Helen, cependant, de préparer le petit déjeuner, de cultiver le potager et de faire les conserves, seule, ou avec l'aide de ses tantes. Elle nourrissait les porcs et les poules, trayait les vaches, faisait la lessive et le repassage.

Elle était devenue une femme, mais le temps lui manquait pour réfléchir à ce que cela signifiait vraiment. Des jeunes gens venaient parfois en visite ; elle bavardait volontiers avec eux. Elle les rencontrait aussi à l'église ou lorsque les familles et les voisins se réunissaient, à l'automne, pour tuer le cochon et faire cuire, pendant des journées entières, d'énormes chaudronnées de confit de pommes à la cannelle et aux clous de girofle.

L'avenir ? Elle n'avait pas le loisir de s'en inquiéter. Son seul horizon, c'était Toms Brook et les soins qu'elle prodiguait à sa mère.

Une autre raison encourageait Helen à la patience. L'univers dans lequel elle vivait était restreint, certes, et de nombreuses filles de son entourage se plaignaient, à juste titre, de l'absence d'étrangers dans leur coin isolé. Des étrangers qui enflammaient leur imagination, contrairement aux garçons du coin, en compagnie desquels elles avaient grandi et qu'elles connaissaient par cœur. Helen, à l'inverse de ses camarades, se fichait des beaux partis qui foisonnaient sans doute au-delà de leurs montagnes. Elle avait déjà arrêté son choix.

Il lui restait simplement à convaincre Fate Henry d'oser faire sa demande, malgré son dénuement.

La veille de Noël, Delilah boitilla jusqu'à la cuisine et fit signe à sa fille de lui laisser la place.

— Je m'en occupe, Lenny. Je t'avais dit que je ferais la nougatine aux arachides.

Helen s'écarta à regret du fourneau et de sa bienfaisante chaleur. Sa mère semblait plus pâle encore qu'à son habitude, mais, connaissant son caractère inflexible, elle savait qu'il serait inutile de tenter de la renvoyer dans son lit. Ni les remontrances ni les cajoleries ne convaincraient Delilah de renoncer à la tradition : depuis toujours, chaque année, à la période de Noël, elle confectionnait cette fameuse friandise. Et, même pendant les jours les plus sombres de la grande dépression, avant que Cuddy n'eût décroché son travail à la coopérative, elle n'y avait pas dérogé.

La réussite de la recette tenait à la qualité des graines d'arachide : elles devaient être fraîches, crues et avec leur peau. Des membres de la famille habitant le sud de la Virginie se chargeaient généralement de les envoyer par colis postaux. Le sucre, lui, était économisé et mis de côté, morceau par morceau, tout au long de l'année. Au dernier moment, on le complétait avec du sirop de maïs pour épaissir le mélange.

Il n'y avait jamais eu d'argent pour acheter le moindre cadeau, chez les Stoneburner, et personne n'aurait eu l'idée de s'en plaindre. En revanche, Delilah avait toujours tenu à préparer un vrai menu de fête.

— J'espérais que tu me laisserais faire, cette fois, dit Helen. Il est temps que j'apprenne, tu ne crois pas ?

— Tu y arriverais les yeux fermés. Et je suis fatiguée de ne rien faire. Jamais je n'aurais cru que je finirais comme une vieille poule étique, incapable de pondre un œuf !

— M'man, ne dis pas ça ! Tu as simplement besoin de repos pour te remettre.

Delilah regarda sa fille droit dans les yeux.

— Ça ne risque pas d'arriver, et nous le savons l'une et l'autre : inutile de nous voiler la face. Mes malaises sont de plus en plus fréquents, et les remèdes que me donne le docteur n'y font rien. La vérité — et je préfère que tu l'entendes —, c'est que je ne serai pas avec vous l'an prochain. Alors, pour mon dernier Noël, laisse-moi m'occuper de ça.

C'était la première fois que Delilah évoquait son départ. Helen eut du mal à avaler sa salive.

— Ça ne va pas s'arranger si tu penses des choses pareilles.

Delilah sourit, malgré sa faiblesse.

— Le Seigneur et moi, nous sommes d'accord, pour une fois, Lenny. Et Il me conseille de mettre mes affaires en ordre et de me tenir prête. Le bon Dieu m'accorde ce dernier Noël avec vous, et je compte en profiter, ma fille.

Helen sentit ses yeux se mouiller, mais elle savait que sa mère détesterait la voir pleurer.

— J'avoue que personne ne réussit la nougatine aux cacahuètes comme toi. Je vais débarrasser le plancher, n'aie crainte. Même si je ne trouve pas ça raisonnable.

— Tu devrais aller décorer le sapin. Ton père en est très fier, tu sais : il nous a choisi le plus bel arbre de la forêt. Va donc au grenier voir ce que tu trouves de joli à accrocher aux branches.

Helen monta les marches, le cœur lourd. En dépit de ses protestations, elle savait que sa mère avait raison. Delilah n'avait plus que la peau sur les os, et ses mains tremblaient tant qu'elle avait dû renoncer au patchwork. Elle passait, malgré tout, un petit moment, chaque jour, devant son métier, car elle pouvait encore coudre en s'appuyant sur le cadre. Désormais, Helen assemblait les blocs, et Delilah quiltait le résultat.

Les Anneaux de mariage faisaient exception. Helen avait l'intention de réaliser elle-même le matelassage, dès qu'elle l'aurait terminé. Elle avait déjà piécé plus des deux tiers des blocs ovales depuis ses débuts de quilteuse, ne choisissant que des tissus qui lui plaisaient vraiment ou qui possédaient une valeur sentimentale. Au fur et à mesure que l'assemblage des blocs se précisait, elle avait remarqué que la plupart d'entre eux contenaient différentes nuances de bleu, et il lui était apparu qu'elle manquait d'un tissu uni pour souligner les motifs. Ce tissu particulier lui permettrait de relier les blocs entre eux et de créer une large bordure qui donnerait du relief aux rangées d'anneaux entrecroisés.

Elle avait tout son temps, car l'homme qu'elle souhaitait épouser ne s'était pas encore déclaré.

Au grenier, elle trouva facilement la boîte contenant les décorations de Noël. Oh ! elles étaient modestes ! Il y avait des étoiles que Tom et elle avaient découpées dans du carton de couleur et du papier d'argent. L'année précédente, la petite amie d'Obed, Dorothy, leur avait donné des cloches en papier crépon rouge à suspendre avec du fil doré, et Obed avait offert à Delilah trois figurines de verre filé, fabriquées en Allemagne, qui embelliraient aussi leur sapin. Cuddy, qui aimait tailler le bois au couteau, avait sculpté un village ancien, à mettre au pied de l'arbre.

Cette année, Helen avait aussi une surprise pour sa mère.

Le soir, pendant que Delilah dormait, elle avait fabriqué des petits quilts miniatures, avec ses motifs préférés, et elle les avait matelassés de bourre de coton. Elle en décorerait leur arbre. Elle se réjouissait à l'avance des jolies taches de couleur qu'ils feraient contre le vert brillant des aiguilles, et de la joie de Delilah lorsqu'elle les découvrirait.

Dire que c'était le dernier Noël de sa mère !

Helen s'assit sur des caisses empilées, et enfouit son visage dans ses mains. Elle avait beau se cabrer contre la prédiction de Delilah, il fallait se rendre à l'évidence. La mort ferait bientôt son œuvre.

Que ferait-elle quand sa mère ne serait plus ?

Une fois marié à Dorothy, Obed, qui travaillait pour le génie civil, reviendrait habiter la ferme en compagnie de son épouse. Helen l'appréciait et la connaissait pour être une travailleuse acharnée. Dorothy veillerait aux soins du ménage et à ce que Cuddy ne manquât de rien. Obed prendrait la ferme en charge avec l'aide de Tom. A la mort de Cuddy, ils hériteraient tous deux des terres et, leurs talents se complétant, la ferme serait entre de bonnes mains.

Mais elle, sans l'amour et les conseils éclairés de sa mère, qu'allait-elle devenir ?

Les yeux rouges, elle finit par redescendre dans le salon, la boîte dans les bras.

Elle y découvrit Fate Henry, dansant d'un pied sur l'autre, son chapeau à la main, l'air inquiet comme s'il craignait d'être renvoyé.

— Fate !

Helen posa son fardeau et effleura ses cheveux du bout des doigts, espérant qu'elle n'avait pas récolté de toiles d'araignée sous les combles. Ce qui lui faisait plaisir, c'était d'avoir pris le temps, la veille au soir, de mettre des papillotes pour cranter sa courte chevelure.

— Je suis passé emprunter la nouvelle hache de Tom. Je voudrais la montrer à oncle Sammy. Il doit s'en acheter une neuve.

Helen ne fut pas dupe du prétexte. Sammy Claiborne était tellement pingre qu'il aurait préféré ronger les arbres comme un castor plutôt qu'investir dans une nouvelle hache.

— Tom sera ravi de te la prêter, dit-elle à Fate.

Ils se regardèrent longuement. Fate était un régal pour les yeux, songeait Helen en admirant ses larges épaules, sa silhouette svelte, ses longues jambes. Il avait des cheveux noirs, et des yeux d'un gris tirant sur le vert, avec une rangée de cils épais, qui apportaient une étrange douceur dans son visage à la beauté très masculine. Du reste, il ne passait pas inaperçu : toutes les filles de Toms Brook et des environs le surveillaient de près. Fate, lui, semblait s'en moquer éperdument.

S'il existait un regard auquel il fût sensible, c'était, sans nul doute, celui d'Helen.

— Comment ça va ? lui demanda-t-elle, en faisant attention de ne pas tirer sur sa robe.

C'était un vieux modèle, mais l'imprimé vert lui plaisait bien. Elle l'avait faite elle-même, soulignant audacieusement le décolleté de guipure. La robe était usée, à présent, mais lorsqu'elle l'avait enfilée, la première fois, elle l'avait trouvée aussi jolie que les modèles présentés dans le catalogue de chez Sears.

— Bien. Et toi ?

— Très bien. Je m'apprête à décorer le sapin, dit-elle en montrant la boîte. Et vous, vous en avez un, cette année ?

— Oncle Sammy s'en moque. En fait, il est trop occupé pour aller en couper un. Quant à Gus, il est rarement là. J'ai voulu installer un sapin, une fois, mais il n'y avait aucune décoration à mettre dessus.

Helen n'ignorait pas que les années passées chez les Claiborne n'avaient pas été roses pour Fate. Il n'était traité ni comme un fils ni comme un employé. Et son statut intermédiaire le privait de tout droit. Il n'hériterait pas d'un arpent de terre des Claiborne, et il ne serait jamais payé comme l'aurait été un ouvrier extérieur. Fate leur était, néanmoins, reconnaissant de l'avoir accueilli en des temps difficiles. Mais Helen se doutait que l'amour et la tendresse d'une véritable famille devaient cruellement lui manquer.

Et elle se sentait toute prête à combler ces lacunes, si seulement il l'autorisait à le faire.

— Tu ne veux pas rester et me donner un coup de main ? lui proposa-t-elle soudain. Ça ne prendra pas longtemps.

— Vrai ? Tu veux bien ?

Elle eut un petit serrement de cœur. Elle s'était attendue à un refus, et elle ne savait trop comment prendre ce oui.

Elle s'empara de la boîte, surtout pour se donner une contenance, mais Fate la lui reprit des mains.

— Evidemment ! Je serai contente d'avoir un peu d'aide.

— D'accord, laisse-moi faire.

Elle céda, encore plus troublée, maintenant que leurs poignets s'étaient effleurés.

— Il faut que j'aille chercher quelque chose dans ma chambre. En attendant, tu veux bien sortir tout ce qu'il y a là-dedans ?

— Pas de problème.

Elle revint quelques minutes plus tard avec les échantillons de blocs qu'elle avait confectionnés. Dans l'intervalle, il avait disposé les étoiles d'un côté, les ornements de verre filé enveloppés dans leur papier de soie de l'autre. Les cheveux d'ange, qu'ils avaient récupérés brin par brin dans un vieil almanach illustré, étaient soigneusement étalés au pied de l'arbre.

Fate regardait ce maigre butin d'un air rêveur.

— En Oklahoma aussi, on faisait un sapin de Noël tous les ans, dit-il en levant les yeux avec un sourire qui découvrait ses dents blanches et régulières. On n'avait pas grand-chose à y mettre, mais c'était chouette quand même.

— Tu préfères l'Oklahoma à la Virginie ?

— Ce n'était pas non plus mon pays d'origine.

Helen sentit sa gorge se serrer en l'entendant.

— C'est ici, ton pays, Fate. Mais pas chez les Claiborne.

Il sourit de nouveau.

— Qu'est-ce que c'est ?

Ouvrant timidement les mains, elle lui montra ses modèles.

— Ce n'est pas grand-chose, mais je les ai faits pour maman.

Il prit l'un des petits carrés, et l'observa de près.

— L'Echelle de Jacob, expliqua-t-elle, en souvenir du Jacob de la Bible qui a vu en rêve une échelle avec toutes les générations qui le séparaient de son lointain descendant : le Christ.

— Tu pourrais les assembler et faire une jolie couverture de poupée, dit-il, admiratif.

— Tu sais, les quilts, c'est ma passion.

— Tu en as fait beaucoup ?

— Pas mal, oui.

Une sorte d'impulsion soudaine la poussa à ajouter :

— Je travaille à mon futur quilt de mariée, depuis des années. Le modèle s'appelle « Les Anneaux de mariage », dit-elle d'un ton qu'elle s'efforça de rendre nonchalant.

— Des années ? Mais pourquoi est-ce si long ?

— Oh ! parce que je n'utilise que des tissus qui signifient quelque chose pour moi. Et, en ce moment, j'attends de pouvoir acheter une pièce de coton bleu que j'ai vue au magasin de Toms Brook. Comme il m'en faut plusieurs mètres, je ne peux pas me le procurer tout de suite.

Elle haussa les épaules, comme si tout cela n'avait qu'une importance relative.

Ce tissu qu'elle désirait lui paraissait particulièrement attirant : il était d'un bleu œuf de grive exquis, avec une trame en chevrons de fils blancs. Elle hantait le magasin, lors de ses rares visites en ville, espérant follement que les prix descendraient jusqu'à être à portée de sa bourse. Elle en était loin, malgré l'argent de la vente des œufs que Delilah l'autorisait, maintenant, à garder. A quatorze cents le mètre, le tissu convoité était deux fois plus cher que les cotonnades habituellement utilisées pour des robes. Et, comme elle espérait en doubler entièrement son quilt, en plus des bordures, la dépense devrait attendre des temps nettement meilleurs.

— Du coton bleu ? répéta Fate.

— Oui. J'ai cette idée-là en tête. C'est sûrement stupide, mais bon, il n'y a pas le feu : je ne suis pas sur le point de me marier.

Elle se mit à déballer les figurines de verre, et Fate l'aida dans ce travail délicat. Ils parlèrent de tout et de rien. De l'endroit où ils allaient les accrocher, de la situation en Europe, maintenant que l'Angleterre et l'Allemagne étaient en guerre, de la neige qui risquait de tomber, le lendemain — serait-elle assez épaisse pour que Cuddy attelle son vieux cheval de labour au traîneau ?

Mais, tout du long de leur conversation, Helen eut l'impression que son histoire de quilt de mariage avait jeté un froid et restait suspendue, au-dessus de leurs têtes, comme une épée de Damoclès près de s'abattre sur Fate. Le garçon devait être terrorisé. Sans doute n'attendait-il qu'une occasion pour s'enfuir en courant et ne jamais remettre les pieds dans cette maison.

La peur qu'elle eut de l'avoir éloigné à jamais lui gâcha le temps qu'ils passèrent ensemble.

Le matin de Noël fut un véritable cadeau à lui tout seul.

Helen ignorait si Delilah avait dit quelque chose à Tom et à Obed, et si Cuddy se doutait que les jours de son épouse étaient comptés. Qu'ils fussent au courant ou pas, chacun redoubla de gentillesse et de prévenance.

Ses deux frères étaient, à présent, des hommes, grands et costauds. Les prédispositions d'Obed à la rébellion avaient été matées par le dur labeur et aussi par une charmante jeune femme. Au petit déjeuner, il annonça qu'il comptait faire sa demande le soir même au père de Dorothy.

Helen se demanda si Obed hâtait son mariage de manière que leur mère pût y assister.

Ils firent honneur aux saucisses de porc — celui qu'ils avaient tué en septembre, avec leurs voisins — et à la bouillie de maïs, produit, lui aussi, à la ferme. Helen avait sorti du four un quatre-quarts aux noix de pécan, dont il ne resta pas une miette lorsqu'ils se levèrent de table pour aller ouvrir les cadeaux qui les attendaient au pied de l'arbre.

Chacun reçut une orange, des caramels et de la nougatine aux cacahuètes. Tom offrit à Delilah une nouvelle planche à découper pour sa cuisine, et il avait aussi taillé un joli plateau pour le coffre à trousseau d'Helen. Obed avait acheté des petites bouteilles d'eau de Cologne pour les deux femmes : chèvrefeuille pour Delilah, fleur de pommier pour Helen. Cuddy avait trouvé un évier pour la cuisine, qui leur éviterait, désormais, de sortir les eaux usées dans la cour avec des seaux. Qui plus est, il promit de l'installer avant le premier de l'an.

Les hommes eurent des chemises neuves de la part d'Helen, taillées dans des coupons qu'elle avait troqués à la boutique contre des œufs et du lait frais. Delilah et Mavis avaient confectionné pour tous les membres de la famille un cake individuel aux fruits confits et aux noix, glacé à la bergamote.

— Quel beau Noël ! s'exclama Delilah, lorsque le dernier cadeau eut été ouvert. Nous sommes vraiment comblés.

Helen éprouvait le même sentiment : cette certitude d'avoir quasiment tout ce dont elle avait besoin autour d'elle, dans cette simple pièce et cette modeste maison. Une personne, cependant, lui manquait : Fate Henry. Curieusement, songeait-elle, si jamais Fate devenait un jour son promis, il l'arracherait à sa famille…

Ils passèrent le reste de la matinée au travail, chacun selon ses occupations du moment, afin de se libérer des tâches les plus urgentes. Puis Helen revint dans la cuisine pour aider sa mère à préparer le repas de fête, centré sur les recettes locales de jambon produit au pays.

Le temps de tout nettoyer, les premiers invités — des membres de la famille et des voisins — arrivaient. On leur servit du cidre chaud et des cacahuètes grillées, et la conversation roula sur l'hiver exceptionnellement chaud qui les privait d'un Noël sous la neige. Les gens passaient, entraient et sortaient. Tom et Obed s'éclipsèrent pour aller voir des amis. Helen faisait la vaisselle entre deux groupes de nouveaux arrivants tandis que le crépuscule descendait lentement sur la vallée.

Elle avait espéré que Fate viendrait, mais il n'avait rien dit de particulier lorsqu'il l'avait aidée à décorer le sapin. Elle regrettait, à présent, de ne pas l'avoir expressément invité, mais, sur le moment, elle avait eu peur de paraître insistante, après sa gaffe désastreuse sur les Anneaux de mariage.

C'était un garçon très calme, d'une timidité maladive, et elle commençait à croire qu'elle ne saurait jamais la nature de ses sentiments, à moins de l'interroger carrément. Mais, si elle s'y risquait, elle était certaine de le voir s'enfuir à l'autre bout du pays, et pour de bon.

Elle était en train de remplir les verres de cidre chaud à la cannelle lorsqu'il y eut un concert de cris et de clochettes, à l'extérieur. Il lui sembla entendre sonner une trompe, à plusieurs reprises, puis elle perçut un appel :

« *Pelsnickles ! Pelsnickles !* »

C'était l'antique parade de Noël, apportée dans leurs bagages par les premiers immigrants allemands.

Pelze Nichol, l'avatar du saint Nicolas germain, que les Américains avaient rapidement transformé en *Pelsnickle*, plus facile à prononcer, promenait, jadis, au milieu des enfants, sa silhouette de papier mâché et son visage barbu et inquiétant sous sa toque de fourrure. A ceux qui n'avaient pas été sages, il distribuait des morceaux de charbon et des coups de badine. Aux autres, il donnait des bonbons, tout en les grondant.

Delilah se tourna vers sa fille.

— Seigneur tout-puissant ! Cela faisait une paire d'années que je n'avais pas entendu ça !

Les yeux d'Helen se mirent à briller.

— Ils sont de retour ! Ils sont venus chez nous !

— Eh bien, ne reste pas plantée là : va donc leur ouvrir !

— Mais le cidre…

— Je m'en occupe, Lenny. Allez, file !

Elle bondit vers le salon, juste à temps pour voir son père qui se dirigeait vers l'entrée. Cuddy était un homme mince, filiforme, mais les années passées à charger les camions de sacs de grain lui avaient musclé les bras. Et, s'il ne voulait pas des *pelsnicklers* chez lui, il n'aurait aucun mal à les jeter dehors.

— P'pa, tu ne vas pas les laisser entrer ?

Cuddy se retourna, et elle vit qu'il souriait.

— Et pourquoi pas ?

— Je pensais que tu t'inquiétais peut-être pour maman.

— Au contraire, ça lui fera du bien. Il n'y avait jamais un Noël sans *pelsnicklers*, dans son enfance.

Il ouvrit grand la porte. Sur le seuil se tenaient huit silhouettes monstrueuses.

— Entrez donc, dit-il en leur faisant signe. Entrez, faites comme chez vous.

Les monstres poussèrent des grognements inarticulés tout en pénétrant dans la maison.

— Vous savez qui nous sommes ? demanda l'un d'entre eux d'une voix caverneuse.

— Peut-être bien que oui, peut-être bien que non, dit Cuddy. Et toi, Helen ?

Elle les regarda fixement. Ils étaient vêtus de vieux haillons rapiécés, rembourrés de partout, qui les faisaient paraître deux fois plus gros qu'ils ne l'étaient. Grimés ou masqués, ils portaient des gants de travail, et certains s'étaient affublés de sacs de jute en guise de cagoules, avec des fentes pour les yeux et la bouche. D'autres masques, plus élaborés, avaient sans doute été achetés dans des magasins de farces et attrapes. Tous arboraient des chapeaux, enfoncés très bas sur le front.

Helen reconnut Tom immédiatement, à ses gants et sa vieille chemise qu'elle avait repassée si souvent et qui menaçait, à présent, de craquer au niveau des coutures.

— J'en connais pas un seul, dit-elle en réprimant un sourire.

— Moi non plus, prétendit Cuddy. Voyons un peu si nos invités, ou ta maman, auront davantage de chance.

Tante Mavis, arrivée avec la dernière fournée de visiteurs, observa la bruyante troupe des *pelsnicklers* qui s'engouffraient dans la cuisine.

— Regarde un peu qui nous arrive, Delilah ! Rarement vu pareille bande, sauf peut-être la nuit de Noël où ton cher et tendre Cuddy est venu parader sous tes fenêtres, un an avant votre mariage.

Delilah resta assise, avec un visage de petite fille émerveillée, ravie, le rouge aux joues.

— Soyez les bienvenus. Nous avons du cidre et des friandises, du gâteau et des fruits secs. Servez-vous.

Mavis retint sa nièce par le bras, tandis que les nouveaux arrivants remplissaient leurs assiettes.

— C'est toi qui as encouragé les garçons à reprendre la tradition, Lenny ?

— Je n'étais au courant de rien.

— Tu sais, ces groupes, dans le temps, ils venaient pendant toute la période de Noël, jusqu'au nouvel an. Ta mère et moi, nous étions championnes pour deviner qui se cachait sous les oripeaux. Sans *pelsnicklers*, un Noël n'était pas digne de ce nom. Mon père les emmenait toujours dehors pour leur servir à boire. J'imagine que Cuddy fera de même.

Helen n'en doutait pas un instant. Fabriquer son whiskey faisait partie des talents des fermiers qui vivaient dans les collines au-dessus de Fitch Crossing Road.

Les joyeux drilles commençaient à chahuter un peu fort et, bien qu'elle rît de bon cœur à leurs pitreries, Delilah semblait manquer d'air. Helen comprit qu'il était temps de calmer le jeu.

— Je sais qui tu es ! s'écria-t-elle en pointant du doigt l'un des fêtards, plus petit que les autres. Jacob Sommes, enlève ton masque !

Elle avait deviné juste : c'était bien Jacob, l'ami d'Obed. Il y eut des rires, de grandes bourrades dans le dos, et Jacob se consola en reprenant un morceau de nougatine.

Les masques tombèrent l'un après l'autre, tandis que les garçons étaient identifiés.

Trois monstres seulement gardaient encore l'anonymat. Helen s'approcha de sa mère en désignant l'un d'entre eux.

— Celui-ci, tu le connais ?

Delilah hocha la tête et, à la surprise de sa fille, qui ne l'avait pas reconnu, elle affirma :

— Mais oui !

— Qui est-ce ?

— La demoiselle qui va devenir ma nouvelle fille, un jour prochain.

Ce fut plus fort qu'elle, Helen sentit un pinçon de jalousie à l'idée de partager ce titre qui, jusque-là, lui était réservé.

— Dorothy, enlève ton masque.

Le masque, agrémenté d'une barbe en laine et d'oreilles molles géantes en calicot, fut prestement ôté, et Dorothy, en émergea sous les applaudissements.

— Je n'ai pas pu dire non. Obed m'a obligée à me déguiser.

Elle alla vers lui, et il passa son bras autour des épaules de sa fiancée.

— Gus, à toi le tour !

— Oh ! flûte, Lenny, t'es pas drôle ! maugréa Gus Claiborne en se débarrassant d'un masque effrayant sur lequel il avait collé des feuilles mortes et des glands.

Helen sentait son cœur battre à se rompre. Elle espérait connaître l'identité du dernier *pelser.* Il était rembourré comme une barrique, et aurait pu rouler du haut en bas d'une colline sans se faire mal. Son masque était peint avec des zébrures noires et blanches, des ronds rouges autour des yeux et une grande bouche bleue fendue et rieuse.

— Alors, Lenny, tu ne devines pas ? demanda Tom.

— Fate Henry, répondit-elle en pointant l'index sur son torse grotesque. Je crois que tu te caches quelque part sous ce vilain déguisement.

Comme il ne bougeait pas, elle crut s'être trompée. Puis il se découvrit lentement. C'était bien lui.

Rires et nouveaux applaudissements. Puis des groupes se formèrent. Tout le monde se remit à bavarder, à raconter des blagues, à faire honneur à la table et au cidre chaud.

Fate, cependant, n'avait pas bougé, et regardait Helen intensément.

— Tu voudrais bien venir dehors, une minute ? lui demanda-t-il.

Helen lança un coup d'œil à sa mère, et s'aperçut que celle-ci les regardait. Sans lui laisser le temps de demander la permission, Delilah lui fit signe qu'elle pouvait sortir. Puis Helen la vit chuchoter quelque chose à Cuddy, et celui-ci se mit à rassembler les fêtards.

Elle se doutait de ce qui allait suivre. Son père allait emmener les garçons dans la grange, ou plus exactement dans le coin secret où il gardait son alcool de contrebande. Et ils finiraient la soirée en faisant claquer des pétards puisque c'était toujours ainsi que s'achevait le jour de Noël.

— Tu vas rater le meilleur moment, dit Helen à Fate. Papa va réunir les garçons dans la grange.

— Je préfère rester avec toi.

Une douce émotion envahit la jeune fille.

— Je vais chercher mon manteau. Toi, tu as suffisamment d'épaisseurs pour affronter le pôle Nord.

— Je t'attends sous la véranda.

En le rejoignant, quelques instants plus tard, elle se demanda comment un homme affublé d'un costume aussi ridicule pouvait la bouleverser à ce point.

— Dans combien de maisons êtes-vous passés ? lui demanda-t-elle d'un ton faussement désinvolte.

— Quelques-unes seulement. Obed voulait que ta mère nous voie, à cause de…

Son regard se perdit au loin.

— Parce qu'elle est malade, c'est ça ?

— Han-han. Ça lui a plu, non ?

— Et comment !

Helen ne savait plus que dire. Comment se comportaient les hommes et les femmes habituellement ? Elle ne pouvait tout de même pas lui parler basse-cour, ménage ou amidonnage de chemises. Mais, en dehors de ça, que connaissait-elle ? Qu'est-ce que Delilah racontait à Cuddy dans leurs moments d'intimité ?

— Tu as passé un bon Noël ? demanda-t-il enfin.

— Oh oui ! Et toi, Fate ? J'ai regretté… enfin, j'ai regretté que tu ne sois pas venu plus tôt. J'ai failli te le proposer, et puis…

— Et puis ?

— J'ai eu peur que tu me trouves trop entreprenante.

Il lui sourit et, à cet instant, le premier pétard éclata dans l'arrière-cour. Helen, qui ne s'y attendait pas, sursauta.

Fate lui prit le bras pour la rassurer.

— Tu as été surprise, hein ?

— Oui. Et pas seulement moi. Les poules vont s'affoler : elles vont chercher à s'échapper et caqueter toute la soirée.

Elle leva les yeux juste au moment où il approchait sa bouche de la sienne.

Elle n'eut besoin de personne pour savoir quoi faire. Elle se blottit contre lui, et lui offrit son visage. La pression de ses lèvres la chavira. Le souffle court, elle ferma les paupières et s'abandonna à son baiser.

Au bout d'un long moment passionné, il rompit leur étreinte et lui dit :

— Voilà ce qui me manquait pour que mon Noël soit réussi.

— Fate…, murmura-t-elle, dans une sorte de brume extatique.

— J'ai quelque chose pour toi, Lenny. Un cadeau.

Bizarrement, elle eut envie de pleurer. Elle fit un effort pour se maîtriser.

— Ce n'était pas la peine. Je… je ne m'attendais pas à…

— Je sais, Helen. Je ne t'ai jamais donné de raison

d'espérer, n'est-ce pas ? Ce n'était pas l'envie qui me manquait, seulement…

— Tu es persuadé que tu n'as pas les moyens de fonder une famille, c'est ça ?

Il hocha la tête.

— Mais ça va changer. Ouvre ton cadeau et, ensuite, je te raconterai.

— Oh ! il faut que tu m'attendes un petit moment. C'est possible ?

— Je n'ai pas l'intention de partir.

Elle tourna les talons, fila dans sa chambre, redescendit les marches quatre à quatre, et le retrouva sous le porche.

— Qui commence ? demanda-t-elle en dissimulant quelque chose dans son dos.

— Toi.

Elle lui tendit une paire de grosses chaussettes de laine qu'elle avait amoureusement tricotées, sans même savoir si elle les lui offrirait un jour.

— Je les ai faites avec la laine des moutons de Mme MacNamara. Elle la file elle-même, à la main. Elles te tiendront bien chaud, surtout que tes bottes me paraissent toujours trop minces, l'hiver venu.

— Tu as remarqué mes bottes ? dit-il avec un sourire.

— Je remarque tout ce qui te concerne.

Il frotta les chaussettes contre sa joue.

— Qu'est-ce qu'elles sont douces ! Je n'en ai jamais eu des comme ça.

Elle était si heureuse qu'elle ne sut que dire.

— Et maintenant, à ton tour.

Il se mit à tâter l'intérieur de son vêtement.

Elle pouffa en le regardant faire… Mais quand avait-elle appris à se comporter ainsi ?

Il sortit un rouleau enveloppé de papier kraft et noué d'une ficelle.

— Tiens.

— Un morceau de ton déguisement ?

— Ouvre, tu verras.

Elle était tellement excitée qu'elle fut incapable de défaire les nœuds. Il dut l'aider, et en profita pour passer le bras autour de sa taille.

Elle déroula enfin le papier. A l'intérieur, il y avait des mètres et des mètres du merveilleux tissu bleu œuf de grive dont elle avait tant rêvé pour son quilt. *Pour les Anneaux de mariage.*

— Je voudrais que tu le termines, dit-il doucement. Et que tu penses à moi en le faisant.

Elle leva vers lui des yeux brillants de larmes.

— Oh ! Fate, ça représente tellement d'argent !

— S'il ne tenait qu'à moi, je te comblerais, Helen. Et je te jure que je le ferai un jour… si tu m'y autorises.

Cette fois, ce fut elle qui l'embrassa.

Et il la serra contre sa poitrine de polichinelle rembourrée à craquer, entre ses ridicules bras de clown.

Rien n'aurait pu être aussi romantique, songea-t-elle.

— Veux-tu m'épouser ?

— Oh ! tu le sais bien !

— Avant, il faut que je te parle de mes projets, Helen. Tu sais qu'il n'y a pas d'avenir pour moi, ici, et que je ne compte pas rester ouvrier agricole toute ma vie.

Elle acquiesça d'un signe de tête et attendit la suite.

— Je vais m'engager dans la Marine. J'ai déjà consulté le bureau de recrutement : ils sont d'accord pour me prendre. On ne sera pas souvent ensemble, au début, mais ensuite, tu pourras venir me rejoindre dans mon port d'attache. Tu verras du pays avec moi. C'est le seul moyen que j'ai trouvé pour vivre décemment et t'offrir un foyer digne de toi.

— Je ne peux pas abandonner ma mère en ce moment, Fate. Il n'est pas question que je m'éloigne.

— Tu n'auras pas à le faire. Tu resteras près d'elle jusqu'à… jusqu'au moment où elle n'aura plus besoin de toi. D'ici là, je serai basé quelque part, et nous nous installerons tous les deux.

— Mais je voudrais qu'elle assiste à mon mariage. Je ne veux pas attendre que…

Il lui effleura la joue.

— Alors, marions-nous dès que j'aurai terminé mes classes. Même si nous ne vivons pas sous le même toit, au début.

Le plan de Fate lui parut parfait et, sur le moment, elle n'y vit aucune objection.

Elle allait épouser l'homme qu'elle aimait. Fate serait marin, et elle resterait près de sa mère pour s'occuper d'elle. Plus tard, elle le rejoindrait. Ils découvriraient le monde la main dans la main, ils rencontreraient des gens nouveaux et partageraient une existence dont elle n'aurait jamais osé rêver.

Elle connaissait suffisamment Fate pour savoir qu'il réussirait. Il était fort, intelligent, et il travaillait dur.

L'avenir semblait s'annoncer sous d'heureux auspices ; une longue succession de journées de bonheur s'étendait devant eux.

— Quand dois-tu partir ?

— Dans deux jours.

Elle ne s'attendait pas à une date aussi rapprochée.

— Et quand reviendras-tu en permission ?

— Dans trois mois.

— Auras-tu assez de temps pour qu'on se marie ?

— Ça ne prend que quelques minutes de dire « oui ».

— Oui, répéta-t-elle après lui. Oh oui, je désire tellement t'épouser !

De nouveau, il la serra contre lui.

Tandis que les pétards claquaient joyeusement et que les invités se pressaient tous, comme par hasard, sous la véranda pour venir les féliciter, Fate l'embrassa encore et encore.

14

Au début, Mack pensait se retrouver tête à tête avec le juge en charge de l'affaire Owens.

Les deux hommes s'étaient connus lors de campagnes politiques organisées pour collecter des fonds, et ils avaient bon nombre d'amis en commun. Comme Mack n'exerçait pas en Virginie, aucun conflit d'intérêts ne les séparait. Avery Lutz n'avait donc pas fait de difficultés pour le rencontrer ; il lui avait même proposé un petit déjeuner de travail.

Lorsqu'il avait demandé si Tessa serait présente, Mack s'était entendu lui répondre que oui.

En raccrochant, il avait regretté de s'être avancé ainsi. Et une sourde angoisse le minait quant à la tournure que risquaient de prendre les événements.

Il s'était attendu à ce que Tessa vînt en ville la veille, mais elle était retenue auprès de sa grand-mère qu'elle avait promis d'accompagner « à un dîner de charité des pompiers volontaires de leur localité ». Elle prendrait la route tôt le lundi matin, et éviterait ainsi les embouteillages.

Mack était encore au lit lorsqu'elle arriva.

Il entendit la clé tourner dans la serrure, puis ses pas dans le couloir. Comme il s'y attendait, elle s'arrêta bien avant d'atteindre leur chambre à coucher.

Il se leva, se rasa, passa sous la douche et s'habilla. Il était à peine 7 heures du matin, mais il était réveillé depuis plus d'une heure. La nuit, décidément, avait été courte. Et Tessa devait manquer de sommeil, elle aussi.

La cuisine embaumait le café, mettant une note de chaleur inhabituelle dans une maison qui en manquait tant. L'architecture extérieure, moderne et dépouillée, se retrouvait dans la décoration intérieure : murs blancs et nus, parquet ciré, agrémenté çà et là de quelques tapis marocains artisanaux dans des tons passés. Au premier regard, le mobilier ne semblait guère confortable. Ce n'était, évidemment, pas le cas. L'impression venait sans doute du côté décoratif réduit à sa plus simple expression, des meubles et des objets peu nombreux, sobres et fonctionnels. Parfois, Mack rêvait de désordre, de cousins en fouillis dégringolant des canapés, de plantes laissant leurs feuilles sur les tapis, de collections de verres des années trente, de coquillages de Floride.

La cuisine était toute en étagères d'érable rectilignes, avec plans de travail en granite noir, et en acier-inox, depuis les tabourets jusqu'aux batteries de casseroles et aux appareils ménagers.

Un jour, il avait acheté des magnets — pommes, bananes, ananas —, des trucs aussi ridicules que colorés, histoire de mettre une note de gaieté sur le réfrigérateur aussi inoxydable que le reste. Mais, au dernier moment, il avait reculé et les avait cachés dans le tiroir de son bureau.

Du temps de Kayley, la maison était loin d'arborer cet air de perfection glacée.

— Un café ? demanda Tessa en guise de bonjour.

Elle portait une robe blanche, sans manches, qui lui couvrait les genoux. Ses cheveux tirés en arrière découvraient de discrètes boucles d'oreilles en turquoise. Elle affichait un air désinvolte, comme si son univers tout entier n'était pas suspendu à la décision d'Avery Lutz.

— Oui, merci, ça m'aidera peut-être à reprendre mes esprits.

Il l'observa, tandis qu'elle s'affairait. Elle se balançait

machinalement, inclinait le cou, cambrait un poignet, arrondissait une main autour d'un mug en porcelaine. Il avait toujours adoré la manière dont sa femme dansait en permanence, même lorsqu'elle s'acquittait des tâches domestiques les plus humbles.

A présent, cette sensualité qui émanait d'elle le rendait d'autant plus triste.

Elle ajouta du lait et lui tendit son mug.

— Tu vas être à court de café.

— Je suis à court d'à peu près tout. Je prends la plupart de mes repas à l'extérieur.

— Je te comprends : cuisiner pour une seule personne, c'est la barbe.

Ce n'était pas tant le fait de cuisiner qui le décourageait, mais plutôt l'idée de manger seul dans cette maison qui lui était devenue insupportable.

Tessa avait enlevé tout ce qui aurait pu rappeler l'existence de leur fille, mais elle n'avait pu supprimer les souvenirs de leur vie à trois.

— Comment ça va, Mack ?

Elle était perchée sur un tabouret, derrière le comptoir métallique.

— Des journées chargées.

— Débordé de boulot ?

— Oui. Nous allons même engager un nouvel associé.

— C'est bien.

— Pour nous, oui. Pas pour les gens qui ont des ennuis.

Elle but son café à petites gorgées. Manifestement, elle manquait d'inspiration pour continuer à échanger des banalités. Il se demanda à quoi ressemblerait une *véritable* conversation avec sa femme…

C'était presque inimaginable, songea-t-il avec effroi.

— Comment ça se passe à Fitch Crossing ? demanda-t-il pour meubler le silence qui devenait pénible.

— Nous avons retrouvé une autre boîte de conserve-tirelire. Gran était folle de joie. Elle a réagi comme si c'était quelqu'un d'autre qui les avait enfouies là. J'ai l'impression que ça lui plaît de jouer les chercheuses de trésor et de faire semblant d'oublier qu'il s'agit de *son* argent : ça doit lui paraître plus excitant.

Ils étaient séparés depuis bientôt un mois, songea-t-il avec une certaine amertume, et ils n'avaient pratiquement rien à se dire. C'était dur.

— Tu comptes passer le mois d'août à Toms Brook ?

Elle eut un haussement d'épaules imperceptible.

— Il y a encore beaucoup à faire. Si Gran accepte de partir à Richmond avec maman, il faudra vider la maison avant de la mettre en vente. Si elle reste, il y aura pas mal de travaux à faire, et il faudra lui trouver une garde à domicile. Toute seule, elle ne peut pas s'en sortir.

— Ça m'étonnerait que ça lui plaise.

— A mon avis, aucune solution ne lui conviendra.

Il vint s'appuyer sur le comptoir, à un bon mètre d'elle.

— Ecoute, Tessa, à propos de notre rendez-vous, Avery m'a déjà conseillé de ne pas trop en attendre. Il accepte de nous rencontrer, certes, mais il n'est guère encourageant.

Pour la première fois depuis qu'elle était là, il vit une lueur d'émotion passer dans son regard.

— Comment peuvent-ils relâcher ce monstre ?

Mack ne savait que répondre. En ce qui concernait la peine de mort, l'Etat de Virginie exécutait ses criminels avec plus d'entrain que partout ailleurs, excepté peut-être au Texas. Triste privilège ! Et MCIV s'accordait à dire que la Virgine était l'Etat le plus sévère vis-à-vis de la conduite en état d'ivresse. Cela dit, aucune juridiction ne refuserait de donner une seconde chance à un homme tel que Robert Owens. De l'avis général, c'était un prisonnier modèle, qui participait à sa propre réhabilitation avec constance et enthousiasme. Mack avait passé une bonne partie de sa carrière à exiger justice pour des hommes et des femmes qui ne s'en étaient pas aussi bien sortis. Loin de là.

— Ne me dis pas que tu approuves cette décision ! lança Tessa, comme il ne répondait pas.

— Ecoute, s'il ne tenait qu'à moi, je l'enverrais aux travaux forcés à perpétuité. Mais je te parle en tant que père et non en tant que représentant de la justice.

— Crois-tu que le juge Lutz nous écoutera ? Est-ce qu'il *entendra* ce que nous avons à lui dire ? Faut-il que j'apporte des photos de Kayley bébé ?

— Pourquoi ? Tu ne les as pas toutes détruites ?

Elle eut l'air peiné, mais ne répondit pas. Elle se leva, vida sa tasse dans l'évier et la rinça.

— Je compte m'investir à fond pour le faire changer d'avis. J'espère que tu m'aideras.

Il aurait voulu la prendre dans ses bras, lui demander pardon pour sa maladresse.

Mais c'était impossible, il ne le savait que trop.

— Je ferai tout mon possible, affirma-t-il, mais je t'en prie ne t'imagine pas que tu vas le faire changer d'avis ! Avery Lutz a entendu tous les témoignages, lors du procès. Nous n'avons rien de nouveau à lui dire. S'il a pris la décision d'accorder à Owens un sursis avec mise à l'épreuve, nous ne pourrons pas y faire grand-chose.

Après leur petit déjeuner avec le juge Lutz, Tessa serait volontiers rentrée directement chez sa grand-mère. Mais elle était venue au restaurant dans la voiture de Mack, et elle devait rentrer à Fairfax en sa compagnie.

Si contrariée qu'elle fût, il lui semblait difficile de le planter là sans un mot. Et puis, de toute façon, ils devaient parler s'ils voulaient préserver la moindre chance de sauver leur couple du naufrage.

Mack se gara devant leur maison et coupa le contact. Ils ne s'étaient pas dit un mot depuis qu'ils avaient quitté le restaurant.

— Je suis vraiment désolé, commença-t-il. Je ne

m'attendais pas à ce qu'il nous aide. J'ignore même s'il en avait la possibilité. N'empêche que je suis déçu. Très déçu.

Elle se rappela l'instant où le juge leur avait annoncé qu'il ne pouvait rien pour eux.

— Tu n'as pas eu l'air tellement désappointé, lui dit-elle, presque sur un ton de reproche. Tu es resté calme et gentil. J'ai même pensé, un moment, que tu étais plutôt d'accord avec lui.

— Si Owens n'avait pas tué ma fille, j'aurais peut-être été d'accord, effectivement.

— Tu aurais pu insister d'avantage sur le fait que ce type est un assassin.

Mack défit sa ceinture de sécurité et se tourna vers elle.

— Robert Owens n'est pas un assassin, au sens strict du terme. Il n'avait pas l'intention de tuer.

— Il s'est soûlé jusqu'à l'abrutissement complet, et il a pris le volant. A ton avis, c'était pour quoi ? S'arrêter aux feux rouges ? Respecter la priorité ? Prendre gentiment ses virages et ne pas dépasser la limite de vitesse ?

— Il n'avait aucun plan en tête. Il était *ivre*. Et un type ivre n'a plus sa tête. Son jugement est faussé. La plupart du temps, il ne se rappelle plus ni son nom ni son adresse.

— Enfin, Mack, tout le monde sait ça. Owens le premier. Mais ça ne l'a pas empêché de prendre sa voiture après une nuit de cuite monstrueuse. Qui oserait prétendre que ce type n'est pas un meurtrier ?

— Je ne vais pas me disputer avec toi sur les subtilités de la loi. D'autant que nous sommes impuissants dans ce domaine. Nous devons malheureusement respecter cette décision, de la même manière, d'ailleurs, qu'Owens doit s'y conformer. Nous ne pouvons rien faire d'autre.

— Il faut attendre qu'il tue quelqu'un d'autre, c'est ça ?

— On lui a confisqué son permis de conduire, rétorqua Mack. Et il ne le récupérera pas de sitôt.

— Tu crois que ça va l'arrêter ?

Tessa entendit sa voix monter dans les aigus, mais elle n'arrivait plus à se contrôler.

— Tu sais combien de conducteurs se baladent sans permis sur les routes de Virginie ? Je me ferai un plaisir de t'envoyer les statistiques, la prochaine fois que je passerai au bureau de l'association. Robert Owens profitera du premier moment d'inattention de son entourage pour se remettre au volant et reprendre sa vie normale. Et la vie normale, pour lui, ça se résume à boire et à conduire. Dans cet ordre.

— Il fait partie des Alcooliques anonymes, tu as entendu Avery. Et il a l'intention de persévérer — ce qui est, d'ailleurs, une condition *sine qua non* de sa période de probation.

— Tu ne promettrais pas la même chose si tu étais à sa place ?

— Si. Et je pourrais aussi avoir l'intention de tenir ma promesse, dit Mack en posant la main sur son bras. Crois-tu qu'elle ne me manque pas autant qu'à toi ? Et crois-tu que notre chagrin nous donne le droit de nier la réhabilitation de ce jeune homme ? Ou d'affirmer qu'il est le même qu'en entrant en prison ?

— C'est un alcoolique *et* un assassin.

Mack secoua la tête.

— C'est sans doute la chose la plus difficile que nous ayons à faire, mais nous devons lui accorder le bénéfice du doute. Il va rentrer chez lui, vivre avec sa mère qui, d'après ce que je sais, est une femme bien, avec une bonne influence.

— Si elle est si bien que ça, pourquoi ne l'a-t-elle pas arrêté *avant* qu'il tue notre fille ?

Tessa connaissait l'histoire et, tandis que Mack laissait retomber sa main, attendant qu'elle recouvre son sang-froid, elle se remémora certaines scènes du procès.

Les parents de Robert Owens avaient divorcé lorsqu'il avait treize ans. Le garçon, souffrant de la séparation, était entré dans la phase du « passage à l'acte », avait expliqué le psychiatre. Il avait commis des délits mineurs, et s'était enfoncé peu à peu dans la délinquance. Sa mère avait obtenu sa garde, mais il la trouvait trop stricte, si bien qu'il s'était enfui de sa maison de Manassas pour aller vivre à Fairfax, chez son père.

En dépit des supplications répétées de sa mère auprès du juge des enfants, en dépit de la mauvaise influence du père qui, visiblement, ne faisait rien pour encourager son fils à changer de comportement, la justice avait refusé d'intervenir.

— Elle était incapable de se faire obéir lorsqu'il était adolescent, déclara brusquement Tessa. Qu'est-ce qui te dit qu'elle y réussira, désormais ?

— C'est à Robert de se prendre en charge, maintenant. Sa mère va juste lui offrir un environnement qui l'aidera à se remettre sur pied. Et puis, son père ne sera plus là pour saper le processus : il est mort pendant la période de détention.

Tessa s'agita sur la banquette, impatiente de sortir de la voiture.

— C'est ça que tu as dit au juge Lutz quand tu as organisé ce rendez-vous ? Tu lui as dit que *tu* comprenais qu'on remette l'assassin de Kayley en liberté, mais qu'il valait mieux que *je* l'entende de sa propre bouche ?

La colère flamba dans le regard de Mack.

— Pas du tout ! Je lui ai dit que *nous* étions tous les deux bouleversés, et je lui ai demandé son aide.

Elle se sentit un peu honteuse. Mack n'était pas du genre à manipuler les gens. Au contraire, il passait pour un homme d'une intégrité absolue. Et jamais il ne l'aurait conviée à ce rendez-vous avec le juge sous des prétextes mensongers.

Elle détourna les yeux.

Elle avait besoin d'accuser quelqu'un, c'était plus fort qu'elle, parce qu'elle ne supportait pas ce simulacre de justice. Ça tombait sur Mack parce qu'il était là, tout près. De la même manière qu'elle avait cherché à lui faire endosser la responsabilité de la mort de Kayley, à l'époque. Si seulement il avait accompagné sa fille à l'école, comme il l'avait promis ! Si seulement il n'avait pas fait passer son métier en premier ! Si, si…

Ensuite, elle avait compris qu'il n'y avait qu'une seule personne à blâmer : le meurtrier. Mais, pour son crime, il n'avait écopé que de quelques misérables années de prison.

— Excuse-moi, murmura-t-elle.

Elle laissa son regard errer sur le sentier pavé de cèdre gris, les massifs de verdure artistement groupés, les rochers disposés de façon stratégique, tout ce qui composait leur jardin.

— Je sais que tu as fait de ton mieux, dit-elle dans un soupir.

— Nous devons nous résoudre à lâcher prise, maintenant, Tessa. Je sais que c'est dur. Mais la loi va suivre son cours. Avery a promis de parler lui-même à l'agent de probation d'Owens et de lui redire que, au moindre faux pas, ce sera le retour direct en prison. Il suivra personnellement le cas Owens et son évolution, ce qui est déjà beaucoup. Vraiment beaucoup.

— Et pourquoi ne pourrions-nous pas *faire quelque chose*, après tout ?

Elle tourna la tête pour rencontrer de nouveau son regard.

— Nous ne sommes peut-être pas si démunis que ça ?

Il fronça les sourcils.

— Ne me dis pas que tu penses à faire justice toi-même !

— Si, justement, j'y ai pensé. Pas toi ?

Le froncement de sourcils s'était accentué.

— Au début, si. Je rêvais de le tuer de mes propres mains. Une réaction humaine, somme toute. J'ai entendu des parents dans notre cas témoigner du même désir.

— Mais tu as dépassé ce stade ?

— Je n'ai plus envie de l'étrangler. Ce qui ne veut pas dire que je lui ai pardonné.

— Est-ce que tu essayes ?

— J'essaye de trouver la paix.

Il fit une pause, puis reprit :

— A quoi fais-tu allusion lorsque tu parles de faire quelque chose ?

— Je ne sais pas encore. Rien d'illégal, rassure-toi.

Elle le vit pousser un léger soupir de soulagement.

— Ce serait encore plus sage de ne rien tenter du tout.

— Comment peux-tu laisser tout cela derrière toi d'un cœur léger ? Es-tu si pressé de tourner la page, d'oublier ce que tu as vécu ?

— Quoi que nous fassions, Tessa, nous ne la ramènerons pas. Nous cramponner aux mauvais souvenirs ne nous aidera pas. Tu t'es débarrassée des bons, mais tu t'accroches aux mauvais si férocement qu'ils te détruisent. Fais place nette, je t'en conjure, laisse un peu l'espoir entrer dans notre vie. Nous le méritons. Crois-tu que Kayley aimerait nous voir malheureux ?

— Je doute que Kayley y ait jamais pensé. Elle avait cinq ans. La mort n'était qu'un mot, pour elle, jusqu'à ce qu'un type ivre confonde les freins avec l'accélérateur.

Mack se pencha vers elle.

— Kayley est ailleurs, maintenant… Je ne sais pas où, et je le regrette. J'aimerais que ma foi soit plus grande. J'aimerais penser qu'elle nous regarde de là-haut, dans son paradis. Et si jamais c'est le cas, crois-tu qu'elle apprécie de nous voir ainsi ?

Elle ne pouvait plus le regarder dans les yeux.

Ce genre de conversation, qu'il affectionnait tant, lui soulevait le cœur. Il tenait à parler de ses sentiments, à aller de l'avant. Elle, elle voulait parler des moyens de faire justice.

Et s'ils n'étaient plus sur la même longueur d'onde, leur couple avait-il encore une justification ? Pourquoi n'avaient-ils pas mis le holà plus tôt ? Après tout, il y avait déjà une remplaçante en coulisse qui piaffait d'impatience.

Pourquoi s'obstinait-il à leur donner une chance ?

Et pourquoi acceptait-elle ?

— Ne commets aucune imprudence, s'il te plaît, dit Mack. Tu n'es pas capable de raisonner logiquement sur ce sujet, en ce moment, tu le sais bien.

— Tu parles de Robert Owens ou de notre mariage ?

— Ne mélangeons pas les deux.

Elle lui adressa un dernier regard.

— Mais ils *sont* mélangés. Si intimement que je ne sais plus où l'un commence et où l'autre finit. Robert Owens a tué notre fille et, maintenant, il détruit notre couple.

— Non, c'est nous qui le détruisons. Nous seuls.

Il posa sa main sur la sienne un bref instant, avant qu'elle ne se détourne.

— Merci de m'avoir permis de venir ce matin, dit-elle rapidement en s'agrippant à la poignée de la porte.

— Ne pars pas tout de suite. Reste avec moi, aujourd'hui. J'annulerai mes rendez-vous.

Elle hésita.

A quoi bon continuer à discuter, à remuer le couteau dans la plaie ? songea-t-elle.

Etaient-ils seulement capables de se comporter comme des gens normaux, de se promener, par exemple, d'aller voir un film ou de flâner dans un musée ?

— Accordons-nous un peu de temps, insista-t-il, comme s'il devinait ses réticences. Sans obligations. Sans autre discussion sur Robert Owens. Tu me manques… tellement.

Un instant, elle fut tentée d'accepter.

C'était peut-être l'unique chance de retrouver un chemin l'un vers l'autre. Une heure passée ensemble, puis une autre. Un rire, puis un autre. Un repas partagé, sans récriminations, suivi d'un second, d'un troisième…

A la fin, cependant, elle ne pourrait le supporter.

Parce qu'il y aurait toujours une chaise vide entre eux,

une pause dans la conversation, tandis qu'ils attendraient une remarque enfantine. Et le manque désespéré du rire haut perché d'une petite fille espiègle.

Pour toujours absente.

Elle comprit alors qu'elle était trop lâche pour faire un pas vers Mack.

— Il faut que je rentre, dit-elle en ouvrant la portière. Une voisine va venir rendre visite à Gran, cet après-midi, et il vaut mieux que je sois là. Gran a si peu de patience, je me demande toujours avec inquiétude ce qu'elle va dire ou faire.

— Ta mère ne peut pas s'en occuper ?

— Tu connais maman. Elles sont comme chien et chat, et ce n'est pas la présence d'une invitée qui les arrêtera.

Il renonça à la retenir.

— Soit. Transmets-leur toute mon affection.

— Je n'y manquerai pas.

Elle était déjà dehors lorsqu'il ajouta d'une voix très douce :

— Si, un jour, tu as envie de me retrouver, tu sais où je suis, Tessa.

Cissy était affublée d'un polo à rayures qui évoquait un parasol de plage abritant l'énorme protubérance de son ventre. Elle avait relevé ses cheveux, mais des boucles folles s'étaient échappées et lui collaient aux tempes et sur la nuque.

En la voyant, Tessa ne put s'empêcher de penser qu'elle incarnait l'image même de l'innocence bafouée.

— Gran est là-haut, en train de préparer le matériel, lui dit Tessa.

Puis elle ajouta en baissant la voix :

— Elle attend votre visite avec impatience, sachez-le, même si elle prétend le contraire. Depuis ce matin, elle choisit des bobines de fil, des aiguilles, et elle compulse ses notes.

Cissy s'installa sur la chaise qu'elle occupait la dernière fois, comme si elle avait déjà ses habitudes.

— Moi aussi, j'attendais notre leçon avec impatience. Ça me plairait tant de faire cette couverture de berceau ! J'ai préféré ne pas savoir si c'est une fille ou un garçon. Zeke prétend que ça lui est égal. Mais ça, je n'en suis pas sûre.

Tessa répondit presque machinalement :

— Il souhaite un garçon, j'imagine ?

— Non, ma'am, une fille. Il dit qu'il voudrait une petite fille qui me ressemble. C'est un homme bien. J'aimerais tellement que vous le pensiez aussi !

— Je ne suis pas là pour porter des jugements, répliqua Tessa avec une froideur qui la surprit elle-même.

Visiblement, elle était encore sous le choc de son explication avec Mack, même si elle avait eu lieu des heures auparavant. Pour ne rien arranger, elle avait très mal dormi, la nuit précédente. Le cauchemar était revenu, et elle s'était réveillée en sursaut, à 2 heures du matin, avec le hurlement terrifiant des freins dans les oreilles. Ensuite, elle n'avait pas pu se rendormir.

Elle fit un effort pour faire passer un peu de chaleur dans sa voix.

— Ce que je veux dire, c'est qu'il s'agit de votre vie, Cissy, et qu'elle ne regarde que vous.

— Je sais, mais ça m'ennuie que les gens pensent du mal de Zeke, sous prétexte qu'on vit ensemble sans être mariés et qu'on va avoir un enfant, par-dessus le marché.

Tessa décida d'éviter ce champ miné. Elle était trop à cran pour se livrer à des confidences, et trop bouleversée pour s'impliquer émotionnellement. Elle chercha désespérément un sujet de conversation plus anodin, tout en espérant que sa grand-mère arriverait bientôt. Ce n'était pas Nancy qui viendrait à sa rescousse car elle était absorbée par le rangement du linge de maison, songea-t-elle avec une légère irritation.

Ce fut Cissy, étonnamment, qui fit diversion.

— J'ai rapporté le livre que vous m'aviez prêté. *Tess*. C'est un joli nom. Est-ce que votre mère vous a appelée comme ça à cause de la fille du livre ?

Tessa esquissa une grimace.

— J'espère que non. De toute façon, ce n'est qu'un surnom. Tessa s'appelait, en fait, Teresa Michelle : un nom pompeux qu'elle détestait, et que son père avait eu la bonne idée de raccourcir.

Cissy se pencha vers le sac de toile qu'elle avait apporté. Elle en sortit un métrage de tissu soigneusement plié, une pelote à épingles d'un rouge tomate passé, toute piquetée, et enfin le livre qu'elle tendit à Tessa.

Tessa ne s'attendait pas à une telle promptitude. Elle fut touchée par la rigueur de Cissy, et regretta de ne pas avoir fouillé la collection de livres hétéroclite d'Helen, ou même sa réserve personnelle, pour lui trouver quelque chose de facile à lire.

— Si vous voulez, je peux vous trouver un autre livre qui pourra vous plaire, dit-elle. Gran en a toute une bibliothèque.

— Oh ! celui-ci m'a bien plu ! Pas toujours facile, d'accord, mais il m'a fait réfléchir. Pas mal, même. Et j'aime bien les livres comme ça.

Tessa fut réellement surprise.

— Vous l'avez lu jusqu'au bout, alors ? dit-elle en essayant de gommer le ton interrogatif de sa phrase.

— Je l'ai terminé la semaine dernière, mais j'ai eu envie de relire des passages. Je cherchais des réponses à des questions que je me pose. C'est pour ça que je l'ai gardé plus longtemps. J'espère que ça n'a pas été un problème ? Vous n'en aviez pas besoin plus tôt ?

— Non, non…

Elle se carra dans son fauteuil.

C'était le genre d'appel auquel le professeur Tessa MacRae était incapable de résister.

— Quel genre de questions ?

— Oh ! vous voyez, à l'époque du livre, les temps étaient différents, je le comprends. J'imagine que les gens n'avaient pas tellement le choix pour changer leur vie… je veux dire qu'un mendiant pouvait difficilement devenir un prince.

Sauf dans les ouvrages de Mark Twain, songea Tessa, tout en encourageant Cissy d'un hochement de tête.

— Ce M. Hardy, l'écrivain, il a l'air de penser que les gens sont coincés, une fois pour toutes. Comme si Tess était fichue d'avance, quoi qu'elle fasse ou qu'elle dise. Comment on peut croire ça ? Je veux dire que, si votre sort est décidé d'avance, pourquoi on ferait des efforts pour continuer à vivre ?

Tessa pensa qu'un petit éclaircissement s'imposait.

— Hardy vivait à une époque difficile. Le monde était en train de changer à grands pas. Et lui, il était pris entre deux feux. D'une part, la vie paysanne, avec le rythme des saisons et les traditions rurales, et d'autre part, l'industrialisation qui a apporté des changements radicaux dans les mentalités et les comportements. C'était une sorte de chaos. C'est cela qui donne à son écriture ce côté un peu…

Elle chercha le mot juste.

— Glauque ? proposa Cissy.

Tessa se rendit compte qu'elle prenait du plaisir à cet échange, même si elle s'en voulait de s'être laissé embarquer. Du fait de son accent, de ses fautes de grammaire, et même de son statut social, elle avait supposé que Cissy serait incapable de glaner quelque chose d'intéressant dans ce roman. A l'instar des bourgeois que Hardy dépeignait dans ses romans, elle était victime de ses préjugés de classe et d'éducation.

Belle leçon ! songea-t-elle, légèrement honteuse.

— Oui, glauque, on peut dire ça, concéda-t-elle.

— Vous savez, le monde est pareil, maintenant. Regardez autour de vous dans cette campagne. Je parie que si vous le demandiez à votre grand-mère, elle vous dirait que tout change tellement vite qu'on ne peut plus faire de projets comme avant. Regardez Zeke. Il y a quelques années à peine, il aurait repris la ferme de son père quand M. Claiborne aurait disparu. Enfin, lui, Gabe et Josh.

— Gabe et Josh ?

— Ses deux frères aînés. Gabe habite un peu plus loin, mais il travaille avec M. Claiborne, et Josh est camionneur : il revient de temps en temps donner un coup de main quand les autres ont besoin de lui. De toute façon, il n'y a pas assez de travail pour occuper les trois frères à plein temps. Josh s'en fiche. Gabe, lui, voudrait reprendre la ferme. Ce qui fait que Zeke n'aura rien.

Tessa avait la désagréable impression de s'enfoncer, doucement mais sûrement, dans un marécage.

— Ça doit être un gros souci pour lui, dit-elle.

— Oh non ! Au contraire, c'est une bonne chose. Parce que Zeke, il ne veut pas devenir fermier. Il a l'intention de se lancer dans la lutherie.

— Qu'est-ce que c'est, exactement ?

— Déjà, il est musicien lui-même : il joue du bluegrass et de la country, la musique traditionnelle des collines. Il est aussi bon à la guitare, au violon qu'à la mandoline. Mais ce qu'il aimerait surtout, c'est fabriquer et réparer les instruments. Il a appris la restauration chez un vieux luthier de Virginie-Occidentale.

— Un métier qui demande certainement beaucoup de talent.

— Pour sûr. Vous voyez, même si tout change, on arrive toujours à s'adapter, à trouver sa place et son bonheur. J'ai cherché dans l'encyclopédie, et j'ai vu que M. Hardy était le fils d'un homme qui construisait des maisons. Ça ne l'a pas empêché de devenir écrivain, n'est-ce pas ?

Alors, pourquoi est-ce qu'il croit que les gens ne peuvent pas s'en sortir et échapper à leur condition ?

Tessa n'avait fait que prêter un roman à la jeune fille. Elle ne s'attendait certes pas à une telle analyse. Ce qui la touchait, c'était la manière dont, par le truchement de ce récit, Cissy s'était mise à réfléchir sur sa propre existence.

— Autre chose, reprit la jeune femme qui était partie sur sa lancée. Je ne pense pas que Dieu punisse les filles pour ce que leur font les hommes. Dieu est bon, même lorsque les hommes ne le sont pas. Ce n'est pas Lui qui provoque ce qui arrive de mauvais. Personne ne me fera jamais croire ça ! Je suis contente de pas être à la place de Tess. Et encore plus contente de pas être à la place de Thomas Hardy.

Cissy n'avait pas eu une existence facile. Le peu qu'elle avait dit le confirmait. A présent, elle se retrouvait enceinte sans être mariée, pauvre, et dans l'incapacité de poursuivre des études pour lesquelles, visiblement, elle était douée. Et, malgré tout, elle défendait le bon Dieu avec la foi du charbonnier.

Entre Thomas Hardy et Cissy Mowrey, il n'y avait pas photo, se dit Tessa : elle voterait tout de suite pour Cissy.

Elle comprit que ce n'était pas une réponse de maîtresse d'école que la jeune femme attendait, mais elle ne voulait pas s'aventurer plus loin.

— Je ne crois pas qu'il soit aussi insensible que vous le pensez. Hardy voulait montrer que Tess était pure, avant et après la naissance de son enfant. Son destin était peut-être tracé d'avance, mais elle n'était pas coupable. En ce sens, ce roman était différent de ceux que l'on écrivait à la même époque.

— Peut-être, mais son bébé est mort quand même, n'est-ce pas ? Et Tess est morte, elle aussi, à la fin.

Cissy parut soudain très affligée.

— Ils l'ont tuée, acheva-t-elle dans un murmure.

Tessa ne put se retenir : elle se pencha et prit la main de Cissy.

— Tout se passera bien, Cissy. Pour vous et pour votre bébé. Ne craignez rien.

La jeune femme ravala ses larmes et hocha la tête.

— Je trouve que vous êtes douée, Cissy. Pourquoi n'écrivez-vous pas ce que vous pensez ? Cela vous aiderait à y voir plus clair. Vous avez tant de choses à dire.

Tessa se rassit dans son fauteuil.

— Oh, non, ma'am, je sais pas écrire. Enfin, j'ai jamais vraiment appris. Mes parents déménageaient tout le temps et, du coup, je suis pas allée à l'école trop souvent. Ce qui fait que…

— Et si je vous aidais ?

Tessa se demanda laquelle des deux était la plus surprise de cette proposition tombée du ciel.

— M'aider à écrire ?

Trop tard pour changer d'avis, songea Tessa.

— Oui, si ça vous intéresse.

— Je ne saurais même pas par où commencer.

— Si vous commenciez par dire ce que vous pensez du livre ? Faites une petite liste de vos idées. Et nous en reparlerons.

Le désarroi se peignit sur le visage expressif et mobile de Cissy.

— J'aurais trop honte.

— Il n'y a pas de quoi. Je suis professeur. Si vous saviez le nombre d'âneries que je peux lire !

Elle hésita un instant, puis reprit :

— Je constate aussi des progrès très réconfortants. Et puis, si jamais vous devez travailler un jour, Cissy, après la naissance de votre bébé, vous avez tout intérêt à écrire correctement. Vous êtes déjà une bonne lectrice. Vous savez vous exprimer. Passer à l'écriture ne sera pas aussi dur que vous l'imaginez.

Cissy regarda Tessa droit dans les yeux.

— Vous feriez ça pour moi ?

Tout en acquiesçant, Tessa se demanda ce qui l'avait réellement poussée à lancer cette bouée de sauvetage.

Etait-ce Cissy ou bien elle qu'elle avait envie d'aider ?

15

Helen se demandait à quoi servaient les études si une fille n'était même pas capable de coudre. Certes, elle savait que la plupart de ces demoiselles achetaient, désormais, leurs vêtements tout faits, de même que leurs draps, leurs couvertures… et même leurs repas qu'elles rapportaient de chez le traiteur.

Mais n'y avait-il pas, tout de même, un *minimum* à savoir ? Comment ces jeunes femmes « modernes » pouvaient-elles se débrouiller sans coudre un bouton, faire un ourlet à une jupe ou cuisiner pour leurs enfants ? Delilah avait appris à sa fille à être fière de ses talents, qu'elle définissait comme les l*ettres de noblesse de la femme.* Mais qu'y avait-il de féminin ou d'artistique à choisir une robe dans un magasin de prêt-à-porter ou à manger un hamburger dans un emballage en plastique ?

— J'imagine que la pauvre Cissy n'y connaît rien en couture ?

Nancy rejoignit sa mère sous la véranda, et se glissa sur la balancelle à côté d'elle.

Helen, perdue dans ses pensées, n'avait pas entendu la porte grillagée s'ouvrir et se refermer. Elle mit du temps avant de se pousser pour faire de la place à sa fille.

— Qu'est-ce qui te fait croire ça ?

— Je t'ai entendue la chapitrer, tout à l'heure, et je me demandais si elle allait revenir. Moi, j'étais forcée d'écouter tes remontrances, tu te souviens, mais cette fille, rien ne l'y oblige.

— Je ne la sermonnais pas ! se récria Helen. Seulement, elle a besoin que quelqu'un lui mette un peu les points sur les i, non ? Elle ne sait même pas faire un nœud à son aiguillée. Quant à toi, des réprimandes, tu en aurais mérité bien davantage. Je n'ai jamais vu une fille moins disposée à travailler que toi.

— Contrairement à ce que tu as toujours pensé, je n'étais pas paresseuse, affirma Nancy en posant sa nuque contre l'appui-tête. J'étais simplement différente. J'entrevoyais d'autres possibilités pour mon avenir. Je ressemblais peut-être à mon père, qui sait ?

Helen se demanda si c'était le cas. Difficile de répondre. Au fil des ans, le souvenir de Fate s'était estompé, et elle n'était plus certaine de rien.

— Crois-tu que je sois comme lui ? insista Nancy.

— Tu sais, il faut des années pour connaître quelqu'un, pour le comprendre intimement. J'ai connu Fate très jeune, et juste assez longtemps pour savoir que je le voulais comme mari. Mais l'homme qu'il était devenu, je l'ai trop peu fréquenté pour dire quoi que ce soit à son sujet.

— Mon Dieu, comme c'est triste !

— Pas la peine de te mettre à larmoyer.

— Je sais, je sais, dit Nancy en agitant la main devant ses yeux. J'étais la fille la plus pleurnicheuse de tout le comté du Shenandoah, tu me l'as assez répété. Au moins, tu n'as pas fait pleurer cette pauvre Cissy, aujourd'hui !

— Elle a de la volonté, cette fille. Ça, je ne peux pas dire le contraire.

— Et moi, je n'en avais pas.

Ce n'était pas une question. Aussi Nancy fut-elle prise au dépourvu par la réaction d'Helen.

— Toi ? De la volonté, tu en avais à revendre, oui ! Tu versais des torrents de larmes, d'accord, mais, à l'intérieur, tu avais un cran et une détermination que je n'ai rencontrés chez aucune autre fille.

Nancy demeura silencieuse.

Au bout d'un moment, Helen coula un regard dans sa direction.

— Ne me dis pas que tu l'ignorais ! lança-t-elle.

— Pour le coup, je crois que je vais fondre en larmes, dit Nancy. C'est la chose la plus gentille, peut-être même la *seule* chose gentille, que tu m'aies jamais dite.

— Oh, allez !

— C'est vrai. J'ai toujours été persuadée que je t'avais déçue sur toute la ligne.

— Tout de suite, comme tu y vas ! Tu adores exagérer.

Nancy lui donna un petit coup de coude.

— Et toi, tu adores donner des leçons.

— C'était quoi, le sujet de la leçon d'aujourd'hui ? demanda Tessa qui sortait de la maison avec son quilt plié sous le bras. Je suis indiscrète, peut-être ? Vous voulez que je vous laisse ?

— Je croyais que tu préparais le dîner, dit Helen. Je meurs de faim.

— Je ferai sauter des petits légumes dès que le riz complet sera cuit. Est-ce que tu peux tenir encore une demi-heure ?

— Du riz blanc, ç'aurait tout de même été plus rapide.

— C'est vrai, mais c'est moins bon, répliqua Tessa en s'installant sur la chaise basse. Ça s'est bien passé avec Cissy ?

— Pas mal. Elle a choisi un motif de jouet d'enfant : les Ailes du moulin. Je lui ai montré comment couper son tissu avec un gabarit et du papier-calque. Quand elle aura préparé tous ses carrés et ses triangles, elle reviendra.

— Si ta grand-mère ne lui a pas flanqué une frousse du diable ! dit Nancy.

— Oh ! il lui en faudrait plus pour s'effrayer ! déclara Helen. Je crois qu'elle se plaît bien ici.

— Elle est très seule, dit Tessa. Et j'ai l'impression qu'elle tourne un peu en rond, chez les Claiborne.

— Ce n'est pas la tâche qui lui manquera quand le bébé sera né.

— En a-t-elle parlé, de ce bébé ? demanda Nancy. Elle a l'intention de le garder ?

Pour Helen, la réponse paraissait évidente.

— Elle fait une couverture de berceau. Je ne crois pas que ce soit pour envelopper le bébé dedans et l'abandonner sur les marches d'un couvent.

Nancy poussa un soupir de tragédie.

— Pourtant, ce serait peut-être mieux pour l'enfant. Comment va-t-elle l'élever ? J'imagine que ce malheureux garçon n'a pas un sou vaillant.

Helen y avait songé. Elle ne pouvait donc pas en vouloir à sa fille de mettre le sujet sur le tapis.

— As-tu jamais songé à l'adoption ? demanda-t-elle soudain à Tessa.

Celle-ci fronça les sourcils.

— Non.

— Mack et toi, vous seriez des candidats parfaits. Ne me dis pas que ça ne t'a pas traversé l'esprit !

Helen sentait le coude de sa fille s'enfoncer dans ses côtes, de façon répétée. Elle ne s'arrêta pas pour autant.

— Tu sais parfaitement que vous seriez de bons parents. Vous avez déjà l'expérience.

— Je ne suis plus sûre de rien, dit Tessa.

— Si jamais Cissy ne voulait pas élever son enfant, il y aurait cinq cents couples candidats à l'adoption, dès le lendemain, déclara Nancy qui avait suivi le cheminement de la pensée de sa mère. Il n'y a pas tellement de bébés en bonne santé à adopter, et la fécondité est en net déclin. C'est pourquoi il y a beaucoup plus de demandes que d'offres.

— Tu as lu des statistiques dans des magazines ? demanda Helen.

— Non, je le sais par expérience. Je suis bénévole dans un service de médecine infantile. Et j'ai parlé avec de nombreux parents d'enfants malades qui s'acharnent, sans y arriver, à leur donner un frère ou une sœur.

— Quel genre d'activités bénévoles ? demanda Tessa, fronçant les sourcils de plus belle. Je sais que tu parraines de nombreuses associations, mais cela paraît beaucoup plus personnel.

— Je travaille en pédiatrie avec un art-thérapeute. Nous aidons les enfants à exprimer leurs sentiments avec des crayons de couleur, des craies ou de la peinture. Puis je photographie leurs œuvres et je les encadre pour qu'ils puissent les mettre sur les murs de leur chambre ou les rapporter chez eux. Pour ceux qui retournent chez eux…

— Tu ne m'avais jamais dit ça, remarqua Tessa.

— Tu ne me l'as jamais demandé. C'est ce que je fais quand je vais à Richmond. Il y a une petite galerie, à Carrytown, avec un atelier d'encadrement dans l'arrière-boutique. Ils me vendent le matériel à prix coûtant. La propriétaire m'a montré comment faire. Ça n'a rien d'extraordinaire, mais ça fait très plaisir aux enfants. Ça les aide à se sentir reconnus.

— Carrytown ? Quand as-tu commencé ? demanda Tessa.

Nancy hésita.

— Il y a un petit moment.

— Trois ans ?

Nancy hocha la tête.

— A peu près.

Le silence retomba.

Helen sentit le poids de ce silence alourdir l'atmosphère. Cherchant à relancer la conversation, elle trouva un sujet en observant Tessa qui dépliait et repliait le quilt.

— Que fais-tu ?

— Je vais enlever une partie de cet arc de cercle. Regarde, tout ce tissu vert s'est effiloché : il ne reste que quelques fils. Je pensais commencer par là. Il faut que je coupe délicatement la ouatine qui maintient encore les morceaux ensemble… Maman, tu pourrais peut-être te charger du rapiéçage ?

— Merci, mais je te le laisse.

Nancy se pencha pour regarder le quilt de plus près, et le doux balancement de la banquette s'arrêta net.

— Tu te rappelles qui t'a donné ce tissu vert et dans quelles circonstances ? demanda-t-elle à sa mère.

Helen plissa les paupières. La couleur était passée et le tissu si déchiré qu'elle peina à le reconnaître. Puis, brusquement, elle se rappela.

— Oui, ma tante Sally ! Dieu ait son âme. C'était un morceau de tissu datant de la première robe qu'elle avait confectionnée pour ma cousine Minnie. Il était d'un joli vert, très doux, à tout petits pois.

Elle secoua la tête.

— Il me semble que je devrais trouver quelque chose d'approchant sans trop de difficultés, non ? dit Tessa.

— Tessa, tu devrais garder un échantillon de tous les morceaux que tu enlèves, proposa Nancy. Et nous pourrions tenir un petit journal de bord de la restauration de ce quilt. Ta grand-mère retracerait le portrait de ceux et celles qui lui ont donné des morceaux, jadis. Ce serait de l'histoire vivante, en quelque sorte.

Helen n'en revenait pas.

— Ça n'est pas un peu exagéré de faire un tel plat de ce vieux couvre-lit ?

Nancy remit la balancelle en mouvement d'un coup de reins.

— Ce n'est pas n'importe quel vieux couvre-lit, comme tu dis. Tu sais, je suis curieuse d'en savoir plus. Tu nous as parlé des années où tu avais patiemment collectionné tes différents tissus, cousu tous tes petits morceaux, assemblé tes motifs pour créer le grand patchwork du dessus, mais tu ne nous as pas dit pourquoi tu ne l'avais jamais terminé.

— Non, je ne vous l'ai pas dit.

— Pourquoi ?

Helen envisagea différentes réponses. Aucune ne la satisfaisait.

— Je ne pouvais pas, dit-elle enfin.

— Il n'était toujours pas matelassé quand tu t'es mariée ?

— Il y a si longtemps… tu me demandes d'exhumer des souvenirs antédiluviens.

Nancy se tourna et regarda sa mère avec attention. De nouveau, la balancelle s'immobilisa.

— Tu ne m'as jamais parlé du jour où tu as épousé mon père. Si tu le faisais, maintenant ? De toute façon, on est obligées d'attendre que le riz soit cuit.

— Moi aussi, ça m'intéresse, Gran, déclara Tessa.

Helen se demanda ce qui était le plus triste : qu'elle n'eût jamais parlé de son mariage à sa fille et à sa petite-fille, ou que le souvenir fût trop douloureux pour qu'elle osât en faire le récit.

Elle décida de leur faire un résumé des plus succinct.

— Comme vous le savez, nous avions décidé, Fate et moi, d'attendre la fin de sa période d'instruction pour nous marier. Il s'est donc engagé dans la Marine, comme il l'avait prévu. Pendant qu'il terminait ses classes dans un camp d'entraînement pour les nouvelles recrues, à Great Lakes Station, en Ohio, la santé de maman s'est brutalement détériorée.

Elle resta silencieuse, tandis que les souvenirs remontaient.

— Est-ce à ce moment-là qu'elle est morte ? demanda Nancy.

— Non, mais nous savions que ce n'était plus qu'une question de semaines. J'ai aussitôt écrit à Fate que nous nous marierions dès le premier jour de sa permission, afin que maman puisse assister à la cérémonie. Je savais à quel point cela comptait pour elle. Fate devait bénéficier de trois semaines de liberté à la fin de ses classes. Or, le moment venu, devant la situation internationale, le gouvernement a annoncé la suspension des permissions. Les marins allaient devoir embarquer aussitôt.

— Alors, ta mère n'était pas à ton mariage ?

Helen sentit la main de Nancy sur la sienne. Et ce geste de tendresse l'encouragea à se livrer.

— Laisse-moi le raconter à ma façon.

Un matin, Delilah fut incapable de sortir de son lit. Quand Helen lui apporta son petit déjeuner, elle grignota du bout des lèvres : elle n'avait même plus la force de se nourrir.

En redescendant, Helen tomba sur Tom qui était en train de lacer ses brodequins pour aller travailler dans leur verger. Un dur hiver de tempêtes, de vent et de neige, avait brisé de nombreuses banches, et Tom allait devoir travailler toute la semaine pour scier, élaguer et transporter du bois mort.

— Maman n'est pas bien du tout, lui annonça-t-elle.

Cuddy était dehors depuis déjà plus d'une heure. Quant à Obed et Dorothy, qui s'étaient mariés le mois précédent, ils avaient filé pour la semaine chez les beaux-parents qui possédaient une vieille cabane en rondins où les jeunes tourtereaux pourraient se retrouver seuls.

Tom et Helen se retrouvaient donc seuls devant la situation.

— Veux-tu que j'aille chercher le médecin ? demanda Tom.

Helen n'en voyait pas trop l'utilité, à moins que l'homme de l'art n'échangeât le vieux cœur fatigué de sa patiente contre un nouveau.

Secouant la tête, elle dit à son frère :

— Non. En revanche, j'aimerais que tu rentres pour le déjeuner. J'étais sur le point de te préparer un casse-croûte pour t'éviter de revenir, mais ça me rassurerait de savoir que quelqu'un va passer avant la fin de la journée.

Il eut un bref sourire. Trop bref, comme à son habitude.

Tom avait toujours été un garçon sérieux. A présent, c'était un jeune homme grand, mince et grave.

S'il avait jamais caressé des rêves et des projets au-delà de leur ferme de famille, la grande dépression des années 30 et le mauvais état de santé de Delilah s'étaient chargés de les anéantir. Il était même trop occupé pour entretenir un flirt suivi, bien qu'une demi-douzaine de jeunes filles des environs eussent les yeux fixés sur lui.

— Bien sûr que je passerai, dit-il tout de suite. Tu n'auras qu'à sonner la cloche vers midi. Ou plus tôt, si tu as besoin de moi.

Cette cloche, qui provenait d'une ancienne école, leur avait semblé plutôt incongrue, le jour où leur père l'avait installée au coin du porche. Helen comprenait, maintenant, son utilité. Cuddy avait compris avant tout le monde qu'il viendrait un jour où ils auraient besoin d'un signal pour se rassembler.

La maison lui parut incroyablement silencieuse, après le départ de Tom. Elle en profita pour se débarrasser de toutes les corvées ménagères.

C'était lundi, et elle avait espéré pouvoir faire la lessive, tandis que Delilah travaillerait un peu à son métier à quilter. Du coin de l'œil, elle aurait pu la surveiller, tout en vaquant à ses occupations et en allant étendre son linge sur la corde. La journée était plutôt frisquette pour un mois de mars, mais le soleil printanier l'incitait à attaquer l'énorme tas de lessive qui s'était accumulé au fil de l'hiver.

Finalement, elle décida d'allumer le four et de se mettre en cuisine. Delilah appréciait le pain de maïs trempé dans du lait. Autant lui préparer ce qu'elle aimait.

Tout en mélangeant la farine de maïs et l'eau chaude, pendant que la poêle en fonte chauffait sur le coin du fourneau, Helen repensa à la lettre qu'elle avait reçue, la veille.

Fate aimait lui écrire. Elle ne trouvait jamais la moindre

faute d'orthographe dans ses missives. Pas de mot barré ni de marge manquante en bas de page. Elle l'imaginait en train de recopier ses phrases jusqu'à ce qu'elles fussent parfaites. Depuis qu'il était à Chillicothe pour parfaire son instruction, il lui écrivait une fois par semaine, très régulièrement. Il lui parlait des copains qu'il s'était faits au camp, du froid glacial de l'hiver dans l'Ohio. Et jamais il n'omettait de lui dire à quel point elle lui manquait.

C'était Cuddy qui allait à la poste du village et lui rapportait fidèlement le courrier.

Bien entendu, elle avait gardé toutes les lettres de Fate. Celle de la veille, toutefois, l'avait profondément déçue. Les trois semaines de permission — pourtant bien méritées, après ces trois mois harassants au camp — avaient été supprimées. Fate devait monter à bord d'un train jusqu'à Long Beach, en Californie, et commencer sa carrière navale en qualité de matelot de 2e classe.

Leur mariage était renvoyé aux calendes grecques.

Helen savait qu'il lui faudrait patienter avant de vivre avec Fate. Il devait faire son chemin dans la Marine avant qu'elle pût le rejoindre. Elle le comprenait, et elle était d'accord. Mais elle comptait sur la présence de Delilah lorsque le pasteur bénirait leur union. Et sa mère, elle aussi, se l'était juré.

A présent, avec son état de santé qui se dégradait si rapidement, ce simple vœu ne risquait pas d'être exaucé.

Dehors, devant la fenêtre de la cuisine, les bords du sentier menant à la grange s'étaient couverts de crocus en fleur. Helen aimait tout particulièrement le printemps, surtout après de durs et rigoureux hivers. Mais, ce jour-là, les mois qui s'annonçaient avaient le goût d'une interminable peine de prison.

A midi, elle sonna la cloche pour Tom, puis elle monta un plateau à sa mère. Elle avait déjà jeté un coup d'œil dans la chambre, au cours de la matinée : Delilah ne s'était pas réveillée.

Elle posa le plateau au chevet du lit, et secoua doucement sa mère par l'épaule.

— Maman ?

Delilah ouvrit les yeux, la regarda d'un air vague, puis sourit.

— J'étais en train de faire un rêve merveilleux.

— Désolée de t'en avoir tirée.

— J'étais en compagnie de ta grand-mère dans une grande prairie remplie de fleurs sauvages.

— La prochaine fois, emmène-moi avec toi.

— Je ne crois pas que tu aies envie d'y aller, Lenny. Pas avant bien longtemps.

Helen ne savait que dire. De plus en plus souvent, sa mère parlait de verts pâturages et de retour à la maison du Père. Ses convictions religieuses étaient fortes, beaucoup plus fortes que celles de sa fille. Si Helen se réjouissait que l'image du paradis fût une consolation pour Delilah, en ce qui la concernait, sa peine n'en était pas moins grande.

Delilah se redressa avec difficulté. Helen lui installa ses oreillers dans le dos et effaça les plis du couvre-lit. Ces jours-ci, Delilah avait tout le temps froid, et la pile de couettes augmentait sans cesse.

— Je t'ai apporté du pain de maïs et du lait. Et puis un peu de compote de pommes, aussi. Tu sais, il faut que tu manges si tu veux garder tes forces.

— Laisse-moi le plateau et va t'occuper de Tom. Je mettrai le temps qu'il faudra mais je mangerai tout, jusqu'à la dernière miette.

Helen se sentit un peu rassurée.

— Je reviendrai dès que Tom aura terminé son repas.

— Mange, toi aussi. Prends ton temps. Il faut que tu sois forte, que tu gardes ton calme et, surtout, que tu ne te fasses pas de souci : c'est le message que ta grand-mère m'a confié pour toi. Elle te dit d'avoir confiance. Tout finit par s'arranger dans la vie. D'une manière ou d'une autre.

Helen dévisagea sa mère. En vérité, ses joues avaient

rosi : un changement appréciable, compte tenu de sa pâleur maladive des derniers temps.

— Qu'est-ce qui va s'arranger ?

Delilah eut un petit sourire.

— Elle te fait dire de préparer ton trousseau.

Helen n'avait pas encore appris à sa mère que Fate ne repasserait pas par là avant de prendre la mer. Elle n'eut pas le courage de la détromper, et préféra s'enfuir de la chambre. Autant laisser Delilah croire en ses chimères si cela lui mettait du rouge aux joues !

L'après-midi, elle frotta et cira les planchers, acheva quelques besognes autour de la ferme, sans trop s'éloigner de la maison. Demain, Cuddy rentrerait plus tôt que d'habitude, et elle pourrait commencer à planter des pommes de terre au potager pendant qu'il tiendrait compagnie à Delilah.

Une voisine vint apporter un gâteau aux pommes, et dit à Helen qu'elle avait rencontré sa tante Mavis, en ville, et qu'elle passerait le lendemain matin.

Helen mit en route un jambon à l'os bouilli aux légumes pour le dîner : le plat préféré de Delilah. La préparation mijota tout l'après-midi, répandant des effluves parfumés d'oignon, d'herbes, de céleri et de carotte. Lorsque Cuddy et Tom rentrèrent, elle détacha de l'os la viande qui s'y accrochait encore et l'émietta dans le bouillon, puis elle roula la pâte qu'elle avait laissée reposer en une fine couche, et y découpa des petits carrés qu'elle ajouta au bouillon.

Elle eut la joie de voir sa mère venir à table, au bras de Cuddy.

— La bonne odeur montait jusqu'au premier étage, dit Delilah. J'en ai l'eau à la bouche.

— Personne ne cuisine aussi bien que toi, m'man, lui dit Tom, mais Helen s'en sort pas mal, non ?

L'intéressée rougit sous le compliment inattendu.

La plupart du temps, les repas se prenaient en silence.

Tout le monde travaillait dur et mangeait avec un

appétit féroce, que le plat du jour fût une spécialité un peu recherchée, comme c'était le cas présent, ou une nourriture plus banale.

Ce soir-là, cependant, Cuddy parla des gens qu'il avait rencontrés à la coopérative agricole, et Tom les tint en haleine avec un récit à propos du shérif qui avait fait une descente dans une distillerie clandestine de Massanutten Mountain. En guise de trophée et, sans doute, de pièce à conviction, il avait rapporté l'alambic à Woodstock, ficelé sur le marchepied de sa voiture. Deux jours plus tard, des avocats qui fréquentaient cet établissement louche y avaient fait rapporter l'alambic, qui s'était remis à fonctionner comme si de rien n'était. Enfin, c'était ce que prétendaient les mauvaises langues.

Cuddy attendit la fin du dîner avant de se tourner vers Helen.

— J'ai reçu un coup de téléphone au magasin, ce matin très tôt, Lenny Lou.

Le téléphone n'était pas encore installé à Fitch Crossing Road et, l'eût-il été, les Stoneburner auraient continué à s'en passer. Tout le monde savait que le vieux M. Fuchs, le propriétaire de la coopérative, détestait que l'on se serve de sa ligne pour des raisons personnelles. Aussi, quand on recevait un appel au magasin, on pouvait être sûr que c'était important.

Helen, qui venait de débarrasser la table, se laissa choir sur sa chaise.

— Quelqu'un est mort ?

Son père sourit.

— Pas exactement.

Elle attendit, puis se rendit compte qu'il voulait la laisser deviner.

— Est-ce Minnie qui a eu son bébé ?

Sa cousine Minnie, celle qui habitait près de Front Royal, n'avait que dix-sept ans, ce qui ne l'empêchait pas d'être enceinte pour la deuxième fois. Mais même une naissance prématurée ne lui paraissait pas une raison suffisante pour utiliser le téléphone.

— Non, ce n'était pas ça.

Elle lorgna du côté de Tom, mais il répondit d'un haussement d'épaules à son coup d'œil interrogateur.

Delilah, elle, devait être au courant car elle souriait.

— Qu'est-ce que ça peut bien être ? Je donne ma langue au chat.

— Il était question d'un mariage.

Qui pouvait bien se marier dans leur entourage ? Un cousin ou une cousine habitant suffisamment loin pour annoncer la nouvelle par téléphone…

Le mystère s'épaississait. Levant les yeux, elle s'aperçut que ses parents rayonnaient de joie, tout en la regardant. Et là seulement elle comprit.

— Fate ? demanda-t-elle en croisant les mains sur sa poitrine. C'est Fate qui t'a appelé ?

— Tout juste. Il sera ici tard dans la soirée, et il veut t'épouser demain soir, ici même, dans le salon. Ils lui ont donné trois jours en raison de ses bons résultats aux classes préparatoires. Un jour pour faire le voyage jusqu'ici, un autre pour le retour, et une journée pour la noce.

Helen pensa à l'effort que cela allait lui coûter : à peine rentré en Ohio, il lui faudrait entreprendre cet interminable voyage jusqu'en Californie. Il faisait ça pour elle, et pour sa mère. Elle sentit les larmes lui monter aux yeux.

— Est-ce que le pasteur viendra ?

— La réponse est oui. Et M. Fuchs prêtera même sa voiture à Fate pour qu'il aille chercher le certificat de publication des bans, demain, à Woodstock.

— Aurons-nous le temps de prévenir la famille ?

— M. Fuchs m'a permis de téléphoner à tes tantes : elles se chargent de répandre la nouvelle plus rapidement qu'aucun téléphone digne de ce nom ! Tous ceux qui le pourront seront là.

Delilah n'ignorait pas qu'ils organisaient la cérémonie

chez eux afin qu'elle pût y assister. Depuis plusieurs semaines déjà, elle avait dû renoncer à se rendre à l'église. Le trajet l'épuisait trop.

— Ce sera sans chichis, prévint Cuddy, mais tu seras une femme mariée.

Helen songea à la robe qu'elle n'aurait pas eu le temps de coudre, à ses cheveux qu'elle avait négligés, depuis le départ de Fate, et qui auraient eu besoin d'une bonne coupe. Elle regarda ses ongles cassés, si incrustés de terre qu'elle avait peine à les ravoir, et ses mains rêches et tachées de façon indélébile par les durs travaux de la ferme.

Elle pensa à l'homme qu'elle aimait, le seul qu'elle connaîtrait jamais.

— Les fantaisies, ça m'est bien égal. Fate me suffira, affirma-t-elle d'un ton décidé.

Elle se leva. Il y avait une vaisselle monstre à faire, des rangements dans tous les coins, une noce à organiser. Et, soudain, elle se sentit pleine d'énergie, prête à conquérir le monde.

Elle se tenait devant le portail lorsque les Claiborne arrivèrent dans leur vieux camion. Ils avaient accepté d'aller chercher Fate à la gare de Woodstock, un acte de générosité aussi rare que surprenant de leur part.

Fate partagerait la chambre de Tom, ce soir-là. Quant au lendemain soir… disons qu'Helen ne se sentait pas du tout prête à penser ne serait-ce qu'à la journée de demain.

Elle ne l'avait pas vu depuis trois mois, mais, dès qu'il la prit dans ses bras, toute trace de timidité s'envola. Il l'embrassa passionnément, et leur baiser dura si longtemps qu'elle eut peine à se rappeler comment on respirait, lorsqu'ils se séparèrent. Elle recula d'un pas et l'examina avidement. Il portait un drôle de petit bonnet blanc et une épaisse vareuse de laine. Lorsqu'il enleva son bonnet et le fourra dans la poche de son caban, elle remarqua ses cheveux coupés ras.

— Tu es beau comme un astre, Fate, dit-elle en lui prenant les mains.

— Toi aussi, tu es belle. Encore plus belle que dans mon souvenir.

La nuit était fraîche, et un petit vent coulis se glissait sous ses vêtements, mais elle n'avait pas envie de rentrer. Pas encore. Elle le voulait pour elle toute seule.

— Je n'en croyais pas mes oreilles quand papa m'a annoncé que tu venais.

— Oh ! j'ai dû insister, crois-moi, mais ils ont fini par me l'accorder, cette permission, à cause de ta maman.

— Elle est pleine d'entrain. On ne l'avait pas vue comme ça depuis des semaines. Ce mariage est si important pour elle.

— Et pour toi ? demanda-t-il en souriant.

— Pour moi, c'est l'événement le plus important du monde.

— Pour moi aussi.

Soudain, sa timidité lui revint. Elle savait qu'elle n'était pas une beauté, même s'il lui disait le contraire. Mais cet homme l'aimait. Il avait remué ciel et terre pour faire ce voyage éclair et venir l'épouser. Demain, ils seraient mari et femme.

Et demain soir…

— Je n'ai pas arrêté de penser à toi, tout le long du trajet, lui dit-il. Je sais que j'ai de la chance de t'avoir, Helen. Et je te promets que je ferai tout mon possible pour que nous ayons une vie agréable. Je ne sais pas encore où, mais, quel que soit l'endroit ou le pays, nous y serons ensemble. C'est ça qui compte. Ça me fait de la peine d'avoir à t'arracher à ta famille, mais nous reviendrons les voir le plus souvent possible.

Elle eut une pensée pour la ferme à laquelle elle s'était dévouée corps et âme. Puis elle songea à l'immensité du monde qui l'attendait au-delà de Fitch Crossing Road et à tout ce qu'elle n'aurait jamais espéré découvrir, voir ou goûter.

Fate Henry ne lui donnait pas simplement son nom. Il lui faisait cadeau d'une nouvelle vie, d'expériences et d'opportunités nouvelles, qu'elle saisirait sans réserve, le moment venu.

— Je veux être avec toi, où que tu ailles, lui dit-elle en lui serrant la main.

De nouveau, il l'enlaça et la dévora de baisers.

Le poids qu'elle portait depuis de longs mois s'évanouit.

Une vie se terminait. Une autre allait commencer.

C'était ça que Delilah voulait avant de mourir : voir Helen mariée, et confiante en l'avenir qui l'attendait.

16

— Le lendemain fut, vous vous en doutez, une journée fort occupée. Il y avait tant à faire. J'eus une belle surprise : ma tante Mavis m'avait confectionné une robe. Vous pensez sans doute qu'elle n'avait rien d'exceptionnel. Eh bien, c'était la plus ravissante robe que j'aie jamais vue. Coupée dans un tissu infroissable qui venait d'un grand magasin de Washington, elle était d'une couleur ivoire brillante avec des semis de minuscules violettes du plus bel effet. Et ma tante Sally m'avait acheté une paire de bas Nylon à un dollar et vingt-cinq cents, ce qui, pour l'époque, n'était pas rien. Je m'en souviens encore. Ma première et unique paire de bas pendant ces longues années de guerre, et bien après.

Helen fit signe à Tessa de lui donner le quilt. Elle le tourna, le retourna avant de découvrir ce qu'elle cherchait. Elle avait su, dès le début, que sa tenue de mariée ne survivrait pas à de nombreux lavages, aussi, après le départ de Fate pour la Californie et son embarquement sur l'*Oklahoma*, elle avait décidé d'inclure une chute du tissu à son ouvrage.

— Le voici ! s'écria-t-elle. Ou plutôt ce qu'il en reste. Il n'y a plus grand-chose à voir.

Effectivement, seuls quelques fils colorés s'accrochaient encore à la bourre de coton, maintenue en place par la piqûre qu'avait jadis effectuée Nancy.

Une Nancy visiblement captivée par le récit, qui avait

écouté sans piper mot, bien qu'elle eût déjà soixante ans, un âge un peu avancé pour se laisser bouleverser par les histoires romantiques. Mais, à ses yeux, celle-ci n'était pas ordinaire.

Helen éprouva soudain une certaine honte d'avoir tant tardé à la raconter.

— Alors, tu t'es mariée ici, dans cette maison ?

— Oui, dans le salon. Maman avait demandé à Tom de transporter son encombrant métier à quilter au cellier, parmi les fruits qui séchaient sur leurs claies, et nous avions réuni tous les sièges que nous avions pu trouver. Le pasteur se tenait devant la fenêtre, juste en face de nous. Fate portait son bel uniforme. Les gens étaient venus si nombreux qu'ils ont dû, pour la plupart, rester debout dans la salle à manger, l'entrée et même plus loin.

Le regard d'Helen se perdit au loin, tandis que les images de cette soirée inoubliable surgissaient du lointain passé, porteuses d'une émotion intacte malgré les ans.

— Tout le monde avait apporté de la nourriture. Les tables croulaient sous les mets préparés avec amour. Jamais je n'avais vu autant à manger d'un seul coup. Maman pleurait, tante Mavis aussi. Lorsque le pasteur eut clôturé la cérémonie, toutes les chaises furent débarrassées. Les hommes sortirent leurs instruments de musique, jouèrent, chantèrent et débitèrent les gaudrioles d'usage jusqu'à point d'heure. Puis les invités se rappelèrent que le lendemain serait une journée de travail comme les autres, et ils se séparèrent.

— Est-ce que Fate — euh, papa — et toi, vous avez passé la nuit ici ?

Helen lança un regard à sa fille.

— Oh non ! il y avait trop de boucan. Obed et Dorothy nous avaient prêté leur chalet, sur la propriété de la belle-famille. La cabane en rondins a disparu, maintenant. A sa place, il y a un grand poulailler industriel. Ce n'était qu'une modeste cabane, mais elle était isolée, au calme, et nous pouvions y être tous les deux, dans l'intimité.

— Alors, c'est la seule nuit que vous ayez passée seuls, tous les deux ? demanda Tessa.

Helen fut touchée de constater que sa petite-fille semblait tout aussi passionnée que Nancy. Pour une fois, Tessa n'était plus cadenassée à l'intérieur d'elle-même. Pendant un instant, au moins, les barrières étaient tombées, et Helen pensa que c'était bon signe.

— Nous n'étions pas exactement tout seuls.

Elle surprit ses deux auditrices à froncer les sourcils. Et elle eut envie de rire.

Elle se rendit compte, soudain, qu'il avait fallu toutes ces années pour sourire de ce qui s'était passé.

— Vous tenez vraiment à ce que je vous le raconte ?

— Sauf, si… si c'est trop personnel, bien sûr, répondit Nancy d'un ton hésitant.

— Oh, flûte ! s'exclama Tessa. Au point où on en est, moi je veux savoir la suite !

— Et le dîner ? lança Helen. Même le riz complet finit par coller s'il est trop cuit, non ?

— Bon, alors, après le repas, dit Tessa. Je vais aller faire revenir les petits légumes.

Elle disparut à l'intérieur de la maison.

Helen regarda sa fille.

— Fate gardait ses pensées pour lui, de la même manière que Tessa. Et quand il aimait, c'était de tout son être, de tout son cœur. Elle lui ressemble sur ce point-là, et sur beaucoup d'autres. Je l'ai su dès le moment où elle est née.

Nancy secoua lentement la tête.

— Jamais tu n'en as fait mention. Tu ne crois pas que j'aurais aimé le savoir ?

Helen tendit le bras et effleura la main de sa fille d'un geste furtif.

— Jusqu'à maintenant, je ne pouvais simplement pas t'en parler.

*
* *

Fate et Helen s'esquivèrent, laissant derrière eux la musique, les congratulations et les cris d'enfants. Obed avait confié à Fate les clés de son vieux Model T — la première voiture fabriquée à la chaîne par Ford, au début du siècle. Pour une fois, le tacot eut la bonne grâce de démarrer sans se faire prier.

Ils parcoururent un bon mile sur la route de Fitch avant d'oser vraiment respirer. L'unique personne à qui ils avaient dit au revoir, c'était Delilah.

— Elle était si heureuse, dit Helen. Comme si elle était illuminée de l'intérieur. Toi qui ne l'avais pas vue depuis longtemps, est-ce qu'elle t'a paru beaucoup plus mal ?

Il laissa passer un temps avant de répondre :

— Helen, il faut que tu profites de tous les instants où elle est encore là. Mais, même si elle devait partir demain matin, eh bien, cette soirée aura été vraiment importante pour elle. A présent, vois-tu, elle peut mourir en paix.

C'était sa manière, délicate et pleine de tact, de lui montrer la vérité en face. Il avait toujours été un garçon bon et sensible.

Elle ne dit plus rien jusqu'à ce qu'ils approchent de l'endroit. Elle savait qu'ils allaient devoir se garer au pied de la colline et continuer à pied car le chemin n'était pas praticable. La piste menant à la ferme était déjà tout un poème.

Ils portaient chacun un sac avec leurs affaires. Fate prit celui de sa jeune épouse, puis il lui tendit la main, et ils montèrent le sentier éclairé par la lune.

La nuit était fraîche, et Helen frissonnait. Dorothy l'avait prévenue qu'il ferait froid dans la cabane. Obed y avait allumé un feu de bois avant de partir au mariage, mais il serait probablement éteint. Avec un peu de chance, il y aurait peut-être encore quelques braises sur lesquelles ils pourraient souffler.

Fate posa un baiser sur la main d'Helen et, aussitôt, elle se sentit revigorée. Les étoiles clignotaient à travers des trouées nuageuses, et elle eut l'impression d'être un peu à l'image de ce ciel contrasté. D'un côté, elle était contente d'avoir enfin Fate pour elle seule car, depuis son arrivée, entre la famille et les préparatifs, ils avaient passé que de rares moments ensemble. D'un autre côté, elle redoutait un peu ce qui l'attendait, plus haut, dans le chalet.

Ils s'arrêtèrent devant la porte. Fate posa les sacs sur le porche étroit et fit jouer le loquet.

— Ton père m'a dit que je n'avais pas intérêt à oublier ceci, dit-il.

La prenant au dépourvu, il la souleva dans ses bras, poussa la porte d'un coup d'épaule et lui fit franchir le seuil de la chaumière.

— Non, non, pose-moi ! protesta-t-elle. Je suis presque aussi grande que toi !

— Oui, mais pas aussi forte ! lui fit-il remarquer d'un air taquin.

Puis il la remit sur ses pieds et la fit taire d'un baiser. Elle se pelotonna contre lui, et elle n'aurait probablement pas bougé si elle n'avait senti le féroce courant d'air qui entrait par la porte ouverte.

— S'il restait un semblant de feu, il doit être éteint, maintenant, avec ce vent, dit-elle en frissonnant de plus belle.

Elle avait refusé de porter son vieux manteau usé par-dessus sa jolie robe neuve, et elle le regrettait presque, en cet instant.

— Je vais le faire repartir, ne t'inquiète pas.

De nouveau, il l'enlaça, l'embrassa sur le front, puis se dirigea vers la cheminée.

Helen rentra leurs sacs, ferma la porte, et tira soigneusement le loquet. Puis, pendant que Fate s'occupait du feu, elle examina leur refuge. Il était bien modeste, avec sa pièce unique et son échelle de meunier qui menait à un grenier ouvert où devait se trouver le lit. Comme il était de tradition dans la vallée, la cheminée et l'âtre occupaient le centre de la construction.

Le tour du propriétaire était vite fait, certes, mais elle ne put s'empêcher d'envier son frère et Dorothy parce que le chalet était leur domaine et qu'ils pouvaient y demeurer seuls tous les deux. Bien sûr, il y avait des espaces entre les rondins et autour des fenêtres, colmatés tant bien que mal par de vieux journaux, ce qui n'empêchait pas Dorothy de tenir l'endroit parfaitement propre. Pas une toile d'araignée suspendue aux chevrons ni une poussière sur le tapis usé jusqu'à la corde.

— Viens te réchauffer, lui conseilla Fate.

Elle le rejoignit devant l'âtre, tendant les mains vers les flammes qui léchaient les bûches qu'Obed avait spécialement fendues pour eux.

— Ta famille est vraiment adorable, dit Fate d'un ton attendri. J'ai souvent regretté de ne pas en faire partie.

— Maintenant, cette famille est aussi la tienne, dit-elle en glissant sa main, déjà moins glacée, dans la sienne.

— Je n'ai pas à me plaindre des Claiborne, pourtant. Ils m'ont adopté, alors que rien ne les y obligeait.

Ils l'avaient recueilli, certes, mais il trimait dur, en échange, songeait Helen qui avait du mal à pardonner aux Claiborne leur favoritisme éhonté envers leur propre fils.

— Tu ne m'as rien dit sur l'Ohio et sur ton séjour là-bas, dit-elle, préférant changer de sujet.

— On a la vie pour parler de ça, dit-il en lui ouvrant les bras.

Helen s'y blottit sans hésiter.

— Je te raconterai tout ce que tu voudras, reprit-il. Mais plus tard.

Elle pensait qu'elle serait intimidée. Ce n'était pas le cas. Elle se sentait belle, désirable, heureuse. Tandis que l'atmosphère se réchauffait — et eux aussi, par la même occasion —, Fate l'entraîna à l'étage et la déshabilla tendrement.

Elle eut alors l'impression de découvrir ce que le mot *bonheur* voulait dire.

Plus tard, ils se retrouvèrent lovés l'un contre l'autre, sous la pile de couettes, comme s'ils avaient toujours dormi ainsi, leurs deux corps s'épousant parfaitement. Helen finit par sortir de son engourdissement et se glissa hors du lit.

— Où vas-tu ? lui demanda Fate d'une voix ensommeillée.

— Rendors-toi, je reviens tout de suite.

Elle alla fourrager dans son sac, en sortit son quilt de mariage à moitié terminé, puis alla l'étendre sur le lit. Elle n'avait pas eu le temps de le matelasser ni de le doubler, mais elle voulait pouvoir se rappeler qu'ils avaient dormi dans ses plis, cette nuit-là.

Elle sombra dans un sommeil bienheureux, tandis que l'obscurité s'épaississait.

Soudain, des sonnailles de troupeau retentirent, des cris, des coups à la porte.

Fate marmonna quelque chose en se retournant dans son sommeil. Helen se redressa et le secoua.

— Un charivari, dit-elle. Tom et Obed avaient pourtant promis de s'abstenir !

Son époux était maintenant tout à fait réveillé. Il se leva et se mit à enfiler ses vêtements.

— Tu ferais mieux de mettre quelque chose sur ton dos, Helen. Ils ne nous lâcheront pas tant que nous ne serons pas descendus.

— Tu ne peux pas les chasser ?

— Impossible, tu le sais.

Helen n'avait eu que le temps de passer sa combinaison et son peignoir lorsque la porte s'ouvrit avec fracas. Fate était encore en sous-vêtements, avec une seule chaussette au pied, et il bataillait pour boutonner son pantalon.

— On vient vous déloger !

Un bruit de galopade, puis les têtes de Gus et d'Obed émergèrent en haut de l'échelle.

— Tu avais promis ! gémit-elle.

— Désolé, Lenny, je n'ai rien pu faire, déclara son frère, qui ne semblait pas mécontent de lui et du bon tour qu'il leur jouait.

Elle entendit des voix de femmes l'appeler, et se mit à sourire malgré elle. Fate n'avait pas l'air de mal le prendre, lui non plus. Pourtant, Dieu sait qu'il avait besoin de sommeil : il serait obligé de partir à l'aube, le lendemain matin.

A l'extérieur, le chahut ne se relâchait pas. C'était un bruit discordant et tumultueux de poêles, de chaudrons, de sifflets, accompagné de cris, de huées, de sonnailles et de grelots. Une foule s'était rassemblée pour la circonstance.

Les garçons firent semblant de lutter avec Fate avant de le ceinturer et de l'entraîner en bas. Avec un soupir, Helen serra la cordelière de son peignoir et les suivit.

Dehors, ses frères et leurs amis, ses cousins et cousines, ainsi que toute la jeunesse du voisinage les attendaient. Lorsqu'elle sortit, elle fut accueillie par des rugissements, des rires et des applaudissements.

— Alors, Helen, prête à coopérer ? s'écria Gus Claiborne.

Elle le fusilla d'un regard noir. Le fils Claiborne se situait au-dessous du serpent à sonnette dans l'échelle de ses sympathies.

— Pas question que je monte dans une vieille brouette. De toute façon, vous ne pourriez pas la hisser jusqu'ici !

— Oh ! mais on a prévu autre chose !

Gus pointa l'index vers le bas de la colline, et Helen vit ce qui les attendait : une antique charrette remplie de foin, à laquelle s'était attelé tout le clan Claiborne.

— Si tu ne viens pas de ton plein gré, nous allons ficeler ton cher et tendre et le jeter dans la charrette ! s'écria Gus. Et il devra se passer de toi.

Les tamtams et le vacarme redoublèrent.

Helen se mit à rire.

— Nous n'avons qu'une nuit à passer ensemble avant qu'il ne s'embarque pour la Californie, et vous voulez qu'on la passe dans le foin ?

Sa déclaration fut saluée par une explosion de plaisanteries grivoises et de rires égrillards. Helen n'ignorait pas que c'était là une version plutôt bon enfant du charivari traditionnel. Elle avait entendu des histoires où le jeune marié avait été kidnappé et abandonné, pieds et poings liés, au bord d'une route déserte.

Elle leva les mains en signe de reddition.

— D'accord, je viens.

Ils furent escortés par la foule et par un concert de batterie de cuisine où les bassines ajoutaient leur note grave et scandée.

Fate l'aida à monter dans la charrette, mais un mauvais plaisant la poussa dans le dos, et elle tomba la tête la première dans le foin.

Le jeune marié rit de bon cœur en s'effondrant à côté d'elle, puis il creusa une niche et s'enfouit sous la paille en la serrant contre lui.

La carriole s'ébranla, contourna la ferme et emprunta la route à petite allure.

Tout le long du chemin, ils furent accompagnés par un tapage effroyable, des tambours frénétiques et de grands éclats de joie. Et, jusqu'à l'instant où on les ramena à leur point de départ, Fate et Helen restèrent amoureusement blottis dans les bras l'un de l'autre.

Nancy essayait d'imaginer ces réjouissances débridées et cette noce paysanne, telles qu'Helen les racontait.

La maison où elle avait grandi et où sa mère s'était mariée lui était toujours apparue d'une tristesse insondable. L'ombre et le silence y régnaient en permanence.

Pourtant, dans son enfance, quelques parents isolés

ou des voisines avaient dû leur rendre visite de temps à autre. Si elle n'avait pas gardé de souvenirs de ces séjours, c'est qu'ils avaient sans doute été rares et brefs. Helen ne s'était jamais montrée une hôtesse cordiale. Elle était trop occupée, trop fatiguée, trop distante pour entretenir des relations sociales ou amicales.

Nancy n'arrivait pas à se rappeler la moindre fête, le moindre moment joyeux ni même un seul été de vacances rempli de rires et de jeux enfantins, de pique-niques sur la prairie entre membres exubérants d'une même famille ou d'un groupe d'amis.

Depuis toujours, elle en avait retiré l'amer sentiment d'avoir été trompée.

Elle attendait le reste de l'histoire lorsqu'elle se rendit compte qu'Helen avait terminé.

Voilà. Tout était dit. Cette maigre poignée d'heures, c'étaient les seuls instants que son père et sa mère avaient réellement partagés…

Après le dîner, les trois femmes étaient revenues sous la véranda afin d'écouter le récit du mariage d'Helen jusqu'au bout. Le crépuscule était largement tombé. Le spray antimoustiques avait circulé dans leur petit cercle, et le silence, retombant sur la fin de l'histoire, scellait la communion du trio dans une même émotion.

— Tu as été conçue cette nuit-là, dans cette vieille cabane en rondins, reprit Helen. A l'aube, ton père a pris le train qui devait le ramener en Ohio, puis en Californie. De là, il m'a écrit le plus souvent possible, même s'ils étaient en mer la plupart du temps. Lorsque maman est décédée, un mois plus tard, je n'ai pas pu le prévenir. De toute façon, ils ne l'auraient jamais autorisé à venir aux funérailles car ils étaient en période d'entraînement intensif. Après l'office funèbre, maman a été ensevelie là-haut, sur la colline, comme elle l'avait souhaité.

— Je suis heureuse qu'elle t'ait vue mariée avant de partir, dit Tessa.

— Et c'est aussi bien qu'elle n'ait pas survécu pour assister à la suite, déclara Helen, les yeux perdus au loin. Obed et Dorothy sont venus habiter ici, après la mort de maman, et ma jeune belle-sœur m'a aidée dans les travaux de la ferme et de la maison. J'étais heureuse aussi de sa présence, car je savais que j'étais enceinte, et ça me rassurait qu'elle soit là. D'autant que papa était complètement perdu sans maman, même s'il faisait de son mieux pour ne pas trop le montrer…

La voix d'Helen se fit encore plus douce.

— J'ai terminé le piéçage des Anneaux de mariage, puis je l'ai mis de côté, avec l'intention de le quilter plus tard, quand cette période de deuil aurait pris fin.

— Et puis il y a eu Pearl Harbor, dit Nancy.

Le récit faisait partie des archives familiales.

Helen se tourna vers sa fille.

— Ton père était fou de bonheur quand il a su que nous allions avoir un enfant. En dehors de l'éloignement, il était satisfait d'être dans la Marine ; il appréciait de voir du pays. Et puis, il montait en grade rapidement : il était devenu signaleur. Même s'il n'avait fait que très peu d'études, sa vive intelligence et son savoir-faire avaient été repérés par ses supérieurs. Il me l'a raconté dans une longue lettre qu'il avait postée à Honolulu. Il espérait que je pourrais venir le rejoindre pour une semaine ou deux. Nous n'en avions pas les moyens, tu t'en doutes, et puis la petite Nancy allait arriver, alors, bien sûr, je n'ai pas fait le voyage à Hawaii. Mais ton père avait le projet de revenir à sa prochaine permission. Il avait tellement envie de te voir…

Helen s'abîma dans un long silence.

Lafayette « Fate » Henry avait péri le 7 décembre 1941 dans la base navale américaine de Pearl Harbor, à Hawaii, sous les premières bombes de l'aviation japonaise. Dès le lendemain, devant l'horreur et l'ampleur des pertes humaines et matérielles, les Etats-Unis avaient fait leur entrée dans le second conflit mondial en déclarant la guerre au Japon.

Petite fille, Nancy avait souvent entendu dire que son père avait été chanceux de mourir sur le coup, et non pas comme tant d'autres martyrs qui s'étaient débattus dans l'océan en feu ou avaient coulé, prisonniers de la coque d'acier de leur navire.

A présent, elle se demandait si c'était vrai, sans pour autant avoir envie de connaître la réponse.

— J'ai mis mon patchwork de côté, reprit enfin Helen. Comment aurais-je pu continuer à coudre mon quilt de mariage, alors que mon jeune mari venait de mourir ?

— Dire que je suis née à peine deux semaines après sa mort…

Nancy se demandait ce que sa mère avait pu ressentir dans des circonstances aussi tragiques, en donnant naissance à ce bébé que son mari ne verrait jamais.

— Obed et Tom devancèrent la conscription, alors qu'ils auraient certainement pu être réformés, au moins temporairement, ou bénéficier d'un sursis. On les accordait de façon assez libérale aux fermiers. La nation avait besoin de manger, n'est-ce pas ? Mais non, il fallait qu'ils aillent se battre. Et moi aussi, je le voulais, tu sais ? Je voulais qu'ils tuent ceux qui avaient tué mon cher Fate. Et ils sont morts tous les deux, à leur tour. Tom à Guam, dans l'archipel des Mariannes, quand nos soldats ont repris l'île aux Japonais, en 1944. Et Obed en Italie, l'année précédente. Dorothy a trouvé du travail à Quantico, dans les usines aéronavales qui sortaient, à l'époque, le F4U Corsair, un avion de chasse. A partir de ce moment-là, nous l'avons un peu perdue de vue. A la fin de la guerre, elle a épousé un marine qu'elle avait rencontré là-bas, et ils ont déménagé quelque part vers le nord.

— Et ton père ? demanda Tessa.

— Le surmenage et le chagrin ont eu raison de lui. On ne pouvait rien y faire. Les jeunes gens étaient tous morts, les femmes travaillaient dans des bureaux à Washington ou dans des usines d'armement. Papa pensait qu'il était de son devoir de produire le plus de céréales possible. Je l'aidais autant que je le pouvais, mais, avec un bébé et toutes les tâches ménagères, je n'étais pas suffisamment efficace. Le reste de la famille était dispersé : certains étaient partis en ville, d'autres servaient sous les drapeaux ou travaillaient pour l'armée. Il ne restait pas âme qui vive pour donner un coup de main en cas de nécessité. Tante Mavis elle-même est partie avec toute sa famille du côté de Norfolk, puis de Jacksonville, et les liens ont fini par se distendre. Voyager coûtait trop cher, et c'était trop compliqué. Papa s'épuisait au travail, et il a été emporté par une mauvaise pneumonie. Les antibiotiques n'existaient pas, en ce temps-là. En tout cas, pas pour des gens comme nous.

Nancy n'avait jamais pris conscience de la vitesse avec laquelle la vie de sa mère avait changé. Helen avait grandi dans la pauvreté, certes, mais il y avait eu de l'amour et des rires dans cette maison. Et puis, en un court laps de temps, quelques années à peine, tout ce qui comptait pour elle avait disparu. La joie s'était enfuie. Et il ne lui restait que cette enfant, le fruit d'une unique nuit d'amour.

— Mais comment t'es-tu débrouillée pour garder la ferme sans personne pour t'aider ? demanda Tessa.

— J'avais ma maigre pension de veuve et le petit pécule que papa avait mis de côté pour les mauvais jours. Avant toute chose, j'ai payé les impôts, pour qu'on ne me prenne pas la ferme, ce qui, pendant la grande dépression, avait été le sort de milliers de paysans qui ne pouvaient plus payer leurs taxes. Et ainsi, cahin-caha. Quand la guerre s'est terminée, les hommes ont commencé à rentrer. J'ai loué les terres que je n'arrivais plus à cultiver, et j'ai engagé des ouvriers agricoles quand les salaires étaient bon marché. Un gars du pays s'est occupé des vergers ; il assurait la récolte et nous partagions les profits, moitié-

moitié. J'ai transformé un petit champ de maïs en potager, et je transportais tous mes légumes au village, où j'avais un petit stand de vente en bordure de route, de mai à octobre.

— Et tu m'as élevée, ajouta Nancy.

— Je faisais de mon mieux. Mais j'ai dû laisser beaucoup de choses derrière moi pour continuer à avancer.

La seconde phrase était révélatrice, songea Nancy. Parce que la jeune femme optimiste qu'avait décrite Helen ne ressemblait en rien à la femme accablée de soucis et rongée par l'amertume qu'elle avait connue dans son enfance.

— Qu'est-ce que tu as laissé exactement « derrière toi » ? demanda-t-elle avec la sensation de marcher sur des œufs.

Du coin de l'œil, elle vit le petit signe de tête désapprobateur de Tessa. Mais, refusant délibérément d'en tenir compte, elle poursuivit avec obstination :

— Les souvenirs, maman ? Les sentiments aussi ? L'amour, l'espoir, la joie de vivre ?

Helen s'abîma dans ses réflexions au lieu de réagir avec violence, comme Nancy s'y attendait. On voyait qu'elle pesait ses mots avant de répondre.

— Après la mort de ton père, je n'ai plus voulu regarder en arrière. C'est tout ce que je peux te dire.

— Tu as fait le portrait d'une étrangère, tout à l'heure. J'aurais aimé connaître cette femme, et les gens qui l'aimaient. Ceux qui m'auraient sans doute aimée, moi aussi.

— A quoi bon ? Ils avaient disparu.

Nancy se pencha en avant.

— Et toi, tu n'étais pas là non plus.

Helen ne chercha pas à se justifier. Son expression demeura indéchiffrable. Seul un éclat dans son regard confirma les paroles de Nancy.

Brusquement, Helen se leva et se dirigea de son pas traînant vers la porte grillagée. La main sur la poignée de la porte, elle s'arrêta et se retourna.

— Je les avais tous perdus, tu comprends, Nancy ?

Chacune des personnes que je chérissais. Toi, tu étais une enfant extrêmement délicate, toujours quelque chose de travers ici ou là. La petite fille de Fate… si fragile que je m'attendais à la perdre, elle aussi, d'un moment à l'autre.

Tessa écouta retomber la porte grillagée. La nuit était loin d'être silencieuse. Tout près, dans le cornouiller, une chouette chevêche poussait son cri afin de marquer son territoire. Venant de l'arrière de la maison, on pouvait entendre les poules exotiques d'Helen qui s'agitaient et caquetaient de manière intermittente. Du côté des montagnes, l'orage tonnait… Un orage de chaleur, sans doute, qui n'apporterait pas la pluie.

— Elle va aller voir ses poules, fit doucement remarquer Nancy, passer un moment en leur compagnie, les rassurer, leur parler. Ensuite, elle ira jusqu'à l'étang. Lorsqu'elle est troublée, c'est ce qu'elle fait, invariablement. Quand j'étais enfant, les poules étaient en terrain conquis : elles étaient bichonnées comme des princesses.

Tessa, qui s'apprêtait à se hérisser et à accuser sa mère d'avoir le cœur sec, fut frappée par l'amour qu'elle venait de percevoir dans la voix de Nancy. L'amour et la tendresse avaient-ils toujours été là ? se demanda-t-elle. Et, dans ce cas, pourquoi ne l'avait-elle pas senti plus tôt ?

— C'était un témoignage difficile à livrer, dit Tessa, la gorge serrée.

Comme la plupart des gens, elle avait jugé sa grand-mère comme une vieille femme maniaque, incapable de la moindre sensibilité. Et, d'une certaine manière, elle s'en était désintéressée. Jamais elle n'avait pensé à la jeune femme qu'elle avait été, livrée à une effroyable solitude dans cet environnement âpre, dépeuplé par la mort. Pas plus qu'à la jeune veuve héroïque qui s'était battue comme un homme pour ne pas être chassée de ses terres et pour élever son bébé, cadeau de départ d'un époux trop tôt disparu.

— Elle avait peur de m'aimer, de s'attacher à moi, dit Nancy avec émotion. Je ne m'en étais pas rendu compte. Comme si, en gardant ses distances, elle pensait me protéger. Une sorte de rituel magique… Si elle ne montrait pas son amour, son enfant aurait peut-être une chance de passer inaperçu. Et de survivre, malgré tout. Ça me rappelle une ancienne coutume chinoise : les femmes mendiaient des morceaux de soie auprès de toutes les voisines de leur quartier, et les cousaient ensemble pour faire des capes multicolores aux tout petits enfants. Elles espéraient ainsi déjouer la vigilance de la mort, en les faisant passer pour des orphelins en haillons.

— Et pourtant, elle t'aime, dit Tessa.

— Sans doute. Mais quelle lourde hérédité ! Quand tu as grandi sans être entourée d'amour, tu n'apprends pas à le donner. C'est le problème de toute mon existence, et je n'en suis pas vraiment sortie.

Nancy avait sans cesse besoin d'être rassurée. Cela faisait partie de son caractère au même titre que sa vanité et sa soif de réussite sociale. Mais, pour une fois, remarqua Tessa, elle ne quêtait pas une quelconque approbation. Elle livrait simplement le fond de sa pensée.

Nancy avouait tout de go qu'elle n'avait jamais su lire dans le cœur de sa propre mère. Tessa, à son tour, se demanda si elle n'était pas tombée dans le même piège.

S'était-elle contentée de juger Nancy sur les apparences en négligeant ses qualités et sa force ?

— Des hommes, pourtant, s'intéressaient à ta grand-mère, dit-elle. Deux en particulier, je m'en souviens. Des hommes très « comme il faut », et tout ce qu'il y avait de sérieux. L'un était veuf, avec trois enfants : trois fils. L'autre, un vieux garçon qui vivait à Woodstock et qui faisait le trajet tous les samedis jusqu'à notre stand de légumes. Il se mettait sur son trente et un, arborait un nœud papillon à pois, et plaquait ses cheveux en arrière avec de la Gomina. C'est peut-être difficile à croire, aujourd'hui, mais, en ce temps-là, Helen était une belle femme. Et les hommes n'y étaient pas insensibles.

— Mais elle, est-ce qu'elle les remarquait ?

— Elle restait de glace. Elle disait toujours qu'elle ne comptait pas se mettre un homme sur les bras, qu'elle avait déjà assez à faire.

Nancy se leva et alla s'accouder à la balustrade, les yeux fixés sur le cornouiller où la chouette continuait à hululer de façon répétée et plaintive.

— Tu l'entends ? demanda-t-elle à Tessa. Dans mon enfance, lorsqu'une chouette des vergers huait aussi près de la maison, on disait que quelqu'un allait mourir.

— Il y a eu suffisamment de morts, par ici, dit Tessa qui ne pensait pas qu'à la famille de sa grand-mère et à son mari, mais aussi à Kayley.

— Pour en revenir à Helen, il me semble que c'est une réaction assez répandue de s'isoler comme elle le fait, de rejeter ceux que l'on aime, lorsque la peur vous tenaille. Quand on y pense, tout le monde a une chouette qui hulule près de sa maison, mais seuls ceux qui ont été durement éprouvés entendent son appel.

Tessa se demanda si c'était ce désir de se protéger de la douleur qui poussait Mack à vouloir un autre enfant. Avait-il peur de finir sa vie dans la solitude et l'amertume ? Ce désir d'enfant dénotait-il un certain optimiste de sa part ? Comme s'il croyait que le bien pouvait triompher. Comme s'il avait suffisamment foi en l'univers pour tenter un autre essai…

Si c'était le cas, que dire du refus qu'elle lui opposait lorsqu'il réclamait une seconde chance pour leur couple ?

Nancy se tourna vers sa fille. Pour une fois, elle n'avait pas les bras croisés devant elle en guise de bouclier.

— C'est extraordinaire que maman ait pu nous dire

tout ça, ce soir. On devrait peut-être se demander pourquoi elle l'a fait ?

— Ça me semble assez évident. Elle voulait que tu saches qui tu es, et qui étaient tes ancêtres.

— Tout ce qu'elle a dit était empreint de regret. Tu l'as remarqué ?

— Rien d'étonnant. Son univers s'est effondré.

— Non. On ne regrette pas les situations sur lesquelles on n'a aucun contrôle. On en éprouve du chagrin, ça oui. Mais ta grand-mère regrette la manière dont elle s'est fermée. Et c'est bon signe, à mon avis : ça montre qu'elle peut enfin tendre la main, sur ses vieux jours.

Tessa trouvait que les prises de conscience, ça suffisait pour ce soir. Elle se leva brusquement.

— Je vais me coucher, dit-elle. Tout ça m'a épuisée.

Curieusement, Nancy ne discuta pas sa décision. Elle n'eut pas non plus l'air blessée de sa dérobade.

— Dors bien, ma chérie. Les fantômes de cette maison sont de bons anges gardiens, je viens de le découvrir. Ils veilleront sur toi.

17

Tessa avait rendez-vous avec trois autres bénévoles de son association, pour leur dîner mensuel à la Tyson's Corner Galleria.

Elle avait l'intention de s'en dispenser durant l'été, mais le dernier jour de juillet, en début de soirée, elle se retrouva chez Maggiano's à attendre ses trois amies. Jody, une grande bringue survoltée, arriva la première, et Tessa dut endurer sa vigoureuse accolade. Ensuite, ce fut Diana, une petite rousse entre deux âges, qui jouait le clown blanc dans le tandem où Jody tenait le rôle de l'auguste. Et, enfin, Gayle, une jeune grand-mère sexy aux cheveux argentés, vint compléter leur petit groupe.

Dès qu'elles furent installées au milieu de la salle bruyante, elles se mirent à parler en même temps, chacune voulant mettre les autres au courant de ses activités et des dernières nouvelles de l'été.

Comme à l'accoutumée, elles prirent des plats plutôt roboratifs, arrêtant leur choix sur le poulet avec des manicotti fourrés aux épinards et des gnocchis avec une sauce à la vodka. Elles engloutirent les champignons farcis et les cœurs d'artichauts aux câpres et à la mozzarella avant qu'il y eût une accalmie dans le feu roulant de la conversation.

— Tu n'as pas dit grand-chose, Tessa, fit remarquer Gayle. Tu ne nous as parlé que du ménage que vous avez fait dans la maison de ta grand-mère !

Tessa réfléchit à ce qu'elle allait leur dire. Ces trois

femmes, avec Sandy, la responsable de programme de MCIV, étaient ses amies les plus proches. Elles avaient respecté sa volonté de faire seule son travail de deuil, tout en restant disponibles au cas où… et elles l'avaient sans cesse encouragée, soutenue et réconfortée, tout au long de son parcours. Comme elles s'étaient rencontrées après la mort de Kayley, ses amies ne risquaient pas de faire des commentaires sur son changement de personnalité ni de lui rappeler des souvenirs de sa fille.

Leur niveau d'intimité, de ce fait, était tolérable.

— J'ai de mauvaises nouvelles.

Le silence se fit aussitôt autour de la table qui ressemblait à un îlot au cœur du brouhaha ambiant de la salle. Leurs voisins célébraient un anniversaire avec des cris, des sifflets, des piétinements répétés.

— Est-ce que tu veux en parler ? demanda Gayle, comme Tessa s'était tue.

— Robert Owens est en période de probation. Il a été libéré avec un an d'avance, et il est retourné vivre chez sa mère, à Manassas.

Personne ne demanda qui était Robert Owens. Ce n'était pas nécessaire.

Diana fut la première à réagir.

— Comment est-ce arrivé ?

Tessa les mit au courant.

— Mack prétend que nous devons lui donner une chance de prouver qu'il s'est racheté, dit-elle pour finir.

Jody éclata d'un petit rire sec.

— Le problème, avec Mack, c'est qu'il trouverait des excuses aux pires crapules de la Création.

C'était dit sans méchanceté, et Tessa ne lui en tint pas rigueur.

Mack croyait en la rédemption, voilà tout.

Diana pressa brièvement la main de Tessa.

— Au moins, il ne vit pas dans ton quartier : tu ne

tomberas pas sur lui en allant chez l'épicier ou à la blanchisserie.

— Tu crois que ça va me suffire pour l'oublier ? demanda Tessa.

— Non, bien sûr. Mais, tu sais, deux ans après la mort de Jerry, j'ai vu le salopard qui l'avait tué, au volant de sa voiture. Il attendait sa fille à la sortie de l'école. Il avait été libéré des mois auparavant, et personne ne m'avait prévenue.

Le mari de Diana était mort sur le coup, lorsque le chauffard avait percuté de plein fouet sa camionnette de livraison. Tessa essaya d'imaginer la scène, au cas où elle rencontrerait Robert Owens, par hasard, dans son quartier.

— Qu'est-ce que tu as fait ?

— Il était avec sa femme. J'avais une photographie de Jerry et moi, avec les enfants. Je l'ai sortie de mon portefeuille et je la lui ai tendue en lui disant de la garder en souvenir.

Diana but une gorgée d'eau.

— Il a été arrêté, trois mois plus tard, en état d'ivresse, alors que son permis de conduire était suspendu, et il est retourné en prison. Cette fois, il n'avait tué personne, simplement détruit une palissade. Ça remonte à vingt ans. Il est parti pour la Floride, à sa sortie de prison. J'espère qu'il a été dévoré par un requin, depuis.

Personne ne sourcilla.

— Trop rapide, décréta Jody. Trop facile !

— Moi, j'aurais aimé faire quelque chose, quand mon neveu a été victime d'un accident, dit Gayle. Tout le monde était tellement soulagé qu'Alex ait survécu. Seulement, ils n'étaient pas là pendant ces longs mois de rééducation, quand Alex réapprenait à marcher et que chaque pas était une souffrance.

— Et la bonne femme qui l'avait fauché a reçu une tape sur le poignet en guise d'avertissement, dit Diana amèrement.

— Après tout, Alex n'était pas mort, n'est-ce pas, et la conductrice était *terriblement* désolée. Elle a donc écopé d'une peine légère : un peu de prison, quelques mois sous surveillance. A la fin de sa période de probation, elle a célébré ça par une noce à tout casser, et elle a percuté une voiture de police qui tentait de l'arrêter. Comme il s'agissait de flics, elle a été condamnée plus lourdement, la seconde fois. Alex était pratiquement remis de l'accident lorsqu'elle a quitté la prison.

Tessa connaissait déjà leur histoire, tout comme Jody, mais il y avait des choses qui devaient être dites et redites, inlassablement. Ces femmes, pensa-t-elle, essayaient de l'aider à leur manière, en lui faisant sentir qu'elles comprenaient ce qu'elle pouvait ressentir, qu'elles étaient là pour l'écouter aussi longtemps qu'il le faudrait. Sa colère, sa déception et, plus que tout, son sentiment d'impuissance ne leur étaient pas étrangers. Personne n'essayait de prendre l'avantage sur l'autre. Simplement, elles partageaient toutes leur peine et leur rage face à un système incapable de mettre ses honnêtes citoyens à l'abri des tueurs motorisés.

Voilà pourquoi MCIV avait pris tant de place dans leur vie et qu'elles s'y consacraient avec l'énergie du désespoir.

— Il tuera quelqu'un d'autre, dit Tessa. J'en suis sûre. Il s'est montré habile, il a su convaincre son entourage, attendre le bon moment. C'est comme ça qu'il a gagné son billet de sortie de St. Bride. Je l'ai vu au procès. La manière dont il a entortillé le jury, des sourires angéliques par-ci, des paroles mielleuses par-là… Ma main au feu, que d'ici une semaine ou deux, il se remettra à boire et à conduire ! Si ce n'est pas déjà fait. Il se rendra compte que son agent de probation est débordé de boulot, que les crédits sont limités et que, entre les coups de téléphone et les visites de contrôle, il a toute latitude. Il détournera le système à son avantage en se fichant pas mal du reste.

— Et tu voudrais faire quelque chose ?

Jody attendit que les plats de hors-d'œuvre aient été débarrassés pour reprendre la parole.

— Tu m'as l'air au bord de l'explosion.

— Je suis fatiguée d'attendre que la justice fasse quelque chose. Ce gars est une bombe à retardement. Comment se fait-il qu'ils ne le voient pas ?

Tessa s'aperçut qu'elle parlait très fort, mais, au point où elle en était, elle s'en fichait pas mal.

— Si seulement je savais quoi faire ! Je voudrais éviter que d'autres gens vivent le calvaire que j'ai traversé. Parce que ce type fera de nouvelles victimes, c'est inévitable.

— Pas sûr, dit Diana. Qu'arrivera-t-il si quelqu'un le surprend au volant d'une voiture ? Son permis lui a été retiré, non ?

— Bien entendu, mais qui le dénoncera ? Sa mère ? Ses amis ? A moins qu'il ne grille un feu rouge ou qu'il commette un excès de vitesse, les flics ne l'épingleront pas. La plupart du temps, ils ne sont pas là pour constater ce genre d'infraction, c'est connu.

— Si on le trouvait en train de conduire, est-ce que ce serait suffisant pour le renvoyer en prison ? Sans parler d'ivresse. Juste le fait de conduire.

Tessa fit une grimace.

— D'après le juge, au moindre écart, à la moindre infraction, il retournera derrière les barreaux avec une condamnation sérieusement aggravée.

Jody et Diana échangeaient des regards entendus et de petits signes de tête.

— Moi aussi, je signe ! s'exclama Gayle. Inutile de prendre des mines de conspiratrices, vous deux !

— De quoi parlez-vous ? leur demanda Tessa.

Jody se lança la première.

— C'est simple, et si tu n'étais pas aussi bouleversée, tu verrais ce qu'il faut faire. Tu es pratiquement certaine qu'Owens va se remettre à conduire, n'est-ce pas ? Or, les flics ne peuvent pas camper dans sa rue et l'avoir à l'œil en permanence. Son agent de probation non plus. Et ce n'est pas sa mère qui vendra la mèche s'il prend la voiture. Quant aux voisins, ils ne sont peut-être même pas au courant. Donc, quelqu'un de *concerné* doit prendre la relève et dénoncer Owens à la police dès qu'il s'écartera du droit chemin. Ensuite, avec un peu de chance, ton copain juge fera le reste.

— Et qui va s'en charger ?

— Toi. Moi… Nous.

Tessa se figea sur sa chaise, réfléchissant à ce que cela impliquait.

— Vous êtes sérieuses ?

— Ecoute, le moment où le gars Owens risque le plus d'avoir la bougeotte et d'aller faire un tour en voiture, c'est le soir, après le dîner. Nous pouvons très bien monter la garde à proximité de la maison de sa mère. Nous sommes quatre. En nous relayant, ce ne sera pas la mer à boire. Evidemment, on devra se montrer discrètes. Ce genre de démarche n'est pas reconnu par la juridiction de MCIV, il va sans dire.

Tessa réfléchissait à toute allure. Si, en plus de le surprendre au volant, l'une d'elles pinçait Robert dans un bar, il suffirait de passer un coup de fil à son agent de probation qui pourrait alors demander une prise de sang. Si l'analyse confirmait qu'Owens avait bu, son compte était bon. Retour direct derrière les barreaux. D'autant que le juge avait promis de se montrer intraitable.

Mais les quatre femmes n'étaient-elles pas en train de mettre au point une sorte de police parallèle ?

— Tu pourrais vérifier auprès de ton mari, suggéra Diana. Demande-lui si ça pose un problème sur le plan légal. Ce ne sera pas du harcèlement intempestif ni de la filature. Nous nous contenterons de nous garer dans le coin et de surveiller la maison… Et puis, je pense à autre chose ! Je connais quelqu'un au commissariat de Manassas : un policier qui a épousé ma meilleure amie de collège. Si nous lui expliquons ce que nous faisons, il sera de notre côté. Cela nous permettra d'avoir un canal direct avec son service, et il fera en sorte que le gars soit mis en garde à vue avant même que son moteur ne refroidisse.

Tessa se demanda ce que Mack penserait de cette idée. Il trouverait certainement que ça n'était pas la bonne solution pour résoudre le problème Robert Owens. Mais la permission de Mack, elle s'en passerait. Sa soif de justice allait bien au-delà.

— Je ne peux pas vous demander de caser ça dans votre emploi du temps, dit-elle.

— Tu ne nous as absolument rien demandé, répliqua Jody.

Tessa leva les mains en signe d'impuissance. Pendant un moment, elle resta muette. Elle avait sollicité leur écoute et, en retour, elle recevait beaucoup plus. La solution qu'elle cherchait si avidement, ses amies la lui servaient sur un plateau.

— J'assurerai mon tour de garde un soir sur deux. Comme ça, à vous trois, vous ne serez bloquées qu'une soirée par semaine. Vous êtes certaines d'avoir le temps… et la patience ?

Jody s'empara de la corbeille à pain et la fit circuler autour de la table.

— Ma chérie, nous n'avons pas seulement du temps et de la patience : nous avons une mission à remplir. Rien ne pourra nous arrêter.

— Et si Owens se tient à carreau, nous serons au courant, dit Diana. Ce qui te soulagera sans doute. Et nous aussi, par la même occasion.

La résilience, tant attendue… Tessa se demanda avec perplexité si elle finirait par l'atteindre un jour.

Nancy papillonnait dans le salon. Pour la énième fois, elle demanda à Mack s'il désirait quelque chose à boire.

Ils venaient de passer vingt minutes à échanger des banalités affligeantes, et il avait déjà décliné de multiples propositions de thé et de café.

Il aurait voulu que Nancy s'en aille, mais il n'osait pas le lui demander. Il n'avait jamais sympathisé avec la mère de Tessa. Il pensait sincèrement qu'elle n'était qu'un puits sans fond dans lequel on aurait pu jeter l'amour et l'adoration à pleins bras, pendant mille ans, sans jamais le remplir.

En vérité, elle n'était pas foncièrement mauvaise. Peut-être même était-elle animée des meilleures intentions du monde. Et puis d'avoir grandi au côté d'une mère comme Helen Henry n'était pas un handicap facile à surmonter, songeait-il parfois. Cependant, comprendre *et* accepter étaient deux démarches différentes. S'il comprenait comment elle avait pu devenir la femme qu'elle était, ça ne l'aidait pas pour autant à la supporter.

Nancy finit par abandonner puisque ses efforts de maîtresse de maison avaient été définitivement anéantis par le manque de coopération de son gendre.

— Vous savez, Mack, dès notre première rencontre, j'ai compris que vous ne m'aimiez pas.

Comme il était plongé dans ses pensées, il demeura interdit pendant un instant, se demandant avec horreur s'il avait exprimé tout haut son jugement sur Nancy.

— Je vous demande pardon ?

— Oh ! Mack, ne faites pas semblant ! Vous avez très bien entendu.

Elle soupira.

— J'imagine que ça n'a rien de surprenant, dit-elle. Je ne m'aime pas beaucoup non plus.

Il eut l'impression d'avoir franchi une barrière invisible et de se retrouver dans un univers parallèle. Jusque-là, jamais au grand jamais Nancy n'était sortie de sa coquille pour livrer une pensée aussi… authentique.

Il en fut désarçonné.

Elle lui décocha un petit sourire sans malice. Il était visible qu'elle ne cherchait pas à l'impressionner ni à le mettre mal à l'aise.

— Oui, je suis une *vraie* personne, avec des idées et des sentiments dignes de ce nom, et je suis encore capable de les exprimer.

Il prit conscience qu'il l'écoutait, bouche bée, et déclara finalement d'un air penaud :

— Je n'ai jamais pensé que vous n'étiez pas un être humain sensible.

— Ça, j'en doute. Vous ne l'exprimeriez peut-être pas ainsi, mais vous le pensez.

Nancy s'empara d'un magazine qui traînait sur la table basse, et s'éventa.

— Eh bien, regardez-moi bien en face, et dites-moi que vous m'avez toujours appréciée.

Impossible de répondre. Comment aurait-il pu ? Il était tombé dans un piège d'où seul un mensonge pourrait le sortir. Pourtant, curieusement, il eut l'impression que ce n'était pas ce qu'elle attendait de lui.

— Cet été, reprit-elle, je me suis soudain rendu compte que ma tête était vissée de travers. J'étais tellement déterminée à faire ce qu'il y avait de mieux pour tous les membres de mon entourage que j'étais incapable de regarder droit devant moi.

— Je ne suis pas certain de vous suivre.

— Je sais que vous n'aimez pas la manière dont je traite Tessa.

— Je ne me permettrais pas de vous critiquer dans votre rôle de mère, Nancy.

— Quand Tessa est née, j'étais si heureuse que j'ai cru que je n'y survivrais pas. J'adorais tout en elle, jusqu'aux moindres détails. Si vous l'aviez vue, Seigneur ! Ses petites menottes, sa bouche en bouton de rose, un pur bonheur ! Et ses cheveux ? Quelques semaines après sa naissance, elle avait une multitude de petites boucles folles. Vous l'ignoriez, n'est-ce pas ? Quand on voit les cheveux raides de Tessa, c'est plutôt difficile à imaginer.

Elle ferma les yeux un instant, dans un effort pour clore le chapitre des réminiscences sur la huitième merveille du monde, et poursuivit :

— Un jour, la vérité m'a frappée de plein fouet. J'étais devant cette adorable petite créature qui n'était autre que ma fille, et je ne savais ni tenir une conversation ni même, tout simplement, marcher ! Je n'avais ni éducation ni talents sur lesquels compter. Sans être vilaine de ma personne, je n'étais pas une beauté sophistiquée. Non, plutôt du genre « cette brave fille de Nancy Henry, de Trifouilly-les-Oies », qui n'avait à offrir que sa blondeur naturelle et ses joues de paysanne. Et ma fille, héritière de Harry et Caroline Whitlock, allait en souffrir.

Bizarrement, Mack sentit son intérêt s'éveiller. Malgré lui, il était pris par son récit.

— Et ensuite ? demanda-t-il.

— Eh bien, j'ai décidé qu'elle n'en souffrirait pas, justement. Mon Dieu, je l'aimais assez pour lui donner des preuves que l'amour était capable de tout. Ainsi, je me suis lancée dans une mission de changement complet : j'allais devenir tout ce que je n'étais pas, et faire en sorte que Tessa acquière toutes les bonnes manières de la haute société le plus naturellement du monde.

Elle marqua une pause.

— Enfin, avec quelques leçons, tout de même.

— Avec de *nombreuses* leçons, d'après ce que j'ai entendu.

Elle n'eut pas l'air froissé.

— Un peu normal, n'est-ce pas, lorsque vous transplantez une péquenaude des Appalaches dans cette bonne ville de Richmond. Affaire de compensation, j'imagine.

— Vous n'avez jamais été une péquenaude. Ce mot ne veut rien dire, d'ailleurs.

— Oh, mais si ! Ça veut dire beaucoup quand on le ressent au plus profond de soi.

— Pourquoi me racontez-vous cela ?

— Oh ! comme ça, sans raison précise. Je doute que ça puisse changer l'opinion que vous avez de moi. Disons qu'il n'y a pas grand-chose à faire d'autre dans le coin, le soir.

Elle lui sourit, alors. Non pas de son sourire craintif et exaspérant, du genre « aimez-moi », qu'il lui connaissait si bien. Non, c'était un *vrai* sourire, très chaleureux, qui illumina d'un seul coup son visage et effaça les rides de crispation qui lui durcissaient habituellement le regard.

Il ne savait que faire ni que dire. Ce fut elle qui le sortit d'embarras. Elle se leva et bâilla.

— Je ne sais pas ce que Tessa fabrique aussi tard, mais j'imagine qu'elle ne va pas tarder. Dormez ici, cette nuit. Je ferai des gaufres pour le petit déjeuner.

Lui adressant un petit signe de tête en guise de bonsoir, elle s'éclipsa en direction de l'entrée. Un instant plus tard, il l'entendit monter à l'étage.

Il était venu voir Tessa et non sa mère. Il n'avait pas pris la peine de téléphoner avant, ce qui était stupide de sa part, mais il était persuadé de trouver son épouse à la ferme, et le fait qu'elle pût si aisément faire le trajet jusqu'en Virginie du Nord pour dîner avec ses amies lui restait en travers de la gorge car elle invoquait toujours de bonnes raisons pour ne pas venir le rejoindre, lui.

Il se demanda brusquement si elle n'était pas allée passer la nuit chez eux. Mais non, dans ce cas, elle lui aurait annoncé son arrivée. Il décida donc de l'attendre encore un peu.

Le salon avait pris une tout autre tournure depuis que Nancy s'en était occupé. Il devait reconnaître qu'elle possédait le don de créer la beauté. Tessa avait hérité de ce talent, mais son style était plus dépouillé, voire minimaliste et un peu dramatique. Nancy, elle, adorait les couleurs et n'hésitait pas à les utiliser de façon débridée.

C'était flagrant, par exemple, dans son propre univers : côté jardin, la maison des Whitlock, située dans l'enclave ultra-huppée de Windsor Farms à Richmond, apparaissait comme un chef-d'œuvre géorgien bon chic bon genre, un brin collet monté, avec ses massifs d'azalées trop sagement taillés. Mais, à l'intérieur, c'était une autre histoire : un choc très réussi d'art contemporain, de meubles anciens, de tapis d'Orient, de bronzes exquis et de cuivre poli.

Bien sûr, dans cette modeste ferme, Nancy n'avait pas eu autant de latitude pour exercer sa créativité, mais elle avait su conserver le caractère de la demeure campagnarde tout en la mettant en valeur par des peintures aux tons lumineux et des tissus locaux aux couleurs vives. Il se dit que même Helen devait apprécier le résultat.

Il fit le tour de la pièce, s'arrêtant ici ou là devant un détail, effleurant du bout des doigts un vase des années trente rempli de fleurs des champs, un couvre-lit matelassé vert et blanc, drapé sur le dossier du sofa, un napperon au crochet sur une petite table. Il était à la fenêtre, en train de contempler les lilas et les forsythias qui auraient eu besoin d'être taillés, lorsque la porte d'entrée s'ouvrit.

— Mack ?

Il se retourna vers sa femme.

— J'aurais dû te téléphoner.

— Tu as fait tout ce trajet sans me prévenir que tu venais ?

Il lui expliqua en quelques mots qu'il se trouvait dans la région.

— J'ai terminé plus tôt que prévu, et je souhaitais te parler. Du coup, j'ai saisi l'opportunité, sans trop réfléchir. Je n'ai même pas pensé que tu pourrais être absente. Désolé.

— Je suis presque toujours là, c'est vrai. Et j'imagine que tu avais oublié ton portable, comme d'habitude.

Il ne put qu'acquiescer.

Elle n'avait pas l'air trop mécontente de le voir. Ce

qu'il préféra prendre comme un bon signe. Elle semblait fatiguée, mais la route était longue depuis la ville.

— Tu as passé une bonne soirée ? demanda-t-il.

— Mouais. Est-ce que m'man et Gran t'ont proposé à manger ?

— J'avais dîné à Front Royal avec des collègues.

— Veux-tu un thé ou un café ?

Cette fois, il ne se fit pas prier.

— Je veux bien un café, avant de reprendre la route.

Elle parut réfléchir pendant quelques secondes.

— Tu pourrais dormir ici, dit-elle enfin.

Il se demandait comment interpréter son hésitation, et préféra battre prudemment en retraite.

— Impossible, déclara-t-il. Je dois être au bureau à l'aube pour une réunion avec toute l'équipe.

Sans insister, elle se dirigea vers la cuisine, et il la suivit.

Là aussi, Nancy avait accompli des merveilles. Les vieux placards avaient retrouvé une jeunesse sous une jolie peinture crème. Les murs, jadis piquetés de taches et de chiures de mouches, étaient recouverts d'une laque bleu ciel, agrémentée de posters champêtres. Des bocaux d'un rouge tomate audacieux s'alignaient sur les comptoirs, et une pancarte peinte à la main, accrochée au-dessus de l'évier, proclamait : « J'ai appris à Martha tout ce qu'elle sait. »

— C'est ta mère qui a fait ça ? demanda-t-il en s'immobilisant sur le seuil.

Tessa remplissait la bouilloire au robinet.

— Oui, elle est incroyable. Elle travaille dur dans la journée et, le soir, elle trouve encore le moyen d'inventer des idées de décoration amusantes. Gran adore le changement, mais tu la connais : elle ne l'avouera jamais.

— Mais pourquoi Nancy se donne-t-elle autant de mal ? Je croyais qu'elle avait l'intention d'emmener ta grand-mère à Richmond ?

— Il faudrait lui poser la question.

— Parce que toi, tu ne le lui as pas demandé ?

— Le temps fait parfois bien les choses. Je préfère ne pas enfermer maman dans une position qu'elle devra défendre. Quand le moment sera venu de prendre une décision, elle laissera Gran faire son choix.

Bonne nouvelle, se dit Mack.

Il n'aurait pas soutenu sa belle-mère si elle avait voulu imposer sa volonté à la vieille dame. Et Tessa non plus, sans aucun doute.

Avant de relancer la conversation, il attendit qu'elle eût mis en route la cafetière électrique et qu'elle l'eût rejoint à table. Il tambourinait sur un set à fleurs qu'elle avait disposé devant lui.

Enfin, elle vint s'asseoir, le dos très droit.

— Tu n'es pas venu simplement pour bavarder, j'imagine.

— J'ai reçu un coup de fil d'Harriet Jenkins.

Tessa resta silencieuse un moment. Puis son regard se posa sur ses doigts qui s'agitaient nerveusement.

— Comment vont les travaux ?

Il s'agissait de travaux d'agrandissement dans leur bibliothèque municipale : l'ajout d'une pièce confortable, dûment moquettée, qui serait bientôt tapissée d'étagères basses remplies de livres d'images et de jouets pour de jeunes lecteurs. On y lirait des histoires tous les après-midi. Les mères pourraient s'y réunir avec leurs bambins qui feraient ainsi connaissance avec d'autres enfants du voisinage. Il y aurait aussi des programmes de jeux éducatifs sur ordinateur, et des bénévoles pour leur apprendre à s'en servir.

— Tout va beaucoup plus vite que prévu, dit-il. Contrairement à ce que l'on entend habituellement, il n'y a eu ni retard dans les travaux ni dépassement de budget. L'inauguration pourra se faire fin septembre.

Il marqua une pause.

— Ils souhaitent que l'un de nous prenne la parole, le jour de la cérémonie. Harriet m'a confié que le projet ne se serait jamais réalisé aussi rapidement sans la donation à la mémoire de Kayley. Ils ont, d'ailleurs, décidé de lui donner son nom : l'Aile de Kayley.

Il observa Tessa avec inquiétude, attendant de voir surgir les barrières qu'elle ne manquait pas d'ériger dès qu'elle entendait le prénom de leur fille.

Contrairement à ce qu'il prévoyait, il surprit des larmes dans ses yeux.

— Comme elle aurait aimé ça !

Rien n'aurait pu le surprendre davantage.

— Alors, tu acceptes de dire quelques mots ? Tu assisteras à l'inauguration ?

Elle fut parcourue d'un long frisson.

— Je ne veux pas parler en public, Mack. Tu voudras bien t'en charger ? Parce que, moi, je ne saurais pas quoi dire.

— Bien sûr, répondit-il en se penchant légèrement en avant. C'est une bonne idée, n'est-ce pas ? Kayley adorait la bibliothèque. Même quand il y avait plein de monde, elle ne voulait jamais en sortir.

— Oui, c'est une belle idée, vraiment.

Elle baissa les yeux sur ses mains croisées sur la table, devant elle.

— C'est terrible, tu sais, mais je ne me rappelle même pas avoir donné mon accord pour ce projet. Pourtant, j'ai dû le faire ? Quand je repense à cette période, la seule chose dont je me souvienne, c'est que je voulais mourir.

— Si, tu étais d'accord, mais j'aurais pu aussi bien te proposer de financer un camp de survie ou une secte de fondamentalistes, ç'aurait été la même chose. Ni l'un ni l'autre nous n'étions capables de prendre une décision. C'est Billy qui m'a poussé et qui a mis l'affaire en route.

— Papa ?

— Je crois que ta mère s'est impliquée, elle aussi.

Il repensa soudain à la Nancy qu'il avait découverte ce soir. Une étrangère, une personne énigmatique qu'il ne soupçonnait pas. Ce mémorial, dédié à Kayley, était son œuvre. Il en était persuadé, à présent.

— Je voulais transmettre à Kayley mon amour de la lecture, dit Tessa. Je l'emmenais souvent à la bibliothèque et on parcourait les allées ensemble. Je lui montrais les livres que je lisais enfant, et je lui en racontais les histoires. Ça la passionnait, dit-elle en levant les yeux.

Kayley s'était montrée précoce : à quatre ans, elle lisait déjà. Elle se souvenait de ses livres préférés, puis elle utilisait les mots qu'elle connaissait pour déchiffrer ceux qu'elle découvrait sur la page. Elle avait dicté ses propres histoires à Tessa qui les avait fidèlement consignées et photocopiées afin que sa fille pût les relire quand elle le souhaiterait. Mack et elle s'étaient, d'ailleurs, demandé avec inquiétude si Kayley ne s'ennuierait pas à l'école.

Jamais ils n'auraient pu prévoir qu'elle mourrait avant d'en franchir le seuil.

— Qu'est-ce qu'ils sont devenus, ces livres ? demanda Mack. Ceux que vous écriviez ensemble ?

— Ils sont rangés avec ses affaires.

Il en éprouva un tel soulagement que sa respiration se bloqua.

— Tu ne… les… as pas…

— Quoi donc ? Jetés ?

Il hocha la tête.

— Comment peux-tu imaginer une minute que j'aurais fait une chose pareille ?

— Un jour, je suis rentré à la maison après une conférence, et il n'y avait plus aucune trace de notre fille. Même Biscuit avait disparu. Tu as dit que tu ne supportais plus les images d'elle, que tu avais jeté ses affaires.

— J'ai dit que je m'étais débarrassée de *certaines* affaires, corrigea-t-elle. Je t'ai même proposé d'aller vérifier le contenu des cartons que j'avais rangés au sous-sol si ça pouvait te rassurer.

Il ne l'avait pas fait, bien sûr. Il avait trop peur de

découvrir ce que Tessa avait conservé et ce qu'elle avait flanqué à la poubelle. Il refusait de réduire la vie de sa fille au contenu de quelques cartons tristement empilés dans un coin de la cave.

— Je n'ai écarté que ce qui n'avait aucun intérêt pour elle ou pour nous, dit Tessa. Sinon, tout est là.

— Les livres ? Les photos ?

— Evidemment, Mack ! Et les photos ne sont pas au sous-sol. J'ai acheté des boîtes de rangement spéciales : elles sont en haut de la penderie.

Elle était blessée. Il s'en rendit compte au ton de sa voix, et ne sut que dire.

Comme le café était prêt, elle se leva pour remplir deux mugs de faïence. Elle y ajouta du lait, et en posa un devant lui.

— Quant à Biscuit, tu sais, elle était tellement perdue sans Kayley, elle dépérissait misérablement. C'est une chienne qui a besoin d'enfants, alors quand les Hitchcock ont proposé de l'adopter, je n'ai pas hésité.

— Tu ne m'as même pas demandé mon avis.

— Ça fait plus de deux ans et demi ! Et tu n'as rien dit, à l'époque.

— Je ne voulais pas te faire de peine.

— Nous n'arrêtons pas, pourtant, de nous faire de la peine.

Il se leva. Elle était debout près de la table, les épaules tombantes, vaincue, avec un visage défait par la tristesse. Il l'avait rarement vue aussi vulnérable.

Il lui tendit les bras. Elle s'y jeta aussitôt.

Elle se lova contre lui, comme si c'était la chose la plus naturelle du monde. Il posa la joue contre son front, et la prit dans le berceau de ses bras.

— Je voudrais tant que les choses s'arrangent ! lui dit-il d'une voix légèrement enrouée.

— Oui, mais comment ?

— Cherchons des solutions ensemble.

Posant un index sous son menton, il lui fit lever la tête. Ses yeux verts reflétaient le trouble des eaux agitées par la tempête. Ils étaient noyés d'un désespoir infini.

— Mack…

Elle resserra les bras autour de sa taille, et s'appuya lourdement sur lui, comme si elle ne pouvait plus porter son propre poids.

— Je pourrais rester cette nuit, lui murmura-t-il. Tu me manques tellement, Tessa ! Quand je t'attendais, tout à l'heure, et que tu tardais tellement à rentrer, j'ai cru que je t'avais perdue, que tu avais disparu de ma vie.

Il inclina sa bouche vers ses lèvres, sentit une résistance, puis la douce éclosion de son désir.

Il ne fallait surtout pas la brusquer. Ne pas la contraindre à une intimité qu'elle n'était pas prête à accepter. Tendrement, il lui caressa le dos, tout en déposant des baisers sur ses lèvres, ses joues et son menton. Petit à petit, elle devint souple comme une branche de saule contre lui.

Puis, brusquement, elle se déroba. Avant qu'il ait pu lui montrer l'étendue de sa patience et la douceur de la consolation. Avant que cette flamme qui brûlait en lui pût l'embraser à son tour.

— Avant d'aller plus loin, il faut que tu saches où j'étais, lui dit-elle.

L'idée le traversa qu'*elle* devait avoir une liaison, et que toute l'énergie qu'il déployait à lutter contre son attirance envers Erin était totalement ridicule puisque Tessa, de son côté, avait rencontré quelqu'un d'autre.

Puis il remarqua qu'il n'y avait pas la moindre trace de culpabilité dans son regard. Quelle que fût sa trahison — si trahison il y avait —, elle était d'un autre ordre.

— Est-ce si important ? demanda-t-il sans rompre tout à fait leur étreinte, bien qu'elle eût reculé d'un demi-pas. Ça ne peut pas attendre ?

— J'étais assise dans une voiture garée dans une rue en face de la maison des Owens, à Manassas. Je le surveillais pour voir s'il allait reprendre le volant ou accompagner ses copains dans un bar. J'espionnais Robert Owens, et je compte continuer jusqu'au jour où je le prendrai en flagrant délit de violation de sa mise à l'épreuve.

Il enregistra les mots, sans en comprendre le sens.

— Qu'est-ce que tu racontes ?

Elle fit un pas en arrière et, cette fois, il la laissa s'éloigner.

— D'autres bénévoles vont m'aider. Nous n'enfreignons aucune loi. Notre intention n'est pas de le traquer pour lui faire du mal. Non, nous voulons simplement nous assurer qu'il respecte le règlement.

— Tessa, tu as perdu la tête ?

— J'ai trouvé un moyen de l'empêcher de faire une nouvelle victime.

— Ce n'est pas à toi de t'en occuper.

Il se passa la main dans les cheveux, comme un homme qui émerge d'un mauvais rêve.

— Laisse tomber, Tessa, je t'en prie ! Ça ne relève pas de ta responsabilité. Tu as ta vie à vivre. Tu dois passer à autre chose.

— Veiller à ce que Robert Owens ne tue pas une deuxième fois, *c'est* ma vie.

Il ouvrit la bouche, se ravisa, pinça les lèvres et secoua la tête.

— Tu as besoin d'aide.

La colère fit étinceler les yeux verts de Tessa.

— Non, je veux seulement protéger les autres petites filles.

— Ne te raconte pas d'histoires ! Tu cherches à te venger, un point c'est tout. Tu veux le voir souffrir. Trois années de sa vie derrière les barreaux d'une prison, ça ne te suffit pas. Tu exiges qu'il souffre éternellement.

— Bien sûr que oui ! Il a tué ma fille !

— Et maintenant, tu le laisses te tuer à petit feu. Tu rejettes tous ceux qui t'aiment. Cette idée de vengeance t'obsède : c'est la seule chose qui compte pour toi. Tu te prends pour une justicière, au nom de Kayley. Mais Kayley est morte ! Et elle ne te demande rien. Elle ne te reconnaîtrait même pas si elle revenait aujourd'hui. Tu es devenue quelqu'un qu'elle n'aurait pas envie de fréquenter.

— Tu te trompes ! Je suis toujours sa mère, et je continue à me battre pour elle !

— Elle… est… morte ! scanda-t-il d'un ton terrible.

Il détourna le regard. Il haletait, comme au bord de l'asphyxie. Il avait l'horrible impression qu'on venait de lui enfoncer une lame dans le cœur.

— Elle est morte, reprit-il plus bas, tandis que sa rage faisait place à la tristesse, et tu ensevelis tout ce qu'il reste d'elle sous la haine et la vengeance.

Elle demeura silencieuse si longtemps qu'il n'espérait plus de réponse. Puis, lorsqu'elle reprit la parole, sa voix était cinglante.

— Tout le monde ne peut pas se montrer aussi indulgent, aussi tolérant que toi, Mack. Je veux qu'il retourne en prison, je l'avoue. Et je veux qu'il souffre comme un damné, c'est vrai. Mais je ne le poursuis pas avec un revolver ou une voiture folle. J'utilise contre lui la seule arme dont je sois capable de me servir : la loi.

— Ce n'est pas à toi de la faire respecter.

— Je suis une citoyenne de ce pays où les systèmes d'entraide entre habitants ne manquent pas. Ça n'a rien de nouveau. Dis-toi que nous améliorons simplement la sécurité.

Elle le défia du regard, puis tourna la tête.

— Rentre chez toi. Personne ne te demande ton aide. Ni ta permission. Va vivre ta vie de ton côté. Moi, je tiens à mener la mienne comme je l'entends.

Il la suivit des yeux tandis qu'elle s'éloignait. Il entendit décroître ses pas rageurs, puis le silence retomba sur la maison.

Il était presque difficile de croire que, quelques minutes

auparavant, elle était si proche de lui qu'il avait senti l'espoir revenir.

Il essaya de se souvenir qu'elle s'était montrée douce, tendre, prête à s'ouvrir, prête à exprimer ses sentiments… la Tessa qui lui manquait tant et dont il osait à peine rêver, tant son retour paraissait improbable.

Pour une fois, elle lui avait vraiment parlé d'elle, au risque de lui déplaire et même de lui faire horreur.

Mais tout ce dont il se rappelait, c'était la manière dont ses yeux avaient étincelé, juste avant qu'elle ne se détourne pour le planter là.

Une fois de plus.

18

Depuis que Nancy était à Toms Brook, Billy était venu exactement trois fois en un mois. Après le fiasco de sa première visite, elle s'était arrangée pour être pratiquement invisible les deux autres fois. Billy l'avait-il seulement remarqué ? D'après elle, rien n'était moins sûr puisqu'il venait par pure obligation, et sans doute aussi un peu pour voir sa fille.

Mais, en s'interrogeant sur son propre comportement, elle crut découvrir l'émergence d'un tout nouveau désir, celui d'exister en tant que Nancy, et non plus uniquement en qualité d'épouse de Billy Whitlock.

Elle passait sans doute pour une femme superficielle et une tête de linotte, aux yeux de sa famille et de ses proches, mais elle allait peut-être les surprendre car elle sentait confusément qu'une nouvelle Nancy frémissait intérieurement, comme un papillon à l'étroit dans sa chrysalide.

Loin des magnolias et des cornouillers de Richmond, loin de ses monuments à la gloire des Confédérés et de ses orgueilleuses demeures, elle se retrouvait elle-même, peu à peu.

— Au fond, je n'ai jamais compris ce que tu avais dans la tête, lui dit soudain Helen.

Confortablement installée dans sa chambre, un verre de thé glacé à proximité, elle avait posé ses pieds nus sur une chaise.

Nancy termina son thé glacé, tout en regrettant de ne pas en avoir préparé un pichet entier. Mais le temps de descendre et de remettre la bouilloire en route, Helen en profiterait sans doute pour rentrer dans sa coquille et se dérober devant le travail qui les attendait.

— Tu es venue me voir des centaines de fois, et tu choisis le mois d'août, le moment le plus chaud de l'année, pour inspecter mes quilts ! Rien qu'à l'idée de les déplier, je me sens transpirer.

— Comme je te l'ai expliqué, maman, ce n'est pas pour les regarder, mais pour en faire une description détaillée. Regarde, je vais les enregistrer sur mon ordinateur portable. Nous ne sommes pas obligées de les répertorier tous aujourd'hui, je sais qu'il y en a beaucoup trop.

— Mais à quoi ça sert ? Je ne comprends pas. Qui pourrait bien s'intéresser à ça ?

— Moi, pour commencer.

Nancy essuya ses mains moites sur sa robe aussi froissée qu'un vieux torchon. Pour une fois, elle se fichait pas mal de l'image qu'elle donnait.

— Bon, alors, débarrassons-nous de cette corvée, que je puisse me remettre à l'ouvrage sérieusement.

Tout en ronchonnant, Helen s'empara du quilt qui se trouvait sur le dessus de la pile, près de sa chaise.

— Pourquoi les gardes-tu ici ? demanda Nancy en la regardant déplier la première pièce.

— Ce sont ceux que je donne aux gens qui se retrouvent sans rien, à la suite d'une catastrophe : un incendie ou une inondation… Oh ! il n'y a pas de quoi t'attendrir ! Je n'ai rien d'une sainte. Ce sont des quilts auxquels je ne tiens pas particulièrement.

Elle fit une grimace.

— Tu vois ce que je veux dire ?

Sur le quilt qu'elle venait de déplier, des triangles en diagonale déployaient une douce symphonie dans des tons allant du pêche au turquoise.

— L'Echelle de Jacob, c'est ça ? demanda Nancy.

— Comment le sais-tu ?

— J'ai vécu ici, tu te souviens ?

— Désolée de te contredire, mademoiselle Je-sais-tout. Ce n'est pas vraiment l'Echelle de Jacob, mais une variation. Certains l'appellent « La Route vers la Maison-Blanche ». Moi, pour rien au monde je ne baptiserais l'un de mes quilts en l'honneur de ces bons à rien de républicains dont ton mari et toi êtes tellement entichés.

Nancy s'efforça de garder son sérieux.

— C'est un quilt démocrate, maman. Regarde, si je le tourne dans ce sens, les couleurs penchent à gauche.

Helen gloussa.

— C'est ma foi vrai !

Nancy s'installa sur le coffre, au pied du lit, et saisit son ordinateur. Elle entra le nom du modèle, avec les commentaires d'Helen ainsi qu'une brève description.

— Quelle taille ? demanda-t-elle en continuant à pianoter, tandis qu'Helen, qui avait sorti son mètre de couturière, lui communiquait les mesures en maugréant.

Après avoir noté les principaux renseignements, Nancy posa le portable et vint examiner l'ouvrage de plus près. Il lui parut tout à fait à la hauteur de la réputation de sa mère.

— Tu ne vas pas donner ce bijou à n'importe qui, tout de même !

— Et pourquoi pas ?

— Il est magnifique. Je ne vois pas pour quelle raison tu le classes dans les ratés.

— Tiens, pour ta gouverne.

Helen lui désignait des piqûres qui s'écartaient peut-être d'un demi-millimètre de la droite ligne.

— La lumière devait être mauvaise, ce jour-là, dit-elle. Ou alors j'ai manqué d'attention.

— Mais non ! Tu es perfectionniste, c'est ça la vérité. A ce propos, ne m'as-tu pas dit, une fois, que seul Dieu se devait d'être parfait et que, jadis, ta grand-mère et ses amies laissaient toujours une erreur, par modestie ? Elles mettaient une fleur la tête en bas ou bien elles se « trompaient » de couleur dans un bloc.

— Tu te souviens de ça ?

Nancy se laissa tomber dans un fauteuil près de sa mère, appréciant au passage le souffle du ventilateur qui lui soulevait les cheveux.

— Désolée si je t'ai donné l'impression de ne pas écouter quand tu me parlais de ce que tu faisais. J'étais en plein âge ingrat.

— Je suis simplement surprise, c'est tout. Mais si tu trouves que ce quilt est réussi, je vais t'en montrer d'autres que je préfère, et de loin.

— Je veux les voir tous.

Helen replia soigneusement la Route vers la Maison-Blanche. En la voyant faire, Nancy se demanda si elle n'y était pas plus attachée qu'elle ne voulait bien l'avouer. Ce qui donnait d'autant plus de prix au cadeau, songea-t-elle.

Tout en se plaignant de ses « pauvres jambes », et en soupirant haut et fort, Helen s'extirpa de son fauteuil et se dirigea vers une armoire à l'autre bout de sa chambre. Elle en revint avec trois modèles qu'elle posa sur le lit.

Lorsqu'elle déplia le premier, Nancy s'approcha.

— Mon Dieu, quel travail, maman ! Prodigieux ! Est-ce un Album de Baltimore ?

— Qu'est-ce que tu connais aux Albums de Baltimore, toi ?

— J'en ai vu un, lors d'une exposition au musée des Beaux-Arts, il y a deux ou trois ans, et j'avais été attirée par cette technique de l'époque victorienne qui imitait les indiennes imprimées de l'époque. Souviens-toi : j'avais voulu te faire venir pour te le montrer, et tu m'as répondu que le jour où tu mettrais les pieds à Richmond, ce serait dans ton cercueil et pas avant.

Helen demeura silencieuse. Puis elle secoua la tête.

— J'ai vraiment dit ça ?

— Tu pensais que j'allais te kidnapper.

— Mais non ! Absolument pas !

Puis, après un moment de réflexion, elle ajouta d'un ton quelque peu gêné :

— Je pensais plutôt que… tu aurais honte de moi.

Nancy se demanda aussitôt pourquoi elle avait mis ce sujet sur le tapis. Se maudissant intérieurement, elle réagit avec violence.

— Mais enfin, tu es ma mère ! Comment peux-tu t'imaginer une chose pareille ? Si tu as une telle idée de moi, tu aurais mieux fait de me noyer à la naissance !

— Oh, l'idée m'est passée par la tête une fois ou deux, je l'avoue.

Les deux femmes se firent face avec hostilité, puis elles éclatèrent de rire. Nancy passa son bras autour de la taille d'Helen.

— Je n'aurais pas eu honte, jamais de la vie. Mais je t'aurais sans doute acheté une nouvelle robe pour l'occasion.

— Ça n'aurait pas été du luxe. Mais à quoi bon faire des efforts de toilette, par ici ?

Nancy resserra son étreinte.

— Tu ne souffres pas de la solitude, parfois, maman ?

— J'en ai pris mon parti.

— Tu me manques, tu sais, quand je suis à Richmond. Je pense souvent à toi, et je regrette qu'on ne vive pas plus près l'une de l'autre.

— Pas question que j'aille dans ce village de vieux ! répliqua Helen. Tu peux t'ôter ça de la tête tout de suite, ma fille.

— Je sais. J'ai compris.

Elles restèrent enlacées, debout devant le quilt. Finalement, Nancy déclara :

— C'est un Album de Baltimore, j'en suis sûre.

— Non. Un Album du Shenandoah. C'est moi qui ai créé le modèle et qui lui ai donné son nom. Je me suis inspirée de tissus anciens, typiques de cette région. Il en reste quelques exemplaires dans une malle, au grenier.

On appelait ce style particulier *Fraktur*, en référence aux étoffes imprimées traditionnelles d'Allemagne que les premières colonies protestantes avaient apportées dans leurs bagages lorsqu'elles s'étaient installées dans la vallée. Le motif était très souvent utilisé pour décorer des faire-part de naissance ou de baptême.

Le résultat était particulièrement réussi, d'une finesse exquise avec ses vingt blocs, tous différents. Nancy y découvrit des oiseaux et des arbres, des anges, des fleurs et un cerf.

Elle ne pouvait en détacher son regard. Et elle avait du mal à croire que tout cela eût été créé à partir de vieilles chutes de tissu au rebut.

— Maman, c'est une pièce digne d'un musée.

— Pffft… C'est juste une invention qui m'est passée par la tête comme ça.

— Incroyable ! Combien de temps ça t'a pris ?

— Beaucoup trop longtemps. J'aurais pu faire cinquante quilts au bas mot pendant cette période. Ça n'aurait pas été du goût de ma pauvre mère, c'est sûr. Je pense qu'elle m'aurait accusée d'avoir perdu la tête car, pour elle, les quilts étaient des objets strictement utilitaires.

Nancy connaissait la dizaine de quilts que Delilah avait faits et qu'Helen avait pieusement conservés. Elle y attachait de l'importance car ils lui parlaient d'une grand-mère qu'elle n'avait pas connue. Si les modèles de Delilah étaient tous très simples et plutôt classiques, ceux d'Helen, par contre, confinaient au génie.

— Maman, tu es une grande artiste.

— Tu exagères, je ne suis qu'une vieille femme qui a trop de temps devant elle, maintenant.

— Pourquoi est-ce que tu ne participes pas à des expositions ?

— Je fais de simples quilts. Rien de plus. Il n'y a pas beaucoup d'autres occupations, dans le coin…

Nancy fut surprise du ton qu'avait pris Helen et dans lequel la timidité le disputait à l'incertitude. Elle perçut aussi quelque chose qui lui fit chaud au cœur : une petite note de fierté et de plaisir à l'idée que sa fille avait trouvé ce quilt digne d'éloge.

— J'aimerais bien te faire changer d'avis, tu sais ? lui dit Nancy. Je suis sûre que certaines personnes seraient ravies d'exposer cette merveille dans leur vitrine ou leur catalogue.

— Je ne vais jamais aux expositions de quilts, pas plus qu'aux rencontres. Je me contente de coudre et je me fiche pas mal que l'une ou l'autre de mes œuvres voie la lumière du jour.

Nancy entendit, au-delà des mots, le véritable problème : Helen était si peu sûre de son talent que jamais elle n'aurait exposé son travail en public.

Heureusement, il y avait les filles pour s'en charger.

— En as-tu d'autres aussi spectaculaires que celui-ci ? demanda-t-elle d'un ton nonchalant.

— Spectaculaire ? Oh ! tout de suite les grands mots ! Ça ne veut rien dire.

— M'man…

— Bon… j'en ai quelques-uns dont je ne suis pas trop mécontente. Mais rien d'extraordinaire, attention ! Simplement deux ou trois qui me plaisent assez.

— Allez, montre-les-moi, tu veux bien ? Et puis tu me parleras d'eux au fur et à mesure.

Tandis qu'Helen repliait l'Album du Shenandoah, elle se demanda ce que Billy penserait en voyant ces chefs-d'œuvre. Lui qui était un collectionneur averti, grand amateur d'art abstrait, estimerait-il qu'il ne s'agissait que d'un travail d'artisanat exécuté par une vieille paysanne ? Ou serait-il sensible à cet art populaire, transmis par des générations d'artistes tout au long des siècles ?

Mais pourquoi se souciait-elle de l'opinion de Billy ? Finalement, n'était-ce pas ce qu'*elle* aimait qui comptait ?

« Il serait temps que tu songes à exister par toi-même, ma fille, non ? » se dit-elle dans une salutaire prise de conscience.

Tessa préférait, de loin, travailler au grenier.

Le tri des marchandises, aux étages inférieurs, lui paraissait d'un ennui mortel : des monceaux de vieilleries tout aussi inutiles les unes que les autres, qu'Helen avait tenu à sauver — Dieu seul sait pourquoi —, de la paperasserie à n'en plus finir, des strates empilées depuis des années dans des proportions ahurissantes et qui ne recelaient pas le moindre trésor. Décourageant…

Pour lutter contre le stress, Tessa avait mis au point un petit emploi du temps. Travaux ménagers et réparations avec Nancy, le matin, quand il faisait encore frais ; tri et transport de déchets aux heures les plus chaudes, et incursions au grenier en fin d'après-midi, lorsque la température était suffisamment tombée pour rendre le séjour sous les combles à peu près supportable.

Le grenier, c'était sa récompense. Durant ses longs moments de solitude, elle y avait découvert une mine de souvenirs concernant les Stoneburner, en addition aux Anneaux de mariage. Chapeaux de dame, fixe-chaussettes, bretelles et gilets pour messieurs. Livres de cantiques annotés et fleurs séchées sous verre, composant de véritables petits paysages. Cartes postales jaunies du XIXe siècle montrant des ponts suspendus au-dessus du vide et des villégiatures du bord de mer, du côté de Virginia Beach. Puis un drapeau confédéré en loques, qui avait sans doute vu plus d'une héroïque bataille. Un livre de comptes répertoriant, au jour le jour, l'impitoyable progression des dépenses de la ferme, d'une écriture appliquée où les pleins et les déliés s'effaçaient peu à peu, l'encre pâlissant pour donner un sépia de plus en plus évanescent. Mais le plus intéressant, c'étaient les notes, dans les marges, concernant l'état des récoltes et des troupeaux.

C'était avec soulagement qu'elle abordait cet après-midi de furetage dans les curiosités et les archives familiales.

Histoire de se changer les idées, surtout, car la soirée de la veille avec Mack l'avait complètement démoralisée. La pénible scène avait tendance à se dérouler en boucle ; elle ne lui avait pas laissé un seul moment de répit, au cours de cette éprouvante matinée passée dans la « chambre noire », l'annexe de la décharge publique obligeamment créée par Helen au premier étage de sa maison.

Les amoncellements de gros sacs en plastique noir avaient fini par livrer leurs entrailles : des centaines et des centaines de torchons, nappes et serviettes de toilette, aussi élimés les uns que les autres et accumulés par des générations de ménagères économes et prévoyantes.

Le défi que représentait une telle besogne n'avait pas suffi à arracher Tessa à ses sombres ruminations. Elle n'arrivait pas à oublier qu'en bas, dans la cuisine de sa grand-mère, elle avait repoussé Mack d'une façon si définitive qu'elle avait dû anéantir en lui toute velléité de rapprochement.

C'était ce qui s'appelait brûler ses vaisseaux.

Heureusement, la magie du grenier fonctionnait toujours. Dès l'instant où elle s'était attaquée à la vieille malle contenant les affaires de Nancy, les mots aigres échangés la veille lui étaient sortis de la tête.

Après une première couche, constituée de copies d'examens et de devoirs sur table très joliment rédigés, il fallait le reconnaître, elle tomba sur son album de troisième année, au lycée.

Interrompant ses recherches, elle s'assit sur un coin de malle pour le feuilleter.

Elle constata alors que Nancy ne figurait ni sur les photographies de la chorale ni sur celles de la troupe de théâtre amateur. Elle n'avait pas même été *pompom girl*, c'est-à-dire une rareté ! Elle ne faisait partie d'aucune association, d'aucun groupe religieux, d'aucun comité des fêtes, pas même d'un petit club. Tessa aurait pu penser qu'elle s'était trompée d'album lorsqu'elle découvrit enfin sa mère dans le trombinoscope : une jeune Nancy aux joues rebondies, souriant timidement au milieu d'un groupe d'autres filles, apparemment beaucoup plus délurées.

Tessa l'avait souvent entendue dire qu'elle travaillait trop dur à la ferme pour s'investir dans des activités annexes, mais elle n'avait guère prêté attention à cette information, pensant qu'il s'agissait d'une récrimination parmi tant d'autres concernant l'adolescence de sa mère sous la férule d'Helen.

Tessa se demanda si l'album de terminale était également rangé dans la malle. On y trouvait généralement des notules indiquant ce qui avait été accompli durant le parcours scolaire. Que révéleraient-elles ? La mièvre prose de ses meilleures camarades offrant leurs vœux, des poèmes sentimentaux écrits par de jeunes admirateurs aux joues couvertes d'acné, une belle moisson de succès aux examens à défaut d'activités culturelles ?

Ses parents s'étaient rencontrés au printemps, l'année des vingt-deux ans de Nancy. Il y avait eu une cour éclair, un mariage aussi improbable que passionné, et l'apparition surprise d'une petite Tessa Whitlock qui avait définitivement brisé les ambitions universitaires de sa mère. Mais à quoi Nancy avait-elle rêvé, jeune fille ? Qu'espérait-elle avant de tomber amoureuse d'un homme aussi différent d'elle qu'un aigle pouvait l'être d'un papillon ?

Tessa posa l'annuaire et fourragea de nouveau dans la malle. Comme elle s'y attendait, elle trouva l'album concernant la dernière année d'études secondaires. Non sans amusement, elle découvrit un portrait en pied de sa mère, vêtue de sa toge noire, avec l'incontournable rang de perles en vigueur dans les années soixante.

Nancy avait laissé tomber le sourire de circonstance, mais elle ne semblait pas plus à l'aise pour autant. On aurait dit que cette touche de fausse élégance à laquelle elle n'était pas habituée lui pesait. Ses cheveux, coupés court, bouclaient autour de son visage en une blonde auréole. Ses grands yeux, démesurément ouverts, s'écarquillaient comme s'ils cherchaient à déchiffrer un avenir aussi inquiétant qu'incertain.

Son répertoire d'activités s'était un peu étendu puisque, cette fois, elle figurait sur la liste d'un groupe de discussion. Mais ça n'allait pas plus loin. Son livre préféré était *Autant en emporte le vent*, ce qui n'avait rien d'original, et son ambition la plus fervente : devenir quelqu'un — un désir, somme toute, assez touchant, compte tenu du milieu d'où elle venait.

Tessa referma l'album et le tint contre elle. A cette époque, déjà, Nancy savait exactement ce qu'elle voulait. Et dire que son souhait s'était réalisé, bien au-delà de ses espérances !

Quelques années plus tard, en se mariant, elle était entrée dans la version virginienne de l'aristocratique famille Wilkes — les parents de l'Ashley de Scarlett —, et elle était allée vivre dans une version assez approchante de Twelve Oaks, en digne admiratrice de Margaret Mitchell.

A Richmond, enfin, elle était devenue quelqu'un. Elle disposait de suffisamment de pouvoir et de prestige pour mener tout son petit monde à la baguette.

N'avait-elle pas réalisé son rêve le plus cher ?

Tessa se le demandait.

Le mois qui venait de s'écouler fournissait, par exemple, quelques éléments qui ne plaidaient pas en faveur du oui. Et elle commençait à penser que Nancy n'était pas si satisfaite que cela de son existence dorée.

Cet été, par exemple, sa mère allait à Richmond une fois par semaine, mais elle n'y passait jamais la nuit. Elle ne rapportait pas de nouvelles de Billy, ce qui semblait indiquer qu'ils ne se voyaient même pas à cette occasion. En outre, Tessa n'avait pas manqué de remarquer la manière dont elle évitait son mari, lors de ses rares visites.

Elle ne s'était jamais appesantie sur le couple que formaient ses parents, sauf pour s'étonner de ce curieux défi à la théorie des probabilités qui avait présidé à leur rencontre.

Et voici qu'à présent elle s'interrogeait : y avait-il de l'orage dans l'air chez les Whitlock ? Mais, au fait, n'y avait-il pas *toujours* eu de l'orage dans l'air ? Ses parents étaient-ils restés ensemble uniquement pour sauver les apparences ? Et aussi un peu pour leur fille ?

Voilà qui donnait à réfléchir, songea Tessa avec un désagréable nœud à l'estomac. Nancy était exaspérante, certes, mais elle aimait son mari. Et comment imaginer Nancy sans Billy ? Tout son univers s'effondrerait. Où irait-elle ? Que ferait-elle ?

Bien sûr, Tessa était assez grande pour assumer une éventuelle séparation de ses parents, mais cette idée lui fichait quand même le cafard. Sans doute cette sensibilité était-elle exacerbée par le fait que son propre couple ne tenait qu'à un fil.

Deux ménages qui couraient à la catastrophe, ça faisait beaucoup.

Elle préféra se dire qu'elle se trompait. Allons, il fallait r-é-a-g-i-r. Elle se leva pour remettre l'album dans la malle et, à cet instant, un papier s'en échappa et vint se poser sur le plancher.

Elle le ramassa pour le replacer dans le livre, et s'arrêta à mi-course en se rendant compte qu'il s'agissait du certificat de mariage de ses parents. Elle se demanda si Nancy savait qu'il se trouvait là. Peut-être le cherchait-elle depuis des années ?

Elle décida de le lui apporter lorsque, soudain, un détail la fit sursauter.

Elle étudia le document plus attentivement, puis quitta le grenier et descendit l'escalier d'un pas pressé.

Nancy était satisfaite de sa journée. Avec Helen, elles avaient inventorié une douzaine de quilts et, à la fin, elles avaient ri et échangé des confidences comme de véritables amies. Il y avait peu de sujets sur lesquels les deux femmes pouvaient se rencontrer. L'art du quilt était, heureusement, l'un d'entre eux.

Nancy avait peu à peu extorqué à Helen les histoires qui se rapportaient à chacun des modèles. Helen, de son côté, avait sollicité l'avis de sa fille et écouté attentivement ses remarques. Les raisons pour lesquelles elle préférait un panneau plutôt qu'un autre, par exemple. Elles avaient discuté gabarits, couleurs, dimensions et motifs. Lorsque la fatigue d'Helen était devenue visible, signe qu'il fallait en rester là pour aujourd'hui, Nancy s'était sentie plus proche de sa mère que jamais.

A présent, elle se trouvait dans la vieille grange et observait un mince jeune homme aux hanches à peine assez larges pour maintenir en place ses *baggies* hyperamples, qui s'escrimait sur une antique machine agricole mangée de rouille. Il y en avait toute une collection, de ces vieux monstres, le long de la cloison du fond, artistiquement recouverts de toiles d'araignée.

Après avoir longuement contemplé le parc d'engins hors d'âge, le garçon se tourna vers elle.

— Je suis au regret de vous dire, madame Whitlock, que j'ai vu des tracteurs moins anciens que ceux-là exposés au Smithsonian de Washington !

Nancy se surprit à sourire. Zeke Claiborne n'était pas du tout tel qu'elle l'avait imaginé. Il possédait une vive intelligence, et aussi un solide sens de l'humour, ce qui ne gâchait rien. Certes, côté physique, il n'en imposait pas vraiment. Trop efflanqué ! Comme un chat écorché !

Mais, avec quelques kilos supplémentaires et débarrassé de sa ridicule barbichette d'adolescent monté en graine, il serait tout à fait présentable.

Sachant qu'il avait mis Cissy enceinte et qu'il ne songeait même pas à l'épouser, elle s'était dit un peu hâtivement qu'il faisait partie de ces minables petits Blancs aux idées préconçues, aussi étroites que racistes, typiques de certains habitants des villes reculées du Sud.

Elle avait dû réviser son jugement après avoir rencontré Zeke.

— J'ai fait venir un antiquaire pour estimer tout ce matériel, lui dit-elle, mais il m'a laissée entendre que j'aurais peu de chances de trouver un amateur.

— Nous pourrions tirer celle-ci dehors, la débarrasser d'un maximum de rouille, et vos petits-enfants joueraient avec.

Le cœur de Nancy se serra douloureusement.

— Pas de petits-enfants, malheureusement.

— Dommage.

Il passa la main dans ses cheveux, et elle remarqua qu'il n'avait pas du tout des mains de fermier.

— Alors, vous pourriez l'utiliser comme cache-pot géant, reprit-il en souriant. Une vasque ici, une plante là…

Elle fut gagnée par le fou rire.

— Vous allez être obligé de l'embarquer, Zeke, j'en ai peur. Et sachez que vous serez rémunéré pour ce travail, il n'y a aucune raison…

— Pas question, ma'am ! Ça me fait plaisir de donner un coup de main. Vous avez été tous tellement gentils pour Cissy. Elle ne tarit pas d'éloges sur votre famille. C'est ma manière de vous dire un petit merci.

Nancy entendit un froissement dans la paille, et se retourna pour voir arriver Tessa. Elle portait un short vert et un débardeur assorti à minces bretelles, qui mettait en valeur ses épaules et ses bras bronzés. Elle avait tressé ses cheveux, et sa natte fouettait l'air tandis qu'elle s'avançait à grands pas.

— Tessa, as-tu déjà fait la connaissance de Zeke ?

— Non, pas encore.

Tessa les rejoignit et dévisagea le garçon comme elle aurait examiné une fiche anthropométrique accrochée au mur d'un commissariat.

— Hello, Zeke ! Tessa MacRae, annonça-t-elle d'un ton sec, sans lui tendre la main.

— Bonsoir, madame MacRae. Cissy m'a beaucoup parlé de vous.

— Je ne vois pas pourquoi.

— Si, à propos de ce livre que vous lui avez donné. J'ignorais qu'elle était passionnée de lecture. On est passés à la bibliothèque, il y a deux jours, et elle en est revenue les bras chargés, expliqua-t-il, non sans fierté. Je vais me débrouiller pour qu'elle puisse y retourner toutes les semaines.

— Elle est intelligente, dit Tessa.

Elle marqua une pause, et reprit d'un ton encore plus glacial :

— C'est malheureux qu'elle ait lâché l'école de cette manière.

— Moi aussi, je trouve ça dommage, dit Zeke en secouant la tête. Mais elle ne veut pas y aller tant qu'elle est enceinte. Elle dit que c'est au-dessus de ses forces. J'espère que, après la naissance du bébé, je pourrai la convaincre de reprendre ses études par correspondance et de passer sa licence. Je me suis renseigné sur Internet, et j'ai vu que c'était tout à fait possible. Ce serait bien parce que, au début, elle ne voudra sûrement pas s'éloigner du bébé.

Nancy était impressionnée, et Tessa, visiblement, ne trouvait rien à redire.

— A propos de cette machine, je vous laisse prendre la décision, dit Zeke en revenant à ses moutons. J'ai un ami, du côté d'Edinburg, qui adore bricoler avec ce genre de ferraille. Il aura peut-être envie de vous acheter quelques pièces.

— Dites-lui qu'il vienne se servir gratuitement, dit Nancy. Et ce qui restera, vous le transporterez à la casse, d'accord ?

Il fit signe que oui, puis, devinant qu'elle allait reparler d'argent, il fit barrage de ses mains.

— Non, non, amicalement. Vous ne voudriez pas me faire honte devant Cissy ou mon père, n'est-ce pas ?

Nancy referma la bouche et acquiesça.

— Ravi d'avoir fait votre connaissance. Au plaisir !

Il s'éloigna, et attendit poliment d'avoir passé la porte de la grange pour sortir sa casquette de sa poche et l'enfoncer sur sa tête.

— Pas vraiment ce à quoi je m'attendais, déclara Nancy à mi-voix.

— Et à quoi t'attendais-tu ?

— A la même chose que toi, probablement.

— Il est plutôt sympathique, et il a l'air soucieux du bien-être de Cissy.

Le matin même, Nancy avait remarqué un nouveau pli amer autour de la bouche de Tessa. Il était encore là. Ce qui lui fit de la peine. Elle détestait voir sa fille enfermée dans sa tristesse. Parfois, elle se demandait même à quoi ressemblerait Tessa si elle était détendue.

Une Tessa heureuse, c'était un personnage imaginaire qui faisait partie d'une autre vie…

— Si on faisait une pause, demain ? proposa-t-elle impulsivement. Il y a un délicieux petit restaurant à Woodstock, du côté de la galerie marchande. On m'en a dit le plus grand bien. On pourrait peut-être même convaincre ta grand-mère de nous accompagner. Après le déjeuner, on ferait un tour chez les antiquaires, et…

— Pas la peine, m'man. Ça va.

Nancy savait pertinemment qu'il n'en était rien. Mais comment dire à sa fille adorée qu'un simple regard lui suffisait pour jauger son état psychique mieux que ne l'aurait fait un psy après une douzaine de séances ?

— Je sais que Mack n'est pas resté, hier soir, dit-elle. Et il m'a semblé entendre des éclats de voix.

— Si nous parlions de *ton* mariage pour changer ? dit Tessa en sortant un papier de sa poche.

Nancy posa les yeux sur le certificat de mariage qu'elle n'avait pas vu depuis plus de trente ans. Elle sentit son sang se figer.

— Où l'as-tu trouvé ?

— Dans un album de photos qui date du lycée.

Nancy ne se rappelait même plus l'avoir rangé là. Mais c'était loin d'être absurde. Comme elle était jeune, à l'époque de ces photos ! Elle entretenait encore des rêves, comme n'importe quelle écolière, alors que son avenir était plutôt sombre.

C'est alors que Billy avait fait son apparition…

— « William Lee Whitlock et Nancy Ann Henry », lut-elle sur le document en adoptant une voix nonchalante, alors que son cœur battait à tout rompre. Je trouvais que William Lee Whitlock était un nom magnifique. Quand le pasteur a prononcé le mien, j'ai trouvé que Nancy Ann Henry faisait affreusement commun. La première fois que je me suis entendu appeler Nancy Whitlock, je n'ai pas compris qu'il s'agissait de moi.

— Ce que tu oublies de me dire, c'est que le pasteur a prononcé vos deux noms trois mois après la date que tu nous as toujours annoncée.

Elle prit une longue inspiration.

— Je sais quel jour je me suis mariée, Tessa !

— Tu étais enceinte de moi, n'est-ce pas ?

— Ce n'est pas le genre de chose que l'on crie sur les toits. Et, comme je n'arrivais pas à trouver le bon moment pour te le dire, j'ai préféré me taire.

Tessa ne disait rien.

Nancy se sentait gênée, mais résolue. Il n'était plus temps de faire l'autruche.

— J'ai fait la connaissance de ton père à une époque où je ne connaissais rien de la vie. J'étais une sorte de diversion pour ce jeune homme qui s'apprêtait à entamer sa dernière année à UVA[1]. Lorsqu'il est reparti, à la fin de l'été, j'étais persuadée que je ne le reverrais jamais. Tu me juges sans doute comme une femme incroyablement superficielle, mais sache qu'en ce temps-là, déjà, je savais reconnaître une évidence quand j'en voyais une. Je ne m'attendais absolument pas à ce que Billy m'épouse, même après avoir découvert que je t'attendais. Mais il s'est comporté en gentleman.

Le visage de Tessa s'adoucit.

— Et il est resté marié avec toi. C'est autre chose qu'un simple geste de gentleman, non ?

Nancy ne savait trop comment parler de tout cela. Elle s'était coulée dans la peau d'un personnage : l'épouse dont Billy avait besoin. Et sans doute avait-il reconnu ses mérites puisqu'il était resté près d'elle. Ses talents en matière de relations publiques, son savoir-faire dans le domaine mondain avaient beaucoup servi Billy dans ses affaires. Elle veillait sans cesse à lui faciliter la vie, à mettre de l'huile dans les rouages, à lui rendre le quotidien agréable. Même après la ménopause, alors que ses amies clamaient haut et fort qu'elles se passeraient volontiers de la corvée de sexe, elle était restée disponible pour Billy. D'ailleurs, le sexe n'avait jamais été une corvée avec lui, ça non ! Elle l'avait dans la peau, son ingrat de mari !

— Comment tout ça a-t-il commencé ? demanda Tessa. J'imagine que ce qu'on m'a raconté jusque-là n'est qu'un ramassis de mensonges : la soirée où vous vous êtes rencontrés, le coup de foudre réciproque et le reste…

— C'est si loin tout ça !

1. UVA, *University of Virginia* : Université de Virginie.

Tessa entoura les épaules de Nancy en un geste plus amical que filial. Sa voix se fit enjôleuse.

— Allons faire un petit tour. La température a un peu baissé, il fait bon : profitons-en.

— Je n'ai rien de passionnant à te dire.

— Je me contenterai de la vérité… ou, au moins, de la part que tu voudras bien me révéler.

Nancy songea que, après tout, le moment n'était pas si mal choisi. Elle s'était toujours doutée que Tessa finirait par apprendre qu'elle avait été conçue hors mariage. Eh bien, le pot aux roses avait été découvert ! Et, visiblement, ce coup de théâtre dans leur univers familial permettait à Tessa d'oublier un peu Mack, la faillite de son propre mariage et, surtout, Kayley.

Ce qui n'était pas un mince avantage.

Elle commença par se tordre les mains, puis les fourra résolument dans ses poches.

— Allons vers la rivière. J'ai toujours aimé cette petite colline qui la surplombe. Si tu savais combien j'ai rêvé d'y construire un jour une maisonnette où ton père et moi pourrions nous réfugier.

— Il n'est pas d'accord ?

— Je crois que non.

Tessa doutait qu'elle eût demandé à Billy son avis sur la question. Mais, de toute façon, qu'est-ce qu'un homme tel que William Lee Whitlock aurait fait d'un cottage rustique alors qu'il possédait deux résidences secondaires, l'une à Hilton Head et l'autre à Vail ?

— Alors, où avez-vous fait connaissance ? reprit Tessa. Dans une fête, comme tu l'as toujours prétendu ?

Elle se mit en route, et Nancy lui emboîta le pas à contrecœur.

— Non, je vendais des tomates et, comme il m'a dit quelque chose qui ne m'a pas plu, je lui en ai balancé une.

Tessa s'arrêta net.

— Non, tu plaisantes ?

Nancy repensa à Billy et au peu d'intérêt qu'il lui témoignait, ces temps-ci. Sa bouche se pinça, et elle étouffa un soupir.

— Tu crois que je te raconte des bobards ? Je te montrerai un jour mes talents de lanceuse, tu verras !

19

Juin 1964

Elle avait terminé ses études secondaires, mais l'argent manquait pour l'envoyer à l'université. Pour Nancy, ça n'avait pas été un crève-cœur : elle n'éprouvait pas vraiment le désir de continuer. Et elle n'avait aucune envie de devenir professeur ou infirmière, comme la conseillère d'orientation l'avait chaudement recommandé aux meilleures élèves de sa classe. Non, elle se voyait plutôt… *décoratrice d'intérieur*, un terme qui la faisait rêver, même si elle ne savait pas exactement ce que recouvrait ce mot magique.

Sa seule obsession était de quitter Toms Brook et tout ce que ce maudit patelin représentait pour ne plus jamais y remettre les pieds.

Malheureusement, quatre ans plus tard, elle était toujours plantée là, au beau milieu de la désastreuse bourgade, objet de tous ses cauchemars…

Elle vit sa mère s'arrêter avant d'atteindre l'aire de stationnement en terre battue qui jouxtait le misérable petit stand où elles vendaient les produits de la ferme. Helen se retourna une dernière fois vers sa fille.

— Nancy, tu es certaine d'avoir tout ce qu'il te faut ? Je t'ai préparé une Thermos de thé, et tes sandwichs sont dans la glacière. Fais bien attention, surtout, de ne jamais laisser la caisse sans surveillance !

Nancy leva les yeux au ciel.

— Mais oui, m'man. Tu crois qu'un bandit masqué armé d'un six-coups risque de dévaliser ce vieux stand pourri ?

Helen avait l'air fatigué, et elle accusait durement ses quarante-quatre ans. Elle portait une jupe portefeuille informe en coton gaufré rayé, avec une chemisette blanche et des chaussures à lacets de vieille dame. Ses cheveux grisonnaient sérieusement. Et Nancy n'arrivait pas à comprendre pourquoi sa mère ne faisait pas le moindre effort dans ce domaine. Après tout, elle était plus jeune que la plupart des autres mères qu'elle connaissait, et elle aurait été encore séduisante si seulement elle avait accepté de se teindre les cheveux et de se maquiller un peu.

Mais celui ou celle qui dicterait sa conduite à Helen Henry n'était pas encore né.

Les deux rides qui barraient le front de sa mère se creusèrent davantage.

— J'ai travaillé dur pour récolter ces légumes, et je ne veux pas que quelqu'un d'autre fasse main basse sur les bénéfices.

— Tu reviendras après le déjeuner ? demanda Nancy.

— Mais oui ! Je te l'ai déjà dit. En attendant, tout ce que tu as à faire, c'est installer la boutique et trier les tomates trop mûres.

Nancy suivit sa mère du regard, tandis qu'elle montait dans sa vieille Ford. Helen serait de retour vers 14 heures avec un nouveau chargement de tomates, concombres, poivrons verts et épis de maïs. Le violent orage de la nuit précédente avait à moitié inondé le potager, et elle avait décidé d'attendre que la boue sèche avant de récolter les légumes dont elles auraient besoin pour l'heure de pointe de l'après-midi.

Quand la camionnette eut disparu au loin, Nancy se détendit enfin. Avec un peu de chance, personne de sa connaissance ne s'arrêterait ni ne la verrait derrière le « comptoir de la honte ».

La plupart de ses camarades de lycée avaient réussi à

quitter le coin pour de bon. Certaines avaient trouvé du travail assez loin, du côté de Woodstock ou de Strasburg. Le délégué de classe, lui, s'était dégotté un emploi dans l'immobilier, à Mont Jackson, chez son oncle. Un de ces jours, il deviendrait le patron de la boîte et posséderait la moitié du pays. C'était un baratineur de première, et il n'avait pas eu de peine à convaincre les deux plus jolies filles de terminale de tâter de plus près la banquette arrière de la Pontiac de son papa.

Son diplôme d'études secondaires en poche, Nancy s'était déniché un petit boulot d'aide-bibliothécaire à l'école primaire. Parallèlement, elle suivait des cours de sténodactylo, mais les résultats n'étaient guère probants. Etait-ce le talent ou le feu sacré qui lui manquait ?

Toujours est-il qu'elle se voyait condamnée *ad vitam æternam* à végéter dans cette école poussiéreuse pour des gages de misère et à se transformer en vendeuse de tomates pendant les vacances.

La-men-table !

Elle consulta sa montre-bracelet, cadeau d'Helen pour son bac : 8 heures, *seulement* ! Elle avait onze heures à tirer avant qu'Helen baisse le rideau métallique et pose le cadenas sur les portes coulissantes. Onze interminables heures à mourir d'ennui dans ce trou avant de recouvrer la liberté. Et une liberté toute relative.

Elle aurait pu trouver un meilleur emploi pour l'été, si sa mère n'avait pas insisté pour qu'elle tienne leur stand de vente. Comment aurait-elle pu refuser ? Elle détestait les travaux de la ferme, mais les revenus de leur jardin maraîcher permettaient de régler une bonne partie des factures. Elle était toujours en rébellion ouverte contre sa mère, ce qui ne l'empêchait pas de culpabiliser en la voyant trimer si dur. Bien entendu, elle s'était laissé piéger, et elle avait accepté de travailler gratuitement pour Helen durant l'été, en se jurant bien que c'était la dernière fois.

Pour passer le temps, elle avait apporté deux magazines.

En couverture, cette pauvre Jackie Kennedy la fixait de ses grands yeux désespérés. Mais, avant de se plonger dans la lecture, elle devait installer les lieux.

L'éventaire était constitué de planches en sapin, légèrement inclinées. Elle commença par en débarrasser les déchets — enveloppes de maïs, feuilles fanées, fruits blets —, puis nettoya l'étal, déplaçant les légumes au fur et à mesure.

Elle aimait disposer sa marchandise de façon attractive. C'était la seule partie du travail qu'elle trouvait supportable. En automne, elle polissait les belles pommes rouges et les empilait en pyramides géométriques, les mélangeant avec des rangées de jaune pour mieux faire ressortir les couleurs. En ce moment, c'était la pleine saison des tomates ; elle disposait les plus belles sur le dessus des boisseaux, et dissimulait les vertes et les biscornues tout au fond. Les aubergines avec leur robe de pourpre violine avaient l'air plus appétissantes quand elles étaient posées près des poivrons verts. Plus tard, quand elle aurait d'autres variétés à vendre, rouge éclatant et jaune d'or, elle créerait des natures mortes où chaque légume serait à l'honneur.

Elle passa ensuite aux conserves. Les bocaux brillaient comme des gemmes, alignés en rangées bien nettes sur les étagères près de l'entrée. Elle les épousseta et les tourna pour que les étiquettes fussent bien en vue.

Helen avait l'habitude de se plaindre du temps qu'elle consacrait à ces « niaiseries », mais Nancy n'en tenait pas le moindre compte. De toute façon, il n'y avait rien d'autre à faire.

Ce matin-là, les tomates étaient en vedette. Les plus belles s'étaient vendues en moins de deux, la veille, et il ne restait plus que les trop mûres et les trop vertes. Jusqu'au moment où Helen reviendrait avec la récolte du jour. Nancy avait promis à sa mère de mettre à part celles qui étaient trop molles, et qu'elle rapporterait à la maison. Helen avait l'intention de les cuire et de les mettre en conserve dans la soirée, après le dîner. Nancy soupira en pensant que, bien évidemment, elle se sentirait obligée de l'aider.

Ces tomates trop avancées, il y en avait beaucoup plus que prévu. Un phénomène dû à la vague de chaleur orageuse qui avait transformé la vallée en marécage. Elle en remplit deux pleins seaux qu'elle rangea sous la table. Elle en profita pour sortir la caisse, une modeste boîte métallique, dissimulée sous une planche amovible entre les pieds de la table. Helen était très fière de sa cachette. Nancy, pour sa part, estimait que son invention ne tromperait pas une personne vraiment décidée à leur prendre leur argent.

Elle était en train d'aligner les épis de maïs tête-bêche sous la banne lorsqu'une voiture fit un brusque virage sur la route et vint se garer devant la boutique.

C'était une décapotable rouge surbaissée avec une calandre grillagée et des panneaux blancs en forme de V sur les côtés. Personne de sa connaissance ne possédait une automobile aussi sensationnelle.

La portière s'ouvrit et livra passage à un grand jeune homme à peu près de son âge. Après s'être extirpé de son siège-baquet, il s'abîma dans la contemplation de ses pneus.

Aux yeux de Nancy, il était aussi exotique que sa voiture. Très soigné de sa personne, les épaules larges, tout à fait sûr de lui. Lorsqu'il se retourna vers elle, elle découvrit ses yeux marron aux cils fournis et son nez très droit. Il lui sourit, et elle remarqua également sa dentition parfaite.

— Je faisais de tels bonds, j'ai cru que j'avais un pneu à plat ! Mais ça doit être la route. Elle aurait vraiment besoin d'être refaite.

— Ça n'est pas pour demain ! répliqua Nancy en s'efforçant de ne pas le dévisager trop ouvertement.

N'empêche… elle remarqua sa chemise blanche amidonnée et son pantalon qui paraissait sortir du pressing. Elle pensa qu'il ressemblait à Ricky Nelson, sans la moue, mais avec tout autant de charme.

— De toute façon, il fallait que j'achète des tomates pour le restaurant. Je travaille chez Dan-D, cet été.

Elle connaissait Dan-D. Pas du tout le genre d'endroit où elle pouvait l'imaginer : un restau plutôt minable, non loin de la rivière, flanqué d'une demi-douzaine de cabanes pour touristes en lisière des bois. Le lieu était plutôt fréquenté par des gens quasiment aussi pauvres que sa mère, qui désiraient prendre quelques jours de vacances.

— J'ai des tomates en promotion, annonça-t-elle d'un ton désinvolte. Mais nous en aurons de plus fraîches cet après-midi.

— Je vous prends déjà celles que vous avez. Ce sera parfait. Le vieux Wallace serait incapable de faire une salade digne de ce nom, même si sa vie en dépendait !

— Je vais vous choisir les moins moches.

Nancy avait l'impression que son cœur allait sauter hors de sa poitrine, tant il cognait fort. Il lui semblait qu'elle parlait à un Martien ou à une vedette de cinéma. La voiture, les vêtements, son allure… autant de signes extérieurs d'une vie à mille lieues de la sienne.

— Merci, c'est sympa.

Fidèle à sa proposition, elle remplit une cagette avec les tomates qu'elle avait mises sur le dessus de l'étal. Elle aurait voulu le bombarder de questions, sur lui, sur ce qu'il faisait avec une voiture pareille dans un boui-boui comme Dan-D, combien de temps il comptait rester, s'il reviendrait chercher des légumes régulièrement… Elle n'en fit rien, bien évidemment. Elle n'était qu'une vendeuse de tomates, et lui roulait dans une voiture qui devait coûter ce que sa mère gagnait péniblement en un an. Voire deux.

— Je suis content qu'on ait enfin eu de la pluie, dit-il en examinant les légumes exposés comme s'ils pouvaient l'intéresser. Sauf que, maintenant, il va falloir que j'enlève la boue des indentations.

— Des indentations ?

— Les flancs concaves blancs, sur le côté. Toutes les Corvette en ont. Ce sont leurs marques distinctives.

— Ah, c'est une Corvette ?

— Flûte, alors ! Moi qui croyais que toutes les filles du monde savaient reconnaître la légendaire Corvette. A quoi ça sert d'en avoir une, sinon ?

— A gratter la boue de ses flancs concaves quand on n'a rien de mieux à faire.

Il éclata de rire, comme si elle avait dit quelque chose de spirituel.

— Vous devez habiter dans le coin, non ? J'imagine qu'on ne vous a pas fait venir de loin pour vous proposer ce genre de job ?

— Ils vous ont bien importé, vous !

Il s'accouda à la table, tandis qu'elle transférait avec précaution ses tomates dans des sacs en papier.

— Mon père est allé à l'école avec Dan.

Voyant qu'elle ne réagissait pas, il précisa :

— Le Dan du fameux Dan-D. Mon paternel lui a demandé s'il avait un petit boulot d'été pour moi. Manque de pot, la réponse a été oui.

— Ça ne vous plaît pas de travailler là-bas ?

Quelle question idiote ! Evidemment que ça ne lui plaisait pas ! Qui pourrait aimer ça ?

— Seigneur, non ! Mais mon cher papa était fâché contre moi. Je devais décrocher mon diplôme d'UVA, cette année, mais je n'ai pas été assez assidu aux cours. J'en étais même loin. Alors, il a décrété qu'il était temps que je me frotte au monde du travail, histoire d'avoir un avant-goût de ce qui m'attend au cas où j'échouerais une nouvelle fois.

Il se montrait si amical et si franc qu'elle en oublia d'être impressionnée ou de se sentir timide.

— Et alors, c'est instructif, ce stage dans le monde du travail ?

— A vrai dire, pas des masses. Mais ça ne me déplaît

pas tant que ça d'être ici. Dan me fait faire toutes les corvées de rigueur : épluchage, récurage de la batterie de cuisine. Ça, ce n'est pas la partie que je préfère. Mais j'aime bien découvrir le pays pendant mes heures de liberté, et je circule pas mal dans les environs.

— Et pourquoi vous avez foiré à l'examen ?

— Oh, la fête ! L'alcool, les femmes... J'ai aussi suivi des cours qui me branchaient plus que l'économie et la comptabilité.

Il sourit tout en haussant les épaules.

Elle essayait d'imaginer cet univers d'oisiveté et de liberté. C'était assez difficile pour quelqu'un qui n'avait jamais eu un moment pour profiter de sa jeunesse.

— Vous semblez songeuse.

Elle s'aperçut qu'il la dévisageait, et se secoua aussitôt.

— Non, pas du tout.

— Vous êtes en fac quelque part ? C'est aussi un petit boulot de vacances pour vous ?

Elle envisagea sérieusement de mentir — un crime de lèse-majesté attendu la rigueur de l'éducation d'Helen —, mais elle y renonça en pensant que, dans son état de bouleversement actuel, elle ne serait même pas capable de se lancer dans des bobards.

— Je travaille à la bibliothèque de l'école. Je n'ai pas encore décidé ce que j'allais faire ensuite.

— Jusqu'à maintenant, je n'ai pas rencontré beaucoup de jeunes de votre âge, ici.

Rien d'étonnant, pensa-t-elle. Le Dan-D était un établissement familial, et aucun jeune de son âge n'aurait l'idée d'aller s'y amuser. Elle s'aperçut, d'ailleurs, qu'elle aurait été bien en peine de citer les endroits fréquentés par la jeunesse dorée. Les jeunes gens de Fitch Crossing allaient plutôt se promener dans les bois ; ils buvaient de la bière jusqu'à plus soif et tiraient sur tout ce qui bougeait dans l'obscurité. Elle se demandait même comment certains d'entre eux avaient réussi à passer leur bac.

— Pas difficile, pourtant ! lança-t-elle. Il vous suffit de rouler lentement dans votre belle voiture en affichant ce petit sourire, et toutes les filles du comté du Shenandoah se jetteront sur vous.

— La voiture et le sourire vous plaisent ?

Elle avait beau être une pedzouille, elle n'était pas née de la dernière pluie.

— La voiture n'est pas mal, laissa-t-elle tomber négligemment.

Il rit de nouveau.

— En tout cas, vous, vous ne manquez pas d'humour, et vous savez garder votre sang-froid !

Du sang-froid ? Elle ? En vérité, elle bouillait intérieurement.

— Ça fera deux cinquante, annonça-t-elle de sa voix la plus cool.

Il sortit un portefeuille de sa poche arrière. Un bref instant, elle crut voir un crocodile miniature : il ne manquait que la tête et les dents pour parfaire l'illusion.

— Je m'appelle Billy Whitlock. Et vous ?

— Nancy. Nancy Henry.

— Enchanté, dit-il en lui tendant un billet de trois dollars.

Lorsqu'elle voulut le prendre, il referma sa main autour de la sienne et la serra de façon significative.

Après quelques secondes, elle la retira à regret.

— Je vais regarder si j'ai la monnaie, dit-elle. Nous venons d'ouvrir.

Elle inspecta la boîte à cigares où elle gardait la menue monnaie, et fut soulagée d'y trouver des pièces de vingt-cinq cents. Elle lui en donna deux.

— Profitez bien de votre séjour chez Dan-D, dit-elle. C'est probablement la dernière fois de votre vie que vous éplucherez des patates !

— Sauf si je fais mon service militaire.

Aussitôt, Nancy vit surgir sous ses yeux une image de

lui en uniforme. Il aurait de la prestance. Et, évidemment, il serait officier.

Il tourna les talons, puis s'arrêta à mi-chemin de la porte et se retourna.

— Vous avez un petit ami, Nancy ?

Elle resta interdite, ne sachant que dire. Mais, visiblement, il ne quitterait pas les lieux tant qu'elle n'aurait pas répondu à sa question.

— Pas encore trouvé un garçon intéressant dans le coin, dit-elle enfin.

Ce qui, somme toute, était vrai.

— Moi, je parie qu'ils ont été nombreux à s'intéresser à vous.

— Ah oui ? Qu'est-ce qui vous fait dire ça ?

Il laissa glisser son regard vers l'échancrure de son corsage.

— Ils ne sont pas tous aveugles dans ce pays, si ?

Elle se sentit rougir violemment.

L'étudiant type, pensa-t-elle. Il essaie de se maintenir en forme avant de rejoindre son harem de petites amies à la fac. Elle s'était sentie évaluée, comme… comme une jument de haras.

Bientôt, sa honte céda la place à une flambée de colère.

— Vous avez oublié quelque chose, lui dit-elle.

Elle se pencha sous la table, s'empara de l'une des tomates ramollies, et la projeta sur lui de toutes ses forces.

Se baissant avec souplesse, il l'évita juste à temps. La tomate alla s'écraser sur l'encadrement de la porte et dégoulina sur la terre battue.

— En quel honneur ? demanda-t-il sans se départir de son flegme.

— Je n'ai pas envie d'être accusée de ne pas vous avoir rendu la monnaie de votre pièce, vu ?

— Vous savez, je ne crois vraiment pas que vous *pourriez* me rouler.

Il lui décocha son sourire parfait qui découvrait des dents

magnifiques, puis, après une petite courbette moqueuse, il se détourna et fila vers sa voiture. Elle remarqua qu'il hâtait le pas, comme s'il craignait d'être atteint dans le dos par de nouveaux projectiles.

Ce qui la fit jubiler.

Puis elle suivit des yeux la Corvette qui sortait en trombe du parking dans un panache de gravillons et s'éloignait à vive allure sur la Route 11.

L'épisode le plus excitant de son été venait de prendre fin. Et il n'y aurait certainement pas de second épisode, songea-t-elle, dépitée.

Contrairement à ses prévisions, Billy revint chaque jour. La première semaine, Nancy pensa qu'il n'y avait là rien d'extraordinaire : il périssait d'ennui, et tentait de se distraire en faisant un brin de conversation avec une fille pas trop repoussante.

Parfois, il débarquait quand Helen était là. Il se montrait alors volubile et respectueux tout à la fois — bien qu'Helen résistât à son charme sans avoir à faire le moindre effort.

Il lui achetait des concombres et des tomates, de pleins cageots d'épis de maïs et des paniers de poivrons verts. Il prétendait que chez Dan-D, on ne jurait plus que par ses produits d'une fraîcheur incomparable. Les meilleurs de toute la région, à l'entendre.

Nancy le suspectait d'en rajouter. Elle se doutait bien que les mérites comparés du maïs Silver Queen et du Bantam doré ne constituaient pas l'unique raison de ses visites.

Une semaine après leur première rencontre, un vendredi soir, elle était assise sur le porche de Fitch Crossing, les pieds posés sur la balustrade. Helen, qui s'était levée avant l'aube, avait déjà rejoint son lit. Nancy, elle, était trop énervée pour dormir après une interminable journée où toutes les bavardes de la région s'étaient succédé à la « boutique ». Un mot de plus sur les oignons de Mme Maidie et elle aurait été capable de renverser un seau de tomates sur cette casse-pieds de vieille pipelette qui lui avait tenu la jambe pendant près d'une demi-heure. Au moins, la commère aurait eu quelque chose de nouveau à colporter.

Et, pour la première fois depuis *le* vendredi historique, Billy ne s'était pas arrêté au stand.

Elle entendit le ronronnement du moteur avant de voir les phares de la *légendaire* Corvette illuminer la route. Elle reconnut la voiture, la vit dépasser l'embranchement puis s'arrêter, reculer et emprunter le bout de piste qui remontait vers la ferme.

« Bon sang de bonsoir ! »

Surprise ! Et dans quelle tenue ! En rentrant, elle s'était lavé les cheveux, et ils étaient encore humides. Puis elle avait enfilé un vieux short à fleurs et un petit marcel datant de son enfance qui lui arrivait au ras du nombril. Ses espadrilles étaient restées dans sa chambre et, pour tout maquillage, elle arborait un semis de taches de rousseur qui lui donnait l'air d'une gamine de douze ans.

Il s'était garé devant la maison, ne lui laissant pas le temps de disparaître à l'intérieur.

— Belle soirée ! lança-t-il en s'arrêtant près des érables qui piquaient du nez sous la chaleur.

De toute évidence, il attendait qu'elle l'invite à s'asseoir près d'elle sous le porche. Impossible de faire autrement. Elle lui fit donc signe de monter.

— Ne me dites pas que vous passiez dans le coin par hasard ! lui dit-elle, tandis qu'il grimpait les marches.

— Puis-je m'asseoir ?

Elle lui indiqua la chaise en face d'elle, mais il préféra prendre place sur la balancelle, à ses côtés. Leurs hanches se frôlèrent sur l'étroite banquette.

La proximité de leurs deux corps semblait produire des étincelles. Depuis une semaine, tous les soirs, étendue dans son lit sans trouver le sommeil, elle avait cherché à imaginer un moment comme celui-ci. Mais son expérience était trop limitée pour enflammer son imagination.

— Dan m'a dit où vous habitiez.

— Tout le monde sait où j'habite. Tout le monde sait tout sur tout le monde, ici.

— C'est vraiment la rase campagne.

Elle avait appris qu'il venait de Richmond. Et, d'après la voiture, les vêtements et l'accent, elle avait aussi compris qu'il faisait partie des *riches* de Richmond.

— Vous allez devoir faire un effort, l'année prochaine, côté université. Sinon, vous risquez de finir ici, à tirer la charrue et à curer l'étable. Un véritable enfer !

— Le terme « rase campagne » n'était pas méprisant, précisa-t-il. C'est joli, par ici. Je trouve beaucoup de charme à cette région. Sincèrement.

Elle ne s'en rendait pas compte, bien évidemment. A ses yeux, *joli* rimait avec bien d'autres merveilles : avenues chic aux larges trottoirs, magasins, belles demeures patriciennes au milieu de parcs paysagers, *ladies* en toque et gants blancs sirotant des *drinks* lors d'élégantes *garden-parties*.

— Comment se fait-il que vous ne soyez pas en train de récurer les marmites ? demanda-t-elle.

— C'est mon soir de congé.

— Un vendredi ?

— La famille de Dan vient donner un coup de main pendant les week-ends. Il n'a donc pas besoin de moi. J'ai mis les bouchées doubles, aujourd'hui, et j'ai terminé à 5 heures.

— C'est pour ça que vous n'êtes pas passé au stand ?

— Hé, vous l'avez remarqué ? Je vous ai manqué ?

S'il lui avait manqué ? Autant demander au ciel gris si le soleil lui manquait !

Elle trouvait son travail intolérable. En réalité, toute sa vie était intolérable, et elle ne savait plus à quel saint se vouer. Jusqu'à l'arrivée de Billy Whitlock. Grâce à lui, elle avait trouvé une raison de se lever le matin, un but à sa journée et l'occasion de rêver. Un peu.

— Alors, pas de réponse ?

Elle sentait ses mains trembler. Elle était tellement novice ! Une vraie débutante. Une pauvre fille de la campagne… Elle ferma les yeux.

— Billy, que cherchez-vous exactement ?

— Que voulez-vous dire ?

Le mince vernis de sophistication qu'elle avait entretenu jusque-là se craquela lamentablement.

— Ecoutez, je suis pauvre, vous êtes riche. Je suis une paysanne et vous êtes un citadin.

— Vous êtes blonde et je suis brun, ajouta-t-il avec un sourire dans la voix.

Elle donna un coup de talon, et le mouvement de la balancelle s'accéléra.

— Je suis sérieuse et vous ne l'êtes pas !

— Nancy, je ne veux rien d'autre qu'un peu de compagnie. Je vais rester ici encore deux mois, alors j'ai pensé qu'on pourrait passer un peu de temps ensemble. Apprendre à se connaître. Sortir un peu… Je vous apprécie. Et vous, non ?

Elle rouvrit les yeux et tourna la tête vers lui pour mieux l'observer. Erreur fatale ! Il était en train de se pencher vers elle. Leurs lèvres étaient si proches qu'il était trop tard pour songer à lui échapper.

Et puis, à dire vrai, elle n'avait aucune envie de se dérober. Elle voulait l'embrasser. Et bien davantage encore…

Lorsqu'ils rompirent ce premier baiser, elle pensa que c'était ce qu'il lui était arrivé de plus merveilleux dans son existence. Il était beaucoup plus expert qu'elle en la matière, mais il ne semblait pas en être déçu.

Elle sentit qu'il souriait, alors que ses lèvres étaient encore sur les siennes.

— C'était bon ? demanda-t-il doucement.

— Han-han.

Elle aima tout autant le second baiser, et tous les autres.

Et elle aima encore davantage tout ce qui se passa entre eux au cours des semaines suivantes.

20

Avant la mort de Kayley, le samedi était « jour spécial », et Mack avait pris l'habitude de se libérer pour le passer avec Tessa et leur fille.

Après la mort de Kayley, le samedi était devenu le jour le plus long de la semaine, et le seul moyen qu'il avait trouvé pour l'affronter était de s'occuper sans cesse.

Ce samedi-là, malheureusement, menaçait de s'étirer à l'infini. Pas la moindre tâche domestique dans laquelle se lancer. La femme de ménage était passée la veille, la maison était donc aussi impeccable et sinistre qu'à son habitude, et le réfrigérateur était rempli.

Aucun courriel à l'écran, aucun message sur le répondeur. Il n'y avait pas de chien à sortir, pas d'épouse avec laquelle partager un brunch dans un endroit agréable, pas de petite fille…

Il se prépara un bol de céréales, prit sa douche, se rasa, et se dit que c'était le jour idéal pour faire un saut à Toms Brook. Sauf qu'il n'en avait aucune envie.

En s'habillant dans sa chambre, il prit conscience que sa solitude avait pris des proportions abyssales. Insupportables. Il lui fallait remettre de la couleur autour de lui, en lui, dans sa vie. Sa femme était hors d'atteinte. Leur passé avait été anéanti.

Leur passé avait été anéanti…

En regardant autour de lui, il ne découvrit que du vide.

Et, soudain, sa journée cessa de ressembler à une interminable traversée du désert.

Une heure plus tard, il avait vidé les cartons récupérés au sous-sol, et admirait le résultat de son travail.

Le salon était transformé. Sur le manteau de la cheminée, un bouquet de pensées de soie ornait le vase en céramique de guingois que Kayley avait fabriqué pendant un camp de vacances d'été. Des photos de Kayley seule, avec des amis, avec ses parents et Biscuit décoraient les étagères et les tables. Au mur, il avait accroché le cerf-volant dragon qu'il lui avait offert à l'occasion de son dernier Noël.

Ils en avaient fait voler de toutes sortes et de toutes les tailles, du haut de la plus haute colline, près de la ferme d'Helen.

Kayley et ses cerfs-volants… que de parties de rires, que de souvenirs enchantés…

Tout en caressant du regard chacun de ces chers objets, il se sentit comblé d'avoir fait revivre le souvenir de Kayley… tout en éprouvant une immense tristesse devant son impuissance à faire davantage.

Il finit par entendre la sonnette de la porte d'entrée. Il n'y avait pas fait attention, mais elle devait teinter depuis un moment, déjà. Il alla ouvrir, et découvrit Erin sur le seuil. Elle était en tenue de cycliste, portait un casque en plastique bleu roi sous le bras et s'apprêtait visiblement à tourner les talons.

— Erin ! s'exclama-t-il avec un large sourire. Belle journée pour une randonnée !

— Jusqu'à midi seulement. Je vais prendre un peu d'exercice avant qu'il ne fasse trop chaud.

— Combien fait-il, dehors ? Vingt-trois, vingt-quatre degrés ? La température idéale.

Un radieux sourire illumina son visage de reine de beauté du Midwest.

— J'ai vu votre voiture et je me suis demandé si

vous aimeriez faire un tour. Vous avez une bicyclette, n'est-ce pas ?

Oui, bien sûr, mais il ne s'en était pas servi depuis la mort de sa fille. Il pensa que le siège d'enfant devait être encore fixé à l'arrière. Kayley n'avait eu un vélo à elle qu'à l'âge de quatre ans, se rappela-t-il avec attendrissement. Elle était si fière ! Elle criait : « Papa, papa, regarde-moi ! »

— Vous n'avez pas l'air prêt à faire du sport, dit Erin en le voyant plongé dans ses pensées. Bon, alors, j'y vais.

Il fit un gigantesque effort pour se secouer.

— Non, je… pensais à l'état de ma bicyclette. Je ne m'en suis pas servi depuis… depuis un moment. En revanche, je vous offre quelque chose à boire, si vous voulez. Je dois avoir du thé glacé, des jus de fruits…

— Vous n'êtes pas trop occupé ?

— Non, répondit-il en pensant immédiatement que c'était une erreur.

Même s'il avait tout son temps, il aurait dû prétendre le contraire. Il était seul, vulnérable, et terriblement attiré par la jeune femme.

Une combinaison fatale.

— Bon, une courte récréation, et ensuite je vous laisse.

Elle retira la pince qui lui maintenait les cheveux et secoua la tête. Il eut l'impression que le soleil se levait à sa porte.

Puis elle le suivit à l'intérieur. Ils s'arrêtèrent dans le salon, et elle balaya la pièce du regard.

— Quelle jolie maison, Mack !

Immédiatement, elle s'intéressa aux photographies, et s'empara d'un cadre montrant Kayley sur le dos d'un poney, le jour de son anniversaire.

— On ne fait pas plus adorable, n'est-ce pas ?

Il admira la délicatesse de sa phrase. Elle avait soigneusement évité d'employer l'imparfait.

— Elle nous réclamait déjà des cours d'équitation à cor et à cri, et Tessa cherchait un bon club pour l'y inscrire.

— C'est beau d'avoir tous ces souvenirs sous les yeux. Quand Jeff est mort, mes parents ont fait disparaître toutes ses affaires. Et ils m'en veulent d'avoir des photos de lui sur les murs de mon appartement.

— Allons inspecter le réfrigérateur, dit-il pour détourner la conversation de sujets trop sensibles.

Il la précéda dans la cuisine.

Là aussi, il avait procédé à quelques changements. Des pochettes en tissu pour herbes aromatiques, tissées et brodées par Kayley, étaient maintenant suspendues aux murs. Des boîtes en céramique représentant un chat, une souris et un gros morceau de gruyère suisse s'alignaient sur le comptoir, ainsi qu'un bocal à biscuits Cookie Monster, tout droit sorti de Sesame Street, qui semblait attendre d'être de nouveau rempli de petits macarons. C'est Kayley qui l'avait choisi, un jour de fête familiale, lorsqu'ils étaient allés faire des emplettes tous ensemble.

— Jus de pomme ou thé glacé ?

— Non, juste de l'eau fraîche, merci.

Il lui servit un verre d'eau filtrée avec des glaçons.

Après quelques gorgées, elle le regarda, et s'enquit d'un ton concerné :

— Comment ça va, Mack ?

Il ne l'avait pas revue depuis leur dîner raté au Siam Palace. Et il était étonné qu'elle le relance.

— Je travaille comme un forcené.

C'est tout ce qu'il trouva à dire.

— Il me semble que nous devrions parler de cette soirée.

— Je suis navré, Erin. J'aurais dû vous appeler pour m'excuser. Mais j'ai hésité, me demandant si ce ne serait pas encore plus maladroit d'insister. Nous ne faisions rien de répréhensible, certes, mais j'imagine que cet épisode a été vraiment pénible pour vous.

— Pour vous aussi.

Typique d'Erin, pensa-t-il, et de sa bonté naturelle. Elle était non seulement généreuse, mais très… amoureuse, et elle n'en faisait pas mystère. Et lui, il s'était accroché à cette générosité et à cette affection comme un noyé à une bouée de sauvetage.

— Je voulais simplement vous dire… que je ne veux faire de tort à personne dans cette histoire. Et que nous ferions mieux de nous éviter jusqu'à ce que vous ayez pris une décision.

Il comprit aussitôt que cela voulait dire : « jusqu'à ce que vous ayez demandé le divorce ».

— Je n'ai pas envie de jouer les doublures, ajouta-t-elle d'un ton triste. Même si votre couple ne tient plus qu'à un fil.

Elle tenta de sourire, mais ce furent les larmes qui l'emportèrent. S'il ne les avait pas remarquées, ces larmes, peut-être n'aurait-il pas bougé. Difficile à dire… Il était si proche d'elle qu'il n'avait qu'à tendre la main pour la toucher. Ce qu'il fit.

Si elle n'avait pas réagi, il aurait laissé retomber son bras, et ce geste intime se serait arrêté là. Au lieu de cela, elle lui prit la main et la plongea dans ses cheveux de miel.

Et ensuite, si elle ne lui avait pas rendu son baiser, si elle s'était dérobée, si elle avait protesté et refusé d'entrouvrir les lèvres… alors qu'elles étaient si douces sous les siennes, si accueillantes, si ardentes…

Il se rapprocha et la plaqua contre le comptoir. Elle se lova contre lui, tendre et caressante, sa ronde et généreuse poitrine offerte sans retenue, avec ce parfum étourdissant de gâteau à la cannelle sortant tout juste du four.

Elle l'entoura de ses bras aimants et, comme par enchantement, il sentit de nouveau qu'il faisait couple avec quelqu'un. Son désir s'exprimait sans détour et, bientôt, il fut incapable de le contrôler. Il n'en avait, d'ailleurs, aucune envie. Il voulait aller jusqu'au bout. Se sentir de nouveau en vie.

Il l'enlaça à son tour. Sa main heurta quelque chose de lisse et de froid posé sur le comptoir. Trop tard : le cadeau de Kayley roula et alla s'écraser sur le carrelage.

Erin se dégagea et fixa le bocal en miettes, avec ses tessons marron et bleu éparpillés autour d'eux.

— Oh, Mack, je suis désolée !

Il avait lâché Erin et s'était éloigné d'elle avec une rapidité confondante. La réalité, soudain, s'imposa à lui avec l'évidence de la vérité.

Il regardait cette femme qui n'était pas la sienne, cette femme qui pourrait remplacer Tessa s'il divorçait, et il aurait voulu remonter le temps. Retrouver le moment où, entre les bras d'Erin, il s'était de nouveau retrouvé lui-même, totalement à sa place.

Le choc de la prise de conscience n'avait pas éteint son désir, mais, à présent, il savait qu'il ne pourrait pas faire l'amour avec la jeune femme. Il la désirait, certes. Il avait de l'affection pour elle, des sentiments amoureux… et pourtant, il avait désespérément besoin de quelqu'un d'autre.

Il crevait d'envie de retrouver ce qu'il avait perdu à tout jamais.

La vie que Tessa et lui avaient bâtie ensemble.

La famille heureuse qui était allée, bras dessus, bras dessous, acheter le bocal à cookies, par un bel après-midi. Ce bocal qui gisait maintenant à ses pieds. Fracassé.

Un sanglot lui monta à la gorge. Il prit son visage entre ses mains pour tenter d'enrayer le flot. Il respira à fond et ravala tant bien que mal la boule qui menaçait de l'asphyxier.

— C'est moi qui suis désolé, dit-il d'une voix blanche. Et maintenant, je vais vous prier de partir.

Elle recula, glissant le long du comptoir.

— Je vais me tenir à distance, Mack. Pour de bon.

En vérité, je venais aux réunions pour vous voir, *vous*. Je m'en suis rendu compte ce matin. J'assistais à toutes les réunions, alors que je n'en avais pas vraiment besoin, uniquement parce que vous étiez toujours présent. C'est une erreur que je ne renouvellerai pas.

— Ce n'est pas votre faute.

— Non, c'est notre faute à tous les deux, déclara-t-elle. Et je suis devenue le genre de femme que je méprise entre toutes : une coureuse de maris ! D'une certaine manière, ma visite de ce matin est loin d'être anodine. Je cherchais tout bonnement à m'imposer.

— Et moi, j'ai insisté pour vous faire entrer.

Elle continua à se déplacer vers la porte de la cuisine.

— Retournez auprès de votre femme, Mack. Vous n'avez aucune envie de vous séparer d'elle. Faites ce que vous avez à faire.

Un discours noble, pensa-t-il. Et honnête. Mais il ne put lui dire qu'il l'appréciait : il était incapable de prononcer le moindre mot.

Une minute plus tard, il entendit claquer la porte d'entrée.

Et, de nouveau, ce fut la solitude.

Tessa avait fini par avouer à sa mère et à sa grand-mère qu'elle surveillait la maison de Robert Owens. Elle était déjà allée à Manassas deux fois, et elle était rentrée extrêmement tard. Bien entendu, les questions n'avaient pas tardé à fuser sur ce mystérieux emploi du temps qui la faisait revenir à des heures indues. Pour mettre fin à l'inquiétude et à la curiosité des deux femmes, elle les avait mises au courant. Ni l'une ni l'autre ne s'étaient montrées enchantées, mais elles avaient accepté sa décision, contrairement à Mack.

Ce soir-là, c'était le tour de Diana, mais un anniversaire à souhaiter l'avait retenue dans sa famille, et elle s'était proposée pour le lendemain, en remplacement. Tessa allait donc devoir assurer la surveillance deux soirs de suite.

Cette fois, elle avait osé se garer dans la rue, juste en face de chez les Owens, tablant sur l'orage qui menaçait pour passer inaperçue. Dans ce lotissement, rares étaient les maisons qui possédaient un auvent ou un garage et, comme les jardinets étaient étroits, il n'y avait place que pour un véhicule devant chaque logement. En conséquence, la rue était bordée de voitures en stationnement, et ce serait bien le diable si quelqu'un remarquait sa présence. D'autant qu'elle était à l'abri derrière ses vitres teintées.

Jusque-là, Owens s'était tenu à carreau : il n'y avait pas eu de virées nocturnes. On l'avait vu en train de prendre le courrier dans la boîte aux lettres, ou travaillant dans le jardin, s'interrompant parfois pour fumer une cigarette, assis sur le perron. S'il buvait, il le faisait discrètement, dans l'intimité de sa maison. Et personne ne l'avait encore surpris au volant d'une voiture.

Ce n'était que la quatrième fois qu'un membre de leur petit groupe montait la garde. Un peu tôt, donc, pour tirer des conclusions. Ce soir, fait nouveau, était un samedi, avec son cortège de tentations : beaucoup plus difficile de se tenir à l'écart des bars et des fêtes arrosées, songeait Tessa. Surtout pour un garçon fraîchement sorti de prison. Les jeunes avec un casier comme le sien avaient tendance à se pavaner auprès de leurs pairs et à jouer les durs.

Tessa était persuadée que, avec un peu de patience, elle le surprendrait tôt ou tard en train de faire une bêtise.

Elle modifia l'inclinaison de son siège, à la recherche d'une position plus confortable. Elle avait pensé apporter un Walkman, puis elle y avait renoncé en songeant que la musique risquait de la distraire de sa surveillance. A défaut, elle s'était munie de papier à lettres et d'un stylo, dans l'intention d'écrire à un collègue. Finalement, elle se rendit compte qu'elle n'arrivait pas à se concentrer sur autre chose que la porte d'entrée des Owens.

Deux heures passèrent ainsi, et l'orage tant attendu éclata, tambourinant à grosses gouttes sur son pare-brise. Il était 20 heures. Elle n'avait pas vu Owens, mais elle savait qu'il était à la maison : elle avait entendu sa mère l'appeler depuis le jardin.

La pauvre femme avait l'air d'un chien battu. Elle devait avoir la quarantaine, tout au plus, mais elle faisait bien davantage avec son dos voûté et son teint terreux. Tessa avait remarqué, cependant, le bref éclat qui avait illuminé son regard lorsqu'elle s'était tournée vers les fenêtres pour appeler son fils. Et elle n'avait pu s'empêcher d'avoir le cœur serré en voyant cette expression pleine d'espoir, ces épaules qui s'étaient brusquement redressées.

Cette mère, visiblement, chérissait son fils. Sa déception allait être d'autant plus douloureuse, songea amèrement Tessa.

De furieux nuages roulaient, à présent, dans le ciel d'encre. Des éclairs zébraient l'horizon, et les bourrasques de vent étaient chargées d'une odeur d'ozone.

Ce qui rappela à Tessa la nuit où, avec Nancy et Helen, elles avaient dansé sous la pluie battante. Depuis, leur course au trésor avait cessé. La semaine précédente, fatiguée de creuser sans résultat, Nancy avait loué un détecteur de métaux. En quinze minutes, la troisième boîte de conserve avait été découverte. L'argent d'Helen était maintenant en sécurité à la banque, et des pousses de pervenches avaient envahi les creux de la terre meuble.

Soudain, Tessa vit la porte d'entrée s'ouvrir et Mme Owens apparaître sur le seuil. Elle observa le ciel comme si elle supputait des chances d'éclaircies, puis, sans même se munir d'un parapluie, elle trottina jusqu'à sa voiture, ouvrit la portière et s'installa au volant. Les phares et les essuie-glaces se mirent en marche. Elle manœuvra quelques instants pour déboîter, puis disparut au bout de la rue.

Son fils n'était pas avec elle. Robert était donc resté chez lui, seul et sans voiture.

La soirée risquait d'être fort calme.

La pluie se mit à redoubler, et Tessa songea sérieusement à abandonner son poste. Le trajet de retour vers le comté du Shenandoah serait plus long avec ce temps, et elle était déjà épuisée. Quant à Robert Owens, tel un prisonnier sur son île déserte, il y avait peu de chances pour qu'il mît le nez dehors sous des trombes d'eau.

Certes, mais la pluie avait-elle jamais retenu un alcoolique en mal d'un petit un verre ?

Elle s'adossa à la banquette, s'étira le cou contre l'appuie-tête et ferma les yeux. Elle sentait la fatigue la gagner. Le cauchemar était revenu à deux reprises, la nuit précédente, pendant ses courtes heures de sommeil. Sans doute était-ce à cause de cette filature…

Le manque de sommeil s'ajoutait aux autres manques qui pourrissaient son existence. Le problème, c'est qu'elle ne voyait pas comment les combler, ni les uns ni les autres.

Et, chaque jour, sa lassitude se faisait plus grande, plus insidieuse.

Elle rouvrit les yeux au moment où une vieille fourgonnette gris acier convertible venait se garer dans l'espace laissé libre le long du trottoir d'en face, juste à la hauteur de sa propre voiture.

Les portes coulissantes claquèrent, et elle vit un groupe de jeunes sortir bruyamment du véhicule, riant et jurant sous la pluie. Ils coururent jusqu'à l'entrée de la maison en se bousculant. Grâce au réverbère de la rue et à la soudaine illumination du porche, Tessa compta cinq individus, dont deux portaient de gros sacs en papier kraft. Ils s'engouffrèrent à l'intérieur. Puis la lanterne de la façade s'éteignit et la rue retrouva son calme.

Tessa était tout à fait réveillée, à présent, et l'adrénaline courait dans ses veines.

— Eh bien voilà ! On y est ! murmura-t-elle.

Tous les ingrédients d'une bamboula : des garçons excités, des sacs remplis de packs de bière et de bouteilles d'alcool, une nuit pluvieuse, idéale pour se soûler bien au chaud chez un copain.

Et Mme Owens, sur laquelle la justice comptait pour servir de garde-fou à Robert, était partie. Comme par hasard.

Tessa se pencha en avant, les mains sur le volant. Elle se doutait bien que Robert Owens avait parfaitement le droit de passer une soirée entre amis, pour peu qu'il n'enfreigne pas la règle.

Des torrents se déversaient du ciel et frappaient le toit et les vitres de la voiture, mais, en dépit de ce martèlement incessant, Tessa entendait distinctement de la musique. C'était du rock, à plein tube, avec une batterie qui pulsait obstinément comme un cœur monstrueux dans la nuit.

Elle pourrait appeler l'agent de probation, mais que lui dirait-elle ?

Je suis garée devant chez Robert Owens dans l'espoir de le renvoyer en prison ? Il se peut qu'il soit en train de boire. Pourriez-vous dépêcher un agent pour lui faire subir un Alcootest ?

La chance était mince.

Imaginons même que l'agent de probation l'envoie promener, alors qu'elle lui présenterait une preuve irréfutable ? Non, décidément, elle devait utiliser cette opportunité avec prudence et sagesse. Car, une fois qu'elle aurait reconnu officiellement qu'elle surveillait Owens, elle ne pourrait plus continuer.

La solution ? Aller voir elle-même.

Mais, même si elle trouvait un prétexte pour sonner à la porte — un pneu à plat ou quelque chose dans ce goût-là —, Robert la reconnaîtrait.

Non, elle ne voyait qu'une possibilité : jouer les voyeurs. Entre l'obscurité et la pluie serrée, elle ne courait pas grand risque d'être repérée.

De la lumière s'échappait par les fenêtres arrière, signe que les rideaux n'étaient pas tirés. En faisant un peu attention, elle pourrait couler un regard à l'intérieur sans être vue. S'il était en train de boire, elle n'aurait plus qu'à retourner à la voiture et donner son coup de fil. Elle avait le nom et le numéro personnel du responsable d'Owens. Diana le lui avait dégotté, Dieu seul savait comment !

Elle était tout de même au pied de mur. Surveiller les Owens, discrètement, depuis sa voiture, était une chose. S'introduire en douce dans leur jardin et jouer les Mata Hari en était une autre. Après un bref et silencieux débat, l'impulsion l'emporta sur la raison. Elle s'empara de son imperméable posé sur la banquette arrière.

Le gros de l'orage s'éloignait, et elle en fut soulagée.

Personne en vue dans la rue ni sur le seuil des maisons. Pas de lumière non plus sur les perrons. Ce qui lui permettait de se faufiler *incognito* jusqu'au jardinet arrière.

Son avancée était entravée par des buissons qui avaient envahi le passage. D'un autre côté, ils la dissimulaient en partie, ce qui était un avantage. Elle laissa deux fenêtres sombres sur sa gauche et remarqua que les buissons s'élevaient encore plus haut du côté des voisins. Tant mieux car les maisons étaient si proches que chacun devait être au courant de ce qui se passait chez l'autre.

En dépit de son imperméable, elle était déjà trempée, mais elle n'y prêtait aucune attention.

Avant de voir quoi que ce soit, elle entendit les bruits de leur petite fiesta. Des éclats de voix, une sono tonitruante, des rires et des chamailleries de jeunes gens. Elle se demanda si c'étaient de vieux copains de Robert. Les mêmes, peut-être, que ceux qui l'avaient installé au volant de sa voiture, complètement ivre, le matin où

Kayley était morte. Cette nuit-là, ils avaient fait la noce jusqu'à l'aube.

Allaient-ils récidiver, ce soir ?

Elle se faufila entre les arbustes et le mur en brique, le long d'un goulet difficilement praticable où les branches lui fouettaient les épaules et la nuque. Elle se heurta à un massif de houx, sentit les piquants traverser son imper puis lui griffer les mains, tandis qu'elle tentait d'écarter les feuilles de son visage.

Elle s'approcha encore. Le vacarme s'intensifia.

La tentation était grande de coller son nez à la fenêtre, mais un reste de prudence l'en empêcha. Elle se pencha très doucement et coula un regard par le coin, mais sa vision était gênée par le pli d'un rideau, et elle s'avança davantage.

Une partie de la pièce était maintenant visible. Le poste de télévision était allumé, malgré le bruit assourdissant de la musique… A cet instant, sa respiration s'étrangla : un jeune homme traversait la pièce pour changer de chaîne. Il portait un jean très large, et nageait dans un T-shirt XXL. Lorsqu'il se retourna, elle put lire le mot *Nichons* imprimé dessus en orange vif. Les membres de la petite bande ne faisaient pas dans la subtilité ! Mais Tessa n'en était pas vraiment surprise.

Un deuxième garçon rejoignit bientôt le premier. L'un et l'autre tenaient une canette à la main, mais, honnêtement, elle n'aurait su dire s'il s'agissait de bière ou d'autre chose. Le second portait un bermuda et une chemise sport écossaise déboutonnée qui laissait voir son torse. Avec leur tignasse hirsute et leur masque d'ennui, il était difficile de les différencier.

Robert n'était pas visible.

Tessa se retourna et estima que le seul moyen d'avoir une vue plus large était de s'éloigner un peu de la maison et de se poster derrière la haie, qui lui servirait de bouclier. Certes, il fallait prendre un risque pour franchir l'espace à découvert.

Mais qui ne risque rien n'a rien, n'est-ce pas ? se dit-elle en citant un vieil adage qu'elle affectionnait.

Lorsqu'elle se glissa parmi les branches, l'eau acheva de la transpercer de toute part, d'autant qu'elle avait quitté le relatif abri de l'avant-toit.

Peu lui importait : elle bénéficiait maintenant d'un angle de vision qui incluait deux autres personnages en train de blaguer dans le coin opposé à la télévision. Ils s'envoyaient de vigoureuses claques dans le dos à tour de rôle. Elle eut l'impression d'assister à un défi de jeunes daims testant leurs dagues et cherchant à entrer dans la caste des mâles confirmés.

Puis Robert entra dans la pièce.

L'objet de tous ses cauchemars.

Des épaules larges, des cheveux courts d'un roux mal défini et un trop grand front qui faisait paraître ses petits yeux rapprochés encore moins attrayants.

S'il avait été l'un de ses élèves, et elle, la femme qu'elle était avant la mort de Kayley, elle serait allée vers lui, comme elle allait vers les plus défavorisés. Ceux qu'elle sentait à la traîne, les démunis, les laissés-pour-compte...

Elle avait eu l'occasion de consulter son dossier, avant sa comparution au tribunal. Son Q.I. était assez élevé pour lui permettre de décrocher de très bonnes notes. Jeune garçon, il avait été louveteau, puis chef de meute, et guide. Son mérite lui avait valu une douzaine de médailles avant que son existence ne sombre.

A partir de là, le profil changeait. Vandalisme. Larcins. Conduite en état d'ivresse. Echec scolaire. Accès de colère qui dégénéraient. Bagarre aux poings qui avait laissé un camarade de classe très amoché et inconscient sur le plancher du gymnase. Renvoi. Réintégration. Nouveau renvoi...

Elle revint à son observation, et le suivit du regard,

tandis qu'il rejoignait le duo qui se disputait, semblait-il, à propos du programme de télévision. L'un d'entre eux changea encore de chaîne. Robert ne tenait ni verre ni canette à la main, ce qui n'était pas une preuve en soi. Depuis l'arrivée de ses copains, il avait pu boire une bière, voire deux s'il avait soif.

Et qui n'aurait pas une soif d'enfer après la longue abstinence forcée de la prison ?

Si elle ne relâchait pas sa vigilance… si elle attendait patiemment… si elle…

Robert se retourna brusquement et se dirigea droit vers la fenêtre. Il se disputait avec les autres. Elle entendait sa voix monter et descendre tandis qu'il ponctuait ses arguments de moulinets de ses poings serrés.

Elle se rendit compte qu'il était sur le point de la repérer. Il faisait noir, certes, et il pleuvait, mais s'il marchait jusqu'à la vitre…

Elle plongea derrière la haie et amorça un mouvement de rotation dans l'intention de fuir. Mais là, un homme émergea de l'ombre et se jeta sur elle.

Elle n'eut même pas le temps de pousser un cri : il avait plaqué la main sur sa bouche, au point de l'étouffer.

— Tessa, fit une voix sifflante. Ferme-la, pour l'amour du ciel !

Les jambes en coton, tremblant de peur, elle mit du temps à comprendre que le passager de la pluie n'était autre que… Mack !

Il retira sa main et posa l'index sur ses lèvres. Puis il la tira par le bras, et se dirigea avec elle vers la rue.

Pas moyen d'argumenter. Ils ne pouvaient se permettre d'attirer l'attention. De toute façon, qu'elle le suivît ou non, il y aurait de la bagarre. Ça, elle le savait.

Ils atteignirent la voiture de Mack, garée non loin de la sienne. Elle trempa immédiatement la banquette passager tant elle dégoulinait de partout. Mack fouilla un moment à l'arrière, récupéra une serviette-éponge et la lui jeta sur les genoux.

— Tu peux l'utiliser : elle est propre.

Elle s'essuya le visage. Elle tremblait toujours comme une feuille, et ce simple geste la vida de son énergie.

— Bon sang, mais comment m'as-tu retrouvée ?

— Ta mère m'a demandé de te ramener à la raison. Elle m'a dit que c'était la seconde nuit d'affilée que tu venais ici. Elle a peur que tu y plantes ta tente.

— Et tu es d'accord avec elle ? C'est une première !

— Tu te crois vraiment utile en venant ici ? Tu as une idée du nombre de lois que tu enfreins ? Violation de propriété, atteinte à l'intimité de la vie privée, pour commencer. Et ça peut aller jusqu'au harcèlement criminel. Tu as perdu la tête ou quoi ?

— Ma tête ? Non. Mes inhibitions, sans doute.

Tessa ne le regardait pas. La serviette avait beau être déjà à tordre, elle continuait à se frotter la tête avec, comme pour se donner une contenance…

— Tess, je t'en prie, regarde-moi !

Son brusque changement de ton la prit au dépourvu. Elle laissa tomber la serviette et lui fit face.

— Mack, je n'ai envie ni d'un sermon ni d'un chantage affectif. Je savais ce que je faisais.

— Et ce que tu risquais ?

— Enfin, je ne suis pas stupide, qu'est-ce que tu crois ?

— Robert Owens a des droits.

— Malheureusement, on ne peut plus en dire autant de notre fille.

Il sursauta douloureusement, et elle ne fut qu'à moitié contente d'avoir provoqué sa réaction. Elle préféra détourner les yeux.

— A mes yeux, reprit-elle plus doucement, il a perdu ses droits à tout jamais, après ce qu'il a fait à Kayley. Si je pouvais fabriquer des pièces à conviction et le compromettre définitivement, je le ferais.

— Non, je ne te crois pas.

Elle ne discuta pas, parce que, au fond, elle ne savait plus lequel des deux avait raison.

Jusqu'où était-elle prête à aller ? C'était une question qui la taraudait depuis des semaines.

— Qu'est-ce que tu as vu, à l'intérieur ? Ça valait la peine ?

— Ça aurait pu devenir intéressant si tu ne m'avais pas interrompue.

— Autrement dit, il ne se passait rien que de très banal. Comme dans des millions de foyers à la même heure.

Elle regrettait sincèrement de ne pas avoir surpris Robert avec une canette de bière à la main. Ne fût-ce que pour le lancer à la figure de Mack.

— Sa mère est partie. Cinq minutes après, comme par hasard, ses copains sont arrivés. Ils ont attendu que la voie soit libre pour se faire une petite soirée, ce qui, dans leurs cerveaux, signifie *picoler*.

— Tu peux le prouver ?

Non, elle ne le pouvait pas.

Il posa la main sur sa cuisse. Elle se rétracta. Le seul moyen d'échapper à ce contact aurait été de ressortir sous la pluie.

— Je me fais un souci pas possible pour toi, tu sais ? Ça ne te ressemble pas. Tu es quelqu'un de sage, d'avisé.

— Je suis une mère.

— J'ai réfléchi à notre dernière conversation, Tess. Si tu savais le nombre de fois où j'ai repassé le film.

Sans doute autant de fois qu'*elle*.

— Rien de changé, dit-elle. J'ai l'intention de continuer à surveiller cette maison.

— Oh, que si, il y a du changement ! Tu m'as déclaré, la dernière fois, que tu ne faisais rien d'illégal. Or, ce soir, tu as franchi les limites.

Elle lui prit la main et l'écarta de sa cuisse. Puis,

soulagée, elle se laissa aller contre le dossier de son siège et réfléchit. Au bout d'un moment, elle ferma les yeux.

— D'accord. J'ai dépassé les bornes.

Mack poussa un long soupir de soulagement.

— Heureux que tu t'en aperçoives.

— Bon, on a terminé ?

— J'ai peur que tu ne fasses d'autres bêtises. J'ai peur que *tu* ne finisses en prison.

Elle sentit l'étau glacé de la réalité se resserrer autour d'elle. Ses défenses cédaient, et elle eut une vision du vide de son propre cœur qui l'épouvanta.

— Je n'irai plus regarder derrière les fenêtres, promit-elle enfin. Mais c'est tout ce que je peux faire pour *toi*.

— Pour moi ?

— Evidemment, pour toi.

Elle le regarda de nouveau.

— Moi, je me fiche pas mal d'aller ou non en prison. J'irais à la minute même si ça pouvait le faire plonger.

— Mais ça ne marche pas comme ça.

— Je sais, Mack. J'ai foiré, O.K. ?

Il se laissa aller contre l'appui-tête et ferma les paupières.

— Tu sais, parfois, je pense sérieusement que tu t'en sortirais mieux sans moi. J'ai l'impression que je ne fais que te rappeler le temps du bonheur, le temps d'*avant*. Et qu'il vaudrait mieux que je m'efface… Est-ce que ça t'aiderait ? Est-ce que le choc serait salutaire ? Suffisamment pour que tu fasses marche arrière ?

— Je n'ai pas l'intention de réviser mes positions. J'exige la justice.

— Mais tu sais quoi ? continua-t-il sur le même ton, comme si elle n'avait pas répondu. Chaque fois que je songe à te rendre ta liberté, je m'aperçois que je n'y suis pas prêt.

Elle le regarda longuement, à la lueur hachée du

réverbère, noyée de pluie et de brume, et elle sentit son cœur se serrer désagréablement.

— Non ?

— C'est toi que je cherche à travers d'autres femmes. Mon intermède avec Erin, ce n'était que ça.

— Ton *intermède* ? Oh, je t'en prie !

— Tu m'as poussé dans ses bras.

— Moi ? Mais je ne la connais même pas !

— Elle ou une autre… Tu utilises cette histoire pour te réfugier dans ta solitude, ta tristesse et ta colère.

— Tu rejettes la responsabilité de tes coucheries sur moi ?

— Il n'y a pas eu de coucheries. Il n'y en aura pas. Il s'en est fallu de peu, mais… tu te trompes en pensant que je t'en rends responsable. J'étais seul. J'ai laissé les choses se faire. Je t'ai laissée me repousser, chaque jour un peu plus, par tes actions ou ton immobilisme, par tes silences ou par nos discussions… et toutes les nuits où nous n'avons pas fait l'amour. Mais je refuse de continuer ce petit jeu, Tess. Si tu ne veux plus de moi, dis-le franchement. Parce que je ne compte pas faire le sale boulot à ta place. Je ne te laisserai pas me mettre tout ça sur le dos, en faisant courir le bruit que je suis tombé amoureux d'une autre et que je t'ai plaquée.

Elle ne savait que lui répondre. Elle était trop honnête pour prétendre qu'il avait tort. Avait-il raison pour autant ? Cherchait-elle à éjecter Mack, comme un témoin gênant de son passé ? Voulait-elle le fourrer au fond d'un carton avec les photographies de Kayley, ses dessins et sa licorne en peluche ?

Ses yeux s'embuèrent de larmes.

— Je la vois partout, Je la vois même lorsque je regarde Robert Owens, tu te rends compte ? Je fais des cauchemars dans lesquels il y a une voiture qui roule de plus en plus près…

— Tess, non ! Je ne peux pas supporter ça.

— Mais non, tu ne comprends pas. Ce n'est pas *lui* qui conduit. C'est moi ! Je fais ce même rêve atroce, nuit après nuit. Je suis au volant, et il marche sur le trottoir. Je fonce droit sur lui, Mack ; j'appuie sur l'accélérateur à fond, et je ne m'arrête pas… jusqu'à ce que je lui passe sur le corps. Jusqu'à ce qu'il soit mort…

Elle enfouit son visage entre ses mains.

Il ne fit pas un geste, ne prononça pas une parole, et elle en fut soulagée.

— Je veux qu'il souffre autant que nous, conclut-elle à travers ses larmes.

— Tu as besoin d'aide.

— Non, j'ai besoin que Robert Owens retourne en prison. C'est la seule chose qui pourrait me faire du bien.

— Tu n'allais pas mieux quand il était enfermé. Tu souffrais autant que maintenant. Il faut que tu te reprennes, Tess, et tu ne peux pas le faire seule.

— J'essaye de m'en sortir. C'est pour ça que je suis ici.

— Pas du tout ! Tu ne fais que t'isoler en rejetant tous ceux qui t'entourent. Tu n'as donc rien appris en passant ce mois d'été auprès de ta grand-mère ? Tu ne vois pas les points communs ? La similitude qu'il y a entre vous deux ? Tu vas devenir une vieille femme solitaire, rongée par l'amertume, Tess, exactement comme Helen, si tu ne réagis pas très vite. Tu passes ton temps à me décourager pour parvenir plus vite au même résultat. Mais il faudra que tu fasses ces derniers pas toute seule. Je ne compte pas t'aider. Je suis là, et j'ai l'intention de rester près de toi jusqu'à ce que tu me chasses définitivement.

Elle s'essuya les yeux sur sa manche mouillée. Puis elle se tourna résolument vers lui.

— Je ne veux pas de toi. Je ne veux pas de ton aide.

Il soutint son regard, puis secoua la tête.

— Je ne te crois pas.

Il se pencha et lui ouvrit la portière.

— Rentre chez toi.

Elle se tint debout sur le trottoir, tandis qu'il s'éloignait.
La musique était encore audible, tandis qu'elle marchait sous la pluie en direction de sa voiture.
Elle monta à bord et s'en alla sans se retourner.

21

Quel que fût son état de fatigue, Helen ne transigeait jamais sur la fréquentation du service dominical. La Shenandoah Community Church n'avait rien d'extraordinaire. Il s'agissait d'une modeste église de village en bois blanc, dotée d'un élégant clocher pointu, d'une sacristie qui sentait le renfermé et de plusieurs salles au sous-sol, dont l'une était réservée aux jeunes. On y servait le café à la fin de l'office, et on en profitait pour bavarder. C'était l'instant que Nancy attendait, petite, car elle était alors autorisée à jouer dehors avec les autres enfants. Un court moment de détente avant de rentrer à la ferme et de retrouver les corvées.

Un demi-siècle plus tard, en accompagnant sa mère dans ce même lieu, Nancy fut agréablement surprise de découvrir les améliorations qui y avaient été apportées depuis sa dernière visite.

Un large hall d'accueil avait été ajouté, là où se tenaient les anciennes salles de classe, et une aile neuve où la lumière pénétrait à flots abritait, à présent, l'école des enfants. L'aire de stationnement avait été pavée, les vieux arbres, proprement taillés, et une roseraie flanquait maintenant le côté de l'édifice : un endroit idéal pour célébrer des mariages en plein air, d'autant que la vue sur les lointaines montagnes y était saisissante.

Et puis, la communauté s'était visiblement agrandie.

— C'est nettement mieux, dit-elle à Helen, un peu

plus tard, tandis qu'elles buvaient une tasse de café dans la cuisine de la ferme.

Helen avait refusé de rester après l'office, pour ce qu'elle appelait les *mondanités*, et Nancy avait respecté sa décision.

— J'y vais rarement. Ça ne vaut pas le coup de faire des efforts, à mon âge. Pour le paradis, les dés sont jetés. Trop tard pour les faire changer d'avis, là-haut.

Nancy sortit les pâtisseries qu'elle avait achetées à Woodstock pour leur petit déjeuner tardif.

— Tu pourrais y aller simplement pour le plaisir de bavarder avec d'autres gens, maman. Tu passes trop de temps seule.

— Ben, pas en ce moment ! Y'a plus moyen de respirer tranquillement dans cette maison.

Nancy ne releva pas la pique.

— J'aime bien le nouveau pasteur. Il m'a posé un tas de questions sur toi. Il est venu te voir plusieurs fois, m'a-t-il dit, mais tu ne l'as pas laissé entrer.

— Ah, c'est ça que vous étiez en train de comploter ?

— Je lui ai dit qu'il serait le bienvenu, désormais.

Helen grommela, et Nancy se détourna pour que sa mère ne surprît pas son sourire.

— A ton avis, Tessa va bien ?

Nancy posa les gâteaux sur la table.

— Pourquoi me demandes-tu ça ?

— Je ne l'ai pas vue, ce matin.

— Elle est au grenier : elle profite des heures les plus fraîches.

Nancy hésita un instant, puis ajouta :

— J'ai l'impression qu'elle a besoin d'un peu de tranquillité, et là-haut, dans son pigeonnier, elle ne risque pas d'être dérangée.

— Elle est rentrée tard, hier soir.

Nancy se demanda si sa mère était restée éveillée, elle aussi, pour attendre le retour de Tessa.

— Je n'aime pas du tout son idée de surveiller cette maison, et je ne me suis pas privée de le dire à Mack. Elle ne fait que remuer le couteau dans la plaie. Mais tu la connais : elle n'écoutera rien de ce que nous pourrons lui dire. De toute façon, elle n'en fera qu'à sa tête.

— Comme sa mère.

— Non, je trouve qu'elle ressemble plutôt à Billy. Elle campe devant la maison de ce garçon parce qu'elle est persuadée que c'est son devoir. Et tant pis si elle gâche sa vie. Comme Billy, qui m'a épousée parce qu'il estimait qu'il devait le faire, au mépris des conséquences.

— Ça fait des années que je ne t'ai pas entendue parler de ça.

Nancy s'installa à table et choisit un *cheesecake*.

— Tessa a trouvé notre certificat de mariage au grenier, il y a quelques jours. Elle a découvert que j'étais enceinte avant de me marier.

La nouvelle ne sembla guère troubler Helen.

— Ça devait arriver. Autant que ce soit maintenant, pendant que tu es là : tu as tout le temps de lui fournir des explications.

— Quelles explications ? J'ai rencontré un homme, nous avons eu des relations sexuelles et je suis tombée enceinte. C'est d'une banalité affligeante.

— Pas tant que ça.

Nancy n'en revenait pas d'avoir ce genre de conversation avec sa mère, surtout que quelque chose dans son ton assuré la fit réagir.

— Qu'est-ce que tu sous-entends ?

— Je me rendais bien compte que tu n'étais pas faite pour cette vie à la ferme, et que tu voyais Billy comme un sauveur qui pourrait t'emmener loin d'ici.

— Je ne suis pas tombée enceinte exprès, si c'est ce que tu veux dire.

— Non, mais tu vivais dans un rêve dès que tu étais avec lui. Cette capacité à rêver, je l'ai repérée chez toi, pratiquement dès l'âge où tu as commencé à marcher. Tu ressemblais à une petite fille de conte de fées : tu étais sensible aux sons, aux couleurs et aux voix. Avec toi, c'était tout l'un ou tout l'autre : tu adorais ou tu détestais. Il n'y avait pas d'intermédiaire, et tu vivais à travers ton imagination.

— C'est le propre des enfants, non ?

— Je n'ai jamais été comme ça. Ni personne dans ma famille, à l'exception de Tom, peut-être… et de Fate, j'ai l'impression. Déveine après déveine, il perdait peu à peu la substance de ses rêves. Lui non plus n'aimait pas la vie de paysan. Il voulait voyager, voir du pays, s'imprégner de la vie d'une façon qui m'était complètement étrangère.

Nancy était stupéfaite. Jamais elle ne s'était rendu compte qu'Helen, non seulement la comprenait, mais l'acceptait telle qu'elle était.

— Pourtant, tu as essayé de me faire changer. Pourquoi ? Tu voulais que je sois différente ?

— Non, je voulais que tu survives. Et que pouvais-je t'offrir d'autre ? Je n'avais aucun moyen de te faciliter la vie ou de te la rendre plus douce. Je ne possédais que la ferme et le quotidien qui allait avec.

— Si seulement tu m'avais dit que tu comprenais, ç'aurait été déjà énorme.

Helen accepta la critique.

— Je le vois, aujourd'hui, avec le recul, dit-elle. Mais, à cette époque, je n'avais guère le loisir d'y réfléchir à deux fois. Je voyais simplement que, avec ta personnalité, il te serait difficile de vivre ici. J'essayais de t'y préparer, pourtant… enfin, c'est ce que je croyais. Mais je m'aperçois que, en fait, je cherchais à te retenir. On se trompe souvent en croyant agir pour le mieux. Je trouve ça vraiment triste, vois-tu.

Nancy ne sut que répondre. Son univers tout entier venait de basculer. Au fond de son cœur, il y avait cette petite fille ulcérée depuis toujours persuadée que sa mère la prenait pour une incapable. Il allait lui falloir du temps pour accepter l'idée qu'elle s'était trompée.

Helen semblait comprendre son dilemme. Elle posa la main sur la sienne.

— J'essayais à ma manière de te mettre un peu de plomb dans la cervelle, Nancy, pour que tu ne t'envoles pas trop vite. Je n'avais pas envie que tu me quittes et, vois-tu, je croyais bien faire. C'était égoïste de ma part. Et je le regrette sincèrement.

Tessa se demandait où sa mère comptait l'emmener.

Lorsqu'elle était descendue, un peu avant midi, elle l'avait trouvée en bas des marches, ses clés de voiture à la main, avec son légendaire regard « inutile-de-discuter-les-ordres-à-mon-commandement-en-avant-marche ! ».

— Pas question de parler d'Owens, déclara-t-elle à sa mère, une fois dans la voiture.

— Parfait.

Nancy fit une marche arrière, et se dirigea vers l'embranchement de Fitch Crossing.

Silence radio dans l'habitacle. Pas de bavardage. Pas de récriminations. Elle se contenta de rouler lentement, comme si elle savourait le paysage qui défilait sous leurs yeux.

Finalement, ce fut Tessa qui remit le sujet sur le tapis.

— Mack m'a prise la main dans le sac. Il m'a dit que c'était toi qui lui avais dit où j'étais.

Nancy quitta Fitch et fila vers le nord.

— Je croyais que tu ne voulais pas parler de ça.

— Je suis furieuse que tu le lui aies dit.

— Tu aurais préféré que je lui mente ?

Tessa s'enferma dans un mutisme boudeur. Elle s'était réveillée avec un fort mal de tête, et une boule dans la gorge qui la mettait au bord des larmes. L'aspirine n'avait rien calmé : ni la migraine ni les émotions rentrées.

— Tu lui manques, ma chérie, dit Nancy d'une voix douce. Et il te manque aussi.

— Oh, pas de psychanalyse sauvage, par pitié !

Les mots lui avaient échappé, et sur un ton acerbe qu'elle regrettait déjà.

— Excuse-moi. Je ne suis pas dans mon assiette.

— Allonge le siège, ferme les yeux et repose-toi. Tu vas voir ce que j'ai préparé : je suis sûre que tu vas aimer.

Pas de protestation. Pas de culpabilisation. Simplement l'intérêt et la tendresse d'une mère.

Tessa suivit ses conseils et, lorsqu'elle rouvrit les yeux, au moment où la voiture s'arrêtait, elle se sentait déjà nettement mieux.

— L'église de Gran ?

Elle redressa le dossier de son siège, et observa le pittoresque édifice. Des paroissiens qui venaient d'assister au dernier office de la matinée serraient la main du curé et échangeaient quelques mots en passant. Tandis que les deux femmes observaient ce spectacle quotidien, les lambins prirent congé, et chacun regagna sa voiture.

— Il s'appelle Sam Kinkade. Il est charmant, et c'est un très bon prédicateur, dit Nancy. Ce matin, il a fait un prêche sur l'amour qui m'a bien plu. Il a dit, notamment, que nous devions commencer par nous aimer nous-mêmes, avant d'aimer Dieu ou notre voisin. Ça m'a fait réfléchir.

Tessa songea à son mari qui fréquentait l'église avec assiduité depuis la mort de Kayley. Avant, ils y allaient en famille, davantage pour leur fille que pour eux-mêmes. Mais maintenant, Mack assistait au culte parce qu'il y tenait. Et seul, car elle refusait de l'accompagner.

Aussi fut-elle contrariée lorsque Nancy annonça d'un ton guilleret :

— Nous avons rendez-vous.

Sa mère l'avait-elle traînée jusqu'ici pour qu'elle discute avec le prêtre ? Qu'elle lui confie ses erreurs et ses tourments, avec l'espoir de recevoir son absolution ?

Voyant que sa fille se hérissait, Nancy posa une main apaisante sur son bras.

— Il va nous faire visiter les lieux. J'ai eu une idée, et il me semble que ce lieu conviendrait. Voilà : je voudrais organiser une exposition avec les quilts de ta grand-mère, et j'ai pensé qu'ici, ce ne serait pas mal.

Nancy était sortie de la voiture et remontait le terre-plein vers l'église. Tessa la rattrapa.

— Est-ce que Gran est au courant ?

Nancy s'esclaffa.

— Tu veux rire ?

— Ce serait une surprise, alors ?

— Sauf si quelqu'un vend la mèche. Dans ce cas, nous serons obligées de la ficeler et de la jeter, écumante de rage, à l'arrière de sa vieille fourgonnette pour l'amener ici.

— Mais c'est génial !

Nancy s'arrêta et se retourna, bien que le pasteur, qui les avait vues, les attendît en haut des marches.

— C'est vrai ? Tu trouves ? Ça me fait vraiment plaisir.

— Comment as-tu eu cette idée ?

— Ta grand-mère n'a jamais été reconnue en tant qu'artiste. Elle a réussi à garder la ferme familiale contre vents et marées, elle a élevé sa fille sans aucune aide, et elle a créé ces quilts extraordinaires et somptueux. Qui les a vus ? Qui a entendu parler de cette femme ? Elle mérite quelques applaudissements avant de quitter ce monde, tu ne penses pas ?

Comme Nancy avait repris son avance, Tessa lui emboîta le pas.

— Et tu vas en faire un superbe événement, je te connais !

— Tu crois ? dit Nancy d'un air sceptique.

— Et comment ! Personne ne t'arrive à la cheville pour organiser ce genre de manifestation. Tu serais capable d'attirer les foules en exposant des coquilles d'œufs !

— Arrête, tu vas me faire rougir ! Merci quand même.

Tessa vit que, effectivement, Nancy avait rougi, et elle se rendit compte à quel point elle était avare de compliments lorsqu'il s'agissait de sa mère. Un défaut de famille, apparemment.

Le révérend Kinkade vint au-devant de ses visiteuses.

En voyant sa chevelure drue et son beau regard bleu, on comprenait aisément que l'indice de fréquentation de sa paroisse eût autant grimpé.

Il avait à peu près l'âge de Tessa, et il devait se sentir plus à l'aise en jean que dans sa soutane noire.

Nancy fit les présentations. Il avait une poignée de main franche et chaleureuse, et un regard qui allait droit à l'essentiel.

— Je vais devoir m'absenter pour aller visiter des malades, d'ici un petit moment, annonça-t-il, mais vous pourrez rester aussi longtemps que vous voudrez, une fois que je vous aurai montré les lieux.

Ils examinèrent chaque pièce, et Nancy indiqua les endroits où elle aimerait suspendre les œuvres d'Helen. Sam — comme il souhaitait qu'on l'appelât — se montrait enthousiaste devant le projet.

— J'ai entendu dire qu'Helen avait donné des dizaines de quilts à des membres de cette paroisse, dit-il. Et, d'après ce que je sais, c'est une femme qui a une sacrée personnalité, ce qui ne gâche rien. Je m'en suis rendu compte, malgré la… brièveté de nos rencontres.

« Eh bien, voilà un prêtre qui ne mâche pas ses mots, pour une fois ! » songea Tessa qui se sentait déjà en confiance.

— Vous avez raison en ce qui concerne le caractère. Mais Helen est aussi une artiste.

— S'il ne tenait qu'à moi, cet édifice serait toujours ouvert et servirait à plein temps. Il faudra que j'obtienne l'autorisation de notre conseil de direction laïque, mais cela ne devrait pas poser problème. Surtout si nous pouvons laisser des œuvres exposées jusqu'au dimanche suivant.

— Avec joie ! s'exclama Nancy. Un public plus large, davantage de reconnaissance…

— Je me demande si les personnes à qui elle a fait ces dons seraient d'accord pour les apporter, le temps de l'exposition. On pourrait même adjoindre à ces quilts de petites notices explicatives racontant leur histoire, leur périple à travers les familles, les circonstances dans lesquelles ils ont été distribués, proposa Tessa.

— C'est une super-idée, déclara Nancy en entourant la taille de sa fille. Et que dirais-tu d'en installer dehors, s'il fait beau, ce jour-là ? Avec cet été de sécheresse, nous ne courons pas grand risque. Nous pourrions les accrocher aux branches basses des gros arbres.

— Et en disposer entre des escabeaux, dans la roseraie ? suggéra Sam.

Au moment où le pasteur dut partir, le projet d'exposition était pratiquement un fait accompli.

— Dommage que je n'aie pas davantage de temps ! dit Nancy. Mais je pense que ça aura quand même de l'allure.

Sam n'était pas encore certain de pouvoir utiliser le sanctuaire, mais il avait promis à Nancy de faire tout son possible pour décrocher cette permission. Une centaine de personnes devaient pouvoir tenir sur les bancs en se serrant un peu, songea Tessa en admirant l'unique vitrail qui surplombait l'autel. Sur les côtés, il y avait de simples fenêtres, mais la magnifique vue sur les arbres et les montagnes bleutées était un véritable enchantement. Des bouquets de roses fraîches, posés sur une nappe de lin immaculé, ornaient la sainte table, et la chaire en merisier rose luisait sous le poli de l'encaustique.

— Je vais m'asseoir ici un petit moment, dit-elle à sa mère.

Elle s'attendait aux inévitables : « Tu ne te sens pas bien, ma chérie ? Veux-tu que j'aille te chercher un verre d'eau ? » Mais Nancy se contenta de lui tapoter l'épaule avant de s'éclipser discrètement.

« Existe-t-il un endroit plus calme au monde qu'une chapelle de village ? » se demanda Tessa.

Le silence était si profond qu'il bourdonnait à ses oreilles. Il y avait là une rafraîchissante sérénité encore imprégnée du parfum de l'encens et de la cire, qui l'enveloppait d'une présence presque tangible. Au point qu'elle se sentit mal à l'aise, n'étant pas prête à se laisser aller au réconfort qu'offraient ces murs. Sans parler de la question de l'existence de Dieu qui n'était pas du tout au programme, en ce qui la concernait.

Cependant, lorsqu'elle se releva pour aller rejoindre sa mère, elle eut l'impression qu'elle comprenait mieux son mari et ce qu'il recherchait dans ces endroits.

Nancy était dehors en train d'examiner les branches d'un chêne majestueux.

— Prête ? demanda-t-elle à sa fille. Je meurs de faim. Rentrons vite à la maison pour déjeuner.

Tessa lui prit le bras.

— Non, laisse-moi t'inviter dans ce petit restaurant dont tu m'as parlé, l'autre jour. Nous rapporterons quelque chose à Gran.

Nancy eut l'air touchée par sa proposition.

— Quelle bonne idée ! Tu vas adorer cet endroit.

Elles roulèrent en silence et se garèrent dans une rue transversale. La petite ville historique, avec son palais de justice en pierres meulières et ses pittoresques maisons de brique à colombages, n'était pas envahie par la foule, et elles trouvèrent facilement une table chez Honeycutt et Sugarbaker. Le petit café, niché au milieu des boutiques et des stands pour collectionneurs, donnait sur une rue piétonnière, et elles s'installèrent en terrasse.

Dix minutes plus tard, Tessa piochait avec délice dans une copieuse salade de poulet aux aromates. La meilleure qu'elle eût jamais dégustée.

— Je t'emmenais souvent déjeuner dehors, quand tu étais enfant, lui rappela Nancy.

— Et tu en profitais pour m'enseigner les bonnes manières : comment tenir ma fourchette, ne pas mettre mes coudes sur la table et croiser mes jambes comme il faut.

— Tu apprenais vite. J'étais fière de toi.

Tessa rit de bon cœur, étonnée de constater qu'elle prenait un réel plaisir à cette petite virée avec sa mère et à la découverte de cette Nancy nouvelle version, beaucoup plus détendue.

— Tu m'achetais toujours des crèmes glacées Rocky Road, tu te souviens ? Quand il n'y en avait pas au menu d'un restaurant, on filait en chercher une en sortant de table.

— Il faut dire que tu avais des idées très arrêtées.

Tessa se demanda si c'était toujours le cas.

Malgré elle, ses pensées la ramenèrent, une fois encore, vers Mack et leur entrevue de la veille.

Avait-elle réagi à la mort de sa fille en devenant psychorigide ? Sa peur de subir de nouvelles souffrances l'enfermait-elle dans un carcan où elle s'étiolait peu à peu ? Etait-elle encore capable d'éprouver de véritables sentiments ?

— Comment me vois-tu, maman ? demanda-t-elle brusquement en levant le nez de son assiette. Est-ce que tu trouves que je fais face ?

Il était inutile de préciser de quoi elle parlait. A son expression, elle vit tout de suite que Nancy avait compris.

— Tu veux que je sois franche ?

— Oui, je préférerais.

— Ma réponse est non.

Tessa attendit une explication, mais, pour la première fois de son existence, peut-être, Nancy choisit de se taire.

— C'est aussi l'opinion de Mack, dit Tessa en sortant de son abîme de réflexion. Nous sommes au bord du divorce.

Elle ne donna pas de détails ; elle était certaine que Nancy était au courant de la situation.

— Est-ce ce que tu souhaites ?

Tessa n'avait pas la réponse. Sa seule certitude était

que Mack avait vu juste lorsqu'il lui avait déclaré qu'elle le poussait sciemment vers la séparation. Sa longue nuit d'insomnie lui avait, au moins, permis de le comprendre.

— Mack pense que je ne m'en sortirai pas tant que je n'aurai pas fait mon deuil de tout ce qui me rappelle Kayley. Lui inclus.

— Il espérait, j'imagine, que tu démentirais.

— Ce n'est pas ce que j'ai fait.

— Une perle comme Andrew MacRae, tu n'en trouveras pas deux. Si tu le laisses filer, Tessa, tu te condamnes à une vie de solitude, parce que personne d'autre ne sera jamais à la hauteur.

Tessa préférait ne pas lancer le débat sur un sujet aussi sensible. Elle planta son regard dans celui de sa mère, et l'interrogea.

— J'ai repensé à ce que tu m'as raconté, l'autre jour, sur la manière dont tu as rencontré papa. Tu as dû tomber enceinte assez vite, après, non ?

— J'étais une fille de la campagne : j'aurais dû être un peu plus avisée. Malheureusement, les bêtes ne nous enseignent pas l'usage des préservatifs. Et ton père n'y a pas fait exception.

Tessa se mit à rire, malgré elle.

— Il aurait pu faire attention.

— Disons que nous nous sommes laissé emporter.

— Comment c'était ? Non pas de se laisser emporter par la passion, mais de tomber enceinte, si jeune, et sans être mariée ? Et ne me sers pas la version expurgée. J'ai besoin d'entendre un *vrai* témoignage sur les moments difficiles que l'on peut traverser et la manière d'y faire face.

Elle l'avait dit d'un ton léger, mais elle savait que c'était important.

— Tu tiens réellement à explorer cette part d'ombre ? Parce que, je te préviens, nous n'y apparaissons pas sous notre meilleur jour, ton père et moi.

— Oui, j'y tiens, répondit Tessa en picorant distraitement dans son assiette. Puisque tu t'en es sortie.

— Plus ou moins… Et tu as été notre récompense. En dépit des pires difficultés, je peux t'affirmer que ni l'un ni l'autre nous n'avons jamais regretté de t'avoir mise au monde. Pas une seconde !

Tessa réfléchit, puis ajouta pensivement :

— Moi non plus, je n'ai jamais regretté d'être là.

— Jusqu'à la mort de Kayley. Car, ensuite, tu t'es mise à détester ta vie.

Tessa sursauta. Etait-ce vrai ? Etait-elle aussi amère ? Et pourquoi avait-elle attendu aussi longtemps pour se poser toutes ces questions ?

Elle se leva de sa chaise, se massa le cou un instant.

— Je vais chercher un cappuccino. Tu en veux un ?

Nancy eut un petit sourire.

— Non, je préfère réfléchir à la manière dont je vais t'expliquer quels idiots nous étions, ton père et moi, il y a trente-huit ans… juste avant ta naissance.

22

Août 1964

Nancy n'avait pas réellement de projets pour son avenir. Certes, il lui arrivait de rêver qu'un recruteur de jeunes talents la découvrait au milieu des tomates et du maïs doux, et lui faisait signer de mirifiques contrats pour travailler dans une agence de mannequins.

Mais elle était trop intelligente pour avoir foi en ses rêves. Si elle avait des aptitudes particulières, elle ignorait lesquelles. Et si elle avait des dons, en dehors de son esprit vif et de son joli minois, elle n'aurait pas su les nommer non plus.

Et puis, quand le prince charmant avait fait irruption dans sa vie, les projets, les talents et les dons avaient perdu toute leur importance. Elle avait Billy pour l'été, et elle ne voulait pas voir au-delà.

Elle n'en revenait pas qu'il ait pu jeter son dévolu sur elle, ne fût-ce que pour une amourette de vacances.

Il était beau, distingué, prévenant. C'était un amant passionné et, quand elle eut renoncé à être une « jeune fille bien », elle lui répondit avec une ardeur juvénile, lui livrant sans compter tous les trésors d'amour que son cœur recelait.

Elle était sérieusement amoureuse. Impossible de résister, même en sachant à quelle folie elle s'exposait.

Mais, dès l'instant où elle avait compris que Billy s'intéressait à sa fille, Helen avait été sur ses gardes.

Les mesures de rétorsion consistèrent en un allongement conséquent de la liste des corvées.

Nancy disposait de moins en moins de temps, mais elle se débrouillait toujours pour voir son amoureux.

Ce soir-là, pour une fois, son rendez-vous avec Billy n'était pas un plaisir, mais une nécessité.

Il devait rentrer chez lui trois jours plus tard, et il semblait impatient. Il n'avait pas eu la grossièreté de lui dire qu'il brûlait d'envie de retrouver une existence plus raffinée, mais elle s'en était rendu compte, à certains signes. Elle s'y attendait, bien sûr. Elle n'avait jamais nourri de faux espoirs. Le fossé entre eux était bien trop important, et elle savait qu'il l'oublierait dès qu'il serait rentré à Richmond.

Ce soir-là, pourtant, elle devait lui annoncer qu'il n'allait pas pouvoir la rayer aussi facilement de sa vie.

Helen n'avait jamais compris le désir d'intimité de sa fille, et elle enrageait à longueur de journée contre les portes fermées et les « mijaurées qui prenaient des airs ».

Nancy était en train de s'habiller pour sortir lorsque sa mère fit irruption dans sa chambre, sans frapper, comme à son habitude.

— Tu passes trop de temps avec ce garçon, déclara-t-elle tout de go. Tu ferais mieux de rester à la maison, ce soir.

Nancy acheva de se poudrer le nez. Ses mains tremblaient, et le miroir lui renvoyait un visage d'une pâleur inquiétante, en dépit du fond de teint cover-girl.

— Il part dans quelques jours, maman. Laisse tomber.

— Il aurait mieux fait de ne jamais arriver, celui-là ! Nous n'avons rien à offrir ici à un gars comme lui.

En d'autres mots, Helen lui signifiait que Billy n'avait aucun besoin d'elle. Et, pour une fois, elle avait raison.

Comme la température s'était rafraîchie, Nancy avait enfilé un chemisier col Claudine, à manches longues, et une jupe portefeuille en madras. Billy avait proposé de l'emmener dîner dehors, et elle avait tenu à soigner sa tenue.

— Nancy…

Nancy ferma les yeux et attendit.

— Sois prudente, lui dit Helen gauchement. Sois *au moins* prudente.

L'avertissement arrivait un peu tard.

Billy passa la prendre dans le quart d'heure qui suivit. Il fit de louables efforts pour engager une conversation polie avec Helen, puis y renonça en voyant qu'il n'y avait aucun espoir.

Une fois sur la route, il baissa la capote de la Corvette et accéléra à fond.

— Arrête-toi ! lui dit Nancy en sentant son estomac se retourner sous l'effet de la vitesse et de l'air qui la giflait violemment.

— Pourquoi ?

— Arrête-toi tout de suite, je t'en prie !

Il freina brutalement, et elle eut tout juste le temps de quitter la voiture pour rendre le peu qu'elle avait avalé depuis le petit déjeuner.

Billy eut la bonne grâce de lui passer son mouchoir, ainsi qu'une bouteille de Coca. Puis il attendit qu'elle fût en état de parler.

— Tu aurais dû me prévenir que tu ne te sentais pas bien, ce soir, lui dit-il sur le ton de la réprimande. Tu devrais être chez toi, au fond de ton lit.

Elle éclata en sanglots. Il la prit dans ses bras et lui frotta le dos.

— Hé ! ce n'est pas un drame ! Ça arrive à tout le monde.

— Pas aux hommes, en tout cas !

Il mit un moment à comprendre. A l'instant où la lumière se fit dans son esprit, il arrêta de lui caresser le dos, et tout son corps se tendit.

— Tu veux dire que… ?

— Que je suis enceinte, oui.

— Tu en es certaine ?

A présent, elle était horriblement gênée.

— Oui. Ça fait deux fois que je n'ai pas eu mes règles. J'ai des nausées, le matin. Mes seins me font mal. J'ai vérifié dans un livre, hier, à la bibliothèque. Je vais avoir un enfant.

— Bon sang ! s'exclama-t-il.

— Ne me crie pas dessus !

— Pourquoi ne me l'as-tu pas dit avant ?

— Parce que j'espérais m'être trompée. Au début, on n'est jamais sûr, tu sais, et je me sentais tout à fait normale. Des règles en retard, c'est courant. Je l'ai entendu dire. Et puis, j'ai pensé que tout ce que nous faisions bouleversait peut-être les choses, à l'intérieur de mon corps. Et puis, la plupart du temps, Billy, tu faisais attention. Je n'arrivais pas à y croire, voilà !

— Et merde !

Il se retourna et abattit son poing sur le capot de sa précieuse automobile.

Elle sentait son cœur se briser. Certes, elle se doutait bien qu'il ne sauterait pas de joie, qu'il ne se jetterait pas à ses pieds en lui demandant de l'épouser. Mais elle espérait quand même un peu de compassion.

L'été, il faut le dire, avait eu un curieux effet sur elle, avant même qu'elle ne tombât enceinte. Elle avait de drôles d'idées en tête. Avant l'arrivée de Billy, elle n'avait fait que rêver. A présent qu'elle avait goûté à un monde meilleur, il lui semblait qu'elle *méritait* une vie différente, qu'elle *devait* vraiment trouver le moyen de quitter Toms Brook et que, même si Billy n'était pas *la* solution, leur histoire était un encouragement sur la voie du grand changement. Un rappel indiquant que tout n'était pas perdu.

— Nous aurions dû être plus prudents, déclara-t-il en s'appuyant contre le capot, les bras croisés.

— C'est évident.

Ne sachant où regarder, elle fixa un point au-dessus de son épaule.

— Il faut que tu consultes un médecin pour être certaine.

Elle *était* certaine. Mais sans doute avait-il besoin d'une preuve irréfutable, tamponnée et signée par un membre du corps médical.

— Je ne peux pas aller voir notre médecin de famille : il le dirait à ma mère.

— De toute façon, elle va finir par s'en apercevoir.

— Le plus tard sera le mieux.

— Qu'est-ce qu'elle va faire, à ton avis ?

Nancy était la première à se le demander. Sa mère ne la jetterait certainement pas dehors, mais le prix à payer serait exorbitant. Supporterait-elle de vivre avec son bébé sous le même toit qu'Helen, d'être en butte à ses critiques et à ses récriminations ? Avait-elle le droit d'imposer à un enfant une existence aussi misérable ? Car, si fort que pût être son amour pour lui, il serait toujours un fardeau.

— Elle va me mener la vie dure, répondit-elle simplement, en songeant que ce serait carrément l'enfer.

— Elle le fait déjà.

— J'ai été tentée de ne rien te dire. J'aurais préféré te laisser un bon souvenir. Je n'avais pas l'intention de te prendre au piège, tu sais ?

— Me prendre au piège ?

Elle le regarda fixement, et comprit que l'idée du mariage ne l'avait pas même effleuré. Et elle ne l'effleurerait peut-être jamais. Tout comme le job qu'il venait de terminer chez Dan-D, elle devait représenter pour lui l'image d'une vie ratée.

— Je ne comptais pas me faire épouser, dit-elle en lui tournant le dos. Je ne l'ai pas fait exprès. Je n'avais aucune intention de tomber enceinte.

— Je n'ai même pas terminé mes études.

— Tu crois que je l'ignore ?

— Je venais de prendre la décision de continuer…

Il laissa sa phrase en suspens.

— Ça ne fait rien, maintenant, dit-il.

— De continuer quoi ?

Il ne répondit pas.

Elle réitéra sa question.

— J'ai changé de matière principale en première année. Mon père voulait que je prépare une licence d'économie ou de commerce pour entrer ensuite dans son affaire. Il est conseiller financier. Le meilleur de Richmond. Mais je lui ai désobéi secrètement. Je voulais suivre une formation de garde forestier. Il a découvert le pot aux roses quand je lui ai avoué que je ne passerais pas le diplôme de fin d'année. D'où la punition de cet été. Il m'a déclaré qu'il paierait uniquement pour mes études d'économie. Que c'était à prendre ou à laisser.

Billy avait déjà évoqué le sujet, en passant, et elle n'avait pas compris exactement comment les pièces s'imbriquaient.

— Et quelle décision as-tu prise ?

— De foutre ma vie en l'air, apparemment. Non seulement ma vie, mais aussi la tienne et celle de ce bébé.

— Tu vas le dire à tes parents ?

Il écarquilla les yeux, comme s'il n'en revenait pas qu'elle lui ait posé la question.

— A ton avis ?

Elle se le demandait, justement. Au fond, elle ne le connaissait pas vraiment. Ils avaient ri ensemble, batifolé, flirté, fait l'amour intensément, bavardé de choses et d'autres. Mais Billy Whitlock, finalement, demeurait un étranger en ce qui concernait l'essentiel.

— Je vais trouver un médecin que tu pourras consulter, dans un endroit où personne ne te connaît, dit-il. Ensuite, nous prendrons une décision.

— Pas question que je m'en débarrasse !

Il quitta l'appui de sa voiture.

— Je ne te l'ai pas demandé.

— En tout cas, je ne suis pas ce genre de personne. Je tiens à ce que tu le saches.

— Quel genre de personne es-tu ?

Le saurait-elle jamais ? Elle en doutait. Elle eut l'impression que tous les progrès qu'elle avait faits, cet été-là, venaient d'être réduits à néant. Et maintenant, son existence présente et future allait se réduire à ce petit être qui poussait en elle.

— Je préférerais rentrer maintenant, dit-elle d'une pauvre voix.

— Que vas-tu dire à ta mère ?

— Que tu avais un rhume et que je ne voulais pas l'attraper.

— Si seulement les choses étaient aussi simples !

Il prit pour elle un rendez-vous chez un médecin de Winchester. Elle s'y rendit le lendemain, et apprit que la naissance était pour le mois de mars. Elle était en parfaite santé, jeune et solide. Le médecin ne prévoyait pas de complications.

Elle trouva que sa dernière phrase ne manquait pas d'humour dans le contexte actuel.

Elle retrouva Billy qui l'attendait dehors. Elle lui fit un bref résumé et lui montra l'ordonnance pour des vitamines à prendre pendant sa grossesse et le carton pour son prochain rendez-vous.

Il l'écouta sans rien dire, ponctua la fin de son compte rendu d'un bref hochement de tête, puis l'aida à monter dans la Corvette. Ensuite, il la ramena droit chez elle.

— Je te ferai signe, lui dit-il en lui tenant la portière.

— Mais, Billy, on devrait peut-être en discuter ?

— Il faut d'abord que je réfléchisse. Laisse-moi un peu de temps, d'accord ?

Il était brusque, à la limite de l'agacement.

— Et moi, comment pourrai-je te joindre ?

Il sembla hésiter à lui donner le numéro de téléphone de sa famille. Il fit une légère grimace, puis, se laissant fléchir, inscrivit le numéro sur un morceau de papier qu'il lui tendit.

— Appelle seulement en cas d'urgence.

— L'urgence, on y est, non ?

— Je t'ai dit que je resterais en contact avec toi : je le ferai.

Elle se demanda si elle aurait des nouvelles de Billy ou de son avocat.

La semaine suivante, ses nausées ne firent qu'empirer, mais elle n'eut guère de mal à les dissimuler à sa mère qui, de toute façon, était trop occupée à gagner leur maigre pitance pour avoir le temps de remarquer quoi que ce fût. D'autant qu'Helen, soulagée de savoir Billy parti, avait relâché la pression et allégé la liste des travaux qu'elle imposait à sa fille.

L'été touchait à sa fin. Nancy passait son temps libre à se ronger les sangs. Elle était censée reprendre son travail à l'école au début du second semestre, ce qui lui semblait à des années-lumière de là.

Billy appela une semaine plus tard, en l'absence d'Helen. Dès ses premiers mots, elle comprit qu'il la sondait discrètement, dans l'espoir qu'un miracle ait pu les débarrasser du bébé, comme par enchantement.

— Si seulement la vie était aussi simple ! dit-elle en lui renvoyant sa propre phrase. Désolée, je ne peux pas le faire disparaître par un simple effort de volonté. Je sais que ça t'arrangerait, pourtant.

— Et toi, Nancy ? Ça ne t'arrangerait pas, peut-être ?

— Si c'est tout ce que tu as fait, Billy, attendre en priant pour que je fasse une fausse couche, il faut que tu trouves autre chose. Ça va bientôt devenir visible. Mes jupes sont déjà trop serrées, j'ai dû déplacer les boutons. Et je ne vois pas comment je vais pouvoir reprendre mon travail.

— Je te rappelle d'ici quelques jours.

Mais il n'en fit rien.

A la fin de la semaine suivante, elle était dans tous ses états. Elle téléphona même chez lui et laissa un message à une femme qui l'appelait « le jeune M. Whitlock » et qui parlait avec un drôle d'accent traînant. Au moment où elle allait raccrocher, la femme ajouta :

— Il ne sera pas de retour avant un moment. Essayez plutôt de le joindre sur le campus.

Nancy raccrocha, sous le choc. Billy était retourné à l'université. Sans rien lui dire. Sans la mettre au courant. Il avait repris ses chères études à UVA, en songeant qu'elle se débrouillerait seule avec le bébé.

Elle pleura une partie de la nuit, mais lorsqu'elle se réveilla, au petit matin, elle sut qu'elle ne pouvait pas continuer ainsi. Avant d'en parler à sa mère, avant de bouleverser le cours de sa vie, il fallait qu'elle voie Billy une dernière fois, face à face, et qu'elle lui demande de l'aider. Ce bébé était aussi le sien, après tout ! Pourquoi serait-elle la seule à l'assumer ?

Leur stand de vente était fermé le dimanche. Nancy inventa un prétexte pour ne pas accompagner sa mère à l'office religieux et, dès qu'Helen fut partie, elle se mit au volant du vieux pick-up de la ferme et se rendit chez une fille qu'elle avait connue au lycée. Patricia n'était pas très chaude à l'idée de lui prêter sa voiture, surtout pour se rendre aussi loin. Mais lorsque Nancy lui mit dans la main sa jolie montre, en lui disant qu'elle pourrait la garder si elle ne revenait pas avec vingt dollars pour la lui racheter, Patricia changea d'avis.

Le trajet lui prit des heures, et la région de Charlottesville ne lui était pas familière. Elle ne fit guère attention aux bâtiments historiques ni au campus d'UVA, une fois qu'elle l'eut trouvé. Elle demanda où était le pavillon Zeta Psi, dont Billy lui avait parlé plusieurs fois, et se gara juste en face.

Dès qu'elle entra, elle déchaîna l'enthousiasme. Les

jeunes gens lui firent du charme, certains offrirent de se battre en duel contre Billy pour obtenir sa main, d'autres prétendirent qu'ils n'avaient jamais entendu parler de lui. Une bonne âme, enfin, proposa d'aller le chercher, et Billy apparut en haut de l'escalier, en short et en maillot de basketteur.

Il se montra poli, la prit par la main et l'entraîna prestement loin de la foule de ses admirateurs, sans lui laisser le temps de prendre congé. Ils sortirent par la porte arrière. Billy ne prononça pas un mot jusqu'à ce qu'ils se réfugient dans une sorte de nid de verdure qui devait faire partie d'une propriété privée.

— Comment m'as-tu retrouvé ?

— Quelqu'un, chez toi, m'a dit que tu étais rentré à l'université.

— Tu as parlé à mes parents ?

— Tu veux dire : est-ce que je leur ai annoncé qu'ils allaient avoir un petit-fils ou une petite-fille ?

Comme il ne répondait pas, elle secoua la tête.

— Tu avais promis de m'appeler. Je te faisais confiance.

— Tu me faisais aussi confiance pour ne pas te mettre enceinte.

Et voilà où ça l'avait menée ! Elle se demanda s'il était en train de lui annoncer qu'il ne fallait pas compter sur lui, qu'il ne se laisserait pas piéger. Ses parents étaient riches : ils pourraient facilement engager un avocat, songea-t-elle. Et, pour la première fois, elle se demanda si elle avait raison de le poursuivre. Et s'il décidait de lui enlever son enfant et de le garder ? Et s'il l'obligeait à le faire adopter, sous prétexte qu'elle ne serait pas capable de l'élever ? En passant en revue toutes ces affreuses possibilités elle se sentit blêmir.

— Je suis désolé, dit-il au moment où elle imaginait le pire. J'ai beaucoup réfléchi. J'aurais dû t'appeler, ne serait-ce que pour te le dire. Mais j'ai été très pris, depuis mon retour ici : il a fallu que je m'organise et que j'aie une explication avec…

Il s'arrêta brusquement.

— Une explication ? Avec qui ?

Il détourna les yeux.

— Une copine… à qui j'avais donné mon insigne de confrérie estudiantine.

— Ça veut dire quoi ? Que vous êtes fiancés ?

— Pas vraiment, non. Ne me regarde pas comme ça !

— Tu avais une petite amie officielle pendant que tu couchais avec moi ?

— Nous avions plus ou moins rompu, avant les vacances. Et j'ai mis un point final à notre relation, voilà.

— Et pourquoi ? *Pourquoi ?*

Il la regarda de nouveau.

— Parce que je vais être père. Tu crois qu'elle voudrait encore de moi après ça ?

La réponse *juste* aurait été : « Parce que je vais t'épouser. »

Nancy se sentit envahie par une vague de nausée. Elle était épuisée, effrayée, au bout du rouleau.

Où se tourner, à présent ? Vers qui ?

Elle s'effondra contre un arbre et ferma les yeux. La tête lui tournait. Elle n'avait rien avalé de la journée, à l'exception d'un toast grillé, et elle avait passé des heures dans le tas de ferraille de Patricia. Elle se sentait à deux doigts de l'évanouissement.

— Et moi, qui voudra de moi ? Une fille mère ! Tout le monde me regardera de travers, je ne serai plus que « cette pauvre fille Henry » !

Elle partit d'un rire amer.

— Et le bébé ? Il sera pour toujours « ce bâtard d'Henry » !

— Pour qui me prends-tu ? Je ne laisserai jamais mon enfant grandir comme ça.

— Ah bon ? Alors, que comptes-tu faire ? N'imagine surtout pas que tu pourras me le prendre, Billy Whitlock.

Tu es peut-être riche et ta famille puissante, mais je serai capable de m'enfuir à l'autre bout du monde pour t'empêcher de me retrouver. Et si tu m'en empêches, je… je me tuerai !

Elle était comme folle et, lorsqu'il fit un pas vers elle, elle le repoussa violemment.

— C'est *mon* bébé, espèce de salopard !

— Reprends-toi ! dit-il en lui attrapant les mains.

— Alors, monsieur l'étudiant, on a eu sa dose de réalité ? On est satisfait ?

Furieux, il lui lâcha les mains.

— On va se marier dès que possible. J'ai essayé de mettre de l'ordre dans tout ça, Nancy, de trouver des solutions. Et il n'y en a pas d'autre que celle-là. Mais, d'abord, il faut que tu te sortes de la tête que je suis riche. Ce sont mes parents qui le sont. Et ils vont hurler de rage. Ne crois pas qu'ils vont nous installer dans un joli petit appartement, le temps que je finisse mes études. Ils vont me couper les vivres, comme ça ! dit-il en claquant des doigts. Et ils vont transformer notre vie en enfer !

— Tu veux… *m'épouser* ?

— Nous n'avons pas d'autre moyen. C'est le seul. Et, crois-moi, j'y ai réfléchi. Je n'ai fait que cela.

— Pourquoi tu ne m'as pas appelée ? Pourquoi tu ne m'as rien dit ?

— Parce que je n'avais pas encore pris ma décision. Et que j'ignore encore comment nous allons nous en sortir. Tout ce que je sais, c'est que nous n'allons mettre personne au courant de la situation. Nous ferons publier les bans demain, et nous nous marierons le plus vite possible. Après quelques semaines, nous annoncerons notre mariage, et personne ne pourra plus s'y opposer.

Il lui reprit les mains. Ce n'était pas un geste tendre, plutôt une manière de parer à une nouvelle attaque.

— Nous devons passer en second, maintenant que nous avons ce bébé. Et, pour commencer, nous dirons à tout le monde que nous nous sommes mariés il y a quelques mois, quand nous nous sommes rencontrés.

Elle pleurait, à présent. Cet homme froid et calculateur n'était pas le Billy dont elle était tombée amoureuse. Mais il était là, et il la sauvait du déshonneur.

— Merci, dit-elle à travers ses larmes. Je trouverai un emploi, ici. Je travaillerai dur pour que tu puisses terminer tes études.

— Trouvons d'abord un endroit où tu pourras dormir ce soir. Demain, on s'occupera du reste.

— Il faut que je téléphone à ma mère pour lui dire où je suis.

— Dis-en le moins possible.

— Je dois aussi rendre la voiture que j'ai empruntée.

Elle avait promis de la restituer avant la nuit. Voici qui allait lui coûter sa montre…

— On trouvera un moyen, dit-il.

Elle le regarda droit dans les yeux. Il n'avait pas l'air heureux. Et elle non plus : ses larmes devaient en témoigner. Ce n'était pas ainsi qu'elle avait imaginé son mariage. Le fait qu'elle eût forcé la main à Billy gâchait tout. Elle avait beau être jeune, inexpérimentée, elle savait qu'une union commencée sous de tels auspices était vouée à l'échec.

— On a eu de bons moments, ensemble, dit-elle timidement. On a bien ri, souviens-toi.

— La rigolade, c'est terminé.

Le lendemain matin, ils se rendirent près du comté de Nelson où personne ne les connaissait. Le jeune pasteur pentecôtiste qui célébra leur union bafouilla comme s'il prononçait les formules pour la première fois. Peu importait ! L'essentiel était qu'ils fussent légalement unis lorsqu'il aurait terminé.

— Je t'offrirai une alliance dès que possible, promit

Billy lorsqu'ils quittèrent la vieille chapelle qui ressemblait plutôt à une supérette de quartier qu'à une maison de Dieu.

Elle inclina la tête.

Mme William Lee Whitlock. Elle était sous le choc.

— J'ai repéré un motel sur la route principale. Ce n'est pas le Pérou, mais c'est dans nos moyens.

Elle fit oui de la tête.

Billy et elle. Mariés. Dans un motel.

A la réception, l'employé haussa un sourcil soupçonneux devant l'absence d'alliance et le sac en plastique contenant de hâtifs achats qu'ils avaient faits pour la nuit. Billy dut sortir leur certificat de mariage. Après l'avoir lu du début à la fin, l'homme eut un sourire suffisant et leur donna sa meilleure chambre, celle où les cancrelats étaient moins gros et où il n'y avait qu'*une* souricière.

Nancy tenait à faire de cette nuit de noces quelque chose d'inoubliable. Si elle pouvait prouver à Billy, une fois encore, combien leur entente était parfaite, il reviendrait à de meilleurs sentiments. Et peut-être qu'alors ce mariage aurait une chance de leur apporter le bonheur.

C'était sans tenir compte du stress et de l'épuisement qui déclenchèrent chez elle des nausées si violentes, si féroces qu'elle passa le plus clair de la nuit dans le minuscule cabinet de toilette entre le linoléum gondolé et le lavabo souillé de traînées de rouille.

Billy passa la nuit seul.

23

Tessa courut plus longtemps que d'habitude, ce lundi matin. Elle sentait la sueur ruisseler entre ses seins et mouiller le dos de son débardeur. Elle ne prit même pas le temps de s'arrêter pour se réhydrater. A mi-course, elle vida quand même le restant de la bouteille sur sa tête. Tout en continuant à courir, elle repensait à la confession que sa mère lui avait faite, la veille, pendant le déjeuner.

Nancy avait gardé son sang-froid, mais la blessure, encore à vif, avait saigné tout au long de son témoignage. Ce qui avait surtout frappé Tessa, ce n'était pas de découvrir qu'elle avait été conçue hors mariage, mais le fait que tout cela eût fait souffrir Nancy et continuât de la tourmenter. Sa mère était intimement persuadée que Billy ne l'avait épousée que par devoir, et rien de ce qui avait pu se produire ensuite n'avait réussi à la faire changer d'avis.

Ces révélations avaient rapproché Tessa de sa mère en lui faisant découvrir tout un pan de la vie de Nancy qui lui avait échappé, jusque-là.

Elle n'avait jamais pensé au mariage comme à quelque chose de compliqué. Une femme rencontrait un homme qui l'attirait. Elle testait leur relation, comme on essaye un vêtement dans une boutique de prêt-à-porter. Si ça n'allait pas, s'il y avait des défauts rédhibitoires, la dame laissait tomber et allait tenter sa chance ailleurs. Lorsqu'elle tombait sur un modèle qui approchait la perfection, elle faisait des retouches ici ou là : une pince à creuser, des manches à raccourcir, lâcher une couture, remonter un ourlet. Si le résultat était à la hauteur, elle prenait la robe, la gardait et la portait en toutes circonstances.

Avec le recul, Tessa s'étonnait d'avoir pu faire preuve d'une telle désinvolture.

Jusqu'à la perte de Kayley, elle n'avait pas été une femme très compliquée. Elle reconnaissait volontiers qu'elle avait bénéficié d'une foule d'avantages. L'amour de ses parents, l'argent, l'éducation, un milieu huppé. Elle avait une conscience sociale développée, sans tomber pour autant dans les affres de la culpabilité excessive que la fortune aurait pu provoquer. D'une nature encline au pardon, elle avait aimé avec profondeur, et accordé généreusement le bénéfice du doute à ceux qui l'entouraient.

A la vérité, son existence protégée ne l'avait pas préparée à un drame tel que la mort de Kayley. Le mal, la haine, l'affliction étaient des concepts abstraits qu'elle n'avait pas eu à affronter personnellement. L'adolescence de Nancy non plus ne l'avait pas armée pour affronter un état de crise. Helen avait surtout maintenu sa fille occupée pour l'empêcher de bâtir des châteaux en Espagne. Contrairement à ce qu'elle avait espéré, le manque d'amis et de flirts n'avait fait qu'exacerber le goût de sa fille pour le rêve.

Nancy n'avait aucune expérience de l'amour, du désir ou de la sécurité. Quant aux rires et à la gaieté, ils avaient été bien rares dans son existence. D'une certaine manière, elle avait été une princesse solitaire attendant du haut de sa tour qu'un beau prince charmant vînt la chercher.

Seulement, une fois sauvée, la princesse s'était montrée fort encombrante pour le chevalier Billy. Un cadeau dont il se serait sans doute bien passé.

Finalement, le mariage, ce n'était pas simple du tout…

Arrivée à un demi-mile de la ferme, elle ralentit l'allure,

puis termina le trajet d'un bon pas. Tout en marchant, elle pensait à Mack.

Elle ne lui avait pas reparlé depuis qu'il l'avait surprise en train d'espionner chez les Owens. Ce qui ne l'avait pas empêchée de penser constamment à lui, depuis.

Où se trouvait la frontière entre le conscient et l'inconscient ? Depuis combien de temps cherchait-elle à se détacher de Mack, et à quel moment son comportement instinctif était-il devenu délibéré ? Quand s'était-elle dit qu'elle préférerait vivre seule ?

Elle se rendait compte que, depuis le départ de Kayley, elle s'était efforcée de ne plus aimer Mack, parce qu'il lui rappelait les jours heureux. Et que c'était insupportable.

Sans se l'avouer, n'avait-elle pas vécu dans la crainte qu'*il* la quitte ? Etait-ce pour cette raison qu'elle tenait à faire le premier pas ? N'était-il pas plus confortable d'avoir le contrôle de la situation ?

Est-ce qu'un thérapeute l'aurait aidée à y voir clair un peu plus tôt ? Lui aurait-il conseillé d'emprunter des voies moins tortueuses ? Et lesquelles ?

Enfin, n'était-il pas trop tard pour songer à tout cela ?

Elle était tellement perdue dans ses pensées qu'elle faillit se cogner contre Cissy.

Tessa s'immobilisa et eut un vague sourire d'excuse.

— J'étais tellement absorbée que je ne vous ai pas remarquée. Vous êtes allée voir Gran ?

— Non, pas encore. J'irai un peu plus tard pour ma leçon de couture.

Cissy portait une ample robe bain de soleil en tissu écossais bleu qui laissait voir ses bras nus couverts de taches de rousseur. Ses fins cheveux blonds, flottant librement, lui faisaient une auréole de lumière autour du visage et des épaules.

— Je me sens mieux si je fais un peu de marche avant la chaleur. Alors, j'arpente la route sur une petite distance, en montant et en descendant. J'ai mal au dos quand je reste trop longtemps immobile.

— Moi aussi, quand j'étais enceinte, mon dos me faisait souffrir, dit Tessa, étonnée de constater qu'elle avait rangé ce souvenir quelque part dans son grand fourre-tout mental.

— Je sais que vous avez perdu une petite fille, dit Cissy. Ça doit être si dur.

C'était le moment où, invariablement, Tessa changeait de sujet.

Mais, cette fois, elle se demanda si elle serait capable de dire quelques mots sur la mort de Kayley. Elle ouvrit la bouche, mais rien ne vint.

Cissy se chargea de combler le silence.

— Quand ma grand-mère est morte, j'ai pensé que moi aussi, j'allais mourir. Mais perdre un enfant, ça doit être mille fois pire.

— C'est vrai.

Ce n'était que quelques mots, même pas une phrase, mais Tessa se sentit plus légère après les avoir prononcés.

Une vieille Plymouth déglinguée dut ralentir pour les croiser, tant la route était étroite. Les deux femmes agitèrent les bras après son passage, pour dissiper le nuage de poussière.

— J'ai écrit quelques pages, dit soudain Cissy, les yeux baissés, en fixant le bout de ses tennis fatiguées.

— Je vous félicite.

Tessa réfléchit un instant avant de poursuivre :

— J'aimerais bien les lire. Vous me les montrerez ?

— Vrai ? Ça vous intéresse ? Vous n'êtes pas forcée, vous savez.

— Je sais. Ça me ferait plaisir.

Tessa était sincère. Le fait d'aider la jeune femme lui rappelait ses années d'enseignement qui avaient beaucoup compté pour elle.

Et ce feu sacré qu'elle avait perdu, elle y repensait de plus en plus souvent, ces derniers temps.

— Je les apporterai tout à l'heure, quand je viendrai prendre ma leçon.

Elles se séparèrent, et Tessa rentra prendre un rapide petit déjeuner avant de se consacrer au rangement du cellier qui contenait des centaines de conserves maison.

Lorsque Cissy arriva, après la pause de midi, Tessa se reposait à l'ombre de la véranda. La jeune voisine avait l'air d'une fleur séchée sur pied par le soleil. Les joues rouges, la chevelure en bataille, elle se hissa péniblement en haut des marches et se laissa tomber sur une chaise, à côté de Tessa.

— C'est vraiment terrible, cette chaleur ! gémit-elle.

— Ne me dites pas que vous n'avez pas l'air conditionné dans le mobile home !

— Il est tombé en panne, hier soir. Zeke le réparera plus tard. Il est capable de réparer n'importe quoi. Mais il est absent, aujourd'hui. J'ai passé une partie de la matinée dans la maison, mais je ne veux pas être un fardeau ou… enfin, rien.

Tessa se demanda si Nancy avait eu l'impression d'être un fardeau, elle aussi, lorsqu'elle avait vécu chez ses beaux-parents, à Richmond. Elle décida d'interroger sa mère à ce sujet. Visiblement, il lui restait des choses à apprendre sur l'histoire de Billy et de Nancy.

Cissy fronça les sourcils, comme si elle se rendait compte que ses paroles pouvaient être mal interprétées.

— Personne ne m'accuse d'être un fardeau, vous savez ? Je ne voudrais pas que vous pensiez du mal de M. et Mme Claiborne. Ils sont vraiment très gentils avec moi. Ils me traitent comme si j'étais un membre de la famille.

Tessa faillit lui demander pourquoi elle ne l'était pas, justement. Qu'est-ce qui empêchait les deux jeunes gens de se marier ? Un je-m'en-foutisme un peu égoïste vis-à-vis de leur futur enfant ?

— Comment avez-vous rencontré Zeke ? demanda-t-elle pour aborder le sujet de façon moins brutale.

— Il jouait du violon dans un groupe, à Mont Jackson. Je me suis arrêtée pour l'écouter. Et, depuis, on ne s'est plus quittés.

Tessa se doutait que l'histoire devait être un peu plus compliquée.

— Je réfléchissais, tout à l'heure, aux raisons qui poussent un homme et une femme à se choisir. Vous, par exemple, qu'est-ce qui vous a fait tomber amoureuse de Zeke ?

Cissy s'agita sur sa chaise.

— Il a été bon pour moi. Comme personne d'autre ne l'a jamais été.

— Je ne connais pas vraiment Zeke. Je ne l'ai rencontré qu'une fois, mais je dois dire qu'il m'a plu.

Cissy leva de grands yeux étonnés.

— C'est vrai ?

— Pourtant, j'avais un préjugé contre lui.

— Pourquoi ?

— Je n'étais pas certaine qu'il vous traitait comme une femme mérite de l'être.

— Personne ne m'a jamais traitée aussi bien que lui. Quand il entre dans la pièce où je suis, j'ai l'impression que le monde se remet à tourner dans le bon sens.

Ce n'était pas la définition la plus romantique de l'amour que Tessa eût entendue, mais elle disait l'essentiel. Elle en savait quelque chose : jadis, c'était ce qu'elle ressentait avec Mack.

— C'est sur Zeke que j'ai écrit, dit Cissy.

Avec la chaleur qui lui colorait les joues, il était difficile de savoir si elle rougissait, mais Tessa l'aurait parié.

— J'aimerais bien voir.

— Ce n'est pas un truc à l'eau de rose. Ah, ça non !

Cissy farfouilla dans un vaste cabas de toile usée et de paille tressée, assez grand pour contenir le déjeuner, le dîner et le petit en-cas du soir.

— Voilà.

Tessa tendit la main, paume ouverte, de peur d'effaroucher la jeune femme.

Cissy y déposa ses quelques feuillets très cérémonieusement.

Son écriture était incroyablement appliquée, et digne d'une élève de sixième, songea Tessa.

Elle commença à lire doucement, pour elle, puis se mit à sourire.

— Cissy, vous avez d'excellentes idées.

La jeune femme se tassa sur sa chaise.

— Vous ne cherchez pas à me faire plaisir, hein ? En classe, personne ne m'a jamais dit que j'avais de bonnes idées.

— Eh bien, c'est dommage. Vos professeurs s'intéressaient peut-être trop à la grammaire et à l'orthographe. Certains professeurs sont ainsi. Pointilleux.

Tessa se demanda, du même coup, si elle n'était pas en train de devenir comme eux.

Cissy avait tiré deux personnages masculins de *Tess*, et elle les avait comparés à Zeke, à travers leurs actions et leurs personnalités. C'était fait d'une manière maladroite, et beaucoup de choses étaient à reprendre. Mais elle avait clairement discerné les défauts et les qualités de chacun des trois hommes, et elle s'exprimait de façon créative et sensible.

Cissy était exactement le genre d'élève que Tessa appréciait : une observatrice perspicace et originale, prompte à exprimer ses trouvailles avec éloquence.

— Je vous propose quelque chose, dit Tessa. Divisons notre temps en deux parties. D'abord, débarrassons-nous du côté technique : grammaire et ponctuation. Ensuite, nous discuterons de votre texte proprement dit, de vos idées. Ça, ce sera le dessert. Parce que vous vous en êtes sortie comme un chef.

Le sourire de Cissy transforma l'adolescente transpirante et découragée en une madone rayonnante.

— Sans mentir ?

Tessa sourit à son tour.

— Sans mentir. Ce n'est pas mon style, je vous assure.

Cissy eut alors un rire grave et profond, qui surprit Tessa par son côté adulte.

Helen était allée se coucher de bonne heure.

Après la leçon de quilt de Cissy, elle était descendue au cellier avec l'intention d'aider Tessa à identifier les conserves encore comestibles, et cette tâche l'avait totalement abattue. Le fait de jeter de la nourriture était toujours une épreuve pour elle.

Vers 19 heures, profitant de la lumière encore vive, Tessa s'installa sous le porche avec les Anneaux de mariage. Elle prit place dans la balancelle et déploya l'antique relique sur ses genoux.

Elle avait déjà rafistolé trois endroits très abîmés avec un tissu proche de l'original, et elle n'était pas mécontente du résultat. Les blocs reconstitués avaient été fixés provisoirement sur le molleton, à l'aide d'épingles de sûreté, attendant la fin de la restauration pour être définitivement cousus. En tout dernier, elle consoliderait l'ensemble en refaisant les lignes de piquage interrompues.

Elle n'aurait jamais pu imiter les points de sa grand-mère, microscopiques et d'une régularité quasi *surnaturelle*. Tandis que ceux de Nancy étaient à son image : fantasques, désordonnés, généreux… même si l'on sentait qu'elle s'était appliquée, dans son immense désir de bien faire et d'obtenir un brin de reconnaissance.

Une voiture ralentit sur la route : celle de sa mère, justement.

Nancy leur avait téléphoné, un peu plus tôt, pour leur conseiller de dîner sans elle. En la voyant apparaître sous la véranda, Tessa comprit ce qui l'avait retenue.

— Ouah ! lança-t-elle en découvrant le changement sur sa mère.

Nancy passa la main dans ses cheveux.

— J'ai dit à la coiffeuse d'y aller franco, et c'est ce qu'elle a fait. Ensuite, je suis passée chez Wal-Mart.

C'était une Nancy transformée. Sa nouvelle coupe, très seyante, joliment effilée, révélait une masse de boucles vaporeuses.

— Mais… tu frises naturellement ? demanda Tessa, stupéfaite.

— Plus naturel, il n'y a pas ! Mais, tu sais, après avoir passé mon temps à les tirer, les enrouler autour de brosses chauffantes, les martyriser à coups de fer à friser, je ne me souvenais même plus à quoi ils ressemblaient. Maintenant, un petit coup de main pour les ébouriffer, et hop ! Je suis coiffée pour la journée.

— Et Wal-Mart ?

— Des shorts, des T-shirts et des tongs.

Nancy agita son pied chaussé d'une sandale de plage ornée d'une grosse marguerite en plastique.

— 2,99 dollars. Elles sont *trop* ! J'en ai acheté trois paires différentes.

Farfouillant dans son sac de courses, elle sortit quelques-uns de ses achats. Un short jaune citron. Un chemisier à rayures jaunes, rouges, et noires. Des rayures… *horizontales*, l'erreur à ne pas commettre, selon le code d'élégance institué par Nancy !

Tessa tenta de dissimuler son sourire.

— J'hésite à le dire, je ne voudrais pas provoquer une crise cardiaque, mais tu es vraiment mignonne.

— Mignonne ? A mon âge ? On aura tout entendu !

— C'est le démon de midi ?

— Le démon de midi, tu veux rire ? J'ai bel et bien

dépassé la cinquantaine ! Et je n'ai aucune intention de vivre jusqu'à cent vingt ans.

— Mais cette métamorphose… si radicale ?

Nancy s'installa en face de sa fille.

— J'en ai eu assez d'être tout le temps en représentation, de jouer les bourgeoises coincées. Si tu vois ce que je veux dire…

Contrairement à son habitude, elle ne cherchait pas à être approuvée ni même comprise. L'opinion de Tessa semblait tout simplement compter pour elle.

— Je trouve que c'est une excellente idée d'avoir acheté des vêtements plus décontractés et de t'être fait couper les cheveux, m'man. Ça te va superbien. Je suis sûre que papa sera d'accord avec moi. Il a téléphoné, tout à l'heure, pour dire qu'il dormirait là, ce soir, histoire d'être à pied d'œuvre pour notre promenade ornithologique de demain matin. Il doit dîner avec un client, à Harrisonburg : il viendra après.

Tessa pensait que cette information allait déclencher un tourbillon d'activités de la part de sa mère. Il n'en fut rien. Ce fut tout juste si Nancy sembla enregistrer l'information.

— Je me sens bien, dit-elle avec un soupir d'aise, en se laissant aller sur sa chaise, les pieds en hauteur. Ça, vois-tu, c'était le genre de tenue que ta grand-mère ne supportait pas. Elle m'aurait vertement réprimandée si elle m'avait vue comme ça, quand j'étais jeune.

— Gran avait le temps de remarquer ce genre de détails ?

— Je ne te parle pas de ma mère, mais de celle de Billy. Ta grand-mère Caroline.

Dans ce cas, rien de surprenant, songea Tessa. Sous ses airs sereins, empreints de dignité et de noblesse, Caroline était capable d'attaquer sournoisement celui ou celle qui osait lui déplaire. Tessa avait très vite appris à ne pas contrarier sa grand-mère et à ne jamais lui faire de confidences. Avec ces règles en tête, elle avait réussi à s'entendre avec elle, jusqu'à son décès prématuré, à l'âge de cinquante-cinq ans, après un cancer du sein foudroyant.

— Vous êtes allés vivre chez eux avant ma naissance, n'est-ce pas ? demanda Tessa qui avait fort peu d'informations sur cette période.

— La pire année de mon existence.

Nancy se débarrassa de ses tongs et s'assit en tailleur — exactement ce qu'elle avait toujours demandé à sa fille de ne pas faire !

— Elle était pénible ?

— Ton grand-père aussi. Il buvait. Sans interruption. Dès l'instant où il se levait. A mesure que la journée passait, il devenait de plus en plus silencieux, de plus en plus calme. Il se déplaçait comme une courtisane chinoise du XIXe siècle aux pieds bandés, à tout petits pas glissés…

Elle fit une imitation avec ses doigts, le long de l'accoudoir.

—… et, à l'heure du dîner, il était incapable d'aligner deux phrases. Caroline s'acharnait contre lui avec des mots très durs, et lui, il ne frémissait pas d'un cil. Ensuite, elle s'en prenait à moi. Harry ne s'apercevait de rien. Il était… au-delà.

Nancy hésita.

— Mais je ne devrais pas te dire tout ça. Après tout, ce sont tes grands-parents.

Les ravages de l'alcool… elle en savait quelque chose. Seigneur ! Tessa sentit tout son être se hérisser et sa respiration s'accélérer.

— Papa aussi avait une bonne descente, non ?

— C'est vrai. Mais plus maintenant. Il n'a pas bu un verre depuis des années.

— Trois ans, pour être exacte, dit Tessa.

Depuis la mort de Kayley, son père avait complètement cessé de boire.

— Oui. Mais Billy ne conduisait jamais en état d'ivresse. Harry non plus, d'ailleurs. Il avait un chauffeur : un dénommé Randall qui ne le lâchait pas d'une semelle. Il le ramenait quand il était ivre mort, puis il le bordait dans son lit et lui préparait son premier drink de la matinée. Un ange gardien appointé.

Tessa coupa soigneusement un fil à son ouvrage, puis un autre.

— Pourquoi habitiez-vous chez eux ? Tu ne voulais pas aider papa à terminer ses études ? Vivre avec lui à Charlottesville ?

— Ce n'était pas si simple, en vérité… Mais je ne voudrais pas heurter ta sensibilité. Avec ce que je t'ai déjà raconté, hier…

Tessa n'avait pas l'impression que sa mère cherchait à régler de vieux comptes ou qu'elle essayait de tirer vengeance de ce qu'elle avait subi en présentant à sa fille une version des faits propre à forcer sa sympathie.

Non, elle avait raconté son histoire, tout simplement. Sans fioritures.

Tessa leva les yeux de sa couture.

— J'aimerais comprendre un peu mieux qui je suis, au fond. Si tu m'en disais un peu plus sur toi… peut-être que ça m'aiderait.

— Tu me charges d'une mission que je ne suis pas certaine de pouvoir remplir.

— Dis-moi seulement la vérité, telle que tu l'as vécue.

— Bon, d'accord. D'autant qu'il n'y a ni méchants ni gentils, dans cette histoire. Rien que des gens ordinaires englués dans leurs problèmes.

— Je te rappelle que c'était *moi*, le problème. L'enfant de l'amour…

— Non, ma chérie. Le problème, c'était le mariage. J'essayais d'en recoller les morceaux, comme tu le fais aujourd'hui avec ce vieux quilt que j'ai commencé, jadis. Et tu sais quoi ? Le mariage, ça peut être une belle saloperie !

Tessa écarquilla les yeux en entendant sa mère proférer une telle grossièreté.

Sans y prêter attention, Nancy entama son récit.

24

Décembre 1965

Les parents de Billy avaient été ravis qu'il donnât son insigne de confrérie à Mary Lou Stalcourt, lors de sa première année à UVA.

Les Stalcourt d'Atlanta avaient l'avantage d'allier les traditions du « Sud profond » à la fortune du boom économique du « nouveau Sud ». Et Lou, en digne héritière, incarnait toutes les grâces d'une éducation irréprochable.

En revanche, les parents de Billy s'étaient montrés infiniment plus réticents lorsqu'il avait passé la bague au doigt de Nancy. Ils avaient prononcé des mots tels que « annulation », « résiliation », « incitation », «provocation »... si bien que Nancy avait cru tomber au milieu d'un jeu télévisé où la règle aurait consisté à n'employer que des mots en « tion ».

Par la suite, d'autres mots, tout aussi navrants, s'étaient ajoutés à la liste : « déception », « désillusion », « démoralisation », « prostration ».

Deux semaines avant son second Noël de femme mariée, Nancy se réveilla dans la chambre qu'elle partageait avec son bébé, et coula un regard à travers ses paupières mi-closes, espérant, comme chaque matin depuis un an, se retrouver dans sa modeste chambrette à la ferme.

Hélas ! elle n'eut pas plus de chance que toutes les autres fois.

La pièce dans laquelle elle se trouvait était haute de plafond, spacieuse, avec des fenêtres drapées de voilages légers qui dansaient sous l'effet de l'air chaud généreusement distribué par la soufflerie. Le mobilier était d'inspiration Louis XV, y compris le berceau de Tessa et sa table à langer. Le lit à baldaquin de Nancy, de boiserie blanche rehaussée de dorures, croulait sous des mètres et des mètres de toile de Jouy, assortie au dessus-de-lit et aux bergères flanquant la cheminée de marbre. D'épais et moelleux tapis blancs recouvraient le plancher ciré.

Deux commodes et un dressing servaient à dissimuler à la vue tous les vêtements, les affaires et les objets ayant une quelconque utilité. Si Nancy laissait tomber par mégarde un lange de Tessa, Hattie, la gouvernante des Whitlock, le ramassait, le pliait et le fourrait dans un tiroir, sans lui laisser le temps de réagir elle-même.

Un coup discret fut frappé à sa porte, et Hattie entra sans attendre de réponse. C'était une femme entre deux âges, dont la peau noire ne s'accommodait guère de l'uniforme gris perle qu'elle était obligée de porter. Nancy se demandait toujours quel âge elle pouvait avoir. Elle était sans doute plus jeune qu'elle ne le paraissait. Mme Whitlock lui imposait de longues journées de travail et, lorsque Hattie rentrait chez elle, elle devait recommencer à faire le ménage et la cuisine pour sa propre famille.

Mme Whitlock, à elle toute seule, était capable de faire vieillir n'importe qui à la vitesse grand V.

Hattie posa sur la table de chevet le plateau du petit déjeuner royalement composé d'un biberon et d'un verre de jus d'orange.

— J'vous ai apporté un de ces petits gâteaux que vous aimez tant. Mais dites rien à Ma'am Whitlock.

Nancy la remercia d'un sourire.

Parmi ses nombreuses exigences, Caroline Whitlock avait imposé à sa bru un changement radical de ses habitudes alimentaires. Adepte d'un régime à base de fromage blanc maigre et de poires en conserve, Caroline voyait d'un très mauvais œil la passion de Nancy pour la roborative cuisine traditionnelle de Virginie. Sans être grosse, loin de là, Nancy ne répondait pas aux critères de Caroline. Un gâteau de plus, et c'eût été le drame…

— Elle part pour la journée ?

Hattie hocha la tête brièvement.

— Elle voudra voir le bébé avant de sortir.

Nancy en fut navrée. Elle allait être obligée de réveiller sa fille qui avait passé une très mauvaise nuit à cause d'une dent qui perçait. Et il faudrait, en plus, qu'elle la baigne et l'affuble de l'une de ces robes chichiteuses que Caroline lui avait achetées. De plus, Caroline n'avait aucune patience avec un bébé grognon.

— Et si je lui disais que Tessa a besoin de sommeil, elle comprendrait peut-être ?

Hattie avait développé un talent certain pour ne pas révéler ses pensées. Rien ne transparaissait, ni dans ses regards ni dans sa voix. Cette faculté lui était venue automatiquement, à force de servir des patronnes riches *et* blanches. Il n'y avait qu'avec Nancy qu'elle faisait exception et baissait sa garde.

Au fil des mois, les deux femmes avaient pris l'habitude de s'entraider afin d'empêcher Caroline Whitlock de les rendre complètement chèvres par ses critiques incessantes et ses harcèlements insupportables.

Hattie adressa à Nancy un regard entendu, qui signifiait : « Vous voulez rire ou quoi ? »

— Je vais lui donner son biberon tout en mangeant. Espérons que, ensuite, elle sera suffisamment réveillée pour faire bonne figure.

Hattie eut l'air dubitatif.

— Prenez plutôt vot'douche. Je lui donnerai son lait, pendant c'temps-là.

— Vraiment ?

Nourrir Tessa ne faisait pas partie des innombrables

tâches que Hattie devait exécuter. C'était à Tessa de s'occuper de sa fille, et cela sans aucune aide. Caroline l'avait décidé ainsi, comme pour punir la jeune femme d'avoir osé se faire épouser par leur fils. Punition qui incluait également de vivre avec eux dans leur lugubre mausolée géorgien en bordure de la James River, tandis que Billy terminait ses études à Charlottesville.

— Allez-y ! Et prenez ce gâteau avec vous, au cas où elle débarquerait.

Nancy revint dix minutes plus tard, vêtue de l'une des insipides robes chemisiers à fleurettes que sa belle-mère choisissait pour elle. Une Tessa grincheuse s'agitait dans les bras de Hattie.

— Viens, mon bébé.

Nancy prit sa fille. Hattie, soulagée, la lui abandonna volontiers.

— L'est pas contente d'être debout, la p'tite demoiselle. Mais alors, pas du tout, du tout.

Nancy fit la grimace.

— Sûr qu'elle avait encore sommeil !

— Ma'am Whitlock dit qu'un bébé doit toujours être bien à l'heure, et que c'est vot'travail d'y veiller.

Le regard de Nancy se posa sur le visage usé de Hattie, et les deux femmes échangèrent un sourire complice.

— Je ne comprends pas comment le malheureux Billy a fait pour s'en sortir aussi bien, murmura Nancy.

— Le jeune M. Whitlock a été élevé par ma pauv'maman. C'est pour ça. La sienne était trop occupée.

La révélation surprit Nancy.

— Votre mère ?

— Elle a fait du bon boulot, vous ne trouvez pas ? Maman a élevé ses huit gosses à la force du poignet. Après ça, pensez donc, c'était de la petite bière de s'occuper d'un seul.

Hattie fila vers ses autres occupations, et Nancy la vit partir à regret. Cette femme était sa seule amie à Richmond.

— Bonjour, Teresa Michelle, chantonna-t-elle en frottant son nez contre la joue de sa fille. Comment va mon mignon, adorable bébé chéri…

Tessa répondit par un gazouillis, tout en tapotant de sa menotte le visage de sa mère. Comme toujours, Nancy sentit son cœur se gonfler d'amour. Elle craignait sans cesse que son bonheur de mère la désignât à la vindicte whitlockienne.

Le quart d'heure suivant fut loin d'être rose. Tessa, qui tombait de sommeil, n'était pas d'humeur à se laisser toiletter et déguiser en princesse. Mais, entre une scène avec sa fille et une scène avec sa belle-mère, Nancy avait fait son choix. Elle habilla donc le bébé de pied en cap, jusqu'aux socquettes bordées de dentelle et aux minuscules chaussures en cuir souple. Les cheveux de Tessa étant trop fins pour supporter une barrette, elle les coiffa en arrière avec le peigne mouillé, et recula d'un pas pour contempler le résultat.

Sa fille était d'une beauté à couper le souffle.

Nancy lui retira l'anneau de caoutchouc qu'elle était en train de mâchonner avec un plaisir évident.

— Nous devons laisser ça ici, mon bébé. Grand-mère Whitlock n'aime pas te voir avec ça dans la bouche.

Elle hissa le bébé en l'air, à bout de bras, et lui fit faire quelques loopings. Tessa, conquise, poussa des cris et des rires aigus. Lorsque le jeu cessa, Nancy se trouva nez à nez avec sa belle-mère qui les observait depuis le seuil.

La jeune femme se sentit comme une voleuse prise sur le fait, et ne trouva rien à dire.

— Avant de sortir, j'avais l'intention de voir ma petite-fille.

Nancy n'avait pas besoin d'un dessin. On lui signifiait sans ambages que ça n'était pas *ell*e qu'on venait voir.

— J'allais vous l'amener.

— Peut-être, mais j'ai attendu, et je n'ai pas que cela à faire, tout de même !

— Excusez-moi, j'ai dû…

Caroline écarta ses explications d'un geste.

— Je ne crois pas que vous devriez secouer cette enfant comme vous le faites, Nancy. Ce n'est pas sain, et ça l'excite beaucoup trop.

— Je tentais de la distraire. Pour lui faire oublier son anneau de dentition.

— Elle n'a pas besoin de cette… *chose.*

Nancy s'approcha de Caroline et lui tendit Tessa, pensant qu'elle voulait lui faire un câlin, mais sa belle-mère secoua la tête.

— Non, merci. Je n'ai aucune envie qu'elle bave sur ma robe.

En son for intérieur, Nancy songea que ça n'aurait pas été un drame, compte tenu de la laideur de la robe en question.

— J'espère que vous allez dans un endroit agréable, dit-elle le plus aimablement possible.

— Une réunion de mon club Maisons et Jardins. Je vous y aurais volontiers emmenée, mais Tessa a besoin de vous.

Ce n'était qu'un prétexte, Nancy le savait parfaitement. Sa belle-mère ne l'avait présentée qu'à une petite poignée d'amies triées sur le volet. Elle se demandait parfois quelles raisons Caroline invoquait pour justifier l'absence de sa bru dans ses réunions mondaines…

— Y a-t-il quelque chose d'utile que je puisse faire pour vous, aujourd'hui ?

— Je ramènerai quelques dames à la maison pour voir nos décorations de Noël. Donc, vous feriez bien de coucher Tessa à 13 heures, pour sa sieste. De cette façon, elle ne nous dérangera pas.

Nancy attendit que sa belle-mère lui propose de se joindre à ce joyeux petit groupe, mais Caroline se contenta de sourire finement.

— Vous resterez à l'étage, pour l'entendre si elle pleure.

— Bien évidemment.

Le ton de Nancy était nettement moins accommodant que ses paroles. Caroline la regarda en plissant les paupières.

— Je suis navrée que vous trouviez si pénible de vous occuper du bébé, Nancy, mais vous auriez sans doute pu y réfléchir *avant* de tomber enceinte.

Habituellement, Nancy évitait la confrontation avec sa belle-mère, mais, ce matin, elle était à cran parce qu'elle avait passé une mauvaise nuit, et aussi parce qu'elle avait dû réveiller sa fille pour la soumettre à une sorte d'inspection militaire. Elle répondit sans réfléchir à deux fois :

— Je ne trouve pas pénible de m'occuper de Tessa. C'est l'isolement qui est difficile à vivre.

Caroline recula d'un pas, non parce qu'elle était vexée, mais pour fusiller Nancy du regard de façon plus efficace.

— Vous êtes tolérée dans cette demeure. Et si vous essayez de me prouver que vous êtes prête à rencontrer mes amies, je peux vous dire que vous vous y prenez on ne peut plus mal.

— De toute façon, jamais je ne trouverai grâce à vos yeux.

Nancy sentait les larmes lui monter aux yeux. Des larmes d'épuisement, d'exaspération et de solitude.

— William sera là dans quelques jours. Je compte bien avoir une sérieuse conversation avec lui, concernant votre conduite.

— Quelle conduite ? Et qu'est-ce que vous cherchez, à la fin ? Vous voulez faire poser un verrou sur ma porte ? Des barreaux aux fenêtres ?

Nancy tourna le dos pour dissimuler ses larmes. Elle entendit la porte se refermer derrière sa belle-mère et, un bref instant, elle se demanda si Caroline serait capable de l'enfermer pour de bon.

Mais elle n'en avait pas besoin, en réalité : sa forte personnalité suffisait à mettre tout le monde au pas.

Tessa se mit à crier en mordillant son petit poing, et

Nancy pleura avec elle, longuement. En dépit de ce qu'elle avait dit, elle était persuadée que le problème venait d'elle, bien plus que de Caroline.

A l'idée que leur fils allait devoir interrompre ses études et tirer le diable par la queue pour entretenir sa famille, les parents Whitlock avaient fait le choix qu'ils estimaient le meilleur pour tous : ils avaient invité Tessa et Nancy à venir vivre chez eux jusqu'à ce que Billy eût obtenu ses diplômes.

La troisième possibilité, qui consistait à avancer au jeune couple la somme nécessaire pour démarrer dans la vie, n'avait pas été prise en considération pour plusieurs raisons dont les Whitlock avaient soigneusement dressé la liste.

Billy ne pourrait jamais étudier avec une femme et un bébé à domicile. Nancy était trop jeune, trop inexpérimentée, pour être livrée à elle-même : elle avait besoin des conseils avisés d'une mère. Richmond et Charlottesville étaient suffisamment proches pour que les jeunes mariés puissent se voir lorsque Billy ne serait pas trop occupé par ses cours et par le travail à mi-temps qu'il avait dû prendre afin de payer une partie des dépenses de son épouse.

Une opportunité qui se situait entre rarement et jamais…

Après que sa mère lui eut enfilé une salopette en velours côtelé et un sweat-shirt, Tessa continua à s'agiter et à pleurnicher. Nancy se passa de l'eau sur le visage, se recoiffa, puis descendit avec sa fille le grand escalier, dont la rampe était ornée de couronnes artificielles et de guirlandes. Elle traversa le salon où un gigantesque sapin de Noël argenté couvert de boules bleues scintillait de tous ses feux, sous des spots rotatifs multicolores.

Elles s'installèrent dans la cuisine. Tessa, dans sa chaise haute, se régala d'un bon petit déjeuner : banane écrasée, flocons de céréales et — cerise sur le gâteau — des biscuits aux patates douces que Hattie avait apportés à son intention, et qui avaient un merveilleux effet sur les petites gencives enflammées.

— Vous n'allez pas laisser c'te femme vous faire pleurer ! décréta Hattie en remarquant les yeux rouges de Nancy. Si elle s'aperçoit qu'elle peut vous avoir aussi facilement, elle recommencera tout'l'temps.

Nancy se sentait trop misérable pour protester.

— Pourquoi continuez-vous à travailler ici, Hattie ?

— J'ai une famille à nourrir. Et vous, pourquoi vous restez ?

Ce n'était pas faute d'avoir pensé à fuir. Elle aurait pu profiter d'un jour où Caroline s'absentait, demander à Randall de la conduire en ville et, de là, prendre un bus pour Charlottesville où Helen serait venue la chercher pour la ramener à Toms Brook.

Le problème, c'est qu'elle n'était nulle part la bienvenue. Helen avait très mal pris la grossesse et le mariage forcé de sa fille, et leurs rares conversations, depuis, avaient été brèves et empreintes de critiques. Helen n'avait vu Tessa que deux fois et n'avait guère semblé impressionnée.

Quant à Billy, il partageait un minuscule appartement avec trois colocataires, et il n'y avait pas de place chez lui pour une femme et un enfant.

— Je suis prête à tout pour que ce mariage soit une réussite, dit Nancy. Et je ne vois pas d'autre moyen, pour le moment.

— Ma'am Whitlock, elle, ne veut surtout pas que ça marche.

Malgré l'absence de Caroline, Hattie avait instinctivement baissé le ton.

— C'est pour ça qu'elle s'acharne contre vous.

Nancy le savait depuis le début. Mais c'était trop effrayant de le reconnaître ouvertement.

— Si je pars, à votre avis, ils essayeront de me prendre Tessa ?

Hattie haussa les épaules.

— Difficile à dire.

— Qu'est-ce que vous en pensez ?

— Si c'était un garçon, je dirais oui. Pour sûr. Mais une fille…

Hattie afficha une moue dubitative.

— Dans un divorce, la mère obtient toujours la garde de son enfant, non ?

— M'sieu Whitlock, il connaît tout un tas de juges. Il joue au tennis et au golf avec ces messieurs-là.

Nancy sentit son peu de confiance l'abandonner.

— Qu'est-ce que *vous* feriez ?

— Ma chère, c'est pas le problème d'une négresse comme moi. Y'a pas un juge de Virginie qui s'occuperait de savoir qui prend mes gosses.

Nancy dut reconnaître que Hattie avait, malheureusement, raison.

Pendant ce temps, la petite Tessa avait joyeusement réduit en miettes ce qui restait de son biscuit et l'avait jeté par terre. Nancy nettoya le carrelage, puis, bien emmitouflées, elles sortirent faire le tour du parc avec la poussette.

Elles s'arrêtèrent devant un traîneau du Père Noël, grandeur nature, tiré par huit cerfs empaillés qui avaient dû faire la fortune d'un taxidermiste. Le Père Noël, lui, avait l'air si vrai que Nancy y regarda à deux fois, avec un petit frisson désagréable. Tessa, elle, semblait apprécier le spectacle, et se tortillait pour sortir de sa poussette.

Les ancêtres des Whitlock avaient vécu sur une florissante plantation de tabac et même si, en comparaison, la demeure de Windsor Farms paraissait bien modeste, elle n'en restait pas moins imposante.

Combien d'heures solitaires Nancy n'avait-elle pas passées à imaginer tous les changements qu'elle apporterait à cette maison si jamais elle devenait un jour la sienne. A commencer par les décorations de Noël et la prétentieuse chambre blanche et dorée dans laquelle on la retenait prisonnière.

Elle venait d'un milieu pauvre, d'accord ; elle avait certainement besoin de conseils et de leçons, mais elle ne doutait pas, un jour, de prendre sa place dans l'élite de Richmond en qualité d'épouse de Billy.

Son désir de s'adapter, de se hisser au-dessus de sa condition était si fort que rien ne l'arrêterait, pour peu qu'on lui donnât sa chance. Mais cette chance semblait lui glisser entre les doigts et s'éloigner chaque jour davantage.

De retour dans la « chambre des prisonnières », Tessa se remit à pleurnicher, signe qu'elle était fatiguée. Mais si elle dormait maintenant, elle n'aurait plus sommeil à l'heure de la sieste prescrite par Caroline.

Quel dilemme ! Fallait-il encourir la colère de Caroline pour respecter les désirs de Tessa ? La petite avait très peu dormi, la nuit précédente, et Nancy voyait bien qu'elle tombait de sommeil.

Le bébé régla la question en s'endormant brusquement dans les bras de sa mère. Nancy n'eut pas le cœur de la réveiller une seconde fois. Elle l'allongea tout doucement dans son berceau. Les joues roses et duveteuses de Tessa offraient un spectacle vraiment adorable qui donnait une vision de la perfection divine.

Pendant que sa fille dormait, Nancy sortit du placard un gros carton qu'elle transporta jusqu'à la fenêtre. Elle l'ouvrit et en extirpa un cerceau de bois qu'elle posa sur le plancher, puis une boîte à cigares contenant des bobines de fil et des aiguilles. Et, enfin, son quilt de mariage, à moitié terminé. Elle l'étala sur ses genoux, le fixa sur le tambour à quilter, prit son aiguille préférée, l'enfila, et piqua à petits points le long des courbes des anneaux.

Tout en poussant l'aiguille, elle pensait à Billy.

Ils étaient mariés depuis plus d'un an, mais se comportaient comme des étrangers. Ils vivaient dans des villes différentes, dormaient dans des lits séparés, excepté lors des courtes visites de Billy à Richmond. Ils ne partageaient rien, pas même un espoir d'avenir. Et ils ne faisaient l'amour qu'en de rares occasions.

En fait, Billy ressemblait à un mauvais acteur qui récite son rôle sans grande conviction.

Pourtant, dans le cœur de Nancy, Billy régnait en maître. Elle l'aimait. Mais elle doutait fort que ce fût réciproque.

Billy devait venir quelques jours plus tard, et voilà qu'au lieu de s'en réjouir, c'était pour elle un souci supplémentaire.

Il adorait Tessa, ce qui la remplissait de stupéfaction. Car la manière dont ce bébé lui avait été imposé aurait pu l'influencer défavorablement. Mais non, il ne se lassait pas de sa fille. Il aimait jouer avec elle, la bercer pour l'endormir, la promener dans son landau.

Tandis que sa situation à Richmond se détériorait, Nancy s'inquiétait de l'intérêt que Billy portait à sa fille. Cet attachement si vif lui faisait craindre de sérieuses bagarres au moment de l'inévitable divorce qui se profilait à l'horizon. Billy ferait des pieds et des mains pour obtenir la garde de leur enfant et, avec tous les gens haut placés que sa famille fréquentait, quel poids pèserait-elle ?

Pour ne rien arranger, Tessa se réveilla juste avant 13 heures, comme Nancy l'avait craint. Elle mit le quilt de côté et réfléchit. Elle pourrait demander à Randall de les emmener en ville faire des courses de Noël, afin qu'elles soient absentes au moment où Caroline et ses amies arriveraient, mais Tessa n'avait pas l'air dans son assiette. Elle devait même avoir un peu de fièvre. Donc, pas question de sortir.

Hattie apporta un plateau avec le déjeuner et, tout en donnant le biberon à sa fille, Nancy lui demanda son avis sur la question.

Hattie resta un long moment plongée dans ses réflexions, puis elle déclara d'un ton décidé :

— Si j'étais vous, je descendrais avec la p'tiote ! Mais, surtout, dites pas à Ma'am Whitlock que j'vous ai dit ça, hein ?

— Hattie, vous savez bien qu'elle ne veut pas de nous

en bas ! Elle m'a carrément demandé de rester dans la chambre avec ma fille.

— Ces dames ne savent pas si vous êtes ici. Et elle peut leur raconter n'importe quoi sur vous. Que vous êtes une mauvaise mère, par exemple. Et comme personne vous connaît, elles sont obligées de la croire.

Le discours de Hattie était plein de bon sens. Nancy était une inconnue, la femme invisible… Qui sait si elle n'avait pas trois têtes ou une infirmité qui l'obligeait à rester cloîtrée ? A moins que Caroline ne fît courir le bruit que sa bru était trop pimbêche pour daigner descendre de ses appartements et bavarder en toute simplicité ?

— Il me faut un prétexte, dit Nancy.

— Les petits gâteaux de Noël.

Nancy la regarda sans comprendre.

— C'est ce que je vais faire, d'ici cinq minutes, quand j'aurai regagné la cuisine. Vous direz que vous êtes venue m'aider. Mais avant, vous mettez vot'jolie robe et du maquillage sur vot'figure. Quand ces dames arriveront, vous leur portez le plateau en disant que vous avez fait les gâteaux pour elles.

Nancy fut intriguée.

— Hattie, vous avez réfléchi à un vrai plan, on dirait ?

— Hé hé !

Nancy pouffa de rire.

Hattie l'aimait bien, et elle en était touchée. Mais elle savait aussi que ses conseils n'étaient pas entièrement guidés par l'altruisme.

Hattie rêvait de secouer le joug de la dictature. Comme Nancy. Et toutes les occasions étaient bonnes.

Elle revêtit donc son plus joli pull-over en mohair, une élégante jupe plissée, et se maquilla avec soin. Elle affubla Tessa d'une invraisemblable robe de velours rouge, tout en s'en voulant un peu, malgré tout, de se servir de sa fille. Mais Tessa, lorsqu'elle se retrouva sur sa chaise haute devant des Cheerios et des *marshmallows* miniatures, oublia de protester contre le vêtement qui l'engonçait, tant elle était heureuse de mâchonner d'aussi délicieuses friandises.

Pendant ce temps, Nancy put décorer les petits-fours avec du glaçage coloré, des amandes effilées, des raisins secs et des pépites de chocolat.

A 13 h 10, elle entendit la porte d'entrée s'ouvrir et un brouhaha de voix féminines.

— Attendez un peu ! lui conseilla Hattie.

Elle sortit un grand plat en argent, le couvrit d'un napperon immaculé et le tendit à Nancy qui fit une présentation artistique des cookies les plus réussis.

Le plateau était juste à la bonne taille pour qu'elle pût le porter d'une main et porter Tessa de l'autre.

Après avoir soigneusement brossé les miettes de la robe rouge et jeté un dernier coup d'œil au plateau, elle se sentit prête.

— Allez-y. Moi, j'apporterai le café et le punch un peu plus tard. Vous ne pouvez pas vous imaginer ce que ces dames-là peuvent boire !

Nancy sourit.

— Souhaitez-moi bonne chance.

— Pas la peine. Vous vous en sortirez très bien.

Nancy prit sa respiration et quitta la cuisine avec son chargement.

Hattie avait prévu une douzaine d'invitées, mais Nancy n'en vit que six autour de Caroline. Les autres les rejoindraient sans doute plus tard.

Lorsqu'elle franchit le seuil du salon avec sa fille, toutes les têtes se tournèrent vers elle. Caroline ne les avait pas encore vues.

Soudain, une femme à l'impressionnante carrure, avec des cheveux poivre et sel, se leva avec un large sourire.

— Oh ! regardez cette adorable petite princesse ! Nous espérions tant la voir !

Nancy eut un sourire rayonnant.

— Et moi, j'espérais tant vous la présenter !

La dame tendit les bras vers Tessa avec ravissement. Nancy savait instinctivement qu'elle se ferait une amie pour la vie si elle lui confiait la petite. Tessa ne craignait pas les visages inconnus : elle en profiterait pour s'amuser à tripoter ces nouveaux bijoux et ces intrigants boutons. Nancy se pencha donc vers la dame, mais le bébé choisit cet instant précis pour s'intéresser de près aux petits-fours. Déséquilibrée par son brusque mouvement, Nancy ne put qu'assister, impuissante, au désastre. Tessa pesa sur le bord du plateau avec sa menotte, et le fit basculer.

Les cookies s'écrasèrent sur le tapis de Sèvres en une infâme bouillie multicolore.

Il y eut un branle-bas de combat immédiat. Ces dames se mirent toutes à ramasser les miettes, en minimisant le drame avec des mots plus gentils les uns que les autres.

La dame aux cheveux gris prit Tessa dans ses bras. Nancy, quant à elle, se confondit en excuses et se baissa à son tour pour participer au ramassage.

— Je suis désolée, balbutia-t-elle, mais nous en avons fait une quantité. Je vais nettoyer et vous en rapporter d'autres.

Au milieu de cet assaut de bonnes volontés, Nancy entendit la porte d'entrée s'ouvrir, et se rendit compte avec horreur que d'autres amies de sa belle-mère allaient assister à sa déconfiture. Elle ravala avec peine la boule qui lui obstruait la gorge.

— Ce n'est rien, chère amie, lui glissa une femme brune aux cheveux courts, qui portait des lunettes cerclées de métal. Je ne sais pas comment vous avez fait pour arriver jusqu'ici avec ce plateau d'une main et ce bébé de l'autre. J'admire votre sens de l'équilibre, sincèrement. Vous jouez au tennis peut-être ?

— J'aimerais beaucoup apprendre.

— Dans ce cas, venez au club, je vous donnerai des leçons. J'adore enseigner : c'est ma passion.

Une autre de ces dames prit gentiment Nancy par le coude et l'aida à se relever. Elles riaient toutes de bon cœur et tentaient de mettre la jeune maman à l'aise. Pour la première fois depuis très longtemps, Nancy ne se sentit plus une otage en terre étrangère.

Soudain, une voix, ô combien familière, se fit entendre.

— Je croyais vous avoir dit de mettre cette enfant au lit !

Nancy rougit violemment, et fit face à sa belle-mère.

— Désolée, mais elle n'avait pas sommeil.

— Oh ! elle fait ses dents, peut-être ? demanda l'une des invitées.

Elle était en train de faire toutes sortes de grimaces amusantes à Tessa, et le bébé lui répondait par des éclats de rire et des battements de mains.

— Je n'ai jamais compris pourquoi les bébés ne venaient pas au monde avec toutes leurs dents, déclara la dame. Ce serait bien plus civilisé, je trouve.

Tout le monde se mit à rire. Jusqu'à ce que Caroline déclare d'un ton péremptoire :

— Les bébés doivent avoir des heures fixes. Combien de fois vous l'ai-je déjà dit ?

Contre toute prudence, Nancy répliqua :

— Je crains qu'on ait oublié de l'expliquer à Tessa, madame Whitlock. Elle a sa propre façon de voir les choses.

— Normal ! Les enfants prennent les défauts de ceux qui les élèvent.

Le silence s'était abattu sur l'assistance. Nancy considéra la situation, et comprit qu'il n'y avait pas d'échappatoire possible.

Elle poussa un soupir.

— J'espère sincèrement que Tessa saura, plus tard, se faire sa propre opinion et discerner ce qui est bon pour elle, quels que soient les desiderata de son entourage. Ce matin, par exemple, ce qui était essentiel pour elle, c'était dormir. Cela dit, je suis prête à la ramener dans sa chambre si sa présence vous dérange.

— Nous l'enlever ? s'écria la brune professeur de tennis. Vous n'y pensez pas, chère amie, nous venons à peine de faire connaissance ! D'ailleurs, je sens une nouvelle championne qui pointe : regardez comme elle agite ses petites mains !

— Montez la mettre au lit tout de suite ! ordonna Caroline. Hattie s'occupera des petits-fours. Vous reviendrez bavarder avec nous une autre fois. A un moment plus opportun.

Nancy battit des paupières et ferma les yeux. Jamais elle n'avait été humiliée de la sorte. Même pas le jour où elle avait annoncé à Billy qu'elle attendait un enfant de lui, au bord d'une route de campagne.

— Nancy ne reviendra pas bavarder de sitôt à Richmond, je le crains, dit une voix masculine.

Nancy ouvrit les yeux, puis se retourna. Son mari se tenait sur le seuil.

— Ma femme et ma fille vont venir vivre à Charlottesville avec moi, déclara-t-il.

Nancy n'avait jamais vu Billy aussi en colère. Il s'approcha d'elle à grands pas, l'embrassa et tendit les bras vers sa fille. La dame aux cheveux argentés la lui abandonna aussitôt.

— Mesdames, si vous voulez bien nous excuser. Nancy et moi, nous avons pas mal de choses à préparer.

Il prit Tessa à califourchon sur sa hanche, comme le faisait Nancy, entoura les épaules de sa femme de son bras libre, et prit le temps de lui embrasser affectueusement les cheveux, en mari tendre et attentionné.

Puis ils quittèrent le salon tous les trois.

Caroline leur emboîta le pas, mais elle attendit qu'ils fussent sur le palier du premier étage pour s'adresser à son fils, avec fureur.

— Comment oses-tu faire une telle scène devant mes amies, William ?

— Et *toi*, comment oses-tu traiter ma femme de cette façon ?

Caroline explosa.

— Ça fait plus d'un an que je supporte cette… cette péquenaude ! Cette plouc attardée, élevée avec les cochons, dont il n'y a rien à tirer ! Et pourquoi ? Parce que tu n'as pas été capable de garder ta braguette fermée !

Billy fit un pas vers sa mère, et Nancy craignit un instant qu'il ne lève la main sur elle. Il se contint, heureusement, et recula lentement.

— Tu vas lui faire des excuses, dit-il. *Immédiatement.* Sinon, tu ne nous reverras jamais. C'est clair ?

— Des *excuses* ?

— Tout de suite ! Et nous passerons l'éponge. Nous ferons semblant d'être une vraie famille. Nancy, Tessa et moi, nous viendrons pour les vacances. Tu auras l'air ravi de nous voir et d'avoir une petite-fille aussi jolie. Tu pourras donner des nouvelles de nous à tes amies, leur montrer des photographies. Mais, si tu refuses…

Il était inutile de répéter les menaces. La fureur de Caroline s'était changée en peur. Elle avait perdu la main, et elle le savait.

Caroline regarda Nancy, puis son regard se perdit.

Elle pointa le menton.

— Je m'excuse de m'être mise en colère.

De son côté, Nancy chercha des mots de réconciliation, mais elle n'en trouva pas.

— Moi aussi, bredouilla-t-elle finalement.

Caroline se tourna vers son fils, l'air de dire « Tu vois ? ».

Billy secoua la tête.

— Tu as de la chance qu'elle n'ait pas disparu en emmenant Tessa, dit-il à sa mère. Oui, tu as une sacrée veine qu'elle soit encore là. Parce que, si tu l'avais contrainte à s'enfuir, je ne te l'aurais jamais pardonné.

Il se tourna alors vers Nancy.

— Pourras-tu me pardonner un jour de t'avoir fait subir ça aussi longtemps ?

Elle lui aurait pardonné n'importe quoi.

— Tu ne savais pas, dit-elle avec un timide sourire.

— Oh ! je m'en doutais. Mais, par facilité, par lâcheté, je n'ai pas écouté mon instinct.

Se tournant de nouveau vers sa mère, il ajouta à son intention :

— Nous fêterons Noël de notre côté. Et maintenant, nous allons faire nos bagages. Ensuite, nous débarrasserons le plancher pour de bon.

Les yeux de Caroline se remplirent de larmes. Nancy en fut stupéfaite.

— Ne la laisse pas t'éloigner de ta famille, William !

Billy regarda Nancy et Tessa avec une infinie tendresse.

— Aujourd'hui, j'ai une autre famille, dit-il. Celle que j'ai choisie.

25

Pendant que Nancy parlait, le ciel s'était assombri, et Tessa avait fini par replier son ouvrage. Elle y travaillerait un autre jour. A tête reposée. Car le témoignage de sa mère l'avait entraînée très loin…

— Ce jour-là a marqué le véritable départ de notre mariage, conclut Nancy d'une voix émue.

Maintenant que le récit avait pris fin, Tessa, curieusement, sentait une sourde colère monter en elle.

— Je me demande comment tu as pu en supporter autant de la part de ta belle-mère.

Nancy réfléchit un instant.

— Tu sais, au fond, ce n'était pas une personne détestable. Seulement, pour elle, les apparences comptaient énormément. Or, jc faisais tache dans le tableau idéalisé qu'elle souhaitait donner de sa famille. Ce n'est pas plus compliqué que ça.

— Et tu as encaissé ses brimades pendant plus d'un an ?

— Tessa, tu n'as pas idée de l'état d'insécurité dans lequel je me trouvais, parce que tu n'as jamais rien connu de tel. J'étais très jeune et très seule. J'avais un bébé que j'adorais et aucun endroit où me réfugier puisque, à la maison, je ne me sentais pas la bienvenue. J'ai compris, depuis, que maman aurait été plus conciliante que je ne le pensais. Mais souviens-toi qu'elle avait passé son temps à me houspiller et à me repousser. Voilà comment s'étaient passées mon enfance et mon adolescence, ici, à la ferme. Aucun geste, aucune parole de tendresse… Et nous étions si pauvres. Une bouche supplémentaire à nourrir, c'était inenvisageable.

Tessa essayait de se mettre à la place de cette Nancy inconnue. Jeune. Inexpérimentée. Seule. Enceinte.

Ces mots, brusquement, lui rappelèrent quelqu'un. Cissy… Cette jeune femme vivait-elle ce que Nancy avait traversé ? Habitait-elle chez les Claiborne simplement parce qu'elle n'avait nulle part où aller ?

Nancy fixa un point au loin, derrière Tessa.

— Ton père et moi, nous sommes revenus à Charlottesville, ce soir-là. Il nous a trouvé une chambre chez une vieille dame qui habitait le centre-ville. Elle était seule, et l'idée d'avoir un bébé dans la maison la réjouissait… Il a troqué sa Corvette contre une vieille Chevrolet qui tombait en panne une semaine sur deux. Je travaillais à mi-temps pour participer aux dépenses, et notre propriétaire s'occupait de toi. Tout s'arrangeait à merveille. Harry continuait d'envoyer des chèques à ton père pour lui permettre de terminer ses études. Quand Billy a eu son diplôme en poche, nous sommes retournés à Richmond afin qu'il intègre l'affaire paternelle. Nous nous sommes installés dans une petite maison, de l'autre côté de la ville. Entre-temps, ta grand-mère avait mis de l'eau dans son vin. Une fois résignée à l'inévitable, elle s'est montrée polie envers moi ; elle a même fait des efforts pour m'intégrer à son cercle de connaissances. A sa manière, elle s'est montrée bonne pour toi, surtout lorsque tu as commencé à grandir. En vérité, elle s'intéressait peu aux nouveau-nés.

— Et ils vécurent heureux de nombreuses années ?

Nancy eut un petit hochement de tête.

— Ce n'est pas l'effet que ça me fait, m'man !

Comme Nancy ne réagissait pas, Tessa poursuivit sur un ton véhément :

— Tu t'es contentée de si peu ! Tu as épousé un homme qui ne t'aimait pas, tu t'es laissé traiter comme une

Cendrillon par sa mère. Et tu n'as même pas rencontré le Prince charmant au bal ! Dire que tu es restée avec papa toutes ces années, alors que vous n'aviez rien en commun !

— Nous t'avions. Toi… et Kayley.

Tessa ne releva pas.

— Tu t'es contentée de si peu, répéta-t-elle, écœurée.

Elle avait toujours cru que ses parents étaient liés par des sentiments profonds. A présent, elle découvrait que seul un concours de circonstances avait sauvé leur couple.

Des apparences ! Des faux-semblants ! Elle en aurait pleuré.

— Il y a pas mal de choses qui t'échappent, concernant le mariage, déclara Nancy, penchée en avant, les yeux luisant de colère. Le mariage, c'est aussi travailler dur pour des objectifs communs. L'amour est nécessaire mais pas suffisant. Ce sont ces buts partagés et la poursuite d'un idéal qui cimentent une union.

— A d'autres ! Je partage des tas de projets et d'idéaux avec des tas de gens différents. Ce n'est pas pour ça que j'aimerais être mariée avec eux. Tu as renoncé à l'amour pour la sécurité. N'est-ce pas un peu… lamentable ? Et tellement superficiel !

— C'est ce que tu as toujours pensé de moi, n'est-ce pas ? Que j'étais une femme futile, sotte et frivole ? En un mot : nulle ! Tu es persuadée que je ne fais pas la différence entre l'amour, la loyauté et un sac à main de chez Kate Spade, avoue-le !

Tessa se rendit compte que, non seulement elle ne contrôlait plus sa colère, mais qu'elle la dirigeait délibérément contre sa mère parce qu'elle était une victime toute trouvée.

Et elle se sentait incapable d'arrêter cette rage qui l'avait saisie.

— Non, je pense que tu es satisfaite de ton existence. Tu as eu ce que tu voulais, et tu n'as pas envie de le lâcher. Tu as cherché à en tirer le meilleur, mais, à la fin, que reste-t-il ? C'est un château de cartes ! En dehors d'une adresse à Windsor Farms et d'une carte de membre du prestigieux country club, que possèdes-tu de réellement précieux ?

Nancy regardait sa fille intensément.

Tessa remarqua son expression blessée, et elle en éprouva tout de suite du remords.

— Désolée… Je ne sais pas ce qui m'a pris. Surtout que ça ne me regarde pas vraiment.

— Je ne suis pas sûre que tu sois réellement désolée, dit Nancy très calmement. Mais voilà la vérité, Tessa. Je me suis battue toute ma vie, et « battue » est le mot juste. J'ai voulu faire ce qui était le mieux pour toi et ton père. J'ai essayé d'être une bonne épouse et une bonne mère, pour compenser mon origine modeste et le fait que je sois tombée enceinte. Je souhaitais que la vie de ton père soit la plus heureuse possible.

— Mais papa était responsable, lui aussi. Et il était là ! Personne ne t'a demandé de lutter seule.

Nancy l'arrêta d'un geste de la main.

— Et maintenant, nous allons parler de *toi*. Comment oses-tu me critiquer alors que tu as choisi la voie de la lâcheté, que tu as cessé de te battre pour ton couple ? Tu penses vraiment que ta solution est la meilleure ? Que l'on peut abandonner celui que l'on aime en cas de tempête ? Je fais peut-être partie d'un prestigieux country club que tu trouves trop élitiste, mais laisse-moi te dire que ton club personnel est encore plus sélectif : tu en es le seul et unique membre ! Et la porte est verrouillée de l'intérieur.

Ce fut au tour de Tessa de s'enfermer dans le mutisme.

Alors, Nancy chaussa ses tongs et se leva.

— Il est tard. Je monte. Je vais préparer la chambre bleue pour ton père.

Il n'était pas tard du tout, mais Tessa ne protesta pas. La dernière partie de leur conversation tournait dans sa tête au point de lui donner le vertige.

Elle suivit sa mère du regard, tandis qu'elle entrait gracieusement dans la maison. La porte grillagée claqua derrière elle.

Et maintenant, pour couronner le tout, Tessa se demanda si elle allait être responsable d'une rupture entre ses parents.

Elle était encore sous le porche, une heure plus tard, lorsque son père arriva. Il avait l'air vanné, remarqua-t-elle, tandis qu'il montait les marches. Sa chemise était froissée et il avait sans doute enlevé sa cravate en conduisant.

— Bonsoir, ma chérie. J'espère que tu ne m'attendais pas. J'ai fini plus tard que prévu. Pas moyen de m'échapper avant.

Il fit une pause, regarda autour de lui.

— Où est ta mère ?

— Elle est allée se coucher.

— Oh !

Elle tenta de déchiffrer son expression. Impossible. Comme d'habitude. Il avait été dressé, dès l'enfance, à ne pas importuner autrui avec ses sentiments.

— M'man t'a préparé un lit dans la chambre du fond.

Elle attendit sa réaction. Elle crut discerner une expression légèrement sceptique, mais elle s'effaça très vite.

— Tu veux boire quelque chose de rafraîchissant ? J'ai préparé de la citronnade.

— Avec plaisir. J'ai l'impression d'être dans une étuve, mais c'est encore pire à Richmond. Ici, au moins, il y a un peu d'air.

Tessa le laissa s'installer et prit son temps dans la cuisine.

De retour sous le porche avec deux grands verres glacés, elle le découvrit dans la chaise longue, la tête inclinée, les yeux clos. Elle lui trouva un air vieux et encore plus las qu'en arrivant.

— P'pa ?

Il ouvrit les yeux et lui sourit.

— Je rattrape mon sommeil en retard.

— Tu ne dors pas bien à la maison ?

— Pas aussi bien que d'habitude. La chaleur, sans doute.

Curieux qu'il invoque la chaleur, songea-t-elle. La maison de Windsor Farms possédait quatre systèmes d'air conditionné. Et la température y était aussi sévèrement contrôlée qu'à la National Gallery of Art.

— Ta réunion s'est bien passée ? demanda-t-elle.

— Pas mal. La routine habituelle.

Cette remarque ne lui ressemblait pas. Billy se plaignait rarement et évitait de montrer la moindre contrariété. Ce qui avait contribué, pensa-t-elle, en plus d'un monumental aveuglement, à lui laisser croire que ses parents s'entendaient bien. Alors qu'il s'agissait d'un mariage forcé et d'un couple exsangue !

— Tu n'aimes pas ton métier ? lui demanda-t-elle.

— Ne t'inquiète pas pour ça. Je le fais bien. C'est le principal.

— Justement, non ! Je te pose la question sérieusement : est-ce que tu te forces à faire ce que tu n'aimes pas uniquement parce que c'est ce que l'on attend de toi ?

Il fronça les sourcils, surpris.

— Je n'ai pas dit ça.

— Non, mais ça corrobore ce que j'ai entendu, ce soir.

— On peut savoir ?

— Le récit de votre mariage. Comment tu as épousé maman parce qu'elle était enceinte, et comment tu t'es vraiment engagé, le jour où tu as découvert que ta mère la maltraitait.

— Nancy t'a raconté tout ça ?

— Je suis tombée par hasard sur votre certificat de mariage. Imagine ma surprise ! Maman a fini par me faire un topo détaillé quand elle a compris que je ne me contenterais pas d'une réponse évasive ou d'une version édulcorée. Elle te ressemble, dans ce domaine. Sauver les apparences, c'est vraiment essentiel, pour vous deux, hein ?

— Ta mère et moi, nous sommes mariés depuis bientôt quarante ans.

— C'est une preuve d'immobilisme, p'pa, rien de plus.

— Excuse-moi, Tessa, mais depuis quand te sens-tu autorisée à remettre nos vies en question ?

— Depuis que tu as mis une pauvre fille enceinte par une chaude nuit d'été.

— Arrête !

— Certainement pas ! J'ai besoin de savoir pourquoi vous êtes restés ensemble. Si c'est à cause de moi, c'est un sacré fardeau à porter, et je préférerais m'en débarrasser.

— Laisse tomber. Ça ne te regarde pas.

— Ah oui ? Alors, ça regarde qui ?

— Ta mère et moi.

— Comment tu as pu l'épouser et vivre avec elle toutes ces années alors que tu ne l'aimais pas ? Est-ce qu'elle ne méritait pas mieux ? Est-ce que *tu* ne méritais pas mieux ? Et, moi aussi, par la même occasion.

— Je ne vois pas trop le lien logique avec toi.

— Parce que j'ai passé toute mon enfance à essayer de lui plaire, voilà pourquoi. Et parce qu'elle faisait tout son possible pour te plaire, à toi, et à ta mère aussi, sans doute. Parce que, bon sang, elle crevait d'envie d'être aimée. C'est tout ce qu'elle voulait : quc tu l'aimes !

Tessa se rendit compte qu'elle était sur le point de pleurer. Elle regarda au loin, et tenta de se maîtriser.

— Toutes ces vies où chacun essaye de faire plaisir à l'autre sans jamais y arriver tout à fait, dit-il d'une voix triste, la tête levée vers les étoiles. Nous avons échoué… nous t'avons déçue… Pourtant, ce n'est pas faute d'avoir déployé des efforts désespérés.

— Je n'ai jamais dit que vous m'aviez déçue.

Il tourna son regard vers elle.

— Non, mais le résultat est là. Tu n'as pas eu l'exemple dont tu avais besoin : celui d'un couple uni, dans le bonheur comme dans le malheur.

— Papa, il ne s'agit pas de moi !

— Tu viens, pourtant, de me dire le contraire. En réalité, tout ça est lié. Tu n'as pas appris à affronter le chagrin en nous regardant. Tu as voulu t'en sortir par toi-même, exactement comme nous l'avons fait, ta mère et moi. Tu n'as pas appris à partager et, maintenant, tu en payes les conséquences. Au prix fort.

— Oh ! ne me fais pas une séance de thérapie, alors qu'on est en train de parler de toi et de maman !

— Il y a des millions de choses entre ta mère et moi que tu ne comprendras jamais. Nous sommes ensemble depuis longtemps. Je n'ai pas l'intention de me justifier. Tu devras te faire une raison.

Sur ces mots, il se leva.

— La chambre au fond du couloir ? La bleue ?

— Oui. Mais, écoute… je ne cherchais pas à mettre de l'huile sur le feu. J'essaye simplement de…

Elle s'arrêta, ne sachant plus très bien ce qu'elle essayait de faire.

— Si on veut aller voir les oiseaux, demain matin, j'ai intérêt à dormir un peu. Et toi aussi.

Il tourna les talons et la laissa en plan, sans un bonsoir.

Elle se demanda ce qui lui avait pris de choisir ce moment particulier et cet endroit pour se mettre enfin à explorer son monde intérieur, à sonder ses blessures et ses vieilles rancunes, à décrypter ses véritables sentiments et ceux des gens qu'elle aimait.

26

Le jeudi matin, Cissy vint prendre sa leçon de quilt et, avant de repartir, elle voulut montrer à Tessa les progrès qu'elle avait faits.

Tessa s'était confortablement installée à l'ombre, sur un plaid étendu au pied du grand érable avec, pour seule compagnie, l'un des chats noir et blanc à moitié sauvage qui vivaient dans la grange, et qui était venu se percher sur la balustrade de la véranda, telle une sentinelle.

La température était plus clémente que d'habitude, grâce à une légère brise du nord et à des cumulus cotonneux qui faisaient écran aux brûlants rayons du soleil. Le quilt des Anneaux de mariage déployé sur ses genoux, Tessa était en train de ravauder une partie en très mauvais état.

Cissy vint s'asseoir près d'elle, sur le plaid, et lui montra son propre ouvrage avec une fierté non dissimulée : les six blocs des Ailes du moulin étaient assemblés en un rectangle parfait.

— Les couleurs sont bien choisies et le métier commence à rentrer. Bravo !

Cissy la remercia d'un timide sourire.

— Et maintenant, je me demande comment je vais réussir à me relever sans me mettre à quatre pattes comme un vieux chien.

— Restez un moment. Est-ce que Gran vous a donné à boire ? Sinon, je vais vous chercher quelque chose.

— Elle m'a fait un thé à la menthe. Comme celui que

me préparait ma grand-mère. J'en aurais pleuré quand elle m'a tendu le verre.

Tessa se demanda si Helen se rendait compte qu'elle allait bientôt faire office de refuge pour ce chien perdu sans collier. Pourvu que sa grand-mère continue à adoucir l'existence de Cissy et à lui apporter un peu de cette tendresse familiale dont elle avait si soif !

Ce serait merveilleux pour l'une comme pour l'autre.

— A quoi travaillez-vous ? demanda Cissy.

Tessa lui fit un rapide résumé de l'histoire des Anneaux de mariage.

— Il faisait trop beau pour travailler à l'intérieur, aujourd'hui. Et qui sait si nous aurons encore une aussi belle journée, ce mois-ci ?

— Je n'ai jamais rien vu d'aussi ravissant, dit Cissy, admirative. Tous ces tissus différents… Et quand on sait avec quel amour ce travail a été fait, on ne peut qu'être ému.

Tessa eut un sourire indulgent devant cette sentimentalité adolescente, mais, à la vérité, c'était un trait de caractère qu'elle possédait, elle aussi.

— Je me demandais…, commença Cissy qui, visiblement, cherchait ses mots. Eh bien… je pensais que vous aimeriez peut-être venir chez nous, ce soir. Il y aura de la musique traditionnelle. Les amis de Zeke seront là, et ils joueront sur la prairie des Claiborne. Tout le monde apportera un petit quelque chose à manger, et on piqueniquera tous ensemble.

Levant la tête, Tessa croisa les yeux brillants d'excitation de Cissy, et elle ravala le « non, merci » qu'elle s'apprêtait à lui servir.

Cissy voulait les remercier de s'être intéressées à elle, et c'était le moyen qu'elle avait trouvé.

— L'avez-vous proposé à Gran ?

— Elle a dit qu'elle sortait pas… ou plutôt qu'elle *ne* sortait pas le soir. Mais j'ai l'impression qu'elle vous accompagnera si vous décidez de venir.

Tessa était du même avis.

Soudain, une image de Mack lui traversa l'esprit. Mack, qui était un fan de gospel et de country. Il avait passé tant de fois la bande originale de *O'Brother* qu'elle en connaissait tous les morceaux par cœur.

— Dommage que mon mari ne soit pas là : il aurait adoré ça, dit-elle en pensant tout haut.

Cissy réussit à se remettre debout sans passer par l'humiliante phase « quatre pattes ».

— Vous ne voulez pas l'appeler pour lui proposer de venir ?

Tessa n'avait aucune intention de téléphoner à Mack. Elle se demanda même pourquoi elle avait parlé de lui à Cissy.

— En tout cas, moi, j'y serai. Et je vais essayer de convaincre Gran. Nous apporterons un gâteau aux fraises et à la crème. Elle en a fait un, hier : il attend dans le réfrigérateur.

— Parfait ! déclara Cissy avec un air de gourmandise enfantine. Nous commencerons vers 18 heures, quand les hommes seront rentrés du travail.

— Alors, à ce soir !

Cissy se dirigea vers son pick-up, puis elle se retourna.

— Votre mère est invitée aussi, bien entendu ! J'ai oublié de vous le préciser. Je suis bête.

Tessa tenta d'imaginer Nancy à une gentille petite soirée musicale entre voisins.

— Je ne manquerai pas de lui en parler, promit Tessa, sans rien laisser paraître.

Cissy démarra au volant de son vieux tacot bringuebalant, et Tessa, appuyée contre l'érable, suivit du regard le panache de fumée qui s'éloignait.

— Elle est sympathique, cette fille.

Tessa découvrit sa mère qui regardait, elle aussi, la camionnette remonter la piste.

Nancy portait une robe chasuble vert citron et une paire de tongs de chez Wal-Mart.

— Vraiment ? Au début, tu ne l'appréciais pas beaucoup !

Tessa lui fit une place, et Nancy la rejoignit sur le plaid.

— Elle me rappelait trop une certaine Nancy Henry au même âge. C'est pour ça.

— Et maintenant ?

— Il faut croire que je commence à m'accepter.

Nancy sourit. Une façon d'indiquer à Tessa qu'elle ne se prenait pas trop au sérieux.

Tessa se demanda quelle était la part de Nancy qui ignorait Billy avec une belle constance, ces derniers temps. Elle n'avait même pas passé quelques minutes seule avec lui, lors de sa visite, en début de semaine. Elle s'était levée tard et, à leur retour de promenade, l'oiseau s'était déjà envolé. Nancy avait mis en avant des détails à régler au presbytère pour la future exposition d'Helen. D'après ce que Tessa avait compris, toutes les femmes de la paroisse aidaient sa mère dans son projet.

Tessa décida de lui dire ce qu'elle avait sur le cœur.

— M'man, je crois que papa est blessé que tu ne sois jamais disponible quand il est là.

— Tu es officiellement démise du dossier, Tessa. Ton père et moi, nous comptons résoudre nos problèmes en temps et en heure, et sans ton intervention.

— Mais j'ai envenimé les choses en vous parlant !

Bien que son père et elle n'aient pas abordé le sujet durant leur randonnée, elle avait senti une gêne certaine entre eux. Et c'était la première fois, avait-elle noté tristement.

— Mais non, tu n'as pas à te sentir coupable.

— Je vous aime tous les deux.

— Tessa, quand on aime quelqu'un, c'est très difficile de le voir faire des erreurs sans intervenir. Depuis trois ans, je te regarde t'enfoncer. Aujourd'hui, il semble que ce soit ton tour.

Tessa savait de quelles erreurs sa mère voulait parler.

Une fois de plus, elle songea au plaisir qu'aurait eu Mack à participer à cette soirée chez les Claiborne.

— Cissy nous a tous invités, ce soir, pour un repas à la fortune du pot et un petit concert. Les amis de Zeke apporteront leurs instruments.

— Quelle bonne idée !

— Tu viendras ?

— Bien sûr ! Et ta grand-mère aussi, pourquoi pas ?

— Ce n'est que de la country, tu sais ? De la musique des montagnes. Du bluegrass.

— Et tu penses que ça ne me plaira pas ?

Nancy se leva, épousseta sa robe.

— A mon avis, tu devrais appeler Mack. Si tu as la moindre velléité de sauver ta vie conjugale, ce serait un bon départ.

Après le départ de sa mère, Tessa laissa son regard se perdre à l'horizon, le quilt serré contre sa poitrine.

Pourquoi les choses les plus simples avaient-elles l'air si difficiles, ces temps-ci ?

Quand avait-elle eu le courage de demander quelque chose à Mack pour la dernière fois ?

Tard dans l'après-midi, Mack ruminait encore le coup de fil de Tessa, tandis qu'il s'approchait du croisement de Fitch Crossing Road.

En décrochant, il s'attendait à quelque chose de bien différent. Une demande de rendez-vous pour discuter divorce, par exemple…

Mais cette invitation à partager une soirée festive, ça l'avait soufflé. C'était tellement… inattendu.

De son côté, il avait envie de l'appeler. Mais, par lâcheté, il avait remis son projet à plus tard. Plusieurs fois. A présent, il allait pouvoir lui parler et observer ses réactions.

Mais quelle Tessa aurait-il devant lui ? Celle qu'il

avait épousée ? Ou celle qui était devenue de marbre à la mort de leur fille ? Ou bien encore, une sorte de créature hybride qui réapprendrait enfin à respirer ?

Arrivé sur Fitch, il ralentit. Les effets de la sécheresse étaient toujours visibles. Les arbres semblaient se refermer sur eux-mêmes, comme si, en abritant leur tronc sous leurs branches pendantes, ils tentaient de conserver le peu d'humidité venue de la terre.

Mack ne comprenait que trop bien ce que ces arbres ressentaient. Et ça devait être la même chose pour Tessa…

Il arriva à la ferme au milieu du tourbillon et de l'agitation des trois générations en train de se préparer à sortir.

Nancy l'accueillit d'un baiser sur la joue, comme si elle avait oublié la tension de leur dernière rencontre. Il la complimenta sur sa nouvelle coupe de cheveux, ce qui lui valut un sourire ravi. Ensuite, ce fut Helen qui sortit sur le perron et l'embrassa comme du bon pain.

Elle avait, toutefois, son expression renfrognée des grands jours.

— Je me demande ce que je vais fiche là-bas. Pour rien au monde je serais allée voir ce Ron Claiborne, et j'espérais bien que ça resterait comme ça jusqu'à ma mort !

— On y va en voiture, dit Nancy en ignorant délibérément les récriminations maternelles. Mais Tessa préfère marcher. Alors, on se retrouve là-bas, d'accord ?

Nancy saisit fermement le bras d'Helen qui continuait à marmonner entre ses dents, et lui fit descendre les marches.

— Entrez, Mack ! dit-elle en constatant qu'il était toujours debout devant la porte. Tessa est dans la cuisine.

Au passage, il admira les changements qui étaient survenus dans la maison. Il imagina qu'Helen avait dû râler ferme à chaque nouveauté, puis qu'elle avait fini par les apprécier, comme ce serait sans doute le cas au cours de cette soirée chez leurs voisins.

Tessa était en train de disposer un gâteau sur un plat. Il

profita du fait qu'elle ne l'eût pas entendu pour l'observer un moment, depuis le seuil de la cuisine.

Ses cheveux flottaient librement jusqu'au milieu de son dos. Elle portait une robe bain de soleil bleu-vert qu'il ne lui avait jamais vue, et des escarpins qui lui rappelèrent les chaussons de danse de Kayley. Autour du cou, elle avait mis le collier d'argent orné de turquoises qu'il lui avait acheté pendant leur lune de miel en Arizona. Elle ne l'avait pas sorti de son écrin depuis des années. Il se demanda même par quel miracle elle avait pensé à l'emporter.

— Tu es ravissante.

Surprise, elle se retourna et, pendant un court instant, elle eut l'air vulnérable, ne sachant que dire ni que faire. Puis elle esquissa un sourire.

— Si tu étais arrivé plus tôt, tu m'aurais surprise en train de racler le plat. J'adore ce gâteau ; c'est la spécialité de ma grand-mère.

— Ah oui ? Je n'en garde aucun souvenir.

— Normal : ça m'étonnerait qu'elle ait jamais pris la peine d'en faire un pour *nous*.

Ils éclatèrent de rire en même temps, puis reprirent très vite leur sérieux.

— Tu es vraiment ravissante, répéta-t-il. J'avais oublié comme ce collier t'allait bien.

— Tu te souviens de l'orfèvre navajo qui nous l'a vendu ?

— Il nous avait dit que, à l'image de la lune, le croissant était là pour nous rappeler que l'amour passait par des phases de croissance et de déclin.

— C'était un sage... et un bon vendeur. Il a vu tout de suite que nous étions des jeunes mariés.

— C'est parce que je ne te lâchais pas d'un pouce !

— Et parce que je te dévorais du regard, dit-elle en posant une cloche sur le gâteau. Gran et m'man sont parties ?

— En rouspétant, pour ne pas changer.

— Laquelle des deux ?

— Ta grand-mère.
— Maman semble décidée à s'amuser.
Tessa lui lança un rapide coup d'œil et plissa le front.
— Si ce n'était pas aussi incongru, je dirais que je me fais du souci pour elle.
— C'est la première fois que je la vois aussi… — il chercha le mot juste… — épanouie.
— C'est d'autant plus surprenant qu'elle s'apprête à divorcer.
— Quoi ?
— Tu pensais que nous allions les battre de vitesse, n'est-ce pas ? Moi aussi, figure-toi !
— C'est une annonce, Tessa ?
— Je ne sais pas. J'ai l'impression de m'enfoncer chaque jour un peu plus dans des sables mouvants. Je ne comprends plus rien ni personne.
— Y compris moi ?
— Surtout toi, dit-elle d'un ton poignant. Tu es si loin que je te vois confusément, comme à travers un brouillard.
— Et avec tes parents, que se passe-t-il ?
— Ils se sont mariés parce que maman était tombée enceinte. Ils sont restés ensemble parce que c'était plus facile pour m'élever. Mais, après mon départ, ils ont continué à vivre sous le même toit. Pourquoi ? Mystère et boule de gomme !
— Et tu voudrais que chacun d'eux reprenne sa liberté ?
Elle secoua la tête.
— Non. C'est stupide, mais j'aimerais qu'ils restent ensemble… comme si j'étais encore une petite fille.
— Ça n'a rien de stupide.
Il la rejoignit dans la cuisine. Sans la toucher. Il avait trop peur d'être rejeté, une fois de plus.
— Je ne peux rien y faire, n'est-ce pas ? Ça aussi, ça m'échappe, dit-elle en soupirant, visiblement contrariée.
— Alors, ne laissons pas échapper cette soirée, proposa-t-il en s'emparant du plat sur le comptoir. Profitons de

ce moment, sans conditions, sans rien en attendre. Sans penser à tout ce que nous ne pouvons pas changer. Ça, nous en sommes capables, n'est-ce pas ?

— Oui, ça me plairait.

Il fut étonné, mais n'en laissa rien paraître.

— Marché conclu.

— Mack, il y a une petite affaire…

— Attends ! Si nous en parlions en chemin ?

— Ça ne t'ennuie pas de porter ce truc-là ?

— Ça ne m'ennuie pas de partager le fardeau.

— Ça roule !

Ils demeurèrent silencieux jusqu'au moment où ils furent sur la route.

— J'ai fait le guet, hier soir, commença Tessa, tandis qu'ils laissaient derrière eux les bâtiments de la ferme. Et j'aimerais te dire quelque chose à ce propos.

Mack était désolé que la « petite affaire » concernât, une fois de plus, Robert Owens. Mais lui aussi avait des choses à dire sur le sujet. Et elle lui en offrait l'occasion.

— Si tu l'avais pris à faire quoi que ce soit d'illégal, il serait déjà en prison, dit-il.

— Ça frisait sans doute l'illégalité. Je suppose qu'il est interdit de bar, non ?

— Tu l'as vu ?

Tessa ne répondit pas tout de suite. Elle pesa d'abord ses mots.

— Je l'ai vu sortir de chez lui avec sa bande d'amis. Je les ai suivis, sans intention de quitter la voiture.

— Et ?

— Ils ont échoué dans un bar qui ne payait pas de mine. Quand ils en sont partis, je suis entrée et j'ai parlé avec la serveuse qui avait pris leur commande.

— Et alors ?

— Ils avaient tous consommé de l'alcool. *Sauf* Robert. Il avait mis un point d'honneur à boire du Coca, malgré les efforts de ses amis pour le débaucher.

Mack fut envahi par un intense sentiment de soulagement. Non seulement parce que Owens avait tenu bon, mais parce que Tessa ne s'était pas vengée sur lui.

— Comment as-tu pris ça ? lui demanda-t-il, une fois qu'il eut digéré la nouvelle.

— Je suis déçue… et désolée de l'être.

Il fut encore plus soulagé.

— Tessa, j'ai une solution à te proposer. Es-tu prête à m'écouter ?

Le soleil sombrait lentement derrière les montagnes, dans une débauche de couleurs somptueuses. L'air fraîchissait, et une agréable petite brise leur soufflait au visage. Tandis que Tessa réfléchissait, Mack songea qu'il aimerait bien régler rapidement cette histoire afin de pouvoir profiter en toute quiétude de cette magnifique soirée. Si seulement, pour un soir, ils pouvaient faire comme si leur vie ne dépendait pas de l'homme qui avait tué leur fille.

— Je ne peux plus continuer ainsi, c'est vrai, dit-elle, prenant Mack au dépourvu. Mais comment lâcher en sachant qu'il tuera peut-être une nouvelle fois ?

— J'ai trouvé un détective privé qui est prêt à se charger de cette surveillance.

— Ça va nous coûter une fortune.

— Ta santé n'a pas de prix, Tessa. Et puis, ce gars doit me renvoyer l'ascenseur, et il le sait. Nous faisons appel à lui pour la plupart de nos enquêtes. C'est grâce à nous qu'il a pu acheter sa résidence secondaire sur la baie de Chesapeake.

Elle s'arrêta, se tourna vers lui.

— Tu ferais ça pour moi ?

Il la dévisagea, nota les rides qui s'étaient creusées entre ses sourcils, ses yeux cernés, ses traits tirés. Il en eut le cœur serré.

— Je ne suis pas partisan de cette filature, et je ne crois pas non plus que nous devrions exercer la justice nous-mêmes. Mais je sais à quel point c'est important pour toi.

— La dernière fois que nous nous sommes vus, nous étions au bord de la rupture.

— C'est l'impression que tu as eue ?

Il se rappelait ses mots exacts. Il lui avait dit que c'était à elle de le pousser dehors si elle ne voulait plus de lui.

Elle n'avait pas poussé assez fort, semblait-il.

Et il espérait encore qu'elle ne le chasserait pas définitivement.

Tessa lui reprit le gâteau des mains.

— Chaque fois que je vais à Manassas, j'ai l'impression de remonter le temps et de revivre la mort de Kayley.

— Tu vois : il est temps que tu arrêtes les frais.

— Je tiens à ce que quelqu'un surveille cette maison, et je ne peux pas exiger davantage de la part de mes amies. Alors, ta proposition tombe à pic.

Elle leva les yeux vers lui.

— Merci, dit-elle d'une voix altérée.

Il se pencha, et déposa un petit baiser sur ses lèvres, très vite.

La nourriture était aussi savoureuse qu'abondante. Un vrai festin ! Ils firent honneur au poulet grillé au feu de bois, à la salade de pommes de terre, aux œufs à la diable, aux épis de maïs. Il y avait aussi des melons d'eau givrés, des jattes de fèves fraîches, des tomates farcies, des marmites de haricots et des jarrets de porc aux petits pois croquants.

Le délice aux fraises remporta un franc succès, et Helen sembla goûter les compliments.

Dès qu'il était arrivé, Mack s'était senti comme un poisson dans l'eau. Du coin de l'œil, Tessa remarqua qu'il engageait la conversation avec tous, petits ou grands.

Avec les enfants, il joua à « L'araignée Gypsie monte à la gouttière, mais voilà la pluie, et Gypsie tombe par terre… ». Les pouces et les index montaient et descendaient. Fous rires garantis ! Il enchaîna sur le plus classique « Do, ré, mi, fa, sol, la, si, do, gratte-moi la puce que j'ai dans l'dos… », fit un triomphe avec « La puce et le pou assis sur un tabouret », et acheva par un tonitruant « Je te tiens, tu me tiens par la barbichette, le premier de nous deux qui rira aura une… tapette ! » qui fit hurler de joie la jeune assistance.

Il échangea des anecdotes sur le métier avec un avocat local, et prêta une oreille attentive à deux vieux fermiers purs et durs, en salopette, dont les opinions remontaient au moins à la guerre de Sécession.

Avec Cissy, il sympathisa immédiatement, et Tessa nota que c'était réciproque : sa protégée, charmée, buvait ses paroles.

Lorsque la musique commença sérieusement, il se tint près du podium improvisé, et battit la mesure en rythme. Il y avait huit musiciens qui se relayaient par petits groupes. Tessa compta trois guitares, une contrebasse, deux violons, une mandoline et un banjo.

Elle se sentait d'humeur légère, malgré la quantité de nourriture engloutie.

Kayley, qui tenait de son père un amour fou de la musique, aurait été si heureuse d'être là, songea-t-elle, sans que cette pensée parvînt à l'attrister.

Elle sentit le lien puissant qui l'unissait à sa fille, par-delà la mort, et, pour la première fois depuis la tragédie, la sérénité l'emporta sur la peine.

Après avoir aidé Cissy et sa belle-mère à ranger les restes des pantagruéliques ripailles, après avoir apporté force pichets de thé glacé et de Thermos de café, elle rejoignit Mack, qui battait la mesure sur l'entraînant refrain de *Will the Circle Be Unbroken*.

Il lui prit le bras aussi naturellement que si les trois années qui venaient de s'écouler n'avaient pas existé. Et Tessa se colla à lui, hanche contre hanche, se balançant au même rythme.

Zeke, en chemise hawaïenne et bermuda effrangé, jouait du banjo. Il se lança dans un solo acrobatique qui déchaîna les applaudissements de la foule. Les joues rouges de plaisir, il sourit et s'effaça afin de laisser le contrebassiste mener.

— J'ai toujours rêvé de faire ça, dit Mack.

— Pourquoi n'apprends-tu pas ?

— Quand ? Entre deux audiences au palais de justice ?

— Tu devrais peut-être t'accorder un peu de temps libre, non ?

— Je le ferai si tu le fais. Tu pourrais prendre des leçons de violon : on formerait un groupe.

Elle rit de bon cœur, car ils savaient l'un et l'autre que, en dépit de huit laborieuses années de leçons de piano dispensées par le meilleur professeur de Richmond, elle était à peine capable de jouer une mélodie avec un doigt.

Le groupe se lança dans un autre morceau.

— *Black Mountain Rag*, dit Mack, dès les premiers accords, en chantonnant l'air.

— Comment connais-tu ce truc-là ?

— Je n'écoute que ça quand tu n'es pas là.

— Ah oui ?

— Chérie, n'oublie pas que tu as épousé un montagnard.

Sans lui laisser le temps de protester, il la prit dans ses bras et la fit tourner. Elle s'esclaffa devant sa propre maladresse, tandis qu'elle s'embrouillait dans les pas en tentant de le suivre.

Il la tenait si serrée qu'elle sentait son jean rêche contre ses jambes nues, son ventre d'où émanait une douce chaleur, son torse solide, et elle se laissa aller, lui entourant le cou de ses doigts croisés.

Elle sentit sa respiration s'affoler. Et ce n'était pas le rythme endiablé de la danse qui la mettait au bord de l'asphyxie. Non, c'était tout bonnement le désir. Ce même désir affolant qui l'avait terrassée, jadis, la première fois où elle s'était approchée de Mack.

Et voici que la magie resurgissait, intacte, après toutes ces années de colère et de chagrin au cours desquelles un vent glacial semblait avoir tout éteint en elle, jusqu'à ses sentiments pour lui.

Les larmes lui montèrent aux yeux, et elle se serra fort contre Mack afin de savourer plus intimement cette sensation d'ivresse.

Ils arrêtèrent de danser, mais il ne la lâcha pas pour autant.

Le crépuscule étant largement tombé, il l'entraîna un peu à l'écart des lumignons de fortune qui éclairaient le podium et les spectateurs.

Puis il l'enlaça plus intensément, et ils se balancèrent doucement, sur les plaintes du violon et le staccato de la mandoline, tandis que Zeke tissait des improvisations sur son banjo, en contrepoint de la mélodie jouée à la guitare.

— Je retrouve ma jeunesse, murmura Mack à l'oreille de sa femme.

Elle avait la même impression, comme si on l'avait hissée hors des sables mouvants pour la déposer, saine et sauve, sur la terre ferme.

Ce n'était qu'un court répit, pensa-t-elle avec lucidité. Elle sombrerait de nouveau. Mais cet instant pendant lequel elle ressentait avec tant d'acuité que la terre ferme existait encore et que, même si elle la perdait, elle pourrait la retrouver, acheva de l'enivrer comme un vin capiteux.

— M'man et Gran ont l'air de bien s'amuser, dit-elle avec un mouvement du menton.

Ces dames étaient assises sur des chaises de jardin, en bordure du cercle. Nancy était en grande conversation avec Mme Claiborne, tandis qu'Helen faisait connaissance avec les deux confédérés tout droit échappés du siècle précédent. Ces trois-là semblaient s'être trouvés.

— Combien de temps, à ton avis ? demanda Mack.

— De quoi parles-tu ?

— Tu penses qu'elles en ont encore pour un moment ?

— Il me semble qu'il faudrait au moins un bulldozer pour déloger Gran.

— Parfait. Et nous pourrions être à la maison d'ici… disons dix minutes ?

Elle comprit où il voulait en venir, et son cœur se mit à battre plus vite.

— Moins de dix minutes, en cas d'urgence.

— Bien. Et maintenant, admire l'artiste.

Il l'entraîna hors du cercle éclairé. Ils attendirent un instant, puis progressèrent de nouveau. Une minute plus tard, ils s'étaient fondus dans l'obscurité. Alors, Mack lui prit la main et ils piquèrent un sprint jusqu'à la route.

Ils firent le chemin en riant comme des écoliers, se tirant et se poussant tour à tour, faisant mine de se poursuivre pour mieux se laisser attraper — autant de prétextes pour de longs baisers langoureux qu'ils échangeaient avec ferveur.

Ils furent à la ferme plus vite qu'ils ne l'auraient cru, essoufflés, espiègles et joyeux. Dans leurs prunelles brillantes se reflétait le fin croissant de la lune à son premier quartier.

Ils s'embrassèrent tout le long de leur ascension jusqu'au premier étage, prenant leur temps sur les vieilles marches usées par les générations. Quand ils parvinrent à la chambre, la robe de Tessa était déjà dégrafée et la chemise de Mack déboutonnée.

Elle retira son collier d'argent et le posa sur la commode. Aussitôt, Mack l'enlaça, sans rien cacher de son émotion, et elle se laissa aller contre lui, roulant doucement des hanches.

— Si tu savais à quel point tu m'as manqué ! lui murmura-t-il à l'oreille.

Elle ne pouvait pas parler du passé. Pour ce soir, elle voulait le bannir de ses pensées. Au moins un instant, puis un autre. Peut-être pas des jours entiers ni des années.

Juste un moment, pour reprendre pied dans la vie. Une vie encore si floue, si incertaine…

Elle se retourna entre ses bras et plongea son regard dans le sien.

— Viens, Mack.

Il fit glisser la robe le long de ses épaules et la laissa choir à leurs pieds. Le soutien-gorge suivit. Elle lui enleva sa chemise, défit fiévreusement les boutons de son jean.

Le lit étroit n'était pas un problème pour deux amants qui se connaissaient si intimement. Il la caressa là où elle aimait. Elle lui répondit par des baisers dans le cou, puis sur le torse, s'attardant aux endroits les plus sensibles et lui arrachant des soupirs comblés.

Les préliminaires durèrent longtemps. Puis, quand ils furent plus que prêts, il vint en elle, la torturant délicieusement de longues et lentes poussées. Elle sentit la vague de la passion la soulever avec une intensité rarement atteinte. Comment avaient-ils pu se priver de cette source ? se demanda Tessa. Pourquoi l'avait-elle sans cesse repoussé, alors qu'elle n'était bien qu'au creux de lui ?

Puis, soudain, comme un signal d'alerte venu d'une terre lointaine, elle se rappela qu'elle avait oublié son diaphragme.

Il se méprit sur son mouvement brusque. Pensant qu'elle l'encourageait, il accéléra la cadence, et elle fut submergée par la puissance de son désir trop longtemps retenu.

En même temps qu'elle se sentait propulsée au sommet du plaisir, la terreur déferlait en elle !

Ils atteignirent l'orgasme ensemble, leurs deux cœurs battant à l'unisson, pantelants comme deux naufragés après un raz-de-marée.

Lorsqu'elle se retira et s'assit, les genoux remontés, il comprit aussitôt qu'il se passait quelque chose. Il lui attrapa le bras pour l'empêcher de se lever.

— Tess ?

— Nous n'avons pas pris de précautions.

Mack ne dit rien. Elle se retourna vers lui.

Perplexe, il la regarda en secouant la tête.

— Honnêtement, Tess, je ne m'en suis pas vraiment soucié. Tu as pris la pilule pendant si longtemps, après…

Après la disparition de Kayley, effectivement, elle l'avait prise régulièrement, tant elle était terrifiée à l'idée de retomber enceinte… Et puis, six mois auparavant, elle avait cessé de la prendre. A quoi bon ? s'était-elle dit, puisque leurs relations sexuelles étaient pratiquement au point mort.

Elle évita le regard de Mack.

— Comment avons-nous pu faire une bêtise pareille ?

— Une bêtise ?

Elle échappa à son emprise et se mit debout.

— Tu as un mot plus juste ?

— Oui : espoir.

— Un espoir ?

Il se leva à son tour.

— L'idée d'avoir un autre enfant serait-elle si monstrueuse ?

— Comment peux-tu parler d'un autre enfant après ce qui s'est passé ?

— Je ne te parle pas de *remplacer* Kayley. Je n'essaierai jamais. Mais songe au bonheur que nous avons connu avec elle. Pourquoi refuser qu'une petite fille ou un petit garçon nous rendent, un jour, un peu de cette joie ?

La panique qui l'avait saisie la faisait hoqueter, à présent.

— Je n'aurai *jamais* d'autre enfant.

— Jamais, ça me paraît bien définitif.

Les mains tremblantes, elle réussit toutefois à renfiler sa robe. Le cerveau enfiévré, elle calculait ses chances de tomber enceinte. Elles étaient minces, ce qui ne l'empêchait pas d'être furieuse.

— Quand j'ai cessé de prendre la pilule, j'ai demandé à mon gynécologue une ligature des trompes. Est-ce assez définitif ?

— Mais tu ne l'as pas fait ?

— Pas encore. Nous avons prévu de nous en occuper à la rentrée.

— Et quand comptais-tu m'en parler, exactement ? Après ?

Elle détourna les yeux. Elle avait évoqué le sujet avec son médecin, sans prendre de décision ferme. Mais, à présent, elle ne voyait pas d'autre solution.

Comment pourrait-elle supporter de perdre un autre enfant ?

Comment y survivrait-elle ?

Mack se dressa devant elle.

— Tu connais mon rêve d'avoir une famille. Mais, apparemment, je compte pour du beurre.

Elle le regarda ramasser ses vêtements et s'habiller.

Elle était paralysée par une telle angoisse qu'elle ne pouvait dire un mot ni même penser à autre chose qu'à l'erreur épouvantable qu'ils venaient de commettre.

Il s'arrêta, sa chemise à moitié boutonnée.

— Alors, j'ai encore mon mot à dire ou pas ?

— C'est mon corps. C'est moi qui décide. Je ne peux pas faire autrement, dit-elle en levant les mains dans un geste de supplication.

— Très bien. Alors, je vais te dire quelle est *ma* décision : je veux vivre avec une femme qui aura suffisamment confiance en l'avenir pour envisager de prendre des risques. Si ce n'est pas toi, Tessa, ce sera une autre. A toi de voir.

« C'est tout vu ! » faillit-elle lui répondre aussitôt, tant était grande son envie de le faire déguerpir une bonne fois pour toutes.

De le faire taire ! Lui, et ses exigences d'une vie de couple *normal* ! Comme s'ils étaient n'importe quel couple. Comme si la tempête n'avait pas tout balayé dans leur existence !

C'est ce qu'elle lui aurait dit, sans hésiter, au commencement de l'été, avant qu'un semblant de chaleur ne fût venu réchauffer un tout petit peu son âme misérable…

— Je t'aime, lui dit-elle tout doucement. C'est la seule chose dont je sois sûre, pour le moment.

Il ferma les yeux un instant. Puis il passa près d'elle, ses chaussures dans une main, finissant de boutonner sa chemise de l'autre.

Elle entendit la porte d'entrée claquer, puis le moteur de la voiture qui s'éloignait.

Et elle sentit les sables mouvants, une fois de plus, reprendre possession de leur proie.

27

Le samedi, à 9 heures du matin, la température à l'intérieur de la vieille ferme n'était déjà plus supportable.

Tout juste si Tessa avait pu terminer son jogging. Quant à Nancy, en dépit des objections d'Helen, elle était pendue au téléphone, réclamant des devis à diverses entreprises de climatisation.

Dès qu'elle rejoignit sa mère et sa fille effondrées sous le porche, elle se fit violemment apostropher par Helen.

— Tu crois que je vais les laisser démolir *mes* murs pour installer leurs saletés de machines, juste parce que *mâdââme* a trop chaud ?

— Un peu que tu vas les laisser faire ! Parce que c'est moi qu'on appellera au secours, un de ces jours, quand tu ne seras plus qu'une flaque sur le plancher, comme cette bon Dieu de Méchante Sorcière de l'Ouest ou de je ne sais plus quel foutu coin !

— Inutile de blasphémer !

Nancy posa un petit baiser sur la joue burinée de sa mère.

— Il fait fichtrement chaud, maman. Mais rien ne t'obligera à mettre en marche l'air conditionné. Personne ne saura si tu l'utilises ou non.

— Je m'en suis bien passée, jusqu'ici !

— Maman, tu crois que nous reviendrons passer l'été s'il n'y a pas de climatisation ?

— Je ne m'attends pas à ce que vous reveniez, ni l'une ni l'autre. Je vous connais : vous allez mettre la maison en vente. Comme ça ! s'écria-t-elle en illustrant son propos d'un claquement de doigts.

— Ah, pardon, Votre Honneur, je proteste ! lança Nancy en s'éventant. Si tu me laissais faire, espèce de vieille obstinée, je la garderais, moi, cette maison. C'est tout réfléchi. Ne serait-ce que pour avoir un endroit où respirer en dehors de la ville. Qui sait ? J'y habiterai peut-être un jour ? Et Tessa pourrait, elle aussi, apprécier d'avoir un refuge. A la fin d'une dure année scolaire, je ne crois pas qu'elle cracherait sur un lieu où se relaxer et passer ses vacances d'été. Non, franchement, je trouve que cette maison doit rester dans la famille.

Tessa était aussi surprise que sa grand-mère.

— Je croyais que tu avais hâte de t'en débarrasser.

— Archifaux !

— En tout cas, ne compte pas sur moi pour allumer ce satané machin ! déclara Helen. Mais si ça peut *te* faire plaisir qu'ils nous en collent un, après tout, vas-y.

— Juste pour les jours de canicule, dit Nancy en essayant de contenir son sourire.

Les trois femmes retombèrent dans le silence.

Tessa suivait avec intérêt la progression d'un minibus noir le long de la route. En ville, jamais elle ne l'aurait remarqué, mais par ici un tel détail avait son importance.

— Première fois que je vois cette voiture, dit Nancy qui s'était mise, elle aussi, au diapason de la vie campagnarde.

— Elle ralentit, fit remarquer Tessa en mettant sa main en visière. Ils sont peut-être perdus ?

Le véhicule tourna à l'embranchement et emprunta lentement la piste qui menait à la ferme, cahotant sur les ornières. Puis il s'arrêta. Une femme en descendit et ouvrit la porte coulissante latérale.

Un chien de berger jaillit hors du minibus et fila d'un trait vers le porche.

Tessa se leva et observa ses longs poils hirsutes que la course faisait onduler.

La chienne franchit les marches d'un bond, se précipita sur elle et lui posa les pattes sur les épaules avec un tel élan qu'elle faillit la renverser.

— Biscuit !

Tessa enfouit son visage un long moment dans la fourrure rêche avant de repousser doucement la chienne. Celle-ci fit un petit tour des lieux, s'en alla renifler les deux autres occupantes, et revint vers Tessa, lui sautant derechef à la figure pour lui lécher les joues avec extase.

Tessa réussit à la calmer un peu, et regarda la femme qui s'avançait, un gros sac de croquettes pour chien dans les bras.

— Bonnie ! Comment diable m'as-tu trouvée ?

— Mack m'a donné ton adresse.

Bonnie Hitchcock était une petite femme athlétique arborant une coiffure « tête de loup », très courte, artistiquement ébouriffée. Elle posa son sac avant de regarder Tessa.

— Il ne t'a pas prévenue que je venais ?

Nancy se leva à son tour et intervint.

— Il n'a pas prévenu Tessa, mais moi, si.

Tessa lança un coup d'œil à sa mère.

— Tu as oublié de me passer le message ?

— Non. J'ai eu peur.

Tessa connaissait Bonnie depuis des années. Son fils, Danny, avait été le meilleur ami de Kayley, en maternelle.

— Alors, il y a un souci ?

Bonnie avait l'air de plus en plus mal à l'aise.

— Je pensais que tu étais au courant. Nous ne pouvons plus garder Biscuit. Danny fait de l'asthme et, en plus, il est allergique aux poils de chien.

Elle lança un regard anxieux à Tessa, et hésita un peu avant de poursuivre :

— Tu sais, ça n'a jamais vraiment collé avec Biscuit. Franchement, tu lui manques… On était tout le temps obligés de l'avoir à l'œil parce qu'elle cherchait à s'enfuir. Elle ne sera jamais vraiment à nous. Jamais complètement.

Tessa sentit sa gorge se serrer.

— Mais pourquoi ne m'as-tu rien dit ?

— Tu avais suffisamment à faire sans ce problème. Mack pensait que tu accepterais peut-être de la garder jusqu'à la fin de l'été, le temps que je lui trouve une autre famille.

Tessa calma de nouveau Biscuit qui frétillait et sautillait, toute à son excitation d'avoir retrouvé sa maîtresse. La chienne finit par se coucher à ses pieds, et frotta le museau contre ses genoux.

— Ne t'inquiète pas, dit Tessa à son amie d'une voix rassurante. Nous allons nous en occuper.

— Je suis désolée. C'est une chienne adorable, vraiment. Mais elle n'est attachée qu'à une seule famille. *Sa* famille. Cette bête est particulièrement fidèle.

— C'était la chienne de Kayley.

Bonnie se redressa et déclara fermement :

— Non, elle était à vous tous. Tiens, regarde-la, si tu as encore des doutes.

Bonnie semblait vouloir ajouter quelque chose, mais elle se ravisa et, avec un petit sourire de regret, fit ses adieux à Tessa et serra la main des deux autres femmes avant de regagner son minibus.

— Ça c'est le bouquet ! s'exclama Helen. Ce vieux chien galeux est de retour.

Puis elle se leva et, clopin-clopant, alla gratter les oreilles tombantes du « chien galeux ».

L'après-midi même, Biscuit régnait en maître sur la ferme. Elle s'était choisi un coin à l'ombre sous la véranda et piquait un petit somme, ignorant qu'elle était le sujet de conversation entre Tessa et sa grand-mère.

Nancy était allée faire des courses au Wal-Mart avec

Cissy, comme elles l'avaient toutes deux projeté pendant la soirée musicale chez les Claiborne. Nancy avait aussi pour mission d'acheter tout ce qui serait nécessaire au bien-être et à la sécurité de Biscuit.

— Cette chienne, elle est comme le boomerang que se lancent les Australiens, fit remarquer Helen.

— Je me demande ce que je vais faire d'elle, dit Tessa en soupirant.

— Pas compliqué. Tu la gardes. Ce n'est plus un chiot : elle peut rester seule à la maison durant la journée, t'accompagner, le matin, quand tu fais ta course à pied, et te tenir compagnie les soirs où Mack travaille tard. Tu te plaignais, justement, de la solitude !

Chaque fois que Tessa regardait la chienne, son cœur fondait.

— Je l'avais donnée à Bonnie parce que je m'imaginais qu'elle aimait surtout les enfants. Comme elle avait été la compagne de Kayley…

— Moi, je crois que tu l'as refilée à ces gens parce que sa présence te faisait de la peine.

— Toi, tu vas toujours droit au but, hein ? Pas question de tourner autour du pot !

— Tu me connais !

— Cela dit, tu as raison, reprit Tessa. La présence de Biscuit était un crève-cœur pour moi.

Elle s'étonna elle-même d'avoir pu le reconnaître aussi aisément.

— Cette bête semble parfaitement heureuse avec toi. Je n'aime pas les chiens, tu le sais, mais tant qu'à en avoir un, celui-ci n'est pas plus mal qu'un autre.

Tessa repensa à Mack et à ce qu'elle lui avait dit.

— Je m'aperçois que, depuis des années, je n'agis qu'en fonction de la mort de Kayley.

Levant les yeux, elle croisa le regard compréhensif de sa grand-mère.

— Tu peux comprendre ça mieux que personne, n'est-ce pas, Gran ?

— Il y a quelque temps, tu m'as demandé quel enseignement j'avais tiré de la mort de Fate et de la perte soudaine de ma famille. Et je t'ai dit que tu n'étais pas prête à entendre la réponse.

— Oui, je me souviens.

— Voici ce que j'ai appris, Tessa : il y a une chose pire que la mort ou la perte de ceux qu'on a aimés, c'est de gâcher la vie que le Seigneur nous a donnée.

Tessa se sentit profondément ébranlée par cette déclaration.

— Et c'est ce que je fais ? demanda-t-elle à Helen.

— Tu es la seule à le savoir. Pour ma part, je peux te dire que j'ai gâché une bonne partie de ma vie, et je donnerais cher pour revenir en arrière. Ta propre mère en a payé le prix. A présent, le temps qu'il me reste se compte en jours, et non plus en années, et je dois répondre de toutes ces erreurs que j'ai commises.

Tessa posa sa main sur celle de sa grand-mère, comme pour lui dire qu'elle mesurait pleinement ce que cet aveu lui coûtait.

Nancy rentra enchantée de sa virée dans les magasins avec Cissy. Elles avaient repéré les meilleurs magasins de layette, et Nancy en avait discrètement établi la liste, bien décidée à organiser une fête en l'honneur de la future maman. Puis elles s'étaient arrêtées à l'église pour s'assurer que le personnel auxiliaire acceptait de travailler bénévolement à la mise en place de l'exposition.

A présent, Cissy faisait partie de la conspiration, et elle avait été chaleureusement acceptée dans l'équipe paroissiale.

Nancy grimpa les marches du porche avec l'intention

d'étrenner immédiatement le collier rouge et la laisse rétractable qu'elle avait achetés pour Biscuit.

Mais la chienne était introuvable.

Elle partit à sa recherche, et trouva sa mère dans sa chambre. Mais aucune trace de Tessa et de la chienne.

— Elles sont allées au ruisseau chercher des mûres pour faire une tarte, expliqua Helen. Mais je t'en prie, ne les appelle pas à cor et à cri : elles ont besoin d'un peu de tranquillité pour se réhabituer l'une à l'autre.

Nancy se laissa tomber sur le lit.

— J'aurais sans doute mieux fait d'annoncer à Tessa la visite de Bonnie, mais j'ai été prise de court. Je craignais qu'elle ne refuse.

— Ne pas savoir que faire ni que dire, c'est vraiment une malédiction de la famille !

— Et toi, qu'est-ce que tu fabriques ?

— Je trie des vieux trucs à moi, répondit Helen en serrant contre elle ce qui ressemblait à des éléments de patchwork.

— Qu'est-ce que c'est ?

— Oh, de vieux blocs que j'ai assemblés il y a déjà longtemps.

Nancy comprit immédiatement qu'il se passait quelque chose.

Helen avait l'air… vulnérable, si tant est qu'un tel qualificatif pût s'appliquer à la vieille dame.

Nancy se demanda s'il s'agissait d'éléments du spectaculaire Album du Shenandoah, le quilt qu'elle comptait mettre en vedette au centre de l'exposition.

— Je peux voir ? demanda-t-elle en tendant la main.

Helen eut l'air déchiré.

— C'est que… je ne comptais les montrer à personne.

— M'man ! Des blocs coquins ? Des dames et des messieurs à poil ?

— Nancy, pour qui tu me prends ? bredouilla Helen en rougissant de façon touchante.

Nancy fronça comiquement les sourcils.

— Ma-man…

Helen capitula et lui passa à contrecœur la brassée de tissus.

Le sourire de Nancy disparut lorsqu'elle vit de quoi il retournait.

— Oh, maman…

Elle étala les morceaux sur le lit, près d'elle. Le motif, partout répété, était celui de Sunbonnet Sue, la petite fille à la capeline, un bloc traditionnel montrant une fillette en robe de l'ancien temps, avec son tablier, son petit panier au bras et son grand chapeau de paille à bord souple et à rubans qui lui couvre le visage.

Le motif avait été réinterprété et décliné en une série de ravissantes scènes : Sunbonnet Sue et son cerf-volant, Sunbonnet Sue en tutu blanc, Sunbonnet Sue en train de lire au pied d'un arbre, de nourrir des poules de toutes les couleurs, de pêcher dans l'étang.

Sunbonnet Sue jouant avec un chien de berger.

Toute la vie de Kayley en images.

Nancy ne s'était pas rendu compte qu'elle pleurait jusqu'à ce qu'une larme, roulant le long de son menton, s'écrasât sur son poignet.

— Oh, mon Dieu…

— C'était une surprise que je lui avais préparée pour Noël. Pour décorer sa chambre. J'étais en train de terminer le dernier bloc, celui avec le chien, quand tu m'as téléphoné pour m'annoncer qu'elle…

Nancy chassa ses larmes d'un revers de main.

— Et tu les as mis de côté.

— Comment aurais-je pu finir le quilt ? Tessa aurait été encore plus triste de voir ça.

— Comme avec les Anneaux de mariage…

— Elle n'était qu'un petit être innocent qui n'avait jamais fait de mal à personne.

La voix d'Helen se brisa.

Nancy se leva, puis vint vers sa mère et lui entoura les épaules. Elle sentit qu'Helen pleurait.

— Moi aussi, elle me manque beaucoup.

Elle tenta de refouler ses propres larmes. En vain.

Helen la prit dans ses bras. Et elles restèrent enlacées un long moment.

— Tu devrais le terminer, murmura finalement Nancy.

— Non, je ne pourrai jamais. Et il vaut mieux qu'il reste comme ça, que personne ne le voie.

Nancy avait une opinion différente.

— Si tu me donnais les blocs, alors ?

— Pourquoi ?

— Je ne sais pas. Mais j'aimerais les garder. Pour le plaisir de les regarder de temps en temps.

Helen hésita longuement, puis finit par acquiescer d'un hochement de tête.

— Prends-les.

Nancy s'écarta légèrement pour regarder le visage de sa mère. Du bout de l'index, elle suivit la trace d'une larme sur sa joue.

— Allons voir ce que nous pouvons préparer pour dîner.

— Si Tessa a trouvé des mûres, nous ferons une tourte.

— Voilà un dîner tout trouvé, non ? Avec une tisane de camomille du jardin.

28

Tessa observait la légère bruine qui tombait. Oh ! rien d'extraordinaire : à peine de quoi humidifier l'atmosphère ! Néanmoins, il lui sembla que c'était bon signe. Les nuages n'avaient pas complètement oublié à quoi ils servaient. Ils étaient juste un peu rouillés.

Elle entendit des pas derrière elle. Elle n'avait pas besoin de se retourner pour reconnaître le flip-flop des tongs de sa mère sur le plancher de la véranda.

Nancy la rejoignit au bord des marches, là où la pluie pouvait déposer de fines gouttelettes sur ses joues.

— Tu es debout encore plus tôt que d'habitude, ma chérie ! Le sol est trop mouillé pour courir ?

Tessa lui sourit.

— Tu sais quel jour on est ? Et où je devrais me trouver, ce matin ?

— Euh… on est lundi. Le jour de la rentrée des classes, c'est ça ?

— J'ai décidé de m'offrir un congé sabbatique de six mois. J'ai téléphoné au principal de l'école, il y a quinze jours. Il a accepté d'intervenir en ma faveur, et il m'a même trouvé une remplaçante. Une femme que je connais. Elle est bien. Les élèves ne perdront pas au change. Si elle n'avait pas été là, j'aurais dû reprendre les cours aujourd'hui, à plein temps.

— Tu sais, je pourrais très bien finir ce qu'il reste à faire. Personne ne te demande de…

— Ce n’est pas ça.

— Alors, quoi ?

Le regard de Tessa se perdit au loin. Des vapeurs montaient de la terre desséchée à la rencontre des gouttes d’eau venues des nuages. Les érables baignaient dans une brume évanescente.

Il fallait une bonne dose de foi, songea-t-elle, pour imaginer que le soleil se levait quelque part, derrière toute cette grisaille et ce crachin.

— J’ai perdu le feu sacré, dit-elle après un long silence.

— Tu aurais dû prendre davantage de temps, après l’accident. Tu en avais vraiment besoin.

Tessa ne pouvait le nier. Elle avait repris le travail seulement trois semaines après le drame. Elle avait accepté les condoléances de ses collègues, les dents serrées, d’un hochement de tête glacial. Elle avait entassé dans un tiroir de son bureau tous les mots de sympathie, sans même les lire, sans les ouvrir. Elle s’était blindée contre la tendresse et la gentillesse ; elle s’était fermée à ses élèves, à leurs sentiments et à leurs problèmes, parce que ça faisait trop mal.

Elle fit une tentative pour expliquer sa décision à sa mère.

— J’ai dit au directeur qu’il me fallait du temps pour réfléchir et que, après cette coupure indispensable, soit je redeviendrais le professeur dont les élèves avaient besoin, soit je donnerais ma démission.

— Que vas-tu faire ? D’ici une semaine ou deux, nous ne serons plus utiles, ici.

— Gran aura toujours besoin de nous.

— Bien sûr. Mais pas de notre présence constante. Nous viendrons la voir, à tour de rôle, et elle recevra la visite des voisins et des dames de sa paroisse.

— Elle va continuer à vivre ici ?

— C’est ce qu’elle souhaite. Je préfère lui faire confiance et penser que c’est la meilleure solution pour elle.

— Nous pourrions nous arranger pour ne jamais la

laisser seule trop longtemps, et engager quelqu'un qui viendrait faire un brin de cuisine et de ménage.

— Tu n'as pas répondu à ma question, dit Nancy. Qu'est-ce que *tu* vas faire ?

— Aucune idée, répondit Tessa en croisant les mains devant elle et en s'étirant, bras tendus vers le ciel. Je ne sais ni ce que je vais faire ni ce que Mack va faire. Je ne lui ai pas encore dit que je prenais ces six mois. La seule chose dont je sois certaine, c'est que je ne reprendrai pas les cours avant d'en être *vraiment* capable.

— Je connais une jeune femme qui pense que tu es le meilleur professeur du monde.

Le compliment n'était pas mérité, mais Tessa sourit quand même.

— Je sais. D'ailleurs, nous avons rendez-vous, ce matin, Cissy et moi. Je lui ai demandé d'écrire son histoire, et elle doit me la lire.

— Prépare les Kleenex.

Tessa regarda sa mère.

— Il faut bien qu'elle en parle à quelqu'un.

Nancy enlaça tendrement les épaules de sa fille.

— Je ne sais pas si tu as besoin d'un semestre de réflexion ou pas. Mais je prédis que tu seras de retour sur l'estrade du maître avant que ta grand-mère n'ait le temps de dévaliser la salle d'attente de son médecin pour redémarrer sa collection de vieux magazines.

Cissy avait pris des rondeurs de bouddha sans adopter le sourire de sérénité qui va normalement avec.

Depuis l'instant où elle avait surgi de la bruine sous un improbable parapluie vert aux baleines tordues jusqu'au moment où elle s'était retrouvée assise sur le canapé du salon avec un verre de thé glacé et une assiette de biscuits maison à la cassonade, elle avait arboré un air soucieux.

— La route est glissante, c'est une horreur, dit-elle à

Tessa. L'eau ne rentre pas dans la terre : elle ruisselle en surface. J'aurais mieux fait de sortir la camionnette. J'ai cru que ce serait amusant de marcher sous la pluie. Eh bien, ça ne l'était pas du tout.

— Je vous ramènerai en voiture, après notre leçon. Ce n'est pas le moment de glisser et de vous étaler dans cette boue, n'est-ce pas ?

— Merci. Vous savez, j'ai bien avancé mon patchwork. Dès que j'aurai fini d'assembler les blocs, votre grand-mère me montrera comment passer au matelassage.

Tessa se demanda si elle en aurait encore le temps. Cissy semblait sur le point d'accoucher, bien que la naissance ne fût prévue que pour la fin octobre.

— Bonne nouvelle, Cissy. Et je suis contente que vous soyez venue, malgré la pluie.

Tessa lui sourit chaleureusement. Après des débuts difficiles, où elle rechignait à se mêler de la vie de Cissy, elle se réjouissait, maintenant, du temps qu'elles passaient ensemble.

— J'ai fait comme vous m'aviez dit. J'ai tout marqué. Ma vie au complet !

Un bref instant, une lueur espiègle apparut dans l'œil de Cissy.

— Mais ne vous attendez pas à un roman-fleuve, hein ?

— C'est toujours mieux de ne pas en faire des tonnes.

Cissy se rembrunit aussitôt.

— Ça n'a rien de réjouissant, vous savez. Et j'ai eu du mal à en faire quelque chose que l'on puisse avoir envie de lire.

— Je me doutais que ce serait difficile, dit Tessa en se penchant vers elle. A l'image de ce que vous avez vécu, j'imagine…

Cissy répondit par un haussement d'épaules, comme si les mots lui manquaient pour décrire sa situation.

— Puis-je le lire ? Ou est-ce trop personnel ? demanda

prudemment Tessa. Vous préférez peut-être garder ça pour vous ?

Cissy, visiblement, pesait le pour et le contre. Finalement, elle sortit de son sac en plastique quelques pages aux bords auréolés d'humidité, qu'elle tendit à Tessa.

Elle s'éclaircit la gorge.

— Ce ne sera pas trop long à lire, assura-t-elle.

Tessa s'installa confortablement sur sa chaise, tandis que Cissy, incapable de rester en place, quittait le canapé pour faire les cents pas. De temps à autre, elle caressait son énorme ventre, dans un geste réconfortant pour le bébé.

Comme Tessa s'y était attendue, le récit était affligeant. Dans sa banalité même. Cissy y décrivait, sans fioritures, une jeune mère qui avait eu deux enfants sans les vouloir, un père, invisible la plupart du temps, et sans jamais un sou vaillant en poche. Une merveilleuse grand-mère qui l'avait prise sous son aile, mais n'avait pas pu se charger de son frère. Les larmes qu'elles avaient versées toutes les deux, le jour où le petit garçon avait été placé dans une famille d'accueil. Comment Cissy avait appris, ensuite, que son frère avait été adopté par des étrangers. Elle ne l'avait plus jamais revu. Il y avait eu la mort de sa grand-mère bien aimée, puis l'emménagement dans un minuscule appartement, aux côtés d'une mère psychologiquement instable et d'un beau-père alcoolique.

Puis l'apparition de Zeke qui avait bouleversé son univers de solitude et de tristesse. Zeke qui lui avait tendu la main, qui lui avait dit qu'elle était belle, qui lui avait offert des fleurs et des animaux en peluche. Zeke qui lui avait ravi son cœur. Et sa virginité.

Tessa marqua une pause avant d'attaquer la dernière page.

D'après ce qu'elle venait de lire, Cissy paraissait certaine d'avoir rencontré son prince charmant, son héros, son sauveur. Tessa espérait de tout son cœur que la jeune femme ne se trompait pas. Zeke avait fini par lui devenir sympathique, certes, mais ils étaient tous les deux si jeunes.

Terriblement jeunes. Avec un bébé qui pointerait bientôt le bout de son nez, et pas de mariage en vue…

Elle tourna la page et se plongea dans les derniers paragraphes. Pendant un moment, elle eut du mal à en comprendre la signification.

Tout le début du récit avait été rédigé dans une prose soigneuse, d'une écriture appliquée, facile à déchiffrer. Cette page faisait exception : elle était griffonnée à la diable, comme sous le coup d'une impulsion subite. Les mots étaient bourrés de fautes d'orthographe ; certains étaient raturés, presque indéchiffrables. Aucune ponctuation ne venait interrompre cette brûlante confession jetée sur le papier comme une bouteille à la mer.

Et le contenu fit à Tessa l'effet d'une bombe.

— Oh ! Cissy, je ne sais pas quoi dire !

— Moi non plus, dit la jeune femme, le dos tourné, la tête rentrée dans les épaules. C'est pour ça que j'en ai jamais parlé à personne.

— Qui est ce Lucas ?

— Un ami de Zeke. Enfin… c'est ce que Zeke croyait. Ils étaient au lycée ensemble.

— Comment est-ce arrivé ? A moins que tu préfères ne pas m'en parler, je comprendrais, lui dit Tessa en la tutoyant dans son trouble.

— Zeke et moi, on était ensemble depuis six mois à peu près. On était heureux. C'était la première fois que je retrouvais un peu de joie depuis la mort de ma grand-mère. J'avais tout le temps envie d'être près de lui. Je me sentais si bien dans ses bras, comme quelqu'un de vraiment… spécial. On faisait toujours très attention quand on… vous savez ? On pensait tous les deux que ça n'était pas le moment de faire un bébé.

Cissy fit face à Tessa.

— Il y avait une fête, ce soir-là, et Lucas y était. Zeke a été appelé au téléphone : sa mère venait d'être transportée aux urgences. Elle avait été piquée par une araignée et elle avait enflé de manière alarmante. Zeke voulait que je vienne avec lui à l'hôpital, mais j'hésitais : je ne savais pas comment ses parents prendraient ma présence. Ils me connaissaient à peine, et j'avais peur de déranger.

Cette peur de déranger, de se sentir « en trop », Cissy avait dû l'éprouver tout au long de sa courte existence, songea Tessa.

— Et alors, tu es restée à cette soirée ?

— Lucas a dit qu'il me ramènerait chez moi, une fois la fête terminée. Et Zeke était tellement embêté qu'il a été d'accord. Seulement, au moment de partir, Lucas avait beaucoup bu, et j'ai proposé de conduire, de le déposer chez lui et de garder sa voiture jusqu'au lendemain. Mais, une fois arrivé devant sa maison, Lucas a dit qu'il avait besoin d'aide pour rentrer, et…

Soudain, Tessa regretta d'avoir provoqué tout cela en demandant à Cissy d'écrire l'histoire de sa vie. Puis elle croisa le regard de la jeune femme, et vit combien il était important pour elle d'en parler.

— Et il t'a violée, dit-elle pour lui éviter de prononcer le mot la première.

— J'ai essayé de lui échapper, mais j'ai pas pu ! Il fait plus d'un mètre quatre-vingts et il est costaud. Il était tellement soûl qu'il ne devait même pas savoir ce qu'il faisait.

— Oh, je suis certaine que si.

Cissy évita son regard.

— Je l'ai griffé très fort. C'est tout ce que j'ai pu faire. Après, il s'est excusé, et il m'a demandé de ne pas le dire à Zeke.

— Tu n'as pas obéi ?

Cissy hocha la tête, l'air misérable.

— Si. J'avais peur que Zeke ne veuille plus de moi s'il apprenait la vérité.

— Et la police ? Tu y as pensé ?

Cette fois, Cissy secoua vigoureusement la tête. Elle semblait horrifiée.

— Comment j'aurais prouvé que je n'étais pas d'accord ? Lucas m'avait dit que si je portais plainte, il jurerait que j'étais consentante. Et pourquoi est-ce qu'on m'aurait crue ? Je ne suis rien, je ne connais personne.

Tessa regrettait qu'elle n'eût pas déclaré le viol, tout en comprenant pourquoi elle avait gardé le secret au fond de son cœur pendant ces longs mois. Un secret qui avait fait, lui aussi, bien des ravages.

— Et le bébé ?

— Je n'arrête pas d'y penser. S'il naît à la date prévue par le médecin, c'est bien l'enfant de Zeke, mais s'il naît plus tard…

— Tu en as parlé à ce médecin ?

— Non, je lui ai seulement demandé… vous savez, quand l'enfant avait été *conçu*.

Le mot semblait incongru dans sa bouche. Un mot d'adulte pour une petite fille qui essayait de remettre d'aplomb son univers après une épreuve abominable.

— Et sa réponse ?

— C'était avant Lucas. Deux semaines. Peut-être trois.

Tessa lui prit la main.

— C'est à cause de cette histoire que tu ne veux pas épouser Zeke ?

— Lui, il veut m'épouser depuis le début. Il ne demande que ça.

— Et toi ?

Elle parla si bas que Tessa dut tendre l'oreille.

— Et si ce n'est pas son enfant ? Si le docteur fait une erreur ?

— Tu as fait une échographie, récemment ?

Cissy fit signe que oui.

— On peut repérer la date très précisément, Cissy. Surtout en fin de grossesse. Et si le gynécologue dit que…

— Mais s'il se *trompe* ?

Tessa fit asseoir la jeune femme près d'elle.

— Et si tu disais la vérité à Zeke ?

Cissy ne protesta pas. Elle se contenta de secouer la tête avec une expression pitoyable.

— J'sais pas.

— Mais tu y as pensé ?

— Pas au début. Il aurait pu croire que j'avais provoqué Lucas pour… pour, vous savez…

— Lui as-tu jamais donné la moindre raison de croire une telle chose ?

— Non !

— Et maintenant, qu'est-ce que tu en penses ?

Cissy croisa les mains sur son ventre.

— J'ai le choix entre trois solutions. Je peux lui dire et voir comment il réagit. Je peux l'épouser et lui mentir toute ma vie. Ou je peux m'en aller juste avant la naissance du bébé.

Visiblement, elle avait fait le tour de la question. Tessa la poussa un peu dans ses retranchements.

— La solution numéro deux ne me semble pas si mauvaise.

— C'est ce que j'essaye de faire. Mais ça me met mal à l'aise.

— Je comprends. Et la solution numéro trois signifierait que tu ne lui fais pas confiance et que tu ne le laisses pas décider par lui-même.

— Il faudrait que je lui dise, se lamenta Cissy en se plongeant dans la contemplation de ses ongles. Mais je n'ai pas le courage, toute seule.

Tessa ne s'était pas trompée. Depuis le début, elle pressentait que, tôt ou tard, cette fille exigerait d'elle ce qu'elle n'était pas prête à donner. D'ailleurs, la première fois qu'elles s'étaient vues, elle avait senti toutes ses défenses se mettre en place. Immédiatement.

Et voici qu'elle se retrouvait au pied du mur. Piégée. Coincée.

— Je veux bien t'accompagner, dit-elle en escamotant l'ombre d'un soupir. Si tu penses que ça peut t'aider.

Cissy la remercia d'un bref hochement de tête.

— Et s'il me jette ?

Tessa la rassura d'une pression de main.

— Eh bien, tu reviendras ici, et nous trouverons bien une solution. Ne t'en fais pas : personne dans cette maison n'acceptera qu'il t'arrive du mal. Ni à toi ni au bébé.

— Je n'ai rien fait pour mériter qu'on m'aide comme ça, vous savez ?

— Tu n'as rien à faire. Ce n'est pas une question de mérite. Surtout pas. On a de l'amitié pour toi, et on ne te laissera pas tomber. C'est aussi simple que ça.

Des larmes perlèrent à la pointe des cils de la jeune femme.

— Alors, j'ai vraiment de la chance, dit-elle.

Zeke avait installé dans un coin de la grange un petit atelier où il réparait ses instruments à cordes.

Il fut tellement heureux de voir Cissy en compagnie de Tessa qu'il proposa immédiatement à la jeune femme de lui faire faire le tour du propriétaire. Tessa déclina son offre, ne voulant pas retarder le moment de vérité plus longtemps. Cissy était prête à lui révéler l'épisode Lucas, mieux valait ne pas émousser ses bonnes résolutions.

— Y a-t-il un endroit où nous pourrions parler tranquillement ? demanda-t-elle.

Zeke, un peu surpris, les entraîna vers un banc sous les saules, au bord de l'étang. La pluie avait cessé, et il essuya le bois noueux avec son bandana. Mais les deux femmes préférèrent rester debout.

— Cissy, ça ne va pas ? demanda-t-il, soudain inquiet, en remarquant les yeux rouges de sa compagne.

Elle avait les mains crispées sur son ventre.

— Zeke, j'ai quelque chose à te dire, et il faut que je le fasse vite. Alors, laisse-moi parler, s'il te plaît.

Il ne répondit pas, mais lui effleura la main pour lui donner le courage dont elle semblait avoir besoin.

Tessa fut impressionnée. Une fois de plus, elle remarqua la sensibilité et la maturité dont le jeune homme faisait preuve.

— Tu sais, l'hiver dernier, quand tu es allé voir ta mère aux urgences et que tu m'as laissée à cette fête ? Ce soir-là, j'ai raccompagné Lucas chez lui parce qu'il avait beaucoup bu. Il a insisté pour que j'entre chez lui et il… il…

Elle se tordit les mains et se mit à pleurer.

Zeke avait pâli.

— Qu'est-ce qu'il a fait ?

Cissy sanglotait trop fort pour pouvoir répondre.

— Il a abusé d'elle, dit Tessa. Et elle a été trop choquée pour vous le dire.

— Je… je me suis battue. Je l'ai griffé jusqu'au sang, mais rien ne l'arrêtait. Il…

Zeke la prit dans ses bras et la serra contre lui.

— Cissy… Pourquoi tu ne m'as rien dit ?

— Je… je ne pouvais pas.

Il pleurait à son tour, et ses larmes roulaient sur les cheveux de la jeune femme qu'il enlaçait.

— Je m'en doutais… je me doutais qu'il était arrivé quelque chose. Mais tu ne voulais rien me confier. Combien de fois j'ai essayé de te faire parler…

— J'avais trop la frousse.

— C'est lui qui ferait bien d'avoir la frousse !

— Il est parti. Juste après. Il a dû penser que je te le dirais, j'imagine, et il a préféré… ne pas traîner dans les parages.

— Et moi qui me demandais pourquoi il avait disparu sans un mot ! Et sans laisser d'adresse. Mais je vais le retrouver !

— Non ! dit Cissy en s'écartant. Non. Lucas a fait assez de mal comme ça, Zeke ! Si tu le blesses ou si tu le tues, tu auras affaire à la justice. Oh ! Zeke, j'avais tellement peur de te parler, et encore plus peur de… de t'épouser.

Il sembla recevoir le coup de plein fouet.

— Le bébé ?

Effondrée, elle hocha lentement la tête.

— Le docteur dit que toi et moi, nous avons fait cet enfant avant, avant… Lucas. Mais s'il se trompe, Zeke ? Si ce bébé n'est pas de toi ? Tu comprends, maintenant, pourquoi je refusais de me marier ?

Il avait l'air abasourdi. De sa main, il effleura tendrement le ventre de Cissy.

Elle pleurait toujours, mais à petits sanglots rentrés.

Il leva les yeux sur elle.

— C'est mon enfant.

— Et s'il ne l'est pas ?

— Je te dis que c'est le *mien*. Je ne laisserai aucun homme le réclamer. Je suis celui qui t'aime, qui veille sur toi, qui te prend dans ses bras, la nuit, quand tu as des cauchemars. C'est moi qui t'apporte des biscuits salés et du Coca quand tu as trop mal au cœur pour te lever. Tout ça, ça fait de lui *mon* enfant.

Visiblement, Cissy voulait continuer à discuter. Tessa sentit que c'était le moment d'intervenir.

— Zeke, Cissy vient de faire une échographie. De nos jours, on peut déterminer la date de conception avec précision. Et les médecins ont clairement dit que le bébé avait été conçu avant… cette soirée.

— Ça n'a aucune importance. Vous n'avez pas l'air de me comprendre. Ni l'une ni l'autre. Ecoutez-moi une fois pour toutes : c'est mon enfant, un point, c'est tout. Quand j'emmène Cissy chez le médecin, c'est moi qui entends son petit cœur battre. C'est moi qui sens son petit corps bouger dans le ventre de sa maman.

— Tu n'as pas eu le temps de penser à tout ça, Zeke !

— Tu crois ? J'ai tellement tourné et retourné dans ma tête les raisons pour lesquelles tu refusais de te marier…

il y a un mois environ, j'ai fini par me demander si j'étais le père de cet enfant. Bien sûr, je n'ai pas soupçonné une minute que tu avais pu être… non, je me suis dit qu'il y avait peut-être eu quelqu'un d'autre, et que tu craignais de m'en parler. Je me doutais que ça devait être un truc énorme, dans ce style, parce que je te connais, Cissy : je sais que tu m'aimes.

Les yeux de la jeune femme s'embuèrent de nouveau.

— C'est vrai, Zeke, je t'aime.

— Alors, je me suis demandé si ça avait tant d'importance. J'y ai réfléchi. Donc, tu vois, j'ai eu le temps d'y penser. Et je suis arrivé à cette conclusion que ce n'était pas une nuit qui faisait un père. C'est bien davantage.

Tessa vit Cissy tomber dans les bras de Zeke. Le jeune homme posa amoureusement sa joue encore humide sur les blonds cheveux de sa compagne.

Il était temps de s'éclipser, de les laisser savourer ces instants d'intimité. Mais, avant, elle s'imprégna du spectacle de leur bonheur.

Des enfants. Trop jeunes pour devenir parents. Trop pauvres pour vivre décemment. Et pourtant, ils étaient armés pour traverser toutes les difficultés. Ils étaient habités par le désir de se dire la vérité, d'être fidèles, de s'aimer en dépit des obstacles les plus insurmontables.

Deux jeunes gens prêts à s'engager pour le meilleur et pour le pire.

D'entrée de jeu, elle avait jugé que Cissy et Zeke n'étaient pas mûrs pour être parents, qu'un couple plus mature, plus installé dans la vie, avec davantage d'expérience, devrait adopter leur enfant.

Des gens comme Mack et elle, par exemple.

A présent, en les regardant, la vérité lui sauta aux yeux : l'essentiel, dans le mariage, comme dans la paternité, c'était ce saut, ce saut plein d'espoir dans l'inconnu que deux êtres acceptaient de faire.

Librement, joyeusement… et sans aucune garantie.

— Je vous laisse, tous les deux, balbutia-t-elle, la gorge serrée, les yeux mouillés. Ce bébé a bien de la chance.

Elle tourna les talons, retraversa la prairie en direction des bâtiments de la ferme, et rejoignit sa voiture.

29

Tessa regardait sa mère enfiler des sandales en cuir fin à talons. Le soleil se levait à peine au-dessus de l'horizon, ce samedi matin, mais Nancy, armée de pied en cap, semblait prête à affronter sa journée. Comme Tessa continuait son inspection, sa mère se leva et lissa sa jupe de jersey.

— Je ne peux décemment pas renvoyer le comité d'exposition sans leur offrir un solide brunch en ville, après tout le travail qu'ils ont fait pour maman. Je regrette que tu ne puisses pas venir.

— J'aurais bien aimé, mais c'est impossible, tu sais bien pourquoi.

— Han-han.

Tessa se justifia tout de même.

— J'attends papa d'une minute à l'autre. Nous avons prévu une balade ornithologique dans les collines. Il va se plaindre de ton absence. Une fois de plus.

— Que veux-tu ? Je mène ma vie, moi aussi, dit Nancy avec un mouvement d'épaule désinvolte.

— Tu n'as pas l'impression que c'est un peu manipulateur de ta part, m'man ?

Nancy réfléchit un instant.

— Nous sommes samedi, Tessa. Certaines de ces femmes travaillent. Je ne vois pas d'autre moment que le samedi matin pour leur manifester ma gratitude.

— Et… ça n'a rien à voir avec la visite de papa ?

— Franchement, on ne perd pas grand-chose : pour se voir cinq minutes, en coup de vent, avant votre départ… je ne vais pas bouleverser mon emploi du temps pour ça.

— Chaque fois, il propose de t'emmener déjeuner, après la promenade, mais, quand nous rentrons, tu n'es jamais là.

— Eh bien, pour une fois, mon excuse est tout à fait valable. Nous sommes à une semaine de l'expo. Et si jamais ta grand-mère a vent de quelque chose, d'ici là, nous serons trop occupées à la calmer pour penser aux détails qui restent à régler.

De fait, Tessa était étonnée qu'Helen n'eût pas encore appris qu'elle allait devenir une star. Son isolement relatif avait rendu la chose possible, mais, tôt ou tard, elle découvrirait le pot aux roses, et les deux femmes se préparaient à affronter une crise majeure — force 10 au moins sur l'échelle de Richter des tornades heleniennes !

— Qu'est-ce que je dois dire à papa ?

— La vérité. Que je me suis fait des amies, ici, et que je sors avec elles.

— Tu ne lui as pas parlé de l'exposition ?

— Je n'ai pas fait de cachotteries. Simplement, nous ne nous sommes pas vus en tête à tête depuis que le projet a été lancé. Et, de toute façon, ça ne l'intéresserait pas. Par acquit de conscience, je lui laisserai un message sur son répondeur, au cas où il voudrait manifester son soutien à sa belle-mère, mais je le connais : il trouvera une excuse pour ne pas venir.

— Je ne trouve pas ça sympa.

— A-t-il jamais montré le moindre intérêt pour les quilts anciens ?

— Non, mais il a toujours eu beaucoup d'amitié pour Gran.

— Eh bien, si ça te fait plaisir, tu n'as qu'à lui en parler. Il sera le bienvenu s'il a le courage de faire l'aller et retour, le week-end prochain. Mais je te parie qu'il se contentera d'envoyer des fleurs.

— C'est toujours toi qui envoies les fleurs, non ? Je ne sais même pas s'il saurait téléphoner au fleuriste !

— On dit que les vieilles habitudes ont la vie dure. Voyons un peu si notre homme peut nous surprendre.

Sur ce, elle agita le bras et se dirigea vers la porte d'un pas conquérant.

Sans mettre en doute le programme annoncé par sa mère, Tessa se demandait tout de même quel restaurant serait ouvert à une heure aussi matinale. Mais, pour éviter de se retrouver nez à nez avec Billy, Nancy semblait capable de faire des miracles…

— Bon, je ne vais pas démêler ces mystères de bon matin : je ferais mieux d'aller me préparer, se dit-elle à mi-voix.

Quand elle sortit de la salle de douche, elle trouva son père dans le salon. Il s'était servi une tasse de café, et il la dégustait en parcourant la première édition du *Richmond Times-Dispatch*.

Il se leva pour embrasser sa fille.

— Prête ?

— Archiprête. J'ai repéré un endroit, près de la rivière, où il doit y avoir des oiseaux rares.

— Ta mère n'est pas encore levée, j'imagine ?

— Levée, habillée et sortie.

Il plissa les paupières.

— Partie ?

— Oui, oui.

— A cette heure-ci ?

— Elle prend un petit déjeuner avec des amies.

Il consulta sa montre.

— Ou un dîner tardif.

— Non, non, un brunch.

— Il faut que je vienne la veille au soir si je veux avoir une chance de l'attraper au vol !

— Oui, tu devrais.

Il se montra très silencieux, tandis qu'ils déambulaient dans les collines, jumelles à portée de main, marchant sans bruit et s'arrêtant pour écouter attentivement des chants d'oiseaux que troublaient parfois de brusques battements d'ailes.

Ils inspectèrent les nichoirs de merles bleu azuré, fixés aux piquets métalliques d'une clôture en fil de fer. Ils espéraient nettoyer les vieux nids, à présent inutiles — les dernières couvées s'étant déjà toutes envolées, à cette époque de l'année. Déception ! Il n'y avait pas trace d'activité, le long du sentier.

— La plupart de ces nichoirs sont en train de pourrir, fit remarquer Tessa. Nous devrions en offrir des neufs à Gran. Ceux-là doivent dater de Mathusalem. — J'ai aidé ta grand-mère à les mettre en place, un été où nous étions venus lui rendre visite. Je crois que tu vivais encore à la maison, c'est te dire ! Elle disait que son frère installait toujours des nichoirs pour les merles bleus. A cette époque, elle les surveillait au moins une fois par semaine, comme il est d'usage, tu le sais.

— J'étais où, pendant ce temps-là ?

— Tu cherchais plutôt à l'éviter.

Tessa fut navrée de l'apprendre.

— Je me demande de quel frère elle parlait. Tom, sans doute, dit-elle en se remémorant ce qu'elle savait de la personnalité des deux garçons.

Ils poursuivirent leur randonnée, côte à côte. Sur une colline, en surplomb de la rivière, Tessa indiqua à son père un boqueteau de chênes verts en contrebas.

— Voici qui ferait un bon poste d'observation pour surveiller l'activité des oiseaux des marais. On devrait tomber sur des phragmites des joncs, peut-être même des locustelles tachetées ou des fauvettes des roselières.

Billy, bizarrement, ne fit pas mine de bouger.

— Tessa, je ne voudrais pas te mettre sur des charbons ardents, mais j'aimerais savoir ce qui se passe exactement avec ta mère.

— Que veux-tu dire ?

— Ce mystérieux rendez-vous matinal…

Sur le moment, elle ne comprit pas où il voulait en venir. Puis un sourire étira ses lèvres.

— Tu te demandes si c'est avec un homme ?

— Elle n'est jamais là.

— Elle est tout le temps là, papa. Sauf quand tu débarques.

Elle lui laissa le temps de digérer l'information, puis décida, finalement, d'éclairer sa lanterne.

— Ce matin, elle partage un brunch avec des dames de la paroisse de Gran. Le week-end prochain, elles organisent une exposition de quilts. Ça fait des semaines qu'elles y travaillent. Gran ne sait encore rien, c'est pour ça que personne n'a évoqué le sujet, lors de tes visites.

— Vous organisez une exposition en l'honneur de ta grand-mère, et personne ne s'est donné la peine de me mettre au courant ?

Pour une fois, ses sentiments transparaissaient, remarqua Tessa.

— Ecoute, jusqu'à ce matin, je croyais que maman t'en avait parlé. Mais, tout à l'heure, quand nous avons abordé le sujet, elle m'a dit que, à son avis, ça ne t'intéresserait pas. Elle a fini par me promettre de te laisser un message sur ton répondeur, au cas où.

— Trop aimable de sa part !

Tessa haussa un sourcil.

— Aux dernières nouvelles, tu ne venais pas pour elle, mais pour moi ! Et je te rappelle que maman n'est pas en béton armé : elle souffre du manque d'attention, comme tous les êtres sensibles.

— J'ai été très occupé. Entre mon boulot de conseiller financier et les problèmes économiques…

— A d'autres ! Ecoute, maman a profondément changé, cet été. Elle est beaucoup plus attentive aux autres. Elle cherche à nous faire plaisir. Ce retour dans sa maison natale a provoqué en elle une petite révolution. J'imagine qu'elle ne voit pas la nécessité de traîner dans les parages en attendant désespérément que tu t'aperçoives de son existence. Elle n'a pas besoin de ça.

— Elle n'a pas besoin de *moi*, tu veux dire.

Tessa leva les mains. Elle en avait déjà trop dit.

— Qui suis-je pour mettre mon grain de sel dans cette histoire ? Une experte en conseils conjugaux ? Très peu pour moi ! Ce n'est pas mon rôle. Et je ne dirai pas un mot de plus sur le sujet, ni à toi ni à elle. Vos histoires de couple ne regardent que vous. J'ai déjà bien assez à faire avec le mien, qui ne tient plus qu'à un fil ! Alors, si tu veux voir ta femme, essaye l'église. Je crois qu'elles y seront, après le petit déjeuner, pour régler les derniers préparatifs.

Billy la regarda, et elle vit qu'il avait remis ses sentiments sous le boisseau.

— P'pa, lui souffla-t-elle. Ce n'est pas le moment de jeter l'éponge.

— Tu as raison, Tessa. Je n'aurais pas dû te mêler à ça.

Elle mit les poings sur ses hanches.

— Tu veux que je te fasse un plan pour aller à l'église ?

Il s'abîma dans ses réflexions, l'air aussi torturé que pouvait se le permettre un gentleman sudiste parfaitement éduqué.

— Et qu'est-ce que je vais trouver, là-bas ? demanda-t-il enfin.

— Aucune idée. Mais, au moins, tu sauras à quoi t'en tenir.

Il salua son conseil d'un petit signe de tête avant de se mettre en route vers le bosquet de chênes verts.

*
* *

Nancy était enchantée par la tournure que prenait le projet. Elles avaient fait du bon travail avec les bénévoles. Il ne leur restait plus qu'à accrocher les œuvres, le vendredi suivant. Une trentaine de quilts seraient exposés, dont huit qu'Helen avait offerts. Les familles concernées avaient toutes promis d'écrire un petit témoignage sur les circonstances qui leur avaient valu ce don, sur la manière dont le quilt avait accompagné leur vie puis avait été transmis, au fil des années. Nancy avait déjà reçu trois de ces récits, et elle avait été émue aux larmes en les lisant.

Helen était tellement persuadée de ne rien avoir accompli de significatif dans sa vie, alors que sa générosité avait bouleversé tant de gens. Il était temps qu'elle soit confrontée à une image plus gratifiante d'elle-même et qu'elle en tire une fierté légitime.

Cathy, l'une des bénévoles, agent d'assurances à la retraite, vint rejoindre Nancy à l'ombre du chêne majestueux qui flanquait l'église.

— La météo ne prévoit aucune pluie avant une semaine. En admettant qu'elle ne se trompe pas, nous allons pouvoir organiser un accrochage à l'extérieur.

Nancy avait beaucoup de sympathie pour Cathy, une femme sans chichis, bien dans sa peau, qui assumait ses cheveux gris et son embonpoint, conséquence d'une passion immodérée pour le chocolat. Bien qu'elle ne fît que débuter dans l'art du quilt, elle était enthousiasmée par l'exposition qui se préparait.

Nancy était occupée à mesurer les distances entre les arbres, calculant mentalement le métrage de corde à linge qui serait nécessaire.

— Quand j'étais enfant, maman procédait à la lessive des couvre-lits, deux fois par an. Elle choisissait un jour nuageux, pour éviter que les couleurs ne fanent au soleil, puis elle les lavait dans un vieux tub, devant la maison, et les fixait sur la corde avec de grosses pinces à linge. J'adorais voir toutes leurs couleurs se gonfler au vent. C'étaient de véritables arcs-en-ciel !

— Ce sera exactement pareil, samedi prochain. Il me reste quelques-unes de ces anciennes pinces de bois, sans ressort ; je les apporterai, elles seront parfaites.

— A votre avis, nous avons vu tout ce qu'il restait à faire ? demanda Nancy.

— Nous avons chacune notre liste. Et je crois vraiment que nous serons prêtes. Est-ce que le secret est toujours bien gardé ?

— Le jour où elle va découvrir le pot aux roses, vous l'entendrez hurler de chez vous.

— Toutes les associations et les paroisses de la vallée sont au courant. Il y aura foule, c'est sûr.

Cathy avait rédigé un joli prospectus illustré qu'elle avait envoyé dans un maximum d'endroits. Et elle avait reçu des dizaines de coups de fil pour des demandes d'informations.

La présentation des œuvres d'Helen avait pris une réelle importance, et rien ne pouvait faire plus plaisir à Nancy.

— Nous avons toutes beaucoup appris en vous voyant travailler, déclara soudain Cathy.

— Vraiment ? s'exclama Nancy, sincèrement surprise.

— Je n'ai jamais vu quelqu'un d'aussi organisé que vous ni d'aussi persuasif. Vous auriez dû vendre des polices d'assurance. A l'heure qu'il est, vous seriez P.-D.G. de Allstate et de State Farm !

Nancy se sentit rougir de plaisir. Helen n'était pas la seule personne de la famille à se sous-estimer…

— J'adore mettre les choses en valeur, dit-elle en repensant aux pommes bien astiquées de sa jeunesse, aux étalages de courgettes, de poivrons et de tomates artistiquement présentés.

Elle n'avait guère évolué, finalement, au cours des

années. Les changements n'avaient concerné que la façade. Et pas toujours pour un mieux.

— Je regretterai de vous voir partir à la fin de l'été, dit Cathy. J'ai vraiment apprécié de faire votre connaissance. Nous toutes, d'ailleurs.

— Nous ne nous perdrons pas de vue. Je compte revenir souvent. Et puis, vous viendrez nous voir à Richmond !

— Adjugé ! lança joyeusement Cathy en s'éloignant.

Nancy la suivit des yeux quelques instants, puis elle consulta sa montre et fit la grimace. Il était encore tôt. Si elle rentrait maintenant, elle risquait de tomber sur Billy. Or, elle préférait l'éviter, comme Tessa l'avait deviné.

La nouvelle Nancy était encore trop tendre pour être exposée. Une fois, déjà, elle avait dû renoncer à sa véritable identité — et le choc avait été si violent qu'elle était même étonnée de retrouver des vestiges de son ancienne personnalité.

Non seulement elle ne se sentait pas suffisamment forte, mais elle n'était pas dupe. Pour un seul regard d'approbation de son mari, elle serait encore prête à sacrifier ses récentes prises de conscience, tant sa soif d'amour et de reconnaissance était grande.

Etait-ce le simple fait de penser à Billy ? Voilà qu'il apparaissait au détour de l'église, visiblement à la recherche de quelqu'un.

La première réaction de Nancy fut de se dissimuler derrière un arbre pour lui échapper. Puis elle se rendit compte à quel point son attitude était puérile.

Elle était mariée à Billy Whitlock et, même si son mariage battait de l'aile, elle ne pouvait pas faire comme s'il n'avait jamais existé.

Sortant de l'ombre, elle l'attendit de pied ferme. Le temps qu'il mit à franchir l'espace qui les séparait lui parut une éternité.

— Tessa m'a dit que je te trouverais ici, dit-il avant de l'embrasser sur la joue.

Ce baiser rapide, presque distrait, était-ce le lot des couples de leur âge ? se demanda-t-elle, le cœur serré.

En dehors de la passion qu'ils vivaient dans l'intimité de la chambre à coucher, que partageaient-ils au quotidien ?

— Il est arrivé quelque chose à la maison ? demanda-t-elle, soudain inquiète.

— Non, tout va bien.

Il fit un pas en arrière, et la regarda plus attentivement, comme s'il prenait conscience de certains changements.

— Tu as une nouvelle coiffure ?

— Oui, j'en avais assez des simagrées.

— Ça te va bien.

Elle s'attendait à ressentir la chaude vague de gratitude qui suivait toujours ses compliments. Mais rien ne vint, et elle en fut heureuse. Comme d'une victoire.

— Ravie que tout aille bien à la maison. Et ton travail, ça marche comme tu veux ?

— Aussi bien que possible. Même si les régimes de retraite continuent à diminuer sans que je puisse rien y faire.

Elle ne ressentit aucune compassion particulière, juste un sentiment de solidarité entre deux êtres humains.

— Oui, j'imagine que c'est la lutte du pot de terre contre le pot de fer.

Il eut un petit sourire.

— Exactement.

Elle attendait qu'il lui dise pourquoi il était là. Combien de fois n'avait-elle pas attendu dans l'angoisse la fameuse conversation qui commencerait par *la* terrible phrase : « Nancy, il est temps que nous regardions les choses en face : ce mariage est une erreur, n'est-ce pas ? »

Et maintenant, tout en la redoutant, elle avait envie qu'il la prononce, cette phrase, histoire de mettre fin, définitivement, à cette terreur de la rupture qui l'habitait sans cesse.

Au lieu de cela, il lui dit :

— Tessa m'a parlé de cette exposition des quilts de ta mère. C'est chouette comme idée.

« Chouette » n'était pas le terme qu'elle aurait choisi. Elle essaya de se convaincre qu'il n'y avait aucune condescendance dans sa remarque. Sans y arriver complètement.

— Elle mérite d'être reconnue, non ? Sauf que ça va être l'enfer quand elle va découvrir ce que nous tramons.

Il lui adressa, cette fois, un véritable sourire. Qu'elle remarqua, évidemment.

— Oh ! je ne me fais pas de souci : tu trouveras un moyen de la *mettre au pas*.

— Je n'ai pas l'intention de la mettre au pas, comme tu dis. Ni elle ni personne.

Il parut surpris.

— Je voudrais simplement qu'elle soit heureuse, reprit-elle. Et j'espère que ce sera le cas. Sinon, je passerai le reste de mon existence à me faire pardonner… Mais j'ai l'impression que ça se passera bien.

— Si tu me montrais ce que vous avez prévu ?

Elle réfléchit un instant. Elle était sur le point de lui répondre par la négative lorsqu'elle se rendit compte qu'une telle réaction porterait la signature de l'ancienne Nancy. La Nancy qui ne laissait jamais Billy s'exprimer sur le plan des émotions. Elle décidait pour lui, anticipait ses désirs et les satisfaisait, quel qu'en fût le coût.

— Avec plaisir, répondit-elle alors, en opérant un rétablissement mental des plus remarquables. Commençons par ici, dit-elle en faisant un geste vers les arbres. Dans cette partie du jardin, nous avons l'intention d'accrocher certaines pièces sur des cordes à linge tendues entre les chênes. Et, de ce côté-ci, nous aurons des perches posées sur des escabeaux de bois, qui serviront de support pour suspendre d'autres œuvres. Et puis nous y ajouterons quelques éléments de décor pour créer une atmosphère : un vieux pressoir à cidre avec des paniers de pommes nouvelles, une brouette à l'ancienne remplie de couvertures matelassées, et des plantes en pots judicieusement placées.

— Le bon vieux chic campagnard, en somme.

Aussitôt, elle se hérissa, et dut prendre sur elle pour ne pas lui voler dans les plumes.

— Viens, je vais te montrer ce que nous avons l'intention de faire à l'intérieur.

Ils regagnèrent l'église en silence et tombèrent sur un groupe de bénévoles qui s'apprêtaient à partir. Nancy fit de rapides présentations avant de leur dire au revoir.

Après leur départ, un silence de mort régna dans la nef. « Tout à fait adapté à l'enterrement d'une longue vie conjugale », songea Nancy.

— Il y a un nouveau foyer, très dépouillé, avec un beau volume, des murs blancs et de grandes baies. Nous pensons y disposer huit quilts, dit-elle en entraînant Billy vers l'aile moderne.

Une fois dans la vaste salle, elle lui indiqua les endroits choisis.

— Nous avons de la chance : ils utilisent parfois le foyer comme salle d'exposition. Il y a une tringle qui court le long de la cimaise, tu vois, là-haut ? Ça va nous permettre de suspendre les plus beaux panneaux. Il ne nous reste qu'à trouver un système pour les accrocher sans les abîmer.

— Les quilts d'Helen vont égayer l'endroit, c'est sûr.

De nouveau, elle se sentit froissée. Des flamants roses empaillés, des nains de jardin et des enseignes d'hôtel au néon égayeraient aussi la pièce !

Billy se rendait-il compte à quel point ses airs supérieurs pouvaient être pénibles ?

L'idée la traversa qu'elle était inconsciemment en train de lui chercher noise pour faciliter ce qui allait suivre. Ce n'était pas impossible, effectivement.

Ils passèrent dans le hall où, lui expliqua-t-elle, ils exposeraient les quilts qui avaient été généreusement distribués par Helen à des membres de la paroisse. Des légendes encadrées figureraient à côté de chacun des « cadeaux ».

— Ces dons ont beaucoup compté pour ceux qui les ont reçus, précisa-t-elle.

— Parfois, les plus *petites choses* ont de grandes conséquences, dit-il.

Cette remarque la mit à cran, une fois de plus.

— Les quilts de maman ! Des petites choses ? Quand on pense au nombre d'heures de travail qu'il a fallu pour réaliser chacun d'eux, même les plus simples !

— Je voulais juste dire que, dans une situation critique, le moindre geste de gentillesse, le don d'une jolie couverture de lit, par exemple, pouvait remonter le moral de quelqu'un et l'inciter à redémarrer une nouvelle vie.

Il s'en sortait bien. Normal, pour un homme éduqué aux bonnes manières, rompu à la langue de bois !

Mais elle n'était pas dupe.

— Allons voir le reste, dit-elle en poursuivant la visite. Nous avons été autorisées à utiliser officiellement l'église, et nous avons sélectionné les modèles appropriés : la Couronne d'épines. L'Arbre de vie. Les Malheurs de Job.

Ils jetèrent un coup d'œil à la nef, et Billy hocha la tête, l'air approbateur.

— Il n'y a qu'une église de campagne pour vous faire remonter le temps aussi radicalement, fit-il observer.

— Pourtant, on ne peut pas leur reprocher d'être passéistes, ici, dit Nancy sur un ton acide. Ils ont un programme d'aide sociale offensif, des discussions sur des thèmes allant de la théologie de la libération à l'ordination des femmes. Le pasteur ne laisse pas ses ouailles ronfler pendant le prêche. Certains fidèles sont même partis offusqués, en claquant la porte… Maman se demande encore si Sam est un ange ou un démon.

Billy la dévisagea comme s'il n'avait pas l'habitude de l'entendre faire des observations aussi perspicaces.

— Comment sais-tu tout cela ?

— Je fais attention, moi ! C'est ce qui m'a permis de passer de la bécassine en sabots que tu as mise en cloque sans le vouloir à la présidence de la James River Historical Association.

Il lui saisit le bras.

— Qu'est-ce qui te prend ?

Elle se dégagea d'un mouvement sec.

— Je suis fatiguée de ta condescendance, Billy. Ce n'est pas d'une réunion de patronage minable dont il s'agit, mais de ce qui compte le plus au monde pour ma mère. De l'expression de son cœur et de son âme. De l'être exceptionnel et unique qui se cache au plus profond d'elle. De la manière dont la vie peut vous dépouiller de l'essentiel, et de l'obstination d'un être humain à créer de la beauté, en dépit des circonstances !

Il la regardait fixement, les yeux écarquillés.

— Ta colère n'a rien à voir avec la vie d'Helen. Tu penses que je suis condescendant avec *toi* ?

Elle laissa échapper un rire nerveux.

— Oui. Et depuis si longtemps ! A travers le brouillard de ces trop nombreuses années de mariage, je sens l'odeur nauséabonde de la condescendance.

— *De trop nombreuses années ?*

Elle se détourna pour regarder le panorama des lointaines montagnes qui s'encadrait dans la haute fenêtre.

— Trop d'années de servilité, Billy, à ramper, à avoir honte de moi, à espérer qu'un jour je compterais vraiment à tes yeux. Trop d'années à sentir le sacrifice que tu t'étais imposé en m'épousant, et que, en digne gentleman, tu respecterais jusqu'au bout. Je m'en veux d'être tombée dans le panneau. Et je comprends, maintenant, comment c'est arrivé : je cherchais tout ce que je n'avais pas à la maison. Mais je n'ai plus l'âge d'accuser les autres de mes malheurs, ou de les punir pour la femme que je suis devenue. Ni maman ni toi n'êtes coupables. Je n'ai fait que poursuivre des fantasmes, m'accrocher à de vieux rêves. Et, vois-tu, au bout du compte, la seule personne à qui j'en veux, c'est moi.

— Mais qu'est-ce que tu te reproches ?

Il l'avait prise par le bras, l'obligeant à lui faire face.

— De m'être cramponnée à un mariage qui n'était pas fait pour moi. Ces quelques semaines passées ici, à faire quelque chose de constructif, d'important, d'authentique, m'ont ouvert les yeux. J'ai compris que j'ai cessé d'être moi-même le jour où j'ai dit « oui » dans cette chapelle minable du comté de Nelson. Ensuite, j'ai cherché à rentrer dans la peau d'un personnage pour lequel je n'éprouvais aucun respect. J'ai voulu imiter une femme que je n'estimais même pas.

— Ma mère ?

— Qui d'autre ?

Il laissa retomber son bras.

— Personne ne t'a demandé de lui ressembler.

— C'est vrai, et j'assume mes erreurs. Mais, pour la première fois, je me suis aussi aperçue que, contrairement à ce que tout le monde pensait dans ta famille, et peut-être même dans la mienne, je n'étais pas si nulle que ça. J'ai des talents à exploiter, des désirs, des sentiments, et un immense amour à donner à celui qui l'acceptera vraiment.

Billy, comme c'était souvent le cas, s'était retranché en lui-même. Son regard n'exprimait rien, et elle n'avait aucun indice sur ce qu'il pouvait penser.

— Etait-ce un concours ? demanda-t-il enfin. Ton milieu social contre le mien ? Ton arbre généalogique contre celui de ma famille ? Personne ne m'avait prévenu.

— C'était tellement évident !

— Et depuis combien de temps es-tu si malheureuse ?

Elle aurait aimé pouvoir répondre sans hésiter : « Depuis l'été 1976 » ou « En 1984 », mais ce n'était pas si simple. Bien entendu.

Son regard se perdit vers une autre fenêtre baignée de soleil.

— Difficile à dire. J'ai mis mes sentiments en veilleuse depuis si longtemps que j'ai l'impression d'avoir été déconnectée de mes émotions. Et puis, il y avait des sources de bonheur dans notre vie commune : Tessa, et ensuite Kayley. Mon travail au sein de l'association n'était pas toujours important, mais, quand il l'était, mon âme s'en trouvait nourrie.

— Et en ce qui me concerne ?

Elle tourna son regard vers lui, un regard imprégné de tout l'amour qu'elle avait éprouvé et éprouvait encore.

— Tu m'as épousée parce que tu y étais forcé, Billy. J'ai essayé de l'oublier, mais je n'ai jamais pu. J'ai désespérément cherché à être à la hauteur. Je voulais que tu m'aimes, mais, plus je m'obstinais, plus nos chemins se séparaient. Je n'ai pas voulu regarder la situation en face, mais j'aurais dû, il y a des années.

— Tu ne l'as pas fait parce que tu ne voulais pas renoncer à ton train de vie à Richmond.

Ses mots faisaient mal, mais elle les méritait. En partie, du moins. Car ils ne disaient rien de l'essentiel.

— Je ne voulais pas *te* perdre, dit-elle. La vie aisée, contrairement à ce que tu crois, c'était secondaire. J'étais disposée à accepter les miettes que tu me donnais parce que j'étais persuadée de ne pas mériter mieux. Aujourd'hui, je pense différemment.

— Ça sonne comme un communiqué officiel.

— Ça vaut mieux qu'une supplication. Et, pour moi, c'est un pas décisif.

— Tu ne voulais pas me perdre à cause de ce que je représente. Parce que je suis le père de Tessa. Parce que toutes les portes s'ouvrent, à Richmond, dès l'instant où tu es mariée à un Whitlock.

Elle avait tourné autour du pot, elle s'en rendait parfaitement compte. A l'instar de Billy, lorsqu'il fallait exprimer ses sentiments, elle perdait tous ses moyens.

« Comme c'est triste ! songea-t-elle. Deux êtres qui vivent ensemble depuis si longtemps et qui se révèlent incapables de communiquer sur le plan émotionnel. »

Le moment était venu. Elle le savait. Mais, bon sang, comme c'était difficile d'ouvrir son cœur. De se mettre à nu.

— J'ai toujours rêvé qu'un jour tu me regarderais et que, dans tes yeux, je verrais une étincelle. Même le dixième de ce que je ressens pour toi, ça m'aurait suffi. Je t'aime, mais je ne veux plus entretenir ce doux rêve. J'ai honte d'avoir été aussi servile… Quelle indignité ! Ce n'est plus supportable.

Elle vit les épaules de Billy s'affaisser, lui qui se tenait toujours si droit.

— J'ai cru que tu allais me demander de divorcer.

— Ça pourrait bien arriver.

Comme il secouait la tête, elle marqua une pause et reprit plus doucement :

— Tu ne crois pas ?

Il lui adressa son sourire le plus éclatant, et lui effleura la joue d'un geste tendre et spontané.

— Nancy, ce divorce, il n'en est pas question ! Tu ne le souhaites pas, et moi non plus. Nous avons bénéficié d'un long délai pour y penser, n'est-ce pas ? Et, au fond de toi-même, avoue que j'ai raison ! Tu vois, je suis heureux que nous ayons *enfin* cette conversation.

Elle avait rassemblé son courage pour lui faire cette confession et, à présent, Billy ruinait ses bonnes résolutions avec sa gentillesse. C'était cruel, mais elle se sentait incapable de prendre ses distances.

— Moi aussi, je t'aime, dit-il. Ce n'était peut-être pas le cas, au début, quoique je n'en mettrais pas ma main au feu. Tu étais si différente des femmes que j'avais connues avant. Si peu sûre de toi. Un brin vaniteuse. Fofolle, parfois… Tu essayais toujours de passer pour ce que tu n'étais pas.

Elle ouvrit des yeux embués de larmes, et lui lança un regard soupçonneux.

— Ça ne ressemble pas à de l'amour…

— Mais tu étais aussi extrêmement généreuse, d'une loyauté indéfectible, avec un cœur gros comme ça. Intelligente et sensible… sauf en ce qui te concernait.

— Et toi, ta sensibilité, où la cachais-tu ? Tu ne crois pas qu'une fois, au moins, j'aurais aimé t'entendre dire que tu tenais à moi ? Si c'était le cas ?

— C'était le cas. Et je t'aime, maintenant et à jamais… Pour être honnête, je dois dire que je n'étais pas vraiment sûr de *tes* sentiments. Tu m'avais épousé parce que tu ne pouvais pas faire autrement, comme tu me l'as dit. Je jouais un rôle protecteur auprès de toi… Et puis, ensuite, il y a eu Tessa. Et, curieusement, nous n'avons jamais été capables d'aborder le domaine le plus important : celui de nos sentiments. Je ne savais même pas par où commencer.

Il glissa ses mains dans les cheveux de Nancy, et les posa sur sa nuque.

— Je considérais ta présence comme acquise. Il m'a fallu ce long été solitaire pour remettre tout cela en question et voir les choses sous un jour différent. C'est pourquoi je me suis fait rare, ces dernières semaines. J'avais besoin de réfléchir à la manière dont nous allions passer le reste de notre vie ensemble. Et maintenant, il va falloir que je m'habitue à cette nouvelle Nancy.

— Rien de nouveau. Juste la personne que je suis vraiment, derrière les apparences.

— J'aime aussi ces apparences. Mais peut-être pas autant que la jeune femme qui m'a balancé cette tomate à la figure, il y a quelques années.

Elle se rendit compte avec un léger étonnement que ses paroles ne la surprenaient pas outre mesure. Elle n'en éprouva pas même un sentiment de soulagement. Non, ce qu'elle éprouvait, c'était de la joie. Parce que, en son for intérieur, tout au long de ces années, son intuition ne l'avait pas trahie, bien qu'elle lui accordât si peu de crédit. Certes, arrivée dans la dernière ligne droite de son existence, elle avait vu vaciller la foi qu'elle mettait dans son couple.

Mais n'avait-elle pas toujours su que Billy tenait à elle, bien plus qu'elle n'osait se l'avouer ? Malgré ses peurs et ses insuffisances, malgré son manque de lucidité sur ses propres sentiments, malgré le silence obstiné de Billy. N'avait-elle pas fini par comprendre que l'amour qui avait grandi entre eux était là, dans sa force inaltérable ? Et c'était bien pour ça que, en dépit de toutes les circonstances contraires, leur mariage avait perduré…

— Eh bien, il t'en a fallu du temps pour me faire une déclaration ! dit-elle. Tu vas devoir te rattraper !

Il l'attira contre lui.

— Je prends de l'âge, Nancy. Et si j'ai quelque chose à me faire pardonner, je préfère le faire tout de suite.

— J'ai repéré une charmante auberge dans les environs de Woodstock. Je me demande s'il leur reste une table de libre.

— J'ai mon téléphone portable.

— Et moi, j'ai leur numéro, bien sûr ! dit-elle en souriant, juste avant qu'il ne l'embrasse.

30

Nancy prit son virage sur les chapeaux de roues, remonta le chemin dans un nuage de poussière, évita de justesse la bordure de lis à moitié fanés, et slaloma avec l'habileté acquise par une longue habitude entre les nids-de-poule et les ornières.

« N'empêche, elle conduit trop vite ! » songea Tessa en la voyant s'arrêter dans un crissement de freins.

Aussitôt après avoir coupé le moteur, Nancy jaillit de la voiture avec une énergie digne d'un enfant pressé de découvrir ses cadeaux, le matin de Noël.

Tessa remarqua qu'elle portait ses vêtements de la veille.

— Tu t'es levée drôlement tôt ! lança Nancy en bondissant vers la véranda. Le soleil se lève à peine.

— Où est papa ?

— Sur la route. Il prend l'avion pour Boston, cet après-midi, et il doit passer à la maison faire ses bagages. Il te demande de l'excuser.

Tessa ne savait que penser. Que s'était-il passé entre ses parents pour que Nancy eût l'air aussi joyeux…

— J'avais l'intention d'aller remplacer les vieux nichoirs des merles bleus, le long de la clôture, avant qu'il ne fasse trop chaud. J'en ai acheté des neufs, hier.

Elle montra le sac plastique qu'elle tenait à la main. Il y en avait un autre sur le porche derrière elle.

— Tu veux un coup de main ?

Tessa fut prise au dépourvu.

— Tu détestes marcher, et ça fait une sacrée trotte jusque-là.

— Tessa, je te signale que j'ai grandi ici, dans cette ferme, au cas où tu l'aurais oublié. Et je sais où se trouve la clôture à nichoirs.

— S'cuse-moi, m'man.

— Je me sens d'humeur à faire une balade, et je t'aiderai à les porter. Laisse-moi juste une minute pour aller me changer.

Nancy revint quelques instants plus tard, en short et baskets. Tessa lui tendit l'autre sac.

Elles approchaient de l'étang lorsque Tessa, n'y tenant plus, posa *la* question.

— Alors, qu'est-ce qui s'est passé ?

Nancy éclata de rire.

— Franchement, je m'attendais à un peu plus de finesse de ta part !

— Hier, tu n'adressais plus la parole à papa, et voilà que tu passes la nuit à l'hôtel avec lui ! Il y a de quoi être surprise, non ?

— Ce n'était pas un hôtel, mais une auberge. Charmante, qui plus est. Je te la recommande chaleureusement. D'ailleurs, j'ai pris leur carte.

— Je ne veux pas de ta carte : je veux une explication.

— Hé ! tu es ma fille, pas ma mère ! Et, de toute façon, je ne lui dirais pas tout, à ma chère maman.

— Je ne te demande pas un récit détaillé. Contente-toi de me rassurer.

— Ma chérie, ai-je l'air d'une dame sur le point d'appeler son avocat ?

— Alors, vous vous êtes rabibochés, tous les deux ?

Nancy changea son sac de main.

— Disons que nous nous sommes expliqués. Nous nous aimons, mais nous avons été incapables d'en parler, tout au long de ces années. Nous n'étions pas habitués à exprimer nos sentiments, ni l'un ni l'autre, et nos mères peuvent être fières : nous n'avons pas dérogé à la règle.

Tessa ressentit un immense soulagement qui la remplit de joie.

— Vous vous parlez enfin, Dieu soit loué !

— Il était temps, non ?

Tessa, visiblement, hésitait à enfoncer une porte ouverte. Nancy s'en chargea.

— Stupéfiant, n'est-ce pas, que nous ayons pu vivre si longtemps ensemble sans communiquer ! Tu dois te demander par quelle aberration nous nous sommes privés de la joie des échanges cœur à cœur et des merveilles d'une vie d'intimité partagée.

— Oui, ça m'a traversé l'esprit.

— Rien d'étonnant, n'est-ce pas ? J'imagine que ça te rappelle quelque chose, Tessa.

Helen n'en croyait pas ses yeux.

Elle regardait l'encart du bulletin paroissial en se demandant si sa vue la trahissait et si, finalement, elle n'allait pas se résoudre à changer de lunettes.

Le bulletin était arrivé la veille, mais elle ne s'était pas pressée de l'ouvrir. Toutefois, poussée par la curiosité — elle tenait à voir quel thème ce jeune pasteur radical avait choisi pour son prêche, avant d'assister, éventuellement, au dernier office de la matinée —, elle était tombée sur cette invraisemblable annonce. Et elle avait beau loucher et plisser les paupières, les mots restaient les mêmes.

Une présentation de quilts ? Ils comptaient montrer *ses* quilts, et personne n'avait pris la peine de l'avertir ?

Dire que Nancy et Tessa vivaient sous son toit, respiraient son air, buvaient son eau, se nourrissaient de ses meilleures conserves, sans parler de son délice aux fraises et de sa tourte aux myrtilles dont elles faisaient une grande consommation, et ni l'une ni l'autre n'avaient soufflé mot sur cette affaire !

Bien évidemment, si elles n'avaient rien dit, c'est qu'elles étaient à l'origine de cette conspiration ! Cela ressemblait bien à Nancy, ce genre de manigance. Nancy qui ne s'était jamais remise de ses humbles origines et qui voulait toujours que sa mère passe pour une personne au-dessus de sa condition. Nancy qui la présentait, maintenant, comme une sorte d'artiste à la manque, alors qu'elle n'était qu'une simple paysanne qui cousait parce qu'elle était trop vieille pour faire autre chose.

Cette Nancy !

— Madame Henry ?

Helen se demanda si elle avait rêvé ou si quelqu'un avait prononcé son nom. Elle était tellement en colère que les mots lui étaient parvenus à travers une sorte de brouillard.

Puis la personne réitéra son appel, et elle se rendit compte qu'il s'agissait de Cissy, debout derrière le battant grillagé.

— Eh bien, entre ! Qu'est-ce que tu attends ? aboya-t-elle.

Cissy se glissa à l'intérieur.

— Je peux revenir plus tard, si vous préférez.

— Qu'est-ce que tu fiches là, d'abord ?

Cissy agita sous son nez le sac de toile qu'elle portait. Helen reconnut celui qu'elle lui avait donné pour ranger ses affaires de couture.

— Vous m'aviez dit de passer ce matin, tôt, rappelez-vous ! dit Cissy. J'ai assemblé tous les blocs, et vous deviez me montrer comment faire le matelassage.

— Pas la peine d'apprendre ça, ma fille ! Tu sais comment ça finirait ? dit-elle en brandissant l'annonce. Tiens, regarde !

Cissy y jeta un bref coup d'œil.

— Oh, je vois.

— Tu étais au courant, hein, avoue !

— J'ai comme l'impression que si je vous dis oui, vous allez me chasser.

Helen était sur le point de l'agonir d'injures, mais la réponse de Cissy l'arrêta net dans son élan.

— Oui, j'étais au courant… et c'est la chose la plus géniale que j'aie jamais entendue. Ils ont fait un sacré boul… enfin, un gros travail pour cette expo. Je ne vous dis pas combien de fois Mme Whitlock est allée à l'église pour mettre tout ça au point, et il y a tout un groupe de gens qui donnent des coups de main. La maman de Zeke va faire douze douzaines de ses meilleurs sablés pour le déjeuner, et moi des cakes au citron. Ils vont organiser une collecte au profit des femmes en Inde qui font vivre leur famille grâce à leur artisanat de couvertures matelassées. Ce ne sont pas des femmes exploitées pour des salaires de misère, mais une association de… commerce équitable, comme ils disent.

Helen lui intima le silence d'un geste agacé.

— Ça vous a mise en colère ? demanda Cissy après une pause.

— Elles ne comprennent pas.

— Qui ça ?

— Ma fille… et ma petite-fille. Parce que j'imagine qu'elle a trempé dans le complot, elle aussi !

— Je ne voudrais pas leur attirer des ennuis.

— Trop tard ! Elles en auront, et pas qu'un peu !

— C'est que… ces quilts que vous faites, ils sont vraiment exceptionnels. Tout le monde est d'accord là-dessus, sauf vous. Et elles voudraient que vous vous en aperceviez aussi.

— Tout le monde va rire, oui !

En levant les yeux, Helen vit que Cissy était toute pâle.

— Prends une chaise, ma fille ; j'ai pas envie que tu tombes dans les pommes.

— Vous ne préférez pas que je m'en aille ?

— Je t'ai promis une démonstration de matelassage, et je tiendrai ma promesse. Allez, assieds-toi !

— Oui, ma'am.

Cissy se laissa tomber sur le premier siège venu, et s'éventa avec un magazine.

— Mais avant, il faut que je vous dise quelque chose.

— Eh bien, vas-y, accouche !

— Personne ne va rire, je vous le garantis. Personne ! Vos quilts… ils sont si beaux qu'ils me serrent le cœur.

Helen se sentit soudain désemparée. Que pouvait-elle répondre à cela ? *Le cœur serré ?* Non, mais !

Cissy se pencha vers elle, l'air grave.

— Quand on fait quelque chose qui rend le monde plus beau, à mon avis, il faut le montrer. C'est un talent que vous avez. Le bon Dieu vous l'a donné : ce n'est pas pour l'enterrer mais pour qu'il s'épanouisse, qu'il devienne un plaisir pour les yeux.

— *Un plaisir pour les yeux ?*

Cissy piqua un fard.

— Je ne sais pas trop comment m'exprimer. Mais c'est votre mission, maintenant, de révéler ces talents au grand jour.

— *Ma mission ?*

— Parfaitement, ma'am.

— Et si je ne suis pas d'accord ?

— Je crains qu'il soit un peu tard pour ça. Elles ont déjà les quilts.

— Comment ça ? Elles ont mes quilts ?

— Ben oui. Elles savaient que vous réagiriez de cette manière.

C'était la goutte d'eau qui faisait déborder le vase. Helen s'effondra à son tour dans un fauteuil, et fixa sur la jeune femme des yeux incrédules.

— Elles savaient que je serais furieuse, et elles ont quand même pris les quilts ?

— Il y a tout un tas de gens qui vont venir, et elles ne veulent pas les décevoir. Même en sachant que vous allez piquer une colère.

— Je ne pique pas de colère, moi !

— Oui, ma'am.

— Elles me les ont dérobés pendant la nuit, comme des voleuses ?

— Euh, pas vraiment. Elles les ont juste empruntés jusqu'à la fin de l'exposition. C'est différent, n'est-ce pas ? Et vous ne vous en êtes pas aperçue parce que vous en avez beaucoup.

Helen était trop indignée pour réussir à parler. Elle éclata, finalement, d'un rire amer.

— Je ne sais pas pourquoi je me mets dans cet état. Il n'y aura personne, de toute façon.

— Comptez pas trop là-dessus. D'après ce que j'ai compris, ils vont amener des gens par cars entiers. Tous les clubs et les associations de quilts de la région sont au courant. Ils en ont parlé à la radio, je l'ai entendu.

— La radio ? geignit Helen en s'effondrant un peu plus.

— Et dans le journal, aussi.

Helen, vaincue, baissa la tête sur ses pieds nus.

— Et tous ceux à qui vous avez donné des quilts, dans le temps, seront là, continua Cissy, impitoyable. Ça fait encore un paquet de gens, entre ceux de la paroisse et de Fitch Crossing.

Helen, de nouveau, lui fit signe de se taire.

Mais, cette fois, Cissy ne se laissa pas faire.

— Vous voyez, tous ces gens-là, ils veulent vous honorer, et vous serez bien obligée d'accepter.

— Rien ne m'oblige à faire quoi que ce soit, ma fille ! Tiens-le-toi pour dit. D'ailleurs, c'est simple : je n'irai pas à leur festivité ! Pendant qu'ils m'attendront là-bas, moi je serai ici, dans mon fauteuil, les bras croisés ! dit-elle en joignant le geste à la parole.

— Sûr que vous êtes libre de faire comme ça, madame Henry.

Helen fut ravie d'avoir mis les choses au clair.

— Tu t'imagines peut-être que je n'en suis pas capable ?

— Oh non, je vous crois ! Mais là, vous êtes en colère.

Et, plus tard, vous allez vous demander pourquoi elles ont agi de cette façon.

— Parce qu'elles savaient que je dirais non, pardi !

— Exactement ! Et parce qu'elles tenaient à faire quelque chose pour vous, même s'il fallait vous bousculer un peu. Elles vous aiment, voilà tout.

Helen resta sans voix.

Après l'été qu'elles venaient de passer ensemble, il lui aurait été difficile de prétendre que Nancy et Tessa ne l'aimaient pas, certes… Elle avait beau râler tout le temps, faire sa mauvaise tête, elle n'était ni sourde ni aveugle, et elle était parfaitement capable de reconnaître la sincérité de certains sentiments.

Mais ce n'était pas une raison pour capituler sans résistance.

— Mouais, n'empêche que je ne bougerai pas d'ici. Je garderai ma vieille robe de tous les jours pendant que les gens se demanderont où je suis passée, héhé…

Cissy eut la sagesse de ne pas répondre.

Sur ce, la porte s'ouvrit, laissant le passage à Nancy et Tessa.

Helen leva la tête, remarqua le visage rayonnant de sa fille et la joie qui illuminait son regard.

Tessa posa les yeux sur le prospectus qu'elle avait laissé bien en vue sur la table basse.

Helen soupira.

— C'est pas une heure chrétienne pour rentrer, vous deux !

— Nous avons marché plus longtemps que prévu, dit Nancy. Cissy, comment ça va ?

La jeune femme, visiblement inquiète, les dévisagea l'une après l'autre.

— Très bien, merci, mais je crois que je ferais mieux de…

— Reste ici ! lança Helen d'un ton tonitruant.

Puis, après s'être éclairci la gorge, elle reprit plus calmement :

— Reste, je vais te montrer une ou deux astuces pour fabriquer un vrai quilt avec ton patchwork. Puisque je te l'avais promis.

Cissy écarquilla les yeux, tandis qu'Helen, se dressant de toute sa hauteur, pointait l'index sur sa fille.

— Et toi, Nancy…

— Oui, m'man.

— … tu vas me trouver une boutique où je pourrai acheter une nouvelle robe. Un modèle qui m'aille, pour changer. Et prends-moi rendez-vous à cet endroit où ils t'ont coupé les cheveux.

Elle dressa un menton impérieux et conclut :

— C'est tout ce que j'ai à dire sur le sujet. Cissy !

La jeune femme sauta sur ses pieds.

— Ma'am ?

— Montons dans ma chambre.

Helen pouvait sentir les deux paires d'yeux braqués sur son dos, tandis qu'elle gravissait les marches.

— Alors là, vous leur en avez bouché un coin ! chuchota Cissy en aparté.

Et, pour la première fois de la matinée, Helen eut un vrai et franc sourire.

31

Helen serra une autre main, avec l'impression que ça ne finirait jamais. Il lui semblait que toutes les bonnes âmes des six comtés à la ronde s'étaient donné rendez-vous à cette fichue exposition. Les gens avaient-ils des vies aussi ennuyeuses pour se presser à cette réunion de patronage ? Ou alors, ils ne savaient plus s'amuser. De nos jours, il fallait s'attendre à tout…

La femme aux cheveux rouges, qu'Helen ne connaissait ni d'Eve ni d'Adam, l'entretenait à n'en plus finir des Malheurs de Job, le panneau mural exposé dans l'église, sans paraître décidée à lui lâcher la main.

— Ma grand-mère en avait un semblable sur son lit. Elle l'a gardé jusqu'à sa mort. Elle l'avait ouatiné elle-même, au petit point, avec des fils rouges et verts. Ma cousine en a hérité à la mort de mamie, et je regrette encore de l'avoir laissé filer. Mais le vôtre est vraiment à coupler le souffle.

Helen espérait que la pipelette allait enfin le reprendre, son souffle, justement.

Mais non. Elle continua sur sa lancée.

— Ces ocres et ces terre de Sienne sont fabuleux : des tons évocateurs de couchers de soleil dans le désert. Mon mari et moi, voyez-vous, nous avons pris notre retraite en Arizona, et nous ne sommes ici que pour le week-end. Je dois dire que ce panneau ferait merveille au-dessus de notre lit. Rendez-vous compte, dans une maison située en plein désert, il irait pile-poil, non ?

Helen était près de décrocher. Après trois heures debout à bavarder, elle n'en pouvait plus. La dernière phrase qu'elle venait d'entendre perça quand même le bourdonnement de fatigue qui brouillait son audition.

— Je ne donne mes quilts qu'en cas d'incendie ou d'inondation, déclara-t-elle d'un ton bourru.

La femme se mit à rire.

— Effectivement, j'ai lu les notices accompagnant les œuvres que vous avez généreusement offertes aux victimes de ces catastrophes. Mais j'espérais que, exceptionnellement, vous accepteriez de me céder ce quilt. Ma fille en prendra soin quand je ne serai plus là. Je sais qu'elle l'appréciera autant que moi.

Helen avait du mal à comprendre. Cette femme lui proposait-elle d'*acheter* l'un de ses modèles ?

Nancy vint les rejoindre, comme si elle avait senti que sa mère perdait pied.

— Maman, que dirais-tu de t'asseoir un peu et de manger quelque chose ?

— Cette dame veut m'acheter les Malheurs de Job, annonça-t-elle en indiquant du menton la retraitée de l'Arizona, toujours agrippée à sa main.

— Oh, vraiment ? dit Nancy avec un sourire. Je suis la fille de Mme Henry.

La dame fut bien obligée de lâcher la main d'Helen pour serrer la sienne.

— Disons, huit cents dollars ? proposa l'acheteuse.

Comme Nancy ne réagissait pas, elle surenchérit :

— Ou… neuf cents ?

— Nom d'une pipe ! s'exclama Helen. Je ne sais même pas pourquoi ils ont accroché ce quilt !

— Donnez-moi votre nom et votre adresse, dit Nancy, coupant court aux grognements maternels. J'en parlerai avec ma mère, et elle vous donnera sa réponse. La semaine prochaine, par exemple, ça vous convient ?

La dame de l'Arizona semblait de plus en plus excitée.

— Ecoutez, votre prix sera le mien. Et je paierai rubis sur l'ongle. Comme ça ! s'écria-t-elle en illustrant sa proposition d'un claquement de doigts potelés.

Après une avalanche d'au revoir, d'exclamations diverses et variées et de promesses de « rester en contact », Helen et Nancy se retrouvèrent seules.

— Ce n'est même pas mon meilleur quilt, murmura Helen. On peut dire que je ne me suis pas foulée pour les motifs du matelassage !

Nancy nota quelque chose sur la carte de la femme avant de la glisser dans la poche de son blazer.

— Moi, je le trouve superbe. Et dire que tu voulais t'en débarrasser, tu te souviens ? Tu l'avais mis dans la pile « A donner ».

— A ton avis, on pourrait en tirer plus cher ?

Nancy rit de bon cœur.

— On ferait bien d'avoir une discussion de fond sur ce que tu souhaites vraiment faire de tes quilts, lorsque l'exposition sera terminée. Ce sera le moment de décider si tu veux vendre ou non ceux auxquels tu tiens le moins.

— Je voudrais que Tessa et toi, vous en choisissiez quelques-uns.

Nancy lui entoura les épaules d'un bras affectueux.

— Tu ne l'as peut-être pas remarqué, mais le Dahlia géant est sur mon lit, à la ferme, depuis le jour où tu nous l'as montré.

— Comme si je ne m'en étais pas aperçue !

— Allons nous installer dehors avec de la citronnade et des sandwichs au poulet. Tu sais, les auxiliaires paroissiales ont décidé d'acheter un métier à quilter pour leur salle de réunion du sous-sol. Elles ont l'intention de lancer un atelier hebdomadaire. Je leur ai dit que tu viendrais leur donner un coup de main si leur projet démarrait.

— Alors là, je trouve que tu t'es drôlement avancée !

— Hé ! j'ai de qui tenir, non ? Regarde, à force d'obstination, tu te trouves à la tête de la plus belle collection de quilts de Virginie.

Helen avait son avis sur la question, et elle n'était pas femme à s'en laisser conter. Dans chacun des modèles, elle aurait pu indiquer ce qui clochait : un rouge tirant trop sur l'orangé dans celui-ci, un appliqué dont on voyait les points dans cet autre. Les becs des aigles, dans son panneau commémoratif du 11 Septembre, n'étaient pas assez incurvés, et les motifs de matelassage, choisis pour une courtepointe que Nancy avait baptisée « Galaxie céleste », auraient eu davantage de chic si elle avait créé, grâce aux fils, un effet de dégradé.

Mais, au bout du compte, elle devait reconnaître que ses quilts ne faisaient pas trop mauvaise figure, et que les couleurs chantaient assez bien, dans l'ensemble. S'il y avait un paradis — un mystère qu'elle préférait ne pas éclaircir, mais au cas où... —, elle se plaisait à imaginer que sa mère et ses tantes regardaient, de là-haut, le résultat de leurs leçons d'antan, et qu'elles hochaient fièrement la tête.

Nancy entraîna sa mère vers la sortie.

— Billy a installé des chaises à l'ombre, près des modèles suspendus aux arbres. Tessa a distribué des prospectus et elle a bavardé toute la matinée avec les visiteurs. Je vais voir si elle peut s'interrompre un moment pour se joindre à nous.

— Je n'ai pas vu Mack ! fit remarquer Helen.

— Il va venir, ne t'inquiète pas. Il a téléphoné, ce matin, pour dire qu'il serait en retard. Une histoire de mandat d'expulsion ou d'ordonnance du tribunal. Il y a aussi un politicien qui doit se retrouver en prison... mais il a promis d'être là pour le déjeuner.

— Ce garçon mène vraiment une vie intéressante.

— Oui. La question est de savoir si, dans quelques

semaines, quand nous réintégrerons nos pénates, il va mener cette vie seul ou avec Tessa.

— Quelques semaines ! Et moi qui croyais que vous alliez débarrasser le plancher incessamment sous peu ! Quand est-ce que je vais retrouver ma tranquillité ?

— Bientôt, ne t'en fais pas !

Au moment de franchir la porte, elles se heurtèrent à un nouveau groupe d'admiratrices qui tenaient à féliciter l'« artiste » et ne tarissaient pas d'éloges sur « son œuvre ».

« Décidément, songeait Helen, j'ai reçu plus de compliments en une journée qu'en une vie entière. Attention ma fille, que ça ne te monte pas à la tête ! »

Enfin, elles arrivèrent à se dégager, et Nancy fit signe à Billy qui vint les escorter jusqu'à l'endroit prévu.

Helen se demandait ce qui s'était passé entre sa fille et son gendre, mais elle n'allait pas risquer de leur porter malheur en y mettant son grain de sel. Ce qui ne l'empêchait pas de remarquer entre eux de nombreux sourires — inconnus au bataillon depuis des années — et une multitude de regards complices, de gestes tendres et de soupirs enamourés.

— Je vais faire un tour au buffet. Qu'est-ce que tu préfères : brownies ou tarte à la noix de pécan ? demanda Nancy.

— Les deux. Et pas de remarques !

— J'y vais, dit Billy. Reposez-vous, toutes les deux, vous l'avez bien mérité.

— Tu as vu Tessa ?

— Je lui ai fait signe que nous sortions. Je pense qu'elle nous rejoindra dès qu'elle se sera libérée.

Helen retira ses chaussures neuves. Elles étaient encore raides, bien qu'elle eût essayé de les briser en les portant tout au long de la semaine. Elle songea qu'elle serait probablement morte avant qu'elles ne s'assouplissent. N'empêche, elles étaient vraiment jolies. Presque extravagantes comparées à ce qu'elle s'achetait depuis des années et des années. Et puis, elles allaient bien avec l'ensemble que Nancy lui avait pratiquement imposé : une jupe à fleurs bleu marine et un cardigan assorti en coton, à manches courtes, avec de ravissantes broderies. Il lui suffisait de le regarder pour se sentir rajeunir.

Et ça n'avait pas coûté des mille et des cents, contrairement à ce qu'elle craignait. D'ailleurs, elle se demandait si elle n'allait pas s'en acheter un autre, avant que celui-ci soit usé. Tout comme elle avait l'intention de fréquenter, de temps à autre, ce salon de coiffure où ils se débrouillaient si bien. Le résultat était infiniment supérieur à la coupe maison qu'elle pratiquait elle-même depuis toujours. Il fallait le reconnaître.

Quoique... après le départ de Tessa et de Nancy, il n'y aurait pas grand monde pour admirer son élégance. Enfin...

— Es-tu descendue voir la décoration de la crèche et du jardin d'enfants ? demanda Nancy en remarquant l'humeur songeuse de sa mère.

— A peine si j'ai pu glisser un œil dans la chapelle. Les gens me barraient le passage.

— La rançon de la gloire, que veux-tu ? dit Nancy sur un ton faussement dramatique.

— Tu y as mis les couvertures de berceau et les tapis de parc ?

— Tu verras toi-même.

Helen se promit d'aller y faire un tour dans l'après-midi.

Billy revint, chargé d'assiettes en carton remplies de salade de poulet-pommes-de-terre. Tessa, elle, apportait les boissons.

— Et les desserts ? lança Helen.

— J'y retournerai, promis, dit Billy. Vous vouliez peut-être du chocolat en entrée *et* en dessert ?

— Ah ah, monsieur Je-sais-tout. Voilà qui me rappelle le jeune étudiant de jadis !

Il eut un sourire chaleureux.

— J'espère bien que non.

Tessa lui tendit un grand verre de citronnade.

— Gran, il y a une dame qui tient absolument à te rencontrer. Je lui ai dit que tu la verrais dans un petit moment, quand tu te serais un peu reposée.

— Si c'est pour les Malheurs de Job, trop tard !

— Non, elle voudrait L'Album du Shenandoah.

Helen, qui s'apprêtait à boire, suspendit son geste.

— Pas question. Il appartient à ta mère. A moins qu'elle n'en veuille plus ?

Nancy faillit s'étrangler avec un morceau de poulet.

— C'est le plus beau de tous. Evidemment que j'adorerais l'avoir, le jour où tu voudras t'en séparer.

Tessa les interrompit.

— Ne vous disputez pas, les filles ! Je l'ai prévenue qu'il n'était sans doute pas à vendre. Et ce n'est pas un problème pour cette dame parce qu'elle désire autant l'acheter que le montrer.

— Le montrer ? Où ça ?

— Au Virginia Quilt Museum. Elle voudrait organiser une exposition autour de cette pièce. Et elle a précisé qu'il fallait que tu l'assures au plus vite parce qu'il vaut un sacré paquet d'argent. Une somme dont tu n'as même pas idée.

Tessa se tenait sur le seuil du sanctuaire et observait sa grand-mère en grande discussion avec la conservatrice du musée du Quilt à Harrisonburg. Toutes deux inspectaient les œuvres exposées.

Helen semblait encore sous le choc. Après une journée comme celle-là, elle ne pourrait plus jamais se prendre pour une modeste quilteuse de campagne. La conservatrice émaillait son discours de mots tels que « luminosité », « résonances profondes », « sensibilité exacerbée », « théâtralité de la construction ».

Helen se contentait d'opiner du bonnet.

— Quel succès ! s'exclama une voix derrière elle.

Tessa se retourna et vit son mari près d'elle. Son cœur se mit à battre plus vite. Elle avait attendu son arrivée avec impatience. Il lui manquait depuis leur dernière rencontre.

— Oui, c'est une réussite, dit-elle.

Elle le regarda attentivement. Et soudain, elle se demanda ce qu'elle éprouverait si elle apprenait qu'elle ne devait jamais plus le revoir. Ne plus sentir cet élan qui la portait vers lui, ce désir de connaître les menus détails de ses journées, ses plus petits changements d'humeur, ses pensées intimes…

— Tu me fais visiter ?

Elle se rendit compte qu'elle ne demandait que cela, mais elle avait promis à sa mère qu'elle ferait en sorte qu'Helen et l'administratrice du musée ne fussent pas dérangées pendant leurs tractations.

— Je dois faire le guet ici encore un petit moment. Commence la visite. Je te rejoindrai en bas : je n'ai pas encore vu l'espace enfants.

— Tu as l'air en forme.

— Je suis en congé, comme tu as dû le remarquer.

— J'ai parlé à Joe. Il a téléphoné à propos d'un détail technique concernant ton assurance-maladie.

Joe était le principal du collège de Tessa. Soudain, elle eut honte de ne pas avoir prévenu Mack de sa décision de prendre un semestre de liberté.

— C'est temporaire, précisa-t-elle aussitôt. J'ai décidé ça impulsivement, et j'ai eu peur de t'en parler.

— Pourquoi ? Parce que je suis un tyran ? Ou que je ne gagne pas assez d'argent pour deux ?

Elle détourna les yeux, faisant mine de s'intéresser à sa grand-mère.

— Non. Parce que, d'une certaine manière, c'est un constat d'échec.

— Nous ne sommes pas en compétition, que je sache. Nous mettons un pied devant l'autre, de notre mieux.

Nous sommes encore là, l'un près de l'autre. Nous nous parlons. Ce n'est pas rien.

Elle sentait sa tension nerveuse fondre comme neige au soleil. Mack et ses dons d'empathie… C'était bon d'être comprise, se dit-elle.

— C'est important pour moi d'avoir l'air de maîtriser la situation.

— Je sais.

Elle n'avait pas besoin de préciser que, justement, le contrôle de la situation, elle l'avait perdu, et depuis un bon bout de temps. Elle était quasiment en chute libre, et il n'était pas certain que le parachute se déclencherait avant la catastrophe finale.

Mais on pouvait compter sur Mack pour savoir tout cela.

— Allez, file ! lui dit-elle. Je vais bientôt descendre : je vois qu'elles ont pratiquement terminé.

Il lui manqua dès qu'il eut disparu. Pourtant, elle aurait dû être habituée à son absence, depuis le temps qu'ils vivaient sur des voies parallèles.

Elle ferait bien d'y penser, la prochaine fois qu'elle serait tentée de le repousser.

Les quilts de bébés exprimaient l'inspiration fantasque d'Helen, son goût des couleurs, son inventivité dans les motifs. Ils avaient été disposés sur des berceaux anciens de bois clair et sur des dossiers de chaises à bascule.

Mack fut particulièrement charmé par l'un d'eux. On y voyait une jolie grenouille verte sur sa feuille de nénuphar, surveillant d'un œil très intéressé les mille et une bestioles qui composeraient son souper du soir. Sur les bordures s'ébattaient des papillons multicolores, des libellules aux ailes diaphanes et des coccinelles brillantes.

Mack songea que s'il avait, un jour, un autre enfant, si le ciel lui accordait cette chance, il aimerait avoir cette exquise couverture de berceau. Et il allait le dire à Helen.

Il entendit des pas derrière lui, et se retourna, pensant voir Tessa.

C'était Nancy qui se tenait sur le seuil de la salle.

— J'ai appris que vous étiez ici, Mack, dit-elle en se hissant sur la pointe des pieds pour l'embrasser. C'est adorable, n'est-ce pas ? s'exclama-t-elle en embrassant la pièce d'un coup d'œil.

— Kayley avait une couette avec des petits chats. C'était Helen qui la lui avait faite. Elle l'adorait. Et, quand elle est passée de son berceau à son lit d'enfant, il n'en restait plus que des lambeaux.

— Cette journée est une consécration pour maman. On ne va plus pouvoir la tenir, après ça !

— Vous lui avez fait un merveilleux cadeau.

Elle sourit.

— Heureuse que ça vous plaise.

— J'ai toujours été injuste envers vous, n'est-ce pas ?

Elle réfléchit un instant.

— Pas vraiment. Vous vous êtes probablement arrêté à l'image que je voulais donner de moi. Mais je me plais à penser qu'il y a autre chose derrière cette façade.

Il lui passa un bras autour des épaules.

— On fait la paix ?

— Soyons amis et n'en parlons plus.

Elle lui rendit son étreinte, puis tourna les talons et se dirigea vers l'entrée.

— Oh, Mack, avez-vous visité la pièce d'à côté ?

— Pas encore : je viens d'arriver.

— Ne partez pas sans y être allé. Il y a un autre quilt à voir.

Il musarda encore un moment, puis, comme Tessa n'apparaissait pas, il quitta la crèche pour le jardin d'enfants.

Lorsque Tessa le rejoignit, elle le trouva en train d'admirer un modèle unique accroché au mur.

— Désolée d'avoir tant tardé. La discussion n'en finissait plus. Gran est épuisée mais ravie. Si tu…

— Tu l'avais déjà vu ? l'interrompit Mack en lui désignant le quilt qui lui plaisait tant.

Tessa se tourna vers l'œuvre en question, et resta silencieuse un long moment. Lorsque son regard revint vers son mari, ses yeux brillaient de larmes.

— Non, murmura-t-elle d'une voix que l'émotion faisait trembler.

Le panneau montrait une petite fille avec un drôle de chapeau, en train de faire tout ce que leur fille avait fait. La légende indiquait sobrement : « Le Quilt de Kayley » et, en dessous, « Assemblage Helen Henry — Matelassage Nancy Whitlock ».

— Maman l'a quilté. Et Gran a piécé les blocs. Je me demande quand…

— Nous poserons la question à ta mère. En tout cas, elle a insisté pour que je vienne le voir.

— Kayley l'aurait tellement aimé ! On y voit ses occupations favorites, comme dans un Livre d'Heures… Même Biscuit a l'air vrai.

— J'ai appris qu'elle était de retour.

— Tes informations te viennent toujours des autres, jamais de moi.

— Crois-tu que ça me fasse plaisir ?

— Je vais garder Biscuit, Mack. Je ne veux plus m'en séparer. Elle est heureuse avec moi. Tu as bien fait dc m'envoyer Bonnie.

Je… Je… Moi…

Elle l'excluait, sans même s'en rendre compte, et il en fut triste.

A cet instant, elle lui fit face et, d'une voix altérée, lui déclara :

— Biscuit serait encore plus heureuse d'être avec nous deux.

Il lui prit les mains.

— Toi aussi, tu vas revenir à la maison ?

— Je ne sais pas encore. Pas tout de suite.

Il lui serra les mains avant de les relâcher.

— J'aimerais tant que tu reviennes !

— Pas sûr.

Il savait que ce n'était pas le moment d'en parler et, comme il en avait pris l'habitude, depuis de si nombreuses années, il changea judicieusement de sujet.

— Si ta mère et ta grand-mère ne s'y opposaient pas, serais-tu d'accord pour donner ce quilt à la bibliothèque ?

— Excellente idée.

Il la vit lutter pour refouler ses larmes. Un spectacle qui lui déchirait toujours le cœur.

Il l'attira à lui, la prit tendrement dans ses bras.

Et, lorsque ses larmes se mirent à couler, il la serra plus fort.

32

Au bout du compte, plus de deux cents personnes s'étaient déplacées pour voir l'exposition. Lorsque l'équipe de nettoyage vint remettre de l'ordre et préparer l'église pour les offices du lendemain, Nancy demanda à Tessa de ramener Helen. Une Helen épuisée, qui tenait à peine debout. Les autres membres de la famille resteraient pour donner un coup de main.

Mack fut chargé de superviser le démontage et l'emballage des quilts exposés dans le jardin et à la crèche. Les autres resteraient en place pour que les fidèles du dimanche puissent les admirer, et seraient décrochés le lendemain soir.

Nancy remercia chaleureusement tous les bénévoles, et leur donna à chacun un sachet de pot-pourri empaqueté dans un carré matelassé, récupéré dans le panier des « bons à jeter » d'Helen. Mais même les prétendus « rebuts » étaient si chatoyants qu'ils faisaient de charmants cadeaux.

Billy la rejoignit, tandis qu'elle mettait la touche finale à deux gros bouquets de fleurs des champs posés sur l'autel.

— Je les arrange un peu pour qu'elles soient encore belles demain, pour les offices, lui expliqua-t-elle. C'est ma manière de leur dire un petit merci.

Billy s'approcha d'elle et l'entoura de ses bras.

— J'ai quelque chose pour toi.

Elle se laissa aller contre lui, savourant son geste affectueux.

— Tiens, tiens, qu'est-ce que ça peut bien être ?

Il fouilla dans sa poche, et en sortit un petit paquet qu'il tint devant elle.

Il était si joliment enveloppé qu'elle hésita.

— Billy, c'est trop beau. Je n'ose pas l'ouvrir.

— Je referai l'emballage quand tu l'auras vu, proposa-t-il. Allez, ouvre-le.

Il n'oubliait jamais les présents d'usage, lors des fêtes et des anniversaires — en général généreux, et souvent impersonnels. Mais les cadeaux spontanés avaient été aussi rares que les mots d'amour.

La taille de la boîte laissait supposer qu'elle contenait un bijou. Un bracelet, peut-être. Elle prit son temps, goûtant le plaisir de l'attente… Après avoir ôté le papier, elle ouvrit le coffret. Il contenait deux petits écrins.

Elle ouvrit le premier et découvrit un magnifique anneau d'or d'un style très particulier qu'elle reconnut tout de suite : le *mokume gane*. C'était la technique employée dans le Japon médiéval pour forger les légendaires épées des samouraïs. Le secret pour que la lame reste aussi tranchante qu'au premier jour résidait dans la manière de fondre de fines couches de métaux d'élasticité et de dureté variées, de les plier et replier un nombre incalculable de fois en les martelant jusqu'à obtenir une structure ligneuse et sonore qui rappelait l'apparence du bois.

Ici, dans ce bijou, l'orfèvre n'avait utilisé que de l'or de variétés différentes, et il avait créé un anneau d'une somptueuse simplicité. Unique en son genre.

— Quelle beauté ! murmura Nancy, subjuguée.

— C'est le mien, dit Billy. Regarde dans l'autre boîte.

Elle se retourna pour scruter son visage.

— Le tien ? s'étonna-t-elle.

— Je n'ai jamais eu d'alliance.

Aussitôt, elle fut replongée dans ses souvenirs. Une

semaine après leur mariage exprès, il lui avait passé au doigt un mince anneau doré, remplacé plus tard par une bague ostentatoire en diamant qu'elle n'appréciait guère. Mais Billy n'avait jamais porté d'alliance.

L'entourant toujours de ses bras, il ouvrit l'étui de cuir à sa place.

Une bague jumelle était nichée au creux du velours. D'une finesse exquise, avec, incrustés dans le métal précieux, de minuscules diamants qui scintillaient comme des étoiles dans l'écrin d'un ciel nocturne.

Jamais elle n'avait possédé pareil bijou et, en saisissant le minuscule coffret qu'il lui présentait, elle tomba immédiatement amoureuse de son contenu.

— Oh ! Billy, je ne sais pas quoi dire !

— Epouse-moi, ma chérie. Ici et maintenant. Sans prêtre ni témoins. Passe-moi l'anneau au doigt, et je ferai de même pour toi.

— Avec plaisir, Billy. Je t'épouserai une seconde fois, n'importe où, n'importe quand. Au milieu d'une flaque de boue ou de la forêt vierge.

Il sourit et détacha la fine alliance du coffret, tandis qu'elle se débarrassait de l'ancienne.

— Tu ne crois pas si bien dire : nous parlerons forêts vierges dans quelques instants, dit-il d'un air mystérieux.

Tessa entendit d'abord un coup de klaxon, puis le claquement d'une portière. Sa mère apparut ensuite sur le seuil. Seule.

— Où est papa ? s'inquiéta immédiatement Tessa.

— J'ai pensé que nous serions tous trop crevés pour préparer à dîner, et j'ai demandé à ton père de passer chez le traiteur. On va faire la fête tous ensemble. Où est maman ? Elle fait un petit somme ?

Helen sortit de la cuisine au même moment.

— Ça m'étonnerait que je trouve le sommeil d'ici une

semaine au moins. Excitée comme je suis : une vraie puce ! Tout juste si je me souviens comment je m'appelle.

Elle se dirigea droit vers sa chaise préférée.

— Tu as l'air fatigué, dit Tessa à sa mère. Assieds-toi avec Gran, je vais aller faire un thé.

Nancy se laissa choir dans le canapé. Le bruit sourd d'une paire de chaussures tombant sur le plancher fit sourire Tessa, tandis qu'elle quittait le salon. C'était la première chose qu'Helen avait faite, elle aussi, en rentrant. Finalement, songea-t-elle, la mère et la fille se ressemblaient beaucoup plus qu'elles ne le croyaient.

Quand elle revint avec le plateau, Nancy s'était pelotonnée, les pieds ramenés sous elle. Elle lui trouva un visage rayonnant, en dépit de sa lassitude.

Les deux femmes prirent chacune un verre, et soupirèrent d'aise dès les premières gorgées. La climatisation fonctionnait. Helen l'avait elle-même mise en marche, aussitôt rentrée. La différence de température avec l'air conditionné de l'église était trop pénible à supporter, avait-elle déclaré, comme pour se justifier.

— Alors, chère maman, que penses-tu de cette journée ?

Autant agiter un chiffon rouge sous les naseaux d'un taureau, se dit Tessa. Mais la réponse d'Helen l'étonna.

— Je ne sais pas ce qui leur a pris, à tous ces gens, de passer leur week-end de fête du Travail de cette façon ! Mais si quelqu'un devait absolument les distraire, je ne suis pas mécontente d'avoir été cette personne-là.

Dans la bouche d'Helen, cela traduisait un succès franc et massif.

Et Nancy, ne s'y trompant pas, reçut le compliment avec un sourire radieux.

— Heureuse que ça t'ait plu.

— Ce que je n'arrive pas à comprendre, c'est la raison pour laquelle ce musée insiste pour avoir mes quilts. Cette dame m'a même invitée à aller visiter ses collections. Quelle idée ! Comment cela serait-il possible ?

— Je viendrai te chercher en voiture. J'aimerais bien y aller, moi aussi.

— Tu pars bientôt, finalement ?

— Pas tout de suite, dit Nancy, mais nous n'allons quand même pas tarder. Billy et moi, nous envisageons de gros changements.

Tessa sursauta, puis, voyant que sa mère souriait, elle se détendit. Il ne devait pas s'agir de trop mauvaises nouvelles.

— Lesquels ? On peut savoir ?

Nancy posa son verre sur le coin de la table basse.

— Nous allons vendre la maison.

Tessa crut avoir mal entendu.

— Papa a des difficultés financières ?

— Non, rassurez-vous. Simplement, nous n'avons plus envie de garder cette immense bâtisse. Nous ne sommes que deux et, un de ces jours, nous pourrions nous perdre dans ces innombrables pièces. J'aimerais vivre dans une maison plus modeste et plus facile à entretenir. Au nord de la ville, peut-être, pour éviter les embouteillages quand nous viendrons te voir, maman, dit-elle en se tournant vers Helen.

Tessa essayait d'imaginer ses parents loin de la somptueuse demeure qui avait fait l'orgueil et la joie de Nancy.

— Je ne te vois pas vivre ailleurs.

Le sourire de Nancy s'effaça.

— Ça te contrarie, ma chérie ? Tu pensais hériter de la maison et y vivre un jour ?

— Grand Dieu, non ! s'exclama Tessa, horrifiée. Pourtant, j'adore la manière dont tu l'as transformée. Je la trouve magnifique. Mais je ne compte pas m'enterrer dans ce mausolée.

Nancy eut l'air profondément soulagé.

— Nous trouverons sûrement des amateurs pour cette adresse prestigieuse.

— Mais… papa est d'accord ?

— Absolument. Et ce n'est pas tout, annonça Nancy, les yeux brillants d'excitation. Ton père va prendre une retraite anticipée. Il passe les rênes à ses associés.

Quitter la maison. Lâcher son travail… Tessa sentit le sol vaciller sous ses pieds.

— Mais qu'est-ce qu'il va faire ?

— Ce qu'il préfère, pour commencer. Voyager. Faire des randonnées, du canoë. Etudier les oiseaux. Avec *un peu* de retard, nous irons passer notre lune de miel au Costa Rica. Nous avons prévu de travailler deux semaines avec un organisme de protection des tortues marines, au bord du Pacifique, puis nous ferons du tourisme dans le pays pendant un mois environ. A moins, maman, que ça t'inquiète de nous savoir partis aussi longtemps ?

— Je n'ai pas besoin que tu me maternes, Nancy. Je ne te l'ai jamais demandé. Et puis, en cas de nécessité, Tessa sera là, non ?

— Ton père va m'initier à l'ornithologie, Tessa, ajouta-t-elle, toute contente. Et puis, ce n'est pas fini : le prochain voyage, c'est moi qui vais l'organiser. A Paris ! Visite du Louvre et du musée d'Orsay au programme. Maman est invitée, si elle veut bien s'arracher à sa chère ferme quelque temps. Et, pour finir, je vous annonce que je vais travailler. On vient de m'offrir un poste dans cette galerie de Carytown dont je t'avais parlé. Je serai chargée, chaque mois, des nouvelles expositions. C'était dans l'air depuis un moment, et j'ai reçu la proposition officielle mercredi dernier. Avant de donner ma réponse, j'ai attendu d'en avoir parlé à ton père. Ce sera un mi-temps. Je pourrai me libérer facilement pour nos petites escapades.

— Papa doit être ravi, dit Tessa.

— Et comment ! Surtout que je vais l'entretenir, dorénavant !

Nancy, visiblement enchantée par ce programme, éclata d'un rire joyeux.

— Que de changements ! fit remarquer Helen. Et en si peu de temps !

— Maman, nous prévoyons d'acheter une maison avec une aile pour toi.

D'un geste, elle fit taire les protestations d'Helen.

— Pas pour y vivre en permanence, je sais que tu ne le souhaites pas. Mais pour y venir quand tu en auras envie. Ça me ferait tellement plaisir de t'avoir à la maison de temps en temps ! Nous l'arrangerons comme tu voudras.

Helen se mordillait la lèvre.

— Rien d'extravagant ?

— Quelque chose de tout simple et de plain-pied. Avec une pièce assez grande pour y caser un métier à quilter. Et je te promets de couper l'air conditionné.

— Ah ça, pas question !

— Je suis heureuse, dit Nancy. Et c'est si bon, le bonheur !

— Je sais ce que tu ressens, dit Helen gravement. Sans vouloir faire de comparaison, bien entendu.

Mack se demandait si les convives réunis autour de la table se rendaient compte du caractère exceptionnel de cette soirée. Jamais, au cours des repas de famille plus ou moins imposés par la tradition, il ne s'était senti aussi bien au milieu d'eux. Et jamais il ne les avait entendus rire de si bon cœur.

Tessa l'avait pris à part pour l'informer des dernières nouvelles concernant ses parents, et il avait sincèrement admiré les nouvelles alliances des « jeunes mariés ».

Le repas avait été exquis, et personne n'y avait trouvé à redire — une première ! Ensuite, d'un commun accord, ils s'étaient retrouvés sous la véranda pour admirer les dernières lucioles de cet été torride.

Comme ils étaient tranquillement assis, en train de

savourer ces instants de paix, une brise fraîche, annonciatrice de l'automne proche, s'était levée.

Après avoir fait fête à son maître, Biscuit s'était couchée à ses pieds.

Comme pour couronner cette journée à marquer d'une pierre blanche, la nature les avait gratifiés d'un ciel somptueusement étoilé, avec une Voie lactée qui traçait son chemin de lumière dans la nuit, telle une rassurante promesse d'éternité.

L'humeur était à l'optimisme et au recueillement.

Helen, finalement, annonça qu'elle se retirait dans ses appartements. Nancy et Billy l'accompagnèrent.

Tout le monde était fatigué. Mack voyait la lassitude dans les yeux de Tessa. Et lui aussi sentait le poids de la journée. Il avait, d'ailleurs, décidé de passer la nuit sur place, bien qu'un rendez-vous incontournable l'attendît très tôt le lendemain : il devait s'assurer que l'un de ses clients n'allait pas être expulsé de son logement.

— Une journée remarquable, dit-il en guise de conclusion.

Sur la balancelle, près de lui, Tessa changea de position pour mieux le regarder.

— A plus d'un titre, lui répondit-elle.

— Qui aurait cru que l'été s'achèverait de cette façon ?

— Certainement pas moi.

Il redoutait de devoir jeter une ombre au tableau, mais son intuition lui soufflait de dire la vérité à Tessa, sans délai.

A son tour, il se tourna vers elle.

— Je ne voudrais pas gâcher l'atmosphère d'une si belle soirée, dit-il en la regardant droit dans les yeux, mais il faut que je te parle de quelque chose.

Elle ne dit rien, sur le moment. Comme si elle se préparait à subir une épreuve.

— Ça concerne Robert, n'est-ce pas ?

— Barry, mon enquêteur, nous propose de passer à une

surveillance bihebdomadaire. D'abord, parce qu'il pense que c'est suffisant. Ensuite, parce qu'il doit s'absenter un mois et que son équipe sera réduite. Et enfin, parce que, depuis trois semaines qu'ils planquent devant chez lui, Owens n'a donné aucun indice de mauvaise conduite.

— Deux fois par semaine ?

Biscuit, captant un changement dans la voix de Tessa, se redressa, les oreilles pointées. Mack la rassura en lui tapotant la tête jusqu'à ce qu'elle se recouche à ses pieds.

Puis, il se força à garder un ton calme.

— A vrai dire, il a suggéré une fois par semaine, mais ça, je sais que c'est hors de question pour toi.

— Nous ne le payons peut-être pas suffisamment ?

— Ce n'est pas une question d'argent. Il est persuadé que si Owens lâche le régime sec, ils le sauront, même en ne le surveillant qu'occasionnellement. S'il se remet à boire pour de bon, il perdra toute prudence, et il sera facile de le pincer. Ou bien alors, il restera sobre ; il continuera à respecter les règles de sa mise à l'épreuve, et il deviendra totalement inutile de le surveiller.

— Je crois que tu n'as pas compris.

Elle n'avait pas élevé la voix, mais sa colère était perceptible.

— Ce qui m'intéresse, ce n'est pas de le renvoyer en prison mais de l'arrêter avant qu'il ne commette l'irréparable.

— As-tu l'intention de surveiller ce garçon toute ta vie ? A quel moment accepteras-tu l'idée qu'il fait de son mieux pour rester sobre et honorer ses engagements ?

— Jamais ! En tout cas… pas maintenant, c'est sûr.

Elle s'efforçait de garder son sang-froid, mais son visage s'était de nouveau crispé et creusé. Et elle était devenue toute pâle.

— C'est ça que tu espères, Mack, depuis le début : me détourner de cette surveillance ? Me convaincre de laisser quelqu'un d'autre faire le boulot à ma place, puis, progressivement, sans en avoir l'air, diminuer les interventions ?

Etait-ce ce qu'il souhaitait, plus ou moins consciemment ? Difficile à dire. Il tenta de répondre le plus honnêtement possible.

— J'ai pensé que si nous ne le prenions pas sur le fait au début, ton désir de le suivre s'émousserait peu à peu. Mon intention n'était pas, pour autant, de te sevrer en quoi que ce soit. J'espérais simplement que tu verrais la lumière.

— Je l'ai vue, la lumière ! La lumière rouge clignotante de l'ambulance qui emportait le corps de notre fille.

Il laissa passer un long moment avant de reprendre la parole.

— Veux-tu que j'engage un suppléant, en attendant que l'équipe de Barry puisse de nouveau assurer un contrôle quotidien ? Ou es-tu prête à un compromis, disons de… trois fois par semaine ?

Il s'attendait à une explosion de violence. Il n'en fut rien. Elle réfléchit longuement, puis croisa les mains et les posa sur ses genoux, comme pour s'exhorter au calme.

— Quels soirs assureraient-ils ? demanda-t-elle.

— Barry propose le vendredi et le samedi. Nous pourrions y ajouter le mardi, par exemple, si tu le juges utile.

Elle retomba dans le mutisme. Au moment où il s'attendait à l'entendre refuser, elle hocha la tête brièvement.

— Tu me diras s'ils font ou non le mardi ?

— Si c'est non, ce serait une condition de rupture de contrat ?

— Non. Simplement, j'aimerais être tenue au courant.

Elle était toujours hors d'elle, songea-t-il, mais elle faisait des efforts pour se montrer raisonnable. Ce qu'il interpréta comme un signe encourageant. Si elle lâchait prise sur cet épineux sujet, ça l'aiderait sans doute à se libérer du passé.

Certes, leur délai de réflexion n'expirait pas officiellement à la fin de l'été, et il n'avait pas, personnellement, fixé de date limite. Il savait, cependant, que l'heure de vérité approchait et qu'ils devraient prendre des décisions.

Il le sentait comme il sentait ce petit vent fraîchissant, avant-coureur du changement de saison.

Ils ne pourraient pas continuer longtemps sur ce même chemin. Tessa en était-elle consciente ? se demanda-t-il. Etait-elle capable de changer d'orientation ?

Rien n'était moins sûr.

Elle se leva brusquement.

— Tu viens ?

— Tu le désires ?

— Je préfère ne pas te savoir sur les routes un samedi soir.

Elle s'arrangeait encore pour évoquer la question de l'ivresse au volant.

Il ne pouvait pas laisser passer ça.

— Arrivera-t-il un moment, Tessa, où ta vie ne tournera pas exclusivement autour d'Owens ? Où tu feras passer nos sentiments en premier ?

Elle sembla légèrement honteuse, puis secoua la tête, comme pour chasser une ombre.

— Si j'avais eu un don de clairvoyance, Mack, je n'aurais pas laissé Kayley partir seule à l'école, ce matin-là.

— Tu sais bien qu'il y a des choses que nous pouvons maîtriser et d'autres qui nous échappent, Tessa !

— C'est bien pour ça que j'ai commencé à surveiller la maison d'Owens, au début.

Il se leva à son tour. Il se sentait trop las pour une énième escarmouche verbale.

— Il faut que je parte très tôt, demain matin, et je n'ai pas envie de te réveiller à une heure indue. Je préfère dormir sur le canapé.

Elle lui tendit la main.

— Viens dormir avec moi.

Il mit sa main dans la sienne, et la suivit à l'étage.

Mais, une fois dans le lit étroit où ils avaient passionnément fait l'amour, le soir de la fête chez les Claiborne, ils s'endormirent en se tournant le dos.

Et, à la fine pointe de l'aube, il s'éclipsa sans bruit et sans un au revoir.

33

Tessa sursauta en entendant une portière claquer en face de chez les Owens.

Elle avait longuement hésité avant de venir. La nuit précédente, elle s'était tournée et retournée à côté de Mack, se demandant si, un jour, elle serait capable de renoncer à son idée fixe.

Il le fallait, pourtant. Mack avait raison.

Comme lui, elle pensait que la vie était trop précieuse pour laisser la vengeance la détruire.

Et pourtant, elle était là, une fois de plus.

Le matin, elle était partie avec Biscuit pour une grande randonnée à travers les collines. L'après-midi, elle avait déniché une antique sorbetière à manivelle dans le cellier, et elle avait aidé son père à fabriquer un gallon de crème glacée avec les dernières pêches de la saison, offertes par les Claiborne.

A la fin de cette plaisante journée, toutefois, son obsession l'avait reprise. Avec une violence incoercible.

C'était le dimanche de la fête du Travail. Le jour des barbecues, des matchs de Frisbee et des concours de cracheurs de pépins de pastèque. La soirée des tonnelets de bière et des beuveries en toute impunité. Et tant pis pour la gueule de bois puisque, le lendemain, personne n'était obligé de se lever.

Le dimanche de la fête du Travail… et elle n'était pas plus avancée qu'au début de l'été. Encore et toujours prisonnière de son idée fixe : renvoyer Robert Owens en prison. Une bonne fois pour toutes.

La pendule à affichage numérique du tableau de bord indiquait 21 heures. Pourtant, Tessa avait l'impression qu'il était beaucoup plus tard. Sa mauvaise nuit de la veille et le long trajet jusqu'à Manassas avaient achevé de l'épuiser.

Il y avait foule dans la rue des Owens. Les gens circulaient, se garaient, repartaient. On les voyait porter des enfants endormis dans les voitures, échanger des adieux avec la famille ou les amis, à l'issue de la journée de festivités. Elle s'attendait à tout moment à voir l'un d'eux frapper à sa vitre et lui demander ce qu'elle faisait dans sa voiture. Mais personne ne semblait faire attention à elle.

La maison des Owens était silencieuse. Une lampe unique brillait dans ce qui devait être le salon. La voiture familiale était garée sur la voie privée menant à l'habitation, et il lui semblait avoir vu une silhouette bouger à travers les voilages de la fenêtre.

Elle se demanda si elle s'était donné tout ce mal uniquement pour épier les faits et gestes de la mère de Robert. Etait-il là ou non ? Aucune certitude à ce sujet…

Peut-être avait-il passé la journée en compagnie de ses amis ? Et combien de temps résisterait-il à la tentation ? Les packs de six, blondes ou rousses, délicieusement givrées, les petits Jell'o shots à la vodka, aux couleurs acidulées, les cocktails enivrants ? Combien de temps résisterait-il à l'envie de conduire pour se rendre à l'une de ces fêtes ou en revenir ?

Ses paupières se firent lourdes. La chaleur qui régnait à l'intérieur de la voiture lui donnait envie de dormir. Quand il ferait vraiment trop chaud, elle mettrait le moteur en marche et brancherait l'air conditionné.

Elle tourna le bouton de la radio et tomba sur un débat politique. Deux commentateurs pontifiants discutaient de l'opportunité de la présence de commissaires de police sur tous les vols décollant du Reagan National Airport.

Avant de découvrir si la mesure de sécurité était une bonne idée ou non, elle sombra dans le sommeil.

Un moteur qui démarrait la réveilla en sursaut. Elle mit un moment à comprendre où elle était. Se forçant à maintenir ses yeux ouverts, elle accommoda lentement. Elle avait l'impression de nager sous l'eau, très loin de la surface, et ses poumons lui brûlaient. Dans l'habitacle, il faisait une chaleur torride. Un saxophone gémissait longuement à la radio.

Avant qu'elle pût rassembler ses idées, quelqu'un frappa au carreau, côté passager. Sa respiration s'étrangla. Une main impatiente cognait, à présent, contre la vitre embuée, à grands coups bruyants.

— Tessa !

La voix de Mack !

Tandis qu'elle cherchait à tâtons le loquet pour déverrouiller la portière, du coin de l'œil, elle vit une voiture jaillir de la voie privée des Owens. Malgré la brièveté de l'instant, elle aperçut Robert au volant.

Mack se laissa choir sur la banquette.

— Suis-le !

Tessa était tout à fait réveillée, à présent. Elle fit rugir le moteur, enclencha la première et déboîta en trombe, avant même que Mack eût bouclé sa ceinture.

Par quel mystère son mari se trouvait-il là ?

— Mack, mais qu'est-ce…

— Roule, roule !

Elle tourna le coin de la rue. Robert n'était pas très loin. Il conduisait vite dans une zone où la vitesse était limitée, et elle dut s'accrocher pour le suivre dans ces rues étroites.

— Prends mon portable dans mon sac : il est sur la banquette arrière. J'ai la ligne directe d'un policier du commissariat local. Tu verras, c'est le premier numéro d'urgence. Il est au courant de la situation. Dis-lui ce qui se passe et où nous nous trouvons.

Elle se concentra sur la conduite de la voiture, tout en écoutant Mack s'expliquer au téléphone.

Elle prit un ou deux virages à vive allure. Mack, qui achevait de donner leur position, se tourna vers elle.

— Il nous dit de garder Owens en vue sans prendre de risques inutiles. Il y a une voiture de police qui patrouille dans les environs : il les appelle tout de suite par radio. On fera une nouvelle mise au point dans quelques minutes.

— Qu'est-ce que tu fabriques ici ? lui demanda-t-elle lorsqu'il eut raccroché.

— Je t'avais promis une surveillance rapprochée.

— Mais tu disais que…

— Je sais ce que je t'ai dit, et je sais ce que je t'ai promis. Mon opinion sur la question ne compte pas. Tu as besoin de cette surveillance quotidienne, et j'ai décidé de l'assurer sans chercher plus loin.

En dépit de ses réticences, Mack s'était porté volontaire.

Par amour pour elle.

Elle en prit conscience avec la soudaineté d'un éclair. Et dire qu'elle avait été à deux doigts de rejeter cet amour, de briser définitivement leur couple !

— Tu avais raison pour Owens, dit-il.

Curieusement, elle n'en tirait aucune gloriole. Pas le plus petit sentiment d'exultation, contrairement à ce qu'elle aurait pu attendre.

— A la manière dont il conduit, il va tuer quelqu'un.

Mack, qui jurait rarement, laissa échapper un chapelet d'imprécations.

Un nouveau virage à la corde, et elle vit le véhicule de Robert qui s'éloignait à une allure infernale, zigzaguant d'un bord à l'autre de la rue. Il prenait de l'avance sur eux. Avait-il remarqué qu'il était suivi ?

En tout cas, pour conduire d'une manière aussi déconcertante, il devait être sacrément ivre.

— Je ne sais pas si je vais pouvoir soutenir l'allure, dit Tessa.

Mack fit un nouveau rapport par téléphone avant de lui répondre :

— Concentre-toi sur la route. Je te préviendrai s'il bifurque. Ne cherche pas à aller trop vite. La police est à ses trousses, maintenant. Contentons-nous de le garder…

Elle fit une embardée pour éviter un chien qui s'était pratiquement jeté sous ses roues. Elle vit un homme, sur le trottoir, tirer brutalement sur la laisse.

S'agrippant au volant, elle tenta de garder le contrôle du véhicule. Mack poussa un petit cri, tandis qu'elle frôlait le trottoir opposé. Ses mains moites glissaient sur le volant, et la sueur lui mouillait les tempes. Elle respirait trop vite, et les battements de son cœur lui emplissaient les oreilles.

— Ralentis, Tessa.

Impossible !

— Je ne veux pas avoir une *autre* mort sur la conscience. Si Robert nous échappe et tue quelqu'un, ce sera ma faute !

— Ra-len-tis, bon sang !

La voiture d'Owens filait le long du pâté de maisons suivant, puis, brusquement, il prit un virage en épingle à cheveux, et se retrouva sur une avenue à quatre voies. Il n'y avait personne entre eux, et elle accéléra. Derrière elle, une sirène se fit entendre. Elle ne ralentit pas pour autant. Au contraire, elle enfonça l'accélérateur.

Hors de question de se faire arrêter et que Robert en profite pour filer ! Mais la voiture de police se contenta de la dépasser en trombe. Ce n'était pas elle qu'ils poursuivaient.

Elle leva le pied, rétrograda en douceur, et adopta une allure plus prudente.

— Ne t'inquiète pas, ils vont l'avoir, lui dit Mack.

L'air lui manqua soudain. Elle eut l'impression d'étouffer. Mack posa la main sur son bras.

— Tu as dit : une autre mort sur la conscience.

Elle essayait, en vain, de reprendre son souffle, les yeux

fixés sur la voiture de patrouille qui roulait, maintenant, entre eux et Robert. Et tout se brouillait devant elle.

— Ma petite fille, mon bébé, gémit-elle dans un sanglot. Je n'ai pas vu ce qui allait t'arriver. J'aurais dû. Je… je n'ai pas pu te protéger, ma chérie…

— Tessa…

Elle s'aperçut qu'il pleurait, lui aussi.

Seigneur, allait-elle vaincre la malédiction ?

Allait-elle enfin se libérer de sa culpabilité dévorante ?

Robert Owens aurait réintégré la prison le soir même, et il ne pourrait plus tuer. Au moins pendant de nombreuses années.

Dans un accès de désespoir, elle se rendit compte qu'elle ne ressentait ni plaisir ni soulagement à cette perspective.

— Il ne s'arrête pas, dit Mack. Il ignore les sirènes.

— Il a la trouille !

Ivre ou non, il devait être terrifié. Et il ne l'avait pas volé. En son for intérieur, toutefois, Tessa comprenait son affolement à l'idée du sort qui l'attendait. Finalement, elle aurait préféré qu'Owens eût changé. Que son séjour derrière les barreaux et sa réhabilitation l'eussent remis dans le droit chemin.

Elle avait relégué ce sentiment dans un coin de son subconscient, et s'était bornée à envisager le pire. Elle se trouvait soudain face à une véritable prise de conscience.

— Il y a d'autres flics qui le prennent en chasse ! s'écria Mack en lui indiquant un car, gyrophare allumé et sirène hurlante, qui débouchait d'une rue latérale.

Elle ralentit, sans pour autant perdre de vue la voiture de Robert qui venait de s'engouffrer dans une ruelle, suivie de près par les deux véhicules de police.

Il fallait qu'elle assiste à la fin de la traque, qu'elle voie Robert emmené, menottes aux poignets, entre les policiers.

De cette façon, elle pourrait enfin tourner la page.

Loin devant, elle aperçut un bâtiment en brique. Un grand panneau indiquait Prince William Hospital.

— Il ralentit, dit Mack.

Effectivement, Robert bifurqua sans crier gare, franchit l'entrée de l'hôpital, monta la rampe menant aux urgences et jaillit hors de sa voiture, sans même arrêter le moteur.

Il courait vers l'entrée du bâtiment lorsque la première voiture de police le coinça, gyrophare toujours en fonction, mais sirène arrêtée par égard pour les malades. Le conducteur freina brutalement, se précipita sur Owens qui, semblait-il, agitait les bras au-dessus de sa tête.

— Est-ce qu'il se rend ? demanda Tessa qui ne comprenait pas bien ce qui se passait.

— Difficile à dire. Entre dans le parking, dit-il en lui indiquant une place libre. Autant aller assister en direct au dénouement, maintenant que nous sommes ici.

Tessa se gara face à l'entrée principale. Ils sortirent tous deux de la voiture. Elle tremblait de tout son corps, ses jambes la portaient à peine. Devinant qu'elle était au bord de l'évanouissement, Mack la prit fermement par le bras.

— Je me sens mal, dit-elle.

Pensant qu'elle allait vomir, elle pencha la tête en avant, tandis que Mack lui frictionnait le dos.

La nausée se dissipa, et elle releva la tête.

— Merci, ça va mieux.

— Ils viennent de transporter quelqu'un à l'intérieur.

— Comment ça, à l'intérieur ?

— Aux urgences. Une personne qui se trouvait à bord de la voiture et que le policier a aidée à sortir.

Tessa ne comprenait plus rien au film, comme si elle avait zappé sur la mauvaise chaîne.

— Je crois qu'il amenait quelqu'un à l'hôpital, Tessa. Quand je suis arrivé devant chez lui, j'ai vu ta voiture. Je me suis garé un peu plus bas et, au moment où je revenais sur mes pas, j'ai aperçu Owens au volant : il manœuvrait en marche arrière pour sortir de son allée privée. A cet instant, je n'ai pas remarqué d'autre passager. Et toi ?

Elle était incapable de prononcer le moindre mot.

— Sa mère ? murmura-t-elle enfin.

— Aucune idée. Allons-y, dit-il.

Elle était abasourdie.

Si ce que Mack disait était vrai, elle s'était lourdement trompée. Cette folle poursuite n'avait rien à voir avec une cavalcade d'alcoolique.

— Je n'arrive pas à y croire, dit-elle en secouant la tête.

— Viens.

— Si tu as raison, je l'ai dénoncé pour…

— Arrête de te faire des idées ! Nous allons très vite savoir ce qui s'est passé, et nous ferons face.

Il lui tendit une main secourable qu'elle ne put se résoudre à prendre. Elle l'avait déjà beaucoup trop impliqué dans cette histoire. Il avait beau dire « nous », ils savaient l'un et l'autre qui était responsable de cette filature.

Ils contournèrent la voiture, traversèrent l'aire de stationnement réservée aux visiteurs, et franchirent la double porte vitrée du service des urgences.

Deux policiers se tenaient devant le bureau d'accueil. Quant au jeune homme que Tessa avait espéré ne jamais revoir, il était effondré sur une chaise, un peu plus loin, la tête dans les mains.

Elle entendit Mack prendre sa respiration, comme un nageur qui s'apprête à plonger. Elle sentit de nouveau la nausée monter en elle, et regretta de n'avoir pas vomi sur le parking. La tête lui tournait. Pourtant, ce n'était pas le moment de céder au vertige.

Mack s'approcha des policiers.

— Je suis Andrew MacRae. C'est moi qui vous ai appelés.

Le premier policier, un jeune Noir américain avec des épaules de joueur de hockey, se retourna et toisa Mack de toute sa hauteur.

— La mère du garçon a eu un malaise. Peut-être une crise cardiaque. Elle est en réanimation.

Le second agent, un Blanc plus âgé, à la silhouette empâtée, s'adressa à Tessa.

— Je suis l'ami de Diana. Elle m'avait prévenu que vous risquiez de me téléphoner.

Robert leva les yeux et ne sembla guère surpris de les voir. Tessa se dit que les policiers avaient dû lui expliquer pourquoi ils l'avaient suivi jusque-là.

— Vous étiez devant chez moi, en train de me surveiller, n'est-ce pas ? dit-il. Vous vouliez savoir si j'allais faire des bêtises ?

Incapable de mentir, Tessa fit oui de la tête.

— Il fallait bien que je la transporte jusqu'ici, dit-il. J'ai cru qu'elle allait mourir. Et si c'était à refaire, je n'hésiterais pas.

Tessa ferma les yeux. Mais le visage du jeune homme ne s'effaça pas. Un visage pas particulièrement beau ou attrayant. Celui d'un pauvre gars, terrifié à l'idée de perdre la seule personne qui ait jamais cru en lui.

— C'est uniquement grâce à elle que je suis encore là, dit Robert d'une voix brisée. Quand je me suis rendu compte de ce que j'avais fait, ce matin-là, j'ai voulu mourir. Je vois le visage de votre petite fille dans tous mes rêves. Toutes les nuits, sans exception ! Vous savez, si ma mort pouvait arranger quelque chose, je signerais tout de suite, sans hésiter.

Son chagrin était sincère. Il ne s'agissait plus d'une scène soigneusement répétée pour attendrir un juge, et Tessa s'en aperçut aussitôt.

Elle détourna les yeux.

Quelque chose était en train de mourir en elle, et elle sut que c'était son désir de vengeance. Que pourrait-elle infliger de pire à ce jeune homme que ce qu'il endurait déjà ? Quelle punition serait plus cruelle que ce damné sentiment de culpabilité qui l'accompagnerait tout au long de son existence ? En cela, ils étaient compagnons d'infortune. Car ni l'un ni l'autre n'oublieraient jamais ce terrible matin. Il resterait comme une blessure inguérissable au plus profond d'eux-mêmes.

Etrangement, en dépit de ce terrible fardeau, elle songea qu'ils pourraient peut-être ramasser les fragments épars de leurs existences et — qui sait ? — rebâtir quelque chose.

S'ils en faisaient le choix.

Elle n'était envahie ni par le remords ni par le désir de pardonner. Elle ignorait, d'ailleurs, si elle pourrait jamais accorder son pardon à Robert Owens. Néanmoins, pour la première fois, elle prenait conscience qu'il n'était pas le monstre qu'elle avait imaginé, mais un être humain qui luttait pour trouver un peu de dignité et un sens à sa vie, un garçon qui se voulait un bon fils, sur lequel sa mère pourrait compter. Un convalescent faisant ses premiers pas après un désastre qui avait failli le laminer.

En cela aussi, ils se ressemblaient, se dit-elle, avec une sorte d'indulgence mêlée d'amertume.

— Tessa, nous n'avons plus rien à faire ici, dit Mack en lui entourant les épaules.

Ce n'était pas tout à fait vrai, de son point de vue. Il y avait quelque chose qu'elle *devait* faire avant de quitter l'hôpital.

— Un instant, je t'en prie ! dit-elle.

Les deux policiers étaient en pleine discussion. Elle s'approcha d'eux, et attendit une pause pour se signaler à leur attention.

— Il avait une bonne raison pour foncer en voiture, cette fois, dit-elle doucement. Je pense que vous serez d'accord avec moi sur ce point.

— Il aurait dû appeler le 911, rétorqua le plus jeune.

Elle tenait ses mains serrées l'une contre l'autre pour les empêcher de trembler.

— Il l'a peut-être fait, et il a eu peur que ça prenne trop de temps. Et puis, il a sans doute paniqué. Nous avons appelé le commissariat car nous étions persuadés que Robert conduisait en état d'ivresse. C'était faux. Ce garçon mérite une autre chance. Il voulait sauver sa mère, et il ne devrait pas retourner en prison à cause de ça.

L'ami de Diana haussa les épaules.

— Ce n'est pas de notre ressort, madame. Nous ferons un rapport. Et ce sera au juge et à son agent de probation de décider de la suite.

— Et si nous faisions une déclaration en sa faveur, mon mari et moi ?

Le policier répondit, l'air dubitatif :

— J'ignore quel serait le résultat. Mais ça ferait peut-être une différence, du fait que vous êtes…

— La mère de Kayley, acheva-t-elle. Et cette femme sur son lit d'hôpital, juste à côté, elle est aussi une mère… qui a besoin de son fils près d'elle.

Mack lui prit la main, et elle sut qu'il était temps de partir.

— Vous n'oublierez pas de le signaler dans votre rapport, n'est-ce pas ? insista-t-elle. Dites bien que les parents de sa victime ne souhaitent pas qu'il retourne en prison.

— Vous pouvez compter sur moi.

Elle les salua tous les deux d'un signe de tête. Puis, évitant de regarder dans la direction de Robert, elle suivit Mack vers la sortie.

Elle espérait ne jamais revoir Robert Owens.

Une fois près de la voiture, Mack se tourna vers elle.

— Veux-tu que je conduise ?

— S'il te plaît.

Elle lui tendit les clés, et il prit le volant. Elle inclina le dossier de son siège et ferma les paupières, laissant Mack retrouver son chemin jusqu'à la maison des Owens afin d'y récupérer sa voiture.

Quand il se fut garé le long du trottoir, il coupa le contact, mais ni l'un ni l'autre ne firent mine de sortir.

Tessa finit par rompre le silence.

— Tu trouveras un défenseur pour Robert, s'il passe au tribunal ?

— Je parlerai au juge. Je lui raconterai ce qui s'est produit et ce que nous souhaitons. Je pense qu'il n'y aura pas de problème. Mais je n'ai aucune certitude, Tessa. A ce jour, personne ne peut dire s'il s'en sortira ou non. En tout cas, son chemin ne sera pas facile.

Elle espérait que Mack réussirait. Elle avait confiance en lui. Sans son amour qui l'avait soutenue tout au long de cette terrible épreuve, elle se serait laissée couler.

Pour elle aussi, la route serait dure et longue. Elle n'en avait franchi qu'une infime partie, cet été. Elle en était parfaitement consciente.

— Je suis décidée à consulter un psychologue, dit-elle enfin.

Mack posa sa main sur la sienne.

— Il y a de nombreuses raisons qui m'ont empêchée d'avancer, reprit-elle. La principale, je m'en aperçois maintenant, c'est que j'avais peur de perdre Kayley à jamais si je faisais mon deuil de la colère et du chagrin. C'était tout ce que j'avais encore à lui donner. La seule chose que je pouvais faire pour elle.

— Cette prise de conscience, Tessa, c'est un pas de géant.

Elle était encore incapable de le regarder en face.

— J'avais tort, dit-elle. La vengeance ne m'a pas rapprochée de Kayley. Dans l'avenir, il y aura peut-être de la place en moi pour de meilleurs sentiments. Je l'espère, en tout cas.

— Veux-tu que je t'accompagne à ces séances ?

— Pourquoi pas ?

Enfin, elle se tourna vers lui et croisa son regard.

— Nous avons une foule de choses à clarifier, Mack. Et je suis optimiste : nous y arriverons. Mais, dans un premier temps, il me semble que j'ai un gros travail à faire sur moi-même. Peux-tu être patient ? Auras-tu le courage d'attendre encore un peu ?

— J'attendrai aussi longtemps qu'il le faudra.

Durant ce torride été virginien, l'amour avait rôdé comme un voleur autour d'elle, cherchant la faille ou la fenêtre laissée imprudemment entrouverte.

La clé de sa guérison, finalement, elle se trouvait dans cet amour partagé avec le père de sa fille chérie.

— Je veux une longue vie de bonheur avec toi, murmura-t-elle. Si tu peux… me pardonner.

Il lui ouvrit les bras.

Et la réponse était là. Qu'aurait-elle pu dire d'autre ?

Elle avait souffert par amour. Au-delà de tout.

Et, finalement, l'amour la sauvait.

34

L'automne prit tout son temps pour arriver.

Enfin, comme à contrecœur, la pluie daigna tomber en abondance, assurant quelques années de longévité supplémentaires aux érables jumeaux de la ferme. Le niveau de l'étang remonta ; les merles bleus vinrent inspecter les nouveaux nichoirs installés le long de la clôture ; les poules d'Helen lissèrent leurs plumes sous la bruine ; les coqs ébouriffèrent leurs somptueux camails et se dressèrent sur leurs ergots pour saluer les ondées.

L'Aile de Kayley fut inaugurée à la fin du mois de septembre, et le quilt de Sunbonnet Sue fut installé dans la salle de lecture des enfants. Mack prit la parole. Tessa serra des mains et remercia tout le monde d'être venu.

Ses collègues de MCIV étaient toutes présentes. Les Amis de la Compassion soutenaient Mack. Erin avait téléphoné, une semaine auparavant, pour annoncer qu'elle rentrait au pays natal où un poste lui avait été offert à l'Université du Minnesota.

La fin octobre était là, et un heureux événement les réunissait tous de nouveau. La Shenandoah Community Church en était, une fois encore, le théâtre.

— Ça devrait être interdit de se marier dans un état pareil ! gémit Cissy.

Campée devant le vieux miroir qui ornait déjà le vestiaire de la future mariée, à l'époque de Delilah et Cuddy, elle observait sa silhouette d'un air navré.

— Au contraire, ça devrait être interdit de ne *pas* être mariée dans cet état, lui fit remarquer Helen d'un ton sec. Tu as failli ne pas arriver à l'autel à temps, ma fille.

— La journée n'est pas terminée, rétorqua Cissy en posant les mains sur son ventre impressionnant qui faisait saillir la longue robe blanche flottante qu'elle avait choisie.

Par nécessité, le style tenait plutôt du paréo tahitien que de la traditionnelle robe de mariée. Et, de toute façon, à ce stade plus qu'avancé de sa grossesse, l'heure n'était plus à la dissimulation.

Tessa était en train de tresser un diadème de fleurs fraîches qui avait été préféré au voile classique.

— Assieds-toi, dit-elle à Cissy, que je le fixe sur ta tête.

Les blonds cheveux de la mariée ondulaient souplement sur ses épaules. Et la couronne de gardénias, de fleurs d'oranger et de gaillet, ajoutée à sa tenue un brin… baba cool, achevait de lui donner un petit air Woodstock.

— Quand j'étais enfant, je rêvais d'un mariage comme celui-ci, dit Cissy.

Puis, en caressant son ventre, elle reprit :

— Enfin, peut-être pas *exactement* comme celui-ci, mais presque.

Les sourcils froncés, Tessa bataillait pour fixer la couronne avec des épingles qui ne se verraient pas. Ces dernières semaines, elle avait pris très à cœur son rôle de mère de la future mariée. Nancy, de son côté, avait fait des recherches pour retrouver la véritable mère de Cissy. Les recherches avaient abouti, mais cette femme ne s'était pas sentie concernée par l'événement, et n'avait pas manifesté le moindre désir de s'y rendre. Lorsque Nancy, avec toute la diplomatie dont elle était capable, l'avait annoncé à Cissy, celle-ci n'avait été ni étonnée ni même déçue, ce qui était encore plus triste.

En revanche, le clan Claiborne était là au grand complet, et tous les amis du jeune couple avaient répondu présents. Tessa avait fait la connaissance d'une bonne douzaine d'entre eux, la veille, tandis qu'ils transportaient les affaires de Zeke et de Cissy jusqu'à la Vieille Ferme Stoneburner.

En effet, après un week-end dans l'auberge de rêve que Nancy avait repérée du côté de Woodstock, le jeune couple avait prévu de vivre avec Helen.

Qui prendrait soin de l'autre ? Personne ne s'était posé la question. L'arrangement, suggéré par Nancy, convenait à tous. Zeke et Cissy seraient indépendants par rapport à leurs famille et belle-famille. Helen aurait de la compagnie, et de l'aide en cas de besoin. Elle pourrait veiller discrètement sur ce bébé dont les parents étaient si jeunes et si peu expérimentés.

A vrai dire, personne ne doutait vraiment de leurs capacités. C'était plutôt une manière de dire que tout était pour le mieux dans le meilleur des mondes.

Quelqu'un frappa, et Helen, qui jouait les cerbères, entrouvrit la porte d'un air soupçonneux.

— C'est Mack, annonça-t-elle.

Tessa tendit les épingles et les pinces à sa mère alors occupée à nouer le ruban autour du bouquet de Cissy.

— Tu veux bien t'en charger ?

Nancy, resplendissante dans son tailleur de soie sauvage bleue, prit la suite avec enthousiasme. Avec elle, le diadème ne risquerait pas de bouger d'un quart de millimètre.

— Ne t'absente pas trop longtemps, dit-elle à Tessa. C'est bientôt l'heure !

Tessa se glissa hors de la pièce et referma soigneusement derrière elle. Le bureau du pasteur se trouvait juste en face et, par la porte entrebâillée, elle aperçut Sam Kinkade, vêtu de sa soutane, en conversation avec Zeke et ses deux frères. Zeke portait un costume sombre, et il semblait très ému.

Mack attira sa femme dans ses bras et lui vola un baiser. Elle se détendit, heureuse de sentir sa présence rassurante. Il était comme une oasis au milieu de la tempête.

Au cours des deux mois qui venaient de s'écouler,

elle avait réintégré le domicile conjugal et entrepris une thérapie qui commençait à porter ses fruits.

La plupart du temps, lorsqu'elle repensait à Robert Owens, c'était avec l'espoir qu'il poursuive sa réinsertion et ne fasse plus de mal à autrui. Aux dernières nouvelles, sa mère récupérait lentement, et il n'était pas retourné derrière les barreaux.

Si elle n'allait pas jusqu'à lui souhaiter tout le bonheur possible, au moins Tessa avait-elle cessé de le haïr.

Quant à la colère, elle était loin d'en être débarrassée. Et le chagrin ne disparaîtrait probablement jamais. Mais elle faisait des pas dans la bonne direction. Pour preuve, le retour de la confiance et du plaisir charnel au sein de son couple. Elle comprenait qu'elle n'avait plus le droit d'imposer à Mack ses problèmes, et que s'isoler dans sa douleur n'était pas une bonne solution.

Car ils avaient un avenir en commun. Et elle pariait largement sur cette réussite.

— Tu as le cadeau ? lui demanda-t-elle.

— Tu m'avais demandé de l'apporter, n'est-ce pas ?

Elle lui effleura la joue d'un geste tendre.

— Un point pour toi.

— Tu es ravissante.

Le compliment lui alla droit au cœur. C'était sa mère qui avait déniché cette tunique chinoise d'un beau vert céladon, lors d'une journée de shopping avec Helen, et elle était parfaite pour l'occasion.

— Tu es certaine de vouloir t'en séparer ? demanda-t-il tout en se baissant pour prendre le paquet.

— Absolument certaine.

Sa mère et sa grand-mère étaient, elles aussi, impliquées dans cette surprise. Elles avaient projeté de l'offrir à Cissy pendant la réception, mais quand Tessa avait découvert le nombre d'invités qui seraient présents, elle avait changé d'avis. Il n'y aurait pas d'autre moment d'intimité avec Cissy, ce jour-là. Alors, autant profiter de l'instant.

Car il s'agissait de quelque chose de très personnel.

— Je vais rejoindre ton père dans l'église, dit Mack.

— Ensuite, nous ferons la fête, je te le promets.

Le groupe musical de Zeke étant chargé de l'animation, personne ne doutait que la soirée serait animée. Et Mack attendait avec impatience le moment où il pourrait faire danser Tessa sous les étoiles.

Il l'embrassa avant de partir, et elle le suivit du regard, tandis qu'il s'arrêtait un instant devant le bureau du pasteur afin de congratuler un Zeke passablement nerveux.

Puis elle réintégra le vestiaire de la mariée, sa boîte sous le bras, et attendit de pouvoir attirer l'attention de la jeune femme.

Cissy se mit debout, se regarda une dernière fois dans le miroir et se retourna. Helen, qui avait remarqué le paquet, fit un signe de tête imperceptible. Nancy cessa de tripoter les rubans du bouquet et le posa sur la table.

— Nous avons une surprise pour toi. De la part de nous trois, dit Tessa en tendant le paquet à la jeune femme.

Le visage de Cissy s'illumina d'un merveilleux sourire.

Tessa se doutait qu'elle n'avait pas dû recevoir beaucoup de cadeaux dans sa courte existence, et elle savait que celui-ci serait grandement apprécié.

— Je peux l'ouvrir tout de suite ?

— Et comment ! Nous serions déçues, sinon.

Cissy n'eut pas besoin qu'on le lui dise deux fois : elle déchira le papier avec l'enthousiasme d'une petite fille le jour de son anniversaire.

Tessa sentit une boule se former dans sa gorge en voyant la jeune femme aussi radieuse.

Jamais elle ne vivrait un tel instant avec Kayley, songea-t-elle. Certes, mais cela ne gâchait plus les moments de bonheur qu'elle pouvait vivre.

Et ce moment était très particulier. A plus d'un titre.

Cissy ôta le couvercle et demeura immobile, les yeux

fixés sur le contenu de la boîte. Quand elle leva les yeux, ils étaient mouillés de larmes.

— Oh, c'est impossible… je… je ne peux pas accepter.

— Non seulement tu peux, mais tu dois, déclara Helen en prenant les choses en main avec sa brusquerie coutumière. Ce quilt est à nous trois. Nous y avons travaillé chacune à notre tour. Et nous avons décidé ensemble que ce serait toi qui hériterais des Anneaux de mariage.

— Vous le souhaitez vraiment ?

Cissy, malgré son jeune âge, mesurait parfaitement le sens et l'importance de leur geste.

— Nous savons que tu en prendras soin. Peut-être même que tu y ajouteras ta propre touche, dit Tessa. En tout cas, ce quilt te revient. Aucun doute là-dessus.

Cissy se jeta dans les bras de Tessa, qui lui caressa doucement les cheveux.

Lorsqu'elle releva la tête, Tessa se rendit compte qu'elle n'était pas la seule à avoir les larmes aux yeux.

Si, comme nous l'espérons, vous avez aimé *Le temps d'un été*, les pages suivantes vous permettront de découvrir un extrait du roman *Le secret d'une femme*, le deuxième volume de la série de la vallée de Shenandoah d'Emilie Richards, à paraître le 1er janvier 2013.

Elisa Martinez était maintenant habituée à parcourir des kilomètres à pied quotidiennement. Tout comme elle s'était habituée à son nouveau nom. Les semaines passant, sa nouvelle vie avait fini par devenir plus réelle que l'ancienne. Les longs trajets ne lui faisaient pas peur. Ses jambes étaient solides, et elle était rarement essoufflée. Quant à son nom, il coulait de source comme si elle était née avec.

Ce matin-là, pourtant, elle se sentait lasse et découragée. La Shenandoah Community Church était au diable vauvert, au bout d'une route aussi longue que boueuse. Elle avait dû faire tant de détours pour éviter les flaques et les fossés plein d'eau de Old Miller Road qu'elle avait sans doute rallongé son trajet d'un bon kilomètre. On lui avait dit que l'été précédent avait été torride et d'une sécheresse extrême et qu'elle aurait dû remercier le ciel pour ce temps pluvieux. Peut-être… N'empêche que c'était quand même pénible.

L'orage approchait, et l'atmosphère saturée d'humidité était oppressante. Le soleil qui perçait par instants entre deux nuages lui tapait directement sur la tête avec une rigueur impitoyable.

Son avenir proche s'annonçait mal, songea-t-elle sombrement. D'abord, la grillade, et ensuite, la noyade. Le temps de rentrer chez elle après son entretien, elle n'échapperait probablement pas à l'averse. Or pour toute protection, elle ne disposait que d'un léger poncho en plastique roulé dans son petit sac à dos. Pourvu que le pasteur la laisse au moins s'abriter à l'intérieur, si la pluie se déchaînait. En attendant que le plus gros s'éloigne.

Au sommet de la dernière colline, elle aperçut un clocher, signe qu'elle arriverait bientôt à destination. Durant tout le trajet, elle s'était préparée pour l'entretien. Il *fallait* qu'elle décroche ce travail. Si elle avait encore été croyante, elle aurait volontiers remercié le ciel de lui avoir tendu cette perche, mais pour l'heure, elle se contentait de croiser les doigts en espérant que le sort n'allait pas l'abandonner.

Une dernière fois, elle passa en revue les atouts qu'elle devrait mettre en avant. Elle était mince, mais forte. Ce qui était un bon point. Il lui faudrait se montrer à la hauteur de la tâche : ni sous-qualifiée, ni surqualifiée. Etre d'un abord facile, sans pour autant verser dans les bavardages et la familiarité. Avoir l'air ingénieux plutôt que trop intelligent, ce qui risquerait de poser problème pour un emploi subalterne. S'intéresser à la communauté de façon… discrète. Sans donner l'impression de fourrer son nez partout.

Il serait bon qu'elle fasse comprendre au pasteur — sans trop insister — qu'elle ne rechignait pas devant le travail et les heures supplémentaires.

Enfin, et surtout, elle veillerait à s'éloigner le moins possible de la vérité afin de ne pas s'embrouiller dans de trop nombreux mensonges.

Au bas de la colline, Old Miller Road s'incurva dans un dernier virage, et elle découvrit le temple à une centaine de mètres de là. Le bâtiment était blanc, comme de coutume dans la région, avec une toiture en zinc qui scintillait au soleil. Deux ailes, visiblement ajoutées par la suite, l'entouraient, mais sans déparer l'ensemble, et son fin clocher s'harmonisait parfaitement avec ses proportions. De magnifiques arbres ombrageaient les pelouses et, sur le côté, on devinait un jardin. En s'approchant, elle vit des rosiers en pleine floraison malgré la lourde chaleur d'août. Pour obtenir un tel résultat, il fallait que la personne qui s'en occupait ait eu la main verte — et un goût certain pour ces fleurs.

Elle se demanda si l'entretien du jardin ferait aussi partie de ses attributions et tenta de se rappeler comment Gabrio et elle s'y prenaient, du temps où ils avaient un jardin. A quel moment taillaient-ils ? Utilisaient-ils de l'engrais ? Fallait-il arroser souvent ? Dommage qu'elle n'y ait pas fait plus attention à l'époque.

Elle n'était plus qu'à une cinquantaine de mètres lorsqu'elle remarqua deux pick-up garés l'un près de l'autre devant le temple, près d'une grande pancarte.

Tandis qu'elle s'approchait, une foule de détails lui sauta aux yeux. Des détails qui n'avaient rien d'anodin.

Une demi-douzaine d'adolescents entourait le panneau planté à droite de la porte d'entrée en poussant des cris, et hurlant des obscénités alternées de rires gras. Le plus proche, celui qui semblait mener les opérations, balançait une sorte de hache.

Arrêtée dans son élan, Elisa sentit ses jambes fléchir. Son pouls s'accéléra, et ses mains devinrent moites.

Cette scène, elle l'avait déjà vue dans sa vie antérieure. Cette même brutalité, juste avant que flambe la violence la plus débridée.

Au moment où elle pensait s'esquiver sans être vue, son regard tomba sur la pancarte que les jeunes s'apprêtaient à détruire. Son sang ne fit qu'un tour.

— Arrêtez !

Sans réfléchir, elle se mit à courir. Non pas pour s'enfuir, mais pour foncer droit sur eux.

— *¡ Sinvergüenzas ! ¿ Qué andan haciendo ?*

Les adolescents étaient peut-être moins déterminés qu'ils n'en avaient l'air. Toujours est-il qu'ils s'immobilisèrent et la regardèrent s'approcher.

Toujours au pas de course, elle vint s'interposer entre eux et la pancarte.

— Non, mais où est-ce que vous vous croyez ? répéta-t-elle, en anglais, cette fois.

Elle les toisa avec assurance, enfouissant au plus profond d'elle-même la peur qui la tenaillait. Elle connaissait ces jeunes, elle les avait déjà rencontrés des centaines de fois dans des centaines de lieux différents. Elle avait même connu de très près ces groupes où régnait l'esprit de meute — bataillons de jeunes loups en jean ou en uniforme de soldat, dangereuses bandes d'individus oubliant toute humanité sous prétexte qu'ils étaient coude à coude avec d'autres mauvais garçons pour quelque sinistre dessein.

Et elle savait — malheureusement — de quelle violence ils étaient capables.

Le meneur était un grand gars maigre et dégingandé avec un toupet de cheveux châtains qui lui retombait sur les yeux. Il avait les joues encore lisses d'un adolescent, et une petite coupure au menton sans doute due à son inexpérience en matière de rasage.

Un bref instant, il eut l'air décontenancé, comme s'il se demandait s'il n'allait pas filer à l'anglaise en profitant d'un moment de distraction générale.

Puis il se reprit, et son expression se durcit.

— Hé, *chica*, pour qui tu te prends ?

Elle se demanda quel mauvais feuilleton de série B il regardait pour employer ce genre de terme.

Voyant qu'elle ne bougeait pas, il reprit :

— Dégage avant qu'il t'arrive un pépin.

— Quoi, tu vas me battre à cause d'une pancarte ? Devant la maison du Seigneur ? Tu n'as pas peur qu'Il te guette du coin de l'œil en se demandant si tu n'as rien de mieux à faire ?

Elle surprit une lueur d'inquiétude dans ses yeux. Elle considéra les autres, groupés derrière, et revint sur lui.

— Ils n'en valent pas la peine, dit-elle d'une voix douce. Tout ce qu'ils veulent, c'est que tu prennes des risques pendant qu'ils se contentent de surveiller. Comme amis, ils se posent là !

— Retourne au Mexique, salope ! lança l'un des gars. On n'a pas besoin de toi ici.

— Peut-être que si, répondit-elle sans quitter des yeux le meneur.

Ce n'était pas une hache qu'il tenait dans la main comme elle l'avait d'abord cru, mais une masse. Dieu merci !

— Tu as besoin que quelqu'un te rappelle que ce pays est une terre d'accueil, et que tes propres grands-parents ou arrière-grands-parents sont sans doute venus d'ailleurs.

— Vas-y, vieux ! s'écria un autre. Dégomme-nous cette pancarte à la con, et foutons le camp !

— Je ne vous laisserai pas faire, déclara-t-elle calmement. Je vous ai bien regardés, les uns et les autres, et si vous y touchez, je donnerai votre signalement.

A l'évidence, le meneur hésitait. Elle lisait en lui comme dans un livre ouvert : s'il était arrêté, il y aurait quelqu'un de son entourage pour lui faire passer un mauvais quart d'heure.

Elle baissa la voix, espérant qu'il serait le seul à entendre ce qu'elle avait à lui dire.

— J'ai un frère, et je sais que c'est dur de ne pas se laisser entraîner. Mais tu vaux mieux que ça, je le vois bien.

— Ouais, Leon, railla son voisin. T'es une vraie poule mouillée, même la Mexicaine l'a repéré.

Piqué au vif, Leon se lança en avant, prêt à lui rentrer dedans s'il le fallait. Elisa le saisit par les épaules et le repoussa brutalement. Pris au dépourvu, il chancela. Elle en profita pour se coller contre le panneau.

— Il faudra me frapper d'abord. C'est ça que tu veux ?

— Ça suffit ! lança une voix grave et sévère derrière eux.

Elle vit un homme en polo bleu et pantalon de treillis approcher.

D'un même mouvement, les adolescents tournèrent la tête vers lui et reculèrent prudemment. Leon battit en retraite avec une telle précipitation qu'elle sentit l'air se déplacer.

L'homme lui barra le passage et le prit par l'épaule.

— Leon Jenkins, j'exige des explications.

— Lâchez-moi !

— Pas avant que tu aies parlé.

Lui tordant le bras, l'homme lui prit la masse des mains et la jeta derrière lui.

A cet instant, un bruit de voix attira l'attention d'Elisa : un petit groupe de femmes traversait le parking dans leur direction. Aussitôt, elle se laissa aller contre le panneau avec un soupir de soulagement. Le danger était derrière elle.

— Qu'est-ce que c'est que ce cirque ? s'enquit une femme d'un certain âge d'une voix de stentor.

— Des jeunes gens des environs qui voulaient mettre leur touche personnelle à notre nouvelle pancarte, répondit l'homme qui tenait toujours Leon Jenkins.

Elisa devinait qu'il se contrôlait en dépit de sa fureur.

Les petits durs s'entre-regardèrent, puis, sans un mot, foncèrent vers leurs véhicules.

— Ne restez pas en travers de leur chemin, mesdames, conseilla l'homme.

Il ne quittait pas Leon des yeux alors que l'adolescent se tortillait pour se dégager de son étau.

L'homme attendit que les pick-up soient hors de vue avant de le relâcher.

— Je t'écoute.

Le garçon recula. Il aurait bien aimé s'enfuir sans encourir une humiliation encore plus grande. Mais où et comment ? Elisa en fut touchée malgré elle. Elle ne voyait plus en lui qu'un adolescent, comme son frère, et qui ne représentait plus une menace.

Elle fit un pas en avant et posa le bout de ses doigts sur le bras de l'homme.

— Il ne m'a fait aucun mal, plaida-t-elle. Même quand je l'ai bousculé.

— Il aurait pu.
— Non, c'était à la pancarte qu'il en voulait.
Se retournant, elle lut à haute voix les mots inscrits en lettres majuscules. Il s'agissait d'une banale annonce, indiquant les horaires des services et le nom du pasteur. Mais la dernière ligne sortait de l'ordinaire.

« TODO EL PÚBLICO ES BIENVENIDO A LOS SERVICIOS DE LA IGLESIA COMUNITARIA DE SHENANDOAH. »

Autrement dit :

« *La Shenandoah community Church vous invite tous à participer aux offices.* »

Elisa secoua la tête.
— Voilà un geste plein d'attention que d'inviter en espagnol la communauté hispanique, mais je comprends que vous vous attiriez des ennuis. Il y a beaucoup de gens qui préféreraient nous renvoyer ailleurs.
— Jésus s'est heurté au même problème.
Elisa s'adressa au jeune garçon.
— Mais tu le regrettes, n'est-ce pas ? Car ce n'est pas ce que tu penses, me semble-t-il. Tu as fait une bêtise, aujourd'hui, c'est tout.
Elle le fixait du regard, les sourcils levés.
L'adolescent fourra ses poings au fond de ses poches et rejeta les épaules en arrière, prêt à ergoter. Puis, perdant son attitude bravache, il se contenta de grommeler une brève réponse.
— Ouais, c'est ça.
— Tu n'as pas l'air sûr, insista l'homme. Ton père est pourtant diacre dans cette paroisse, Leon.
— Et alors ? Il est contre cette pancarte, encore plus que moi.
— Tu as l'âge d'avoir tes propres opinions, non ? Alors qui va en parler à ton père, toi ou moi ?
— Il vous déteste.

L'homme encaissa en serrant les mâchoires.

— S'il arrive quoi que ce soit à cette pancarte, je préviendrai la police. Tu pourras dire à tes copains qu'ils feraient mieux d'éviter le coin, à moins qu'ils ne veuillent se joindre aux activités de la paroisse. Auquel cas ils seront les bienvenus. Sinon, à la première tentative de vandalisme, je les poursuivrai impitoyablement, et j'aurai une explication avec leurs parents — et les tiens par la même occasion.

Leon acquiesça d'un bref hochement de tête.

Son interlocuteur indiqua d'un geste les dames qui observaient la scène.

— Tu as un bon bout de chemin à faire. Autant que tu te mettes en route tout de suite, car aucune de ces dames ne te raccompagnera en voiture chez toi.

L'adolescent tourna les talons et s'éloigna d'un pas rapide sur la route qu'Elisa venait d'emprunter.

Après l'avoir suivi du regard un instant, l'homme se tourna vers Elisa. Elle remarqua alors sa haute taille, ses épaules larges, ses cheveux couleur de café grillé, et ses yeux d'un bleu saisissant. Il était extrêmement séduisant.

— Merci, lui dit-il en lui tendant la main. Sam Kinkade. Je suis le pasteur.

Ça, elle l'avait deviné.

— Elisa Martinez. J'espère être votre nouvelle sacristine.

Ils se dévisagèrent longuement, plus longtemps que la politesse ne l'exigeait. Durant ces quelques secondes plutôt intenses, toutes sortes de choses passèrent par l'esprit d'Elisa. Elle songea que cet homme serait peut-être son futur employeur. Qu'elle souffrait de la solitude et avait désespérément besoin de cet emploi. Elle songea également qu'elle n'était pas dans son état normal, que l'incident qui venait d'avoir lieu l'avait passablement ébranlée. Sans compter que la mention de la police lui avait fait très peur, au point que son cœur battait à tout rompre.

Et pourtant, malgré ces mises en garde, malgré la

méfiance qu'elle avait durement accumulée tout au long de ces dernières années, malgré sa détermination à éviter tout ce qui pourrait ressembler de près ou de loin à une idylle, elle avait conscience que Sam Kinkade ne la laissait pas indifférente.

— Eh bien, qu'attendez-vous pour l'engager, Sam ? lança la femme la plus âgée du groupe. Une déclaration signée du Tout-Puissant ?

A paraître le 1er novembre

Best-Sellers n°535 •thriller

Tourmentée - Pamela Callow

Hantée par la mort de sa jeune sœur, fragilisée par une rupture amoureuse mais décidée à aller de l'avant, Kate Lange se lance à corps perdu dans sa carrière d'avocate, en Nouvelle-Ecosse. Mais le meurtre horrible de Lisa, la petite-fille de l'une de ses clientes venue lui demander conseil au sujet de l'adolescente, ravive ses blessures secrètes : aurait-elle pu empêcher ce drame ? Est-elle responsable de cette mort – comme de celle de sa petite sœur, morte 15 ans auparavant dans un accident de voiture dont elle seule a réchappé ? Tourmentée par le poids de ses doutes, déterminée à faire la lumière sur le meurtre de Lisa, Kate décide de mener sa propre enquête. Quitte à risquer sa carrière en s'exposant aux critiques acerbes et au regard d'acier de l'intransigeant Randall Barrett, son directeur de cabinet. Et sans savoir que le danger est toujours là. Car le tueur, lui, a déjà repéré sa nouvelle proie…

Best-Sellers n°536 • roman

Le pavillon d'hiver - Susan Wiggs

Désemparée et démunie après l'incendie de sa maison, Jenny Majesky accepte la proposition de sa grand-mère : s'installer au pavillon d'hiver du lac des Saules, la propriété familiale où, adolescente, elle passait ses étés. Loin de tout, dans ce décor sauvage empreint de nostalgie, la neige et le silence font resurgir en elle un flot de souvenirs : le premier – et l'unique – baiser de Rourke, le garçon qu'elle aimait alors, et, plus tard, la douleur muette dans ses yeux quand Joey, son meilleur ami, l'avait demandée en mariage. Elle avait tant espéré, pourtant, que Rourke se déclare ou lui fasse un signe… avant d'épouser Joey. Depuis, les années ont passé. Les non-dits et la mort tragique de Joey ont achevé de les séparer ; Rourke multiplie les conquêtes éphémères et, bien que la côtoyant tous les jours dans la petite ville d'Avalon, semble tout faire pour l'éviter. Aussi, quelle n'est pas sa surprise, peu après son installation, de le voir se présenter à la porte du pavillon.

Best-Sellers n°537 • thriller

Pulsion meurtrière - Erica Spindler

Eté 1983. Une femme est retrouvée pendue dans une maison inoccupée de Thistledown, dans le Missouri, après s'être livrée à des jeux sulfureux avec son amant. Des jeux que trois adolescentes trop curieuses avaient pris l'habitude d'épier. Persuadées que le compagnon de la victime a cédé à des instincts pervers et meurtriers, elles le dénoncent à la police. Mais il est trop tard, et l'homme disparaît du jour au lendemain sans laisser de traces. Quinze ans après ce drame, il resurgit brutalement dans la vie des trois amies. Courriers menaçants, coups de fil anonymes : Andie, Julie et Raven replongent dans l'horreur d'un passé qu'elles avaient cru pouvoir oublier. Et cette fois, il ne fait aucun doute que la folie de l'assassin ne connaît plus de limites.

Best-Sellers n°538 • thriller

Et vos péchés seront pardonnés - Nora Roberts

Washington DC, 15 août… Une étudiante est retrouvée assassinée. Puis une autre. Rien de commun entre ces deux femmes, sinon l'arme du crime : une étole de soie blanche qui a servi à les étrangler. Et la « signature » manuscrite du meurtrier : « Ses péchés seront pardonnés ». Très vite, dans la presse, le tueur psychopathe est surnommé « Le Prêtre ». L'enquête policière piétine… Au troisième meurtre, Ben Paris et Ed Jackson, chargés de l'enquête, font appel à une psychiatre, Tess Court, pour qu'elle les aide à établir le profil psychologique du tueur. « Le Prêtre », un tueur en série qui met en scène ses crimes avec un soin méticuleux, choisit soigneusement ses victimes : jeunes, belles, et blondes. Malgré la surveillance policière, les crimes continuent… Qui est ce tueur de l'ombre ? Pourquoi ne commet-il pas la moindre faute malgré tous les pièges qui lui sont tenus ?

Best-Sellers n°539 • roman

La promesse de Beach Lane - Sherryl Woods

Depuis plusieurs années, Susie O'Brien est engagée avec Mack Franklin dans un jeu amoureux troublant et ambigu. Mais en dépit du désir manifeste qui crépite entre eux, elle persiste à dire que leur relation n'est pas vraiment sérieuse. Et, triste coup du destin, au moment où Susie sent enfin naître en elle une envie d'engagement et de vie commune, elle apprend qu'elle est atteinte d'une maladie grave. Heureusement, Mack, pour lui prouver son amour et son soutien inconditionnels, la demande en mariage. Mais Susie est gagnée par l'inquiétude quand une ancienne petite amie de Mack arrive à Chesapeake. Comment être à la hauteur de cette femme qui a tout pour elle et qui éprouve manifestement toujours des sentiments pour Mack, quand elle-même doit affronter l'épreuve la plus difficile de sa vie ?

Best-Sellers n°540 • anthologie

Magie d'hiver

Les cinq histoires réunies dans ce livre explorent la magie d'un hiver scintillant de givre, où les flocons de neige offrent un écrin précieux à la tendresse et à la passion. Au fil des pages, les plus belles plumes du roman féminin feront miroiter les mille et une facettes de l'émotion amoureuse. Emotion bouleversante pour Laura et Gabbe qui, bloqué comme elle par une tempête de neige, va aider la jeune femme à mettre au monde un enfant. Intense émotion pour Adelaïde et Maxim, qui, au soir d'un réveillon pour le moins inattendu, vont devoir apprendre à s'apprivoiser. Emotion profonde pour Tracy et Graham, parents adoptifs d'une jeune orpheline à qui ils vont réapprendre la confiance et l'amour. Quant à Savannah et Trace, c'est à une adorable vieille dame qu'ils vont devoir le bonheur de leur rencontre de Noël. Et si Katharine ne peut se résoudre au mariage de raison que lui propose Daniel, c'est parce qu'elle l'aime en secret. Mais en cette période de fêtes, tous les espoirs ne sont-ils pas permis ?

Best-Sellers n°541 • historique
L'ange du passé - Judith James

Angleterre, 17ème siècle

En pleine tempête, alors que la guerre civile fait rage, Elizabeth découvre un homme presque inconscient sur le seuil de sa modeste demeure. Ses vêtements ne laissent aucun doute sur son appartenance : c'est un soldat, un ennemi de surcroît. Aussi Elizabeth hésite-t-elle : en portant secours à cet inconnu, elle se mettrait en danger, elle et tous ceux qui partagent son foyer. Mais ses hésitations volent en éclat lorsqu'elle découvre le visage du jeune homme. Ce regard intense, ces traits séduisants ne sont autres que ceux de William de Veres, l'ami d'enfance dont elle était éperdument amoureuse, celui qui, alors qu'ils n'étaient que des adolescents, lui a promis de toujours veiller sur elle ! Bouleversée, Elizabeth décide de venir en aide à William, au risque de se voir accuser de trahison. Une décision qui va complètement bouleverser son existence…

Best-Sellers n°542 • historique
L'héritière de Boston - Kat Martin

Londres, 1859.

Venue à Londres pour faire annuler son mariage avec Rule Dewar, Violet Griffin est convaincue que son époux sera soulagé par sa requête. Après tout, si, sur son lit de mort, le père de Violet ne l'avait pas supplié de prendre soin de sa fille, jamais le séduisant Anglais n'aurait posé les yeux sur elle. La preuve : depuis qu'ils ont échangé leurs vœux trois ans plus tôt, Rule n'a jamais remis les pieds à Boston, préférant mener une vie de débauche en Angleterre, sans même prendre la peine de se montrer discret.

Et pourtant, contre toute attente, Rule Dewar ne se montre pas aussi coopératif que prévu. Pis encore ! il impose ses propres conditions à Violet : pour obtenir son accord, elle devra accepter de vivre sous son toit pendant trente jours…

Composé et édité par les

éditions HARLEQUIN

Achevé d'imprimer en août 2012

BRODARD & TAUPIN

La Flèche
Dépôt légal : septembre 2012
N° d'imprimeur : 69224

Imprimé en France